Knaur.

Knaur.

Im Knaur Taschenbuch Verlag sind bereits folgende Bücher der Autorin erschienen:
Kates Geheimnis
Isabels Fluch
Lanas Schuld
Claires Erbe

In der Francesca-Cahill-Reihe sind bereits erschienen:
Labyrinth der Lügen
Haus der Schande
Stunde der Versuchung
Gefahren der Liebe
Nacht der Angst

Über die Autorin:
Brenda Joyce stammt von russischen Einwanderern ab und wurde in Brooklyn geboren. Seit der Veröffentlichung ihres ersten Romans 1988 gewann sie zahlreiche Auszeichnungen und gehört mittlerweile – mit einer Gesamtauflage von mehreren Millionen Exemplaren – zu den erfolgreichsten amerikanischen Schriftstellerinnen. Ihre Romane sind regelmäßig auf den Bestsellerlisten der *USA Today* und der *New York Times* zu finden. Brenda Joyce lebt in Colorado.
Weitere Informationen zur Autorin finden Sie auf ihrer Website:
www.brendajoyce.com

Brenda Joyce

Fallen der Liebe

Francesca Cahills sechster Fall

Aus dem Amerikanischen
von Angelika Naujokat

Knaur Taschenbuch Verlag

Die amerikanische Originalausgabe erschien 2003
unter dem Titel »Deadly Promise« bei St. Martin's Press, New York.

Besuchen Sie uns im Internet:
www.knaur.de

Deutsche Erstausgabe August 2008

Redaktion: Gisela Klemt
Umschlaggestaltung: ZERO Werbeagentur, München
Umschlagabbildung: FinePic, München; Corbis/Bruce Burkhardt
Satz: Uhl + Massopust, Aalen
Druck und Bindung: GGP Media GmbH, Pößneck
Printed in Germany
ISBN 978-3-426-63294-9

2 4 5 3 1

Für meinen leuchtenden Stern – Adam.

Kapitel 1

DONNERSTAG, 27. MÄRZ 1902 – NEW YORK CITY

Francesca Cahill, die der feinen Gesellschaft von New York City angehörte, war eine reiche Erbin im heiratsfähigen Alter, aber seit kurzem machte sie Furore als die bekannteste (und berüchtigtste) Amateurdetektivin der Stadt. Sie hatte sich nie um Konventionen geschert, war belesen, gebildet, eine aktive Reformistin und stand bereits in dem Ruf, sie sei eine Exzentrikerin und nicht unter die Haube zu bekommen. Ihr Verhalten in den vergangenen drei Monaten hatte ein Übriges getan, denn sie hatte dem Commissioner der New Yorker Polizei, Rick Bragg, bei der Aufklärung mehrerer schrecklicher Verbrechen geholfen und war dadurch in die Schlagzeilen der angesehensten Tageszeitungen der Stadt geraten. Ein großer Teil der höheren Gesellschaft – ganz zu schweigen von Francescas Familie – war schockiert.

Ihr Ruf war ruiniert, was sie aber nicht sonderlich störte. Allerdings schienen die Dinge gerade eine erstaunliche Wendung zum Guten zu nehmen, denn es war Francesca gelungen, sich heimlich mit dem reichsten und begehrtesten Junggesellen der Stadt, Calder Hart, zu verloben. Zwar hegte sie noch immer Bedenken an ihrer Entscheidung, aber wenn ihre Verlobung tatsächlich all ihre Eskapaden überstehen sollte, dann würde die öffentliche Bekanntmachung sie vom hässlichen Entlein in einen Schwan verwandeln.

Allerdings bezweifelte sie zurzeit ernsthaft, dass Hart überhaupt jemals wieder ein Wort mit ihr wechseln würde – von der Fortführung ihrer Verlobung ganz zu schweigen.

Bei diesem Gedanken empfand sie Erleichterung und Bedauern zugleich.

»Francesca Cahill! Du bist für einen ganzen Monat einfach verschwunden! Ich brenne darauf, zu erfahren, warum!«, rief die ehemalige Connie Cahill, nun Lady Montrose, die gerade in Francescas Zimmer geplatzt war.

Francesca zuckte angesichts ihrer stets modisch gekleideten, furchtbar eleganten älteren Schwester innerlich zusammen. Welch eine Ironie, dass halb New York *sie* für eine Heldin hielt! Dabei war sie doch in Wahrheit ein Feigling, ganz gleich, wie viele Mörder und sonstige gemeingefährliche Schurken sie im Alleingang zur Strecke gebracht hatte. Sie war ein Feigling, denn nur ein Feigling lief vor dem Mann davon, den sie eigentlich heiraten wollte. Ja, wenn es um den attraktiven, geheimnisvollen Calder Hart ging, war sie tatsächlich ein Feigling.

Connie schloss die Tür von Francescas geschmackvoll eingerichtetem Zimmer – einem Zimmer, dessen Gestaltung Francesca bereitwillig ihrer Mutter und ihrer Schwester überlassen hatte, da sie sich für so etwas nicht intereressierte. Einrichtung, Mode, Einkaufsbummel und Teegesellschaften bedeuteten ihr nichts. Francesca zwang sich zu einem Lächeln und eilte in Korsett und Unterhose auf ihre Schwester zu, um sie zu umarmen. »Wie schön, dich zu sehen«, flüsterte sie, und ihre Freude war aufrichtig. Connie war nicht nur ihre Schwester, sondern auch ihre beste Freundin.

»Versuch gar nicht erst, mir etwas vorzumachen«, sagte Connie und stemmte die Hände in ihre schlanke Taille. Sie trug ein hinreißendes dunkelblaues Abendkleid und weiße

Handschuhe aus Baumwollsatin, die bis zu den Ellenbogen reichten, dazu eine Saphir-Halskette und dazu passende Armbänder. »Ich weiß, warum du verschwunden bist!« Ihre blauen Augen funkelten.

Francesca verspürte eine leichte Nervosität. Connie konnte unmöglich davon wissen. Bevor sie die Stadt verlassen hatte – unter dem Vorwand, sie wolle eine kranke ehemalige Schulfreundin besuchen –, hatte sie Hart eine kurze Nachricht zukommen lassen, in der sie ihm zwar nichts erklärte, ihn jedoch bat, bis zu ihrer Rückkehr nach New York Stillschweigen über ihre Verlobung zu bewahren. Wohlweislich hatte Francesca keine Nachsendeadresse hinterlassen. Sie war aus der Stadt verschwunden, um über ihr Leben und ihren spontanen Entschluss, Harts Antrag anzunehmen, nachzudenken. »Was glaubst du darüber zu wissen?«

Connie seufzte. »Es gibt keine Elizabeth Jane Seymour, Fran. Ich würde mich an eine beste Freundin dieses Namens erinnern! Du hast die Stadt verlassen, weil dir dieses Dilemma, in das du dich hineinmanövriert hast, über den Kopf gewachsen ist.« Die platinblonde Connie, die allgemein als große Schönheit galt, musterte ihre jüngere Schwester mit einer gewissen Genugtuung.

Nun war es an Francesca, zu seufzen. Es widerstrebte ihr zutiefst, unaufrichtig zu anderen zu sein, erst recht zu ihrer eigenen Schwester. Und Connie hatte recht: Sie hatte nie vorgehabt zu heiraten. Was war nur in sie gefahren? Ihr Ziel war immer gewesen, Journalistin zu werden, gesellschaftliche Missstände an die Öffentlichkeit zu bringen, damit diejenigen, die die erforderlichen Mittel besaßen, dringend nötige Reformen in die Wege leiten und humanitäre Hilfe leisten konnten. Aus diesem Grund hatte sie auch einen Abschluss am Barnard College angestrebt, einer berühmten Lehranstalt für Frauen. Aber seit einer Weile – besser gesagt: seit Januar dieses Jahres – hatte sie ihr Ziel ein wenig aus den Augen verloren. Sie hatte sich an der Aufklärung eines schrecklichen Verbrechens beteiligt, sich dabei verliebt, und seitdem war nichts mehr wie früher und würde es auch niemals wieder sein.

Und zu allem Überfluss war derjenige, in den sie sich verliebt hatte, nicht Calder Hart gewesen.

Vielleicht hatte Connie doch nicht von ihrer Verlobung erfahren – was bedeutete, dass auch ihre Mutter noch nichts davon wusste. Es war Julia Van Wyck Cahills größter Wunsch, ihre Tochter Francesca standesgemäß zu verheiraten – und das schnellstmöglich, ehe sie sich schon wieder mit der Aufklärung eines Verbrechens befasste und erneut in den Schlagzeilen landete. Julia war eine starke Frau, die es gewohnt war, ihren Willen durchzusetzen.

»Ja, die ganze Angelegenheit ist mir in der Tat ein wenig zu heiß geworden«, räumte Francesca vorsichtig ein.

Connie sah sie an. »Zu heiß? Du klingst schon wie dieser kleine Strolch, Joel Kennedy, den du so gut leiden kannst.«

»Ich fürchte, sein Verhalten färbt auf mich ab«, murmelte Francesca, die sich bei ihrer Ermittlungsarbeit inzwischen oft auf den elfjährigen Knirps verließ. Er kannte sich in den schlimmsten Vierteln der Stadt bestens aus, und darüber hinaus hatte er ihr sogar schon das Leben gerettet.

»Oh, Fran. Sie werden beide heute Abend auf dem Ball der Wainscots sein!« Connies Blick wanderte zu dem Bett hinter Francesca, auf dem ein Ballkleid in einem kräftigen Weinrot ausgebreitet lag. »Mama sagte mir, dass du teilnehmen wür-

dest. Und wie ich sehe, trägst du Rot.« Ein wissender Ausdruck schlich sich in ihre Augen, und sie lächelte.
»Es ist nicht so, wie du denkst!«, rief Francesca.
Sowohl Rick Bragg, der Polizei-Commissioner, als auch sein allseits bekannter reicher Halbbruder Calder Hart würden heute Abend auf dem Ball der Wainscots anwesend sein. Vom Regen in die Traufe, dachte Francesca. O Gott, was sollte sie nur tun? Hatte sie wirklich die richtige Entscheidung getroffen? Wie konnte sie einen Mann heiraten, ohne ihn zu lieben – selbst wenn ein einziger Blick dieses Mannes genügte, um brennende Leidenschaft in ihr zu entfachen? Und konnten zwei Halbbrüder unterschiedlicher und von einer größeren Eifersucht aufeinander besessen sein? Wenn sie doch nur nicht so erbitterte Rivalen wären!
»Dann sag mir doch, wie es sich verhält«, forderte Connie, trat auf Francesca zu und legte einen Arm um sie. Die beiden Frauen wurden oft für Zwillinge gehalten, auch wenn Francescas Haar die Farbe von dunklem Honig hatte und ihr Teint eher pfirsichfarben mit einem Hauch von Gold war. Francesca jedoch war überzeugt, dass sich die Leute täuschten. Ihre Schwester war eine Schönheit, sie selbst hingegen konnte man bestenfalls als »ganz hübsch« bezeichnen. Connie zog in jeder Menschenmenge die Blicke auf sich, während Francesca fast ihr ganzes Leben lang ein Mauerblümchen und ein Bücherwurm gewesen war.
Erst in letzter Zeit hatte sich das geändert.
Francesca setzte sich neben Connie und fasste ihre Hand. »Ich mache mir ja selbst Sorgen um mich«, gestand sie leise.
»O Fran, hat dir der Monat, den du fort warst, denn nicht geholfen, einen klaren Kopf zu bekommen?«

»Ja … und nein«, flüsterte Francesca.
»Du bist immer noch hin- und hergerissen zwischen Bragg und Hart?« Connies Lächeln war einer besorgten Miene gewichen.
Francesca nickte und zog langsam eine Kette aus ihrem Mieder, an der ein Ring mit einem riesigen, birnenförmigen Diamanten baumelte. Allein der Stein war ein kleines Vermögen wert.
Connie machte große Augen. »Lieber Himmel.«
»Allerdings.«
Connie blinzelte. »Du bist verlobt?«
»Ich war es … für kurze Zeit. Heimlich«, fügte sie hinzu. »Ich habe keine Ahnung, ob ich es immer noch bin – und falls nicht, ist es auch gut so. Die Ehe ist nun einmal nichts für mich, das wissen wir doch beide.« Aber ihre Worte klangen unaufrichtig und hohl.
Connie sprang auf. »Was ist denn das für ein Unfug? Du Närrin! Du läufst einfach weg und machst damit das Beste zunichte, was dir hätte passieren können! Ich hoffe sehr, dass du dich irrst und diese Gelegenheit nicht verspielt hast, Fran.«
Francesca schluckte. Ein Teil von ihr wünschte sich ebenfalls verzweifelt, sie wäre nicht weggelaufen und hätte damit ihre heimliche Verlobung in Gefahr gebracht. »Darf ich mit dir und Neil zu dem Ball fahren? Ich bin heute Abend wirklich nicht in der Stimmung, mir Mamas Predigten anzuhören.«
Connie nickte. »Gewiss.« Dann blickte sie ihre Schwester forschend an. »Aber du hast diesen Ring doch die ganze Zeit um den Hals getragen, nicht wahr? Hast du ihn auch nur ein einziges Mal abgenommen?« Sie wartete Francescas

Antwort gar nicht erst ab. »Ich wette, das hast du nicht. Und du trägst das Kleid, das ihm so gut gefällt. Ich glaube, ich habe dich unterschätzt.«

»Es wäre doch verrückt, mir einzubilden, ich sei etwas Besonderes, Connie – genau das hat jede andere Frau, mit der er ausgegangen ist, auch von sich geglaubt!«, rief Francesca.

Connie packte sie an den Schultern. »Aber du *bist* etwas Besonderes. Lieber Himmel, du bist die mutigste und klügste – und sturste – Frau, die ich kenne. Seit ich denken kann, kämpfst du für die Rechte der Armen und der Hilflosen! Du besuchst das College, Fran, das *College!* Wie viele Frauen tun das? Und muss ich noch hinzufügen, dass du in den vergangenen drei Monaten zur berühmtesten Privatdetektivin von ganz New York aufgestiegen bist? Du warst in der *Zeitung*, Fran. Du hast gemeingefährliche Verbrecher ihrer gerechten Strafe zugeführt.«

Francesca blinzelte. »Also, wenn ich dich so reden höre, scheine ich wirklich ein ausgesprochen exzentrischer Mensch zu sein.«

»Nicht exzentrisch – originell und tapfer und wunderschön … einfach etwas ganz Besonderes!«, rief Connie.

Francesca umarmte sie ganz fest. »Du bist die beste Schwester, die sich ein Mädchen wünschen kann«, flüsterte sie.

»Ich wünschte nur, du würdest dich endlich einmal so sehen, wie ich dich sehe – wie dich der Rest der Welt sieht!«

Francesca lächelte. »Ich sollte mich jetzt besser anziehen. Ich bin schon ziemlich spät dran.«

»Das ist wahr«, stimmte Connie zu. »Brauchst du Hilfe? Soll ich Bette rufen?«

»Nein, ich komme schon zurecht«, wehrte Francesca ab und

nahm das aufreizende rote Kleid vom Bett. Aber es war eine Lüge. Sie kam ganz und gar nicht zurecht.
Sie hatte schreckliche Angst.

Francesca reichte dem Dienstboten ihren Umhang. Sie trug das gewagte rote Kleid, dazu schwarze Handschuhe, die über die Ellenbogen reichten, und in ihrer rubinroten, perlenbestickten Handtasche befand sich der Ring. Ihr Haar war mit der Brennschere frisiert und aufgesteckt worden, und Connie hatte darauf bestanden, dass sie eine feine Diamanthalskette und kleine Ohrstecker mit Perlen und Diamanten anlegte. Während Connie einem Dienstboten ihre Zobelstola reichte, blickte Francesca aus der Eingangshalle in den großen Empfangssalon mit dem hellen Marmorboden, dem Kristall-Kronleuchter und den weiß verputzten Wänden. Da sie sich verspätet hatten, war bereits eine große Gästeschar versammelt, die Damen in ärmellosen Kleidern aus Seide und Taft und Chiffon, mit glitzerndem Schmuck behängt, die Herren in schwarzen Smokings. Kellner in weißer Livree boten auf ihren Tabletts Gläser mit Champagner an. Im angrenzenden Ballsaal spielte eine Kapelle. Francesca entdeckte ihren Bruder Evan, der neben der auffallend schönen Gräfin Bartolla Benevente stand. Und dann fiel ihr Blick auf Rick Bragg.
Ihr Herz setzte einen Schlag aus.
Er hatte sie ebenfalls gesehen, obwohl er ein ganzes Stück von ihr entfernt stand, und starrte sie mit vor Überraschung geweiteten Augen an. Als er einen Schritt auf sie zuging, erstarrte Francesca – erst jetzt bemerkte sie die schöne, zierliche Frau an seiner Seite. Leigh Anne war von zarter Gestalt, ihre Haut wie Porzellan, ihre Augen smaragdgrün, das

Haar rabenschwarz. Sie erinnerte an eine makellose kleine Puppe. Francesca wurde das Herz schwer.
Bragg kam Francesca entgegen, wobei seine Schritte immer länger wurden. Seine Frau ließ er bei einer Gruppe von Gästen zurück, die Francesca nicht kannte.
»Du solltest endlich zur Vernunft kommen, Fran«, flüsterte Connie. »Ich habe die beiden ständig zusammen gesehen, während du fort warst. Jedes Mal, wenn ich ihm bei einem Empfang begegne, hängt sie an seinem Arm. Jeder mag sie. Sie ist verschiedenen Gesellschaften beigetreten, unter anderem dem *Ladies Club of Fifty* und dem *Committee of Fifteen*«, berichtete Connie und bezog sich dabei auf politische Gesellschaften, die sich der Reformbewegung verschrieben hatten. »Und neulich erst hat sie mich zu einem Lunch eingeladen.«
Francesca fiel für einen Moment das Atmen schwer. Leigh Anne setzte sich für Reformen ein? Das war einfach ungerecht! »Du hast natürlich abgelehnt.«
»Ich habe angenommen«, versetzte Connie indigniert. »Das Essen findet morgen statt. Thema ist das öffentliche Schulwesen. Ich glaube, es geht darum, dass Spenden für die Einrichtung weiterer Schulen eingeworben werden sollen.«
Das öffentliche Schulwesen in New York war in katastrophaler Verfassung. Tausende von Kindern erhielten keine Ausbildung, weil es einfach nicht genug Schulen und nicht genug Lehrer gab. Seth Low war wegen seiner fortschrittlichen Gesinnung gewählt worden, weil er sich für eine Regierung einsetzte, die um das Wohl des Volkes bemüht war. Und das schloss den Anspruch auf eine Schulbildung ein.
Francesca hatte sich von klein auf zur Reformistin berufen gefühlt. Als Mädchen hatte sie Plätzchen verkauft, um Geld

für Waisenkinder zu sammeln. Sie war in sechs Gesellschaften aktiv, unter anderem im *Citizen's Union Ladies Club*. Schulausbildung für alle stand ganz oben auf der Liste ihrer Zielsetzungen – und Connie wusste das. Nun war Francesca hin- und hergerissen zwischen Wut und Bewunderung für eine Frau, die sie so gern verachtet hätte. Leigh Anne war mehr als nur schön – aber sie war gewiss nicht aus tiefstem Herzen Reformistin. Das war sicherlich nur ein Trick, um Rick Bragg für sich zu gewinnen.

»Komm doch mit«, schlug Connie vor. »Sie hat ungefähr dreißig der reichsten Frauen der Stadt eingeladen und wird bestimmt jede Einzelne von uns um eine großzügige Spende bitten. Das sind Frauen, die du kennen solltest, Fran.«

Francesca erwiderte verdrießlich: »Private Gelder werden wohl kaum ausreichen, um das öffentliche Schulwesen der Stadt zu reformieren.« Aber Connie hatte recht – sie sollte an dem Essen teilnehmen und sich mit diesen Frauen treffen, vielleicht sogar versuchen, einige von ihnen für ihre Sache zu gewinnen. Ja, sosehr ihr auch davor graute, sie musste in der Tat an Leigh Annes Essen teilnehmen.

»Du kannst wirklich störrisch wie ein Maultier sein, Fran!« Connie hätte beinahe mit dem Fuß aufgestampft. Dann sahen die beiden Schwestern zu, wie sich Bragg näherte.

Er war ein äußerst attraktiver Mann mit goldbraunem Teint und honigblondem Haar, wie es viele der Männer aus seiner Familie hatten. Auffallend waren seine hohen Wangenknochen und die bernsteinfarbenen Augen. Bragg war von kräftiger Statur, breit in den Schultern und schmal in den Hüften. Ach, wenn die Dinge zwischen ihnen nur anders stünden, dachte Francesca. Sie musste kurz die Augen schließen, um sich wieder zu fangen.

Es war albern, sich etwas zu wünschen, was man nicht haben konnte, und Zeitvergeudung noch dazu. Sie hatte sich schon vor einer Weile mit der unerfreulichen Tatsache abgefunden, dass er unglücklich verheiratet war.

»Neil und ich werden uns ein wenig unter die Gäste mischen. Viel Glück, Fran«, flüsterte Connie und rauschte am Arm ihres Mannes davon.

Francesca blickte auf und sah, wie Bragg die letzten Schritte auf sie zukam. Er wirkte unglaublich entschlossen. Zunächst sagte er nichts, sah sie nur an, und sie versuchte vergebens, sich ein Lächeln abzuringen.

»Ist alles in Ordnung? Geht es Ihnen gut?« In Gesellschaft vermied er das vertrauliche »Du«.

Es wurde ihr beklommen ums Herz. Wie immer galt seine größte Sorge ihrem Wohlergehen. »Aber ja, es geht mir gut. Und Ihnen?« Ihr Blick wanderte an ihm vorbei zu Leigh Anne hinüber, die sich nicht von der Stelle gerührt hatte und sie scharf beobachtete.

Er zuckte mit den Schultern. »Sie haben urplötzlich die Stadt verlassen. Sie waren vier Wochen fort. Ich habe etwas von einer kränkelnden Freundin gehört. Francesca?« Er sah sie mit ernstem, forschendem Blick an.

Sie schluckte und errötete. »Ich musste einfach fort. Es gab keine kränkelnde Freundin.«

»Verstehe.« Ein Muskel in seiner Wange begann zu zucken und seine goldenen Augen verdüsterten sich. Stille trat ein. Francesca wusste nicht, was sie sagen sollte.

»Ich habe Sie vertrieben«, sagte er finster. »Es tut mir ja so leid, Francesca.«

»Geben Sie sich nicht die Schuld. Es war meine eigene Entscheidung, fortzugehen«, erwiderte sie, ohne den wahren

Grund für ihr Weglaufen zu erwähnen. Sie blickte wieder zu Leigh Anne hinüber, von der trotz ihrer unbewegten Miene ein Strahlen auszugehen schien. »Wie geht es Ihrer Frau?« Noch immer fiel es ihr furchtbar schwer, diese beiden Worte auszusprechen, die ihr Leben zerstört hatten – *Ihre Frau.*

Er erstarrte. »Es hat sich nichts geändert«, stieß er hervor. »Unsere Vereinbarung, uns nach sechs Monaten des Zusammenlebens scheiden zu lassen, gilt nach wie vor.«

Francesca verzog das Gesicht zu einem gequälten Lächeln. Die Gewissheit, dass es dazu nicht kommen würde, brach ihr das Herz. Leigh Anne hatte Bragg vor vier Jahren verlassen und war nach Europa gegangen. Erst kürzlich war sie zurückgekehrt, um erneut ihren Platz an seiner Seite einzufordern. Francesca zweifelte nicht daran, dass Leigh Anne den Kampf um ihre Ehe gewinnen würde. Wann immer das Gespräch auf sie kam, reagierte Bragg unverhältnismäßig wütend – ein sicheres Zeichen dafür, dass er durchaus noch leidenschaftliche Gefühle für seine Frau hegte.

Als Francesca ihn kennenlernte, hatte sie nicht gewusst, dass er verheiratet war, und sich Hals über Kopf in ihn verliebt.

Unvermittelt sagte er mit gesenkter Stimme: »Ich habe Sie vermisst.«

Ein Lächeln breitete sich auf Francescas Gesicht aus, denn er war ihr bester Freund, und sie hatte ihn ebenfalls vermisst – doch im nächsten Moment erblickte sie Calder Hart und ihr Lächeln erstarb. Das Herz schlug ihr bis zum Hals, und sie vermochte den Blick nicht mehr von ihm abzuwenden.

Er stand auf der anderen Seite der Halle mit einer Gruppe von fünf Leuten zusammen, hatte ihr den Rücken zugekehrt, und eine vollbusige Blondine hing an seinem Arm.

Er war derart in das Gespräch mit der Blondine und seinen Freunden vertieft, dass er sie gar nicht bemerkte.
Sie begann zu zittern, als sei es im Raum urplötzlich kälter geworden. Er hatte sie keines Blickes gewürdigt – und dabei trug sie doch ihr extravagantes rotes Kleid. Übelkeit stieg in ihr auf. Er konnte sie nicht mehr leiden, fand sie nicht mehr interessant oder verführerisch. Er liebte eine andere – hegte nicht länger den Wunsch, sie zu heiraten.
»Was ist denn?«, erkundigte sich Bragg mit scharfer Stimme, doch Francesca vermochte den Blick nicht von Hart und der Blondine mit den üppigen Kurven zu lösen. Bragg drehte sich halb um und verzog das Gesicht. »Also sind Sie seinen Verführungskünsten doch noch erlegen«, sagte er bitter.
Im ersten Moment brachte Francesca kein Wort heraus. Endlich widersprach sie: »Nein, natürlich nicht!« Was ja in gewisser Weise der Wahrheit entsprach. Der schlimmste Schürzenjäger der Stadt hatte sich ihr gegenüber immer ehrenhaft verhalten. Er hatte ihr sogar überaus deutlich gemacht, dass er erst in der Hochzeitsnacht mit ihr schlafen würde, so sehr sie sich auch wünschen mochte, sie könne ihn von diesem Entschluss abbringen.
Aber dazu würde es nun nicht mehr kommen. Es würde keine Hochzeitsnacht geben, dessen war sie sich ganz sicher.
»Ich meinte emotional«, sagte Bragg kurz angebunden. »Meine Güte, Sie sind ja ganz durcheinander!«
Sie wandte sich ihm mit einem matten Lächeln zu. »Ich bin nicht durcheinander«, log sie. Der Ring in ihrer Tasche schien sich durch den Samt und die Perlen in ihre Hand zu brennen. »Es ist alles in Ordnung.« Sie schluckte schwer und kämpfte den Drang nieder, die Damentoilette aufzu-

suchen, um sich zu übergeben. Dann setzte sie steif hinzu: »Ihre Frau steht ganz allein da.«

Bragg drehte sich um und stellte fest, dass sich die Gruppe um Leigh Anne tatsächlich aufgelöst hatte. Wie sie da stand, so zierlich und engelhaft, war sie die schönste Frau im ganzen Raum. Er wandte sich wieder Francesca zu. »Ich mache mir Sorgen um Sie. Zuerst verschwinden Sie sang- und klanglos, und jetzt diese Reaktion auf Hart.«

»Es besteht kein Grund, sich Sorgen um mich zu machen«, beteuerte sie. Ihr Blick war unwillkürlich wieder zu Hart hinübergewandert. Er nickte gerade zu etwas, das jemand gesagt hatte. Die Blondine, die um die dreißig sein mochte, lachte ihn an. Hart hatte noch immer kein einziges Mal in Francescas Richtung geschaut.

Er hatte sie gar nicht bemerkt.

Weil er sich nichts aus ihr machte. Dann war es wohl aus zwischen ihnen.

Bragg packte ihr Handgelenk. »Ich werde mir immer Sorgen um Sie machen«, sagte er.

Sie blickte ihn an. »Es geht mir gut. Wirklich.«

»Sie sind viel zu blass. Bis auf diese roten Flecken auf Ihren Wangen. Haben Sie Fieber?«

Sie fragte sich, ob er womöglich recht hatte, ob sie tatsächlich vor lauter Furcht krank geworden war. »Ich glaube, ich werde nicht allzu lange bleiben«, flüsterte sie, plötzlich den Tränen nahe. Denn Connie hatte recht gehabt.

Sie trug dieses rote Kleid, weil Calder Hart es mochte.

Und sie hatte die Kette, an der sie seinen Ring trug, einen ganzen Monat lang nicht ein einziges Mal abgenommen.

»Das ist eine gute Idee«, sagte Bragg. Er warf einen grimmigen Blick in Harts Richtung und fügte dann hinzu: »Das ist Mrs Davies. Ich habe die beiden in letzter Zeit des Öfteren zusammen gesehen.«

Erneut kämpfte Francesca einen Anflug von Übelkeit nieder. Er hatte ihr Treue versprochen. Aber wenn sie nicht mehr verlobt waren, galt wohl auch dieses Versprechen nichts. »Sie ist sehr verführerisch.«

»Sie ist Witwe«, gab Bragg mit scharfer Stimme zurück. »Sie und Hart sind einander sehr ähnlich.«

Francesca spürte, wie sie zornig wurde. »Sie kennen Sie also?«

»Ihr eilt ein gewisser Ruf voraus.«

Sie sollte ihn wirklich nicht verteidigen. Weder jetzt noch in Zukunft. »Er mag für seine Frauengeschichten berüchtigt sein, Bragg, aber mir gegenüber hat er sich immer wie ein perfekter Gentleman benommen«, sagte sie. Und das entsprach der Wahrheit – bis zu dem Moment, als sie sich verlobt hatten.

Bragg versetzte erbittert: »Sie scheinen Gefallen daran zu finden, ihn zu verteidigen!«

»Davon kann wohl keine Rede sein«, gab sie giftig zurück.

»Ich muss jetzt gehen«, sagte er brüsk, doch er machte keine Anstalten, zu seiner Frau zurückzukehren. »Wann können wir uns einmal richtig unterhalten? Das haben wir schon so lange nicht mehr getan, Francesca.«

Seine Worte stimmten sie milder, aber sie behielt Hart dennoch im Auge. »Wie wäre es mit morgen?«

»Das passt mir gut«, stimmte er zu, nickte und zögerte kurz, ehe er ihre behandschuhte Hand fasste. »Zerbrechen Sie sich heute Abend nicht mehr den Kopf – vor allem nicht wegen ihm«, sagte er, küsste überraschend ihre Hand und schritt davon.

Francesca löste den Blick von Hart, der sie immer noch nicht wahrzunehmen schien, und sah zu, wie sich Bragg wieder zu Leigh Anne gesellte. Die atemberaubende, zierliche Brünette blickte lächelnd zu ihm auf und legte ihre kleine Hand auf seinen Arm. Francesca spürte, wie besorgt sie war, obwohl ihr gelassener, beherrschter Gesichtsausdruck nichts davon verriet. Francesca warf noch einmal einen Blick zu Hart hinüber, der ihr nun gänzlich den Rücken zugekehrt hatte. Dann ertrug sie es einfach nicht länger und floh durch die nächste Tür in den Flur hinaus.

Dort lehnte sie sich gegen die schlichte weiße Wand, kämpfte mit den Tränen und fühlte sich zutiefst elend. Dienstboten schritten an ihr vorbei, aus der nahen Küche drang das Klappern der Töpfe und Pfannen. Francesca hatte nur noch einen Wunsch: diesem Ball – und Hart – zu entfliehen und nach Hause zurückzukehren.

Es war wirklich aus zwischen ihnen.

Sie schlang die Arme um sich und versuchte sich zu fassen – es wäre unschicklich gewesen, einfach zu verschwinden, ohne sich zuvor noch einmal unter die Gäste zu mischen.

»Hast du wirklich geglaubt, du könntest vor mir davonlaufen?«

Sie erstarrte, als sie die leisen, schleppend gesprochenen Worte vernahm, die so verführerisch in ihren Ohren klangen, und ihr Herz schlug heftiger. Langsam wandte sie sich zu ihm um.

Sie hatte ganz vergessen, wie überwältigt sie in seiner Gegenwart immer war. Francesca atmete tief ein, als sich ihre Blicke trafen und ineinandersenkten. Er war auf eine beunruhigende Weise attraktiv, aber es waren keine klassischen

Züge, die ihm sein unbestreitbar gutes Aussehen verliehen, sondern er war schlicht gefährlich verführerisch. Es lag nicht an seinen Augen, deren Farbe ein tiefes Dunkelbraun mit marineblauen Sprenkeln war, noch an seiner kräftigen, geraden Nase, dem dunklen Teint und dem schwarzen Haar oder an seinem muskulösen Körper unter der makellosen Kleidung. Sondern es lag einzig an der Sinnlichkeit, die er verströmte, und an der Aura der Macht, die ihn umgab.

Er war als uneheliches Kind auf der Lower East Side zur Welt gekommen. Seine Mutter, eine ehemalige Hure, war gestorben, als er noch ein kleiner Junge gewesen war. Nun war Hart einer der reichsten und erfolgreichsten Geschäftsmänner der Stadt, ein weltberühmter Kunstsammler, ein Mann, der bei null angefangen hatte, um beinahe alles zu erreichen.

Er lächelte sie an. Aber es war ein starres Lächeln und seine Augen blickten kühl.

Francesca atmete erneut tief durch. Er stand nur wenige Zentimeter von ihr entfernt, und sie erinnerte sich an jeden einzelnen Moment, den er sie in seinen kräftigen Armen gehalten hatte. Und weitere Bilder aus der Vergangenheit drängten sich in ihr Bewusstsein: ihre erste Begegnung mit ihm in Rick Braggs Büro, bei der sie ihn als eine düstere, beunruhigende und rätselhafte Gestalt wahrgenommen hatte, die überaus großzügige Spende für eine ihrer Gesellschaften, die er ihr im Restaurant des Plaza überreicht hatte, als er für kurze Zeit ihrer Schwester den Hof gemacht hatte, ihr erster Schluck Scotch, den sie gemeinsam mit ihm getrunken hatte. Sie war eine Närrin gewesen, vor ihm wegzulaufen! Dieser Mann hatte etwas an sich, das sie nicht in Worte zu fassen vermochte – er war einfach anders, einzigartig. In seiner Gegenwart war all ihre Vernunft augenblicklich dahin, und ihr Körper schmolz wie Wachs. Aber sie schuldete ihm eine Erklärung und eine Entschuldigung – falls er überhaupt willens war, sie anzuhören.

»Und wann wolltest du mich wissen lassen, dass du wieder zurück bist?«, fragte er finster.

Sie öffnete den Mund, um ihm zu versichern, sie habe keine andere Wahl gehabt, habe einer alten Freundin beistehen müssen, sie sei gar nicht weggelaufen und erst heute wieder zurückgekehrt – doch die Worte kamen ihr nicht über die Lippen. Sie hatte Hart bisher nur ein einziges Mal angelogen – als sie vor ihrer Abreise die Zeilen geschrieben hatte –, und sie beabsichtigte, es nicht wieder zu tun. »Ich wusste, dass du heute Abend hier sein würdest. Es tut mir leid«, fügte sie hilflos hinzu und hörte selbst, wie zittrig ihre Stimme klang.

Wenn sie doch nur richtig atmen und einen klaren Gedanken fassen könnte. Wenn sie doch nur wüsste, was sie so plötzlich dazu getrieben hatte, aus der Stadt zu flüchten.

Eine Weile lang blickten sie einander wortlos in die Augen. Schließlich sagte er grimmig: »Du provozierst mich, wie es noch keine Frau vor dir getan hat.«

Sie flüsterte hilflos: »Das war nicht meine Absicht.«

Wieder starrten sie sich schweigend an, und dann packte er sie am Handgelenk und hielt ihre linke Hand in die Höhe. Sie blickten beide auf ihren Ringfinger, den weder unter dem Handschuh noch darüber ein Ring schmückte.

Francesca hätte ihre Hand am liebsten weggezogen, doch ihre Muskeln versagten ihr den Dienst. Ihr war klar, dass sie ihm eine Erklärung schuldete, warum sie seinen Ring nicht trug und aus welchem Grund sie die Stadt wirklich verlas-

sen hatte. Jetzt wäre der passende Augenblick dafür. Aber das Blut rauschte in ihren Ohren, und in ihrem Kopf ging alles durcheinander. *Was sollte sie nur tun?*
»So sieht also deine Entscheidung aus«, sagte er knapp und ließ ihren Arm los.
Francesca schnappte überrascht nach Luft, begegnete erschrocken seinem hitzigen Blick. Schlagartig wurde ihr bewusst, dass er annahm, sie wolle ihre Verlobung lösen – was doch gar nicht ihre Absicht war. Sie hatte diese Möglichkeit natürlich in den letzten vier Wochen in Erwägung gezogen, aber die bloße Vorstellung war ihr unerträglich. Sie wusste einfach nicht, was sie tun sollte, aber bevor sie überhaupt in der Lage war zu protestieren, hob er mit einer Hand ihr Kinn an. »Und wann wolltest du es mir sagen? Oder hattest du vor, wegzulaufen und dich zu verstecken wie ein kleines Kind?«, fragte er. »Du kannst dich nicht vor mir verstecken. Hast du deinen Aufenthalt im Monument Inn genossen, mein Schatz?«
Sie starrte ihn mit offenem Mund an. »Woher wusstest du, wo ich war?«
»Ich habe es mir zur Regel gemacht, immer bestens informiert zu sein. Mit Geld kann man alles kaufen, Francesca.«
»Das stimmt nicht«, widersprach sie mit zitternder Stimme. »Mit Geld kann man keine Loyalität und auch keine Liebe kaufen.« Nur ein einziger Mensch hatte gewusst, wo sie sich aufhielt: ihre Freundin Sarah Channing. Offenbar hatte Hart ihr diese Information irgendwie entlockt.
Er stieß ein verächtliches Schnauben aus. »Und ob man das kann.«
Sie hatte wieder einmal das Gefühl, keine Luft zu bekommen. Er schien ebenso atemlos wie sie, und seine Hände zit-

terten verdächtig. »Du denkst doch nicht wirklich, was du da sagst, Calder.«

»Ach nein?«, entgegnete er ungläubig. »Dann verrate mir doch, was ich denke, Francesca!«

Es machte sie immer nervös, wenn er wütend wurde. Sie atmete tief durch, um sich zu sammeln und Mut zu schöpfen. »Ich mag gedankenlos gehandelt haben, aber ich wollte dir damit nicht wehtun«, begann sie, ängstlich darauf bedacht, die richtigen Worte zu finden.

Er runzelte die Stirn und lachte. »Keine Sorge, die Gefahr besteht nicht, Francesca. Glaubst du wirklich, meine Gefühle seien so leicht zu verletzen?«

Natürlich nicht. Dieser Mann war ein Fels in der Brandung, niemand vermochte seine wahren Gefühle zu erreichen. Sie versteifte sich. »Dann tut es mir leid, dass ich dir *Unannehmlichkeiten* bereitet habe.«

Sein Blick verfinsterte sich. »Du hast mir auch keine Unannehmlichkeiten bereitet«, versetzte er düster. »Du hast deinen eigenen Kopf, bist eine ausgesprochen unabhängige Frau, und wenn du den Wunsch hegst, zu reisen, dann ist das dein gutes Recht.« Unvermittelt packte er noch einmal ihr linkes Handgelenk und hielt ihre Hand hoch. *»Wann wolltest du es mir sagen?«*

Er gab ihr keine Gelegenheit, darauf zu antworten. »Ich dachte, zwischen uns sei mehr als nur eine flüchtige Anziehung. Ich *weiß*, dass da mehr ist. Wir sind Freunde, oder hast du das etwa vergessen? Hat dir deine Furcht – oder Rick – derart das Hirn vernebelt, dass du vergessen hast, warum wir einander so zugetan sind? Dass wir Freundschaft geschlossen haben und dass wir, was auch immer geschehen mag, als Freunde auseinandergehen werden?«

Verzweiflung stieg in ihr auf. »Natürlich sind wir Freunde«, flüsterte sie. »Ich könnte es nicht ertragen, jemals deine Freundschaft zu verlieren, Calder. Sprich doch nicht vom Auseinandergehen!«

Er stutzte, sein Gesichtsausdruck veränderte sich, er schien beinahe erstaunt.

Francesca schluckte, suchte nach den richtigen Worten. »Ich bin fortgegangen, weil ich Zeit zum Nachdenken brauchte. Es war nicht leicht. Es ging alles so schnell. Ich…« Sie verstummte.

»Was denn? So sprich doch weiter«, forderte er sie auf.

»Eine Ehe ist für immer. Ich möchte keinen Fehler begehen.«

»Und mich zu heiraten wäre ein Fehler?«, fragte er leise.

»Das habe ich nicht gesagt!«, rief sie. »Hör auf, mir Worte in den Mund zu legen!«

»Was willst du denn damit sagen, meine Liebe? Und rede jetzt bitte nicht wieder unzusammenhängendes Zeug!«

Aber genau diese Gefahr bestand, denn in ihrem Kopf drehte sich immer noch alles. Sie wusste nur, dass sie diesen Mann einfach nicht aufgeben konnte, und ihr Instinkt sagte ihr, dass sie ihn verlieren würde, wenn sie jetzt ihre Verlobung löste. Wenn sie ihn abwies, wie sollten sie dann noch Freunde bleiben – selbst wenn sie es sich noch so sehr wünschte? Sie begegnete seinem finsteren, glühenden Blick und schenkte ihm ein kleines Lächeln, das er nicht erwiderte. Er war mit einem Mal erschreckend ernst.

Sie rang die Hände. »Mit deinem Wunsch, mich zu heiraten, hast du das alles so schrecklich kompliziert gemacht. Ein Teil von mir wünscht sich, alles könnte wieder so sein wie vor einem Monat!«

»Vor einem Monat war Ricks Frau noch nicht zurückgekehrt und du hast die Leidenschaft, die du für mich empfindest, abgestritten. Arme Francesca«, sagte er, aber der Spott in seiner Stimme klang halbherzig. »Hin- und hergerissen zwischen ordinärer Lust und wahrer Liebe.«

Sie begann zu zittern. »Das ist nicht fair«, protestierte sie.

»Wann geht es im Leben schon einmal fair zu? Und willst du etwa abstreiten, dass es Rick ist, den du liebst? Ich dagegen bin lediglich der Mann, mit dem du schlafen willst.« Er starrte sie an, wartete auf ihre Antwort, und der Blick seiner Augen war hart wie Obsidian.

Er irrte sich – in gewisser Weise. Rick Bragg war nun einmal unerreichbar geworden. Ja, sie hatte sich in Rick verliebt und er hätte einen perfekten Ehemann abgegeben, aber seither war so viel geschehen. Und auch wenn sie zugeben musste, dass sie sich sehnlichst wünschte, mit Calder Hart das Bett zu teilen, war da doch so viel mehr als nur Lust: Sie verband eine tiefe Freundschaft. Aber ob sie wirklich heiraten sollten? Er hatte ihre Beziehung durch seinen Antrag so sehr verkompliziert – und sie hatte ihn überstürzt angenommen, ohne wirklich darüber nachzudenken. Aber ein Monat reiflicher Überlegung hatte sie auch zu keiner wirklichen Lösung geführt – sie fürchtete sich davor, Calder Hart zu verlieren, aber sie wünschte doch, der dahinrasende Zug, auf den sie aufgesprungen war, möge seine Fahrt ein wenig verlangsamen. »Ich streite meine Leidenschaft ja gar nicht ab.« Ihre Frustration machte sie leichtsinnig. »Wir würden gar nicht in diesem Dilemma stecken, wenn du mich in dein Bett gelassen hättest!«

Er gab einen amüsierten Laut von sich und streichelte unvermittelt ihre Wange. »Wir beide werden erst in unserer

Hochzeitsnacht das Bett teilen – habe ich mich diesbezüglich nicht klar ausgedrückt? Ich werde dich nicht gesellschaftlich ruinieren. Wie oft muss ich dir das eigentlich noch sagen?«

»Für einen berüchtigten Schürzenjäger, von dem alle Welt glaubt, er besitze nicht einen Funken von Moral, spielst du mir gegenüber allzu oft den Heiligen.«

»Ich würde niemals auch nur versuchen, den Heiligen zu spielen, meine Liebe.«

»Jeder behauptet, ich sei stur. Aber du bist entschieden der größere Sturkopf von uns beiden. Und wenn du die Wahrheit wissen willst: Ich begreife einfach immer noch nicht, warum du ausgerechnet mich heiraten willst.«

»Warum müssen wir dieses Thema immer wieder aufwärmen? Du weißt nur zu gut, dass du meine einzige wahre Freundin bist, und das scheint mir das perfekte Fundament für unsere Ehe zu sein. Aber was die Sturheit betrifft, muss ich dir widersprechen, mein Schatz – schließlich bist du diejenige, die sich in den Kopf gesetzt hat, meinen verehrten Halbbruder bis ans Ende aller Zeiten zu lieben, auch wenn sein kleiner Drachen von einer Ehefrau in seinem Haus und in seinem Bett auf ihn wartet. Und um dieser verdammten Phantasie willen – die du doch nur für ein Publikum von einer Person gesponnen hast –, machst du die Möglichkeit einer überaus angenehmen und unterhaltsamen Verbindung zunichte. Wir passen gut zueinander, Francesca, sehr gut sogar, und zwischen uns würde niemals Langeweile aufkommen.« Er blickte grimmig drein. »Behalte den Ring nur. Verkaufe ihn und stifte das Geld deinen Wohltätigkeitsvereinen. Betrachte es als mein Abschiedsgeschenk.«

Tränen stiegen ihr in die Augen. Er war der großzügigste Mann, dem sie je begegnet war. »Nein.«

Er stutzte. »Wie bitte?«
»Ich habe nie gesagt, dass ich unsere Verlobung zu lösen wünsche.«
Er verstand es meisterhaft, seine Gefühle zu beherrschen, und auch jetzt verzog er keine Miene, aber der Ausdruck seiner Augen verriet dennoch, wie überrascht er war.
Sie schluckte mühsam. »Der Ring ist in meiner Handtasche und ich habe ihn die ganze Zeit, in der ich fort war, an einer Kette an meiner Brust getragen. Ich brauchte einfach dringend etwas Zeit für mich allein – ohne irgendwelchen Druck von außen.« In Wahrheit hatte sich Hart ihr gegenüber so ehrenhaft verhalten, dass es wahrhaft frustrierend gewesen war, aber seine Entschlossenheit, sie eines Tages zu seiner Ehefrau zu machen, einerseits und Braggs leidenschaftliche Überzeugung, dass sein Halbbruder sie lediglich benutzte, andererseits hatten sie in einer Weise unter Druck gesetzt, die sie nicht mehr hatte ertragen können.
Er packte sie heftig und zog sie in seine Arme. »Es hat sich also nichts verändert?«, fragte er leise.
In ihrem Kopf begann sich alles zu drehen, als sie in seinen Armen lag und ihr Busen gegen seine harte Brust gepresst wurde.
»Mach dir gar nicht erst die Mühe zu antworten«, murmelte er mit verführerisch seidiger Stimme. »Wenn du ein Spiel mit mir spielst, so bist du sehr geschickt darin, Francesca«, wisperte er. »So geschickt wie eine Kurtisane. Offen gesagt habe ich genug davon.«
Sie blickte aufrichtig erschrocken in seine feurigen Augen. »Aber nein, ich spiele keine Spielchen mit dir, das weißt du doch. Ich habe wirklich Angst.« – *Vor dir,* setzte sie im Stillen hinzu.

Er wusste es, ohne dass sie es aussprach. »Wie oft muss ich dir noch sagen, dass ich dir niemals wehtun würde? Ich möchte für dich sorgen, Francesca, auf dich aufpassen«, murmelte er. »Möchte dir die schönen Dinge des Lebens zeigen … und auch die umstrittenen, die schockierenden und anzüglichen.«

Sie rührte sich nicht, nur ihr Herz schlug wie verrückt.

Seine Hände glitten von ihren Schultern hinab, strichen groß und warm und stark über ihren von dem Ballkleid nur spärlich bedeckten Rücken. Er hielt sie ganz fest, zog sie aber nicht näher an sich. »Meine kluge kleine Privatdetektivin«, flüsterte er, »was soll ich nur mit dir anfangen?«

Sie öffnete den Mund, um ihm zu sagen, dass sie sehr gut selbst auf sich aufpassen könne, aber ihre Stimme gehorchte ihr nicht, und das lag nicht nur an seiner Berührung, sondern daran, dass er sie anlächelte und seine Augen dabei strahlten.

Er war nicht mehr zornig auf sie.

Ihr Herz vollführte einen Hüpfer. »Mich küssen?«, schlug sie vor und ihr Blick wanderte zu seinem ausdrucksvollen Mund. Sie empfand den Geschmack seiner Lippen, wenn sie nur daran dachte.

»Ich ziehe es in Erwägung«, sagte er neckend. »Immerhin ist es einen ganzen langen Monat her.«

Sie schmiegte sich an ihn, ihre Hände tasteten nach den Aufschlägen seines Smokings. Ein Brennen durchlief ihren ganzen Körper. »Calder …«

Er beugte sich zu ihr herab. »Was soll ich bloß mit dir anfangen?«, fragte er wieder und streifte mit seinen Lippen die ihren. »Vielleicht sollte ich dich besser so rasch wie möglich heiraten«, sagte er und berührte wieder ganz leicht ihren

Mund. »Lauf nie wieder vor mir weg, Francesca. Das musst du mir versprechen«, verlangte er, sein Mund nur eine Winzigkeit von ihren Lippen entfernt.
Sie hörte ihn gar nicht mehr. Da war ein Pulsieren zwischen ihren Schenkeln, und sie spürte, wie sich ihre Brustwarzen aufrichteten. Als sie sich enger an ihn schmiegen wollte, fühlte sie überrascht den festen, beharrlichen Druck seiner Erregung. Sein Griff wurde fester. »Versprich es mir«, verlangte er wieder.
»Ich verspreche es«, murmelte sie, ohne recht zu wissen, was sie da eigentlich versprach.
Hart lächelte und nahm ihren Mund in Besitz.
Francesca war immer wieder überrascht von seinen vollendeten Küssen, von seinen geschickten Berührungen. Er verstand sich darauf, mit ihren Lippen, ihrer Zunge zu spielen, er verstand sich darauf, ihren Körper zu streicheln, bis sie vor Verlangen den Tränen nahe war. Er bedeckte ihren Mund mit seinem, teilte ihre Lippen, streichelte die Winkel mit seiner Zunge, und als sie sich enger an ihn schmiegte, wanderte sein Mund zu einem Punkt zwischen ihrem Kiefer und ihrem Ohrläppchen. Als sie seine Zunge dort spürte, wurden ihre Knie weich, und ihre Beine drohten ihren Dienst zu versagen. Sie klammerte sich an ihn, ließ ihre Finger durch das kurze Haar in seinem Nacken gleiten, über seinen kräftigen Nacken, an seinen Schulterblättern hinab und über seinen Rücken. Sein Mund wanderte unaufhaltsam an ihrem Hals hinab, ließ sie aufstöhnen, ließ ihre Brustwarzen hart werden, bis sie schmerzten. Seine Hände lagen tief auf ihren Hüften, nur eine dünne Schicht Seide zwischen seinen Fingerspitzen und dem Fleisch, und ihre Lenden entflammten. Sie wimmerte, wollte ihn noch näher an sich ziehen,

als sein Mund erneut den ihren fand, ihre Zungen einander herausforderten und ihre Körper erbebten. Sie war gefangen zwischen ihm und der Wand. Seine muskulösen Oberschenkel, seine harte Brust machten sie bewegungsunfähig.

Abrupt beendete er den Kuss, wandte den Kopf ab. Francesca, die ganz benommen war, stieß einen Protestlaut aus. Das Geräusch von Harts schwerem Atem erfüllte den Flur. Francescas erster klarer Gedanke galt der Tatsache, dass es ihr gelungen war, diesen Mann – einen Meister der Selbstbeherrschung – aufs Äußerste zu erregen. Er hob den Kopf, und ihre Blicke senkten sich ineinander.

Seine Augen waren rauchig, aschgrau vor Begierde, doch Francesca erkannte darin auch seine scharfe Intelligenz und eine tiefe Nachdenklichkeit. Er heckte irgendeinen Plan aus, sie konnte förmlich sehen, wie es in seinem Kopf arbeitete.

»Es reicht mir. Ich habe genug, Francesca«, sagte er mit leiser, warnender Stimme.

Sie riss überrascht die Augen auf. Und dann gewann ihre Vernunft wieder die Oberhand. Im Hintergrund klapperten Töpfe und Pfannen, Dienstboten liefen an ihnen vorbei, und aus der Küche drangen vernehmlich die Unterhaltungen des Personals, zeitweise durch Gesang unterbrochen. Sie hatten gerade einen schrecklichen Fauxpas in der Öffentlichkeit begangen, und Dienstboten tratschten nun einmal leidenschaftlich gern. Aber viel wichtiger war jetzt die Frage: Was genau meinte Hart mit seinen Worten?

»Komm mit, Francesca«, sagte er ausdruckslos und ergriff ihre Hand.

»Wie bitte?« Sie atmete tief durch, versuchte ihr Zittern unter Kontrolle zu bringen und ihre Gedanken zu ordnen.

Er warf ihr einen langen, finsteren Blick zu. »Ich habe genug von diesem albernen, unreifen Spiel. Du nicht auch?«
Sie verstand nicht, was er meinte. Wollte es vielleicht auch gar nicht begreifen. Aber er marschierte bereits mit langen Schritten den Flur entlang auf die Tür zu, die in die Empfangshalle führte, und zog sie mit festem Griff hinter sich her.
Trotz ihrer Benommenheit kam ihr in den Sinn, dass sie furchtbar derangiert aussehen musste. Hatte sich ihr Haar etwa gelöst? Sie tastete danach und stellte zu ihrer Erleichterung fest, dass ihre Frisur immer noch saß. Während sie sich bemühte, mit ihm Schritt zu halten, blickte sie an sich hinab. Wundersamerweise schien ihr Kleid nicht in Unordnung geraten zu sein, alles saß so, wie es sollte. »Calder, vielleicht sollte ich mich noch kurz frisch machen.«
Er packte ihre Hand noch fester und zerrte sie förmlich durch die verhängnisvolle Tür. »Es ist an der Zeit, diesem Unfug ein Ende zu setzen, Francesca.«
Während er sie schnellen Schrittes durch die Gästeschar führte, begann sie endlich zu begreifen, und ihr Herz schlug heftiger vor Aufregung, übertönte jegliche Überreste von Furcht. Er hatte recht. Das hier war wirklich Unfug. Sie musste sich endlich entscheiden und Ernst machen mit der Heirat. Falls die Ehe dann doch nicht funktionieren sollte – nun ja, dann war es eben so! Immerhin war sie keine romantische Törin, war es zumindest bis vor kurzem nie gewesen. Sie war stark – das hatte sie hinreichend unter Beweis gestellt. Wenn sie ihn heiratete und es ihr gelang, eine gewisse Distanz zu wahren, wenn sie ihr Herz sorgfältig schützte, würde er ihr niemals wehtun können, und sie würden gewiss gut miteinander auskommen.

Die Gäste traten zur Seite, um sie durchzulassen. Hart strahlte eine solche Entschlossenheit aus, dass niemand es wagte, sich ihm in den Weg zu stellen. Francesca sah im Vorbeieilen ihren Bruder und die Gräfin, doch ihre Gesichter waren verschwommen. Sie sah auch Mrs Davies, deren verärgerte Miene sie wesentlich klarer erkennen konnte. Sie nahm sich vor, Calder nach ihr zu fragen. Und dann entdeckte sie ihre Eltern.

Julia Van Wyck Cahill war eine atemberaubende blonde Schönheit – es war ersichtlich, von wem ihre Töchter das gute Aussehen hatten. Sie stutzte, als sie Francesca mit Hart erblickte, doch dann breitete sich ein Lächeln auf ihrem Gesicht aus. Julia vergötterte Hart und plante schon seit einiger Zeit, ihre jüngere Tochter mit ihm zu verkuppeln.

Andrew Cahill hatte sein Vermögen mit Fleischverarbeitung in Chicago gemacht. Er war klein und stämmig, trug einen Backenbart und war insgesamt eine gutmütige Erscheinung. Er stutzte ebenfalls, als er sah, wie Francesca von Calder Hart durch den Raum gezogen wurde, doch dann färbte sich sein Gesicht dunkelrot. Im Gegensatz zu seiner Frau war er völlig unbeeindruckt von Harts Errungenschaften, und er kannte seinen Ruf als ruchloser Schürzenjäger.

Hart blieb stehen, ergriff ein leeres Champagnerglas vom Tablett eines vorbeigehenden Kellners und tippte mit dem Fingernagel dagegen. »Meine Damen und Herren. Meine Damen und Herren, dürfte ich um Ihre Aufmerksamkeit bitten.«

Die Unterhaltungen verstummten. Alle Gesichter wandten sich ihnen zu.

Francesca stand mit einem mulmigen Gefühl an seiner Seite und dachte: *O Gott, jetzt ist es so weit.* Aber angesichts der ungeheuren Anziehungskraft, die er auf sie ausübte, angesichts seines unglaublichen Charismas hatte sie einfach keine andere Wahl.

»Miss Cahill hat mir die große Ehre erwiesen, meinen Heiratsantrag anzunehmen«, verkündete er mit lauter Stimme, während sich die versammelten Gäste um sie scharten.

Einen Augenblick lang herrschte verblüfftes Schweigen, doch dann setzte Beifall ein – gefolgt von den Glückwünschen und Hurra-Rufen einiger Männer.

Francesca zitterte. Sie blinzelte und sah, dass Julia vor Freude strahlte, dann erhaschte sie einen Blick auf Mrs Davies, die schockiert wirkte. Als sie sich umblickte, stellte sie fest, dass ihr offensichtlich jede einzelne Dame im Raum am liebsten einen Dolch ins Herz gerammt hätte.

Hart kicherte und murmelte: »Ja, wenn Blicke töten könnten, dann wärest du jetzt tot, mein Liebling.« Dann nahm er ihr die Handtasche ab, zog den Ring hervor, und mit einem Schlag vergaß Francesca all die Menschen um sich herum. Sämtliche Gäste schienen sich plötzlich in Luft aufzulösen, ihre Stimmen erreichten sie nicht mehr, und sie war allein mit Calder Hart. Ihre Blicke trafen sich. In seinen dunklen Augen lag eine solch tiefe Zärtlichkeit, dass es ihrem Herzen einen Stich versetzte.

»Dieser Abend verlangt nach Champagner«, sagte er leise. »Eine kleine Feier, nur wir zwei.«

Ihr Atem ging schneller – sie wusste, was es bedeutete, mit ihm allein zu sein. Er lächelte und schob ihr den Ring mit dem achtkarätigen Diamanten auf den behandschuhten Finger. Francesca starrte darauf hinab, hatte das Gefühl, geblendet zu sein – ob durch den funkelnden Diamanten oder durch den Zauber des Augenblicks, wusste sie nicht.

Ihr Herz schien ihr etwas sagen zu wollen, und sie spürte, wie ihr eine Träne über die Wange lief.

»Ich werde dir niemals wehtun«, flüsterte er ihr ins Ohr und küsste sie auf die Wange.

Francesca hob den Blick. »Ist das ein Versprechen?«

»Mehr als das. Es ist ein Schwur«, erwiderte er. Dann drehte er sie um und hielt ihre Hand in die Höhe.

Einigen Damen entfuhr ein Aufschrei, andere schnappten vor Ehrfurcht und Bewunderung hörbar nach Luft, wiederum ertönten Hurra- und Beifallsrufe der Männer. Einer rief Hart zu, nun sei er also endlich in die Falle gegangen, Hart stimmte ihm zu, und die Männer lachten. Francesca fühlte sich einer Ohnmacht nahe, rettungslos von ihren Gefühlen überwältigt. Es war, als füllte sich ein großer Ballon in ihrer Brust mit Luft. Ihre Knie drohten nachzugeben.

Hart bemerkte, in welcher Verfassung sie sich befand, und legte stützend den Arm um sie. »Benötigst du ein Glas Wasser?«, erkundigte er sich besorgt.

Sie kam zu dem Schluss, dass sie doch nicht in Ohnmacht fallen würde – schließlich hatte sie das noch nie getan, und die Bekanntgabe ihrer Verlobung war nun wirklich keine günstige Gelegenheit. Gerade als sie murmelte: »Nein, es geht mir gut«, sah sie ihre Eltern auf sich zukommen.

Julia klatschte begeistert in die Hände. Francescas Vater hingegen war offensichtlich wütend.

»Bist du auch sicher, dass es dir gutgeht?«, fragte Hart noch einmal flüsternd an ihrem Ohr.

Francesca wollte es gerade bestätigen, als ihr Blick auf Rick Bragg fiel.

Er war kreidebleich und starrte sie ungläubig an.

Augenblicklich vergaß sie Hart und wollte Bragg entgegeneilen. *Sie musste ihm diese Angelegenheit unbedingt erklären.*

Hart packte sie energisch an der Hand und hielt sie zurück. »Ich werde es verdammt noch mal nicht zulassen, dass du ihm jetzt hinterherläufst, nachdem wir gerade unsere Verlobung bekannt gegeben haben!«, sagte er mit leiser, düsterer Stimme.

Er hatte natürlich recht – aber andererseits auch wieder nicht. Francesca sah niedergeschlagen zu, wie Bragg etwas zu seiner Frau sagte, dann auf dem Absatz kehrtmachte und steif aus dem Empfangssalon schritt, offenbar um die Feier zu verlassen. Dabei musste Francesca doch unbedingt mit ihm reden! Er durfte sie nicht des Verrats bezichtigen; schließlich war seine Frau in sein Leben zurückgekehrt und auch, wie Hart immer wieder betonte, in sein Bett.

Francesca schloss gequält die Augen. Als sie sie wieder aufschlug, begegnete sie Leigh Annes Blick. Die Frau des Commissioners starrte sie an, sichtlich ebenso überrascht wie alle anderen, aber falls sie erfreut war, verbarg sie es sehr geschickt. Im nächsten Moment eilte Leigh Anne hinter Bragg her, der an der Eingangstür auf sie wartete.

»Mr Cahill, Sir«, sagte Hart.

Francesca fand sich in der Umarmung ihrer Mutter wieder. »Mein liebes Kind, damit wird ein Traum für mich wahr!«, rief Julia. »Ich freue mich ja so für dich!«

»Vielen Dank, Mama«, brachte Francesca heraus und blickte zu Hart und ihrem Vater hinüber. Die zwei führten einen knappen Wortwechsel, der offenbar darauf hinauslief, dass Hart am nächsten Tag vorstellig werden würde, um die Angelegenheit ihrer Verlobung zu besprechen. Dann fiel ihr Blick auf Connie.

Ihre Schwester strahlte sie selig an.
Francesca gab ihren Widerstand auf und erwiderte das Lächeln. Sie war nun mit dem Mann verlobt, der als die beste Partie der Stadt galt, doch der Zauber des Augenblicks war verflogen, und etwas Unschönes, Beunruhigendes war an seine Stelle getreten. Dann, als die Braggs aufbrachen, sah sie den jungen Joel Kennedy an ihnen vorbei in die Eingangshalle schlüpfen.
Ihre Augen wurden groß vor Überraschung. Joel war weitaus mehr als nur ein armes Gassenkind, auch wenn er sich bis vor kurzem noch als Taschendieb betätigt hatte; allerdings war das aus der Not heraus geschehen, um zum Unterhalt der vaterlosen Familie beizutragen. Er war ein kleiner, schmächtiger Junge mit rabenschwarzem Haar, bekleidet mit einer schlecht sitzenden, schäbigen Wolljacke und einer Filzkappe. Die Knie seiner Cordhose waren geflickt. Er hatte die Hände in den Taschen vergraben und schien sich furchtbar unbehaglich zu fühlen. In der Tat wirkte er hier völlig deplaziert. Als sich ihre Blicke trafen, winkte er ihr aufgeregt zu und bedeutete ihr, sie möge zu ihm kommen. Francesca begriff, dass da etwas nicht stimmte.
Sie hatte Joel kürzlich als Gehilfen angestellt und fragte sich nun, ob es wohl einen neuen Fall aufzuklären galt.
»Kennedy?«, sagte Hart mit einem Anflug von Überraschung in der Stimme. Doch dann fügte er ironisch hinzu: »Nun, damit hätte ich früher oder später wohl rechnen müssen. Ich hätte nur nicht gedacht, dass der Moment so bald kommen würde.«
»Ich bin gleich wieder da«, versprach Francesca, die seine Worte gar nicht gehört hatte. Wenn Joel in eine solche Festivität hineinplatzte, musste etwas wirklich Schlimmes vor-

gefallen sein. Was immer es war, sie musste sich der Sache annehmen, jetzt sofort. Hastig durchquerte Francesca den Raum. »Joel! Welch eine Freude, dich zu sehen!«, rief sie und umarmte ihn.

»Miss Cahill! Gott sei Dank sind Sie wieder da!«, gab er zurück. Er war sichtlich verstört.

Sie legte ihm einen Arm um die Schulter. »Was ist denn geschehen?«

»Die Tochter von Mutters Freundin wird seit drei Tagen vermisst«, berichtete er mit dringlicher Stimme. »Die arme Mrs O'Hare is jeden Tag bei uns und weint sich die Augen aus'm Kopf. Wir beten alle, dass sie bald wieder nach Hause kommt!«

Francesca starrte ihn an und vergaß mit einem Schlag all die Sorgen, die sie zurzeit bedrückten. »Ein Kind wird vermisst? Und das schon seit drei Tagen?«, vergewisserte sie sich erschrocken, und ihre Gedanken überschlugen sich.

Joel nickte grimmig. »Die kleine Emily O'Hare. Ich kenn sie schon mein ganzes Leben lang«, fügte er hinzu.

Das war in der Tat entsetzlich. Francesca befürchtete das Schlimmste, was das Schicksal des Kindes betraf, denn drei Tage waren eine lange Zeit. »Wir müssen umgehend die Eltern des Mädchens befragen«, entschied sie. »Es ist noch früh genug, gewiss noch vor neun Uhr. Lass uns sofort hinfahren«, entschied sie spontan.

»Ich halte 'ne Droschke an«, rief Joel und lief davon.

»Du widmest dich also wieder einem neuen Fall?«, ertönte Harts Stimme hinter ihr.

Sie fuhr herum, mied aber seinen fragenden Blick und rief einem vorbeigehenden Dienstboten zu: »Meinen roten Umhang, bitte.« An Hart gewandt erwiderte sie: »Ich fürchte,

ja. Ein junges Mädchen wird seit drei Tagen vermisst. Der Zeitfaktor spielt bei so etwas eine entscheidende Rolle, also fang bitte keine Diskussion mit mir an. Es ist noch früh, und ich will die Eltern des Kindes noch heute Abend befragen.«
Ungeduld überkam sie – es drängte sie, sich umgehend auf den Weg in die Innenstadt zu machen.
Hart seufzte, schüttelte den Kopf und sagte zu einem anderen Dienstboten: »Meinen Mantel und meine Handschuhe, bitte.«
Francesca fuhr zusammen. »Was hast du denn vor?«
»Ja, glaubst du denn wirklich, ich würde zulassen, dass du heute Abend, in diesem Kleid, nur mit Kennedy an deiner Seite in irgendeinem fragwürdigen Viertel Nachforschungen anstellst?«
Sie blinzelte. Es dauerte einen Moment, ehe sie begriff, was er damit meinte: »Du willst doch nicht etwa sagen …? Das kann nicht dein Ernst sein!«
»Und ob. Ich komme mit, meine Liebe.« Er lächelte sie an.
Sie vergewisserte sich verblüfft: »Du willst mich bei meinen Nachforschungen begleiten?«
»Ganz recht.«
Das war wirklich unglaublich, aber Francesca wollte sich ihre Begeisterung nicht anmerken lassen. Sie zuckte lediglich mit den Schultern und sagte nonchalant: »Meinetwegen. Wenn du es wirklich für nötig befindest. Ich bilde mir allerdings ein, bereits unter Beweis gestellt zu haben, dass ich sehr gut selbst auf mich aufpassen kann.« Sie ließ sich von dem Dienstboten ihren Umhang umlegen.
»Ich glaube nun einmal, dass es vonnöten ist, also lass mir doch bitte meinen Willen.« Er schlüpfte in seinen schwarzen Mantel.

»Da wäre nur eines«, sagte Francesca, während sie zur Haustür gingen.
»Ich höre.«
»Du bist ein Amateur in kriminalistischer Ermittlungsarbeit, und ich möchte nicht, dass du mir bei meinen Nachforschungen in die Quere kommst.« Ihr war bewusst, dass ihr Tonfall ein wenig schroff war, aber es lag ihr viel daran, von Beginn an gewisse Grenzen abzustecken.
»Ganz wie du wünschst, mein Liebling«, erwiderte er gehorsam.
Seine Gefügigkeit erschien ihr verdächtig, aber darüber würde sie sich später Gedanken machen.
Sie folgten Kennedy hinaus in den kühlen, mondlosen Abend.

KAPITEL 2

DONNERSTAG, 27. MÄRZ 1902 – 22:00 UHR

Harts Kutsche war ein eleganter Landauer, der von sechs Rappen gezogen wurde und mit Samt und Leder gepolstert war. Während die Kutsche zügig durch die dunklen Straßen der Stadt rollte, begann Francesca Joel über Emily O'Hare auszufragen. »Weißt du irgendetwas über ihr Verschwinden?«

Joel schüttelte den Kopf. Er saß in Fahrtrichtung neben Francesca. Hart hatte auf der Sitzbank gegenüber Platz genommen, und zwar in einer Haltung, die alles andere als förmlich war. Francesca bemühte sich, es nicht zu beachten. »Ich weiß bloß, dass sie am Montag mit 'nem Nickel losgegangen is, frisches Brot kaufen. Und dann is sie nicht mehr wiedergekommen.«

Joel hatte Francesca bereits die Adresse des vermissten Kindes genannt. Die O'Hares wohnten auf der Avenue A, an der Kreuzung zur Tenth Street – im selben Mietshaus wie er selbst und seine Familie. Es war ein trostloses Viertel, in dem Kinderbanden neben gefährlichen, kriminellen Elementen ihr Unwesen trieben. Aber dort lebten auch fleißige und ehrliche Menschen wie Joels Mutter, Maggie Kennedy, die sich nach Kräften bemühte, ihre Kinder zu rechtschaffenen Menschen zu erziehen. Francesca seufzte. »Hat Mrs O'Hare irgendeine Vermutung, was geschehen sein könnte?«

»Glaub ich nicht. Aber ich wusste auch gar nicht, was ich

sie fragen sollte, solange sie weg waren, Miss Cahill«, sagte Joel.
»Ist sie zur Polizei gegangen?«, mischte sich Hart gelassen ein.
Joel nickte. »Die haben ihr aber bloß gesagt, dass in der Stadt dauernd Leute verschwinden.«
Francesca kochte innerlich vor Wut. Gott sei Dank, dass sie jetzt wieder da war. Sie gestattete sich nun doch einmal, zu Hart hinüberzuschauen, dessen Gegenwart sie in einer Weise ablenkte, die ihr in diesem Moment höchst ungelegen kam. Sie tauschten einen wissenden Blick. Hätte die kleine Emily an der Fifth Avenue gewohnt, dann hätte man sich binnen weniger Stunden um ihr Verschwinden gekümmert. Das wusste Francesca mit Sicherheit, denn sie hatte schon einmal an einem Fall von Kindesentführung mitgearbeitet. Sie schlug die Augen nieder, plötzlich überwältigt von der Erinnerung an die vielen Gelegenheiten, bei denen sie so eng mit Bragg zusammengearbeitet hatte. Sie waren mehr als nur ein hervorragendes Ermittlergespann gewesen, viel mehr. Francesca verschränkte in einem Anflug von Kummer die Arme vor der Brust. Es war schon seltsam, dass Hart jetzt bei ihr war.
Sie starrte durch die Scheibe nach draußen, sah die Gebäude vorbeigleiten. Der Winter zog sich langsam aus der Stadt zurück. Als sie New York verlassen hatte, waren die Straßen noch mit schmutzigem Eis bedeckt gewesen, und Schneematsch hatte auf den Bürgersteigen gelegen. Nun sah sie im Schein der hohen, schmiedeeisernen Gaslaternen die Bürgersteige frei von Schnee, und auf dem Kopfsteinpflaster der Straßen standen nur vereinzelte Pfützen. Die Kutsche war von der Fifth Avenue abgebogen und fuhr gerade

am Madison Square vorbei, wo Bragg ein hübsches Häuschen gemietet hatte. Ein Obdachloser hatte sich auf einer eisernen Parkbank unter einem Kartoffelsack für die Nacht eingerichtet. Francescas Blick glitt über den Platz hinweg zu Braggs viktorianischem Backsteinhaus hinüber. Ein Fenster im oberen Stockwerk war erleuchtet; wie sie wusste, gehörte es zum Schlafzimmer. Ob er wohl gerade mit Leigh Anne schlief?

»Vielleicht solltest du in diesem Fall meinen Bruder hinzuziehen«, unterbrach Hart ihre Gedanken.

Francesca fuhr herum und stellte fest, dass er sie beobachtete. Er wusste, was ihren Blick angezogen hatte. Sie öffnete den Mund, um zu erwidern, genau das habe sie gerade in Erwägung gezogen, doch es widerstrebte ihr, ihn anzulügen, selbst wenn es sich um eine Notlüge handelte. »Er würde sicherlich einen seiner Männer dafür abstellen.«

»Gewiss würde er das«, stimmte ihr Hart zu. »Denn er könnte dir niemals etwas abschlagen.«

Sie rutschte unbehaglich auf ihrem Sitz hin und her und rang sich ein Lächeln ab, das er jedoch nicht erwiderte.

»Er könnte es niemals zulassen, dass ein Verbrechen nicht verfolgt wird, Hart«, sagte sie leise.

Hart gab einen spöttischen Laut von sich. »Natürlich nicht.«

Francesca wich seinem Blick aus. Eines war Bragg unbestritten: ein Mann mit höchst ehrenwerten Absichten. Er war ein überzeugter Reformist, genau wie sie selbst, und man hatte ihm dieses Amt übertragen, damit er sich der unangenehmen Aufgabe widmete, den korrupten Polizeiapparat der Stadt zu reformieren – ein Problem, das man immer mal wieder mehr oder weniger halbherzig in Angriff genommen hatte, je nachdem, welche Partei gerade an der Macht war. Sie ließen Braggs Backsteinhaus hinter sich. Die Kutsche rumpelte nun den Broadway hinunter, wo sie eine leere elektrische Straßenbahn überholte. »Die Polizei hat recht. In dieser Stadt verschwinden jeden Tag Menschen. Auch Kinder«, sagte Hart.

»Ich weiß.«

»Drei Tage sind eine lange Zeit. Mach dir keine allzu großen Hoffnungen, Francesca.«

»Ich bin nicht diejenige, um die du dir Sorgen machen solltest. Es geht um Emily – und um ihre Familie.«

»Ich werde mich immer um dich sorgen, auch wenn du sehr wohl auf dich selbst aufpassen kannst.«

Bei diesen Worten schlug ihr Herz schneller, doch sie ließ sich ihre Freude darüber nicht anmerken. »Ich glaube, die meisten vermissten Kinder sind Ausreißer.«

»Da stimme ich dir zu.«

Mit einem Blick aus dem Kutschenfenster stellte sie fest, dass sie beinahe die Fourteenth Street erreicht hatten. Drei Hansoms warteten an der Kreuzung, und Raoul, Harts Kutscher, verlangsamte die Fahrt. Francesca wandte sich an Joel. »Wie alt ist Emily, Joel?«

»Dreizehn. Sie hatte letzte Woche Geburtstag«, antwortete der Junge prompt.

»Hat sie die Schule besucht?«

Joel warf ihr einen ungläubigen Blick zu. »Nein. Sie arbeitet mit meiner Mom und Mrs O'Hare als Näherin bei Moe Levy.«

»Ist sie ein glückliches Kind?«, erkundigte sich Francesca weiter. Trotz der Bildungsgesetze war es nichts Ungewöhnliches, dass ein Kind in diesem Alter bereits arbeitete. Und in der Kleiderfabrik von Moe Levy herrschten eigentlich erträgliche Arbeitsbedingungen – die Näherinnen saßen in einem großen Raum, der zwar nicht gerade luftig, aber auch nicht stickig war. Francesca war vor einigen Monaten einmal selbst dort gewesen und hatte sich die Räumlichkeiten angesehen.

»Ich glaube schon«, erwiderte Joel und runzelte die Stirn. »Wieso fragen Sie das, Miss Cahill?«

»Könnte es sein, dass sie von zu Hause fortgelaufen ist?«

Er sah sie erschrocken an. »Nein, auf keinen Fall. Sie hat sich zwar hin und wieder mit ihrer Mom gestritten, aber warum sollte sie weglaufen? Wohin sollte sie denn gehen?«

Francesca hatte keine Ahnung. Hart jedoch sagte kühl: »Ist sie hübsch, Joel?«

Francesca fuhr zu ihm herum und starrte ihn mit offenem Mund an.

Joel nickte. »Sehr hübsch. Sie hat ganz helle Haut und langes, lockiges schwarzes Haar und blaue Augen – wie Miss Cahill.«

Francesca fragte sich entgeistert, welche schrecklichen Gedanken Hart wohl verfolgen mochte, doch sie wollte in Joels Beisein nicht darüber reden. »Gibt es vielleicht einen jungen Gentleman, den sie besonders gern hat?«, erkundigte sich Hart weiter.

Francesca wurde bang ums Herz, und sie wartete angespannt auf Joels Antwort.

»Keine Ahnung«, sagte der und wurde rot. »Die Männer ham sie immer angesehen, wenn sie über die Straße ging, Mr Hart. Und die von der üblen Sorte haben ihr schmutzige Sachen angeboten, wenn Sie wissen, was ich meine.«

»Allerdings«, sagte Hart leise.

»Wir sind beinahe da!«, rief Francesca, entschlossen, der Unterredung ein Ende zu bereiten.
»Sie glauben doch wohl nicht, dass sie mit irgendeinem Rüpel durchgebrannt ist?«, fragte Joel mit scharfer Stimme.
»Nein, das glaube ich nicht«, erwiderte Hart ruhig.
Francesca fragte sich, was er tatsächlich denken mochte. Sie brannte darauf, es zu erfahren, hielt sich aber zurück, da sie den armen Joel nicht noch mehr beunruhigen wollte. Der Junge hingegen, gewitzt wie er war, fragte weiter: »Aber Sie glauben, dass sie auf 'nen feinen Dandy wie Sie reingefallen is!«
Hart zuckte mit den Schultern. »Möglicherweise hat ihr ein *Gentleman* ein verlockendes Angebot gemacht.«
Joel errötete heftig. »Mr Hart, Sir! Ich hab das nicht respektlos gemeint!«
»Ich weiß«, versetzte er und lächelte dem Jungen beruhigend zu.
»Calder! Worauf genau willst du hinaus?«, verlangte Francesca zu wissen, die ihre Frage nicht länger zurückhalten konnte.
Er richtete den Blick auf sie. »Es gibt da gewisse Leute, die auf der Suche nach jungen, hübschen, unschuldigen Mädchen sind. Möglicherweise hat man ihr Geld, Kleider oder eine Wohnung angeboten. Wenn sie wirklich so hübsch ist, wäre das meine erste Vermutung für den Grund ihres Verschwindens.«
Francesca war für einen Moment sprachlos. Die Kutsche hatte inzwischen angehalten, und ein leichtes Rucken verriet, dass Raoul vom Kutschbock kletterte. »Aber sie ist doch noch ein Kind. Ein Kind von gerade einmal dreizehn Jahren.«

»Ich sage ja nicht, dass ich ein solches Verhalten billige«, erwiderte er. »Aber so etwas kommt nun einmal vor.«
Sie starrte ihn an.
Er wich ihrem Blick nicht aus. Als Raoul die Tür öffnete, dankte er dem Kutscher, ohne sich von Francesca abzuwenden.
Joel zupfte sie am Ärmel. »Er hat recht, Miss Cahill. Ich hab so was mal von Tammie Browne gehört. Die hat in unserer Straße gewohnt. War richtig hübsch, dunkelrote Haare und große blaue Augen, und als sie fünfzehn war, ist sie mit 'nem Gentleman gegangen und hat bei ihm gewohnt. Ihr Vater sagt, seitdem ist sie nicht mehr seine Tochter. Er ist bloß 'n Metzger, aber 'ne ehrliche Haut, ziemlich gläubig und so. Der bricht immer noch jedes Mal in Tränen aus, wenn er ihren Namen hört.«
Francesca schloss kurz die Augen. Es war immer wieder ein Schock für sie, aus dem Prunk und Überfluss ihrer Welt in diese andere zu treten, diese dunkle Welt, die von Verzweiflung und Hoffnungslosigkeit beherrscht war. Eine Welt, von der Connie und Julia nicht einmal wussten, dass sie existierte – eine Welt, in der Mädchen wie Tammie Browne gezwungen waren, in die Verderbtheit abzugleiten, um überleben zu können.
Hart berührte ihren Ellenbogen. »Wenn du Emily finden willst, sollten wir jetzt hinaufgehen und ihre Eltern befragen«, sagte er.
Sie schrak auf. Er hatte sich so dicht zu ihr herübergebeugt, dass seine Knie die ihren berührten. »Ich hoffe nur, dass du dich irrst, Calder. Das hoffe ich von ganzem Herzen.«
Er zögerte. »Es gibt schlimmere Schicksale.«
Sie blickte ihn alarmiert an. »Zum Beispiel?«

»Bitte.« Er forderte sie mit einer Kopfbewegung auf, aus der Kutsche zu steigen, wobei sein Blick keinen Moment von ihr wich.
Francesca ließ sich von Raoul aus dem Landauer helfen und bedankte sich bei dem kleinen, dunkelhäutigen Kutscher, von dem sie vermutete, dass er in Wahrheit eher ein Leibwächter war. Dann folgten sie und Hart Joel in das dunkle, schmutzige Backsteingebäude und zwei schmale, unbeleuchtete Treppen hinauf. Der Junge klopfte an die Tür zur Wohnung Nummer sieben, woraufhin sofort ein älterer Mann mit geröteten Augen öffnete. Francesca nahm an, dass es sich um Emilys Vater handelte.
Er trug eine Arbeitshose und einen zerlumpten Pullover.
»Joel?« Der Mann schien geschlafen zu haben. Er roch allerdings nach Bier.
»Mr O'Hare, Sir. Ich hab Miss Cahill mitgebracht, eine berühmte Detektivin.«
O'Hare blinzelte. Er hatte dunkles Haar mit langen Koteletten und einen sehr dicken Bauch.
»Sie kann helfen, Emily wiederzufinden«, fügte Joel eindringlich hinzu.
Francesca drückte dem Mann rasch ihre Visitenkarte in die Hand.

Francesca Cahill
Kriminalistin aus Leidenschaft
810 Fifth Avenue, New York City.
Akzeptiere alle Fälle. Kein Verbrechen zu geringfügig.

O'Hare warf einen Blick darauf und blinzelte wieder. »Was soll das?«

Irgendwo in der Wohnung ertönte die hoffnungsvolle, gespannte Stimme einer Frau, die sich erkundigte, wer da sei.
»Mr O'Hare, Sir. Mein Name ist Francesca Cahill und ich bin Privatdetektivin. Ich bin hier, um Ihnen einige Fragen über Emilys Verschwinden zu stellen«, erklärte Francesca mit fester Stimme.
Die Augen des Mannes füllten sich mit Tränen. »Willst du mir etwa 'nen Streich spielen, Junge?«, fuhr er Joel an. »Du magst keinen Vater haben, aber ich hätte nix dagegen, dir eine Tracht Prügel zu verabreichen!«
Francesca schob Joel hinter ihren Rock. »Mr O'Hare. Darf ich eintreten? Ich würde mich gern mit Ihnen und Ihrer Frau unterhalten – wenn Ihnen daran liegt, Ihre Tochter wiederzufinden.«
»Brian!« Eine rundliche Frau mit bemerkenswert schwarzem Haar und leuchtenden blauen Augen eilte auf sie zu. Sie sah Francesca an und sagte, ohne den Blick von ihr zu wenden, zu ihrem Mann: »Maggie hat mir von Miss Cahill erzählt. Sie ist Privatdetektivin, Brian. Sie macht Mörder, Schurken und Gauner ausfindig – und sogar verschwundene Kinder. Bitte lass sie rein!«
Brian fuhr zusammen, während Francesca beim Anblick von Emilys Mutter die schlimmsten Befürchtungen überkamen. Wenn Emily ihr ähnlich sah, war sie wahrscheinlich mehr als nur hübsch – dann war sie eine Schönheit, und Hart lag mit seiner Vermutung womöglich richtig, so schrecklich dieser Gedanke auch war.
»Wo habe ich bloß meine Manieren«, sagte Brian mürrisch, trat zur Seite und öffnete die Tür. »Tut mir mächtig leid, Miss Cahill.«
Francesca legte ihm eine Hand auf den Arm. »Sie brauchen

sich wirklich nicht zu entschuldigen. Diese Sache muss Sie furchtbar mitnehmen.« Mit einem Blick zu Hart betrat sie lächelnd die kleine, aber ordentliche Wohnung. An einer Wand befanden sich ein Waschbecken und ein Ofen, an einer anderen ein Bett, in dem zwei kleine Kinder lagen. Als sie eintrat, spähten die beiden neugierig unter der Bettdecke hervor. Ein Teil des Raumes war durch einen Vorhang abgetrennt – Francesca nahm an, dass dort Emilys Eltern schliefen. Im Küchenbereich stand ein großer Holztisch mit fünf Stühlen, in einer anderen Ecke des Zimmers ein Waschzuber. »Mr O'Hare, dies ist ein Freund von mir, Mr Hart.«

O'Hare nickte Hart zu. »Kommen Sie rein. Nehmen Sie nur Platz. Kathy, schau mal nach, was wir unseren Gästen anbieten können.«

Kathy lächelte bitter und rührte sich nicht von der Stelle.

Hart sagte ruhig: »Wir haben gerade erst gegessen, Mr O'Hare, vielen Dank. Aber ein Glas Wasser wäre ganz angenehm.«

Kathy ging sichtlich erleichtert zum Spülbecken, um seinem Wunsch nachzukommen.

Während sie an dem Kieferntisch Platz nahmen, empfand Francesca einen eigentümlichen Stolz auf Hart. Sie lächelte Kathy dankend zu, als diese ein Wasserglas vor sie hinstellte, dann beugte sie sich zu O'Hare hinüber, der an der Kopfseite des Tisches saß.

»Wer hat Emily zum letzten Mal gesehen, Mr O'Hare, und wann war das?«

Brian O'Hare öffnete den Mund, um ihr zu antworten, aber er brachte kein Wort heraus. Seine Wangen röteten sich, ebenso wie seine Augen und seine Nase, er schlug die

Hände vors Gesicht und begann zu weinen. Kathy lief um den Tisch herum, stellte sich neben ihn und legte ihm eine Hand auf die breite Schulter. »Ich werd's Ihnen erzählen«, sagte sie mit kreidebleichem Gesicht. »Am Montag kam sie nach Feierabend aus der Fabrik, ganz munter und fröhlich. Ich wollte noch mal losgehen, ein Brot kaufen, aber ich war so furchtbar müde, und da hat sie mir das abgenommen.« Ihr Gesicht nahm einen Ausdruck tiefer Niedergeschlagenheit an. »Sie ist losgegangen und nicht mehr zurückgekommen. Ich weiß noch, wie ich auf die Uhr in dem Schaufenster auf der anderen Straßenseite geschaut hab und mich gewundert hab, wo sie nur blieb. Da war's fünf. Um sechs fing ich an, mir richtig Sorgen zu machen. Um sieben kam Brian nach Hause und hat sich gleich auf die Suche nach ihr gemacht.« Tränen liefen ihr über die Wangen.

»Wann, glauben Sie, hat sie das Haus verlassen?«, fragte Francesca.

»Gegen vier, halb fünf«, flüsterte Kathy schmerzerfüllt.

»Ist sie im Lebensmittelladen gewesen?«

Kathy schüttelte den Kopf. »Will Schmitt, das ist der Besitzer, der hat sie an dem Nachmittag nicht gesehen.«

Francesca schwieg einen Moment lang und blickte Hart an, um ihm die Gelegenheit zu geben, selbst eine Frage zu stellen. Er begriff und sagte: »Ist sie vor dem letzten Montag jemals verschwunden – für ein oder zwei Tage vielleicht, oder auch nur für ein paar Stunden?«

»Nicht ein einziges Mal«, ertönte Brians Stimme. »Meine Tochter ist 'n gutes Mädchen, und sie weiß, was sie zu tun und zu lassen hat.«

»Mr Hart hat es nicht böse gemeint«, versicherte Francesca und legte ihre Hand auf die seine. »Wir müssen Ihnen nun

einmal viele Fragen stellen, und einige davon sind sehr persönlich.«
Brian nickte, wenn auch sichtlich aufgewühlt. »Nur zu.«
»Glauben Sie, dass sie weggelaufen ist?«, fragte Francesca.
Brian schnaubte verächtlich. »Nein.«
Francesca sah Kathy an, die den Kopf schüttelte. »Nein«, flüsterte sie. »Da bin ich mir sicher, Miss Cahill.«
Francesca blickte kurz zu Hart hinüber. Er neigte kaum merklich den Kopf – offenbar wollte er ihr bedeuteten, sie solle in dieser Richtung weiter fragen. »Hatte sie einen Freund?«
»Nein!« Brian sprang heftig auf. »Was bezwecken Sie mit diesen Fragen?«
Francesca erhob sich ebenfalls. »Ich versuche lediglich sicherzustellen, dass sie nicht mit einem gut aussehenden jungen Mann davongelaufen ist, den wir möglicherweise leicht aufspüren könnten.«
»So ist Emily nicht«, sagte Kathy mit bebender Stimme. »Sie ist noch sehr unreif für ihr Alter und schüchtern, was Jungs angeht.«
Francesca wusste nicht mehr weiter. »Wo finde ich den Laden von diesem Schmitt? Ich werde gleich morgen früh einmal mit ihm sprechen.«
»An der Ecke zur Eleventh Street«, antwortete Kathy.
»Was kann der Ihnen schon erzählen? Der weiß doch nix«, rief Brian.
»Jede Ermittlung muss irgendwo beginnen. Nachdem ich mit Schmitt gesprochen habe, werde ich wahrscheinlich alle Ihre Nachbarn befragen. Irgendjemand hat bestimmt etwas gesehen«, erklärte Francesca mit Überzeugung.
»O Gott, wir haben rein gar nix, nicht mal die kleinste Spur«, stöhnte Brian, und seine Nase rötete sich wieder.

Francesca erhob sich. »O doch, Mr O'Hare, wir haben schon einen ersten Ansatzpunkt. Ihre Tochter hat die Wohnung am letzten Montag zwischen vier und halb fünf Uhr nachmittags verlassen. Sie wollte zum Lebensmittelladen, ist dort aber nie angekommen. Man benötigt nur wenige Minuten, um einen Häuserblock zu Fuß zurückzulegen. Also ist sie irgendwann zwischen vier und halb fünf in diesem Straßenquadrat, zwischen Ihrer Tür und der von Schmitts Laden, verschwunden. Das ist doch wohl mehr als nichts. Es gibt dort draußen einen Zeugen, der gesehen hat, was Emily zugestoßen ist, das kann ich Ihnen versichern.«
Hart erhob sich ebenfalls.
Kathy blickte sie erwartungsvoll an, und Hoffnung flackerte in ihren Augen auf. »Glauben Sie das wirklich?«
»Davon bin ich überzeugt«, erwiderte Francesca. Dann fiel ihr plötzlich etwas ein, und sie fügte hinzu: »Wir werden eine Belohnung für Informationen aussetzen. Joel, ich werde noch heute Abend einige handschriftliche Aushänge erstellen. Du kannst sie dann gleich morgen früh verteilen. Den Rest lasse ich drucken, und wir werden sie bis morgen Abend in einem Umkreis von vier Straßenquadraten überall anbringen. Das«, fügte sie zufrieden hinzu, »dürfte uns einige Resultate einbringen.«
Brian sah sie blinzelnd an, und zum ersten Mal an diesem Abend begannen seine Augen zu leuchten. »Das ist eine großartige Idee«, sagte er aufgeregt. »Warum sind wir nicht selbst drauf gekommen?«
»Beruhigen Sie sich«, sagte Francesca. »Ich hätte da noch eine Frage. Joel sagte, Sie seien bei der Polizei gewesen. Wurden Ermittlungen in die Wege geleitet?«
Brian verfluchte die Polizei rundheraus und sagte dann:

»Nein. Nichts dergleichen. Wenn die Demokraten die Wahl gewonnen hätten, dann würden wir nicht in so 'nem Schlamassel stecken, das können Sie mir glauben. Tammany kümmert sich um seine Leute.«

Francesca wurde zornig. »Wenn Sie sich da so sicher sind, warum bitten Sie dann nicht Boss Croker um Hilfe?«

Brian errötete.

Hart ergriff Francescas Arm. »Ich glaube, wir haben für heute erst einmal genug erfahren. Mr O'Hare, Mrs O'Hare, Miss Cahill ist eine hervorragende Privatdetektivin. Falls irgendjemand Ihre Tochter finden kann, dann sie. Sie können ihr wirklich vertrauen.«

Die O'Hares begleiteten sie zum Ausgang. Brian blickte grimmig drein, Kathy ängstlich. An der Tür ergriff Kathy Francescas Hand. »Bitte, finden Sie sie, Miss Cahill. Bitte, bringen Sie mir mein kleines Mädchen zurück.«

»Das werde ich«, versprach Francesca. »Ich werde mein Bestes tun und Sie nicht im Stich lassen.«

Kathy nickte und fragte dann: »Kommen Sie morgen wieder? Um die Zettel wegen der Belohnung aufzuhängen?«

»Nicht nur das. Ich werde Sie auch über den Stand der Ermittlungen auf dem Laufenden halten«, erwiderte Francesca. Und dann umarmte sie die andere Frau spontan. »Sie dürfen die Hoffnung nicht aufgeben«, schärfte sie ihr ein.

Dann stieg sie mit Hart in nachdenklichem Schweigen hinter Joel die schmale, dunkle Treppe hinab. Im ersten Stock blieben sie vor der Wohnung der Kennedys stehen. »Wir sehen uns dann morgen in aller Frühe«, sagte Francesca zu Joel.

»Wie früh?«, erkundigte sich der Junge.

»Um halb acht«, entschied sie.

Er strahlte sie an. »Ich werd da sein, Miss Cahill.« Dann wandte er sich Hart zu. »Gute Nacht, Sir.«
Hart versetzte ihm einen Kinnstüber. »Sieh zu, dass du ins Bett kommst. Mir scheint, morgen wartet ein anstrengender Tag auf dich.«
Sie warteten, während Joel leise an die Tür klopfte. Einen Augenblick später öffnete Maggie Kennedy in einem Flanell-Morgenmantel, das rote Haar zu einem langen Zopf geflochten. Ihre blauen Augen nahmen einen erstaunten Ausdruck an, als sie Francesca und Hart erblickte. »Miss Cahill! Francesca, wollte ich sagen. Was für 'ne nette Überraschung!«
Francesca schenkte ihr ein herzliches Lächeln. »Maggie, wir wollten nur sehen, dass Joel auch sicher zu Hause ankommt. Wir haben den Fall der kleinen Emily O'Hare übernommen«, fügte sie hinzu.
»Gott sei Dank«, flüsterte Maggie und Tränen traten ihr in die Augen. »Da bin ich aber froh, denn ich weiß, dass Sie sie gesund und wohlbehalten wiederfinden werden.«
Francesca war sich bei dem letzten Teil nicht ganz so sicher, aber sie lächelte dennoch. Hart nickte höflich, und dann stiegen sie die letzte Treppe hinunter und gingen zu der wartenden Kutsche. Während er ihr hineinhalf, murmelte er: »Ich bin beeindruckt.«
Seine große Hand lag warm um ihren bloßen Ellenbogen, da sie ihren Umhang über dem Arm trug. Sie lächelte erfreut und setzte sich. »Das war nicht gerade eine außergewöhnliche Befragung«, sagte sie und versuchte angesichts seines Lobes gleichgültig zu erscheinen. Ihr wurde sehr bewusst, dass sie nun unter sich waren und eine weite Fahrt bis ins Villenviertel vor sich hatten.

Hart nahm neben ihr Platz, und Raoul schlug die Kutschentür hinter ihnen zu. »Du hast ihnen Hoffnung gegeben.« Er lehnte sich träge in die Polster zurück. Nur Hart war imstande, eine solch simple Sitzposition in etwas Dekadentes zu verwandeln.

Sie versuchte nicht weiter über seine Männlichkeit nachzudenken und sagte besorgt: »Wenn das nur kein Fehler war. Ich will ihnen keine falschen Hoffnungen machen.«

»Ich hege nicht den geringsten Zweifel, dass es dir gelingen wird, Emily zu finden, Francesca.« Dabei lag eine Wärme in seinem Blick, die einen Eisblock hätte zum Schmelzen bringen können.

Sein Vertrauen in ihre Fähigkeiten überraschte sie, doch zugleich freute sie sich ungemein darüber.

»Du solltest vielleicht nicht ganz so selbstzufrieden grinsen«, bemerkte er schmunzelnd.

Sie strahlte. »Wenn du mir weiter so schmeichelst, wird mir das zwangsläufig zu Kopf steigen, Hart. Und etwas sagt mir, dass du eine eingebildete Frau nicht unbedingt attraktiv finden würdest.«

Er lachte. »Ich weiß, dass du nicht eingebildet bist, meine Liebe, und ich finde dein Selbstvertrauen überaus anziehend.« Sein Lächeln erstarb, und er warf ihr einen langen, nachdenklichen Blick zu, der ihr durchs Herz und geradewegs bis in die Lenden ging. Sie setzte sich auf.

»Du bist eine bezaubernde Frau, Francesca, und die Tatsache, dass du unberechenbar bist, wird mich wohl auf Trab halten«, fügte er hinzu, wobei er die letzten Worte eher vor sich hin murmelte.

»Diese albernen Zeilen tun mir wirklich leid«, sagte Francesca rasch. »Ich wusste nicht, was ich schreiben sollte,

Calder! Ich hätte vor meiner Abreise mit dir reden sollen.«

»Bitte lüg mich niemals wieder an«, entgegnete er nur. »Ich habe dich niemals angelogen und erwarte, dass du mir den gleichen Respekt entgegenbringst.«

Sie nickte und verspürte mit einem Mal eine große Nervosität.

Er schenkte ihr ein kleines Lächeln und wandte sich ab. Sie fuhren jetzt die Fourth Avenue hinauf, entlang der Bauarbeiten für einen neuen Eisenbahntunnel. Sie ergriff die Gelegenheit, Hart genauer zu betrachten, sein markantes Profil zu studieren. Und im gleichen Augenblick stürzten die Bilder des gesamten Abends auf sie ein: ihre Ankunft beim Ball, ihre kurze Unterredung mit Bragg, ihre Begegnung mit Hart im Flur zur Küche, seine anschließende Bekanntgabe ihrer Verlobung. Eine Anspannung machte sich in ihrem Inneren breit. Sie sah wieder Braggs schockierten Gesichtsausdruck vor sich, und mit einem Mal schwand ihr Wohlgefühl dahin.

Sie hatte ihm wehgetan. Das war nicht ihre Absicht gewesen. Wie hatten sie ihre Verlobung nur zu einem so unpassenden Zeitpunkt bekannt geben können?

Er fuhr fort, die vorüberziehenden Gebäude anzustarren. Es herrschte kaum Verkehr, nur ein einzelner Hansom war in ihre Richtung unterwegs, und die Hufe der Pferde klapperten laut im Einklang mit Harts Gespann durch die Nacht. Er war mehr als nur gefährlich verführerisch – er war gefährlich, Punkt. Hart war derjenige gewesen, der ihre Verlobung öffentlich gemacht hatte. Es war seine Entscheidung gewesen – der Zeitpunkt allein von ihm gewählt.

Er blickte träge zu ihr herüber. »Ich an deiner Stelle wäre

mit diesen Plakaten, die eine Belohnung versprechen, etwas vorsichtig.«
Ihr war inzwischen ganz elend zumute. »Wieso?«
»Weil Krethi und Plethi behaupten werden, irgendetwas gesehen zu haben. Ich fürchte, du wirst es mit hundert angeblichen Zeugen von Emilys Verschwinden zu tun haben.«
An diese Möglichkeit hatte sie noch gar nicht gedacht. »Du hast recht. Nun, dann werden wir eben die Spreu vom Weizen trennen müssen. Ich bin davon überzeugt, dass jemand gesehen hat, was Emily zugestoßen ist. Es gibt dort draußen einen Menschen, der im Besitz der Information ist, die ich benötige.«
»Damit hast du nun wiederum recht. Was ist denn los?«
Sie sah auf und begegnete seinem Blick. »Mir ist gerade erst wirklich klar geworden, was wir getan haben.«
»Und was haben wir getan?« Er beobachtete sie jetzt sehr genau, wie ein Adler.
Sie hielt ihre Hand in die Höhe. Selbst im dämmrigen Innenraum der Kutsche funkelte der große Diamant noch. »Ich glaube, wir hätten einen günstigeren Zeitpunkt wählen können.«
Der Muskel in seiner Wange schien wieder zu zucken, aber sie vermochte es in dem schwachen Licht nicht mit Bestimmtheit zu erkennen. »Lass mich raten. Du machst dir Sorgen um die Gefühle meines armen Halbbruders.«
»Ja, das tue ich.« Sie fühlte sich in die Defensive gedrängt und setzte sich noch aufrechter hin. »Es war nicht richtig. Ich habe sein Gesicht gesehen. Er konnte es gar nicht fassen. Es hat ihn tief getroffen.«
Hart lehnte sich zu ihr hinüber. Seine Augen waren jetzt ganz schwarz. »Er hat nicht das geringste Recht, sich ver-

letzt zu fühlen, Francesca, das wissen wir doch beide – auch wenn du es einfach nicht zugeben willst.«

Sie atmete tief durch, machte sich auf eine unangenehme Auseinandersetzung gefasst. »Calder, ich weiß, dass er verheiratet ist. Ich weiß, dass er Leigh Anne liebt, auch wenn er sich das nicht eingestehen will. Aber er hat mich sehr gern. Und das weißt du auch! Er empfindet aufrichtige Zuneigung für mich, und deshalb hat er jedes Recht, sich verletzt zu fühlen.«

»Da bin ich anderer Ansicht. Ich finde, er versucht dich nur davon abzuhalten, Gefühle für mich zu entwickeln.«

»Das ist doch Unfug!«, rief sie und wurde rot.

»Wenn er dich wirklich gewollt hätte, Francesca, dann hätte er Leigh Anne die Haustür – oder zumindest die Schlafzimmertür – vor der Nase zugeschlagen.«

Wie grausam er doch sein konnte. Sie wandte sich heftig von ihm ab, versuchte, nicht daran zu denken, dass Bragg und Leigh Anne das Bett miteinander teilten. Und obwohl sie wusste, dass Hart recht hatte, sagte sie: »Ich habe ihn ermutigt, bei ihr zu bleiben. Habe ihn angefleht, nicht seine politische Zukunft wegzuwerfen. Ich bin mir sicher, dass er mit Leigh Anne an seiner Seite eines Tages einen Sitz im Senat erringen wird. Wäre er geschieden, könnte er solche Hoffnungen wohl begraben.«

Ein beklemmendes Schweigen folgte ihren Worten.

Endlich getraute sie sich, Hart anzusehen.

Sein Lächeln wirkte verzerrt. »Hast du dich jemals gefragt, mein Schatz, ob du nicht einen Hintergedanken hattest, als du ihn um der Politik willen ermutigt hast, seine Ehe fortzuführen?«

Sie bereitete sich auf den Schlag vor, der mit Sicherheit

kommen würde. »Und welchen Hintergedanken könnte ich wohl gehabt haben?«
»Seine Ehe hat es dir erlaubt, dort zu sein, wo du so verzweifelt gern sein möchtest – in meinen Armen … und schon bald auch in meinem Bett.«
Hätte er näher gesessen, dann hätte sie ihn geohrfeigt. Sie begann den Ring von ihrem Finger zu lösen, um ihn ihm vor die Füße zu werfen. Er packte ihre Hand. »Ich entschuldige mich. Das war ungebührlich.«
»Nein, das war grausam«, erwiderte Francesca atemlos. »Du hast mich gebeten, immer ehrlich zu dir zu sein, da auch du immer ehrlich zu mir bist. Ich bin immer freundlich zu dir gewesen, und ich verlange, dass du mich auf die gleiche Weise behandelst!«
Er äußerte sich zunächst nicht dazu, hielt ihre Hand aber weiterhin fest. Dann sagte er: »Ist dir eigentlich niemals in den Sinn gekommen, dass dein Verschwinden im letzten Monat unter diesem fadenscheinigen Vorwand, den du mir als einzigen Trost in einer flüchtigen Notiz hinterlassen hast, auch ein Akt der Grausamkeit war?«
»Wie bitte?!«
Er lehnte sich weiter zu ihr hinüber, und sein Griff wurde fester. »Ist es dir niemals eingefallen, dass die Art und Weise, wie du in meiner Gegenwart über ihn sprichst, von Grausamkeit zeugt?«
Sie starrte erst in seine Augen, dann auf seinen Mund, der dem ihren so provozierend nahe war. »Aber du liebst mich doch nicht.«
»Ich mag nicht an die Liebe glauben, aber ich habe dich verdammt gern, und du weißt, wie sehr ich dich schätze, Francesca«, entgegnete er kurz angebunden. »Und es gibt

Augenblicke – wie diesen –, in denen ich Leigh Anne am liebsten eigenhändig umbringen und dich und ihn zusammenschmeißen würde, damit die Sache endlich ein Ende hat!«

»Bitte sag so etwas nicht«, bat sie.

Er ließ ihre Hand los und rückte wieder von ihr ab. »Es tut mir leid, wenn meine Gefühle nicht immer ehrenhaft sind und ich nicht der Inbegriff der Anständigkeit bin wie er.«

»Du bist ein überaus anständiger und rechtschaffener Mensch«, entgegnete sie mit schwacher Stimme, »wenn du es sein möchtest. Wenn du einmal diesen furchtbaren Konkurrenzkampf mit Bragg vergisst und es nicht darauf anlegst, nette Menschen vor den Kopf zu stoßen.«

Er stieß einen Laut aus, der sich durchaus als Zustimmung deuten ließ.

Francesca schlang sich die Arme um den Leib. »Was ist nur in dich gefahren, ausgerechnet heute Abend unsere Verlobung bekannt zu geben, Hart?«

»Nenn mich bitte nicht Hart, Francesca. Ich heiße Calder, verdammt noch mal!«

»Bitte.«

Er starrte sie wortlos an.

»Wir hätten es nie auf diese Weise öffentlich machen sollen«, flüsterte Francesca. »Aber ich hatte ganz vergessen, dass er da war. Mein Kopf war so benebelt von deinen Zärtlichkeiten.« Als er noch immer schwieg, fügte sie mit dringlicher Stimme hinzu: »Bitte sag mir, dass du es auch vergessen hattest.«

Er begegnete ihrem Blick. »Nein, das hatte ich nicht.«

Sie atmete scharf ein.

»Aber das bedeutet nicht, dass ich die Bekanntgabe aus Ge-

hässigkeit ihm gegenüber gemacht habe, was du offenbar denkst.«
Sie war sich nicht sicher, ob sie ihm glauben sollte oder nicht. Sie schlang die Arme noch fester um ihren Leib.
»Ich habe sie gemacht, um deiner Unentschlossenheit ein Ende zu setzen, Francesca. Ich habe sie gemacht, weil du meinen Antrag vor einem Monat angenommen und mir heute Abend dort auf dem Flur bewiesen hast, dass du es dir nicht etwa anders überlegt hast. Ja, meine Entscheidung mag egoistisch gewesen sein, aber ehrlich gesagt: Wenn ich nicht alles daransetzen würde, zu erreichen, was ich will, wäre ich nicht da, wo ich heute stehe.«
Sie schluckte. »Ich bin kein Gemälde. Und auch kein Sammlerstück.«
»Und ich bin in der Theorie und auch in der Praxis immer gegen die Ehe gewesen. Aber seit ich dich kenne, habe ich mich entschieden, diesen Schritt zu wagen – mit dir als meiner Frau. Nein, du bist nicht irgendein Gegenstand, Francesca, ganz im Gegenteil. Du bist ein einzigartiges Geschöpf voller Widersprüche, Witz und Willenskraft und – nicht zu vergessen – Schönheit. Ich muss meinen Wunsch, dich zu heiraten, nicht rechtfertigen. Ich hätte allerdings mit dir sprechen sollen, bevor ich heute Abend unsere Verlobung bekannt gegeben habe.« Er zögerte. »Francesca, ich bin daran gewöhnt, das zu tun, was ich will und wann ich es will. Das ist bei den meisten Junggesellen so. Ich fürchte allerdings, ich bin in dieser Hinsicht schlimmer als manch anderer Mann. Aber du bist nun einmal einfach so davongelaufen, und das war der Auslöser für mein Verhalten am heutigen Abend«, sagte er mit reuevollem Blick.
Francesca hatte noch immer seine Aussage nicht verarbei-

tet, sie sei ein einzigartiges Geschöpf aus Widersprüchen und Witz, Willenskraft und Schönheit. Sie schüttelte den Kopf, um sich aus ihrer Verwirrung zu lösen. »Entschuldigst du dich etwa bei mir dafür, dass du unsere Verlobung bekannt gegeben hast?«

»Ja, das tue ich. Allerdings«, fuhr er fort und hob eine Hand, um ihrer überraschten Erwiderung zuvorzukommen, »wenn ich diesen ganzen Abend noch einmal neu durchleben dürfte, so würde ich mich wohl in diesem Flur nicht wie ein Rohling aufführen, aber unsere Verlobung würde ich auf jeden Fall bekannt geben.«

Sie ließ sich gegen das Rückenpolster sinken. »Calder«, sagte sie schließlich, »du bist ein äußerst schwieriger Mann.«

Er lächelte. »Ich weiß.«

Sie wollte sein Lächeln erwidern, als sie plötzlich im Geiste die vollbusige Mrs Davies vor sich sah, mit der er den Ball besucht hatte. Sie zögerte. Dies war ein Thema, das sie nicht unbedingt anschneiden musste – zwar hatte er ihr Treue geschworen, aber sie war ja einfach davongelaufen, und er hatte geglaubt, ihre Verlobung sei gelöst. Dennoch verachtete sie die andere Frau, ohne sie überhaupt zu kennen, und sie konnte schon den bloßen Gedanken an sie und Hart nicht ertragen.

»Hast du etwas auf dem Herzen, Francesca?«

Sie zuckte zusammen, wollte »Nein« antworten und sagte stattdessen: »Ja.«

Er schien belustigt. »Nur heraus damit.«

»Ich hatte gar keine Gelegenheit, deine … Begleiterin kennenzulernen – Mrs Davies heißt sie wohl«, setzte sie vorsichtig an.

Er schien nicht zu begreifen, worauf sie damit in Wahrheit hinauswollte. »Ach, sie ist eine alte Freundin«, erklärte er wegwerfend. »Ich glaube nicht, dass es dich interessieren würde, sie näher …« Er verstummte und starrte sie an. »Francesca, ich habe dir etwas versprochen.«

»Aber ich hatte ja die Stadt verlassen – und du dachtest, unsere Verlobung sei gelöst«, erwiderte sie knapp.

Seine Augen wurden groß, ruhten fest auf ihr. »Du solltest doch wissen, dass ich ein Mann bin, der sein Wort hält!«

Sie wagte ihren Ohren kaum zu trauen. War es möglich, dass er tatsächlich nicht gleich mit einer anderen Frau ins Bett gegangen war?

Er ergriff ihre Hand. »Ich habe dir Treue versprochen. Was wäre ich für ein Mann, wenn ich dieses Wartespiel nicht durchhalten könnte – wenn der Einsatz so hoch ist?«

Sie vermochte ihn nur anzustarren. Ein freudiger Schauer überlief sie. »Calder? Ist das jetzt der Augenblick, in dem du mich in deine Arme schließt?«

Er zuckte mit keiner Wimper. »Nein.«

»Nein?« Sie war mehr als nur überrascht.

»Falls du es nicht bemerkt haben solltest, wir haben heute Abend unsere kleine Unbesonnenheit im Flur gerade noch einmal ohne Schrammen überstanden, und dein Vater ist nicht gerade erfreut über unsere Entscheidung. Ich treffe mich morgen Nachmittag mit ihm bei euch zu Hause, Francesca, und ich beabsichtige, den Kampf, den ich um deine Hand führen muss, unter allen Umständen zu gewinnen. Aus diesem Grund werde ich dich in der nächsten Viertelstunde heil und unversehrt an eurer Haustür abliefern.«

»Papa wird seine Meinung schon noch ändern. Denn Mama setzt letztendlich immer ihren Willen durch, und sie vergöttert dich, das weißt du ja.«

»Die gute Julia!«, erwiderte er mit einem warmen Lächeln. Ihr Herz tat einen Sprung. Er war so hinreißend. Und manchmal schlichtweg unerträglich. Aber das machte ihr nichts aus – sie wusste, dass sie ihn am Ende immer überlisten konnte. Das eigentliche Problem bestand darin, dass er nicht an die Liebe glaubte und sich daran auch niemals etwas ändern würde.

Sie blickte rasch zur Seite, war über sich selbst entgeistert, denn mit einem Mal wurde ihr bewusst, dass wohl alles anders wäre, wenn er ihr ewige Liebe schwören würde. So, wie Bragg es getan hatte. Aber Hart würde sie niemals lieben. Er würde ihr ein guter Freund und ein wundervoller Liebhaber sein, aber mehr würde sie von ihm niemals bekommen.

Er riss sie aus ihren Gedanken. »Wir werden in fünf Minuten bei dir zu Hause eintreffen, Francesca.«

Sie zuckte zusammen, errötete und vermochte ihm kaum in die Augen zu sehen. »Ich muss gestehen, ich bin ziemlich müde«, sagte sie.

»Jetzt läufst du also wieder vor mir davon? Warum?« Er fasste ihre Hand, auch wenn ihr das in diesem Moment gar nicht recht war.

»Es ist ein langer und ein außergewöhnlicher Tag gewesen«, sagte sie, ohne ihn dabei anzusehen.

»Ja, allerdings. Wusstest du eigentlich, dass ich heute Abend auf dem Ball sein würde?«

Endlich blickte sie ihn an. »Ja.«

»Und hast du dieses Kleid für mich angezogen?«

Sie zog die Augenbrauen hoch. »Welches Kleid?«

Er lachte. »Das rote hier, das ich dir sofort vom Leib reißen werde, wenn du es nach unserer Hochzeit noch einmal für mich trägst«, sagte er.

Francesca saß reglos da. Dann sagte sie: »Es ist ein sehr teures Kleid …«
»Aber es ist mein Ernst.«
Sie starrte ihn an, und Bilder schossen ihr durch den Kopf, Bilder von Dingen, die sie sich im Moment nicht vorstellen mochte.
Er verzog den Mund zu einem kleinen Lächeln und sagte: »Ich warte immer noch auf dieses Porträt, das du mir versprochen hast. Sarah und ich haben es bereits ausführlich geplant.«
Sie fuhr sich mit der Zungenspitze über die Lippen. Ihr Puls raste. »Ich werde so bald wie möglich einen Termin mit Sarah vereinbaren, um ihr Modell zu sitzen«, sagte sie. Sarah Channing war eine brillante Künstlerin und eine gute Freundin von ihr. Hart hatte Francescas Porträt bereits vor über einem Monat in Auftrag gegeben, nachdem er sie in diesem roten Kleid gesehen hatte, und dabei bestimmt, dass sie es auf dem Gemälde tragen sollte.
»Gut.« Er lehnte sich zu ihr hinüber. »In einem Punkt habe ich mich allerdings umentschieden.«
»Und welcher Punkt wäre das?«
»Ich möchte, dass sie dich nackt malt.«
Sie starrte ihn sprachlos an.
»Bis ich das Porträt von dir bekomme, werden wir bestimmt schon verheiratet sein, meine Liebe.«
Sie schmolz dahin. »Das macht mir nichts aus, aber du wirst es doch wohl nicht an einer Stelle aufhängen, wo es … wo es …«
»… andere sehen könnten? Natürlich nicht. Ich beabsichtige, es in meine Privatgemächer zu hängen.« Er lächelte sie auf diese gewisse Weise an, bei der sie immer ein Prickeln überlief.

Die Kutsche holperte einmal kräftig, und Francesca bemerkte, dass sie in die Auffahrt zur Villa ihrer Eltern eingebogen waren. Die weiten Rasenflächen, die sich bis zu dem Kalksteingebäude erstreckten, waren durch das Tauwetter aufgeweicht und matschig, und in den beiden unteren Stockwerken des zwanzig Zimmer umfassenden Hauses flackerten Lichter. Francesca wandte sich wieder Hart zu und errötete heftig. »Ich fühle mich geschmeichelt«, brachte sie heraus.

Er grinste. »Das habe ich mir gedacht. Andere Damen wären jetzt beleidigt – ist dir das eigentlich bewusst?«

»Ja, schon.« Sie zögerte. Die Vorstellung, dass er ihr Porträt zu jeder Tages- und Nachtzeit zu bewundern wünschte, gefiel ihr ungemein. »Ich bin nicht sehr üppig gebaut, Calder.«

Er stieß ein lautes Lachen aus, während die Kutsche an der breiten Vortreppe zum Stehen kam. »Ich weiß genau, wie du gebaut bist, Francesca, mach dir deshalb keine Sorgen.« Er grinste durchtrieben.

Dann half er ihr aus der Kutsche und begleitete sie zur Tür hinauf, wo sie stehen blieben. Francesca begann zu zittern und trat näher an ihn heran, doch er umfasste nur ihre Ellenbogen und zog sie nicht einmal in seine Arme. Sein Blick war jetzt eigenartig grüblerisch.

»Meine Eltern können unmöglich schon zu Hause sein«, sagte sie mit heiserer Stimme. »Es ist noch viel zu früh, Calder.«

»Möglich ist alles«, erwiderte er und fügte dann hinzu: »Und was geschieht nun morgen? Wirst du die Polizei um Hilfe bitten?«

Sie zögerte. Rick Bragg wehzutun, war das Letzte, was sie

wollte. Außerdem würde er wahrscheinlich sehr wütend auf sie sein. Es wäre schrecklich, ihm morgen gegenüberzutreten. Sie wusste nicht, ob sie dazu imstande sein würde. Aber sie hatte keine andere Wahl. Sie benötigte seine Hilfe, daran bestand kein Zweifel. Denn wenn sie eine ergiebige Spur finden wollte, war schnelles Handeln nun von entscheidender Bedeutung.

»Ja«, sagte sie nervös.

»Das solltest du auch«, stimmte ihr Hart unbewegt zu. »Wenn du beabsichtigst, deine Ermittlungen auf das ganze Viertel auszudehnen, dann benötigst du die Hilfe von Ricks Männern. Nur so kannst du schnell genug die nötigen Hinweise zusammentragen.«

»Und es macht dir nichts aus?«, fragte sie vorsichtig.

»Das habe ich nicht gesagt.«

»Nach dem heutigen Abend ist er möglicherweise gar nicht bereit, mir bei meinen Ermittlungen zu helfen«, sagte sie knapp.

»Ich an seiner Stelle wäre es allerdings nicht«, räumte Hart ein. »Aber wir wissen beide, dass er es tun wird. Vergiss nicht: Er würde niemals tatenlos zusehen, wenn Unrecht geschieht. Das ist nun einmal der große Unterschied zwischen uns beiden.«

»Du stellst dein Licht unter den Scheffel«, erwiderte sie schnell. »Ich glaube, du bist längst nicht so gleichgültig gegenüber Unrecht und Leid, wie du vorgibst.«

»Und du bist hoffnungslos naiv und romantisch wie eh und je. Aber auch das gehört zu den Eigenschaften, die deinen Charme ausmachen«, sagte er und küsste sie auf den Scheitel, als sei sie ein Kind. »Gute Nacht, Francesca.«

»Ich bin gar nicht so naiv, wie du glaubst«, protestierte sie.

Hart klopfte und der Türsteher der Cahills öffnete. »Nun, sagen wir so: Du bist nicht mehr so naiv, wie du es noch vor einigen Monaten warst.«
Francesca errötete.
Er lächelte, drehte sich um und schritt zügig die Stufen hinunter zu seiner Kutsche. Francesca blieb reglos stehen und sah zu, wie der elegante Landauer über die kreisförmige Auffahrt rollte und schließlich wieder auf die Fifth Avenue abbog. Ein Schauer überlief sie.
Ein Akt. Ganz New York würde sich über sie das Maul zerreißen, falls das jemals bekannt würde.
Sie lächelte.
Vielleicht würde sie Sarah gleich morgen zum ersten Mal Modell sitzen.

KAPITEL 3

FREITAG, 28. MÄRZ 1902 - 8:00 UHR

Ehe Francesca Ende Februar die Stadt verlassen hatte – ohne zu wissen, wie lange sie fort sein würde –, hatte sie sich schweren Herzens zu dem Schritt durchgerungen, der ihr letzten Endes unumgänglich schien: Sie hatte der Dekanin des Barnard College schriftlich mitgeteilt, dass sie mit sofortiger Wirkung aus dem Studium ausschied. Dabei hatte sie so hart gearbeitet, um sich heimlich an dem exklusiven College für Damen einschreiben zu können, und ihre Schwester hatte ihr geholfen, die Gebühren aufzubringen. Sie hatte ihr Studium geheim gehalten, weil Julia es ihr niemals erlaubt hätte – sie war bereits über Francescas bisherige Reputation als Blaustrumpf, Exzentrikerin und Reformistin alles andere als erfreut. Dennoch hatte sich Francesca nun entschieden, es sei das Beste für sie, das Studium abzubrechen, denn seit sie sich zur Privatdetektivin berufen fühlte, fand sie einfach nicht mehr genug Zeit zum Lernen und hatte bereits wiederholt Seminare versäumt.

Heute war Freitag, und hätte sie ihr Studium nicht abgebrochen, würde sie jetzt an ihrem Politikseminar teilnehmen – ihrem Lieblingsseminar – und sich zweifellos in irgendeine hitzige Debatte verwickeln. Francesca lächelte Joel an, als sie vor dem Lebensmittelladen an der Ecke der Eleventh Street stehen blieben. »Häng du doch schon einmal in diesem und dem nächsten Häuserblock die Plakate auf.«

Der Text der von Hand geschriebenen Aushänge lautete:

Vermisst:
EMILY O' HARE
WURDE ZULETZT GESEHEN AM
MONTAG, DEM 24. MÄRZ, GEGEN 16:00 UHR
IN DER UMGEBUNG DER AVENUE A
UND DER TENTH STREET
Alter 13 JAHRE, DUNKLES HAAR,
BLAUE AUGEN, HÜBSCH
Für Hinweise ist eine BELOHNUNG von
$ 100 ausgesetzt.
NUR EHRLICHE ZEUGEN MÖGEN SICH MELDEN

Joel hielt ein Dutzend dieser Blätter, einen Hammer und eine Schachtel Nägel in den Händen. »Mach ich sofort«, sagte er grinsend.

Francesca sah ihm nach, wie er munter davonrannte, und wandte sich dann dem Eingang zum Lebensmittelladen zu. Von innen hing ein Schild hinter der Scheibe: GEÖFFNET. Durch das sauber geputzte Glas sah sie einen beleibten Mann, der mit ein paar Gegenständen auf der langen Eichenholztheke beschäftigt war. Sie lächelte grimmig und betrat den Laden.

Drinnen war alles sehr ordentlich, der rohe Holzboden sauber gekehrt, die gewachsten Theken glänzend poliert. Große Säcke mit Mehl und Zucker standen neben dem Ladentisch, auf dem frische Brotlaibe und Teller mit Rauchfleisch auf Kunden warteten. Außerdem gab es Dosen mit Schweineschmalz und Butter. In mehreren Regalen wurden Trockenlebensmittel, Seife, Kerzen und sogar einige Gewürze zum Kauf angeboten. Kurz, das Angebot war so reichhaltig, wie es der enge Ladenraum nur eben zuließ.

»Mr Schmitt?«, fragte Francesca. Gerade als sie auf ihn zutrat, kam eine junge Frau aus dem hinteren Teil des Ladens.

»Kann ich Ihnen helfen, Miss?« Schmitt lächelte. Er sprach mit starkem deutschem Akzent.

Francesca musterte die junge Frau und bemerkte, dass sie viel jünger war, als sie auf den ersten Blick gewirkt hatte – sie konnte kaum älter als fünfzehn Jahre alt sein. Das Mädchen, das nicht besonders hübsch, sondern eher unscheinbar war, begegnete ihrem Blick und lächelte. Francesca erwiderte die freundliche Geste und wandte sich wieder dem Ladenbesitzer zu. »Das hoffe ich sehr.« Sie reichte ihm ihre Visitenkarte, wartete ab, bis er sie gelesen hatte, und sagte: »Ich ermittle im Fall Emily O'Hare.«

Schmitt blickte schweigend auf. Sein Gesichtsausdruck war unmöglich zu deuten.

Francesca stutzte. »Sie wissen doch, dass Emily am letzten Montag gegen vier Uhr nachmittags von ihrer Mutter hierhergeschickt wurde, um Brot zu kaufen, und dass sie seitdem verschwunden ist?«

»Ja, das weiß ich. Beth, bitte geh nach hinten und fang an, das Trockenobst auszupacken, das gerade eingetroffen ist.«

Irgendetwas stimmte hier nicht. Francesca wandte sich Beth zu und sah, dass diese sie nun mit hochroten Wangen anstarrte. Sie eilte sofort hinter den Ladentisch und verschwand im Hinterzimmer.

Schmitt lächelte stolz. »Das ist meine Tochter«, sagte er. »Tut mir wirklich leid wegen der kleinen Emily. Aber ich hab Brian schon gesagt, dass ich sie an dem Nachmittag nicht gesehen habe. Sie war nicht hier im Laden.«

»Können Sie sich noch daran erinnern, wer von Ihrer Kund-

schaft an dem betreffenden Nachmittag hier gewesen ist?«, erkundigte sich Francesca. »Vielleicht hat ja jemand etwas gesehen.«
Er stutzte. »Junge Dame, ich hab 'nen gutgehenden Laden. Ich kann mich unmöglich daran erinnern, wer an einem bestimmten Nachmittag bei mir eingekauft hat!«
»Und Sie wollen es auch nicht einmal versuchen?«, erwiderte Francesca. Allmählich gelangte sie zu der Erkenntnis, dass der Mann gar nicht mit ihr reden wollte. Den Grund dafür kannte sie allerdings nicht.
Seine Wangen begannen zu zittern. »Sie tun ja gerade so, als ob ich gar nicht helfen wollte, Emily zu finden. Natürlich will ich das. Also schön.« Er sah sie böse an und verschränkte seine kräftigen Arme vor der Brust. »Montagnachmittags hab ich ein paar Stammkunden. Mrs Sarnoff, Mrs Polaski und Mrs O'Brien. Die kommen jeden Montagnachmittag, um ihren Wochenvorrat an Kartoffeln, Mehl und Zucker zu kaufen.« Sein Blick schien anzudeuten, Francesca möge nun aber endlich gehen.
»Wo wohnen diese Leute?«, fragte Francesca, während sie einen kleinen Notizblock und einen Bleistift aus ihrer Handtasche zog. Darin trug sie auch andere nützliche Utensilien mit sich herum. Die Erfahrung hatte sie gelehrt, wie wichtig es in ihrem Gewerbe war, stets Zündhölzer, eine Kerze, ein kleines Messer und eine Pistole bei sich zu haben.
Schmitt stieß einen leisen Seufzer aus. Dann zog er aus einer Schublade ein Notizbuch hervor, und Francesca schrieb sich die Adressen auf. »Vielen Dank. Falls Ihnen noch irgendetwas einfallen sollte, setzen Sie sich doch bitte mit Joel Kennedy in Verbindung, Maggies Sohn. Er wohnt ein Stück die Straße entlang.«

»Sonst weiß ich nix«, knurrte Schmitt und kehrte ihr den Rücken zu.«

Francesca verließ den Laden mit einem beunruhigten Gefühl. Warum war dieser Mann bloß so gar nicht hilfsbereit? Ob er ihr Informationen vorenthielt? Sie möglicherweise mit der Polizei in Verbindung brachte? Vielleicht war er auch einfach eingeschüchtert und reagierte ablehnend, weil sie eine reiche, vornehme junge Dame war? Dennoch fand Francesca die Behandlung, die ihr widerfahren war, nicht gerechtfertigt.

Die Sonne stieg höher, und der Morgen wurde allmählich wärmer. Es schien, als hielte der Frühling dieses Jahr zeitig Einzug in der Stadt – zahlreiche Blumenkästen zierten die Wohnhäuser entlang der Straße, und auf den Grünflächen sah Francesca Löwenzahn und Narzissen ihre Köpfe durch die Erde stecken. Der Himmel war überraschend blau und klar. Sie knöpfte ihren marineblauen Mantel auf und genoss die frische Luft.

Doch ihr Gesicht blieb ernst. Sobald Joel mit dem Aufhängen der Zettel fertig war, würden sie sich auf den Weg zur Mulberry Street Nummer 300 machen. Dort, einige Straßenzüge von hier entfernt, befand sich das Polizeipräsidium, wo sie Rick Braggs Hilfe erbitten würde.

Falls er überhaupt noch bereit war, mit ihr zu reden.

Das Präsidium war in einem fünfstöckigen rötlich braunen Sandsteingebäude nur einen Steinwurf weit von einem der übelsten Viertel der Stadt – Mulberry Bend – untergebracht. Als Francesca den Kutscher der Mietdroschke bezahlte, sah sie davor am Straßenrand Braggs elegantes Automobil stehen. Ein uniformierter Polizist in blauem Serge mit Lederhelm behielt es diskret im Auge, andere Uniformierte verließen gerade das Gebäude; ein Polizeifuhrwerk näherte sich auf der Straße. Francesca wurde beklommen zumute, wenn sie an die Konfrontation dachte, die ihr mit Sicherheit bevorstand. Wenn doch der gestrige Abend gar nicht geschehen wäre!

Doch dann wanderten ihre Gedanken zu Calder Hart. Augenblicklich wich die Beklemmung, ihre Haut begann zu prickeln, und sie errötete. Energisch zwang sie sich dazu, sich auf die Ermittlung zu konzentrieren. »Kommst du mit hinein?«, fragte sie Joel, der die Gesetzeshüter der Stadt aufgrund seiner Betätigung als Taschendieb verabscheute und keinem von ihnen über den Weg traute.

»Nö, lieber nicht«, entgegnete er mit finsterem Blick. »Ich wette, wir könnten Emily auch allein finden, Miss Cahill. Wir brauchen dazu wirklich keine Polypen.«

»Da bin ich anderer Ansicht, und du arbeitest nun einmal für mich«, erwiderte Francesca und tätschelte seine Schulter. »Wenn du mich brauchst, findest du mich im Büro des Commissioners.«

Joel nickte, spazierte hinüber zu einer kränklichen Ulme, lehnte sich dagegen und begann unmelodisch vor sich hin zu pfeifen.

Francesca eilte in die Vorhalle der Wache. Hinter dem langen Tresen standen mehrere Polizeibeamte, die sie inzwischen recht gut kannte.

Ein Sergeant auf ihrer Seite des Tresens unterhielt sich mit einer älteren Dame, die offenbar den Diebstahl ihrer Geldbörse anzeigen wollte. Zwei Männer in schlecht sitzenden Anzügen und mit Melone auf dem Kopf saßen in Handschellen auf Bänken. Ganz rechts befand sich eine Zelle, die jedoch leer war, und im Hintergrund war das allgegenwärtige Klicken der Telegrafen, das Rattern der Schreibmaschinen und das Läuten der Telefone zu hören. Der Lärm war Francesca überaus vertraut, und mit einem Mal wurde ihr bewusst, dass sie ihn tatsächlich genoss, ihn sogar vermisst hatte – ebenso wie sie es vermisst hatte, an einem Kriminalfall mitzuarbeiten.

Captain Shea war der erste diensthabende Beamte, der sie bemerkte. Er unterbrach seine Arbeit, um sie lächelnd zu begrüßen. »Miss Cahill! Wir haben uns ja seit einer ganzen Weile nicht mehr gesehen. Wie geht es Ihnen?«, fragte er.

Sie erwiderte sein Lächeln und trat rasch auf ihn zu. »Hallo, Captain«, sagte sie. »Ich war für einige Zeit verreist.«

»Ja, das haben wir gehört«, erwiderte Shea und rückte seine Hornbrille zurecht.

Sergeant O'Malley, ein recht korpulenter Zeitgenosse, näherte sich ihnen. »Das Präsidium war ohne Sie nicht mehr dasselbe, Miss Cahill«, sagte er.

»Ich habe es auch vermisst«, entgegnete sie und empfand ein plötzliches Glücksgefühl. Hierher gehörte sie, zu diesen guten, redlichen Männern, die sich der Aufklärung von Verbrechen verschrieben hatten

»Arbeiten Sie wieder an einem Fall?«, erkundigte sich Shea.

»Ja, allerdings. Ist der Commissioner da?«

»Er ist oben«, antwortete Shea und warf O'Malley einen sonderbaren Blick zu. »Ich werde einmal hinaufgehen und fragen, ob er Zeit für Sie hat.«

Shea trat hinter dem Tresen hervor und steuerte auf die Treppe zu, wobei er den eisernen Käfig des Aufzugs ignorierte. Francesca war überrascht. Sie war es gewöhnt, im

Präsidium nach Belieben ein und aus zu gehen, und war in den letzten Monaten immer ohne jegliche Förmlichkeit direkt zu Braggs Büro hinaufgegangen.

»Liegt nicht an Ihnen«, sagte O'Malley leise. »Der Commissioner hat schlechte Laune. Keiner hat ihn jemals so erlebt.«

Francesca erstarrte. »Schlechte Laune?«

»Ein Gewitter ist nichts dagegen«, bekräftigte O'Malley nickend.

Oje. Sie kannte den Grund für seine üble Stimmung – es musste an ihrer Verlobung mit seinem Halbbruder liegen.

»Sieh mal einer an, was die Frühlingsbrise da hereingeweht hat.«

Der Tonfall zeugte von einer gewissen Feindseligkeit und Verachtung, die zwar für einen Außenstehenden kaum wahrnehmbar war, jedoch richteten sich beim Klang von Brendan Farrs Stimme alle Härchen auf Francescas Haut auf. Sie drehte sich langsam zum erst kürzlich ernannten Polizeichef von New York um. Ihr war selbst nicht recht klar, warum sie ihn nicht leiden konnte, aber die Abneigung beruhte auf Gegenseitigkeit. »Morgen, Chief«, sagte sie kurz angebunden.

»Lange nicht gesehen«, erwiderte Farr ausdruckslos. Er war ein hochgewachsener Mann, um die eins neunzig, mit stahlgrauem Haar und stählernen Augen. Er lächelte höflich. Francesca hatte noch niemals ein Lachen in seinen Augen gesehen.

»Ich war verreist«, erklärte sie steif.

»Tatsächlich? Beruflich oder zum Vergnügen?« Noch immer umspielte ein Lächeln seine Lippen.

»Weder – noch«, gab sie zurück und erwiderte das Lächeln

kühl. Sie wusste, dass er auf Informationen aus war, die sie ihm jedoch nicht zu geben gedachte.

»Und was führt Sie ins Präsidium? Oh, lassen Sie mich raten: der Commissioner – oder etwa ein neuer Fall?«

Je weniger dieser Mann über ihre Angelegenheiten wusste, desto besser. »Ich muss den Commissioner sprechen. Ich werde jetzt zu ihm hinaufgehen. Vielen Dank, Sergeant. Ich wünsche Ihnen einen schönen Tag, Chief.« Francesca wartete gar nicht erst ab, ob man ihr gestattete, den Commissioner aufzusuchen, sondern schritt zügig an den beiden Männern vorbei und auf die Treppe zu.

Auf dem Flur in der ersten Etage kam ihr Captain Shea entgegen. Hinter ihm stand die Tür zu Braggs Büro offen. Er nickte ihr zu. »Er hat Zeit für Sie – wie ich es mir bereits gedacht hatte.«

Francesca bedankte sich bei ihm. Im selben Moment erschien Bragg im Türrahmen seines Büros und starrte sie an. Francesca verharrte für einen Moment.

Er wirkte erschöpft. Sein Haar war nachlässig gekämmt, seine Augen dunkel gerändert, und er hatte tiefe Falten um den Mund. Ihre Blicke trafen sich.

Das Herz schlug ihr bis zum Hals. War sie wirklich imstande, seinen Halbbruder zu heiraten? Rick Bragg würde immer wie ein dunkler Schatten zwischen ihnen stehen, ob er nun verheiratet war oder nicht.

Er machte keine Anstalten, sie zu begrüßen, ließ sich nicht einmal zu einem Kopfnicken herab, sondern drehte sich auf dem Absatz um und marschierte in sein Büro zurück. Francesca folgte ihm.

Hier hatte sich nichts verändert. Sein großer Schreibtisch war mit Ordnern und Aktenmappen bedeckt, dahinter stand ein

Drehstuhl mit Rohrgeflecht auf Sitzfläche und Lehne. Vom Fenster aus hatte man Ausblick auf die Mulberry Street. Auf dem Sims über dem Kamin standen zahlreiche Familienfotografien neben anderen, weitaus eindrucksvolleren, auf denen Bragg unter anderem mit dem Bürgermeister und Theodore Roosevelt zu sehen war. Francesca suchte zwischen den Bildern seines Vaters und seiner Adoptivmutter, der Halbgeschwister, Vettern und Basen, Nichten und Neffen nach einem Foto seiner Frau, konnte jedoch keines entdecken. Ebenso wenig gab es ein Foto von Calder Hart. Aber das hatte Francesca auch nicht erwartet.

Sie zog ihren Mantel aus und hängte ihn sorgfältig an einen Wandhaken neben Braggs eigenen Mantel, während der hinter seinen Schreibtisch trat und sich setzte. Von ängstlichem Unbehagen erfüllt, drehte sie sich zu ihm um. Er hatte die Ellenbogen auf den Schreibtisch gestützt, das Kinn auf die gefalteten Hände gelegt, und starrte ins Leere.

»Es tut mir leid.«

Er gab einen abschätzigen Laut von sich.

»Können wir bitte miteinander reden?«, fragte sie. Für den Moment war Emily vergessen. Francesca konnte nur noch daran denken, wie unglücklich dieser Mann war, und das ihretwegen.

Er hatte es nicht verdient, unglücklich zu sein. Niemand verdiente es mehr als er, ein glückliches Leben zu führen, denn er hatte in der Vergangenheit schon so vielen Menschen geholfen.

Er erhob sich noch einmal, um die Tür zu schließen. Dann wandte er sich ihr zu. »Liebst du ihn?«

Sie erstarrte. Auf diese Frage vermochte sie ihm keine Antwort zu geben.

»Nun? Wenn du ihn heiraten willst, musst du ihn doch lieben!« In seiner Stimme lag nun ein zorniger Unterton.
»Ich weiß nicht, ob ich ihn liebe. Ich weiß nur, dass meine Welt auf den Kopf gestellt wurde, als ich erfuhr, dass du verheiratet bist!«, rief sie, und das entsprach der Wahrheit. »Seitdem ist nichts mehr, wie es einmal war.«
»Also ist es meine Schuld, dass du ihn heiratest.«
»Das habe ich nicht gesagt.« Sie konnte einfach nicht glauben, dass es zwischen ihnen so weit gekommen war – es schien ganz so, als seien sie Gegner in einem erbitterten Kampf.
»Es ist meine Schuld, dass wissen wir beide. Denn noch vor einem Monat hast du in meinen Armen gelegen, Francesca, und mir ewige Liebe geschworen – und jetzt bist du mit ihm verlobt!«
Sie war versucht, dem zuzustimmen, doch stattdessen entgegnete sie: »Vor einem Monat war Leigh Anne noch in Europa, eine gemeine Hexe, die du verachtest hast! Eine Frau mit zahlreichen Liebhabern, eine Frau, die angeblich niemals zurückkommen würde!«
»Du weißt ganz genau, dass ich mir nichts sehnlicher gewünscht habe, als dass sie tatsächlich auf immer fortbliebe.« Er schrie die Worte beinahe. »Du weißt genau, wie sehr ich sie verachte!«
Einen Moment lang brachte sie keinen Ton heraus. »Ich weiß nichts dergleichen.«
»Und du weißt, dass ich nicht lüge«, fügte er schroff hinzu. »Oder hat deine Absicht, ihn zu heiraten, dich veranlasst, mein Wort, meine Integrität in Zweifel zu ziehen?«
»Ich würde niemals dein Wort oder deine Integrität in Zweifel ziehen. Das ist wirklich nicht fair!«, rief sie schockiert.

»Ach, und ist deine Heirat mit Hart etwa *fair?«,* fragte er verbittert.
Sie rang vergebens um Fassung. »Du bist wieder mit Leigh Anne zusammen. Ich habe jedes Recht, einen anderen Mann zu heiraten.«
»Aber das ist doch nur vorübergehend!«
»Ist es das? Und jetzt stürze dich nicht gleich wieder auf mich und wirf mir vor, dass ich an dir zweifele.«
»Wenn das kein Zweifeln an mir ist, was ist es dann?«, wollte er wissen.
Sie atmete tief durch. »Ich glaube«, erwiderte sie behutsam, »dass die Gefühle, die du für deine Frau empfindest, sehr kompliziert sind und dass du dich weigerst, dir das einzugestehen. Ich weiß, dass du mich niemals mit Absicht anlügen würdest, Bragg.«
Er starrte sie an. »Warum tust du das?«, fragte er schließlich. Dabei lag ein flehentlicher Tonfall in seiner Stimme.
Francesca wäre am liebsten auf ihn zugegangen, um ihn zu trösten, doch sie unterdrückte das Verlangen und sagte stattdessen: »Ich mag Hart wirklich sehr. Ich genieße seine Gesellschaft. Er will mich heiraten, und wie es scheint, kann ich ihm nicht widerstehen.« Sie fügte nicht hinzu, dass sie ihm auch gar nicht länger widerstehen *wollte.*
Bragg lachte, ein unschönes, gefühlloses Lachen. »Er hasst mich. Er hasst mich, solange ich denken kann. Ich erinnere mich noch an den Tag, an dem unsere Mutter starb und ich versucht habe, ihn in den Arm zu nehmen und zu trösten. Er war damals ein kleiner, verängstigter und wütender Junge von zehn Jahren. Ich war gerade zwölf geworden und hatte genauso viel Angst wie er, was ich mir aber natürlich nicht anmerken lassen wollte. Er hat mich damals wegge-

stoßen und es seitdem immer wieder getan – und Schlimmeres. Francesca, er will dich nur aus dem einen Grund: weil ich dich will. Er benutzt dich dazu, mir wehzutun.«
Sie schlang die Arme um sich. »Das stimmt nicht. Er mag mich auch sehr gern.«
Bragg verdrehte die Augen, entfernte sich ein paar Schritte von ihr, den Rücken ganz steif vor Wut. Dann fuhr er heftig herum. »Fandest du den Zeitpunkt, an dem er eure Verlobung bekannt gegeben hat, nicht ein wenig seltsam gewählt?«
Ein unbehagliches Gefühl beschlich sie. »Ja, damit hast du wohl recht. Es tut mir leid. Es tut mir leid, dass du es auf diese Weise erfahren musstest. Ich wünschte, ich hätte die Gelegenheit gehabt, vorher mit dir zu reden.«
»Wie kannst du auch nur in Erwägung ziehen, ihn zu heiraten?«, rief er. »Wenn du ihn liebst, wird er dir in kürzester Zeit das Herz brechen. Was tust du da nur? Versuchst du vielleicht, ohne dass es dir bewusst ist, mich dafür zu bestrafen, dass ich Leigh Anne bei mir habe einziehen lassen? Du weißt genau, dass wir uns entschlossen haben, in sechs Monaten die Scheidung einzureichen – genauer gesagt, von jetzt an in fünf Monaten.«
»Ich versuche dich für gar nichts zu bestrafen«, keuchte sie. »Wie kannst du so etwas nur behaupten? Und wirst du in fünf Monaten dann auch aufhören, mit ihr ins Bett zu gehen?«
Er zuckte zusammen und blickte sie mit großen Augen an. Ach, hätte sie doch ihre Zunge im Zaum gehalten! Sie wusste, dass sie ihm damit einen schweren Schlag versetzt hatte, aber der Gedanke, dass er immer und immer wieder mit seiner Frau schlafen würde, wenn sich die Gelegenheit dazu ergab, war ein ebenso schwerer Schlag für sie.

Er errötete. »Es ist nicht so, wie du denkst.«
»Du liebst sie immer noch. Warum kannst du es nur nicht zugeben?«
»Ich verachte sie. Und es dürfte dir nicht neu sein, dass ein Mann durchaus mit einer Frau verkehren kann, ohne dass es etwas mit Liebe zu tun hat.«
Das war ihr durchaus klar, zumindest soweit es ihren Verstand betraf, aber nachdem sie Leigh Anne begegnet war und Bragg mit ihr zusammen gesehen hatte, war die Situation eine ganz andere. Francesca konnte einfach nicht glauben, dass er mit ihr schlief, ohne dass dabei Liebe im Spiel war.
Sie wandte sich kurz ab, um sich zu fassen, ehe sie sich wieder zu ihm umdrehte und sagte: »Ich weiß, dass ich dir mein Herz versprochen habe, und es gehört noch immer dir, Rick. Aber was ich für dich empfinde, hat nichts mit meinen Gefühlen für Calder zu tun.«
Er durchquerte plötzlich mit großen Schritten das Zimmer und packte sie an den Schultern. »Wie kannst du so etwas sagen, Francesca? Du hast einen wundervollen Ehemann verdient – ich möchte, dass du glücklich bist. Aber ich habe Angst um dich. Es geht mir in dieser Angelegenheit wirklich nicht um mich selbst. Ich liebe dich und möchte nicht zusehen müssen, wie er dich zugrunde richtet. Denk bitte noch einmal darüber nach, bevor du etwas tust, was du womöglich bitter bereuen wirst!«
Seine Berührung war ihr unangenehm – und dafür war Calder Hart verantwortlich. Sie entzog sich behutsam seinem Griff. Trotz allem war es ihm wieder einmal gelungen, kleine nagende Zweifel in Bezug auf Hart in ihr zu wecken.
»Ich bin eine erwachsene Frau und kann durchaus meinen

Verstand benutzen – genauso, wie ich in der Lage bin, auf mich selbst aufzupassen«, erwiderte sie forsch, um ihre wahren Gefühle zu verbergen.
»Und was wirst du tun, wenn du ihn mit einer Geliebten im Bett erwischst? Ihm eins mit der Bratpfanne überziehen?«, erkundigte sich Bragg mit scharfer Stimme.
Sie erstarrte, denn er hatte ihre schlimmsten geheimen Ängste ausgesprochen. »Das werde ich mir überlegen, wenn es so weit ist«, versetzte Francesca. Sie beabsichtigte nicht, ihm zu erzählen, dass Calder ihr Treue geschworen hatte. Er würde doch bloß ungläubig darüber lachen.
Und tief in ihrem Inneren weigerte auch sie sich, Hart zu glauben, ihm wirklich zu vertrauen.
Was für eine Ehe sollte denn das nur werden?
»Dann hast du dich also bereits entschlossen? Du vertraust ihm blindlings und willst dich von ihm zum Altar führen lassen? Mir fehlen die Worte. Das hätte ich von einer Frau wie dir nicht erwartet, Francesca!«
Ein Teil von ihr war bereit, das Handtuch zu werfen, zu kapitulieren und die Verlobung zu lösen. »Wir stehen schließlich noch nicht vor dem Altar«, erklärte sie steif. »Wir beabsichtigen, in sechs Monaten zu heiraten.« Mit einem Mal wurde ihr bewusst, dass ihre Hochzeit ja bereits in fünf Monaten stattfinden würde, da sie das Datum vor einem Monat festgesetzt hatten, als sie Harts Antrag annahm.
Und Bragg beharrte darauf, dass Leigh Anne und er in fünf Monaten die Scheidung einreichen würden. Was, wenn es ihm wirklich ernst damit war?
Francesca schloss die Augen, atmete schwer. Mit einem Mal kam ihr das Büro so klein vor, dass sie beinahe Platzangst bekam. *Sie glaubte nicht daran, dass er Leigh Anne jemals verlas-*

sen würde. Zwischen den beiden gab es noch immer eine Bindung, die auch niemals abreißen würde.

Machte das Hart zur zweiten Wahl?

Ja, das tat es wohl.

Aber war das so schlimm? Er wusste es doch bereits und machte sich nichts daraus. Ebenso, wie sie selbst es wusste und sich nichts daraus machte.

Wem versuchte sie hier eigentlich etwas vorzumachen? Auch wenn Hart sie nicht liebte, war es ihm doch durchaus nicht gleichgültig, dass sie sich im Grunde für Bragg entschieden hatte und er nur die zweite Geige spielte. Und ihr erging es doch in Wahrheit ebenso.

»Du siehst aus, als wärest du einer Ohnmacht nahe. Es tut mir leid.« Bragg legte ihr den Arm um die Taille. Hastig riss sie die Augen auf. Wie vertraut ihr seine Berührung war …

»Es tut mir leid, dass du mir immer noch so viel bedeutest und dass ich dich überhaupt erst in diese Lage gebracht habe.« Er blickte ihr in die Augen. »Du wirst mir immer am Herzen liegen, Francesca.«

»Ich weiß«, flüsterte sie. Und plötzlich fand sie sich in seinen Armen wieder. Ihr Busen lag an seiner Brust. Seine Oberschenkel pressten sich gegen die ihren. Ihr Blick wanderte zu seinen Lippen. Sie kannte ihren Geschmack, kannte das Gefühl seiner Zunge in ihrem Mund. Rasch hob sie den Blick wieder. Er schloss sie fester in die Arme, und ein unsäglich warmer Ausdruck trat in seine bernsteinfarbenen Augen.

Ihr war, als sei mit einem Schlag alle Luft aus dem Raum entwichen.

Er beugte sich zu ihr herab, seine Lippen öffneten sich. Nur ein Zentimeter trennte sie noch von den ihren. Sie roch

Kaffee und Eau de Cologne, eine Mischung aus Wald und Erde.

Dann sah sie plötzlich Harts spöttisches Gesicht vor sich, gefolgt von dem Bild der zierlichen, wunderschönen Leigh Anne.

Francesca stieß Bragg von sich. »Lass das«, rief sie und wich zitternd zurück.

Er wurde rot. »Es tut mir leid. Es ist einfach geschehen. Ich scheine im Augenblick wirklich nicht klar denken zu können!«

»Es ist ja nichts passiert«, erwiderte sie, während ihr Herz noch wie ein Trommelwirbel in ihrer Brust pochte. Doch das war eine Lüge. Für einen kurzen Moment war ihr Verlangen nach ihm zurückgekehrt, und die Verlockungen einer gemeinsamen Zukunft hatten ihr gewunken – ein Traum, der niemals Wirklichkeit werden würde.

Dabei hatte sie sich eingebildet, diesen Traum endlich begraben zu haben. Sie fuhr sich mit der Zungenspitze über die Lippen. »Ich arbeite an einem neuen Fall, Bragg. Das ist der eigentliche Grund, weshalb ich heute hergekommen bin und mit dir sprechen wollte«, erklärte sie forsch. »Ich brauche deine Hilfe.«

Er starrte sie lange an, dann drehte er sich um und trat hinter seinen Schreibtisch. Nachdem er das Fenster geöffnet hatte, wandte er sich wieder ihr zu. Sein Gesicht war noch immer gerötet. »Ich werde dir jederzeit auf alle erdenkliche Weise behilflich sein, Francesca – sei es als Commissioner der Polizei oder als Freund.«

Sie schenkte ihm ein kleines Lächeln, denn sie wusste, dass er es ehrlich meinte. »Ein Kind wird vermisst«, begann sie. »Sag mir, was ich tun kann.«

KAPITEL 4

FREITAG, 28. MÄRZ 1902 – 10:00 UHR

»Julia!« Andrew Cahill blickte überrascht auf und sah seine Frau in der Tür zu seinem Arbeitszimmer stehen. Sie war bereits vollständig angekleidet – und zwar überaus modisch, in einem taillierten, apfelgrünen Ensemble. Julia ließ sich zwar jeden Morgen um acht Uhr wecken, verließ ihre Suite jedoch für gewöhnlich nicht vor dem Mittag, da sie sich in dieser Zeit mit Haushaltsangelegenheiten und ihrer privaten Korrespondenz beschäftigte. Sie war eine auffallend schöne Frau mit honigblondem Haar und strahlenden blauen Augen. Obwohl sie bereits das mittlere Alter erreicht hatte, war ihre Figur noch immer wohlgeformt und schlank. Andrew respektierte und bewunderte sie gleichermaßen. Allerdings war ihm klar, warum sie ihn um diese Zeit in seinem Arbeitszimmer aufsuchte – nicht wegen ihres ernsten Gesichtsausdrucks, sondern weil er seine Frau gut genug kannte.

»Guten Morgen, Andrew. Darf ich eintreten?« Julia lächelte kurz.

»Aber gewiss«, erwiderte er und erhob sich.

Sie schritt ins Zimmer und blieb vor dem großen Mahagonischreibtisch stehen, an dem ihr Mann arbeitete. Er war als Sohn eines ehrlichen, fleißigen und doch armen Farmers zur Welt gekommen und hatte es nicht etwa glücklichen Umständen zu verdanken, in die besten Kreise der feinen Gesellschaft aufgestiegen zu sein. Vielmehr hatten ihn seine eigene innere Stärke und Entschlossenheit, verbunden mit einem ausgeprägten Organisationstalent und der nötigen Disziplin, zum Millionär gemacht. Auf seinem Schreibtisch herrschte peinliche Ordnung. In der linken oberen Ecke hatte er einige Geschäftsunterlagen gestapelt, seine Firmenkorrespondenz lag in der rechten oberen Ecke und seine persönliche Korrespondenz darunter.

»Ich darf wohl annehmen, dass du mich zu dieser ungewöhnlich frühen Stunde aufsuchst, um meine Verabredung mit Calder Hart am heutigen Nachmittag zu besprechen, nicht wahr?«

Sie baute sich vor seinem Schreibtisch auf. »Ich möchte, dass Francesca Calder Hart heiratet, Andrew«, sagte sie in warnendem Ton.

Er hatte keine Lust, mit ihr zu streiten – das hatten sie in letzter Zeit oft genug getan. Meist war es dabei um ihren Sohn Evan gegangen, den Andrew eigentlich enterben wollte, was er bisher jedoch nicht übers Herz gebracht hatte. Sein abtrünniger Sohn hatte die Firma verlassen, seine Verlobung mit Miss Sarah Channing gelöst und beim Glücksspiel ungeheuere Schulden angehäuft, die sich ständig mehrten. Schlimmer noch: Immer wieder kam Andrew zu Ohren, Evan sei in Begleitung der skandalumwitterten Gräfin Benevente gesehen worden. »Nimm doch bitte Platz, Julia«, forderte er seine Frau ruhig auf.

»Er ist das Beste, was Francesca passieren kann!« Ihre Stimme wurde lauter, und sie blieb trotz seiner Aufforderung vor dem Schreibtisch stehen. »Er ist einer der reichsten Männer der Stadt, Andrew, und dazu noch der begehrteste Junggeselle.«

»Der Mann treibt sich mit geschiedenen Frauen und mit

Witwen herum, und du weißt so gut wie ich, dass sie seine Geliebten sind, Julia. Er hält eine Mätresse aus. Seine Umgangsformen sind unmöglich. Über gesellschaftliche Konventionen setzt er sich nach Belieben hinweg. Es war beispielsweise absolut nicht akzeptabel, dass er seine Verlobung mit Francesca bekannt gegeben hat! Ich habe meine Einwilligung noch nicht erteilt, und du weißt sehr wohl, dass er zuerst mit mir hätte sprechen müssen. Dann hätten wir einen Empfang veranstaltet und die Verlobung dabei öffentlich gemacht. Und erwähnte ich schon seine Kunstsammlung? Jeder weiß doch über diese schockierenden, lebensgroßen Nacktskulpturen in seiner Eingangshalle Bescheid und auch über einige antichristliche Gemälde, die sich in seinem Besitz befinden.«

Julia verschränkte die Arme vor der Brust. »Ich glaube, er betet unsere Tochter an, Andrew. Ich habe es in seinen Augen gesehen. Und was sein Verhalten angeht – nun, ich bin der Ansicht, wer so reich ist wie er, kann nun einmal tun und lassen, was ihm gefällt.«

»Heißt du sein Verhalten etwa gut?«

»Ich mag ihn, Andrew«, entgegnete sie, nun wieder in warnendem Ton.

»Nun, ich mag ihn nicht. Du behauptest, er vergöttere Francesca. Das mag durchaus sein – aber für wie lange? Was ist in einem Jahr? Oder in zwei oder drei Jahren? Der Mensch ist ein Gewohnheitstier. Entschuldige, wenn ich das sage, Julia, aber dieser Mann hat einen übermäßig starken Sexualtrieb. Er wechselt seine Geliebten wie du deine Kleider. Er wird Francesca niemals treu sein, und auch wenn sie sich gemeinhin wie ein vernünftiger Blaustrumpf benehmen mag, so hat ihr Verhalten in den letzten Wochen doch

bewiesen, dass sie eine leidenschaftliche und hoffnungslose Romantikerin ist. Außerdem ist sie in Rick Bragg verliebt.«
Julia hob mit einer wegwerfenden Geste die Hände. »Das ist nichts weiter als eine alberne Vernarrtheit – im Übrigen ist er verheiratet! Und vergiss nicht, Andrew, für jeden Schwerenöter kommt einmal der Tag.«
Sie starrten einander eine Weile lang schweigend an, bis Julia erneut das Wort ergriff. »Weise ihn nicht ab, Andrew, ich bitte dich.«
Er erwiderte sanft: »Liegt dir Francescas Wohl am Herzen, oder denkst du nicht vielleicht daran, wie die übrige Gesellschaft dich dazu beglückwünschen wird, eine solche Partie für deine Tochter an Land gezogen zu haben?«
Sie schnappte nach Luft. »Natürlich liegt mir allein Francescas Wohl am Herzen!«, rief sie, doch sie war bleich geworden. Julia musste sich eingestehen, dass sie in der Tat über die Damen nachgedacht hatte, mit denen sie heute zu Mittag speisen würde. Dass der berüchtigte Calder Hart ihre Tochter zu heiraten gedachte, würde das Gesprächsthema Nummer eins sein, dessen war sie sich durchaus bewusst. Julia konnte dieses Essen kaum erwarten.
»Andrew«, sagte sie langsam. »Ich glaube wirklich, dass Calder in Francesca vernarrt ist, aber … was ist, wenn ich mich täusche und du recht hast? Ich gebe zu, ich habe es sehr genossen, wenn die Leute auf mich zukamen und mir zu dieser hervorragenden Partie gratulierten. Es war immer mein sehnlicher Wunsch, Francesca angemessen zu verheiraten, und ich hätte mir niemals träumen lassen, dass es einmal ein Mann wie Calder Hart sein würde.«
Er kam hinter seinem Schreibtisch hervor, um sie in die Arme zu schließen. »Das weiß ich doch. Und ich wollte ge-

wiss nicht unterstellen, dass du nur an dich denkst – niemand weiß besser als ich, wie sehr du unsere Kinder liebst. Aber ich glaube nicht, dass Francesca einem Mann wie Hart gewachsen ist, Julia. Das glaube ich wirklich nicht. Sie mag intelligent sein, aber sie ist auch schrecklich naiv. Und sie sieht immer nur das Gute im Menschen. Ich möchte nicht, dass sie unglücklich wird oder dass jemand sie verletzt.«

Mit einem Mal verlor Julia das Vertrauen, das sie in diese Verbindung gesetzt hatte. »Ich möchte auch nicht, dass ihr wehgetan wird, Andrew. Aber was, wenn Calder Hart sich als wunderbarer Ehemann erweisen würde? So etwas geschieht durchaus.«

»Schön und gut, aber spricht nicht allein die Tatsache, dass er die Verlobung einfach so verkündet hat, ohne vorher unsere Zustimmung einzuholen, bereits Bände? Ich mag ihn nicht, Julia, und ich traue ihm auch nicht.«

»Ich dagegen kann ihn gut leiden und habe großes Vertrauen in ihn«, flüsterte sie.

Ein kleines Lächeln umspielte seine Lippen. »Das liegt daran, dass du eine Frau bist, meine Liebe. Warten wir doch erst einmal ab, bis ich mit ihm gesprochen habe, dann sehen wir weiter.«

Sie nickte und hoffte im Stillen inständig, dass sich Calder als der Mann erweisen würde, den sie sich für Francesca erhoffte. »Also gut«, stimmte sie zu.

Am Tresen in der Vorhalle bat Bragg Captain Shea um die monatliche Liste der Anzeigen vermisster Personen. Francesca, die ihm alles erzählt hatte, was sie über Emilys Verschwinden herausgefunden hatte – einschließlich des eigenartigen Verhaltens von Will Schmitt –, stand neben ihm.

Shea kehrte kurz darauf mit einem kleinen Stapel Formularen zurück und reichte sie Bragg, der sich bei ihm bedankte.
Es war eine große Erleichterung für Francesca, nicht mehr allein mit Bragg in seinem Büro zu sein. Andererseits fühlte es sich auch gut an, ihn bei einer weiteren Ermittlung an ihrer Seite zu haben. Es gab niemanden, dem sie bei der Arbeit an einem Fall mehr vertraute und mit dem sie lieber arbeitete. Ob es ihnen wohl gelingen würde, weiterhin zusammenzuarbeiten, wo sie doch beide innerlich so hin- und hergerissen waren? »Warum sehen wir uns diese Anzeigen eigentlich an?«, erkundigte sie sich mit einem kleinen Lächeln.
Er lächelte ebenfalls, und mit einem Mal kam es ihr vor, als habe ihre furchtbare Auseinandersetzung eben in seinem Büro gar nicht stattgefunden. »Möglicherweise steht im Protokoll etwas, das die O'Hares Ihnen gegenüber vergessen haben zu erwähnen.«
Francesca warf einen Blick auf das oberste Blatt – die vermisste Person war eine Frau in den Dreißigern. Sie begann den kleinen Stapel durchzublättern und bemerkte dabei: »Ich habe die O'Hares gar nicht gefragt, ob sie eine Aussage gemacht haben, aber wenn sie zur Polizei gegangen sind, darf man wohl davon ausgehen.«
»Und falls nicht, werden sie noch befragt werden, denn schließlich beschäftigt sich die Polizei jetzt offiziell mit diesem Fall«, sagte Bragg.
Sie sah von den Unterlagen auf und sagte mit leiser Stimme: »Dafür danke ich dir, Rick.«
Sein Blick wanderte langsam über ihr Gesicht, als könne er nicht genug davon bekommen, sie anzusehen, und er erwi-

derte ebenso leise: »Es wird niemals wieder so sein, wie es einmal war, oder? Wenn du mich Rick nennst, vermag ich an nichts anderes mehr zu denken.«
Francesca sah sich nach Shea um, doch der war beiseitegetreten und beschäftigte sich mit einem Dokument, das ihm gerade einer der Büroangestellten gereicht hatte. Falls er sie gehört hatte, so ließ er es sich nicht anmerken. »Ich weiß auch nicht, warum ich dich Rick genannt habe, es ist mir einfach so herausgerutscht.«
Sein Blick ruhte für einen Moment auf ihrem Mund, dann richtete er ihn hastig wieder auf ihre Augen. »Ich werde Farr bitten, einen Detective mit dem Fall zu betrauen.«
»Das wäre wunderbar«, gab Francesca zurück, ohne es wirklich zu meinen. Sie verspürte nicht den Wunsch nach einem Partner, der Farr unterstellt war. Bedeutete das etwa, dass Bragg nicht beabsichtigte, den Fall mit ihr zusammen zu bearbeiten? Das machte sie unglaublich traurig. O Gott, war es womöglich ein riesiger Fehler gewesen, Harts Heiratsantrag anzunehmen? Sie blätterte vier weitere Berichte durch. »Hier!«, rief sie aufgeregt. »Emily O'Hare. Vermisst gemeldet am vorigen Montag.« Doch ihre Aufregung ließ schnell wieder nach. »Bragg, hier steht nichts, was wir nicht schon wissen. Wer leitet diese Abteilung?«
»Es gibt dafür keine eigene Abteilung«, erwiderte Bragg. »Die Fälle werden weitergereicht. Die meisten dieser vermissten Personen sind ohnehin aus eigenem Antrieb verschwunden – Kinder, die von zu Hause ausgerissen sind, Ehemänner oder auch Ehefrauen, die ihre Familien verlassen. Schlimmstenfalls handelt es sich um Mordopfer. Ein Großteil der Vermisstenfälle wird daher letztlich von der Mordkommission aufgeklärt.«

»In dieser Anzeige wird nicht erwähnt, wer sie aufgenommen hat. Niemand hat sie unterschrieben, Bragg.«
Er nahm ihr das Blatt aus der Hand, warf einen Blick darauf und sagte: »Das muss ein Versehen sein. Captain Shea? Ist Newman an seinem Schreibtisch?«
Shea gesellte sich wieder zu ihnen. »Nein, Sir. Er ist im Einsatz. Ein Gentleman wurde ermordet, Sir. Seine Leiche wurde heute bei Tagesanbruch im Keller einer alten Dame gefunden.«
»Schicken Sie Newman zu mir, sobald er zurück ist.« Bragg wandte sich wieder Francesca zu. »Wie sieht Ihr nächster Schritt aus?«
»Ich glaube, ich werde zunächst einmal in das Viertel zurückkehren, von Tür zu Tür gehen und die Nachbarn befragen. Irgendjemand muss etwas gesehen haben. Außerdem möchte ich mich mit Mrs Sarnoff, Mrs Polaski und Mrs O'Brien unterhalten.«
Er lächelte. »Schmitts montägliche Stammkundinnen. Ein ganzes Viertel zu befragen, dürfte allerdings eine Weile dauern. Ich habe heute Mittag eine wichtige Sitzung, könnte Ihnen aber für eine gute Stunde behilflich sein.«
Francesca reagierte zunächst überrascht und dann erfreut. Lächelnd sagte sie: »Ihre Hilfe ist mir sehr willkommen. Wie könnte ich ein solches Angebot ablehnen.«
Daraufhin schenkte er ihr ebenfalls ein Lächeln, das so echt und herzlich war, dass sie darüber alles andere vergaß. »Ich werde einige Männer zusammentrommeln, die uns unterstützen. Shea, besorgen Sie mir ein paar Neulinge – sagen wir ein halbes Dutzend Männer.«
Shea eilte davon.
Francesca schob den kleinen Stapel mit den Vermissten-

anzeigen beiseite, dann zögerte sie. Eine Idee geisterte ihr durch den Kopf, doch sie vermochte sie nicht zu fassen. Sie starrte auf die Blätter hinunter. Es gab doch nichts Neues oder Bedeutsames in Emilys Vermisstenanzeige, oder? Aus einem Impuls heraus zog sie den Stapel wieder zu sich heran.

»Was ist?«, erkundigte sich Bragg.

»Ich weiß selbst nicht recht«, erwiderte sie, während sich die kleinen Härchen in ihrem Nacken aufrichteten. Sie suchte noch einmal Emilys Anzeige heraus und las sie erneut gründlich durch. Nein, hier war nichts Neues zu finden. Sie starrte nachdenklich den Stapel mit den Formularen an. Es gab wirklich keinen Grund, diese Anzeigen durchzugehen. Doch sie verspürte den Drang dazu, auch wenn sie keine Ahnung hatte, wonach sie eigentlich suchte. Und als sie sie noch einmal durchzusehen begann, sagte sie: »Emily ist ein sehr hübsches Mädchen. Hart glaubt, ein reicher, lasterhafter Gentleman könne ihr ein fragwürdiges Angebot gemacht haben und sie aushalten.«

Bragg versetzte kurz angebunden: »Es überrascht mich nicht, dass Hart zu solch einer Schlussfolgerung gelangt.«

Francesca reagierte nicht auf diese unhöfliche Bemerkung. Stattdessen sah sie sich die Anzeigen eine nach der anderen an, verwarf einen Fall nach dem anderen, wenn Männer oder Frauen vermisst wurden, und erstarrte mit einem Mal. Ihr Herz setzte einen Schlag aus. »Bragg!«

»Was haben Sie gefunden?«

»Hören Sie nur!«, rief sie. »Deborah Smith verschwand am 2. März auf dem Heimweg von der Schule. Das geschah auf der Fourteenth Street, nur ein paar Straßen von der Gegend entfernt, wo Emily verschwand. Sie ist zwölf Jahre alt, blond, hat blaue Augen und ist laut dieser Anzeige außergewöhnlich hübsch. Der Fall ist noch nicht aufgeklärt. Ein Detective Moynihan hat dieses Protokoll unterschrieben.« Francesca blickte Bragg mit großen Augen an. Jetzt hatten sich selbst die feinen Härchen auf ihren Unterarmen aufgerichtet.

»Es gibt keinen Grund, eine Verbindung zwischen Deborah Smiths Verschwinden und dem von Emily O'Hare anzunehmen. An der Fourteenth Street, zwischen Second und Third Avenue, befindet sich eine aus öffentlichen Mitteln finanzierte Schule.«

Francesca begann zu zittern. »Mag sein, dass es weit hergeholt ist, eine Verbindung zu vermuten – aber beide Mädchen sind im gleichen Alter, beide sind sehr hübsch und beide sind plötzlich und ohne erkennbaren Grund verschwunden.«

Er starrte sie an. »Natürlich sollten wir nichts unversucht lassen«, sagte er schließlich. »Wo wohnen die Smiths?«

»Fifteenth Street, an der Kreuzung zur Second Avenue«, sagte Francesca lächelnd, da sich wieder einmal zeigte, wie ähnlich sie und Bragg dachten. Sie warf noch rasch einen Blick auf die letzten beiden Vermisstenanzeigen, doch dabei ging es einmal um einen alten Mann und im anderen Fall um einen Jungen von achtzehn Jahren. Hier hatte der zuständige Detective den Vermerk »Ausreißer« angefügt.

Shea kehrte mit mehreren blau uniformierten Polizisten zurück. »Das hier sind Keene, Livingston, O'Dell und O'Donnell, Sir.«

Francesca warf einen Blick auf die Beamten, die alle Kindergesichter hatten und sich offenbar noch nicht rasierten. Sie musste unwillkürlich lächeln. Diese Männer schienen in ihrem Alter oder sogar noch jünger zu sein, aber ihre Augen

glänzten, und sie würden sich wahrscheinlich schier überschlagen vor Eifer, zu helfen.
»Ziehen wir uns in das Besprechungszimmer zurück, meine Herren«, schlug Bragg mit einer auffordernden Handbewegung vor. Er musste sich ebenfalls ein Lächeln verbeißen. Der erste Beamte, der helle Haut und karottenrotes Haar hatte, lief so hochrot an, das Francesca befürchtete, er könne ohnmächtig werden. »Sie werden mit dem Fall eines vermissten Kindes betraut. Ich werde Sie jetzt instruieren.«

Das Mietshaus unterschied sich in nichts von den anderen Gebäuden in der Umgebung. Während Bragg den Motor des Daimlers abstellte, nahm Francesca die mit Dreckspritzern bedeckte Schutzbrille ab. Er tat es ihr gleich, dann kletterten sie beide aus dem ehemals glänzenden, nun jedoch ziemlich schmutzigen Automobil. Hier auf der Fourteenth Street, einer Hauptdurchgangsstraße der Stadt, herrschte reger Verkehr und ein entsprechender Lautstärkepegel. – Ein dichter Strom aus Omnibussen, Straßenbahnen, Mietdroschken, Privatkutschen und Lastenkarren rollte an ihnen vorbei. Es waren auch viele Fußgänger unterwegs. Francesca musste einigen Matschpfützen ausweichen, ehe sie sicher den Bürgersteig erreichte.
»Es tut mir leid, wir hätten eine Droschke nehmen sollen«, sagte Bragg. Sie warf einen Blick auf ihren blauen Mantel, der mit Matschspritzern befleckt war. »Wenn man von dem Schlamm einmal absieht, ist es doch ein wunderschöner Frühlingstag.«
»Heute Morgen war es nicht so schlimm. Da waren die Pfützen noch von der Nacht gefroren.«
»Wenn ich mich nicht um meinen Mantel sorge, dann soll-

test du es auch nicht tun«, sagte Francesca, während sie auf das Haus zugingen, in dem die Smiths wohnten. »Was machen eigentlich die Mädchen, Bragg?«, erkundigte sie sich dann. Ihre Frage bezog sich auf Katie und Dot. Die Mutter der beiden war ermordet worden, und Bragg hatte die Kinder bei sich aufgenommen, bis eine geeignete Adoptivfamilie gefunden war.

Er lächelte. »Es geht ihnen gut. Sie fragen oft nach dir. Katie hat einen Appetit wie ein Pferd, und Dots kleine Malheure werden immer seltener. Das Kindermädchen, das deine Mutter engagiert hat, ist ein wahrer Segen.«

Francesca zögerte. Sie vermisste die Kinder schrecklich, aber um sie zu besuchen, müsste sie sein Heim betreten, wo Leigh Anne nun als Dame des Hauses regierte. »Dürfte ich sie wohl einmal besuchen?«, fragte sie.

»Aber gewiss!«, rief er und schien geradezu schockiert über die Frage. »Wann immer du willst, Francesca.«

Sie mied seinen Blick. Gemeinsam betraten sie das Gebäude, in dessen Innerem es dunkel und nasskalt war. Es roch nach fauligen Kartoffeln und leider auch nach Urin. »Ich möchte nicht stören.«

Er fasste sie am Arm. »Du bist jederzeit willkommen«, sagte er mit Nachdruck. »Und du störst nicht.«

Sie begegnete seinem glühenden Blick. »Es wäre peinlich«, hörte sie sich sagen.

»Möchtest du, dass wir eine Zeit vereinbaren, zu der Leigh Anne nicht zu Hause ist?«

In diesem Moment fiel Francesca ein, dass seine Frau heute ihren Lunch gab. Furcht überkam sie – im Grunde wollte sie gar nicht daran teilnehmen, aber die wohltätigen Zwecke, für die sie sich einsetzte, waren ihr weitaus wichtiger als ihre persönlichen Gefühle, und außerdem wäre es eine Gelegenheit, die Mädchen wiederzusehen. »Ich hatte ganz vergessen, dass ich heute bei Leigh Anne zum Lunch bin. Connie hat mir davon erzählt, und ich beabsichtige, teilzunehmen. Ich hoffe, ich kann ein paar der anwesenden Frauen dort für meine wohltätigen Stiftungen begeistern.«

Er starrte sie nur an.

»Du hältst das für keine gute Idee?«

»Allerdings nicht«, erwiderte er kurz angebunden.

»Wieso?«

Er zögerte. »Ich möchte dich nicht in ihrer Nähe wissen. Sie ist gerissen, Francesca. Versprich mir, dass du dem, was sie sagt, keine Beachtung schenken wirst.«

Was für eine eigenartige Bemerkung! Francesca glaubte nicht mehr daran, dass Leigh Anne die intrigante Hexe war, als die er sie schilderte. Sie war sich eigentlich überhaupt nicht mehr sicher, wie böse – oder gut – seine Frau wirklich war. »Ich werde es versuchen«, sagte sie. Dann setzte sie hinzu: »Wie geht sie damit um, dass die Kinder zurzeit im Haus wohnen?«

Er zögerte, wich ihrem Blick aus und sagte dann: »Merkwürdigerweise kommen sie alle gut miteinander aus.«

Francesca reagierte überrascht – und bestürzt. Doch sie ermahnte sich sofort, dass ihre Bestürzung ausgesprochen egoistisch war. Wenn sich die drei vertrugen, war das schließlich ganz wunderbar für die Kinder. »Besteht denn die Aussicht auf eine Adoptivfamilie für sie, Bragg?«

»Ja,« erwiderte er düster. »Die Aussichten sind gut. Aber ich habe die beiden sehr lieb gewonnen, Francesca. Ich weiß einfach nicht, ob ich mich noch von ihnen trennen kann. Aber natürlich muss ich das.«

Sie nahm seine Hand. »Du bist ein wundervoller Vater.«

»Ich bin nicht ihr Vater.«

»Du kümmerst dich ganz großartig um sie«, beharrte Francesca, wobei ihr Tränen in die Augen traten. Sie erinnerte sich an eine Zeit, als sie davon geträumt hatte, mit ihm Kinder zu haben – ja, sie hatte sogar davon geträumt, dass sie vier vielleicht einmal eine Familie werden würden.

Sie ließ seine Hand los, hob ihren Rock an und begann die Treppe hinaufzusteigen. »Es ist die Wohnung Nummer drei, nicht wahr?«

»Ja«, bestätigte er und folgte ihr nach kurzem Zögern.

Auf ihr Klopfen hin wurde die Tür entriegelt und einen Spalt weit geöffnet. Francesca blickte in ein einzelnes blaues Auge. »Guten Tag, mein Name ist Francesca Cahill. Ich bin Privatdetektivin und würde Ihnen gern ein paar Fragen über Deborah Smith stellen.«

Der Spalt wurde etwas breiter, und Francesca sah nun zwei große blaue Augen, eine kleine Nase und hellblonde Brauen. Aus dem hinteren Teil der Wohnung brüllte jemand: »Wer ist da?«

Francesca lächelte durch den Türspalt die Frau an, die das Lächeln jedoch nicht erwiderte. Sie machte einen verängstigten Eindruck. »Ist 'ne Privatdetektivin, Tom«, sagte sie. »Die Dame will uns was wegen Deborah fragen.«

»Sag ihr, sie soll sich wegscheren!«, schrie es, und gleich darauf erschien ein großer Mann, der mit einem Unterhemd und einer geflickten Hose bekleidet war.

»Ich möchte Ihnen helfen«, sagte Francesca rasch in besänftigendem Ton.

»Mach die Tür zu, Eliza«, befahl ihr Mann.

Bragg trat vor und drückte die Tür auf. »Entschuldigen Sie«, sagte er zu Eliza Smith und schritt an ihr vorbei in die Wohnung.

»Ich hab gesagt, Sie sollen sich davonscheren«, blaffte Tom Smith, der sehr wütend zu sein schien. Und außerdem betrunken.

»Ich bin der Commissioner der New Yorker Polizei«, sagte Bragg. »Wir möchten Ihnen und Ihrer Frau ein paar Fragen stellen, also setzen Sie sich.«

Tom erstarrte.

Eliza wich zurück, bis sie mit dem Rücken zur Wand stand.

Tom drehte sich zu seiner Frau um. »Du bist zur Polizei gegangen?«, fragte er in ungläubigem, aufgebrachtem Ton.

Sie schrak zusammen und nickte kaum merklich.

»Es ist doch wohl nicht ungewöhnlich, zur Polizei zu gehen, wenn ein Familienmitglied vermisst wird«, mischte sich Bragg ein.

»Sie wird ja nicht vermisst. Meine Frau spinnt! Die Kleine is bei ihrer Tante, damit sie in der Innenstadt in 'nem feinen Haus für 'ne feine Dame arbeiten kann.« Er warf seiner Frau einen drohenden Blick zu.

»Tut mir leid«, flüsterte Eliza Tom zu. »Ich hab 'nen Fehler gemacht.« An Bragg gewandt, wiederholte sie: »Ich hab 'nen Fehler gemacht, Sir. Ja, das hab ich.«

Francesca erkannte, dass hier etwas nicht stimmte. Tom war ein Trunkenbold und ein Rüpel und seine Frau hatte augenscheinlich schreckliche Angst vor ihm. Francescas Instinkt sagte ihr, dass Deborah Smith nicht in die Innenstadt gezogen war, um als Hausmädchen zu arbeiten. »Und wo wohnt diese Tante, Mr Smith?«, fragte sie, um einen neutralen Tonfall bemüht.

»Geht Sie einen feuchten Kehricht an«, versetzte Tom verächtlich.

»Sie wohnt an der Twenty-second Street, zwischen First und Second Avenue«, flüsterte Eliza verzweifelt.

Tom bewegte sich so schnell, dass es unmöglich war, ihn aufzuhalten. »Du dummes Luder!«, brüllte er und versetzte seiner Frau einen schallenden Schlag ins Gesicht.

Eliza sank an der Wand zusammen. Francesca konnte sie gerade noch auffangen, bevor sie zu Boden stürzte. Dabei fühlte sie, wie zierlich die andere Frau war. Sie zitterte ganz furchtbar, und als sie den Kopf hob, sah Francesca, dass ihr Blut aus der Nase lief. Elizas Augen sprachen Bände; sie sagten: *Bitte helfen Sie mir!*

Bragg reagierte ebenso schnell. Bevor Tom wusste, wie ihm geschah, hatte der Commissioner ihn im Würgegriff und drückte ihn an die gegenüberliegende Wand. »Ihnen hat wohl nie jemand beigebracht, dass man keine Damen schlägt.«

Toms Augen traten aus den Höhlen und er stieß mit großer Mühe hervor: »Die is doch keine Dame. Das wissen wir beide.«

Bragg verstärkte seinen Griff. »Sie sind verhaftet«, sagte er.

Tom wollte noch etwas sagen, begann jedoch stattdessen zu würgen.

Eliza schrie auf.

Bragg ließ von Tom ab, der wesentlich größer war als er selbst, und stieß ihn zu Boden. Als der Mann auf Händen und Knien landete, stellte Bragg ihm den Fuß ins Kreuz.

Tom hustete. »Sie können mich nicht verhaften. Ich hab nix Böses getan.«

»Körperverletzung ist eine Straftat.«

Tom begann so heftig und drastisch zu fluchen, dass Francesca das Blut in die Wangen schoss. Sie sah Eliza an. »Wir sollten Ihre Nase mit etwas Eis kühlen.«
»Die is nicht gebrochen«, flüsterte Eliza und begann lautlos zu weinen. »Es geht schon. Wirklich.« Sie hielt ihre Faust an die Nase, um die Blutung zu stoppen.
»Lassen Sie mich etwas Eis holen«, drängte Francesca sie freundlich. Sie verstand nicht, wie diese Frau mit einem solchen Mann zusammenleben konnte.
»Nein«, sagte Eliza mit überraschend scharfer Stimme. Dann wandte sie sich bittend an Bragg. »Er hat mir ja nix getan, Sir. Wirklich nicht. Bitte. Verhaften Sie ihn nicht. Er is 'n guter Mann. Das liegt bloß am Whiskey. Bitte.«
Francesca schloss verzweifelt die Augen. Sie begriff nur zu gut, was hier vor sich ging. Bragg konnte Tom Smith ohne weiteres verhaften, aber für wie lange? Und wenn der Mann wieder nach Hause kam, würde er die Wut über seine Verhaftung ganz gewiss an seiner Frau auslassen.
Bragg blickte von Eliza zu Francesca. Als sie ihn wortlos anflehte, nichts weiter zu unternehmen, nahm er schließlich zähneknirschend den Fuß von Toms Rücken. Der Mann stöhnte und machte keine Anstalten, aufzustehen.
Bragg ging neben ihm in die Hocke. »Wenn Sie Ihre Frau noch einmal schlagen, werde ich Sie in eine Zelle sperren und den Schlüssel wegwerfen. Haben Sie mich verstanden?«, fragte er sehr leise.
Tom nickte.
Bragg richtete sich wieder auf. »Wir werden Deborah Smiths Tante einen Besuch abstatten. Ist sie Ihre Schwester?«, fragte er Eliza.
Eliza nickte ängstlich mit bleichem Gesicht.

»Wie heißt sie?«
Eliza antwortete nicht.
Tom rappelte sich auf und sah Bragg hasserfüllt an.
Der erwiderte den Blick gelassen. »Wie lautet der Name der Tante?«
»Charlotte Favianno«, zischte Tom. »Sie hat ’nen Itaker geheiratet.«
»Vielen Dank«, sagte Bragg. Er beugte sich zu dem Mann vor. »Sollte Deborah nicht dort sein, werde ich Sie mit einem Gefangenenwagen ins Präsidium schaffen lassen. Die Polizei anzulügen ist ein Verbrechen. Man nennt es Behinderung der Justiz.«
Tom grinste höhnisch, sagte aber nichts.
»Francesca?«
Diese wandte sich Eliza zu, die sie angstvoll anblickte. Francesca wollte sie nicht allein bei ihrem Mann zurücklassen, aber was blieb ihr anderes übrig? Doch plötzlich hatte sie einen Einfall. »Warum kommen Sie nicht mit uns?«
»Ich kann nicht«, flüsterte Eliza.
Francesca drückte ihr mehrere Visitenkarten in die Hand – für den Fall, dass Tom ihr eine wegnahm. »Falls nötig, wenden Sie sich bitte an mich, Mrs Smith. Ich möchte Ihnen helfen.«
Eliza zögerte, warf einen besorgten Blick zu ihrem Mann und murmelte: »Sehr freundlich von Ihnen.«
Bragg und Francesca verließen die Wohnung.
Eine Stunde später erfuhren sie, dass sich Deborah nicht bei ihrer Tante befand. Charlotte Favianno hatte ihre Nichte und ihre Schwester seit zehn Jahren nicht mehr gesehen.

KAPITEL 5

FREITAG, 28. MÄRZ 1902 - 14:30 UHR

Francesca bedankte sich bei dem Kutscher, und während die Mietdroschke davonrollte, wandte sie sich zu dem Haus Nummer 11 am Madison Square um. Rund ein Dutzend stattlicher Kutschen waren entlang der Straße vor Braggs Stadthaus abgestellt, viele davon in zweiter Reihe. Livrierte Kutscher standen in Grüppchen zu zweit oder zu dritt auf dem Gehweg und plauderten leutselig miteinander, während sie auf ihre Herrschaften warteten. Da die vielen Fahrzeuge den Verkehr um den Madison Park behinderten, ertönten immer wieder Hupen, und ab und an wurden auch Flüche laut. Dennoch würde niemand die Polizei rufen, dachte Francesca – nicht, wenn die Frau des Commissioners einen Lunch gab.

Francesca zitterte, kam sich selbst albern vor, weil sie Angst davor hatte, zu dieser dunkelgrünen Tür hinaufzusteigen und den Klopfer zu betätigen. Und ihre Angst hatte nichts damit zu tun, dass sie sich verspätet hatte.

Wie konnte ein Teil ihres Herzens bloß immer noch Bragg gehören? Sie beabsichtigte, Calder Hart zu heiraten, den begehrtesten und verführerischsten Junggesellen von ganz New York – einen Mann, zu dem sie sich mit aller Macht hingezogen fühlte. Und den sie zudem sehr gern hatte – nein, eigentlich mehr als nur das. Sie konnte es kaum erwarten, ihn das nächste Mal zur Tür hereintreten zu sehen, konnte es kaum erwarten, in seinen Armen zu liegen, von

ihm geküsst und liebkost zu werden. Sie war fasziniert von ihm, er verwirrte sie, weckte das Begehren in ihr. Und fast jede alleinstehende Frau der Stadt hätte ihre rechte Hand dafür geben, an ihrer Stelle zu sein.
Bragg und sie hatten sich vor einer halben Stunde, nach ihrer Unterredung mit Deborah Smiths Tante, voneinander verabschiedet. Sie waren beide nicht besonders überrascht gewesen, zu erfahren, dass Tom Smith sie angelogen hatte. Wie immer waren ihre Gedanken in die gleiche Richtung gegangen.
Bragg war ins Präsidium zurückgekehrt, um Smiths Verhaftung zu veranlassen, während Francesca sich auf den Weg zu Braggs Haus gemacht hatte, um am Lunch seiner Frau teilzunehmen.
Francesca schloss kurz die Augen. Sie hatte es mehr als nur genossen, wieder einmal so eng mit Bragg zusammenzuarbeiten. Es war so vertraut gewesen, so angenehm und beruhigend, hatte sich einfach richtig angefühlt. Wie immer gaben sie beide ein hervorragendes Ermittlergespann ab. Aber dieser Morgen hatte ihr noch etwas anderes bewusst gemacht: Er hatte ihr in Erinnerung gerufen, dass sie Rick Bragg mehr bewunderte und respektierte als sonst irgendjemanden. Er stellte das Wohl anderer und das Streben nach Gerechtigkeit über alles. Er war in der Tat ein echter Held.
Francesca wusste, dass es aus war zwischen ihnen, ihr Instinkt sagte es ihr. Bragg würde sich niemals von seiner Frau scheiden lassen. Das Schreckliche daran war jedoch, dass es niemals wirklich ganz und gar aus sein würde – nicht, solange er der Mann blieb, der er war. Zwischen ihnen bestand eine starke Bindung, dessen war sie sich an diesem Vormittag bewusst geworden, als sie gemeinsam mit ihm

ermittelt hatte. Diesem Mann würde immer ein Teil ihres Herzens gehören.
Angesichts der Tatsache, dass er Leigh Anne hatte und sie nun Calder Hart heiraten würde, bestand die Herausforderung darin, ihre Freundschaft zu erhalten.
Sie durfte nicht länger auf dem Gehweg stehen bleiben. Einige der Kutscher warfen ihr bereits neugierige Blicke zu. Francesca atmete tief durch, um Mut zu schöpfen, und schritt dann entschlossen auf die Haustür zu. Peter, Braggs Bediensteter, öffnete auf ihr Klopfen hin umgehend die Tür. Er war ein großer, kräftiger Mann von einem Meter neunzig, mit blauen Augen und blondem Haar. Francesca wusste aus erster Hand, dass er ein Faktotum war – je nach Bedarf fungierte er als Braggs Butler, Kammerdiener, Wirtschafter, Kutscher und sogar Leibwächter. Und bis Mrs Flowers eingestellt worden war, hatte er sich zudem noch als Kindermädchen betätigt.
Falls er überrascht war, sie zu sehen, so ließ er es sich nicht anmerken. Er neigte mit unbewegter Miene den Kopf und ließ sie eintreten. Vorn rechts befand sich das Esszimmer, aus dem Francesca allerdings keine Geräusche vernahm. Ohnehin war es zu klein, als dass man darin dreißig Damen zum Lunch hätte empfangen können. Von irgendwoher ertönten jedoch angeregte Stimmen und Lachen. »Befinden sie sich im Salon?«, erkundigte sie sich nervös.
Peter nickte. »Und in seinem Arbeitszimmer. Mrs Bragg hat ein Büfett anrichten lassen.«
Francesca reichte ihm ihren marineblauen Mantel mit den Schlammspritzern. Wenn sie doch nur daran gedacht hätte, für den heutigen Tag ein Kleid anzuziehen – nicht dass sie irgendwelche wirklich hübschen Tageskleider besessen hätte.

Francesca trug wie immer einen schlichten marineblauen Rock und eine weiße Bluse. Das war sozusagen ihre Uniform während des Tages. Außerdem steckte Harts Ring an ihrem Finger, wie sie es versprochen hatte.
Sie spielte nervös damit. Leigh Anne gegenüberzutreten machte ihr jedes Mal wieder zu schaffen.
»Folgen Sie mir«, forderte Peter sie auf.
Sie legte ihm spontan eine Hand auf den Arm. »Sind die Mädchen oben? Ich würde sie so gern zuerst für einen Moment sehen.«
Sein Gesicht verriet einen Anflug von Erstaunen, doch dann erwiderte er: »Gewiss. Soll ich Sie hinaufbegleiten?«
Sie errötete – er wusste sehr wohl, dass sie den Weg kannte. »Nein, das ist nicht nötig, vielen Dank, Peter.« Sie stieg rasch die schmale Treppe zum Obergeschoss hinauf.
Die nächsten Worte des Bediensteten ließen sie allerdings innehalten. »Es ist schön, dass Sie wieder da sind, Miss Cahill.«
Überrascht drehte sie sich um und lächelte, wobei sie sich jedoch bewusst war, wie ängstlich ihr Gesichtsausdruck immer noch wirken musste. »Ich freue mich auch, wieder hier zu sein«, erwiderte sie, ohne es wirklich zu meinen.
Er wandte sich zum Gehen, als Francesca die Frage, die sie beschäftigte, nicht länger zurückhalten konnte. »Peter?«
Er blieb stehen.
»Sind die Mädchen wohlauf? Wie ist es ihnen ergangen, seit Mrs Bragg im Hause ist?« Sie spürte, wie ihre Wangen zu glühen begannen. Die Frage war überaus unschicklich.
»Sie vergöttern sie«, erwiderte er.
Francesca musste sich an dem glatten Holzgeländer festhalten, um nicht das Gleichgewicht zu verlieren. »Wie bitte?«,

entfuhr es ihr, doch sie fing sich rasch wieder und fügte hinzu: »Wie wundervoll.« Übelkeit stieg in ihr auf.

Sie machte auf dem Absatz kehrt und eilte, insgeheim erschüttert, die übrigen Stufen hinauf. Peter war ein Mann, der nicht viele Worte machte. Wenn er jedoch sprach, sagte er seine ehrliche Meinung, das wusste Francesca aus Erfahrung.

Die Mädchen vergötterten Leigh Anne. Eigentlich hätte sie das freuen müssen, doch stattdessen war sie schrecklich aufgebracht. Leigh Anne war mehr als hinreißend – das fand Bragg offensichtlich, so oft er auch beteuern mochte, er verachte seine Frau –, sie veranstaltete ein Essen für einen wohltätigen Zweck, die Mädchen vergötterten sie und, verdammt noch mal, sie würde eine perfekte Senatorengattin abgeben.

Du hast jetzt Calder Hart, rief sich Francesca in Erinnerung. Als sie ihn im Geiste vor sich sah, wurde ihr beklommen zumute.

Aber sie war entschlossener denn je, die Verlobung aufrechtzuerhalten, ihn zu heiraten, auch wenn die Anziehung zwischen ihnen keine Liebe, sondern bloße Lust war. Das machte es jedoch nicht leichter, hier in Leigh Annes Haus zu sein.

Francesca hatte den oberen Treppenabsatz erreicht. Das Kinderzimmer lag zu ihrer Rechten, doch sie wandte sich nach links, wo eine Tür einen Spalt offen stand. Dahinter lag das Schlafzimmer, wie Francesca sehr wohl wusste.

Es war falsch, was sie hier tat, aber ihre Neugierde gewann die Oberhand. Francesca öffnete die Tür weiter und trat ein.

Der Anblick verschlug ihr den Atem. Leigh Anne hatte die

schlichte und schmucklose Ausstattung verändert: Das Zimmer war jetzt in einem satten Goldton gestrichen, golden und rot gestreifte Brokatvorhänge umrahmten das Fenster, das Bett zierte eine rote Paisley-Tagesdecke, und auf dem Boden lag ein goldfarbener chinesischer Teppich mit Blumenmuster. Francesca begann heftig zu zittern. In der Luft lag der Geruch von Leigh Annes Parfüm, ein berauschender, sinnlicher, kräftiger Duft, der sie umfing.

Ihr Blick wanderte zum Ankleidezimmer, das keine Tür hatte. Francesca erkannte einen roten, orientalischen Teppich und einen mit rotem Samt bezogenen Sessel. Der Frisiertisch war der alte mit dem verschrammten Holz, doch darauf standen nun Parfümflakons, eine hübsche silberne Dose, die vermutlich Puder enthielt, und Töpfchen mit Wangen- und Lippenrouge. Dann fiel Francescas Blick auf etwas anderes.

An einem Haken neben dem Frisiertisch hing ein Kleidungsstück aus hautfarbener Seide.

Tu das nicht, ermahnte sie sich.

Doch der Anblick zog sie unwiderstehlich an, mit wenigen Schritten war sie bei dem Frisiertisch und nahm das Kleidungsstück vom Haken. Es war ein durchsichtiges Nachthemd, und das Mieder bestand aus schwarzer Spitze.

Francesca ließ das sinnliche Wäschestück, das offenbar mehr zeigte, als es verbarg, los, als hätte es ihr die Hand verbrannt. Doch was tatsächlich schmerzte, war ihr Herz.

Aufgebracht hastete sie aus dem Schlafzimmer und überquerte den kurzen Flur. Sie hatte nur das bekommen, was sie verdiente. Es gehörte sich nun einmal nicht, in den Zimmern anderer Leute herumzuschnüffeln. Braggs Privatleben mit seiner Frau war seine Sache und ging sie nichts an.

»Fraka!«

Francesca blinzelte, als sie den vertrauten Ausruf vernahm. Und dann sauste ein blonder Wirbelwind auf sie zu und Dot umklammerte ihre Knie und kreischte: »Fraka! Fraka!«

Das war einfach zu viel – Francesca spürte, wie ihr Tränen in die Augen traten. Sie bückte sich, um die Zweijährige auf den Arm zu nehmen. »Hallo, mein Schatz«, murmelte sie und umarmte das Kind ganz fest.

Dot strahlte sie an. Sie hatte etwas Engelhaftes an sich mit ihren blonden Locken und den großen, blauen Augen.

Francesca erwiderte ihr Lächeln und wünschte, sie hätte eine Hand frei, um sich die Tränen von den Wangen zu wischen. »Ich habe dich vermisst, Kleines«, flüsterte sie.

»Dot feut«, krähte Dot, und die Grübchen auf ihren Wangen vertieften sich. »Feut, feut!«

»Das heißt, sie freut sich.«

Francesca blickte auf und sah eine düster dreinschauende Katie im Türrahmen des Kinderzimmers stehen. Sie hatte die mageren Arme um ihren Leib geschlungen. »Und wie geht es *dir*, Katie?«, rief Francesca eifrig.

Katie starrte sie nur vorwurfsvoll an, wandte sich ab und verschwand wieder im Kinderzimmer.

Francesca wurde es schwer ums Herz. Katie verhielt sich mürrisch und feindselig wie eh und je, wenigstens ihr gegenüber, und sie konnte sich denken, warum. »Guten Tag, Mrs Flowers«, begrüßte sie die hochgewachsene Frau mit der Brille, die aus dem Zimmer getreten war. Dabei nahm sie vage wahr, wie Dot mit ihrem Haar spielte. Da die Kleine ihr unangenehm schwer wurde, verlagerte Francesca ihr Gewicht, ohne darauf zu achten, dass das Kind noch immer an ihrem Haar zupfte. Sie erwartete eine freundliche Erwiderung auf ihren Gruß, doch Mrs Flowers kam nicht dazu, ihr zu antworten.

»Guten Tag, Francesca«, ertönte Leigh Annes Stimme hinter ihr.

Francesca fuhr herum.

Leigh Anne schenkte ihr ein knappes Lächeln. Wie immer sah sie atemberaubend aus, und Francesca kam sich in ihrer Gegenwart wieder einmal plump und unbeholfen vor. Das Erste, was man an dieser Frau wahrnahm, war ihr wunderschönes Gesicht – die makellose helle Haut, die schwarzen Wimpern, die smaragdgrünen Augen, die kleine Nase und die vollen Lippen. Ihr langes, rabenschwarzes Haar war sorgfältig aufgesteckt und bildete einen auffallenden, höchst wirkungsvollen Kontrast zu ihrem hellen Teint. Sie trug ein sehr schlichtes, blassgrünes Seidenkleid, das an einer anderen Frau wohl trist ausgesehen hätte, ihr jedoch stand es überwältigend gut. Das Kleid betonte ihre perfekten Rundungen: die sehr schmale Taille, den vollen Busen, die wohlgeformten Hüften. Francesca stellte sie sich in dem Negligée vor, das sie im Boudoir entdeckt hatte, und wieder stieg Übelkeit in ihr auf.

Natürlich war Bragg hingerissen von dieser Frau. Wie sollte es anders sein?

»Ich habe das Klopfen an der Haustür gehört und Peter sagte, Sie seien hinaufgegangen, um die Mädchen zu sehen«, erklärte Leigh Anne. Ihr Blick glitt forschend über Francescas Gesicht.

Francesca begriff voller Entsetzen, dass Leigh Anne ihre Tränen bemerkt hatte. »Ja, ich hoffe, Sie haben nichts dagegen.« Als wäre das alles nicht schon schlimm genug, klang ihre Stimme nun auch noch belegt.

»Natürlich nicht. Dot, hör auf, mit Miss Cahills Haaren zu

spielen«, sagte Leigh Anne warnend, aber es war bereits zu spät: Francescas Frisur löste sich, und ihr Haar ergoss sich in honigfarbenen Wellen über ihre Schultern.

»Dot, das war nicht nett von dir«, sagte Leigh Anne und nahm Francesca das Kind rasch ab, bevor diese protestieren konnte.

Dot strahlte Leigh Anne an. »Mama spielen«, verlangte sie. »Mama spielen!«

Francesca hatte das Gefühl, als würde ihr der Boden unter den Füßen weggezogen.

»Nein, Dot, wir haben Gäste. Aber wenn du ein braves Mädchen bist, wird Mrs Flowers nachher Katie und dich nach unten bringen, und dann dürft ihr den Nachtisch mit uns essen.« Leigh Anne sprach mit sanfter, aber fester Stimme und gab dem kleinen Mädchen einen Kuss auf die Wange, wobei sie für einen Moment die Augen schloss.

Francesca starrte sie an und vergaß, sich die Tränen von den Wangen zu wischen. Sie war fassungslos. *Leigh Anne liebte Dot. Und Dot nannte sie Mama …*

»Mrs Flowers? Der Nachtisch wird in einer halben Stunde serviert. Ich würde mich freuen, wenn die Kinder herunterkämen«, sagte Leigh Anne und stellte Dot mit einer anmutigen Bewegung auf dem Boden ab.

»Gewiss«, erwiderte Mrs Flowers.

Dot klammerte sich an Leigh Annes Hand. »Fraka! Tisch! Fraka auch Tisch!«

Francesca vermochte kein Wort herauszubringen.

»Dot, Liebes, es heißt *Nach*tisch. Katie?« rief Leigh Anne, nahm die strahlende Dot an die Hand und ging zur Kinderzimmertür. »Hast du Miss Cahill schon begrüßt?«

Francesca tupfte sich rasch mit den Fingerspitzen die Wan-

gen ab und wandte sich dem Zimmer zu. Katie, die mit dem Rücken zur Tür dagestanden hatte, drehte sich steif um. »Ja«, sagte sie ohne ein Lächeln.
»Katie? Was hast du?«, fragte Leigh Anne, ließ Dot los und eilte auf die Sechsjährige zu. Sie legte einen Arm um sie. »Was ist passiert?«
Katie blickte zu ihr auf und sagte: »Ich will nicht, dass sie herkommt.«
»Wie bitte?« Leigh Anne strich ihr übers Haar. »Was redest du denn da, mein Schatz?«
Katie warf der entsetzten Francesca einen bösen Blick zu. »Sag ihr, sie soll weggehen.«
Leigh Anne richtete sich erschrocken auf und sah sich nach Francesca um. Dann wandte sie sich erneut an Katie. »Katie, eine Dame vergisst niemals ihre Manieren. Das war mehr als unhöflich. Bitte entschuldige dich bei Miss Cahill. Und hast du etwa vergessen, wie freundlich Miss Cahill zu euch gewesen ist? Bitte entschuldige dich.«
Katie biss sich auf die Lippe, sah Francesca wütend an und sagte sichtlich ohne Überzeugung: »Entschuldigung.«
Leigh Anne starrte auf das Kind hinunter und rang offenbar mit sich, ob sie Katie jetzt ins Gebet nehmen sollte oder später. Dann legte sie dem Mädchen eine Hand auf die magere Schulter und sagte: »Ich weiß, was du in den letzten zwei Monaten durchgemacht hast. Wir werden später darüber reden, wenn die Damen gegangen sind.«
Katie nickte, plötzlich den Tränen nahe, und zu Francescas Bestürzung warf sie sich in Leigh Annes Arme und klammerte sich schluchzend an sie.
Leigh Anne wiegte sie besänftigend hin und her und murmelte: »Ist ja schon gut, mein Engel, ist ja schon gut.«

Francesca wich zurück. Das war alles ihre Schuld. Katie hatte sich bereits vor dem Mord an ihrer Mutter allein und verlassen gefühlt, da Mary immer viel arbeiten musste, und nach ihrem Tod waren diese Gefühle eskaliert. Francesca begriff, dass Katie sich nun auch von ihr im Stich gelassen fühlte, da sie für einen ganzen Monat verschwunden gewesen war. »Katie, es tut mir leid«, hörte Francesca sich sagen. »Ich musste für eine Weile verreisen. Es tut mir ja so leid.«
Katie hörte auf zu weinen, schniefte nur noch ein wenig und wischte sich die Augen, wobei sie Francesca vollkommen ignorierte.
»Geht es wieder besser?«, fragte Leigh Anne, die sie noch immer umarmt hielt.
Katie nickte.
»Du musst nicht mit den Damen und mir den Nachtisch essen, wenn du nicht willst.«
Katie zögerte. »Hat Peter die Schokoladeneclairs gekauft?«
Leigh Anne schmunzelte. »Ja, das hat er.«
Katies Gesicht hellte sich auf. »Ich komme zum Nachtisch.«
»Gut.« Leigh Anne gab ihr einen Kuss auf den Scheitel, ermahnte Dot, ein braves Mädchen zu sein, und trat wieder zu Francesca auf den Flur hinaus. Ihre Blicke trafen sich.
Francesca starrte in die ungewöhnlich dunkelgrünen Augen und dachte insgeheim, dass eine Frau, die sich so liebevoll um zwei Waisenkinder kümmerte, eigentlich ein guter Mensch sein müsse.
»Gehen wir nach unten?«, fragte Leigh Anne, die Francescas forschenden Blick erwiderte.
Francesca wurde bewusst, dass Leigh Anne ebenfalls über sie nachdachte, auch wenn sie keine Ahnung hatte, welche

Gedanken oder Gefühle die andere Frau über sie hegen mochte. Dann fiel Leigh Annes Blick auf Francescas Hände. Eine Stille trat ein, bis Leigh Anne wieder aufschaute und offen sagte: »Dieser Ring ist wirklich atemberaubend.«
Francesca sah mit einem Mal einen lächelnden und selbstbewussten Calder Hart vor sich, und das Bild gab ihr trotz ihrer furchtbar peinlichen Begegnung mit Katie und Leigh Anne Kraft und übte einen beruhigenden Einfluss auf sie aus. »Vielen Dank. Eigentlich ist er zu prunkvoll für mich.«
»Nein, ganz und gar nicht«, entgegnete Leigh Anne und schenkte ihr ein kleines Lächeln.
Francesca dachte über die Art und Weise nach, wie Leigh Anne mit den Kindern umgegangen war, aber auch über das ausgesprochen gewagte Negligée, das in ihrem Boudoir hing. »Sie haben die Mädchen wirklich gern.«
Leigh Annes Wangen verfärbten sich zartrosa. »Ich habe mir immer Kinder gewünscht. Aber nachdem Rick und ich uns getrennt hatten, dachte ich, dieser Wunsch würde niemals in Erfüllung gehen.«
Das war neu für Francesca. »Hat er davon gewusst?«
»Gewiss. Als er mir den Hof machte, haben wir über unsere Träume gesprochen und so viele Pläne geschmiedet.« Ihr Gesicht verdüsterte sich. »Wie können zwei Menschen sich verlieben und so viel miteinander teilen, nur um dann mitansehen zu müssen, wie das alles fast über Nacht verschwindet?«
»Ich weiß es nicht«, erwiderte Francesca heiser. Auf diese Weise ließ sich ihre kurze und unglückliche Liebesaffäre mit Bragg sehr treffend beschreiben.
Leigh Anne warf einen weiteren Blick auf Francescas Hand. »Sie und Calder geben ein wunderbares Paar ab.«

»Tatsächlich?« Francesca mochte es nicht glauben. Sicher sagte Leigh Anne das nur aus Höflichkeit.

»Aber ja. Calder so dunkel und Sie ein so goldener Typ – es hat beinahe etwas Magisches an sich«, sagte sie.

Francesca blickte ihr in die Augen. »Sie schienen nicht sonderlich überrascht zu sein, als er unsere Verlobung bekannt gegeben hat.« Was sie eigentlich sagen wollte, war: *Sie schienen ganz und gar nicht erfreut.*

»Ich war durchaus überrascht. Jeder im Raum war überrascht.« Leigh Anne lächelte. »Es gibt mindestens hundert Frauen in dieser Stadt, die ganz grün sind vor Neid auf Sie, Francesca.«

Francesca zuckte mit den Schultern. »Ich möchte bezweifeln, dass irgendjemand ernsthaft auf mich eifersüchtig ist.«

»Hart ist eine ausgezeichnete Partie. Es ist geradezu unfassbar, dass er sich verliebt hat und heiraten will. Der Mann, den ich vor vier Jahren kennengelernt habe, war ein eingeschworener Junggeselle.«

Francesca beabsichtigte nicht, ihr zu erzählen, dass Liebe bei dieser Verbindung nicht im Spiel war.

Plötzlich wirkte Leigh Anne ein wenig nervös. »Dürfte ich Sie etwas fragen? Es ist allerdings ziemlich persönlich und beinahe schon impertinent.«

»Wenigstens sind Sie ehrlich.« Francesca zögerte. »Nur, wenn ich Sie dann auch etwas fragen darf.«

Ein Lächeln huschte über Leigh Annes Gesicht. »Ein Tauschhandel. Also gut.«

»Sie zuerst«, sagte Francesca, ebenfalls lächelnd.

Leigh Anne nickte. »Lieben Sie Calder Hart?«

»Das ist in der Tat eine sehr persönliche Frage.« Sie zögerte, wusste, dass sie sie eigentlich nicht beantworten musste.

»Ich bin sehr gern mit ihm zusammen und …« Sie schwieg einen Moment lang. »Es scheint mir einfach das Richtige zu sein, ihn zu heiraten.« Im Stillen fügte sie hinzu: *Angesichts der Umstände.*

»Aber vor gar nicht so langer Zeit waren Sie noch in Rick verliebt.«

Francesca erstarrte.

Als Leigh Anne im Februar nach New York zurückgekehrt war, hatte sie Francesca sofort zur Rede gestellt und ihr unmissverständlich zu verstehen gegeben, dass sie nicht beabsichtigte, ihren Ehemann aufzugeben. Es war eine schrecklich unangenehme Unterredung gewesen. Bis zum heutigen Tag wusste Francesca nicht genau, wie Leigh Anne von ihrer Liaison mit Bragg erfahren hatte. Allerdings hatte man sie beide häufig in der Öffentlichkeit zusammen gesehen, und alle Welt wusste, wie eng sie bei den diversen Kriminalfällen, die sie gelöst hatten, zusammengearbeitet hatten. Einmal hatte sie eine Freundin ihrer Mutter in einer vertraulichen Situation im Theater gesehen. Celia Thornton lebte ebenso wie Leigh Annes Familie in Boston, und Francesca war sich beinahe sicher, dass es Mrs Thornton war, die Leigh Anne auf die Romanze aufmerksam gemacht hatte.

»Ich habe mich in ihn verliebt, bevor ich wusste, dass er verheiratet ist. Der Tag, an dem ich es erfuhr, hat mein Leben für immer verändert.«

Leigh Anne nickte. »Ich kann verstehen, warum Sie ihn lieben. Sie beide sind einander so ähnlich. Aber Sie kennen doch die Redensart: Gegensätze ziehen sich an. Ich bin von Grund auf anders als Rick, und ich glaube, dass er sich deshalb so zu mir hingezogen fühlt. Das Gleiche sehe ich bei Ihnen und Calder.«

Francesca versuchte, nicht mehr an das durchsichtige Negligée zu denken. »Lieben Sie ihn?«

Leigh Anne lächelte sanft. »Mehr, als ich in Worte zu fassen vermag«, sagte sie.

Sie schien so aufrichtig und offen. »Warum waren Sie dann vier Jahre lang fort?«

Sie zog die Augenbrauen hoch, erwiderte aber mit vollkommen ruhiger Stimme: »Wenn Sie erlauben, das ist nun wirklich allzu persönlich und geht, offen gesagt, nur mich etwas an – und Rick.«

Ihre Antwort überraschte Francesca nicht. Sie gingen gemeinsam nach unten. Auf der Treppe erkundigte sich Leigh Anne: »Haben Sie den Hochzeitstermin schon festgelegt?«

»Wir dachten an August.«

Leigh Anne nickte. »Schön, aber heiß. Der Juni wäre empfehlenswerter.«

Francesca dachte daran, dass Bragg darauf beharrte, im August die Scheidung einreichen zu wollen. War diese Frau möglicherweise eine meisterhafte Pokerspielerin? Beherrschte sie die Kunst der Manipulation und der Intrige, wie Bragg es immer behauptete? Oder war sie schlicht die elegante und vornehme Frau, die sie immer zu sein schien? Als sie den unteren Treppenabsatz erreichten, sagte Francesca schließlich: »Calder besteht auf einer Verlobungszeit von fünf Monaten. Außerdem haben meine Eltern noch gar nicht zugestimmt.«

»Ihre Mutter schien außer sich vor Freude – was ich ihr nicht verdenken kann.« Leigh Anne lächelte.

»Da sind Sie ja!«, rief eine vertraute Stimme.

Francesca erblickte Bartolla Benevente, die verführerische Gräfin mit den rotbraunen Haaren, die ihr anmutig entge-

geneilte. Sie musste unwillkürlich lächeln. Bartolla scherte sich im Allgemeinen wenig um Konventionen – heute trug sie ein gewagtes marineblaues Kleid, das eher für eine Dinnerparty als für einen Lunch geeignet war. Es ließ viel von ihrem üppigen Busen frei, ebenso wie ihre schlanken Arme, und dazu hatte die Gräfin zahlreiche Schmuckstücke mit Saphiren und Diamanten angelegt. Sie umarmte Francesca herzlich. »Connie sagte, dass Sie kommen würden, aber ich habe nicht daran geglaubt, Ihnen hier wirklich zu begegnen«, sagte sie mit einem warmen Ausdruck in den Augen. Doch ihre versteckte Anspielung war offensichtlich – schließlich war es Bartolla gewesen, die Francesca und Bragg vor zwei Monaten auf einer Festlichkeit dabei erwischt hatte, wie sie in inniger Umarmung auf einem Sofa lagen.
Aber das war gewesen, bevor seine Frau zu ihm zurückgekehrt war.
»Wie könnte ich fernbleiben, wenn es um einen so guten Zweck geht? Der katastrophale Zustand des öffentlichen Bildungssystems ist eines der Probleme, die mir am meisten am Herzen liegen«, sagte Francesca. Sie bemerkte, dass Bartolla, die stets Blicke auf sich zog, heute von einer ganz besonders strahlenden Schönheit war. Man hätte tatsächlich vermuten können, sie habe erst kürzlich mit einem Mann im Bett gelegen.
Francesca wusste, dass ihr Bruder ein wenig in Bartolla vernarrt war. Evan hatte etwas von einem Lebemann und fühlte sich stets zu sinnlichen und atemberaubenden Frauen hingezogen. Als er der verwitweten Gräfin zum ersten Mal begegnete, war es sofort um ihn geschehen gewesen. Allerdings war er zu der Zeit noch gegen seinen Willen mit Sarah Channing verlobt gewesen. Erst vor einigen Wochen hatte

er die Verlobung gelöst, war aus dem väterlichen Unternehmen ausgeschieden und aus dem Haus ausgezogen, das beim Bau der cahillschen Villa direkt nebenan für ihn errichtet worden war. Er wohnte nun im Fifth Avenue Hotel. Es war schwer zu sagen, wer da mit wem nichts zu tun haben wollte – Evan mit seinem Vater oder umgekehrt.

»In der Tat, das ist eine wirklich wichtige Angelegenheit«, stimmte ihr Bartolla zu.

»Tausenden von Kindern wird eine Schulbildung vorenthalten, auf die sie ein Recht haben, und das nur, weil es an Lehrern und Schulen fehlt«, mischte sich Leigh Anne ein.

Francesca starrte die zierliche Frau an. »Manche würden behaupten, dass Bildung ein Privileg ist, kein Recht«, bemerkte sie, um sie auf die Probe zu stellen.

Leigh Anne zog die Augenbrauen hoch. »Aber Sie gehören gewiss nicht dazu.«

Francesca hätte sie gern in eine Debatte verwickelt, um herauszufinden, ob sie tatsächlich von ganzem Herzen Reformistin war. »Ich glaube an unsere Verfassung«, sagte sie, ohne jedoch den Grund dafür zu nennen.

»Ich ebenfalls«, versetzte Leigh Anne lächelnd.

Francesca musterte sie, hielt ihre Meinung zur *Bill of Rights* jedoch zurück. Sie fragte sich, ob Leigh Anne überhaupt eine Ahnung hatte, wovon sie da sprach.

»Wir glauben doch alle an Freiheit und Gleichheit«, sagte Bartolla seufzend. »Lassen Sie mich einmal diesen Ring sehen, Francesca«, fügte sie hinzu. Und bevor Francesca Gelegenheit hatte zu reagieren, fasste Bartolla ihre Hand und betrachtete eingehend den riesigen Edelstein. Francesca spürte, wie ihre Wangen zu glühen begannen.

»Der ist gewiss von Asprey! Sie müssen sich doch freuen

wie eine Schneekönigin! Man stelle sich nur einmal vor, Calder Hart an der Angel …« Bartolla lachte herzlich. »Sie, ein Blaustrumpf – lieber Himmel, eine Privatdetektivin –, haben es geschafft, den schlimmsten Schürzenjäger der Stadt zur Strecke zu bringen! Es ist Ihnen hoffentlich bewusst, dass sich rund hundert Frauen in diesem Moment verschwören, um Ihr vorzeitiges Ableben herbeizuführen?« Sie lachte wieder, schien sich köstlich darüber zu amüsieren.

»Das möchte ich bezweifeln«, murmelte Francesca und spürte, wie ihre Wangen noch heftiger brannten.

»Er muss wirklich ganz vernarrt in Sie sein. Und ich kann mir auch vorstellen, warum! Sie sind gewiss die erste Frau, von der er ein ‚Nein' gehört hat, nicht wahr?« Sie grinste über das ganze Gesicht.

»Wie bitte?«, entgegnete Francesca verlegen. Wenn Bartolla wüsste, dass Hart derjenige war, der »nein« gesagt hatte, und zwar zu Francescas größtem Unmut!

»Ich finde es ganz wundervoll«, sagte Leigh Anne.

»Wer wird denn Calders Trauzeuge sein?«, erkundigte sich Bartolla verschmitzt. »Nein, lassen Sie mich raten – Rick Bragg?«

Francesca schnappte nach Luft.

»Na ja, die beiden sind schließlich Brüder«, setzte Bartolla belustigt hinzu.

Francesca fehlten die Worte.

Leigh Anne sagte mit ruhiger Stimme: »Du weißt doch, dass die beiden nicht gut miteinander auskommen. Ich bin mir sicher, dass Calder Rathe bitten wird, sein Trauzeuge zu sein.« Rathe Bragg, Ricks leiblicher Vater, hatte sowohl Calder als auch Rick bei sich aufgenommen, nachdem die

Mutter der beiden gestorben war. Calder war damals zehn gewesen und Rick zwölf. Rathe hatte die beiden zusammen mit seinen eigenen Kindern großgezogen.

»Und du, du musst ja ganz aus dem Häuschen sein!«, rief Bartolla und umarmte Leigh Anne. »Es hat sich ja einiges verändert, seit du wieder in der Stadt bist, wie? Wann bist du noch einmal genau eingetroffen, meine Liebe? Anfang Februar, nicht wahr?«

»Am fünfzehnten bin ich angekommen«, erwiderte Leigh Anne mit einem etwas gezwungenen Lächeln. »Ich sollte mich jetzt wieder meinen übrigen Gästen widmen. Meine Damen?« Mit einer auffordernden Geste rauschte sie an ihnen vorbei.

Doch weder Francesca noch Bartolla rührten sich. Sie sahen Leigh Anne nach, bis sie im Salon am Ende des Flurs verschwunden war, wo die anderen Damen speisten. Bartolla seufzte. »Also, ich für meinen Teil habe genug von diesem langweiligen Essen. Ich treffe mich mit Ihrem Bruder zum Tee. Anschließend begleitet er mich zu einem Einkaufsbummel. Möchten Sie sich uns anschließen?«

Francesca schüttelte den Kopf. »Ich werde mich ein wenig unter die Damen mischen. Geht es Evan gut?«

Bartollas Augen funkelten. »Oh, er ist schneidig, gut aussehend und unwiderstehlich wie immer«, erwiderte sie lachend.

Francesca musste unwillkürlich lächeln. Sie war über diesen Themenwechsel sehr erleichtert. »Ich habe gehört, dass er seine Verlobung mit Sarah gelöst hat. Wie geht es ihr denn?«

Sarah und Bartolla waren Cousinen. »Besser denn je. Sie ist glücklich, malt wie eine Verrückte. Sie hat mit Ihrem Por-

trät begonnen, Francesca. Ich habe einige Skizzen gesehen und bin sehr beeindruckt. Calder wird hingerissen sein.« Sie grinste.
Francesca zuckte zusammen. Sie hatte Calder am gestrigen Abend versprochen, heute mit Sarah zu sprechen. Das musste sie auf jeden Fall tun, bevor sie nach Hause fuhr. »Richten Sie Evan doch bitte aus, dass ich ihn liebe – und dass ich ihn vermisse.«
Bartollas Lächeln erstarb. »Er wird schon wieder zur Vernunft kommen, dessen bin ich mir sicher.«
Francesca glaubte nicht recht daran. Ihr Bruder war furchtbar wütend auf ihren Vater. Noch nie hatte sie Evan so entschlossen erlebt. »Papa hat ihn zu dieser Verlobung erpresst, Bartolla. Ich glaube nicht, dass er so bald nach Hause oder in die Firma zurückkehren wird.«
»Er benimmt sich wie ein Kind«, versetzte die Gräfin schulterzuckend. »Wie ein verzogener kleiner Junge. Wissen Sie eigentlich, dass er eine jämmerliche Stelle als Anwaltsgehilfe angenommen hat? Vertrauen Sie mir. Ich werde dafür sorgen, dass er das Richtige tut«, setzte sie mit einem Lächeln hinzu.
Francesca wusste nicht recht, ob es ihr so lieb wäre, wenn Evan wieder nach Hause käme. Sie war sehr stolz auf ihn, dass er sein Leben selbst in die Hand nahm, anstatt es so zu führen, wie sein Vater es vorgesehen hatte.
Bartolla bat Peter um ihren Mantel. Dann wandte sie sich erneut mit einem Lächeln an Francesca. »Ich wollte nicht unhöflich sein eben. Ich freue mich ja so für Sie! Aber die Dinge haben doch wirklich eine erstaunliche Wendung genommen, nicht wahr? Wie das Leben manchmal spielt! Lieben Sie Hart? Hat er Sie bereits verführt?«

»Bartolla!«, rief Francesca aus.

»Sie können es mir ruhig sagen!«, drängte die Gräfin. »Ich habe das schon vor ein paar Monaten kommen sehen! Hart war so eifersüchtig auf Ihre Ermittlungen mit Bragg. Er ist unwiderstehlich, nicht wahr? Und ehrlich gesagt gibt es keinen Mann, der besser im Bett ist als er, meine Liebe.«

Francesca begann zu zittern. Sie wusste bereits, dass Hart und Bartolla vor einigen Jahren eine kurze Affäre gehabt hatten. Jetzt, nachdem sie miteinander abgeschlossen hatten, konnten sie sich nicht mehr besonders gut leiden. Aber Francesca mochte sich jetzt nicht an diese lang zurückliegende Liebschaft erinnern lassen.

Bartolla war sich durchaus bewusst, dass sie Francesca in Verlegenheit gebracht hatte. »Herzchen, bei einem Mann wie Hart werden Sie auf Schritt und Tritt mit seinen ehemaligen Geliebten konfrontiert werden. Jedes Mal, wenn Sie einen Raum betreten, werden Sie sich fragen, mit welcher der anwesenden Damen er wohl schon verkehrt hat.«

Francesca starrte sie an wie vom Donner gerührt. Doch es stimmte: Calder hatte schon so viele Affären gehabt … Sie fühlte sich plötzlich ganz elend. Wie sollte sie das nur ertragen? Wann immer sie beide gemeinsam eine Veranstaltung besuchten, würde irgendeine Frau anwesend sein, die ihn auf sehr intime Weise kannte. Schlagartig wurde Francesca klar, dass sie das nicht ertragen könnte. Es würde sie umbringen, nicht zu wissen, wer seine ehemaligen Geliebten waren – und es zu wissen wäre noch schlimmer.

Bartolla nahm dankend ihren Mantel von Peter entgegen. »Und wie hat Bragg die Neuigkeit aufgenommen? Er schien gestern Abend recht aufgebracht zu sein.«

Francesca zuckte zusammen, riss sich aus ihren Grübeleien

über Harts ehemalige Geliebte. »Er ist sehr glücklich mit Leigh Anne«, log sie.
»Ach, ich bitte Sie. Er hält es kaum in ihrer Nähe aus – das sieht doch ein Blinder. Aber ich vermute, dass sie im Bett gut harmonieren.« Sie schlüpfte in ihren grauen Brokatmantel mit Chinchillabesatz. »Er liebt Sie immer noch, Francesca. Daran besteht kein Zweifel.«
Francesca erstarrte. Bei Bragg bräuchte sie sich niemals Sorgen über frühere Geliebte zu machen und müsste auch keine Angst haben, dass er ihr das Herz brach. »Tatsächlich? Glauben Sie wirklich, dass er mich immer noch auf diese Weise liebt?«
»Wie kommt es nur, dass Sie nicht imstande sind, das Offensichtliche zu sehen?«, erkundigte sich Bartolla überrascht und zog ihre Handschuhe an.
Francesca atmete tief durch. Hart hatte sie gewarnt, dass man dieser Frau nicht trauen konnte, aber sie waren in gewisser Weise befreundet, und Bartolla war eine so welterfahrene Frau. »Ich bin ganz durcheinander«, flüsterte sie unsicher. »Ich weiß gar nicht mehr, was ich denken soll, Bartolla.«
Bartolla ergriff ihre Hand. »So erzählen Sie doch. Auch wenn ich mir ziemlich sicher bin, dass ich den Grund bereits kenne. Sie sind hin- und hergerissen, nicht wahr?«
Francesca nickte, mit einem Mal ganz unglücklich. »Aber ich bewundere Calder zutiefst«, flüsterte sie.
»Ach was, Sie sind verrückt nach ihm, weil Sie mit ihm ins Bett wollen«, versetzte Bartolla. »Wir wissen doch beide, dass Sie einen Lebemann wie Hart keines Blickes würdigen würden, wenn Bragg frei wäre.«
Francesca schüttelte den Kopf, wollte es abstreiten, doch insgeheim befürchtete sie, Bartolla könnte den Nagel auf den

Kopf getroffen haben. »Nein. Hart und ich sind wirkliche Freunde geworden. Es ist einfach so passiert.«

»Hart hat keine Freunde«, widersprach Bartolla.

»Ich bin die erste«, flüsterte Francesca.

Bartolla zog ihre dunklen Brauen hoch und blickte sie ungläubig an. Aber wenn sich Francesca einer Sache gewiss war, dann war es die Freundschaft zwischen ihr und Hart. Er hatte sie ihr bereits zahllose Male bewiesen.

»Haben Sie schon mit ihm verkehrt?«, fragte Bartolla.

Francesca errötete. »Aber, Bartolla …«

»Ich werde es auch nicht weitererzählen«, versprach die Gräfin lächelnd.

Francesca zögerte. »Calder besteht darauf, dass wir bis zur Hochzeitsnacht warten.«

»Wirklich?« Wieder wanderten die dunklen Brauen in die Höhe. »Wie eigenartig.«

»Er ist kein berechenbarer Mann«, sagte Francesca.

»Nein, berechenbar ist er wirklich nicht. Und ich wage außerdem zu behaupten, dass er als Ehemann nicht einfach sein wird.«

Francesca hoffte, dass sie sich täuschte.

Bartolla zuckte mit den Schultern. »Aber das schadet nichts, denn Sie haben selbst einen Dickkopf und werden sich nicht davon abbringen lassen, zu tun, was Sie wollen. Das ist einer der Gründe, warum ich Sie mag. Und die Ehe ist nicht das Ende der Welt. Wenn es Ihnen langweilig wird, Sie zu dem Schluss kommen, dass Hart ein Tyrann ist, oder Ihnen seine Liebschaften zu viel werden, dann können Sie ja selbst eine Affäre beginnen.«

»So ein Mensch bin ich nicht«, gab Francesca schockiert zurück.

»Aber Sie sind doch eine so unkonventionelle Frau!«
»Ehrlich gesagt habe ich eine recht ausgeprägte romantische Ader.«
»Du meine Güte. Dann sollten Sie besser noch einmal über eine Heirat mit Calder Hart nachdenken, denn er wird Ihnen das Herz schneller brechen, als Sie die Worte aussprechen können.«
Francesca wandte sich ab. Sie war sich dessen bereits bewusst. Nun gewannen all ihre Ängste die Oberhand, und Panik stieg in ihr auf. Sie musste verrückt geworden sein, Calder Hart heiraten zu wollen – er würde ihr nicht nur das Herz brechen, nein, er würde es in Fetzen reißen.
»Zumindest wird Rick immer hinter den Kulissen warten, um die Scherben aufzusammeln«, bemerkte Bartolla.
Francesca atmete tief durch. Bartolla war eine aufmerksame Beobachterin. Genau das würde geschehen, nicht wahr? Sie würde Calder irgendwann mit einer anderen Frau erwischen, und wenn sie dann am Boden zerstört wäre, würde Bragg für sie da sein, würde sie in die Arme schließen und sie trösten. Und niemals würde er sagen: »Ich habe es dir ja prophezeit.« Francesca schloss die Augen, überwältigt von dem Dilemma, in dem sie sich selbst sah.
Aber würde er dennoch mit Leigh Anne zusammen sein wollen?
»O bitte, regen Sie sich doch nicht so auf!«, rief Bartolla und ergriff wieder ihre Hand.
Francesca zwang sich zu einem Lächeln. »Ich rege mich ja gar nicht auf. Immerhin bin ich glücklicherweise nicht in Calder verliebt. Ich mag ihn gern und freue mich darauf, das Bett mit ihm zu teilen.« Sie mochte selbst kaum glauben, dass sie so sachlich und nüchtern sprach. Und dann zuckte sie auch noch mit den Schultern, als hätte sie keinerlei Sorgen.

»Wohl gesprochen.« Bartolla grinste. »Ich werde mich jetzt auf den Weg machen. Ich wünsche Ihnen viel Glück.«
Francesca blickte ihr in düsterer Stimmung nach. Sie empfand wieder die gleiche Angst wie vor einem Monat, als sie vor Calder Hart davongelaufen war. Wie konnte sie überhaupt nur in Erwägung ziehen, ihn zu heiraten?
»Francesca? Werden Sie uns Gesellschaft leisten? Du meine Güte, was ist denn los?«, fragte Leigh Anne, die ein Silbertablett mit Gebäck trug.
Francesca blinzelte. »Es geht mir gut«, brachte sie heraus.
Leigh Anne starrte sie an. »Was immer Bartolla zu Ihnen gesagt haben mag, ich an Ihrer Stelle würde mir keine allzu großen Gedanken darüber machen.«
Francesca schenkte Leigh Anne ein schwaches Lächeln. »Ach, nein?«
»Bartolla findet großen Gefallen daran, Konflikte zu schüren.«
Francesca wich dem Blick der anderen Frau aus. Sie beabsichtigte nicht, Leigh Anne zu gestehen, dass der Konflikt bereits existierte und Bartolla lediglich Francescas schlimmste Ängste ausgesprochen hatte.
»Sie war diejenige, die mir nach Boston geschrieben und mich gedrängt hat, umgehend zurückzukehren. Sie hat mich davon in Kenntnis gesetzt, dass mein Mann sich in Sie verliebt hatte«, erklärte Leigh Anne.
»Das war Bartolla?«, stieß Francesca hervor.
Leigh Anne nickte ernst.
Ehe Francesca das Ausmaß dieses Verrats zu begreifen vermochte, wurde die Haustür geöffnet, und Bragg trat ein. Als er die beiden Frauen erblickte, blieb er wie angewurzelt stehen.

»Rick?«, fragte Leigh Anne überrascht. Sie warf Francesca einen seltsamen Blick zu und eilte, immer noch mit dem Desserttablett in der Hand, auf ihn zu. »Was führt dich denn mitten am Tag nach Hause? Ich gebe heute dieses Essen, von dem ich dir erzählt habe.«

»Ich weiß.« Er sah seine Frau nur kurz an, dann wanderte sein Blick zu Francesca. »Ich muss mit Francesca reden.«

Francesca hatte sich bereits so etwas gedacht. Eine eigenartige Anspannung überkam sie.

»Mit Francesca?« Leigh Anne stellte das Tablett auf dem kleinen Tisch am Eingang, unter dem Wandspiegel, ab und sah abwechselnd ihren Mann und Francesca an. »Aber woher wusstest du denn, dass sie hier sein würde?«

»Wir arbeiten an einem Fall«, erklärte er, ohne Leigh Anne dabei anzusehen.

Francesca ging einen Schritt auf ihn zu. »Was ist geschehen?«

»Ich habe meine Leute losgeschickt, um Tom Smith zu verhaften. Er ist tot, Francesca.«

KAPITEL 6

FREITAG, 28. MÄRZ 1902 – 15:30 UHR

Francesca packte Braggs Mantelärmel. »Wie bitte? Er ist tot? Soll das heißen, er wurde ermordet?«

»Er wurde von einem Bewohner des Viertels in einer Gasse zwischen der Tenth und der Eleventh Street gefunden. Mit aufgeschlitzter Kehle.«

Francesca schnappte nach Luft. Ihre Gedanken überschlugen sich.

»Möchtest du dich vielleicht mit Francesca ins Esszimmer zurückziehen?«, schlug Leigh Anne vor. »Dort könnt ihr ungestört miteinander reden.«

Bragg nickte, ohne den Blick von Francesca zu wenden, und ging voraus. Francesca folgte ihm. Nachdem Leigh Anne die massive Eichentür hinter ihr geschlossen hatte, sagte sie: »Es gibt keinen Grund, anzunehmen, dass dieser Mord etwas mit dem Verschwinden seiner Tochter oder mit dem von Emily zu tun hat. Wir wissen ja nicht einmal, ob die Fälle der beiden Mädchen zusammenhängen.«

»Gegenwärtig nicht. Der Daimler steht draußen, ich habe den Motor laufen lassen. Sofern du nicht unbedingt an diesem Essen teilnehmen musst, würde ich vorschlagen, du holst deinen Mantel.«

Francesca lächelte grimmig. »Zur Schule?«

»Das halte ich für das Beste«, erwiderte er und rang sich endlich auch ein Lächeln ab.

Francesca eilte in den Flur hinaus. »Peter! Würden Sie mir

bitte meinen Mantel holen – den mit den Dreckspritzern?«
Er nickte und ging zum Schrank.
Leigh Anne trat aus dem Salon und kam langsam den Flur entlang auf Francesca und Bragg zu. Ein Anflug von Besorgnis lag in ihrem Blick. »Ich nehme an, dies ist ein Notfall?«
Endlich ließ er sich dazu herab, sie anzusehen. »Mord ist für gewöhnlich ein Notfall«, versetzte er mit zusammengekniffenen Augen.
»Ich frage nur, weil wir heute Abend bei Ron Harris zum Dinner eingeladen sind.« Harris war der Stadtkämmerer. »Bürgermeister Low wird auch dort sein. Und Robert Fulton Cutting ebenfalls.«
Bragg nickte verdrießlich. »Um welche Uhrzeit?«
»Sieben.«
»Wir treffen uns dort«, sagte er.
»Wirst du dich verspäten?«
»Ich werde versuchen, es zu vermeiden.«
Francesca hatte ihren Mantel angezogen und beobachtete die zwei. Sie taten ihr beide schrecklich leid, Bragg hätte sie allerdings am liebsten gegen das Schienbein getreten. Seine Frau benahm sich anständig und höflich, ja sogar großzügig im Hinblick auf die Ermittlung, an der er arbeitete – und darauf, mit wem er dabei zusammenarbeitete –, Bragg hingegen führte sich auf wie ein Flegel. Francesca trat vor, wobei ihr leider deutlich bewusst war, wie katastrophal sie im Vergleich zu Leigh Anne aussah. »Ich werde dafür sorgen, dass er pünktlich um sieben Uhr dort ist«, versprach sie.
Leigh Anne drehte sich zu ihr um und lächelte erleichtert. »Dieser Empfang ist von großer Bedeutung, Francesca. Es ist eine Ehre, dass Rick überhaupt eingeladen wurde.«
Francesca hegte nicht den geringsten Zweifel daran, dass

nach dem Essen heute Abend die eine oder andere politische Frage verhandelt werden würde. »Er wird da sein, pünktlich und in angemessener Kleidung.« Sie warf Bragg einen Blick zu – er konnte zu einem solchen Anlass unmöglich in seiner gegenwärtigen Aufmachung erscheinen. Er würde zwischendurch nach Hause gehen müssen, um sich umzuziehen.

Bragg jedoch schien zu begreifen und lächelte sie beruhigend an. »Ich habe die nötige Abendgarderobe im Büro. Einer meiner Männer kann sie mir rechtzeitig vorbeibringen.«

»Dann sollten wir jetzt gehen«, entschied Francesca, die bei der Aussicht auf die bevorstehenden Ermittlungen eine gewisse Aufregung empfand. Ganz gleich, was sie eben gesagt hatte – insgeheim glaubte sie durchaus, dass der Mord an Tom Smith etwas mit dem Verschwinden seiner Tochter zu tun hatte. Immerhin hatte er gelogen, als er behauptete, Deborah zu ihrer Tante geschickt zu haben, und dann war er umgebracht worden, kurz nachdem er mit der Polizei gesprochen hatte.

Vom Madison Square bis zu der öffentlichen Schule war es nicht weit, und in dieser Richtung herrschte nur spärlicher Verkehr. Die meisten Leute waren um diese Zeit in die Gegenrichtung unterwegs, von ihren Arbeitsplätzen im Stadtzentrum nach Norden in die Wohngegenden. Bragg und Francesca erreichten die Schule in einer knappen Viertelstunde. Natürlich war der Unterricht bereits beendet. Als sie sich dem Kalksteingebäude näherten, das dringend einer Reinigung bedurfte, erkannte Francesca, dass es sich um eine Volksschule vom ersten bis zum sechsten Schuljahr handelte. Deborah Smith hatte offensichtlich die Abschlussklasse besucht.

Sie betraten das Gebäude, in dessen Fluren sich noch einige Mitglieder des Lehrkörpers aufhielten. Ein Hausmeister war damit beschäftigt, den Granitboden zu wischen. Bragg wandte sich an eine rundliche Frau mittleren Alters, die im Begriff schien, nach Hause zu gehen. »Entschuldigen Sie bitte, Ma'am. Können Sie uns sagen, wo wir das Büro des Rektors finden?«

»Dort den Flur entlang«, antwortete sie und musterte Bragg und Francesca neugierig. »Geht es um die arme Deborah Smith?«

Francesca wurde vor Überraschung ganz schwindelig. »Ja – warum fragen Sie?«

»Er sieht wie ein Polizist aus, und das Mädchen war in meiner Klasse. Ich bin Mrs Hopper«, stellte sie sich vor und lächelte flüchtig. »Ebenso wie Rachael Wirkler. Ich begreife nicht, wie zwei Mädchen einfach so verschwinden konnten!«

»Rachael Wirkler?«, wiederholte Francesca.

»Ein weiteres Kind wird vermisst?«, hakte Bragg nach.

»Ja. Rachael ist bereits im Februar verschwunden. Ihre Eltern sind völlig verzweifelt.«

Francesca wechselte einen Blick mit Bragg. »Unter welchen Umständen ist sie denn verschwunden?«

»Das kann ich Ihnen nicht sagen. Sie war an dem betreffenden Tag noch in der Schule, und danach ist sie angeblich nie zu Hause angekommen. Das war am zehnten Februar. Bei Debbie war es genauso, aber das liegt erst ein paar Wochen zurück. Ich habe sehr an den beiden Mädchen gehangen, sie waren so lieb und nett. Zwei meiner besten Schülerinnen.«

Francesca und Bragg starrten einander an. »Wir haben also ein Kind – ein hübsches Mädchen von dreizehn Jahren –, das nach der Arbeit auf dem Weg zum Lebensmittelladen verschwunden ist, und zwei weitere Kinder, ebenfalls Mädchen von – wie alt ist Rachael, Mrs Hopper?«

»Rachael ist vierzehn. Sie wurde zwei Jahre später als gewöhnlich eingeschult.«

»Und wir haben eine Zwölfjährige und eine Vierzehnjährige, die eines Tages nach Schulschluss nicht nach Hause gekommen sind.«

»Waren es attraktive Mädchen?«, erkundigte sich Bragg.

»Deborah war sehr hübsch mit einem glockenhellen Lachen, aber Rachael war einfach wunderschön, Sir. Die Männer haben sich schon nach ihr umgedreht.«

»Was halten Sie davon?«, fragte Francesca an Bragg gewandt.

»Wissen Sie, ob noch andere Kinder – Mädchen oder Jungen – verschwunden sind?«, erkundigte sich Bragg bei der Lehrerin.

»Ja, ungefähr zur gleichen Zeit, als Rachael verschwand, wurde plötzlich auch eine von Linda Wellingtons Schülerinnen vermisst. Sie verschwand offenbar morgens auf dem Weg zur Schule. Ihr Name ist Bonnie Cooper. Es ist geradezu eine Epidemie, Sir. Ich bin ja so froh, dass sich die Polizei endlich der Sache annimmt.«

»Es überrascht mich, dass die Polizei nicht eher eingeschaltet wurde«, entgegnete Bragg.

»Da müssen Sie die Eltern fragen – oder Rektor Matthews«, erwiderte sie stirnrunzelnd und sichtlich missbilligend.

»Hat irgendjemand etwas beobachtet? Vielleicht weiß einer der Schüler, was mit Rachael, Deborah oder Bonnie geschehen ist?«, fragte Francesca.

»Wir haben alle Schüler gebeten, uns Bescheid zu sagen,

falls sie etwas wissen, aber niemand hat sich gemeldet. Und ich selbst habe mit meiner Klasse noch einmal lange darüber gesprochen in der Hoffnung, eines der Kinder könnte wenigstens einen kleinen Hinweis geben. Aber anscheinend hat niemand etwas beobachtet.«

»Wie viele Kinder sind in Ihrer Klasse, Mrs Hopper?«, fragte Bragg.

»Zweiundvierzig. Es waren vierundvierzig.«

Francesca zuckte zusammen. Wie groß die Klasse war! »Und es gibt noch eine weitere sechste Klasse?«

»Ja, die von Linda Wellington. Sie hat, soweit ich weiß, fünfundvierzig Schüler.«

Francesca warf Bragg einen Blick zu. »Leigh Anne sollte mehr von diesen Essen wie heute veranstalten.«

Bragg ignorierte die Bemerkung. »Ich muss Ihnen möglicherweise später noch weitere Fragen stellen, Mrs Hopper. Gegebenenfalls werde ich Sie von einem meiner Männer aufs Präsidium holen lassen.«

Mrs Hopper riss erstaunt die Augen auf. »Aufs Präsidium?«

»Ich bin der Polizei-Commissioner von New York, und dies hier ist Miss Cahill, eine Privatdetektivin«, erklärte Bragg. »Sie arbeitet für eine andere Familie, deren Tochter ebenfalls vermisst wird.«

Francesca reichte Mrs Hopper ihre Visitenkarte. »Falls Sie sich an irgendetwas erinnern, wovon Sie glauben, es könnte von Bedeutung sein, setzen Sie sich bitte mit mir, mit Commissioner Bragg oder mit Inspector Newman in Verbindung.«

Mrs Hopper nickte. »Ich würde Ihnen ja gern weiterhelfen, wenn ich könnte. Ich wünsche mir nur, dass diese beiden lieben Mädchen gefunden werden.«

Sie verabschiedeten sich von Mrs Hopper und eilten weiter den Flur entlang. »So viele verschwundene Kinder in so kurzer Zeit – da muss eine Verbindung bestehen, Bragg. Aber wie könnte sie wohl aussehen?« Furcht überkam sie.

Er warf ihr einen Seitenblick zu und erwiderte ernst: »Vielleicht werden diese Kinder zur Arbeit in einem Ausbeuterbetrieb gezwungen, Francesca.«

In gewisser Weise war sie erleichtert, denn sie hatte bereits mit Grauen eine andere Möglichkeit in Betracht gezogen – eine, über die sie lieber nicht näher nachdenken wollte. »Ich habe in Jacob Riis' Buch über Immigranten gelesen, die zur Arbeit unter schlimmsten Bedingungen gezwungen werden«, sagte sie rasch. »Aber ich hätte nie gedacht, dass ich einmal damit konfrontiert werden würde. Was für ein ausgeklügelter Plan, Arbeiter ausfindig zu machen und sie dann in solche Fabriken zu entführen.« Sie steigerte sich in ihre Wut hinein. »Und noch dazu Kinder!«

»Es gelingt uns immer wieder, einen Ring solcher modernen Sklavenhalter aufzudecken. Wir werden diese Verbrecher fassen.«

Francesca blieb schweigend vor der Tür zum Büro von Rektor Matthews stehen und grübelte über die vier vermissten Mädchen nach. Sie warf Bragg einen kurzen Blick zu. Er hatte sich zu ihren schlimmsten Befürchtungen in keiner Weise geäußert, doch er schien ebenso aufgebracht und besorgt wie sie selbst. Sicherlich drängte es ihn genauso sehr, den Kindern zu helfen – wie verstört und ängstlich sie sein mussten. Wie konnte so etwas nur im zwanzigsten Jahrhundert geschehen, in der einer der größten und modernsten Städte der Welt? Ohne weiteres, dachte sie bitter. Die gewaltige Kluft zwischen Arm und Reich, zwischen den

Begüterten und denen, die nichts hatten, machte es möglich.
Matthews rief sie herein und riss Francesca damit aus ihren düsteren Gedanken. Der Schulleiter war ein korpulenter Mann mit buschigem Backenbart, und er schien überrascht und zugleich seltsam erfreut, sie zu sehen. »Bitte kommen Sie doch herein«, forderte er sie auf. »Sie sind nicht die Eltern einer meiner Schüler?« Es war als Frage formuliert.
Bragg reichte ihm die Hand. »Ich bin Commissioner Bragg von der New Yorker Polizei, Herr Rektor, und dies hier ist Miss Cahill, eine Privatdetektivin, die für die O'Hares arbeitet. Wir sind wegen der vermissten Schülerinnen hier.«
Matthews' Lächeln erstarb augenblicklich. »Bitte, nehmen Sie doch Platz«, sagte er düster. »Ja, es ist schon eigenartig – zuerst Rachael Wirkler, dann Bonnie Cooper und zuletzt auch noch Deborah Smith.«
»Wurde die Polizei eingeschaltet?«
»Diese Entscheidung habe ich den Eltern überlassen. Als Bonnie verschwand, hat sich ihr Vater geweigert, die Polizei um Hilfe zu bitten. Er ist ein Mann von zweifelhaftem Ruf, und ich nehme an, er will nichts mit der Polizei zu tun haben. Ich habe ihm zugeredet, das Verschwinden seiner Tochter zur Anzeige zu bringen, aber er hat es nie getan.«
»Ist er im Strafregister zu finden?«
»Möglich – soweit ich weiß, war er schon einmal im Gefängnis.«
Francesca hatte ihren Block gezückt und machte sich rasch einige Notizen. »Wie lautet sein Name?«
»Lassen Sie mich nachdenken ... War es nicht John? John Cooper – ja, ich glaube, so heißt er.«
Francesca wechselte einen Blick mit Bragg. »Können Sie

einen Ihrer Männer beauftragen, die Schurkensammlung durchzusehen?«, fragte sie. So nannte Bragg eine Kladde, die Zeichnungen und Fotografien beinahe aller bekannten Verbrecher der Stadt enthielt.

Er nickte. »Rektor, wie lautet die Adresse der Coopers?«

»Meine Sekretärin ist leider schon gegangen«, erwiderte Matthews. »Ich fürchte, ich finde mich in der Kartei nicht zurecht, aber wenn Sie wünschen, kann ich Ihnen am Montag die Adressen aller vermissten Schülerinnen geben.«

»Montag ist zu spät«, entgegnete Bragg. »Könnten *Sie* nicht versuchen, die Unterlagen zu finden?« Er lächelte den Schulleiter höflich an.

Matthews erhob sich. »Gewiss. Ich bin gleich wieder da«, sagte er und verschwand im Nebenraum, in dem mehrere kleinere Schreibtische standen.

Francesca blickte ihm nach und beobachtete, wie er auf die Aktenschränke zuging. »Ich finde es eigenartig, dass er nicht die Polizei verständigt hat, Bragg.«

»Mir geht es ebenso.«

»Und was sollte dieser Unsinn, dass er sich angeblich nicht mit der Kartei auskennt?«

»Ich weiß auch nicht recht.« Sie wechselten einen Blick.

Bragg ging ins Nebenzimmer, und Francesca folgte ihm. Matthews stand über eine Schublade gebeugt. »Und die Wirklers? Können Sie sich erklären, warum auch sie keine Anzeige bei der Polizei erstattet haben?«

»Soweit ich weiß, haben sie das getan. Zumindest meine ich mich zu erinnern, dass sie die Absicht hatten.« Er blickte auf und lächelte sie an.

Francesca konnte sich nicht länger zurückhalten. »Ich finde es höchst merkwürdig, dass Sie nicht genau wissen, ob die

Polizei hinzugezogen wurde, nachdem eine Ihrer Schülerinnen verschwunden ist. Und ebenso merkwürdig kommt es mir vor, dass Sie nicht selbst die Polizei verständigt haben. Die Kinder befanden sich schließlich in Ihrer Obhut, und Sie tragen eine Verantwortung für sie!«

Sein Lächeln wirkte nun ein wenig gezwungen. »Diese Schule hat achthundert Schüler. Sie können sich nicht vorstellen, wie aufwendig es ist, hier alles zu verwalten und zu regeln. Ich fand, die Coopers hätten selbst zu entscheiden, ob die Polizei eingeschaltet werden sollte oder nicht. Und was Rachael Wirkler angeht: Ich glaube, dass die Eltern eine Vermisstenanzeige erstattet haben, aber sicher weiß ich es nicht.« Matthews Lächeln schien ihm ins Gesicht gemeißelt zu sein. »Ich habe hier eine anspruchsvolle Aufgabe zu erfüllen und tue mein Bestes.«

Francesca hingegen fand sein Verhalten äußerst nachlässig. Ihrer Ansicht nach wurde der Schulleiter seiner Pflicht und Verantwortung gegenüber seinen Schülern in keiner Weise gerecht.

»Konnte vielleicht einer der Schüler irgendwelche Hinweise zum Verschwinden der Mädchen geben?«, schaltete sich Bragg mit ruhiger Stimme ein.

Diese Frage schien Matthews etwas zu besänftigen. »Nein. Wie es scheint, weiß niemand etwas darüber. Wir haben die Kinder vor einem Monat in der Aula zusammengerufen und sie um ihre Mithilfe gebeten, aber es hat sich niemand gemeldet.«

»Kinder verschwinden nicht einfach so«, sagte Francesca knapp. »Jemand muss doch irgendwo in der Umgebung der Schule fremde, verdächtig aussehende Männer bemerkt haben.«

»Sie vermuten also ein Verbrechen?«
»Davon gehe ich mit Sicherheit aus.«
»Ihnen ist aber sicher bewusst, dass Mädchen in der Pubertät häufig von zu Hause weglaufen und dass manchmal ein Liebhaber dahintersteckt.«
»Ja, das weiß ich sehr wohl, aber Deborah Smith ist nicht diese Sorte Mädchen, und ich bin fest überzeugt, wenn ich mit den Coopers und den Wirklers rede, werde ich das Gleiche über ihre Töchter erfahren«, entgegnete Francesca, die den Rektor immer weniger leiden konnte.
»Francesca, Sie ziehen voreilige Schlüsse«, murmelte Bragg und berührte sie leicht am Ellenbogen.
»Bragg, ich lasse mich von dieser Überzeugung nicht abbringen«, gab sie zurück. »Haben Sie die erforderlichen Unterlagen gefunden, Rektor Matthews?«
»Nein.« Matthews zögerte. »Sie scheinen verschwunden zu sein, Miss Cahill.«
Bragg ging auf den Schrank zu. »Darf ich?«
»Gewiss.« Matthews trat zur Seite.
Einen Augenblick später richtete sich Bragg wieder auf und sah Francesca an. »Es scheint so, als ob alle drei Akten fehlen.«
Sie starrte ihn an. »Vielleicht wurden sie falsch abgelegt.«
Er warf ihr einen zweifelnden Blick zu. »Möglich.«
»Ich bin sicher, meine Sekretärin kann diese Angelegenheit am Montag aufklären«, sagte Matthews.
Francesca bezweifelte das. Die Mappen waren offensichtlich entwendet worden – womöglich auch vernichtet. Energisch verkündete sie: »Sie haben mein Wort darauf, dass ich herausfinden werde, was diesen drei Mädchen zugestoßen ist, Rektor Matthews.«

»Ich hoffe, bald von den Ergebnissen Ihrer Ermittlungen zu erfahren, Miss Cahill.« Er begleitete sie zur Tür. »Sind Sie die berüchtigte Privatdetektivin, die den Randall-Mörder mit einer Bratpfanne zur Strecke gebracht hat?«

»Ja, die bin ich«, bestätigte sie, ohne sich ein Lächeln abzuringen. Sie konnte diesen Mann wirklich nicht leiden und sein starker Körpergeruch verstärkte ihre Abneigung noch.

Nachdem sich die Tür zum Büro des Direktors hinter ihnen geschlossen hatte, wandte sich Francesca mit einem ungläubigen Blick Bragg zu. »Du bist ziemlich hart mit ihm umgesprungen«, sagte er leise.

»Ich kann den Kerl nicht leiden. Er gehört sofort wegen Pflichtverletzung entlassen. Als Bonnie Cooper nicht zum Unterricht erschienen ist, hätte er umgehend die Polizei verständigen müssen!«

Bragg lächelte und legte ihr eine Hand auf die Schulter. »Ich stimme dir ja zu, aber mit einem freundlichen Ton werden wir bei ihm sicher sehr viel mehr erreichen.«

Sie beruhigte sich ein wenig. »Da hast du wohl recht. Irgendjemand muss diese Unterlagen an sich genommen haben – offenbar um Spuren zu verwischen und zu verhindern, dass herauskommt, was wirklich mit den Mädchen geschehen ist!«

»Das wäre eine Möglichkeit. Aber vielleicht gibt es noch eine andere Erklärung.«

»Ich wüsste nicht, welche das sein sollte!«, rief Francesca. »Ich glaube allmählich, dass Matthews selbst irgendwie in diese Angelegenheit verstrickt ist.«

»Das ist eine schwerwiegende Anschuldigung. Der ganze Fall geht dir sehr nahe, Francesca. Wenn wir dieser Geschichte auf den Grund gehen wollen, solltest du dich bemühen, weniger emotional an die Sache heranzugehen.«

Er hatte natürlich recht, aber nun, da mehrere Mädchen vermisst wurden und sie es mit an Sicherheit grenzender Wahrscheinlichkeit mit einem Verbrechen zu tun hatten, wuchs Francescas Wut einfach ins Unermessliche. Sie konnte die Vorstellung nicht ertragen, dass liebe, unschuldige Mädchen zur Sklavenarbeit gezwungen wurden oder – Gott behüte! – zu Schlimmerem. Aber wenn diese Ermittlung von Erfolg gekrönt sein sollte, musste sie einen klaren Kopf bewahren. »Ich will ja nur, dass diese Kinder wohlbehalten wieder nach Hause kommen, Bragg.«

Er verstärkte für einen Moment den Griff um ihre Schulter und seine Hand fühlte sich so warm und beruhigend an. »Das weiß ich doch«, sagte er. »Und mir geht es ebenso.«

Ihre Blicke trafen sich, und sie lächelten einander in stummem Einvernehmen an. Niemand verstand sie so gut wie Bragg, nicht einmal Hart. Francesca wich ein wenig zurück, und auch das schien er zu verstehen. Dann gingen sie nebeneinander den Flur entlang.

»Was steht als Nächstes an?«, erkundigte sich Francesca. »Es ist schon halb fünf. Ich würde gern noch einmal mit Will Schmitt reden, aber ich fürchte, das muss bis morgen warten. Ich habe Calder versprochen, dass ich mich heute mit Sarah treffe, damit sie mit meinem Porträt beginnen kann.«

Als die Worte heraus waren, bedauerte sie sie sogleich und wünschte, sie hätte Harts Namen nicht erwähnt. Ihr war jetzt gar nicht nach einer Auseinandersetzung zumute. Es war ein langer und ereignisreicher Tag gewesen.

Bragg blieb stumm.

Francesca versuchte, in seinem Gesicht zu lesen, aber es war wie in Stein gemeißelt.

Nachdem sie das Schulgebäude verlassen hatten, sagte er endlich: »Ich werde veranlassen, dass meine Männer in der Nachbarschaft von Tür zu Tür gehen, um die Wirklers und die Coopers ausfindig zu machen. Wenn du möchtest, kann ich dich fahren – ich habe erst um fünf Uhr einen Termin im Fifth Avenue Hotel, bis dahin bleibt noch genügend Zeit.«

»Das wäre sehr freundlich von dir«, sagte sie.

Sein Daimler stand nicht weit entfernt. Bragg fragte: »Wirst du ihn heute Abend sehen?«

Sie drehte sich zu ihm um und erwiderte geradeheraus: »Das glaube ich nicht. Wir haben nichts vereinbart. Bragg, du wirst heute Abend mit deiner Frau ausgehen – selbst wenn ich mit Calder zusammen sein sollte, dürfte dich das also kaum stören.«

»Das tut es aber.«

Als er Anstalten machte weiterzugehen, hielt sie ihn am Arm zurück. »Die Mädchen vergöttern sie, und sie liebt die beiden, als wären es ihre eigenen Kinder.«

Er schien verärgert. »Es stimmt, sie vergöttern sie. Ich muss zugeben, dass mich das sehr überrascht. Aber das ist zurzeit der einzige Lichtblick in meinem Leben.«

»Wirklich? Sie scheint sehr daran interessiert zu sein, dass du heute Abend zu diesem wichtigen Essen erscheinst, das deiner Zukunft zugute kommt und nicht etwa der ihren. Ich finde, du benimmst dich furchtbar ihr gegenüber, Bragg.«

Damit hatte sie endlich das gesagt, was schon den ganzen Nachmittag über an ihr genagt hatte.

»Ach, das Essen heute Abend kommt also nur meiner Zukunft zugute? Ich bitte dich, Francesca! Leigh Anne brennt darauf, die Frau eines Senators zu sein. Schon jetzt genießt sie es, sich als Gattin des Commissioners der New Yorker Polizei vorstellen zu können.«

»Warum auch nicht? Es ist doch nichts Schlechtes daran!«

»Wieso verteidigst du meine Frau? Du weißt so gut wie ich, dass sie nur wegen dir zurückgekehrt ist – und weil ich eine gewisse Machtposition erlangt habe. Verdammt noch mal, Francesca, diese Frau ist in Europa von einem Bett ins nächste gehüpft.«

»Ist sie das? Na und? Hast du in den vier Jahren eurer Trennung etwa enthaltsam gelebt? Willst du ihr nicht endlich verzeihen und ihr noch eine Chance geben? Sie geht doch förmlich in der Mutterrolle auf, Rick, und noch dazu scheint sie eine hingebungsvolle Ehefrau zu sein. Mir ist ehrlich gesagt noch niemals eine anmutigere Frau begegnet.« Leider entsprach das der Wahrheit. Sie zögerte und fügte dann hinzu: »In gewisser Weise erinnert sie mich an Connie. Elegant, kultiviert und stets gefasst.«

»Sie hat dich auch schon verhext, das beherrscht sie nun einmal zur Perfektion.« Seine Augen funkelten vor Wut.

Francesca erstarrte. »Du benimmst dich wirklich manchmal wie ein Dummkopf.«

»O nein, aber im Gegensatz zu dir weiß ich, dass der Schein manchmal trügt. Ich kenne diese Frau nun einmal viel besser als du.«

»Tatsächlich? Ehrlich gesagt glaube ich das nicht.«

Er starrte sie an, das Gesicht vor Wut gerötet, und sie musterte ihn kühl.

»Wieso gibst du ihr nicht eine echte Chance? Sie ist immerhin deine Ehefrau. Wenn du recht haben solltest und sie tatsächlich eine so schreckliche Frau ist, wie du behauptest, wird die Wahrheit schon ans Licht kommen. Und dann kannst du dich von ihr trennen oder dich scheiden lassen. Aber warum bist du nicht bereit, erst einmal herauszufinden, ob noch etwas Gutes, noch ein Rest von Liebe übrig ist? Was hast du schon zu verlieren?«

»Dich.«

Sie wich zurück.

Seine Wut schien zu verrauchen, bis nur noch Frustration in seinen Augen zu lesen war. »Warum tust du das? Versuchst du dein schlechtes Gewissen zu beruhigen, damit du mit Hart weitermachen kannst?«

Welch eine Erleichterung, dass er sie angriff, denn das erlaubte ihr, zornig zu werden. »Es geht hier nicht um Calder, verdammt. Es geht um dich – und um eine Frau, die ich einfach mag, so sehr ich mich auch dagegen sträube. Darin liegt auch das eigentliche Problem: Ich habe das Gefühl, dass du sie schrecklich ungerecht behandelst, während du dich jedem Fremden auf der Straße gegenüber gerechter verhältst.«

Seine Augen blitzten. »Jetzt reicht es aber! Ich verbiete dir, dich weiter in meine Ehe einzumischen.«

Francesca schnappte nach Luft.

Als ihm klar wurde, was er da gesagt hatte, streckte er die Arme nach ihr aus, aber sie wandte sich heftig ab. »Lass mich!«, rief sie.

»Es tut mir leid. Ich habe es nicht so gemeint.«

Sie starrte ihn zutiefst schockiert an und entgegnete: »Doch, das hast du. Und nicht zum ersten Mal. Aber du hast natürlich recht.« Sie zitterte und atmete tief ein, um sich zu beruhigen. »Ich habe mir in einer Weise Gedanken über dein

Privatleben gemacht, wie es mir nicht zusteht. Denn du bist verheiratet und wir sind nur Freunde.«

»Francesca.«

Sie kehrte ihm den Rücken und stieg in sein Automobil.

Sarah Channing lebte bei ihrer Mutter, einer reichen Witwe, auf der West Side – in einer Gegend, die von den New Yorkern auch gern als »Dakota« bezeichnet wurde, weil sie Welten von der übrigen Stadt entfernt war, trostlos und öde. Die erst kürzlich im gotischen Stil erbaute Villa war riesig und das einzige Gebäude weit und breit. Die umliegenden Grundstücke waren leer oder allenfalls mit grob gezimmerten Verschlägen bebaut, in denen illegale Siedler hausten. Francesca hatte immer das Gefühl, in ein fremdes Land zu reisen, wenn sie die West Side besuchte.

Der Türsteher der Channings war auf Francescas Klopfen hin rasch zur Stelle, und gleich darauf fand sie sich in einer düsteren Eingangshalle mit hoher Decke und glänzendem Eichenholzboden wieder. Tierköpfe zierten die Wände, denn Sarahs Vater, Richard Wyeth Channing, war ein begeisterter Jäger gewesen und hatte von seinen zahlreichen Jagden in Afrika, Indien, Russland und Europa eine Sammlung von Tiertrophäen mitgebracht. Während Francesca auf Sarah wartete, versuchte sie Bragg zu vergessen, und ihre Gedanken wanderten rasch wieder zu Hart. Er war inzwischen wahrscheinlich schon zu dem Gespräch mit ihrem Vater erschienen, das letztlich über ihr Schicksal entscheiden würde.

Ihr Herz vollführte einen Hüpfer, doch bevor sie Gelegenheit hatte, weiter darüber nachzudenken, erschien am hinteren Ende der Eingangshalle Sarah, eine winzige Gestalt in einem viel zu weiten, tristen grauen Kleid, das mit alten Flecken in allen erdenklichen Farben übersät war. Sarah lächelte, dass ihr kleines Gesicht strahlte. Die meisten Menschen hielten Sarah mit ihrem hellbraunen Haar, den dunklen Augen und der unscheinbaren Figur für ein Mauerblümchen, in Francescas Augen jedoch wurde sie immer hübscher, je besser sie sie kennenlernte. Und nun, da Sarah aufgeregt war und Locken ihres langen Haars ihr ins Gesicht fielen, sah sie trotz des hässlichen Kleides einfach wunderschön aus. Das Schönste an ihr jedoch war ihr freier Geist!

»Francesca!« Sarah eilte auf sie zu, und die beiden Frauen umarmten sich. »Hart hat mir eine Nachricht zukommen lassen, dass du zurückgekehrt bist. Ich habe mir schon Sorgen um dich gemacht!«

Francesca bemerkte einen ocker- und einen rostbraunen Farbklecks in Sarahs Gesicht. »Es geht mir gut. Aber wie geht es dir?«

»Wunderbar«, entgegnete die junge Frau strahlend. »Weißt du schon, dass Evan vor gut zwei Wochen unsere Verlobung gelöst hat?«

Sarah schien hocherfreut darüber zu sein. »Das war das Erste, was ich bei meiner Rückkehr erfahren habe«, erwiderte Francesca.

»Bitte sei nicht böse, dass ich so glücklich bin. Aber du weißt doch, ich wollte nie heiraten. Außerdem ist Evan ja in Bartolla vernarrt.«

Francesca musste ihre Freundin einfach noch einmal umarmen. »Es war wirklich eine unpassende Verbindung. Ist er tatsächlich so oft mit Bartolla zusammen, wie sie mich heute Mittag bei einem Lunch glauben machen wollte?«

»Die beiden sind mittlerweile ganz offensichtlich ein Liebespaar. Ich vermute, sie ist jede Nacht mit ihm zusammen.« Sarah lächelte selig. »Vielleicht gibt es ja schon bald eine neue Verlobung.«

Francesca war der gleichen Ansicht. »Wie hat deine Mutter die Sache aufgenommen?«

»Gar nicht gut! Es ist schier unmöglich, ihr begreiflich zu machen, dass es eine gänzlich unpassende Heirat gewesen wäre. Sie hat sich für eine volle Woche in ihre Räumlichkeiten zurückgezogen und abwechselnd geweint und geschmollt. Und auch jetzt noch verlässt sie augenblicklich den Raum, wenn der Name Cahill fällt. Sie hört einfach nicht zu, wenn ich ihr zu erklären versuche, dass ich ja bereits verheiratet bin – mit meiner Kunst. Bartolla und ich sind übereingekommen, ihr nichts davon zu erzählen, dass Evan ihr den Hof macht.«

Sarah war in vielerlei Hinsicht eine verwandte Seele. Lachend ließ Francesca sich von ihr an der Hand den Flur entlang zu ihrem Atelier ziehen, das sich im Erdgeschoss im hinteren Teil des Hauses befand. »Das wäre so, als wollte ich meiner Mutter erklären, dass ich von Beruf Privatdetektivin bin und keine Zeit für einen Ehemann habe.«

»Ja, da magst du recht haben.« Sarah hob Francescas Hand und bewunderte ihren Ring. »Wie wundervoll! Ich habe es kommen sehen!«

»Ach ja?« Francesca blieb vor der geöffneten Tür zu Sarahs Atelier stehen, das aufgrund der späten Stunde teilweise künstlich beleuchtet war. Sarah malte bevorzugt Porträts von Frauen und Kindern, und an den Wänden hing ein Bild neben dem anderen, manche davon noch unvollendet. Mehrere Staffeleien standen im Raum verteilt, und auf zweien befanden sich Leinwände. Francesca fand Sarahs Malerei brillant. Sie war ganz offensichtlich von den Impressionisten beeinflusst, ihr Stil war aber dennoch als klassisch einzuordnen.

»Ach, Francesca, wenn ein Mann darauf besteht, ein Porträt von dir besitzen zu wollen, dann gibt es nicht mehr viel zu rätseln, nicht wahr?«

Francesca war insgeheim wider Willen entzückt. »Calder hat doch nur auf diesem Porträt bestanden, um mich zu ärgern, wir hatten uns zu der Zeit nämlich gerade gestritten.«

Sarah warf ihr einen ungläubigen Blick zu. »Ach, ich bitte dich. Und warum hast du dann die Stadt verlassen? Gab es wirklich eine kränkelnde Freundin?«

»Ich musste allein sein, um über einiges nachzudenken«, erwiderte Francesca.

»Das habe ich mir schon gedacht.« Sarah drückte ihre Hand. »Aber jetzt bist du ja wieder da, und darüber freue ich mich – nicht nur wegen des Porträts.«

»Ich freue mich auch, wieder hier zu sein«, stimmte Francesca zu. Sie meinte es ehrlich – es tat gut, wieder zu Hause zu sein, und außerdem hätte sie sonst nicht an diesem neuen Fall arbeiten können, bei dem das Schicksal mehrerer Kinder auf dem Spiel stand. »Und ich bin froh, dass du dich offenbar von den Strapazen der letzten Zeit erholt hast«, setzte sie hinzu. Sie spielte damit auf die Tatsache an, dass Sarah erst kürzlich beinahe das Opfer eines Mörders geworden wäre.

Sarahs Augen weiteten sich. »O ja, ich habe mich ganz wunderbar erholt. Gott sei Dank ist diese schreckliche Angelegenheit abgeschlossen. Ehrlich gesagt, denke ich kaum noch

daran!« Bei diesen Worten wurde ihre Stimme verdächtig hoch.
Zugleich lag ein Ausdruck in ihren Augen, der Francesca erschrecken ließ und ihr zu erkennen gab, dass Sarah immer noch nicht ganz über dieses Trauma hinweg war, das sie beinahe das Leben gekostet hätte. Francesca fasste sie am Arm.
»Ist Rourke noch in der Stadt?«, erkundigte sie sich. Rourke Bragg, Ricks jüngerer Bruder, der in Philadelphia Medizin studierte, hatte sich bei ihrem letzten Fall als ausgesprochen hilfreich erwiesen.
»Rourke ist vor einem Monat abgereist. Seitdem habe ich nichts mehr von ihm gehört«, antwortete Sarah forsch, wobei sie jedoch Francescas Blick auswich.
Francesca sah sie nachdenklich an. Rourke glich seinem Bruder und seinem Vater sehr. Er war überaus attraktiv mit seinen bernsteinfarbenen Augen unter den dunklen Brauen, den hellbraunen Haaren und dem Grübchen am Kinn. Manchmal sah er Bragg so ähnlich, dass er sein Zwilling hätte sein können, dabei waren die beiden lediglich Halbbrüder. Rourke war im Verlauf der letzten Ermittlung sehr sanft und freundlich mit Sarah umgegangen, hatte ihr sogar an dem Tag, als sie hier in diesem Haus überfallen worden war, das Leben gerettet. Francesca hatte damals den Eindruck gehabt, dass Rourke sich zu Sarah hingezogen fühlte.
»Er wird sicher von sich hören lassen, wenn er das nächste Mal in der Stadt ist«, sagte sie.
Sarah zuckte gleichgültig mit den Schultern. »Wieso sollte er? Er hat sein Studium noch nicht beendet und ist nicht mein Arzt.«
»Aber ist er nicht ein Freund?«
Sarah wurde rot. »Ich weiß nicht, was er ist, Francesca.

Warum hast du überhaupt die Sprache auf ihn gebracht? Um mich zu ärgern? Es wartet Arbeit auf uns! Hast du jetzt Zeit, mir Modell zu sitzen?«

Francesca zögerte. Sarahs ungewöhnlich heftige Reaktion auf eine harmlose Bemerkung über Rourke Bragg erstaunte sie. »Es war durchaus nicht meine Absicht, dich zu ärgern, Sarah«, sagte sie leise.

»Ja, ich weiß«, erwiderte Sarah, immer noch mit geröteten Wangen. »Es tut mir leid. Es liegt nicht an dir, sondern an ihm. Ich weiß, dass ich sehr krank war und er mich in jener Nacht gepflegt hat, als ich dieses schreckliche Fieber hatte, und ich weiß auch, dass er mich bei diesem furchtbaren Überfall gerettet hat, aber ich habe mich bei ihm bedankt und das muss genügen. Ich kann ihn nicht leiden, Francesca, und dabei sollten wir es belassen. Hast du nun Zeit, für eine Zeichnung zu posieren?« Sie lächelte, offenbar entschlossen, das Thema Rourke damit zu beenden.

Francesca war sich bewusst, soeben den Rauch eines schwelenden Feuers gesehen zu haben, und sie lächelte in sich hinein. Mochte Sarah doch denken, was sie wollte.

Das Posieren erforderte, dass sie sich aus- und wieder ankleidete, was insgesamt ungefähr vierzig Minuten in Anspruch nehmen würde. Aber der Tag neigte sich bereits dem Ende zu, und der morgige versprach nicht weniger ereignisreich zu werden. »Weißt du, ich glaube ...« Sie verstummte. Sie war ein paar Schritte ins Atelier hineingegangen, und ihr Blick war auf eine der Leinwände auf einer Staffelei gefallen. Bei dem Werk handelte es sich ganz offensichtlich um ein unvollendetes Porträt von Calder Hart.

Wenn sie dieses Bildnis anschaute, kam es ihr vor, als sähe sie ihn leibhaftig vor sich – es war atemberaubend, und sie

spürte, wie seine Gegenwart sie umfing, ganz so, als sei er im Raum anwesend.
Sarah trat hinter sie. »Ich konnte nicht anders. Er ist schließlich mein Mentor, und es erschien mir einfach richtig. Ich war derart inspiriert, dass es beinahe schon fertig ist. Gefällt es dir? Ich hatte große Schwierigkeiten mit seinem Gesichtsausdruck, seinen Augen. Da ist eine solche Selbstsicherheit und Süffisanz, aber es liegt auch eine Verletzlichkeit darin, die unglaublich schwer einzufangen ist. Ich habe es immer noch nicht ganz getroffen, oder?«
Francesca schlang die Arme um sich. War sie etwa im Begriff, sich in den Mann zu verlieben? Und hegte Sarah womöglich ebenfalls Gefühle für ihn? Das Porträt zeigte den Hart, den die Gesellschaft kannte und so oft ablehnte. Den Hart, der fähig war, einen Raum zu betreten, alle Anwesenden vor den Kopf zu stoßen und darüber auch noch zu lachen. Den Hart, der sich keinen Deut um die Gesellschaft und ihre Regeln scherte. Sarah hatte Harts eigenwilligen Geist, seine Selbstsicherheit, seine Gleichgültigkeit gegen das Urteil anderer, seine Aura der Macht und des Reichtums perfekt eingefangen. Die Verletzlichkeit jedoch, die ein wesentlicher Teil von ihm war, hatte sie nicht getroffen. Francesca war sich darüber im Klaren, dass nur wenige überhaupt in der Lage waren, diese schwache Seite an ihm zu erkennen. Dennoch überraschte es sie nicht, dass Sarah sie gesehen und so gut verstanden hatte. »Nein, noch nicht ganz. Aber du bist nahe dran. Hat er das Bild schon gesehen?«
»O nein! Ich habe furchtbare Angst, es ihm zu zeigen. Wahrscheinlich werde ich es niemals tun!«, rief sie nervös.
Francesca legte ihr die Hand auf den Arm. »Es ist unglaub-

lich, Sarah. Ich finde, du solltest es ihm unbedingt zeigen, wenn es fertig ist. Es ist dir gelungen, seine Ausstrahlung, seine zynische Seite und seine Aura der Macht ganz und gar treffend darzustellen.«

»Aber er hat auch eine weiche, sanfte, eine ängstliche Seite, die noch fehlt. Ich werde ihm das Bild eines Tages zum Geschenk machen.« Sarah lächelte, aber es war ein nervöses Lächeln, als hätte sie Angst, dass ihr Geschenk zurückgewiesen oder verächtlich behandelt werden könnte. Dann fragte sie: »Hat Hart überhaupt schon mit dir über dein Porträt gesprochen?« Gleich darauf errötete sie und rief: »Oh, Francesca, bitte entschuldige. Ich bin so froh, dass du endlich hier bist, um für mich Modell zu sitzen, dass ich ganz vergessen habe, dir zu deiner Verlobung zu gratulieren. Ich freue mich wirklich für dich!«

»Vielen Dank.«

»Ich finde, ihr zwei seid ein wunderbares Paar.« Dann stutzte Sarah und sah ihre Freundin forschend an. »Bist du etwa anderer Ansicht?«

Francesca zögerte nicht mit einer Antwort. »Sarah, wenn ich mit Calder zusammen bin, weiß ich gar nicht so recht, was ich tue. Ich hege immer noch Gefühle für Bragg. Und Bragg und ich sind uns so ähnlich – in jeder Hinsicht. Calder und ich hingegen sind wie Feuer und Wasser. Ich fühle mich beinahe wie in einem dahinrasenden Zug, von dem ich nicht mehr abspringen kann.« Sie lächelte verkrampft.

Sarah nahm ihre Hand. »Bragg ist mit seiner Frau zusammen. Ich begreife zwar nicht, was für eine Beziehung die beiden führen, aber sie scheint unberechenbar und leidenschaftlich zu sein. Ich möchte dich damit nicht verletzen, Francesca. Ich weiß sehr wohl, wie nahe du und Bragg einander steht, aber ich finde nicht, dass du die Richtige für ihn bist.«

Francesca sah sie verstimmt an. »Vor einem Monat noch hätten mir deine Worte wehgetan, aber heute nicht mehr. Ich habe nur Angst, dass diese Sache mit Calder viel zu überstürzt geschieht und mir völlig entgleitet. Es ist beinahe so, als würde man in einer Kutsche mit Höchstgeschwindigkeit dahinrasen, während man in Wahrheit lieber die Bremsen betätigen würde.«

»Ich glaube, dass Hart dich vergöttert, und die Tatsache, dass er dich heiraten möchte, anstatt dich zu verführen, sagt doch eigentlich schon alles, oder nicht?« Sarah lächelte. »Also, was hat er dir über seine Vorstellungen bezüglich des Porträts gesagt?«

Francesca tätschelte ihr den Rücken. »Es macht mir nichts aus, nackt zu posieren.«

Sarah schrie entzückt auf. »Ich habe seit dem Kunstunterricht in Paris keinen Akt mehr gemalt. Ich bin furchtbar aufgeregt. Es wird wunderbar werden, und ich verspreche dir, dass wir alles bedecken werden, was bedeckt gehört.«

Francesca lächelte verschmitzt, kreuzte die Beine, hielt sich einen Arm vor die Brüste und fragte: »Soll ich einen Schal oder eine Nerzstola baumeln lassen?«

Sarah lachte. »Das wäre ein wenig klischeehaft, findest du nicht? Du kannst dich hinter dem Wandschirm entkleiden und den Morgenmantel überziehen.«

Francesca tat, wie ihr geheißen. Dabei stieg eine prickelnde Erregung in ihr auf. Sie posierte nackt für Hart! Der Gedanke weckte ein Verlangen in ihr, das in diesem Augenblick gänzlich unpassend war. Während sie ihr Korsett auszog, fragte sie: »Soll ich auch mein Haar öffnen? Ich

warne dich, ich werde gleich nicht mehr züchtig aussehen.«
Sarah lachte. »Das sollst du ja auch gar nicht, meine Liebe. Und nein, ich fände es besser, wenn du dein Haar aufgesteckt lässt. Außerdem habe ich mir überlegt, dass du eine enganliegende Kette tragen solltest. Am besten eine Perlenkette mit Diamanten. Meine Mutter besitzt eine, die wir ausleihen könnten, wenn es so weit ist.«
»Wie du meinst«, willigte Francesca ein und schlüpfte in den seidenen Jacquardkimono. Als der Stoff ihre nackte Haut liebkoste, lief ihr ein wohliger Schauer über den Rücken und die Beine hinunter. Sie trat hinter dem Wandschirm hervor.
»Jedes Gemälde erzählt eine Geschichte, Francesca, und in dieser Geschichte bist du gerade von einem Ball nach Hause gekommen und wartest auf deinen frisch angetrauten Ehemann«, erklärte Sarah und führte sie zu einer smaragdgrünen Chaiselongue, an deren Kopfteil mehrere Kissen lagen.
Francesca spürte, wie sich das Prickeln verstärkte. »Und wer erzählt diese Geschichte, Sarah? Du oder Calder?«
»Ich, denn ich bin die Malerin«, erwiderte Sarah fröhlich. »Entkleide dich noch nicht. Versuche erst einmal, eine bequeme Position zu finden. Vielleicht auf der Seite, das Gesicht mir zugewandt und die Schenkel gekreuzt, so wie du es eben im Stehen getan hast.«
Francesca streckte sich auf der Chaiselongue aus, lehnte sich in die Kissen und posierte, so gut sie es vermochte. Nachdem sie ihre Beine übereinandergeschlagen und ihren Arm über ihre Brüste gelegt hatte, fand sie, damit sei wohl genug verdeckt.
Sarah jedoch runzelte die Stirn und schüttelte den Kopf.

»Diese Pose ist mehr als klassisch, ihr fehlt jede Originalität. Wir sollten uns etwas Besseres einfallen lassen. Setz dich auf, Francesca, halb mit dem Rücken zu mir.«
Francesca gehorchte und blickte sich über die Schulter neugierig zu Sarah um.
Die junge Malerin lächelte zustimmend. »Genau. Jetzt noch ein bisschen weiter nach rechts. Ich würde deine Brust gern im Profil sehen. Ja, das ist gut. Und jetzt setzt du einen Fuß auf den Boden und winkelst das andere Bein an – ist das zu unbequem?«
»Ich weiß es noch nicht«, gab Francesca zurück, amüsiert über Sarahs Eifer und zugleich selbst aufgeregt. Das hier erwies sich überraschenderweise als der perfekte Abschluss eines überaus interessanten Tages. Sie konnte es kaum erwarten, Hart das fertige Porträt zu zeigen.
»Ich glaube, das ist es. Jetzt bleib so – ich helfe dir mit dem Kimono!«, rief Sarah. Sie eilte auf Francesca zu und half ihr aus dem Kleidungsstück, wobei sie sie immer wieder ermahnte, sich nicht mehr zu bewegen.
Francesca konnte sich nicht vorstellen, wie diese Pose in dem Gemälde wirken würde. »Sieht es auch wirklich gut aus?«, erkundigte sie sich.
»Einfach umwerfend – vielleicht ein bisschen gewagter, als ich es mir vorgestellt hatte, aber du hast einen so wunderschönen Körper, und Hart wird das Bild lieben. Also, wenn du nichts dagegen hast, würde ich es gern versuchen. Falls du doch Einwände hast, können wir es ja morgen noch einmal anders versuchen«, sagte Sarah, die bereits mit Feuereifer zu zeichnen begonnen hatte.
Francesca lächelte sie an. Die Pose wurde ihr bereits etwas unbequem.

»Könntest du so tun, als würdest du Hart ansehen anstatt mich?«, bat Sarah, während sie mit langen, kräftigen Strichen skizzierte.

Francesca blinzelte. »Gewiss. Sag, Sarah, wolltest du nicht zuerst auf Papier zeichnen?«

»Ja, aber die Vorabskizzen, die ich angefertigt habe, zeigen dich alle auf der Seite liegend, und das ist einfach viel zu langweilig. Außerdem weiß ich nicht, wann du wieder einmal Zeit für mich findest! Am besten überspringen wir dieses Stadium einfach. Denk an Hart, Francesca. Stell dir vor, er hätte gerade den Raum betreten.«

Augenblicklich sah Francesca vor sich, wie Hart hinter Sarah auftauchte. Ihr Herz tat einen Sprung, und ein Kribbeln durchfuhr ihren Körper. Warum hatten sie bloß keine Pläne für den Abend gemacht? Hatte er ihr nicht eine private Feier versprochen, nur sie beide bei einem Glas Champagner? Bei der Vorstellung, wohin eine solche Feier führen würde, lächelte sie.

»Danke«, hauchte Sarah.

Eine Stunde später durfte sie aufstehen. Francesca zog sich den Kimono über und fragte: »Darf ich es sehen?«

»Aber nur, wenn du mir versprichst, dass du mich nicht anschreien wirst. Wir können die Pose jederzeit noch verändern«, antwortete Sarah atemlos und mit geröteten Wangen.

Francesca, die es vor Neugier kaum erwarten konnte, lief rasch zur Staffelei. Der Anblick verschlug ihr den Atem.

Sie saß auf dem Bett und hatte dem Betrachter halb den Rücken zugekehrt. Ihre schlanken Schultern wirkten elegant, ihr Rücken und die Taille lang, das Gesäß üppig und völlig entblößt. Ein langes Bein war ebenfalls zur Gänze entblößt, ebenso wie ihre linke Brust. Sarah hatte nichts verborgen – unter ihrem Arm schaute die aufgerichtete Brustwarze hervor.

Aber was Francescas Aufmerksamkeit mehr als alles andere fesselte, war ihr Gesichtsausdruck. Sie sah den Betrachter mit einem unglaublich provozierenden Blick an, ihre Augen wirkten feurig und sinnlich – ein bemerkenswerter Kontrast zu ihrem aufgesteckten Haar und der Perlenkette.

»Ich werde das rote Kleid auf dem Boden zu deinen Füßen malen, als hättest du es achtlos fallen lassen«, sagte Sarah leise. »Gefällt es dir? Es ist höchst gewagt und erotisch, aber du siehst atemberaubend aus, und ich finde es wunderbar so.«

»Ja, es gefällt mir«, flüsterte Francesca und starrte ihr Bildnis an. »Sind meine Kurven tatsächlich so üppig? Und habe ich wirklich so ausgesehen? Ich meine diesen Ausdruck in meinen Augen.«

Sarah biss sich auf die Lippe. »Für eine Zeit, ja. Woran auch immer du gedacht haben magst, es war einfach perfekt.«

Francesca hatte an ihre Feier mit Calder gedacht, daran, in seinen Armen zu liegen und schließlich auch in seinem Bett.

»Calder wird dieses Gemälde niemals irgendjemandem zeigen können«, sagte sie nachdenklich.

»Niemals ist eine lange Zeit. Außerdem – Mrs Huntington besitzt einen Courbet, den sie in ihrem Schrank versteckt«, erwiderte Sarah. »In vielen privaten Kunstsammlungen gibt es gewisse Werke, für die die Öffentlichkeit einfach noch nicht bereit ist.«

Francesca nickte und wurde sich bewusst, dass ihre Wangen glühten. »Nun, ich finde es außergewöhnlich und habe keine Einwände.«

Sarah fasste ihre Hand. »Francesca, das Schöne an einem Gemälde ist, dass man es jederzeit noch verändern kann. Sollen wir wirklich den Weg, den wir eingeschlagen haben, weitergehen? Wenn dir nicht wohl dabei ist, kann ich es leicht so arrangieren, dass dein Arm die Brust verdeckt, und ein Kissen hinzufügen, so dass dein Gesäß nicht mehr zu sehen ist. Aber ich habe das Gefühl, dass das hier die richtige Pose für dich ist.«

Francesca lächelte sie an. »Du bist die Künstlerin«, sagte sie.

»Ich kann es kaum erwarten, bis ich fertig bin und es Hart zeigen kann«, flüsterte Sarah, und Francesca dachte insgeheim dasselbe.

Nachdem Francesca versprochen hatte, am nächsten Tag um die gleiche Zeit wieder vorbeizuschauen, damit Sarah die Arbeit an dem Bild fortsetzen konnte, machte sie sich in der Kutsche der Channings auf den Heimweg. Inzwischen war bereits die Nacht hereingebrochen. Es war ein sehr langer Tag gewesen, doch in ihrer Hochstimmung verspürte Francesca keinerlei Müdigkeit. Anfangs hatte ihr die Vorstellung, sich malen zu lassen, überhaupt nicht gefallen, jetzt jedoch war sie Feuer und Flamme. Natürlich war sie davon überzeugt, dass diese sinnliche, schöne Frau auf der Zeichnung eine allzu romantische Version ihrer selbst darstellte. In Wahrheit sah sie gewiss nicht so aus wie in dieser Zeichnung. Aber wenn Sarah sie auf diese Weise zu malen wünschte, hatte sie nichts dagegen.

Die Fahrt durch die Stadt ging zügig vonstatten. Während die Kutsche durch den Central Park rollte, versuchte sich Francesca vorzustellen, wie wohl das Gespräch zwischen

Calder und ihrem Vater verlaufen sein mochte. Gewiss war es längst beendet. Doch als der Wagen die Auffahrt zur cahillschen Villa erreichte, sah Francesca zu ihrer Überraschung Harts eleganten Landauer dort stehen. Sie dankte dem Kutscher der Channings. Während sie auf das Gebäude zuging, fragte sie sich, ob es wohl ein gutes oder ein schlechtes Zeichen war, dass das Gespräch so lange dauerte.

Sie wollte gerade die erste Stufe der breiten Steintreppe vor der Haustür hinaufsteigen, als sie jemand von hinten ansprach. »Miss Cahill?«

Ihr erster Gedanke war, dass gewiss dieser gewiefte Reporter, Arthur Kurland, ihr wieder einmal aufgelauert hatte. Für eine gute Story war der Mann zu allem bereit. Sie drehte sich um, doch an den Hecken entlang der Auffahrt konnte sie niemanden sehen, und dahinter war es zu dunkel. Hatte sie sich etwa nur eingebildet, ihren Namen zu hören? »Hallo?«, rief sie.

Sie erhielt keine Antwort. Allmählich wurde ihr etwas unbehaglich zumute, doch dann siegte ihre Neugier, und sie starrte angestrengt in die Nacht. Das Haus war hell erleuchtet, doch auf dem Grundstück bis zur Straße hinunter, wo zwei Gaslaternen rechts und links von der Einfahrt zur Villa standen, gab es keine Lampen. Francesca glaubte hinter einer Hecke in der Nähe mehrerer großer Ulmen eine Bewegung wahrzunehmen. »Kurland? Sind Sie das?« Sie öffnete den Verschluss ihrer Handtasche und schloss die Hand um den kleinen Derringer.

»Ja.«

Sie blinzelte. »So kommen Sie doch heraus. Ich beiße nicht.«

»Ich muss Sie unter vier Augen sprechen.«

Wie sonderbar! Aber auch überaus interessant. Francesca ließ die Pistole wieder in ihre Handtasche gleiten und schritt auf die Hecke bei den Ulmen zu. Was ging hier vor? Kurland war gefährlich, aber nur insofern, als er über ihre Beziehung zu Bragg informiert war. Wenn er wollte, könnte er einen Skandal auslösen, der Braggs Karriere gefährden würde. Francescas Gedanken überschlugen sich, während sie die gekieste Auffahrt überquerte. Vielleicht erwies sich Kurland dieses Mal ausnahmsweise als nützlicher Verbündeter. Der Fall, an dem sie zurzeit arbeitete, bot durchaus Stoff für einen Zeitungsartikel. Kurland könnte darüber berichten, und wenn sich daraufhin Zeugen meldeten, würden die Informationen ihrer Ermittlung zugutekommen. Vielleicht wusste er sogar selbst etwas. Reporter waren im Allgemeinen sehr gut über das Geschehen in der Stadt informiert.

Francesca fand Gefallen an der Vorstellung, dass Kurland über die vermissten Kinder schrieb. Ob der Artikel schon in der morgigen Ausgabe erscheinen könnte? »Kurland, wieso verstecken Sie sich denn hier in den Büschen?«, fragte sie und trat auf die Hecke zu.

Plötzlich packte er sie, ohne jede Vorwarnung, zerrte sie hinter die Sträucher und drückte ihr etwas Scharfes, Kaltes an die Kehle. *Ein Messer.*

»Weil ich nicht Kurland bin«, sagte die Stimme.

KAPITEL 7

FREITAG, 28. MÄRZ 1902 – 18:00 UHR

Ganz gegen seine Gewohnheit war er ein wenig nervös.

Aber schließlich war dies ja auch ein neues Spiel, eines, das er noch niemals zuvor gespielt hatte und bei dem es um einen hohen Einsatz ging: um Francesca Cahill.

Hart lächelte grimmig in sich hinein, während er seinen Mantel ablegte. Man hätte beinahe glauben können, er sei vernarrt oder verliebt. Aber er wusste es besser: Liebe war nur etwas für Heuchler und romantische Toren, eine Illusion, nichts weiter. Er war seit seinem sechzehnten Lebensjahr nicht mehr in eine Frau vernarrt gewesen.

Er reichte dem Butler der Cahills seinen schwarzen Mantel, nickte ihm dankend zu und rief sich dabei in Erinnerung, dass trotz des hohen Einsatzes kein Grund zur Nervosität bestand: Er ging gut vorbereitet in diesen Kampf und würde ihn zweifellos gewinnen. Am vergangenen Abend hatte er sich sogar eine Stunde Zeit genommen, um sich zur Vorbereitung auf dieses geistige Kräftemessen ein paar Notizen zu machen. Solche Machtkämpfe waren ihm nicht neu, sondern fester Bestandteil seiner zahlreichen und vielfältigen geschäftlichen Tätigkeiten, denn Hart besaß die größte Schifffahrtsgesellschaft der Stadt, eine ebenso große Versicherungsgesellschaft, eine Spedition, die sich noch im Aufbau befand, und nicht zu vergessen große Aktienanteile an verschiedenen Eisenbahngesellschaften und Versorgungsbetrieben. Niemals war er nervös, wenn er einem Widersacher oder sogar einem Feind entgegentrat, vielmehr genoss er jeden einzelnen Kampf. Und für gewöhnlich ging er am Ende als Sieger daraus hervor.

Er konnte sich nicht einmal mehr daran erinnern, wann er das letzte Mal unterlegen war.

Dennoch musste er stets mit der Möglichkeit rechnen. Er betrachtete jeden Deal unter diesem Aspekt, so auch jetzt. Sollte sich Andrew gegen diese Ehe aussprechen, könnte er Francesca dennoch heiraten, denn er war reich und mächtig genug, um sich ihrem Vater zu widersetzen. Oder er könnte von der Heirat Abstand nehmen – da er insgeheim ohnehin wusste, dass er nicht gut genug für sie war. Er könnte Abstand davon nehmen, um sie früher oder später an einen anderen Mann zu verlieren.

Ein echter Gentleman hätte wohl die zweite Möglichkeit gewählt. Aber er war kein Gentleman, würde niemals einer sein, und für den Fall, dass Cahill ihm seine Einwilligung verweigern sollte, stand seine Entscheidung fest. Im Grunde hatte sich die Frage für ihn nie gestellt. Francesca war in sein Leben eingebrochen wie ein Wirbelsturm – davor war es düster gewesen, aber nun, nachdem sich der Sturm gelegt hatte, keimte neues Leben auf: junge Grashalme, knospende Blumen, das Schimmern eines Regenbogens, das Lächeln der Sonne. Jeder Tag war ein neuer, ein wunderbarer Tag für ihn.

Er schalt sich, dass er auf dem besten Wege war, sich in einen romantischen Narren zu verwandeln. Über eines jedoch war er sich im vergangenen Monat, während sie verschwunden war, klar geworden: Er brauchte sie. Er zog das Grün des Frühlings der dunklen Verzweiflung des Winters vor, und Francesca war wie eine frische Brise für ihn.

Hart schob den Gedanken beiseite, denn in diesem Moment eilte Julia ihm lächelnd entgegen. Als sie seine Hände ganz fest in die ihren nahm, hatte er das Gefühl, dass sie sich ihm am liebsten in die Arme geworfen hätte. Das belustigte ihn auf wohltuende Weise. »Ich freue mich sehr, Sie zu sehen, Calder«, begrüßte sie ihn.

»Die Freude ist ganz meinerseits«, gab er galant zurück, meinte es jedoch ehrlich.

»Andrew ist in seinem Arbeitszimmer«, sagte Julia, während sie die Eingangshalle durchquerten. »Ich kann Ihnen gar nicht sagen, wie überrascht ich war, als Sie gestern Abend Ihre Absicht kundgetan haben, Francesca zu heiraten.«

Um ein Haar hätte Hart ihr gestanden, wie überrascht er selbst gewesen war, als ihm klar wurde, dass ihm keine andere Wahl blieb, als sie zu heiraten. »Ich habe Francesca meine Absichten bereits vor einiger Zeit mitgeteilt.«

Julia blieb wie angewurzelt stehen. »Ach, tatsächlich?« Sie blickte ihn mit großen Augen verblüfft an.

»Ja«, bestätigte er lächelnd. »Sie hat mich gebeten, noch nicht mit ihrem Vater zu sprechen, da sie meinen Antrag zunächst überdenken wollte.«

Julia gab einen missbilligenden Laut von sich. »So kenne ich meine törichte Tochter. Dass sie immer so furchtbar selbständig sein muss! Offen gestanden ist Andrew äußerst bestürzt darüber, dass Sie sich nicht zuerst an ihn gewandt haben. Aber wie ich sehe, war das Francescas Schuld. Nun, eigentlich sollte es mich wohl nicht erstaunen, wenn man bedenkt, wie …« Sie verstummte mitten im Satz und errötete.

Hart nahm ihren Arm. »Aber ich habe Francesca ermutigt, die Angelegenheit zunächst zu überdenken, denn eine Heirat ist schließlich ein großer Schritt«, log er rasch, denn er wollte nicht, dass Francesca die Schuld zugeschoben wurde. Julias Gesicht entspannte sich sofort wieder. »Meine liebe Julia«, fügte er hinzu, »ich bewundere Ihre Tochter, gerade weil sie so selbständig und eigensinnig ist. Keine Sorge – nichts, was Sie über sie sagen, kann mich von meinem Vorhaben abbringen. Sie mag einen ganz schön auf Trab halten, aber das macht sie schließlich so interessant.«

Julia seufzte erleichtert. »Und genau aus diesem Grund sind Sie wie geschaffen für Francesca. Die meisten Männer bekämen es bei einer solchen Frau mit der Angst zu tun.«

»Francesca wäre den meisten Männern hoffnungslos über.«

»Dann sind wir uns also einig«, stellte Julia fest, während sie ihn zum Arbeitszimmer geleitete. Sie warf ihm einen bedeutungsvollen Blick zu, der besagte, er möge nur ja erfolgreich sein in dem bevorstehenden Gespräch. »Wir stimmen überein, dass es eine perfekte Partie wäre.«

»Seien Sie unbesorgt«, murmelte er. »Ich habe diese Verbindung aus jedem erdenklichen Blickwinkel betrachtet und hege nicht den geringsten Zweifel daran, dass wir gut zueinander passen. Andrew wird mir darin gewiss schon bald zustimmen.«

»Das will ich hoffen. Mir graut vor der nächsten Stunde – es wird ein Kampf der Titanen werden. Bitte räumen Sie seine Bedenken aus!«, drängte Julia sichtlich besorgt.

Hart verstand. »Deshalb bin ich hier«, murmelte er und spähte durch die geöffnete Tür in Andrew Cahills Arbeitszimmer. Im Kamin mit dem glänzenden Mahagonisims prasselte ein Feuer, die Wände waren im unteren Teil holzvertäfelt, darüber mit moosgrünen Textiltapeten bespannt, und all das, zusammen mit den Buntglasfenstern, verlieh dem Raum eine gemütliche, einladende Atmosphäre. Andrew saß auf einem smaragdgrünen Ledersofa und las in der aktuellen Ausgabe der *New York Times.* Als er Hart und seine Frau erblickte, legte er die Zeitung auf den kleinen Tisch neben dem Sofa und erhob sich. Er trug einen Hausrock mit Paisleymuster und Samtbesatz, eine Hose und schwarze Samthausschuhe mit Monogramm.

»Guten Abend, Hart«, grüßte er und entließ seine Frau mit den Worten: »Vielen Dank, Julia.«

Julia lächelte knapp, ging hinaus und schloss die massive Holztür hinter sich.

»Einen Drink?«, fragte Andrew.

»Ja, bitte.« Hart war deutlich bewusst, welches Misstrauen und welche Abneigung ihm dieser Mann entgegenbrachte. Doch dasselbe traf auf die meisten Männer zu – sie mochten ihn hauptsächlich deshalb nicht, weil sich die Frauen so zu ihm hingezogen fühlten. Heute würde er nicht nur versuchen müssen, Andrew Cahill von seinen ehrlichen Absichten in Bezug auf Francesca zu überzeugen, sondern auch, die Feindseligkeit des Mannes zum Schmelzen zu bringen. Denn Francesca hatte nun einmal eine enge Bindung zu ihrer Familie, und Hart wollte keinesfalls, dass dadurch in ihrer Ehe Zwistigkeiten und Auseinandersetzungen entstanden.

»Scotch?«

»Gern.«

Andrew ging zu einem dekorativen Barwagen aus Glas und Messing, füllte zwei Gläser aus einer Karaffe und fügte Eis aus einem silbernen Behälter hinzu. Hart nahm seinen Drink entgegen, probierte einen Schluck und stellte angenehm überrascht fest, dass es sich um einen hervor-

ragenden, samtweichen Scotch handelte. Insgeheim nahm er sich vor, Francesca – die inzwischen seine Vorliebe für dieses Getränk teilte – zu erzählen, welchen Schatz ihr Vater in seinem Arbeitszimmer aufbewahrte.
»Kommen wir doch gleich zum Thema«, schlug Andrew vor, ohne Platz zu nehmen.
»Ganz wie Sie wünschen«, willigte Hart lächelnd ein und taxierte seinen Gegner.
»Ich bin höchst aufgebracht über Ihre Bekanntmachung am gestrigen Abend.«
»Ich fürchte, wenn es um Ihre Tochter geht, kann ich nicht mehr klar denken«, gab Hart zurück. Es war eine leichtzüngige Antwort, aber keine glatte Lüge.
»Ein Mann mit Ihren Erfahrungen? Das kann ich mir kaum vorstellen.«
Hart lächelte. Ihm war klar, dass Andrew auf seinen Ruf als Schürzenjäger anspielte. »Meine *Erfahrungen* gehören von nun an der Vergangenheit an.«
»Tatsächlich?«, versetzte Andrew stirnrunzelnd. »Es fällt mir schwer, das zu glauben.«
Hart stellte sein Glas ab. »Ist es Ihnen jemals in den Sinn gekommen, dass ich mich geändert haben könnte, seit ich Ihre Tochter kennenlernte?«
»Nein, im Gegensatz zu manch anderen bin ich nicht dieser Ansicht«, gab Andrew zurück.
Touché, dachte Hart verbissen, doch Andrews Offenheit gefiel ihm. »Ich war Junggeselle aus Überzeugung, bis ich Ihrer Tochter begegnet bin. Alle Welt weiß, dass ich mich über die Ehe lustig gemacht habe und entschlossen war, niemals zu heiraten. Das dürfte Ihnen ebenso bekannt sein wie dem Rest der New Yorker Gesellschaft.«

Andrew nickte schroff. »Meine Frau hat es mir bestätigt, und ebenso meine ältere Tochter. Sie beide befürworten eine Verbindung zwischen Francesca und Ihnen mit Nachdruck.«

Hart war erfreut, das zu hören. »Und es dürfte ebenso bekannt sein, dass ich noch niemals in meinem Leben einer unschuldigen jungen Dame im heiratsfähigen Alter den Hof gemacht habe. Wie Ihnen jede Mutter aus den feinen Kreisen der Gesellschaft bestätigen kann, habe ich junge Damen wie Francesca stets gemieden wie die Pest.«

»Stattdessen haben Sie sich mit geschiedenen Frauen und Witwen eingelassen, nicht zu reden von Schauspielerinnen und Opernsängerinnen«, konterte Andrew.

»Das ist richtig«, gab Hart offen zu. »Ich habe mir mein Leben aus dem Nichts aufgebaut, Andrew – ich glaube, das ist etwas, das wir beide gemeinsam haben. Heute bin ich ein reicher Mann. Reich genug, um zu tun, wonach mir der Sinn steht, ohne mich darum zu scheren, was andere von mir denken. Sie haben durchaus recht: Bis vor ungefähr einem Monat habe ich wie ein Hedonist gelebt. Aber das ist jetzt vorbei.«

Andrew starrte ihn an. »Und eine solche Behauptung soll ich Ihnen glauben? Gestern Abend befanden Sie sich noch in Begleitung von Mrs Davies, wenn mich nicht alles täuscht.«

Hart lächelte. »Ganz recht. Sie war vor vielen Jahren einmal meine Geliebte, aber heute ist sie nichts weiter als eine Freundin, Andrew. Auch wenn Sie mir wiederholt zu verstehen gegeben hat, dass sie die Beziehung gern vertiefen würde.«

»Ich traue Ihnen nicht. Sie sind mir zu zungenfertig«, erklärte Andrew.

»Sir, haben Sie sich nie gefragt, warum ein Mann wie ich, der jede Frau haben könnte, ein Mann, der sich geschworen hatte, niemals in den Hafen der Ehe einzulaufen, eine solche Kehrtwendung vollzogen hat?«, fragte er beiläufig.

Andrew stutzte. »Wollen Sie mir etwa weismachen, dass Sie sich in Francesca verliebt haben? Es fällt mir wirklich schwer, zu begreifen, wie es meiner Tochter, einer Intellektuellen, einer Reformistin und einer leidenschaftlichen Kriminalistin gelungen sein sollte, Sie zu faszinieren. Francesca mag wunderschön sein, aber sie führt einen ständigen Kreuzzug. Und die Frauen, in deren Gesellschaft man Sie für gewöhnlich antrifft, sind nun wirklich ganz und gar nicht wie sie.«

Hart lächelte. »Keine ist wie Francesca«, entfuhr es ihm – seine erste spontane Äußerung an diesem Abend. Doch sofort hatte er sich wieder in der Gewalt. »Ich werde Sie nicht anlügen und Ihnen beteuern, ich sei bis über beide Ohren in sie verliebt.«

»Dann ist diese Unterredung hiermit beendet.«

»Ich fürchte nein. Denn ich bin entschlossen, Ihre Tochter zu heiraten, und ich bitte Sie, über die Frage nachzudenken, die ich eben aufgeworfen habe.«

»Woher Ihr Sinnenswandel kommt? Ehrlich gesagt, ich habe keine Ahnung. Francesca ist überaus exzentrisch. Warum haben Sie es ausgerechnet auf sie abgesehen? Sie passt doch gar nicht zu Ihnen. Das müssen Sie doch einsehen!« Sein Gesicht hatte sich gerötet.

Hart erkannte, dass der Gegner erste Schwächen zeigte. Er zog gelassen die Augenbrauen hoch. »Ich erlaube mir, anderer Meinung zu sein. Wir passen sehr gut zueinander, da ich ebenfalls ein unkonventioneller Mensch bin.«

Andrew zuckte zusammen und starrte ihn mit großen Augen an. Da wusste Hart, dass er endlich einen Treffer gelandet hatte.

»Können Sie sich Francesca wirklich in einer Ehe vorstellen, wie Connie oder Ihre Frau sie führen? Können Sie sich vorstellen, dass sie mit einem Gentleman verheiratet ist, einem Rechtsanwalt, einem Arzt oder auch einem Senator oder Richter? Soll es wirklich Francescas Los sein, Teegesellschaften für die Gattinnen der Kollegen ihres Mannes zu geben, sich den Tag mit Einkaufen zu vertreiben, den Haushalt zu beaufsichtigen und Kinder aufzuziehen?«

Andrews Gesicht war mittlerweile dunkelrot angelaufen. »Mit dem richtigen Ehemann wird sie schon häuslich werden«, murmelte er.

»Sie wissen so gut wie ich, dass Francesca einzigartig ist und in einer konventionellen Verbindung vor Unzufriedenheit eingehen würde. Denn Sie lieben sie doch auch gerade wegen ihrer exzentrischen Art, Sir. Ich hingegen kann ihr ein Leben fortwährender Bildung bieten. Ein Leben, in dem sie sich niemals langweilen wird. Wenn sie die Pyramiden in Ägypten besichtigen möchte, so kann ich sie ihr zeigen. Wenn sie den Wunsch hat, China zu bereisen, die Chinesische Mauer mit eigenen Augen zu sehen, können wir das tun. Und wir können nicht nur selbst dorthin reisen, sondern außerdem noch einen Tross Bediensteter mitnehmen – und natürlich auch die Kinder.«

Andrew starrte vor sich hin. Eine ganze Weile lang sprach keiner der beiden ein Wort und Hart verkniff sich ein Lächeln. Er spürte, dass er dem Sieg nahe war. »Andere reiche Männer können ihr auch die Welt zeigen.«

»Ja, das ist wohl wahr. Aber andere Männer würden auch

versuchen, ihr die Flügel zu stutzen und sie zu beherrschen.«

»Sie bedarf der Führung.«

»Auch in diesem Punkt erlaube ich mir, anderer Meinung zu sein. Francesca braucht jemanden, der neben ihr steht und dafür sorgt, dass sie sich in ihrem Bedürfnis, anderen zu helfen, nicht selbst in Gefahr begibt. Aber sie bedarf nicht der Führung. Pferde bedürfen der Führung. Hunde bedürfen der Führung. Francesca ist eine Frau, die dazu bestimmt ist, ihre Flügel auszubreiten und sich in die Lüfte zu schwingen.«

Andrew blickte ihn nachdenklich an. »Ein gutes Argument, das muss ich Ihnen zugestehen.«

Hart lächelte, doch dann fügte Andrew hinzu: »Haben Sie sie verführt?«

»Nein!« Wut stieg in ihm auf, und es kostete ihn große Mühe, sie zu unterdrücken. »Wenn Ihre Tochter eine lustige Witwe wäre, so kann ich Ihnen garantieren, dass ich sie bereits in mein Bett geholt hätte. Aber ich werde mich niemals an zarter Unschuld vergreifen.«

»Dann besitzen Sie also doch einen Funken Moral«, stellte Andrew fest.

»So weit würde ich nicht gehen«, entgegnete Hart kühl, der seinen Zorn noch nicht ganz verwunden hatte. »Meine Motive sind rein egoistischer Natur. Ich hege nicht den geringsten Wunsch, mir Sorgen über die Konsequenzen einer solchen Verführung machen zu müssen.«

Andrew schnaubte verächtlich. »Und genau das ist der Grund, weshalb Sie nicht zu meiner Tochter passen, Sir! Es gibt keine Frau, die von edlerer Gesinnung ist als sie.«

»O ja, ihr Edelmut sucht wahrlich seinesgleichen. Und in

dieser Hinsicht sind wir in der Tat gegensätzliche Charaktere, da stimme ich Ihnen zu. Ich gebe nun einmal nichts auf Moral.«

»Dann sind Sie nicht der Richtige für meine Tochter, und diese Unterredung ist beendet.«

Hart schwieg für einen kurzen Augenblick, um seine Gedanken neu zu ordnen. Ein kleines Lächeln stahl sich in sein Gesicht, und als er erneut das Wort ergriff, war er gelassen, beherrscht, hatte sich vollkommen in der Gewalt. »Edelmut mag mir nichts bedeuten, aber Ihre Tochter bedeutet mir alles. Ich habe in meinem Leben noch keinen Menschen getroffen, den ich mehr geachtet und bewundert hätte.«

Andrew hatte sich bereits abgewandt, doch nun fuhr er überrascht herum.

Hart sprach jetzt ganz offen. »Überdies schätze ich Francescas Freundschaft ungemein. Und wir beide wissen doch, dass Freundschaft, Bewunderung und Respekt ein viel besseres Fundament für eine Ehe darstellen als Liebe, eine vorübergehende romantische Illusion oder bloßes Begehren.«

Dies war sein sorgfältig geplanter Gnadenstoß.

»Da stimme ich Ihnen zu«, räumte Andrew verdrossen ein, während sich seine Wangen erneut röteten. Hart wusste, dass sein Gegenüber kurz vor der Kapitulation stand. Aber Andrew Cahill hatte noch ein letztes Ass im Ärmel, und Hart wartete darauf, dass er es ausspielte, damit er es übertrumpfen und den Sieg erringen konnte. »Soll ich Ihnen sagen, worin mein eigentlicher Vorbehalt gegen diese Verbindung besteht?«

»Bitte.« Doch er kannte ihn bereits.

»Francesca mag ein Blaustrumpf sein, aber sie ist auch eine Romantikerin. Sie ist offensichtlich in Sie verliebt, und Sie

werden ihr unausweichlich früher oder später das Herz brechen.«
Harts Lächeln war verschwunden. »Ich habe nicht die Absicht, meine Frau zu betrügen. Ich bin ein überaus disziplinierter Mann, Andrew. Und im Übrigen ergibt es meiner Ansicht nach keinen Sinn, zu heiraten, um weiterhin von einer Geliebten zur nächsten zu flattern, wie ich es mein Leben lang getan habe. Warum sollte ich mich an eine Frau binden, wenn ich weiterhin den Lebemann spielen will? Nein, diese Zeit liegt hinter mir, und ich bin froh darum.«
Andrew wollte etwas sagen, doch Hart hob abwehrend die Hand. Er würde diese Schlacht hier und jetzt für sich entscheiden. »Außerdem ist Francesca nicht in mich verliebt.«
»Aber … sie hat doch Ihren Antrag angenommen.«
»Ich bin lediglich ihre zweite Wahl«, versetzte er mit einem kühlen, spöttischen Lächeln. »Oder haben Sie etwa schon vergessen, dass sie einen verheirateten Mann liebt? Sie liebt Rick Bragg.«

Ein Messer! Er hielt ihr ein Messer an die Kehle! Francesca spürte, wie die scharfe Klinge in ihre Haut schnitt, und war vor Angst wie gelähmt. *Würde er ihr die Kehle durchschneiden*? Wenn das nicht Arthur Kurland war, wer war es dann? Wollte der Unbekannte sie ausrauben, oder steckte mehr dahinter?
»Vergiss die kleinen Mädchen, du Miststück«, zischte ihr der Mann ins Ohr und das Messer schnitt tiefer in ihre Haut.
Damit hatte sie ihre Antwort. Und als der Schmerz ihre Kehle durchfuhr, als Angst in panisches Entsetzen umschlug, hatte sie nur noch einen einzigen schrecklichen Gedanken: *Erst Tom Smith – und jetzt würde sie die Nächste sein.*

Sie schrie auf und umklammerte die Hand, die das Messer hielt. Der Griff des Fremden verstärkte sich, und sie spürte ein warmes Rinnsal an ihrem Hals. Sie brachte keinen Ton mehr heraus, nur ein hilfloses, ersticktes Keuchen.
»Beim nächsten Mal bist du tot, verstanden?«, flüsterte er ihr mit höhnischer Stimme ins Ohr. Sie fühlte seinen Atem heiß auf der Haut, roch den Gestank.
Francesca war wie erstarrt, vermochte sich nicht zu rühren. Sie wollte ihn anflehen, ihr Leben zu verschonen, doch sie getraute es sich nicht aus Angst, dass ihr das Messer dann die Schlagader durchtrennen würde.
»Vergiss die Mädchen«, zischte er noch einmal warnend. »Die Sache geht dich nichts an.« Dann fühlte sie das Messer plötzlich nicht mehr an ihrer Kehle, und der Mann war verschwunden.
Nach Luft ringend, brach Francesca zusammen. Gleichzeitig begann sie zu schluchzen, so dass sie glaubte ersticken zu müssen. Ihre Finger krallten sich in den Schlamm, gruben Kiesel und Steine aus der kalten Erde. Ihr war furchtbar schwindelig, alles schien sich um sie herum zu drehen.
Großer Gott, sie hatte sich gerade in der Gewalt von Tom Smiths Mörder befunden!
Schwankend stemmte sie sich auf alle viere hoch. Ihr Puls ging wie rasend. Sie versuchte, ruhiger zu atmen, rang um Fassung, noch immer einer Ohnmacht nahe. Endlich ließ der Schwindel allmählich nach, und ihre Atmung normalisierte sich. Sie hockte sich auf die Fersen und blickte in den sternenbedeckten Himmel hinauf, an dem eine Mondsichel stand. Wie normal das alles schien.
Allmählich kam sie zur Besinnung.
Der Mann hatte sie am Hals verletzt, aber sonst ging es ihr

doch gut? Sie tastete nach ihrem Hals, doch ihre Handschuhe waren dreckig, und sie riss sie sich von den Fingern. Als sie die Wunde berührte, fühlte sie das Blut, sah an ihren Fingerspitzen die dunkle Flüssigkeit. *Aber ich lebe*, redete sie sich selbst zu. *Wenn er es gewollt hätte, wäre ich nun tot.*
Genau wie Tom Smith.
Wer auch immer für die Entführung der Kinder verantwortlich sein mochte, hatte einen Mord begangen, um das Verbrechen zu vertuschen.
Wie schwer mochte ihre Verletzung sein? Gewiss war der Schnitt nicht allzu tief – das hoffte sie zumindest.
Als sie hörte, wie eine Tür geöffnet und dann wieder geschlossen wurde, blickte sie auf. In ihrem Zustand konnte sie unmöglich ins Haus gehen. Dann erkannte sie einen Schatten, der von der Eingangstür aus die Vordertreppe hinunterging – eine wohlbekannte Gestalt. Erleichterung durchströmte sie, gefolgt von schierer Freude. »Calder!«
Aber der Ruf war nicht mehr als ein Krächzen. Mühsam rappelte sie sich auf und stolperte vorwärts. Er musste sie gehört haben, denn er blickte in ihre Richtung, doch im Schatten der Hecke konnte er sie wahrscheinlich nicht sehen. »Calder!« Ihre Stimme war jetzt lauter, ihre Kraft kehrte zurück. Sie beschleunigte ihre Schritte.
Er bemerkte sie und eilte auf sie zu. »Francesca?« Da er die Lichter des Hauses im Rücken hatte, lag sein Gesicht im Schatten, während ihres beleuchtet war. Dennoch hielt er plötzlich inne und starrte sie mit großen Augen an.
»Es geht mir gut«, behauptete sie. Mit einem Mal fühlte sie sich schrecklich erschöpft, außerstande, einen weiteren Schritt zu tun. Ihr Körper erschlaffte.
Er rannte auf sie zu, und dann lag sie in seinen Armen.

»Wie schlimm ist es?«, wollte er wissen und riss sich den Binder vom Hals.
»Ich glaube, es ist nur ein Schnitt«, erwiderte sie, während er rasch den Seidenbinder wie einen Verband um die Wunde wickelte.
Dann hob er sie auf seine Arme. »Was ist passiert?«
Sie spürte, wie ein heftiges Zittern seinen Körper durchlief. »Jemand hat mich dort an den Hecken angegriffen, gleich nachdem die Kutsche, die mich nach Hause gebracht hat, wieder fort war. Aber es geht mir wirklich gut, Calder.«
»Rourke ist übers Wochenende nach Hause gekommen«, sagte er und eilte mit großen Schritten auf seine Kutsche zu. »Raoul!«
Aber Raoul stand bereits an der Tür des Landauers und öffnete sie rasch. Hart setzte Francesca drinnen ganz behutsam auf die gepolsterte Sitzbank, nahm neben ihr Platz und rief: »Ich will in zwei Minuten zu Hause sein. Und ich meine in zwei Minuten!«
Raoul knurrte etwas Unverständliches und schlug die Tür zu.
Francesca blickte in Harts Gesicht, dann schmiegte sie sich an ihn. Den Ausdruck, den sie darin sah – eine Mischung aus Zorn und Angst –, würde sie wohl niemals vergessen.
Er drückte sie an sich und küsste sie auf die Wange. Francesca schloss die Augen. Jetzt war sie in Sicherheit.
Seine Umarmung wurde für einen Moment fester. »Hast du den Angreifer sehen können?«
»Nein.« Sie begegnete seinem besorgten Blick. »Es geht mir wirklich gut. Mein Hals tut zwar weh, aber es ist nur ein Schnitt.«

»Das sollten wir Rourke entscheiden lassen.«

Francesca sah ein, dass es viel besser war, zu seiner Villa zu fahren, die sich nur ein paar Straßenzüge weiter nördlich befand, als zu ihren Eltern ins Haus zu gehen. »Es gibt noch mehr vermisste Kinder, Calder. Meine Nachforschungen über das Verschwinden von Emily O'Hare haben mich zu einer Schule in der Nachbarschaft geführt, aus der drei weitere Mädchen verschwunden sind. Zwei auf dem Nachhauseweg und eins auf dem Weg zur Schule. Der Vater von einem der Mädchen, ein gewisser Tom Smith, hat zu uns gesagt, er habe seine Tochter zu ihrer Tante geschickt, aber das war eine Lüge. Er ist heute Nachmittag ermordet worden.« Sie blickte zu Hart auf.

»Wieso werde ich das Gefühl nicht los, dass du mir etwas verheimlichst?«, fragte er grimmig.

»Jemand hat ihm die Kehle aufgeschlitzt«, ergänzte sie. »Und ich hege nicht den geringsten Zweifel daran, dass ich soeben in den Händen des Mörders war.«

Hart presste die Lippen aufeinander, und die Adern in seinen Schläfen pulsierten.

»Bragg glaubt, wir hätten es mit einem Menschenhändler zu tun, Calder«, sagte sie.

Er gab einen undefinierbaren Laut von sich.

»Sie entführen unschuldige Kinder und zwingen sie, in Ausbeuterbetrieben zu arbeiten. Man muss diesen Leuten das Handwerk legen!« Mit einem Mal wurde die Last, die Kinder unbedingt befreien zu müssen, einfach zu viel für Francesca. Sie legte ihre Wange an seinen Kaschmirmantel. »Diese armen Kinder müssen wieder zurück nach Hause gebracht werden«, flüsterte sie.

Er nahm ihre Hand, drückte sie an seine Lippen und brachte

sie damit zum Schweigen. »Beruhige dich. Heute Abend kannst du doch nichts mehr unternehmen.«

Damit hatte er wohl recht. Bragg war inzwischen sicher bei der Dinnerparty, an der er versprochen hatte teilzunehmen. Und ihr Hals pochte – sie musste medizinisch versorgt werden. Sie wollte Hart nicht beunruhigen, doch insgeheim fürchtete sie, die Wunde würde möglicherweise genäht werden müssen.

»Erzähl mir von den anderen vermissten Mädchen«, forderte er sie mit leiser Stimme auf und riss sie damit aus ihren Gedanken. Mit einer Hand streichelte er ihr Haar im Nacken, wo es unter dem Hut hervorschaute.

Sie atmetet tief durch – ein Geräusch, das im Inneren der Kutsche laut und rauh klang. »Rachael Wirkler ist vor gut einem Monat verschwunden, als Nächstes Bonnie Cooper, und dann am zweiten März Deborah Smith. Sie waren alle im sechsten Schuljahr.«

»Also waren sie alle zwölf oder dreizehn Jahre alt?«

»Ich glaube, Rachael war vierzehn«, antwortete Francesca ein wenig unsicher. Inzwischen hatte sie so viele Fakten gesammelt, dass sie sie ohne die Hilfe ihres Notizbuches gar nicht mehr genau wiederzugeben vermochte. Bei dieser Gelegenheit fiel ihr ein, dass ihre Handtasche irgendwo auf dem Grundstück ihres Elternhauses lag und dass sich darin nicht nur ihr Notizbuch befand, sondern auch ihre Pistole. Sie stöhnte leise auf.

»Was ist?«, rief Hart und rückte ein wenig von ihr ab, um sie anzusehen.

»Ich habe meine Handtasche verloren. Irgendjemand wird sie finden, und Mama wird erkennen, dass es meine Tasche ist. Wenn sie meine Pistole entdeckt, bin ich erledigt!«

»Großer Gott, Francesca, du hast mir einen furchtbaren Schrecken eingejagt«, sagte er und griff nach ihrer Hand. »Ich dachte, du hättest Schmerzen.«

Sie hatte sehr wohl Schmerzen, entschied sich aber, ihm nichts davon zu sagen. »Es geht schon besser«, log sie.

Er warf ihr einen seltsamen Blick zu – als wisse er ganz genau, was sie im Schilde führte. Dann fragte er: »Sind die anderen Mädchen nur halb so hübsch, wie Emily es zu sein scheint?«

»Ich glaube, sie waren genauso hübsch wie sie.«

Er starrte düster zur Kutschendecke hinauf, ohne ihre Hand dabei loszulassen.

»Was ist?«

Hart richtete den Blick auf sie. »Bragg ist nicht ganz ehrlich zu dir.«

»Wie bitte?«, versetzte sie ungläubig und wollte aufbrausen, doch er hob abwehrend eine Hand.

»Wir haben es durchaus mit einem Menschenhändler zu tun, Francesca, daran zweifle ich nicht.«

»Also, wovon redest du?«, fragte sie, während die Kutsche in Harts lange Auffahrt einbog.

»Kinderprostitution«, erwiderte er knapp.

Kapitel 8

Freitag, 28. März 1902 – 19:00 Uhr
Bragg war spät dran. Er folgte dem Butler über einen kurzen Flur mit glänzendem Parkett zu einem Salon. Die zweiflügelige Mahagonitür stand weit offen, und Bragg konnte nicht nur einige Gäste sehen, die sich dort versammelt hatten, sondern hörte auch Leigh Anne, die gerade mit sanfter Stimme eine Frage beantwortete. Er erstarrte innerlich.

Inzwischen war Francesca gewiss nach Hause zurückgekehrt. Er stellte sich vor, wie sie mit ihrer Familie beim Essen saß, und beneidete sie um den ruhigen Abend im häuslichen Kreis. Er erinnerte sich noch sehr gut an den letzten Abend, den er zu Hause verbracht hatte: Es war am Sonntag gewesen, denn er hatte entschieden, an diesem Abend nicht auszugehen, ganz gleich, welche Einladung anstehen mochte. Aufgrund seines Amtes erhielt er zahlreiche Einladungen, weitaus mehr, als er annehmen konnte. Seit kurzem überließ er Leigh Anne die Entscheidung, welche Veranstaltungen sie besuchten. Zu seiner Überraschung wählte sie ausschließlich politisch und gesellschaftlich bedeutsame Anlässe aus. Bisher hatte er noch keinen Abend mit einer Einladung vergeudet, die sich nicht irgendwie für ihn gelohnt hätte.

Den Blick fest auf den Eingang zum Salon gerichtet, dachte Bragg an den ermüdenden Tag zurück. Zudem hatte er die ganze letzte Nacht kein Auge zugetan, nachdem sein

Halbbruder auf so süffisante Weise seine Verlobung mit Francesca bekannt gegeben hatte. Bragg machte sich große Sorgen um die vermissten Kinder und hegte eine schreckliche Vermutung, was aus ihnen geworden sein könnte. Zwar wollte er nicht unaufrichtig zu Francesca sein, doch andererseits war ihm klar, wie sehr sie sich ihr Elend zu Herzen nehmen würde, und das wollte er ihr wenn irgend möglich ersparen. Die Polizei von New York blickte auf eine lange Vorgeschichte zurück, was Verbindungen zu Prostitution und Glücksspiel anging. Aus einer Studie, die während der Amtszeit eines früheren Commissioners erstellt worden war, ging hervor, dass die Polizei aus solchen Etablissements schätzungsweise vier Millionen Dollar pro Jahr bezog. Außerdem war ihm bekannt, dass Kinder oft dazu benutzt wurden, Schmiere zu stehen oder die Visitenkarten der Bordelle zu verteilen – war es möglich, dass die Mädchen lediglich auf solche weitaus weniger abscheuliche Weise eingesetzt wurden? Er glaubte nicht daran.

Und dann die Angelegenheit mit Francesca … Natürlich war es ihr gutes Recht, zu heiraten, und auch wenn ein Teil von ihm verzweifelt an dem Traum von einem gemeinsamen Leben mit ihr festhielt, war ihm doch zugleich klar, dass es eben nur ein alberner Traum war. Ebenso wusste er auch, dass Hart sie benutzte. Er hatte sie sich gefügig gemacht, darin war er ein Meister.

Bragg blieb auf der Türschwelle zum Salon stehen, zunächst ohne dass ihn jemand bemerkte. Leigh Anne lauschte Reverend Parkhurst mit einem Lächeln auf dem Gesicht und einem so konzentrierten Ausdruck, das es schien, als sei sie von seinen Worten völlig fasziniert. Doch selbstverständlich war das Interesse geschickt geheuchelt. Bei ihrem kleinen Lunch heute war es nicht anders gewesen. Bragg wusste, dass sie sich im Grunde weder um die Schulbildung der Kinder armer Leute noch um sonst irgendeinen wohltätigen Zweck scherte.

Dennoch konnte er nicht anders, als sie anzustarren. Sie trug ein mintgrünes Abendkleid aus Satin, das ihre schmalen, elfenbeinfarbenen Schultern und einen Teil ihres Dekolletés freiließ. Sie war eine so kleine, zierliche Frau, ihre Taille so schmal, dass sich seine Fingerspitzen berührten, wenn er sie mit beiden Händen umfasste, und doch waren ihre Formen überraschend üppig. Wider Willen sah er das Bild von letzter Nacht vor sich: Leigh Anne rittlings über ihm, ihr kleiner Körper schweißbedeckt, das Haar eine wilde Mähne, die über ihre Brüste bis zur Taille hinab wallte, ihr Gesicht wunderschön und angespannt, während sie zum Höhepunkt kam.

Er schloss die Augen und schwor sich, sie nie wieder anzurühren. Aber wie oft hatte er sich das schon geschworen – dennoch konnte er nicht die Finger von ihr lassen, auch wenn er ihr Spiel durchschaute und wusste, dass sie eine raffinierte Verführerin war. Aber wenn der Mond am Himmel stand, es im Haus still war, die Straßen verlassen dalagen und die Stadt schlief, dann schmolz seine Entschlossenheit dahin wie Butter in der Sonne.

Leigh Anne fing Braggs Blick auf. Ihr Lächeln veränderte sich kaum merklich, ein warmer Ausdruck trat in ihre Augen, eine wortlose Begrüßung, die allein ihm galt. Doch er verschloss sein Herz gegen sie. Es war ihm egal, dass die anderen Frauen im Zimmer älter und mollig waren, ihre Gesichter faltig. Es war ihm egal, dass Leigh Anne sich von ihnen abhob wie ein wunderschöner Kolibri aus einer Schar

fetter, gackernder Hennen. Nicht zum ersten Mal wünschte er sich, sie hätte sich verändert – wäre gealtert, weniger attraktiv geworden, irgendetwas möge geschehen sein, das ihren Körper weniger anziehend machte.
Er wandte den Blick ab, als habe er sie nicht bemerkt. Ihr Lächeln erstarb. Für einen kurzen Moment glaubte er, Verwirrung und Kränkung in ihren Augen zu lesen. Er war froh darüber – verbot sich jegliches Mitleid –, auch wenn ihm sehr wohl bewusst war, dass er sich wie ein Schuft benahm. Francesca hatte sicherlich recht gehabt, als sie ihn darauf hinwies, dass es an der Zeit war, zu vergeben und die Vergangenheit zu begraben. Der Gentleman in ihm wusste das. Die Bestie weigerte sich.
Es war ein Geheimnis, das nur Leigh Anne kannte. Er war nicht einmal zur Hälfte der moralische Mensch, für den ihn alle hielten. Wenn er mit ihr zusammen war, lösten sich seine moralischen Prinzipien in Luft auf und die Bestie in ihm erwachte. Dann war er nichts weiter als ein Wilder.
Und das war auch der wahre Grund dafür, dass er diese Ehe auflösen musste. Er hasste den Mann, der zum Vorschein kam, wenn er mit ihr zusammen war. Den Mann, der er geworden war, zu dem sie ihn gemacht hatte.
Robert Fulton Cutting fasste ihn am Arm. »Rick! Endlich! Schön, Sie zu sehen, mein Junge. Ich freue mich, dass Sie es einrichten konnten.«
Bragg lächelte. Cutting, der einer traditionsreichen und sehr begüterten Familie entstammte, war eine der treibenden Kräfte hinter der *Citizen's Union Party* und der Reformbewegung. »Die Freude ist ganz meinerseits, Sir.«
Ron Harris, sein Gastgeber, schüttelte ihm jetzt die Hand und schwang seinen Arm dabei wie einen Pumpenschwen-

gel. Harris war von Lowe ernannt worden und wie die meisten seiner Anhänger ein typischer Vertreter der Mittelklasse, Nordstaatler und Protestant. »Wir haben gerade darüber gesprochen, dass Sie sich wohl verspäten würden. Meine Frau wollte mit dem Essen noch warten.«

»Das wird nicht nötig sein«, erwiderte Bragg und lächelte Mrs Harris zu, die aussah wie sechzig, obwohl ihr Mann erst fünfundvierzig war.

Dr. Parkhurst kam auf ihn zu geeilt. »Ihre entzückende Frau hat Sie gerade entschuldigt. Ein vielbeschäftigter Polizei-Commissioner ist ein guter Commissioner. Wie geht es Ihnen, Sir?« Er lächelte, sein Blick jedoch war düster und scharf.

Bragg schüttelte ihm die Hand, wobei ihm sehr wohl bewusst war, dass die politischen Vorstellungen des Reverend mitunter nicht mit denen der Polizei übereinstimmten. Parkhurst hatte die Gesellschaft zur Verhinderung von Verbrechen gegründet und wurde von Hunderten Anhängern mit Feuereifer unterstützt. Es war schon vorgekommen, dass Mitglieder seiner Gesellschaft Razzien in verschiedenen Etablissements – unter anderem auch in Bordellen – durchgeführt und Personen in Gewahrsam genommen hatten. Parkhurst sprach sich außerdem entschieden dagegen aus, dass Saloons an Sonntagen öffnen durften, und forderte eine strenge Durchsetzung der *Blue Laws*, der Gesetze, die den Alkoholausschank regelten. Bragg rechnete für diesen Abend mit einer Debatte, da die Taktik, die sich unter seiner Führung eingespielt hatte, darin bestand, diese Gesetze nur in Einzelfällen zur Anwendung zu bringen. Die schlimmsten und eklatantesten Verstöße wurden mit Schließung der betreffenden Lokale geahndet. Die übrigen Saloons ließ man in Ruhe. Es war eine politische Entscheidung – Bragg selbst hätte lieber härter durchgegriffen, musste jedoch Kompromisse eingehen, da Bürgermeister Low es sich nicht leisten konnte, die Arbeiterschaft gegen sich aufzubringen.

Herman Ridder, Anführer der Deutschen Reformbewegung, ergriff seine Hand. »Schön, Sie zu sehen, Rick. Ich hatte gehofft, dass wir uns noch einmal unterhalten könnten.«

Bragg lächelte. Ihm war klar, dass Ridder ihn überzeugen wollte, bei der Anwendung der *Blue Laws* noch selektiver vorzugehen, da die Mehrheit der deutschen Bevölkerung von New York jeglichen Eingriff in ihr Recht, am Sonntag zu trinken, scharf ablehnte. »Ich freue mich ebenfalls, Herman.« Und dann wandte sich Bragg endlich seiner Frau zu.

Sie lächelte ihn an. Er sah die Angst in ihren Augen – fast wie bei einem Hund, der ungeduldig die Rückkehr seines Herrn erwartete, dann jedoch damit rechnete, einen Tritt zu bekommen.

Bragg hasste sich selbst. Er beugte sich zu ihr hinab und deutete einen Kuss auf die Wange an, ohne jedoch mit den Lippen ihre Haut zu berühren.

Ihre Blicke trafen sich. »Hallo«, sagte sie leise, eine süße, verführerische Liebkosung.

Er nickte knapp und wandte sich wieder den übrigen Gästen zu.

»Was haben Sie für diesen Sonntag geplant?«, erkundigte sich Parkhurst. Er lächelte Bragg an, doch seine Augen blickten ernst.

Bragg, der sich der Gegenwart seiner Frau an seiner Seite überaus bewusst war, sagte: »Ich sehe mich außerstande, die Taktik der Polizei zu verraten, Doktor.«

»Heißt das, dieser Sonntag wird ebenso verlaufen wie der

letzte – wieder einmal allgemeine Apathie hinsichtlich des begangenen Sakrilegs?«

Bevor Bragg Gelegenheit hatte zu antworten, warf Cutting gewandt ein: »Der Commissioner ist gerade erst zur Tür hereingekommen. Er hatte einen langen Tag. Ich bin sicher, er kann einen Drink gebrauchen.«

»Vielen Dank, ein Scotch wäre mir lieb«, erwiderte Bragg. Dann wandte er sich wieder Parkhurst zu. »Könnte ich Sie wohl kurz sprechen, Doktor?«

Parkhurst schien erstaunt, ein wenig unbehaglich, doch er nickte. Die beiden entfernten sich ein paar Schritte von den anderen Gästen. »Rick, Sie wissen doch, dass ich nur meine Pflicht tue«, setzte der Reverend an.

»Gewiss, und ich möchte mit Ihnen auch nicht über politische Grundsatzfragen diskutieren.«

Parkhursts Interesse war geweckt. »Was haben Sie denn auf dem Herzen?«

»Es geht um Kinder«, eröffnete Bragg ihm. »Kinder, die entführt und an Bordelle verkauft werden.«

Parkhurst wurde kreidebleich.

»Sind Sie bei den Razzien ihrer Gesellschaft jemals auf Kinder gestoßen?«

Parkhurst zögerte.

»Keine Sorge, diese Unterredung ist inoffiziell, Doktor«, erklärte Bragg, denn schließlich waren Bürgerwehraktionen gesetzeswidrig und somit strafbar.

»Nicht, dass ich wüsste«, sagte der Reverend. »Aber ich war nicht bei jeder Razzia persönlich dabei, und seitdem Sie im Amt sind, hat es offen gesagt auch erst zwei gegeben.«

Bragg kannte den Grund dafür: Parkhursts Gesellschaft gab ihm eine Chance, die Polizei zu reformieren. Mit diesem

Ziel war er überhaupt zum Commissioner ernannt worden. Vor zwei Monaten hatte er den ganzen Polizeiapparat in Aufruhr versetzt, indem er die für die jeweiligen Bezirke zuständigen Beamten degradiert und so gut wie jedem Beamten neue Aufgaben zugewiesen hatte. Auf diese Weise hatte er das korrupte System aufgebrochen. Allerdings war davon auszugehen, dass inzwischen bereits wieder Bestechungsgelder von den Bordellen an die Polizei flossen. Es war im Grunde eine Sisyphusarbeit.

»Könnten Sie vielleicht Ihren Leuten den Hinweis geben, darauf zu achten, ob irgendwo in einem Bordell Kinder angeboten werden? Seit Jahresbeginn sind vier Mädchen verschwunden, Reverend, alle im Alter zwischen zwölf und vierzehn Jahren.«

Parkhurst lief vor Entrüstung rot an. »Ich werde gleich morgen früh ein Treffen einberufen«, versprach er. »Großer Gott, welch eine Verderbtheit!«

Bragg legte ihm warnend eine Hand auf die Schulter. »Bitte keine Übergriffe der Bürgerwehr, Doktor.«

Sie gesellten sich wieder zu den übrigen Gästen und stellten fest, dass der Bürgermeister und seine Frau gerade eingetroffen waren. Low schüttelte amüsiert den Kopf. »Wir debattieren bereits über das Raines-Gesetz? Aber ich habe doch erst vor zwei Minuten den Raum betreten!«

Alle lachten, auch Bragg, doch dann sagte Ridder: »Eine Untersuchung hat gezeigt, dass das Raines-Gesetz durch seine Unterstützung von Bordellen und Spielhöllen die Verbrechensrate in die Höhe getrieben hat! Je früher solche unbrauchbaren Gesetze abgeschafft werden, desto eher können wir alle wieder unsere persönlichen Freiheiten genießen. Habe ich nicht recht, Bürgermeister?«

Low seufzte. »Wie Sie sicherlich alle wissen, bin ich der Ansicht, dass man Moral nicht durch Gesetze regeln kann.«
Bragg erstarrte, als er spürte, dass seine Frau neben ihn trat.
»Du siehst müde aus, Rick. Soll ich dir noch einen Drink holen?«
»Es geht mir gut«, erwiderte er knapp.
»Katie hat einen leichten Husten. Ich glaube nicht, dass es etwas Ernstes ist, aber ich habe mit Rourke geredet, und er hat versprochen, heute Abend nach ihr zu sehen.«
Endlich wandte Bragg sich ihr zu. »Du machst dir augenscheinlich Sorgen. Wie ernst ist es denn?«
»Ach, es ist wirklich nicht schlimm«, erwiderte sie und zögerte. »Aber ich kann mir nicht helfen – ein leichter Husten, und ich denke gleich an Tuberkulose! Ganz bestimmt geht es ihr gut«, fügte sie hinzu und lächelte ihn unsicher an.
Er fragte sich immer und immer wieder, ob ihre Sorge um die Kinder nun gespielt war oder nicht. »Wann wollte Rourke nach ihr sehen?«
»Ich vermute, dass er bereits dort ist. Ich weiß« – sie schenkte ihm ein schwaches Lächeln –, »ich wünschte auch, wir könnten jetzt bei ihr sein.«
Ihre Blicke begegneten sich. Er zuckte zurück und schaute weg. Sie erkundigte sich: »Wie geht es mit deinem Fall voran?«
Bragg richtete den Blick wieder auf sie, und dann konnte er einfach nicht anders – seine Augen wanderten zu der weißen Haut an ihrem Dekolleté hinab, zu der Rundung ihrer Brüste, die ihr Kleid freigab. »Es geht um vermisste Kinder, und es läuft überhaupt nicht gut.«
»Vermisste Kinder?«
»Mädchen. Mädchen im Alter zwischen zwölf und vierzehn

Jahren«, sagte er kurz angebunden. O Gott, wie er es hasste, wenn sein Körper auf sie reagierte. Ein Verlangen überkam ihn …

»Welch ein Glück, dass Katie erst sechs ist«, flüsterte sie.

»Katie ist nicht hübsch genug für diese Ungeheuer«, entgegnete er steif.

»Sie ist wunderschön«, gab sie mit einem zornigen Funkeln in den Augen zurück.

Er hatte nicht die Absicht, sich auf eine Diskussion einzulassen. »Ich sollte mich besser wieder unter die Gäste mischen«, sagte er.

Sie folgte ihm nicht, doch er hörte sie ungläubig sagen: »Ich kann einfach nicht fassen, dass du Katie nicht für schön hältst.«

Sie hatte ihn missverstanden. Natürlich war Katie hübsch, aber nicht so wie Emily O'Hare und die anderen Mädchen.

»Rick, was halten Sie von diesem lächerlichen Artikel, der heute in der *Sun* erschienen ist?«, fragte Cutting.

Bragg antwortete ganz ruhig: »Meinen Sie den Leitartikel, in dem gemutmaßt wird, dass sich Platt und Odell entzweit haben?« Doch während sie über die absurde Vorstellung sprachen, dass sich der große Meister des republikanischen Parteiapparats mit dem Gouverneur des Staates zerstritten haben sollte, spürte er förmlich, wie Leigh Anne ihn von hinten mit vorwurfsvollen Blicken durchbohrte.

Und es drängte ihn furchtbar, ihr seine Worte zu erklären.

Francesca sträubte sich dagegen, sich von ihm ins Haus tragen zu lassen, wo zurzeit seine Pflegeeltern Rathe und Grace Bragg und deren leiblicher Sohn Rourke wohnten.

Die Braggs waren vor zwei Monaten nach New York zurückgekehrt und ließen gerade eine neue Villa bauen, nicht weit von der Harts entfernt. Als sie die Eingangshalle betrat – gestützt von Hart, der ihren Arm festhielt, als drohte sie jeden Moment in Ohnmacht zu fallen –, tauchte Alfred auf, Harts englischer Butler. Bei ihrem Anblick erbleichte er und rief: »Miss Cahill! Was ist denn mit Ihnen geschehen?«

»Es geht mir gut, Alfred. Nur ein kleiner Zwischenfall mit einem Schurken, nichts weiter«, erwiderte sie über die Schulter, während Hart sie eilig in den nächstgelegenen Salon dirigierte.

Seine Villa, die gerade einmal ein Jahr alt war, hatte die Ausmaße eines Museums, der Salon war geräumig wie ein kleiner Ballsaal und mit einem runden Dutzend Sitzgelegenheiten ausgestattet. Hart hieß Francesca auf dem nächsten Sofa Platz nehmen. »Holen Sie Rourke mit seiner Arzttasche und bringen Sie uns zwei Gläser Scotch«, befahl er seinem Bediensteten. »Ist Rourke überhaupt zu Hause?«, setzte er hinzu und drehte sich zu Alfred um.

»Ja, Sir, er ist hier.« Alfred verließ hastig das Zimmer. Francesca erlebte zum ersten Mal, dass er beinahe die Fassung verlor.

»Das kann doch nicht wahr sein.« Sie wandte sich Hart zu, der soeben ihre schlimmsten Befürchtungen bestätigt hatte. »Kinder als Prostituierte? Der Gedanke ist mir auch schon gekommen, aber Bragg ist sich so sicher, dass es um Ausbeuterbetriebe geht.« Sie begann zu zittern.

»Versuche nur ja nicht aufzustehen«, sagte Hart warnend. »Mein ach so edelmütiger Bruder hat dich angelogen.«

»Aber wieso?« Insgeheim kannte Francesca die Antwort bereits.

»Um deine zarten Gefühle zu schonen«, versetzte er nüchtern. »Und um zu verhindern, dass du dir allzu große Sorgen machst.«
Francesca schlang die Arme um ihren Leib. In Wahrheit hatte sie etwas Derartiges bereits vermutet – warum sonst waren ausgerechnet lauter auffallend hübsche Mädchen verschwunden? Wenn sie daran dachte, wurde ihr ganz übel. Welches Martyrium mussten diese Kinder wohl erleiden?
»Wir müssen die Mädchen finden, bevor es zu spät ist. Wir müssen sie unbedingt retten, Calder.«
Er erwiderte nichts, sondern begann im Zimmer auf und ab zu schreiten, ohne sie dabei anzusehen. Im Gehen zog er sein Jackett aus und warf es achtlos über einen Sessel. Er verfehlte die Lehne, und das Jackett fiel zu Boden, doch er schien es kaum wahrzunehmen. Wie er da unruhig mit großen Schritten auf und ab lief, erinnerte er Francesca an einen Tiger im Käfig, den sie einmal im Zoo gesehen hatte.
Dennoch konnte Francesca nicht umhin, ihn zu bewundern: Obwohl er wegen ihrer Verletzung zutiefst aufgebracht war, blieb er äußerlich ruhig und beherrscht wie ein General auf dem Schlachtfeld. In Augenblicken wie diesem verhielt er sich ebenso heldenhaft wie Bragg, fand Francesca, und bei diesem Gedanken wurde ihr seltsam beklommen ums Herz. Der größte Unterschied zwischen den beiden Halbbrüdern bestand darin, dass Hart die Dinge stets unverblümt beim Namen nannte.
Hart, der ja bereits seinen Binder abgenommen hatte, um damit die Wunde an ihrem Hals abzudecken, öffnete nun den obersten Knopf seines Kragens und wandte sich ihr zu. Sein Gesicht war wie in Stein gemeißelt, eine Miene wü-

tender Entschlossenheit, die seiner gefährlichen und ach so verführerischen Anziehungskraft keinen Abbruch tat.

Francesca fuhr sich mit der Zunge über die Lippen. »Besteht die Möglichkeit, dass du dich irrst?«, flüsterte sie. »Könnte es sein, dass Bragg recht hat und diese Mädchen gezwungen werden, für einen Ausbeuterbetrieb zu arbeiten?«

Hart starrte auf sie hinab. »Ich glaube nicht, dass ich mich irre. Für einen Ausbeuterbetrieb würden sie jüngere Kinder entführen, die viel leichter zu kontrollieren wären. Außerdem habe ich erst kürzlich zufällig eine Unterhaltung zwischen zwei Fremden mitangehört, die über ein neues Bordell sprachen, in dem Reinheit und Unschuld angeboten werden.« Sein Blick wich nicht von ihrem Gesicht. »Soweit ich mich erinnere, waren das ihre Worte: ›Reinheit und Unschuld‹.«

Die Mädchen wurden also in einem Bordell festgehalten. Der Gedanke daran war einfach zu entsetzlich. Francesca spürte, wie ihr die Tränen kamen.

Sie durfte diese Kinder nicht im Stich lassen.

Hart war sofort an ihrer Seite, kniete vor ihr nieder. »Weine doch nicht, Liebling. Du kannst nicht die ganze Welt retten«, flüsterte er und hob mit einer Hand ihr Kinn an.

Ihre Lippen zitterten, so sehr sie sich auch bemühte, das Weinen zu unterdrücken. Sie sah in seine dunkelblauen Augen mit den goldenen und bernsteinfarbenen Sprenkeln und flüsterte: »Aber ich kann es versuchen.«

»Ja, das kannst du – aber vielleicht mit ein bisschen weniger Leidenschaft?« Die Andeutung eines Lächelns huschte über sein Gesicht, doch er blickte sie forschend an.

»Calder, das Elend dieser Kinder …« Sie fand keine Worte, schmiegte sich in seine Arme, legte die Wange an seine Brust und glitt dabei vom Sofa auf die Knie.

Hart zog ihre Hutnadel heraus, warf den Hut auf das Sofa und strich ihr über das Haar. »Ich weiß, Liebling, ich weiß.« Er gab ihr einen Kuss auf die Wange, und dann verharrten seine Lippen reglos an ihrer Haut.

Francesca spürte, wie sich die Bestie regte. Sein Mund blieb gegen ihre Wange gepresst, und mit einem Mal brach Harts Verlangen mit der Wucht eines Schlages über Francesca herein. Für einen Augenblick blieb ihr das Herz stehen, und als es wieder zu schlagen begann, strömte heißes Blut durch ihre Adern. Das Verlangen, das so plötzlich erwacht war, ließ sich nicht verleugnen.

Er wich zurück, und ihre Blicke senkten sich ineinander.

»Calder.« Sein Name klang in der Stille des Raumes wie eine verführerische Liebkosung.

Seine Kiefermuskeln spannten sich an. Er umfing ihr Gesicht mit seinen langen, kräftigen Fingern. »Wenn ich dich in meinem Bett beschäftigte, könnten wir möglicherweise diese gefährlichen Situationen vermeiden, in die du immer wieder gerätst.«

»Möglicherweise«, hauchte sie.

Harts Augen begannen zu glühen, er senkte den Kopf, und seine Lippen näherten sich den ihren.

»Was ist passiert?«, ertönte Rourkes Stimme von der Türschwelle des Salons, ruhig und professionell.

Hart erhob sich mit einer eleganten Bewegung und half Francesca auf. Für einen Moment wandte er sich ab und schlug die Augen nieder, um das allzu offensichtliche Verlangen darin zu verbergen, dann wandte er sich seinem Bruder und Grace zu, die an Rourkes Seite stand. Francesca bemühte sich indessen, ruhig zu atmen, und hoffte inständig, dass ihre Wangen nicht allzu gerötet waren. »Francesca wurde mit einem Messer angegriffen. Ich hoffe, die Wunde an ihrem Hals ist nur ein oberflächlicher Schnitt.«

Rourke, der seine schwarze Arzttasche bei sich trug, wandte sich rasch seiner Mutter zu. »Würdest du mir bitte eine Schüssel mit warmem Wasser bringen, saubere Tücher, Laugenseife und irgendwelches Leinen, das sich als Verband benutzen lässt.«

»Gewiss.« Grace sah Francesca einen Moment lang mit großen Augen an, dann hastete sie aus dem Zimmer, vorbei an Alfred, der gerade ein Tablett mit zwei Whiskeygläsern hereintrug.

Rourke lächelte Francesca zu. »Wie bedauerlich, dass wir uns immer wieder unter so unerfreulichen Umständen begegnen. Würden Sie sich bitte setzen?«

Noch vor gar nicht langer Zeit war es ihr schwergefallen, ihn anzusehen, weil er Rick Bragg ähnelte wie ein Zwilling. Doch inzwischen hatte sie erkannt, dass er in Wirklichkeit ganz anders war als sein Bruder – und das nicht nur, weil er Arzt werden wollte. Sie ließ sich auf der Kante des Sofas nieder. »Ja, das ist wirklich bedauerlich. Ich freue mich aber dennoch, Sie zu sehen, Rourke.«

Er lächelte und löste sanft den Binder, den Hart als behelfsmäßigen Verband benutzt hatte. »Wie fühlen Sie sich?«, fragte er.

Beinahe hätte Francesca ihm von ihrer entsetzlichen Übelkeit erzählt, aber die hatte nur etwas mit den verschwundenen Kindern zu tun und nichts mit der Wunde an ihrem Hals. »Mir war anfangs sehr schwindelig, aber das lag daran, dass ich keine Luft bekam, als der Kerl mich angegriffen hat. Jetzt geht es mir schon wieder gut.«

Rourke hielt inne. »Ich benötige warmes Wasser, um den

Stoff abzulösen. Ich werde jetzt zunächst einmal Ihren Puls fühlen und Ihr Herz abhören.«

Francesca nickte. Während er nach ihrem Handgelenk griff, warf sie einen Blick zu Hart, der mit Alfred hinter Rourke stand und ein Glas Scotch in der Hand hielt. Hart ließ sie keinen Moment aus den Augen, und er blickte furchtbar grimmig drein. Sie musste daran denken, was wohl geschehen wäre, wenn Rourke und Grace nicht den Salon betreten hätten. Hastig wandte sie den Blick ab.

»Der Puls ist normal«, verkündete Rourke erfreut und nahm ein Stethoskop aus seiner Tasche. Ohne sich umzusehen, sagte er zu Hart: »Würdest du bitte den Raum verlassen?«

»Sie ist meine Verlobte«, versetzte der unwirsch.

»Herzlichen Glückwunsch. Und jetzt lass uns allein. Grace darf herein, wenn sie zurückkommt«, sagte Rourke liebenswürdig.

Francesca warf einen kurzen Blick zu Hart, der die Hälfte seines Whiskeys hinunterstürzte und dann mit Alfred hinausmarschierte und die Flügeltür hinter sich schloss. Mit einem etwas unbehaglichen Gefühl knöpfte sie sich die Bluse auf, wobei sie spürte, dass sie rot wurde.

»Das reicht«, sagte Rourke leise, nachdem sie drei Knöpfe geöffnet hatte, und ohne sie dabei anzusehen, legte er ihr das Stethoskop auf die nackte Haut und lauschte ihrem Herzschlag. Während er es hin und her bewegte und dabei weiterhin den Blick abwandte, beruhigte sie sich allmählich. Er verhielt sich überaus professionell, und sie getraute sich nun, ihn anzusehen.

Er hatte die hohen, kräftigen Wangenknochen der Braggs, den goldenen Teint und die bernsteinfarbenen Augen. Er war auch ungefähr so groß wie Rick – gut einen Meter achtzig –, aber nicht so schlank wie sein Halbbruder. Sein Haar war eher braun als honigfarben, jedoch mit von der Sonne gebleichten Strähnen. Seine Augenbrauen waren hingegen auffallend dunkel.

Francesca dachte über ihn und Sarah Channing nach. Rourke war eine gute Partie, und zweifellos hatte so manche schöne Frau es auf ihn abgesehen. Sarah war unkonventionell und eine Künstlerin, dazu noch mager, und viele fanden sie unscheinbar. Doch Rourke hatte an jenem Abend beim Essen im Waldorf großes Interesse an allem gezeigt, was sie zu sagen hatte. Nun, vielleicht hatte er ja auch nur den Gentleman gespielt.

Andererseits hatte er Sarah, nachdem sie in Ohnmacht gefallen war, nach Hause gebracht und sie während eines schlimmen Fiebers gepflegt. Allerdings studierte er ja schließlich Medizin und wollte Arzt werden.

»Ich werde mir jetzt Ihre Lunge anhören«, teilte er ihr mit und ließ das Stethoskop unter ihrer Bluse an ihrem Rücken hinuntergleiten.

»Wie geht es denn in Philadelphia voran?«, erkundigte sich Francesca.

»Pssst.«

Gleich darauf zog er das Stethoskop wieder hervor. »Ihr Puls, ihr Herzschlag und die Atmung sind normal. Jetzt müssen wir den Binder abnehmen, damit ich die Wunde untersuchen kann.«

»Wie geht es mit dem Studium voran?«, versuchte Francesca es erneut.

Rourke zog die Augenbrauen hoch. »Ich habe in den letzten Prüfungen gut abgeschnitten«, erwiderte er.

»Sie müssen bestimmt viel lernen.«

Er wirkte belustigt. »Ja, in Tat. Das müssen wir alle.«

»Immer nur Arbeit und kein Vergnügen, wie langweilig.« Sie lächelte ihn an.

Er schien allmählich argwöhnisch zu werden. »Man sollte auch immer Zeit finden, zwischendurch ein wenig Spaß zu haben, Francesca. Stimmt es übrigens, dass Sie und Calder verlobt sind?«

Errötend hob sie die Hand, so dass er den Ring sehen konnte.

Rourke war angemessen beeindruckt. »Es hat sich wohl einiges geändert, seit ich das letzte Mal hier war.« Dabei sah er sie mit seinem sonderbaren Ausdruck an.

Francesca begriff, dass er sich auf Bragg bezog. Sie zuckte mit den Schultern. »Ja, das kann man wohl sagen. Und was tun Sie, wenn Sie nicht gerade studieren?«, erkundigte sie sich in beiläufigem Tonfall.

Er musterte sie forschend. »Ich habe Freunde. Ich tue, was die meisten Junggesellen tun: diniere, nehme hin und wieder Einladungen wahr, besuche einen Club.«

Sie musste es einfach wissen. »Und wer ist die Glückliche?«, fragte sie atemlos in der Hoffnung, dass sich ihr Verdacht bestätigte.

»Wie bitte?«

»Wer ist die Dame Ihres Herzens?«

Er sah sie einen Moment lang verblüfft an und schüttelte dann mit einem leisen Lachen den Kopf. »Falls Sie darauf hinauswollen, ob ich liiert bin, so lautet die Antwort nein. Zumindest nicht so, wie Sie es meinen.«

Francesca triumphierte innerlich – also hatte Sarah eine Chance! Doch dann kam ihr ein Gedanke. »Sie haben eine Mätresse?«

»Francesca«, begann er mit strenger Stimme, als plötzlich Grace den Salon betrat. »Ah, da kommt die Verstärkung. Genau zur rechten Zeit.«
»Wie geht es Ihnen, meine Liebe?«, erkundigte sich Grace und stellte das Tablett auf einem kleinen Couchtisch ab. Sie war eine große, gertenschlanke, rothaarige Frau in den mittleren Jahren, deren Hornbrille ihrer Attraktivität keinen Abbruch tat. Außerdem war sie eine der ersten Suffragetten des Landes gewesen. Heutzutage galt sie als eine der führenden Persönlichkeiten der Frauenbewegung.
»Ich glaube, ganz gut.«
»Arbeiten Sie wieder einmal an einem Kriminalfall?«, fragte Grace.
»Ja, und es geht dabei um vermisste Kinder – alles junge, attraktive Mädchen.«
Grace verzog das Gesicht. »Du meine Güte. Kann ich Ihnen dabei irgendwie behilflich sein?«
Francesca zuckte zusammen, als Rourke den Binder abzutupfen begann. »Das ist wirklich sehr nett von Ihnen. Ich könnte in der Tat etwas Unterstützung gebrauchen.«
Rourke schüttelte den Kopf, dann begann er den Stoff ganz vorsichtig von der Wunde zu lösen. »Mutter, Francesca zieht die Gefahr an wie der Honig die Bienen. Ich glaube nicht, dass es eine gute Idee ist, wenn du dich da einmischst.«
»Wage es ja nicht, mich wie eine alte Dame zu behandeln«, versetzte Grace warnend. Dabei lächelte sie Francesca an und zwinkerte ihr zu.
Dann kam Hart in den Salon marschiert und fragte: »Nun, wie sieht es aus?«
Rourke seufzte. »Einen Augenblick noch«, sagte er, während er noch einmal an dem Binder zupfte.

Wieder zuckte Francesca zusammen. »Wo ist mein Scotch?«, fragte sie.
Hart reichte ihr sein zur Hälfte geleertes Glas.
Sie stürzte den Whiskey hinunter.
»Tut mir leid«, murmelte Rourke.
Grace starrte auf ihre Hand. Francesca begriff, dass sie den Ring gesehen hatte, und errötete peinlich berührt. Hart sagte: »Ich habe ihnen heute Morgen die Neuigkeit erzählt.«
Als Grace von dem Ring aufschaute und sich ihre Blicke trafen, wusste Francesca nicht recht, was sie sagen sollte. Grace war zwar weder Ricks noch Calders leibliche Mutter, aber sie und Rathe hatten die beiden Jungen nach dem Tod ihrer Mutter Lily bei sich aufgenommen, und Francesca wusste, dass sie Rick und Calder als ihre Söhne betrachtete.
Und sie war nicht dumm. Bereits unmittelbar nach ihrer Ankunft in New York hatte sie die ganze Scharade durchschaut – Grace wusste, dass Rick und Calder um Francescas Aufmerksamkeit wetteiferten. In ihrer Sorge darüber hatte sie sogar einige deutliche Worte mit Francesca gesprochen. Diese wusste immer noch nicht recht, wie Grace über die ganze Situation dachte. Sie hatte ihr unmissverständlich klargemacht, dass es ihr nicht behagte, wenn sich Rick und Calder wegen einer Frau stritten. Und sie hatte sie ebenso deutlich darauf hingewiesen, dass Rick verheiratet war und es bleiben würde. Schließlich hatte sie noch angemerkt, dass Calder dagegen nicht gebunden war.
»Ist es offiziell?«, erkundigte sich Grace ruhig.
In diesem Moment hatte Rourke endlich den Binder von Francescas Wunde gelöst. Schlagartig wurde ihr bewusst, dass sie gar keine Ahnung hatte, wie Harts Unterredung mit

ihrem Vater ausgegangen war. Sie blickte zu ihm auf. »Calder! Wie ist eigentlich das Gespräch vorhin verlaufen?«

Er lächelte sie an. »Es ist offiziell, mein Schatz. Allerdings hat dein Vater auf einer Verlobungszeit von einem Jahr bestanden.«

Es überraschte Francesca nicht, dass Hart diese Schlacht für sich entschieden hatte. In ihren Augen war er unbesiegbar.

»Ein ganzes Jahr?«, fragte sie bestürzt. Sie sollten mit der Hochzeit noch ein volles Jahr warten?

»Das ist doch ein geringer Preis für seine Zustimmung, findest du nicht?«, entgegnete Hart lächelnd, doch in seinen Augen lag ein eigenartiges Funkeln. Er erriet offenbar, was Francesca durch den Kopf ging.

»Ah, es gibt gute Neuigkeiten«, verkündete Rourke. »Die Wunde ist Gott sei Dank nicht tief, nur ein oberflächlicher Schnitt. Sie braucht nicht genäht zu werden.« Er lächelte sie an. »Ich werde sie ein wenig säubern, und dann wird sie im Handumdrehen heilen.«

»Wird eine Narbe zurückbleiben?«, erkundigte sich Grace.

»Nein. Aber ich schlage vor, dass Sie zur Sicherheit eine Salbe auftragen, Francesca. Ich würde Doktor Bills Vitamin- und Mineral-Wunderbalsam empfehlen.« Er reinigte die Wunde jetzt behutsam mit der Laugenseife. »Wie wäre es mit ein wenig Bettruhe? Durch Ruhe heilt der menschliche Körper schneller, das gibt den Zellen Gelegenheit, sich zu regenerieren.«

Francesca nickte. »Ich werde es versuchen.« Plötzlich wurde ihr bewusst, dass die Schnittwunde an ihrem Hals nicht die einzige Spur des Überfalls war – ihre Bluse war voller Blutflecken. Erschrocken wandte sie sich zu Hart um. »So kann ich unmöglich nach Hause gehen! Wenn meine Mutter oder sonst jemand mich in diesem Zustand sieht, darf ich nicht mehr aus dem Haus gehen – zumindest nicht, ohne dass mich irgendwer an die Leine nimmt.«

Hart wandte sich an Grace. »Hättest du wohl eine frische Bluse?«

»Gewiss.« Grace lächelte Francesca an. »Ich habe eine mit hohem Kragen, die sicher geeignet ist.«

»Vielen Dank«, flüsterte Francesca.

»Ich würde gern für einen Moment allein mit meiner Verlobten sprechen«, erklärte Hart.

Rourke zog eine Augenbraue hoch. Grace zögerte.

»Ich werde sie wohl kaum ein Jahr vor der Hochzeit kompromittieren«, murmelte Hart.

Grace sagte: »Francesca, ich würde gern einmal mit Ihnen zu Mittag essen. Hätten Sie morgen Zeit?«

Francesca war auf der Hut. Sie wusste, worum es hier ging – Grace gedachte sie offenbar auf die Probe zu stellen, und das Gespräch würde sich um ihre Heirat mit Calder drehen. »Ich arbeite gerade an einem Fall«, setzte sie an – in der Tat erwartete sie ein arbeitsreicher Tag –, doch dann gab sie nach. Früher oder später würde sie mit Grace Bragg sprechen müssen, denn deren Zustimmung war ihr sehr wichtig. Auch wenn sie sich vor dieser sehr persönlichen Auseinandersetzung fürchtete. »Aber wir können uns gern morgen treffen.« Sie bewunderte Grace Bragg sehr, fühlte sich jedoch zugleich von ihr eingeschüchtert.

»Beabsichtigen Sie auswärts zu essen? Ich nehme an, dass Sie im Stadtzentrum zu tun haben werden. Was halten Sie vom Fifth Avenue Hotel?«

Francesca nickte.

»Um ein Uhr?«

»Das wird sich einrichten lassen«, stimmte sie zu.
»Und ich würde Sie gern morgen Nachmittag noch einmal sehen«, sagte Rourke.
Francesca kam ein Gedanke. Mit unschuldiger Miene erwiderte sie: »Ich werde morgen gegen halb fünf oder fünf bei Sarah sein.«
Rourke reagierte gleichgültig, nickte mit unbewegter Miene. »Gut. Dann werde ich gegen fünf dort vorbeischauen. Guten Abend.« Er lächelte ihr noch einmal zu und verließ das Zimmer, gefolgt von seiner Mutter.
Ohne die Tür hinter den beiden zu schließen, setzte sich Hart neben Francesca und nahm ihre Hände. Augenblicklich geriet ihr Blut in Wallung. Doch er sah sie mit düsterer Miene fest an. »Ich bin sehr erleichtert, dass es dir gut geht.«
Francesca lächelte. »Ich weiß«, erwiderte sie mit sanfter Stimme. »Calder – müssen wir wirklich ein ganzes Jahr warten?«
Er lächelte liebevoll und küsste sie auf die Nasenspitze. »Ich glaube, deine Mutter plant bereits die Hochzeit. Ich möchte bezweifeln, dass es tatsächlich ein Jahr werden wird.« Neckend fügte er hinzu: »Außerdem hege ich gewisse Zweifel daran, dass es mir gelingen würde, deinen Verführungsversuchen ein ganzes Jahr zu widerstehen, mein Schatz.«
Nur er allein war imstande, mit einem so unschuldigen Kuss auf die Nase in ihr Bilder von muskulösen, nackten Körpern heraufzubeschwören. »Natürlich würde es dir gelingen. Mir ist noch niemals ein Mensch begegnet, der eine solche Willenskraft besitzt wie du.«
Hart zog die Augenbrauen hoch. »Wie ich sehe, beginne ich endlich Eindruck auf dich zu machen.« Er legte ihr eine

Hand an die Wange. »Ich mag Schmeicheleien, wenn sie von dir kommen, Francesca.«

Sie hatte das eigenartige Gefühl, dass er sich nach weiterem Lob aus ihrem Munde sehnte. Dabei war er doch einer der selbstbewusstesten Männer, die sie kannte, und hatte ihre Anerkennung gewiss nicht nötig. Halb scherzhaft sagte sie: »Du hast dich heute Abend wirklich heldenhaft benommen, Calder.«

Er lachte. »Nur zu, Liebling, immer schön weiter so.« Er zog sie an sich und streifte ihre Lippen mit den seinen. »Du hast mir heute Abend einen furchtbaren Schrecken eingejagt«, murmelte er, und sein Mund berührte erneut den ihren. »Wird das wohl in unserer Ehe immer so weitergehen? Werde ich mir ständig Sorgen um dein Wohlergehen machen müssen?«

Sein Mund wanderte tiefer, er küsste nun ihre Halsgrube, dicht unter dem Verband. Sie begann zu zittern, und ein Feuer entflammte in ihren Lenden. »Ich fürchte schon«, flüsterte sie und legte seine Hand an ihre Brust.

Doch er zog sie zurück. Als sie die Augen aufschlug, starrte er sie mit so ernstem Gesichtsausdruck an, dass sie erschrak. »Was ist, was hast du?«

»Ich habe einen Plan.«

»Einen Plan?« Im ersten Moment wusste sie nicht, wovon er sprach. Sie nahm an, es ginge um ihre Heirat. »Es gibt da einen Club, der dafür bekannt ist, mehr als das Übliche zu bieten. Ich selbst bin noch nie dort gewesen, aber er hat einen gewissen Ruf, und es würde mich nicht überraschen, wenn dort auch Kinder angeboten würden. Ich glaube, es ist an der Zeit, dass ich dem fraglichen Etablissement einen Besuch abstatte«, sagte er.

Francesca sprang auf. »Das ist eine brillante Idee«, rief sie. »Werden sie dich denn hineinlassen?« Sie konnte sich vorstellen, dass man zu derart verderbten Häusern nicht leicht Zutritt bekam.
Er erhob sich ebenfalls. »Mit Geld kann man alles erreichen, Francesca«, sagte er ohne die Andeutung eines Lächelns.
»Was ist denn los? Dein Plan ist doch einfach perfekt, Calder. Du wirst dort den übersättigten, verruchten Kerl spielen und dabei versuchen, die Kinder aufzuspüren oder zumindest etwas über sie in Erfahrung zu bringen!«
»Hoffen wir nur, dass dein Vater niemals davon erfährt, dass ich mich in einem solchen Schuppen herumtreibe«, sagte er.

KAPITEL 9

FREITAG, 28. MÄRZ 1902 – KURZ VOR MITTERNACHT
Leigh Anne eilte auf das Haus zu. Er folgte ihr langsamer, während Peter das Automobil im Kutschenhaus abstellte. Als Bragg hinter seiner Frau die Eingangshalle betrat, rief sie bereits atemlos nach dem Kindermädchen: »Mrs Flowers!« Sie ließ ihren Chinchillapelz auf einen Stuhl fallen, von dem er zu Boden glitt. Doch sie bemerkte es gar nicht, sondern hastete weiter zur Treppe und spähte hinauf. Bragg hob den Mantel auf und hängte ihn in den Garderobenschrank.

»Pssst, Madam, Sie wecken noch die Kinder auf«, warnte Mrs Flowers, während sie die Treppe herunterkam. »Guten Abend, Sir.« Sie lächelte Bragg kurz an.

Leigh Anne begegnete ihr auf halber Treppe. »Ist Rourke hier gewesen? Was hat er zu Katies Husten gesagt?«

»Mr Rourke war da, und er sagt, es handelt sich nur um eine kleine Erkältung und wir sollen uns keine Sorgen machen.«

Leigh Anne lächelte erleichtert und eilte, ohne einen weiteren Blick an das Kindermädchen zu verschwenden, an diesem vorbei die Treppe hinauf. »Ich verspreche, dass ich sie nicht aufwecke!«, rief sie leise.

Bragg starrte seiner Frau einen Augenblick lang nach. Er verspürte ein furchtbares Verlangen, doch er mahnte sich, seinem Schwur treu zu bleiben. Er bedankte sich bei Mrs Flowers, wünschte ihr eine gute Nacht und wollte sich gerade abwenden, als diese rief: »Ach, Sir, da ist eben ein Brief für sie gekommen. Er liegt auf dem Tisch«, sagte sie und kam die letzten Stufen herunter. Mrs Flowers schlief in der Kammer hinter der Küche. Peter war in das Zimmer über dem Kutschenhaus gezogen.

Als Bragg sich umwandte, sah er einen Umschlag auf dem Silbertablett liegen, das auf dem kleinen Tisch am Eingang stand und für Post und Visitenkarten von Besuchern benutzt wurde. Er drehte den Brief um und sein Magen krampfte sich zusammen. Der Absender war Hart.

Was zum Teufel konnte er wollen?

Bragg nahm den Brieföffner aus der schmalen Schublade des Tischchens und schlitzte den Umschlag auf.

Rick,

Francesca wurde vor der Villa ihrer Eltern überfallen. Bis auf eine leichte Schnittwunde geht es ihr gut. Sie vermutet, dass es sich bei dem Angreifer um den Mörder von Tom Smith handelt.

Calder

Neben dem Tisch stand ein einzelner Stuhl, auf den Bragg sich sinken ließ. *Francesca war überfallen worden!* Er rief sich rasch ins Gedächtnis, dass es ihr gut ging. Wenn es um die Schilderung von Francescas Wohlergehen ging, konnte man sich immerhin auf Hart verlassen.

Er stand wieder auf. Ihm schwirrte der Kopf: Tom Smith war ermordet worden, jemand hatte Francesca überfallen … warum nur? Hatte der Angreifer sie womöglich umbringen wollen, oder war es lediglich eine Warnung gewesen? Und warum war Tom Smith ermordet worden? Die Antwort darauf lag zumindest auf der Hand: Der Mann hatte etwas gewusst. Er war irgendwie in die Sache verwickelt gewesen. Und Francesca vermutete, ihr Angreifer sei mit dem Mörder von Smith identisch. Wieso?

Bragg trug seine Abendgarderobe und daher keinen Überzieher. Er zögerte, dachte an die Frau dort oben, und dann überkam ihn ein unbändiges Triumphgefühl – heute Nacht würde er seinen Schwur halten. Zwei Treppenstufen auf einmal nehmend, hastete er nach oben.

Sie saß bei den Kindern im Bett, noch immer in ihrem mintgrünen Abendkleid. Dot hatte sich an ihre Hüfte gekuschelt, Katie schmiegte sich auf der anderen Seite an sie. Beide Mädchen schliefen tief und fest. Dot sah aus wie ein Engelchen, Katie wie ein mageres, heimatloses armes Ding. Als Leigh Anne ihn bemerkte, blickte sie auf und lächelte. »Rourke hat gesagt, es sei nichts Ernstes.«

»Ich muss noch einmal weg.«

Sie stutzte, und für einen Moment glaubte er Bestürzung in ihren Augen zu sehen, aber er war sich nicht sicher. Dann nickte sie. »Eine Polizeiangelegenheit?«, erkundigte sie sich behutsam in neutralem Tonfall.

Er genoss seine Antwort: »Francesca ist heute Abend überfallen worden.«

Sie schaute ihn mit großen Augen an.

Er schritt hinaus, ohne sich noch einmal umzudrehen, ohne zu sehen, wie ihr Gesicht einen bedrückten Ausdruck annahm, wie Leigh Anne die Arme um ihren Körper schlang und ihr Tränen in die Augen traten.

Er glaubte sie leise rufen zu hören: »Ich hoffe, es geht ihr gut«, doch er war sich nicht sicher.

»Welch eine Überraschung«, bemerkte Hart zynisch, als er höchstpersönlich die Haustür öffnete und seinen Halbbruder vor sich sah.

Bragg funkelte ihn wütend an und betrat wortlos das Haus. Hart bemerkte seine Abendgarderobe. Halb über die Schulter sagte er: »Gehen Sie schlafen, Alfred. Gute Nacht.«

»Sind Sie sicher, dass Sie nichts mehr benötigen, Sir?«, fragte der Diener, der nur wenige Schritte hinter Hart stand und sich nicht von der Stelle rührte.

Hart musterte Bragg amüsiert. »Offen gesagt macht mein Bruder den Eindruck, als könnte er einen ordentlichen Drink vertragen.« In gewisser Weise genoss er es, seinen Halbbruder so wütend zu sehen, und er kannte auch den Grund dafür: Bragg war an diesem Abend nicht zur Stelle gewesen, um die Frau seiner Träume zu beschützen. Er musste außer sich sein.

Aber viel schlimmer hatte ihn wohl getroffen, dass Hart dort gewesen war, um sie zu retten. Hart unterdrückte ein Lächeln. Eigentlich hatte Francesca ja gar nicht gerettet werden müssen. Im Nachhinein war es leicht, sich darüber zu amüsieren. Vor einigen Stunden, als er all das Blut gesehen hatte – ihr Blut –, war es ihm ganz anders ergangen.

Bragg nickte Alfred zu. »Ich benötige nichts, danke.«

»Sehr wohl, meine Herren, dann wünsche ich eine gute Nacht.« Alfred neigte den Kopf und ging.

»Komm doch herein«, forderte Hart seinen Halbbruder auf.

»Dein süffisantes Lächeln kannst du dir sparen«, gab Bragg in gleichmütigem Ton zurück. »Andererseits – du bist wohl tatsächlich ein Mann, der sich noch amüsieren kann, wenn seine Verlobte einem Mörder in die Hände fällt.«

Nun war es an Hart, wütend zu werden. »Das Einzige, was

mich amüsiert, ist die Tatsache, dass du dabei so außen vor bist, Rick. Und wage es ja nicht, mir zu unterstellen, wie ich über Francesca denke.«

»Das sind keine Unterstellungen, ich weiß, wovon ich rede«, versetzte Bragg.

»Du glaubst es zu wissen – in Wirklichkeit hast du doch keine Ahnung«, gab Hart zurück. Dann machte er kehrt und schritt voran durch sein riesiges Haus, vorbei an Gemälden und Skulpturen von unschätzbarem Wert, von denen einige so provokativ waren, dass seine Gäste an der öffentlichen Zurschaustellung Anstoß nahmen. Die Tür zur Bibliothek stand offen, und Hart ging zu der Bar mit der Theke aus Granit hinüber, um sich seinen Lieblingsscotch einzuschenken. »Ich bin überrascht, dass es mir gelungen ist, dich aus dem Bett zu locken«, bemerkte er kühl und trat in die Mitte des Raumes.

»Ich vermute eine Spitze, kann mir aber nicht denken, worauf sie abzielt.«

Hart lächelte. »Muss deine verführerische kleine Frau etwa heute Nacht allein bleiben? Ich muss sagen, ich finde deine Disziplin wirklich bewundernswert, Rick.«

Bragg war mit wenigen Schritten bei seinem Halbbruder und schlug ihm das Glas aus der Hand. Es fiel auf einen alten, ausgeblichenen Perserteppich und zerbrach in kleine Scherben – ein Beweis dafür, dass es sich um hochwertiges Kristall handelte. »Du bist der Letzte, der über Disziplin reden sollte, wenn es um Frauen geht«, sagte er.

Hart hätte ihm um ein Haar die Wahrheit gesagt – dass er durchaus zu Disziplin fähig war, wenn es die Umstände erforderten, und dass er Francesca während des ganzen Monats ihrer heimlichen Verlobung treu gewesen war –, doch er hielt sich zurück. Das ging seinen Bruder nichts an. »Wozu sich selbst kasteien?« Er zuckte mit den Schultern. »Wir sind nun einmal Männer – die Gesellschaft macht viel zu viel Wirbel um etwas, bei dem es sich lediglich um primitive und elementare körperliche Bedürfnisse handelt.«

»Es ist mir ein Rätsel, wie es dir gelungen ist, Francesca für dich einzunehmen«, sagte Bragg mit scharfer Stimme. »Ist es ihr etwa egal, dass du Daisy aushältst? Schert sie sich nicht darum, dass du die Gesellschaft von Mrs Davies genossen hast, während sie weg war? Hat sie dein Alibi für die Nacht vergessen, in der Randall ermordet wurde? Zieht sie es vor, sich nicht mehr daran zu erinnern, dass du gleich mit zwei Frauen das Bett geteilt hast?«

Hart zuckte mit den Schultern. »Vielleicht ist sie ja gerade fasziniert von meiner dunklen Seite«, versetzte er mit Samtstimme. »Vielleicht kennst du Francesca doch nicht so gut, wie du glaubst.«

Braggs Gesichtsausdruck verdüsterte sich derart, dass Hart einen Moment lang damit rechnete, er werde ihn schlagen, und er ballte bereits voller Genugtuung die Faust zum Gegenschlag. Doch Bragg war nun einmal ein verdammt disziplinierter Mensch, wie er sehr wohl wusste, und so blieb er einfach nur stehen, auch wenn er offensichtlich mit sich rang und sich am liebsten auf seinen Halbbruder gestürzt hätte. »Bravo«, sagte Hart leise, wandte sich ab und goss sich in aller Seelenruhe einen weiteren Scotch ein. »Bist du sicher, dass du keinen möchtest?«

»Welch eine Freude es dir gestern Abend bereitet haben muss, deine Verlobung zu verkünden und alle Anwesenden damit zu schockieren – mich eingeschlossen.«

Hart drehte sich zu ihm um und hob sein Glas. »An diesen

Anlass werde ich sicherlich immer gern zurückdenken«, bestätigte er lächelnd.

»Du Dreckskerl. Ich werde nicht zulassen, dass du sie zugrunde richtest.«

Harts Lächeln schwand, und er stellte das Glas hinter sich ab. »Ich mag Francesca sehr und habe nicht die Absicht, sie zugrunde zu richten.«

»Sie verdient es, geliebt zu werden – eine Emotion, zu der du gar nicht fähig bist.«

Hart erstarrte. Er wusste, dass Bragg recht hatte – zur Liebe war er tatsächlich nicht fähig, und Francesca hatte einen Mann verdient, der dumm und romantisch genug war, sie zu lieben. »Etwa die Art von Liebe, die du ihr geben willst?«, fragte er. »Oder redest du von der Art von Liebe, die du deiner Frau gibst?«

Bragg schlug zu.

Hart wich aus, so dass Braggs Faust lediglich seine Wange streifte. Sofort richtete er sich wieder auf und packte Braggs Handgelenk. Einen Moment lang entstand ein erbittertes Kräftemessen zwischen den beiden Männern. »Ich werde dafür sorgen, dass Francesca die Wahrheit über dich erfährt«, sagte Bragg schwer atmend.

»Sie weiß bereits alles über mich. Vielleicht sollte sie endlich einmal die Wahrheit über dich erfahren«, versetzte Hart leise und es war ihm ernst damit. Er war es so leid, wie sie seinen Bruder vergötterte. Bragg mochte ja die ehrliche Absicht hegen, die Welt zu retten, aber wenn es um seine Frau ging, war er nichts weiter als ein Heuchler.

»Ich weiß, dass du mich hasst.« Bragg befreite sich aus Harts Griff. »Aber vielleicht solltest du einmal über folgende Frage nachdenken: Ist dein Hass auf mich wirklich groß genug, dass du deshalb Francesca auf diese Weise missbrauchst? Ich bitte dich nur um eins: Halte sie da heraus. Sie hat etwas Besseres verdient, und das weißt du auch.«

Hart starrte ihn an, und sein Herz setzte einen Schlag aus. Sie hatte tatsächlich etwas Besseres verdient. Er hatte immer gewusst, dass er nicht gut genug für sie war, und wenn er auch nur ein Quentchen Ehrgefühl besäße, eine Spur von wirklichem Charakter, ein bisschen Moral, dann würde er sie freigeben, damit sie die wahre Liebe finden konnte, nach der sie sich in Wahrheit sehnte. »Natürlich bin ich nicht gut genug für sie«, entgegnete er ruhig. »Aber seltsamerweise kann ich die Vorstellung nicht ertragen, sie an einen anderen Mann zu verlieren, Rick.«

Bragg zuckte zusammen und sah ihn mit großen Augen an. Für einen Moment blieb es still. Dann sagte er: »Deine Vorstellung ist wirklich preisverdächtig. Beinahe wäre ich darauf hereingefallen.«

Hart presste die Lippen aufeinander und entfernte sich ein paar Schritte. Nie wieder würde er seinem Bruder etwas aus seinem Innersten offenbaren.

»Was ist heute Nacht passiert?«, fragte Bragg.

Hart zuckte mit den Schultern, ohne sich umzudrehen. »Francesca ist mit einer Kutsche der Channings nach Hause gekommen. Als sie ausgestiegen war, hat jemand nach ihr gerufen. Sie dachte, es sei Arthur Kurland, dieser Quälgeist von der *Sun.*«

»Und?«, drängte ihn Bragg.

Hart wandte sich zu ihm um. »Du kennst ja Francesca, sie ist nun einmal furchtbar neugierig. Glücklicherweise scheint sie neun Leben zu haben. Ich schätze, es dürften noch sechs oder sieben übrig sein.«

»Fahr fort.«
»Als sie hinging, um nachzusehen, packte jemand sie von hinten und hielt ihr ein Messer an die Kehle.« Er sah, wie sein Bruder erbleichte. Hart hatte nie daran gezweifelt, dass Rick Francesca aufrichtig liebte. Es war nur offenbar eher eine Kopfsache, weniger etwas Sexuelles. Sie war ständig in irgendeiner Mission unterwegs, und Bragg bewunderte sie von ganzem Herzen, denn sie war gewissermaßen ein Spiegelbild seiner eigenen Träume und Wünsche. Leider war Hart auch bewusst, dass die beiden ein wunderbares Paar abgeben würden, wenn Rick frei wäre. Es war ganz offensichtlich.
»Wie schwer wurde sie verletzt?«, erkundigte sich Bragg, nun kreidebleich.
»Ein oberflächlicher Schnitt am Hals. Es wird keine Narbe zurückbleiben«, fügte er hinzu. Das war eine große Erleichterung. »Er hat sie gewarnt, sie solle den Fall, an dem sie arbeitet, vergessen.«
»Wie war der genaue Wortlaut?«, hakte Bragg mit scharfer Stimme nach.
Eines musste Hart zugestehen: Sein Bruder war ein guter Ermittler – und ein noch besserer Commissioner. Er seufzte. »›Vergiss die Kinder‹ oder etwas in der Art. Du solltest Francesca selbst fragen.«
»Wo ist sie jetzt?«
»Zu Hause«, antwortete er ein wenig überrascht. »Ich habe sie vor einiger Zeit heimgebracht. Und noch etwas, Rick: Sie will nicht, dass jemand aus ihrer Familie erfährt, was geschehen ist. Sie wäre dir sicherlich sehr dankbar, wenn du vor Andrew und Julia kein Aufhebens darum machen würdest.«

Bragg trat auf ihn zu und starrte ihn an. »Warum bist du eigentlich derart in diesen Fall involviert, Calder? Glaubst du etwa, du könntest Francescas Herz erobern, indem du ihr bei der Aufklärung hilfst?«

Hart war wütend, ließ sich jedoch allenfalls eine leichte Verärgerung anmerken. »Es gefällt mir ebenso wenig wie dir, wenn sie sich in Gefahr begibt.«

Für einen Moment blieb es still. »Hat sie den Kerl gesehen?«

»Nein.«

»Ist sie imstande, die Waffe zu beschreiben?«

Hart stutzte. Diese Frage war ihm gar nicht in den Sinn gekommen. »Ich weiß es nicht. Ich vermute, schon.«

»Und die Wunde ist wirklich nur oberflächlich?«

Er nickte. »Ja.«

»Wann hat der Überfall stattgefunden?«

»Kurz vor sieben.«

»Und wie kommt es, dass ihre Eltern nichts davon wissen, obwohl sich der Überfall vor ihrem Haus ereignet hat? Ist sie zu dir gekommen?« Bragg musterte seinen Bruder durchdringend.

»Ist das eine persönliche Frage?«

»Beantworte sie einfach«, verlangte der Commissioner kühl.

Hart seufzte. »Ich kam gerade aus dem Haus. Es war Zufall, nichts weiter. Sie hat mich gesehen und nach mir gerufen.« Sein Gesicht verdüsterte sich bei der Erinnerung daran. »Es war wirklich ein ziemlich entsetzlicher Anblick. Die weiße Bluse, die sie unter ihrem Kostüm und dem Mantel trug, war voller Blut.«

Bragg starrte ihn an.

Hart blickte auf und lächelte grimmig. »Aber du kennst ja Francesca. Sie schafft es immer wieder, bei ihren Ermittlungen die übelsten kriminellen Element anzuziehen.«

»Ich bin froh, dass du dort warst«, sagte Bragg.

Hart blinzelte.

Bragg nickte. »Das ist mein Ernst. Also schön – ich werde gleich morgen früh mit Francesca sprechen. Falls dir noch irgendetwas einfallen sollte – selbst wenn es sich nur um eine unbedeutende Kleinigkeit handelt –, dann melde dich bei mir. Du weißt ja, wie du mich erreichen kannst«, fügte er spöttisch hinzu.

Hart nahm einen Schluck von seinem Scotch, zog kurz in Erwägung, eine ebenso spöttische Antwort zu geben, entschied sich jedoch, die Spitze zu ignorieren.

Bragg wandte sich ab und ging.

Bis auf die eine Lampe, die auf dem Tisch im Flur brannte, lag das Haus im Dunkeln. Das unangenehme Gespräch mit seinem Bruder hatte ihn auf dem ganzen Nachhauseweg verfolgt, ebenso wie die Tatsache, dass Hart ihr in der Not beigestanden hatte und nicht er. Doch nun verblassten die Eindrücke langsam. Er löschte das Licht, stieg langsam die Treppe hinauf und löste dabei seinen Binder.

In Gedanken sah er Leigh Anne vor sich.

Doch er schob das Bild beiseite. Stattdessen dachte er an den Angreifer. Er hatte Francesca ein Messer an die Kehle gehalten – das war zweifelsohne der Grund dafür, dass sie annahm, es müsse sich um den Mörder von Tom Smith gehandelt haben. Die übrigen Verbindungen lagen auf der Hand: Smith war irgendwie in die Sache verwickelt gewesen – schließlich hatte er gelogen, als sie ihn wegen seiner vermissten Tochter befragten –, und mit seinem Angriff auf Francesca hatte der Schurke sie davon abbringen wollen, den Fall weiter zu verfolgen. Bragg betrat das Schlafzimmer.

Sie hatte eine kleine Lampe auf ihrem Sekretär in der hinteren Ecke des Raumes brennen lassen. Aus dem Augenwinkel sah er das Bett, sah ihre kleine, schlafende Gestalt. Er ignorierte den Anblick, ging zum Ankleidezimmer hinüber und zog sich mit heftigen, wütenden Bewegungen aus.

Hätte er Francesca doch am frühen Abend selbst nach Hause gebracht! Aber stattdessen war er der Einladung von Harris und seiner politischen Runde gefolgt, und Hart war derjenige gewesen, der zu ihrer Rettung kam. Bragg griff mit einer plötzlich übermächtigen Wut nach seinem Nachthemd, das auf einem Bügel hing. Was war nur aus seinem Leben geworden?

Leigh Anne kam ihm wieder in den Sinn, nackt und sinnlich, die Augen verführerisch und mit glasigem Blick, wenn sie zum Höhepunkt kam. Er fluchte in sich hinein, warf das Nachthemd beiseite, ging zur Türschwelle des Schlafzimmers und starrte auf das Bett.

Die Decke verbarg sie vor seinen Blicken.

Er starrte ins Halbdunkel des Raumes. Francesca war mit Hart verlobt. Es war einfach unglaublich.

Wollte sie ihn damit womöglich bestrafen?

Nein, dachte er bitter, sie war Hart offenbar tatsächlich verfallen – er hatte es mit eigenen Augen gesehen.

Wieder fiel sein Blick auf das Bett. Das war alles Leigh Annes Schuld: Wenn sie sich nicht entschlossen hätte, nach New York zurückzukehren, in ihre Ehe, in ihr Leben, dann wäre vielleicht alles so geblieben wie vorher. Und er wei-

gerte sich, weiter darüber nachzudenken, dass auch das eigentlich eine unmögliche Situation gewesen war.
Leigh Anne bewegte sich im Schlaf.
Er erstarrte, fürchtete, sie könnte aufwachen – obgleich ein Teil von ihm es sich zugleich wünschte. Als er sich das eingestand, ermahnte er sich energisch, nicht wankend zu werden. Er drehte sich um, streifte sein Nachthemd über und fühlte sich auf einmal grenzenlos erschöpft. Wenn er seine Wut loslassen könnte, würde er sicherlich innerhalb weniger Minuten eingeschlafen sein.
Er trat ans Bett, ohne seine Frau anzusehen, lauschte jedoch auf ihre leisen, tiefen Atemzüge. Dann schlüpfte er unter die Decke, sorgsam darauf bedacht, genügend Abstand zu halten. Er legte sich auf die Seite, mit dem Rücken zu ihr.
Schlagartig verflog die Erschöpfung. Sein Gemächt verhöhnte ihn, war steif und hart wie ein Baseballschläger. Francesca hatte heute Abend zweifellos in Harts Armen gelegen. Wenn es nach Hart ging, würde sie früher oder später seine Frau werden.
Warum bloß war Leigh Anne nicht in Europa geblieben? Warum war sie zurückgekehrt? Und warum musste sie so verführerisch sein, so unglaublich erotisch? So lieb zu den Kindern? So pflichtbewusst in ihrer Rolle als Ehefrau? O Gott, wie er sie hasste! Er hatte sie vier Jahre lang gehasst, und nun stand sie zwischen ihm und Francesca – schlimmer noch, sie war der Grund dafür, dass sich Francesca Hart an den Hals warf.
Bragg drehte sich abrupt um, wobei seine Erregung ihr Gesäß streifte. Es durchfuhr ihn wie ein Blitz.
Er schob sich näher an sie heran. Sein Nachthemd, das bis

zu den Oberschenkeln reichte, war verdreht, engte ihn ein, und so zog er es hoch.

Sie trug nur einen Hauch von Seide. Er schloss die Augen, rückte noch näher an sie heran, an ihrer Gesäßspalte hinab, stieß gegen ihre seidenbedeckten Schenkel. Sie seufzte.

Ein überwältigendes Verlangen überkam ihn. Er streifte ihr Nachthemd hoch, liebkoste kurz ihr weiches Hinterteil und wusste, dass sie nun wach war. Er drängte sich zwischen ihre Schenkel, versuchte, sie dazu zu bringen, sich ihm zu öffnen. Sie hatte den Atem angehalten, spreizte aber nicht die Beine.

Verärgert, von diesem furchtbaren körperlichen Verlangen getrieben, biss er sie in den Nacken.

Sie stieß ein Wimmern aus – der Biss war mehr als nur angedeutet gewesen.

»Zier dich nicht so«, sagte er grob und stieß heftiger. Er griff nach ihrem Geschlecht, suchte dort mit seinem Finger den kleinen Knopf und begann ihn zu reiben.

»Rick«, sagte sie protestierend.

Er rieb fester, benutzte seine ganze Handfläche, strich mit kreisenden Bewegungen über ihren Venushügel, schmiegte sich dabei schwer atmend an sie, die Lippen an ihren Nacken gepresst. Er verlor fast den Verstand vor Verlangen, vor Lust. Endlich öffnete sie die Schenkel, griff hinter sich, tastete nach ihm, berührte seinen Mund. Er saugte an ihren Fingerspitzen.

Und dann begann er von hinten, zwischen ihren Schenkeln, langsam mit seinem Glied über ihre Vagina, ihre Schamlippen zu reiben.

Mit einem Laut schierer Hingabe ließ sie allen Widerstand fahren.

Und dann legte sie ihre Wade über die seine – eine unmissverständliche Einladung.
Er lachte in ihr Ohr, und ein Gefühl des Triumphes überkam ihn, als er spürte, wie sie unter seiner Hand feucht wurde. »Ich will, dass du für mich kommst«, sagte er und fuhr mit der Zunge über ihr Ohrläppchen.
»Beeil dich«, keuchte sie.
Er stieß mit aller Macht zu, drang tief in sie ein.
Sie schrie auf.

KAPITEL 10

SAMSTAG, 29. MÄRZ 1902 – 9:00 UHR
Bridget O'Neil wünschte, sie wären nie nach Amerika gekommen. Zitternd und verängstigt starrte sie auf all die Lastkarren und Kutschen und die wenigen Automobile, die auf der Straße an ihr vorüberfuhren. Auf den Gehwegen wimmelte es nur so von Fußgängern, die in alle Himmelsrichtungen liefen. Seltsame Bahnen ratterten mit Getöse hoch oben über die Schienen, und die Luft hier war so schlecht – es stank furchtbar, und über allem lag ein grauer Schleier, ganz anders als in Bridgets Heimat, im County Clare in Irland. Sie vermisste ihr Zuhause entsetzlich.

»Bridget O'Neil! Bring den Sack mit Töpfen rein, Mädchen! Wenn du in der Gegend rumglotzt, werden wir ja nie fertig!«

Bridget fuhr zusammen, als sie das Schimpfen ihrer Mutter vernahm. Sie eilte zu dem Karren vor dem Haus, in dem sie von nun an wohnen würden. Glücklicherweise hatte ihre Mutter heute Morgen an den geschäftigen Piers rasch einen Fuhrmann gefunden, der ihre Habseligkeiten hierherbrachte, gleich nachdem sie von Bord des Schiffes gegangen waren, das sie über den Atlantik in dieses seltsame und furchteinflößende Land gebracht hatte.

Bridget streichelte den Esel, der den Karren zog, dankbar, dass wenigstens etwas ihr vertraut war. Gott, das Gebäude, in dem ihre kleine Wohnung lag, war riesig wie die Schlösser von Lord Randolph, dem englischen Grafen, bei dem

Bridgets Mutter Bedienstete gewesen war und dem das Haus gehörte, in dem sie gewohnt hatten. Doch in dem herrschaftlichen Haus war irgendetwas Schreckliches geschehen, worüber Mama nicht sprechen wollte. Sie und Papa hatten fürchterlich miteinander gestritten, und dann war sie in Tränen ausgebrochen, und er war hinausgestürmt und nicht einmal in den frühen Morgenstunden wieder heimgekommen. Später war der gutaussehende junge Graf zu ihnen nach Hause gekommen und hatte ihrer Mama ein Geschenk mitgebracht – ein wunderschönes Rehkitz aus Glas, das Mama gerade verstecken wollte, als Papa zurückkam. Sie hatten sich wieder gestritten, Mama hatte wieder geweint und Papa hatte das Rehkitz zerbrochen und dabei geschrien, er werde den Grafen umbringen. Als Lord Randolph das nächste Mal zu Besuch kam, war Bridget an die Tür gegangen und hatte ihm gesagt, das Mama krank sei.

Jetzt war Papa im Gefängnis und wurde beschuldigt, ein schreckliches Verbrechen begangen zu haben: einen Mordversuch an einem englischen Adligen. Mama und Papa sprachen nicht mehr miteinander. Papa hatte nicht einmal versucht, Mama davon abzuhalten, das Land zu verlassen. Im Gegenteil, er hatte ihr sogar zugeredet, fortzugehen, ganz so, als ob er sie hasste. Während der Überfahrt hatte Mama immer wieder einen Zeitungsausschnitt mit einer Zeichnung des Grafen angestarrt, auf der er so genau getroffen war, dass es beinahe schien, als ob er Mama anlächelte.

Dieser Graf war an allem schuld. Bridget hasste ihn, sie hasste die Engländer und sie hasste dieses fremde Land.

»Bridget! Wir müssen zusehen, dass wir fertig werden, und du stehst immer noch da und gaffst!«, rief ihre Mutter und blieb neben ihr stehen, eine kleine Schachtel mit ihren Wertsachen in der Hand. Alle sagten, dass Mama eine schöne Frau war, und Bridget fand das auch. Sie hatte rotbraunes Haar, das in wilden Locken herabfiel, wenn sie es offen trug, und atemberaubende grüne Augen mit langen, schwarzen Wimpern. Sie war erst sechsundzwanzig und ermahnte Bridget ständig, ein braves Mädchen zu sein, weil sie sonst auch mit fünfzehn ein Baby bekommen würde, genau wie sie. Bridget wusste, dass es ihr ernst damit war, aber sie war gerade einmal elf – auch wenn sie älter aussah –, und daher machte sie sich eigentlich noch keine Gedanken um Jungen. Doch sie nickte immer, wenn Mutter das sagte, und schwor, auf der Hut zu sein. Überhaupt machte Mama sich andauernd Sorgen über alles und jeden. Und Bridget wusste, dass sie sich auch immer noch Sorgen wegen des gutaussehenden Grafen machte – allerdings nicht wegen Papa.

»Tut mir leid«, sagte Bridget leise, warf ihren langen, dunkelroten Zopf über die Schulter, bückte sich und hob den schweren Sack hoch. Als sie sich wieder aufrichtete, blieb ein Gentleman vor ihr stehen und zwinkerte ihr zu.

Sie sah den Mann verwirrt an. Er hatte blaue Augen, war mittleren Alters und gekleidet wie Lord Randolph, was bedeuten musste, dass er Reichtümer und Landsitze besaß. Allerdings war er klein und sehr dünn, die Haut so weiß wie die eines Säuglings. Es war Bridget unangenehm, wie er sie anstarrte, und sie errötete, wandte sich hastig ab und lief davon.

Mama, die in der Tür des Wohnhauses stand, hatte die Szene beobachtet. Sie packte Bridget an der Schulter und starrte auf die Straße hinaus. Bridget drehte sich um und sah, wie der reiche Gentleman in eine elegante Kutsche stieg. »Du sprichst mit niemandem, hast du gehört?«, sagte Mama. »Erst recht nicht mit fremden Männern!«

»Er hat ja gar nichts gesagt«, erwiderte Bridget. »Nicht mal guten Tag.«

»Du bist viel hübscher, als gut für dich ist, und du siehst aus wie fünfzehn, nicht wie elf. Genau das hat mich damals in Schwierigkeiten gebracht, und diese Schwierigkeiten will ich dir ersparen.«

Bridget blickte zu ihrer wunderschönen Mutter auf und erkannte, wie besorgt sie war. »Ich werde schon nicht in Schwierigkeiten geraten, Mama. Ich versprech's dir.«

Gwen O'Neil beugte sich zu ihrer Tochter hinab und umarmte sie, obwohl die kleine Schachtel dabei störte. »Aber du bist trotzdem das Beste, was mir je passiert ist.« Lächelnd richtete sie sich wieder auf. »Jetzt lass uns hinaufgehen und auspacken, und dann gehen wir einkaufen.«

»Wie viele?!«, stieß Francesca hervor.

Joel war ebenso bestürzt wie sie. »Einundvierzig, Miss Cahill. Ich hab hier einundvierzig Leute auf meiner Liste, die behaupten, sie wüssten, was mit Emily O'Hare passiert ist.«

Francesca und Joel standen auf der Straße vor Schmitts Lebensmittelladen, ihre erste Station an diesem Morgen. Francesca nahm Joel die Liste aus der Hand. Er hatte jeden, der sich auf ihren Aufruf gemeldet hatte, mit seinem Namen unterschreiben lassen, da aber viele des Lesens und Schreibens unkundig waren, bestanden zahlreiche Unterschriften lediglich aus Strichen und Kreuzen. »Du meine Güte«, sagte sie. »Calder hat recht gehabt. Jeder skrupellose Schurke, der schnelles Geld wittert, hat sich gemeldet, um die Belohnung

zu kassieren. Aber vielleicht ist unter den Leuten ja doch noch jemand, der wirklich etwas gesehen hat, Joel.«
»Ich wusste nicht, was ich machen sollte, also hab ich allen gesagt, Sie würden morgen Mittag hier an der Straßenecke sein und sie sollten dann vorbeikommen.«
Francesca war erfreut. »Das ist eine ausgezeichnete Idee! Ich werde einen kleinen Tisch und einen Stuhl mitbringen und jeden sofort befragen.«
Joel strahlte. »Ja, das war 'ne gute Idee, nicht wahr?«
Während sie ihm anerkennend auf die Schulter klopfte, bemerkte sie, wie sein Blick an etwas hinter ihr hängenblieb und er heftig errötete. Sie drehte sich um und sah eine hochgewachsene, auffallend hübsche Frau mit rotbraunem Haar, die eine kleine Pappschachtel trug. Sie stand vor dem Gebäude, in dem die Kennedys wohnten. »Was ist denn?«, fragte Francesca. Erst jetzt bemerkte sie das ebenso hübsche Mädchen, das neben der Frau stand – offensichtlich die Tochter.
Joel zuckte die Schultern. »Neue Nachbarn. Ziehen in die Wohnung über uns. Schätze, sie sind gerade erst aus Irland rübergekommen.«
Francesca musterte ihn. Sie hatte einen Verdacht. »Das Mädchen ist sehr hübsch.«
Joel zuckte wieder mit den Schultern. Er war jetzt krebsrot im Gesicht. »Finden Sie? Is mir gar nicht aufgefallen. Sehen doch alle gleich aus.«
Francesca verkniff sich ein Lächeln. »Ich werde noch einmal Mr Schmitt befragen, denn ich bin sicher, dass er uns irgendetwas verschweigt. In der Zwischenzeit könntest du versuchen herauszufinden, wo die Wirklers und die Coopers wohnen. Wir müssen unbedingt mit Rachael Wirklers und

Bonnie Coopers Eltern sprechen, aber da die Schulakten nicht auffindbar sind, haben wir keine Ahnung, wo sie wohnen.«

»Ich werd sehen, was ich in Erfahrung bringen kann«, versprach Joel und wandte sich ab, die Hände in den Taschen seiner Wolljacke vergraben. Er warf noch einen letzten Blick zu dem Wohnhaus hinüber, aber Mutter und Tochter waren verschwunden.

Francesca klopfte ihm noch einmal auf die Schulter und wandte sich dann dem Lebensmittelladen zu. Als sie eintrat, klingelte das Glöckchen über der Tür. Schmitt stand an der Verkaufstheke und tippte gerade die Einkäufe einer älteren Dame und ihrer Tochter in die Kasse. Die Tochter war ungefähr in Francescas Alter. Schmitts Tochter, Beth, räumte Waren in ein Regal in einer Ecke des Ladens ein. Sie sah sich um und erstarrte förmlich auf der kleinen Trittleiter, als sie Francesca erkannte. Heftig errötend, wandte sie sich hastig wieder ihrer Aufgabe zu.

Francesca fand ihr Benehmen sehr verdächtig. Als sie auf die Theke zutrat, sagte Schmitt, der bislang nicht aufgeblickt hatte: »Das macht zwei Dollar und dreiundzwanzig Cent, Mrs Polaski.«

Im selben Moment entdeckte er Francecsa, und ein Ausdruck des Missfallens erschien auf seinem Gesicht.

Doch Francesca hatte seine Worte gehört und trat rasch vor, während die junge Frau das Geld abzählte. »Mrs Polaski?«

Die ältere Frau drehte sich um, wobei sie sich schwer auf ihren Gehstock stützte. »Ja? Kennen wir uns?« Sie blickte Francesca blinzelnd durch ihre dicken Brillengläser an.

»Mein Name ist Francesca Cahill, ich bin Privatdetektivin«, erklärte sie und reichte der Frau ihre Visitenkarte. Nachdem sie am vergangenen Abend von Hart zurückgekehrt war, hatte sie draußen vor dem Haus, wo sie angegriffen worden war, nach ihrer Handtasche gesucht und sie auch unversehrt gefunden. Ihre kleine Pistole war nun geladen – für den Fall, dass ihr Angreifer noch einmal zurückkehrte.

»Eine Privatdetektivin?« Die Frau stieß ein gackerndes Lachen aus. »Seit wann verirren sich denn Leute aus den feinen Wohnvierteln hier in unsere Gegend? Und 'ne Privatdetektivin noch dazu!«

Lächelnd, jedoch mit fester Stimme versetzte Francesca: »Ich frage mich, ob Sie mir vielleicht bei meinem Fall helfen könnten«, erklärte sie.

Die Miene der alten Frau hellte sich auf. »Sie wollen meine Hilfe? Aber sicher helfe ich Ihnen, liebend gern!«

Francesca warf einen raschen Blick auf Schmitt, der erbost schien. Er kehrte ihr den Rücken zu und sagte: »Beth, geh doch mal nach hinten und sieh nach, ob die neue Lieferung in Ordnung ist.«

Bei Francesca begannen die Alarmglocken zu läuten. Sie erinnerte sich sehr gut daran, dass er seine nervöse Tochter bei ihrem letzten Besuch im Laden ebenfalls fortgeschickt hatte. »Mr Schmitt sagte mir, dass Sie jeden Montagnachmittag hier einkaufen.«

Mrs Polaski nickte. »Und auch jeden Freitag.«

»Kennen Sie Emily O'Hare? Ein zierliches, hübsches Mädchen von dreizehn Jahren mit heller Haut und ganz dunklem Haar?«

»Emily O'Hare? Natürlich kenne ich die – ich seh sie doch ständig hier in der Nachbarschaft. Nettes Mädchen. Die Mutter is auch nett. Den Vater kann ich allerdings nicht leiden, der is 'n fieser Trunkenbold.«

Schmitt fuhr herum. »Das hier ist ein Geschäft, Miss Cahill, kein Tratschsalon.«
Francesca verlor die Geduld. »Was verheimlichen Sie eigentlich, Mr Schmitt? Ist Ihnen bewusst, dass es ein Verbrechen ist, der Polizei Informationen vorzuenthalten?«
Er starrte sie an. »Ich weiß nicht, wovon Sie reden«, entgegnete er und verschwand ins Hinterzimmer.
»William ist wütend«, bemerkte Mrs Polaski. »Nicht wahr, Olga?«
Die jüngere Frau nickte. »Ich bin Olga Rubicoff, Mrs Polaskis Schwiegertochter«, sagte sie lächelnd.
»Warum ist William denn wütend? Und warum fragen Sie mich nach der kleinen Emily?«, wollte Mrs Polaski wissen.
»Emily ist am letzten Montag zwischen vier und halb fünf nachmittags auf dem Weg zu diesem Laden hier verschwunden. Ich wüsste gern, ob Sie sie an diesem Tag gesehen oder vielleicht sogar beobachtet haben, was mit ihr geschehen ist.«
»Emily ist verschwunden?«, fragte Olga erschrocken.
Mrs Polaski reagierte gleichfalls schockiert. »Aber das ist ja furchtbar! Wie kann ein Kind denn einfach so verschwinden?«
»Ich weiß es nicht. Ich hatte gehofft, Sie könnten es mir vielleicht sagen.«
»Wir haben sie schon eine ganze Weile nicht mehr gesehen«, sagte Mrs Polaski. »Nicht wahr, Olga?«
»Ich war am Montag bei meiner Schwiegermutter. Ich helfe ihr meist mit den Einkäufen. Wir haben Emily nicht gesehen, Miss Cahill, es tut mir furchtbar leid«, sagte die jüngere Frau.

»Nun, trotzdem vielen Dank«, erwiderte Francesca niedergeschlagen.
Während die Frauen ihre Tüten aufsammelten, wagte Francesca es, die Thekentür zu entriegeln und durch einen Vorhang hinter der Theke das Hinterzimmer zu betreten.
Der Raum war klein und mit Kisten und Säcken angefüllt, die allerlei Waren enthielten. Mitten im Zimmer standen Schmitt und seine Tochter Beth, die weinte. Als Schmitt Francesca bemerkte, erstarrte er. »Hier is kein Zutritt für Kunden!«, sagte er.
Doch Francesca ließ sich nicht abweisen. »Beth, der Polizei Informationen vorzuenthalten ist ein Verbrechen, und dies ist eine offizielle polizeiliche Untersuchung. Wenn du etwas weißt, musst du es mir sagen«, erklärte sie ernst.
»Raus!« Schmitt trat auf sie zu. Er war furchtbar wütend und schien drauf und dran, auf sie loszugehen.
Ohne recht zu wissen, was sie tat, zog Francesca ihre kleine Pistole aus der Handtasche. Beim Anblick der Waffe blieb Schmitt wie angewurzelt stehen. »Ich bin heute ein wenig nervös«, erklärte sie und blickte in Schmitts große, wachsame Augen, wobei sie die Pistole auf ihn gerichtet hielt. »Denn gestern Abend hat mich jemand mit einem Messer angegriffen. Der Angreifer wollte, dass ich diesen Fall vergesse. Hier ist etwas Kriminelles im Gange, und ich werde herausfinden, was es ist. Beth? Falls wir erfahren sollten, dass du uns Informationen vorenthalten hast, wirst du wegen Behinderung der Justiz angeklagt und ins Gefängnis gesteckt werden«, sagte Francesca.
Natürlich war das nichts weiter als eine Drohung – sie hatte keineswegs die Absicht, Beth ins Gefängnis zu bringen. Doch sie erzielte die gewünschte Wirkung: Beth wurde

kreidebleich und gestand: »Ich hab gesehen, wie zwei Männer sie gepackt haben, direkt hier vor dem Laden! Sie sahen aus wie Schurken. Der eine war klein und fett, der andere groß und kahl. Emily hat sich gewehrt, aber das hat ihr nichts genutzt. Sie haben ihr einen Sack über den Kopf gestülpt, sie in eine Kutsche gepackt und sind davongefahren.«

»Warum hast du das denn nicht der Polizei erzählt?«, rief Francesca.

Beth schlang sich die Arme um den Leib. »Die Männer haben mich gesehen, und bevor sie verschwunden sind, hat der Dicke meine Hand gepackt und sie mir beinahe gebrochen. Er hat gesagt, wenn ich irgendjemandem davon erzähle, werde ich die Nächste sein!«

Schmitt stieß einen Verzweiflungslaut aus und ließ sich mit hängenden Schultern auf eine Kiste sinken.

Francesca steckte die Waffe weg, ging auf Beth zu und legte einen Arm um das Mädchen. »Es war richtig, dass du mir davon erzählt hast. Die Polizei wird dich beschützen«, versicherte sie.

Beth nickte unter Tränen.

»Den Teufel wird sie!«, rief Schmitt.

»Ich werde dich beschützen«, erklärte Francesca daraufhin mit fester Stimme. »Aber zuerst müssen wir zum Polizeipräsidium fahren.«

»Zum Polizeipräsidium?«, wiederholte Beth zitternd.

»Ja, sie haben dort eine Kladde mit Fotografien und Zeichnungen von bekannten Gaunern und Verbrechern, Beth. Vielleicht erkennst du die beiden Männer wieder, die Emily entführt haben.«

Beth wischte sich mit dem Zipfel ihrer Schürze über die

Augen. »Ich möchte ja helfen. Ich wollte Ihnen eigentlich schon früher helfen. Aber Vater hat mich nicht gelassen.« Sie wirkte verängstigt.
»Ich will nicht, dass dir was zustößt«, sagte Schmitt und erhob sich schwerfällig. »Du bist mein einziges Kind«, setzte er leidenschaftlich hinzu.
Francesca wusste um die Wichtigkeit eines Augenzeugen. Sie traf eine Entscheidung. »Beth kann bei mir bleiben, bis der Fall aufgeklärt ist«, sagte sie. »Bei mir zu Hause wird sie sicher sein, Mr Schmitt.«
Er blinzelte. »Bei Ihnen zu Hause?«
Auch Beth konnte es nicht fassen. »Ich darf bei Ihnen wohnen?«
»Ja. Wir haben genug Gästezimmer. Zuerst fahren wir zum Präsidium, und dann kommen wir noch einmal her, damit du ein paar Sachen zusammenpacken kannst.« Francesca lächelte die beiden an. »Im Villenviertel ist sie in Sicherheit, Mr Schmitt.«
Der Ladenbesitzer sah aus, als verstünde er die Welt nicht mehr. »Warum tun Sie das? Was kümmert Sie meine Tochter – oder Emily?«, fragte er.
»Die Kinder liegen mir nun einmal am Herzen«, erwiderte Francesca mit Nachdruck, fasste Beth am Ellenbogen und führte sie aus dem Laden auf die Straße hinaus.
»Geben Sie Vater nicht die Schuld«, bat Beth sie. »Er hat Angst. Er hat bloß versucht, mich zu schützen.«
»Das verstehe ich ja«, erwiderte Francesca. »Er hat es nur völlig falsch angestellt.« Plötzlich blieb sie wie angewurzelt stehen – ein berittener Polizist kam die Straße entlang, ein seltener Anblick in dieser Gegend. Der Mann steuerte geradewegs auf sie zu.

Wahrscheinlich war er auf der Suche nach ihr. Ob Bragg sie wohl zu sprechen wünschte? Sie hatte ihm noch nichts über den Vorfall am gestrigen Abend erzählt, also gab es vielleicht eine neue Entwicklung in ihren Ermittlungen. Während der Polizist sich zügig näherte, erblickte Francesca eine vertraute Gestalt auf der anderen Straßenseite: Eliza Smith, Deborah Smiths Mutter und Tom Smiths Witwe.

»Miss Cahill«, sprach der Polizist sie an und stieg vom Pferd.

Sein Gesicht kam Francesca vage bekannt vor. »Ja?«

»Sie werden im Präsidium gebraucht. Ich habe den Auftrag, Sie zu suchen und Ihnen mitzuteilen, dass Sie sich unverzüglich dort einfinden sollen«, sagte er.

Ihre Neugierde war geweckt. Hoffentlich gab es eine neue, heiße Spur. »Wir sind ohnehin gerade auf dem Weg dorthin«, erwiderte sie. »Wir werden die Kutsche nehmen, mit der ich hergekommen bin.« Sie benutzte an diesem Tag den Brougham ihrer Familie, und Jennings, der Kutscher, wartete geduldig ein paar Meter entfernt am Straßenrand.

»Sehr wohl, Miss«, entgegnete der Polizist und salutierte höflich, bevor er wieder auf seinen Wallach stieg und davonritt.

Francesca blickte Beth lächelnd an und sagte: »Ich muss kurz mit Eliza Smith reden. Warte hier. Rühr dich nicht von der Stelle.«

Beth nickte, und Francesca eilte über die Straße, zwischen Lastkarren und Bierwagen hindurch. »Mrs Smith! Mrs Smith?«

Eliza hatte sie bemerkt, blieb stehen und wartete mit blassem, verhärmtem Gesicht an der Ecke auf Francesca. »Gibt es Neuigkeiten?«, flüsterte sie. Ihre Augen und ihre Nase

waren gerötet – sie hatte geweint. Vielleicht um ihren verstorbenen Mann?
Francesca nahm ihre Hand. »Ich werde Deborah finden. Ich habe eine Zeugin aufgetrieben, die gesehen hat, wie sie entführt wurde. Wir werden die Schurken finden, die ihr das angetan haben.«
Eliza nickte, offenbar nicht in der Lage, einen Ton herauszubringen. Tränen standen ihr in den Augen.
»Das mit Ihrem Mann tut mir sehr leid«, setzte Francesca hinzu.
»Mir nicht!«, entfuhr es Eliza. Gleich darauf schnappte sie erschrocken nach Luft und schlug die Hand vor den Mund. »Der Herr möge mir vergeben, Miss Cahill, aber ich trauere nicht um meinen Mann.«
»Das kann ich gut verstehen«, sagte Francesca leise. »Haben Sie eine Ahnung, warum er ermordet wurde? Wer ihn getötet haben könnte?«
Die Frau fuhr sich mit der Zunge über die Lippen. »Das mit Deborah stimmte nicht. Er hat gelogen. Ich wusste sofort, dass es 'ne Lüge war. Mein Mann hätte sie nie zu Charlotte geschickt. Er hat Charlotte gehasst!«
»Wissen Sie, wer ihn ermordet hat?«, erkundigte sich Francesca noch einmal behutsam.
Eliza schüttelte den Kopf.
Francesca seufzte. Dann erkundigte sie sich: »Kennen Sie vielleicht die Wirklers? Oder die Coopers?«
Eliza zögerte. »Meinen Sie die Familie von John Cooper?«
Francesca packte ihre Hand fester. »Ja.«
»John hat öfter zusammen mit Tom einen getrunken. Sie waren Freunde. Ich weiß aber nur, dass sie eine sehr hübsche Tochter haben, etwas jünger als Deborah.«

»Wo wohnen die Coopers?«
»Gleich hier um die Ecke. Aber ich hab sie schon länger nicht mehr gesehen. Vielleicht sind Sie ja umgezogen.«
»Welches Gebäude?«, fragte Francesca aufgeregt.
»Das hellbraune mit den blauen Fensterläden«, sagte Eliza.
»Wieso? Warum fragen sie überhaupt nach den Coopers?«
»Weil ihre Tochter auch vermisst wird.«

Auf dem Revier ging es an diesem Morgen sehr geschäftig zu. Als Francesca mit Beth eintrat, drängten sich etliche Zivilisten vor dem Tresen, hinter dem ein überaus mitgenommen aussehender Sergeant O'Malley mit hochrotem Gesicht stand. In der Arrestzelle befanden sich ein halbes Dutzend verwahrlost aussehende Männer, von denen zwei zusammengerollt auf dem Boden schliefen. Der Lärmpegel war höher als gewöhnlich, das ständige Klicken des Telegrafen und das Läuten mehrerer Telefone wurde beinahe übertönt vom Stimmengewirr der zahlreichen Herren, die vor dem Tresen lautstark durcheinandersprachen, um ihre Beschwerden loszuwerden.
Captain Shea war ebenfalls beschäftigt. Er stand mit zwei Streifenpolizisten und einem Inspector an einem Schreibtisch hinter dem Tresen und schien mit ihnen irgendwelche Formulare durchzugehen. Francesca entschied, keine Zeit mit Formalitäten zu vergeuden. Sie wusste ja ohnehin, dass Bragg sie sprechen wollte.
»Komm, ich bringe dich nach oben in das Besprechungszimmer«, sagte sie zu Beth, die sich zitternd und mit großen Augen umschaute. »Dort kannst du dir in Ruhe die Kladde mit den Verbrecherfotos ansehen.«
Beth nickte stumm, sie brachte keinen Ton heraus.

Sie wollten gerade die Treppe hinaufeilen, als Francesca sah, wie sich eine vertraute Gestalt aus der am Tresen versammelten Menge löste. Der Mann, der lächelnd auf sie zukam, war Anfang dreißig, schlank und gepflegt, hatte einen kleinen Schnäuzer und dunkle Haare. Francesca blieb stehen.

»Kurland«, sagte sie forsch, denn sie konnte ihn nicht besonders gut leiden. »Sie sind genau der Mann, den ich suche!«

»Wirklich? Und wie geht es Ihnen, Miss Cahill?« Sein Blick ruhte kurz auf dem hohen Kragen ihrer Bluse, als wisse er, dass ihr jemand am vergangenen Abend ein Messer an die Kehle gehalten hatte.

Doch das war unmöglich. Francesca fasste sich an den Kragen. »Es geht mir gut. Ich arbeite an einem neuen Fall.«

»Und Sie möchten mir etwas darüber verraten?« In seinen Augen lag ein heiterer Ausdruck.

»Ja, allerdings, Kurland. Denn in diesem Fall bin ich ausnahmsweise der Ansicht, dass wir einander helfen können.«

Kurland musterte nun Beth. »Ach, tatsächlich?«

»Mein Fall ist eine Schlagzeile wert«, erklärte Francesca lächelnd.

Er zog die Augenbrauen hoch, schien aber nicht sonderlich beeindruckt. »Fahren Sie fort.«

Seine süffisante Art ging Francesca auf die Nerven. »Vier Kinder werden vermisst, Kurland. Vier außergewöhnlich hübsche Mädchen im Alter zwischen zwölf und vierzehn Jahren. Wir befürchten, dass sie womöglich in die Hände eines Mädchenhändlers gefallen sind und zur Prostitution gezwungen werden.«

»Wer ist ›wir‹?«

»Bragg und ich«, erwiderte Francesca ungeduldig.

Wieder zog der Reporter die Augenbrauen hoch. »Tatsächlich? Ich dachte, das ›Wir‹ bezöge sich auf Sie und Calder Hart – wo Sie beide doch jetzt verlobt sind. Herzlichen Glückwunsch übrigens.«

Sie erstarrte. »Danke.«

»Dabei waren Sie bis vor kurzem doch noch ein häufiger Gast im Hause des Commissioners. Ach, ich vergaß – das war, bevor seine Frau eintraf, nicht wahr?«

Francesca versetzte zornig: »Bragg und ich sind Freunde, Kurland. Und das werden wir auch immer sein. Außerdem wissen Sie sehr wohl, dass wir eng zusammenarbeiten! Ich gebe Ihnen hier die Gelegenheit zu einer Exklusivmeldung. Sind Sie nun interessiert oder nicht?«

»Ich bin an allem interessiert, was mit Ihnen zu tun hat, Miss Cahill, denn Sie sind eine wahrhaft außergewöhnliche Frau«, erwiderte er lächelnd.

»Die Namen der vermissten Mädchen lauten Bonnie Cooper, Rachael Wirkler, Deborah Smith und Emily O'Hare. Die ersten drei besuchen alle die Schule an der Fourteenth Street, zwischen Second und Third Avenue. Emily arbeitet mit ihrer Mutter bei Moe Levy. Sie ist als Letzte verschwunden, erst am vergangenen Montag. Mit den Wirklers und den Coopers muss ich noch sprechen. Seltsamerweise hat der Direktor der Schule nicht die Polizei informiert. Außerdem fehlen sämtliche Unterlagen über die Mädchen. Ach ja, beinahe hätte ich es vergessen: Tom Smith, Deborahs Vater, wurde gestern ermordet.« Francesca starrte den Reporter zornig an. »Lass uns gehen, Beth.«

»Vielen Dank für die Informationen, Miss Cahill. Wann ist denn eigentlich die Hochzeit?«

Aber Francesca hatte Beth bereits an die Hand genommen

und eilte mit ihr die Stufen hinauf. Dieser Reporter brachte sie doch jedes Mal wieder in Rage! Leider kannte er die Wahrheit – er wusste, dass sie etwas mit Bragg gehabt hatte, bevor seine Frau in die Stadt zurückgekehrt war. Was er nicht wusste, war, dass es nie bis zum Äußersten gekommen war, dass es sich eigentlich gar nicht um eine richtige Affäre gehandelt hatte. Francesca war bei dieser Angelegenheit äußerst unwohl. Sie hatte das Gefühl, dass eine Bombe tickte und Kurland derjenige sein würde, der sie zündete.

Mit erzwungener Ruhe führte Francesca Beth in das Besprechungszimmer und bat sie, dort zu warten. Nachdem sie die Tür geschlossen hatte, blieb sie vor Braggs Tür mit dem Milchglaseinsatz stehen, straffte die Schultern und atmete einmal tief durch. Kurland besaß einfach ein Talent, sie aus der Fassung zu bringen. Sie argwöhnte, dass er es genoss, ihr Unbehagen zu verursachen.

Entschlossen klopfte Francesca an.

»Herein.«

Bragg empfing sie an seinem Schreibtisch sitzend, das Kinn auf die übereinandergelegten Hände gestützt. Er wirkte verdrossen, bedrückt und schien in Gedanken versunken.

»Rick?«

Er blickte auf, sein Gesichtsausdruck veränderte sich, und er erhob sich rasch. »Gut. Ich bin froh, dass du hier bist«, sagte er, während er auf sie zutrat und ihr aus dem Mantel half. »Geht es dir auch gut, Francesca?«

Sie stutzte. »Du weißt es bereits?«

»Calder hat mich benachrichtigt. Verdammt, dass ich es von ihm erfahren musste, Francesca.« Sein Blick verdüsterte sich.

Sie verstand. Es hatte einmal eine Zeit gegeben, da wäre sie gleich nach dem Überfall selbst zu ihm gekommen. »Es geht mir gut. Aber der Mann muss Tom Smiths Mörder gewesen sein. Er hat mir ein Messer an die Kehle gehalten und mich gewarnt, dass ich die Mädchen vergessen soll, Bragg.«

Er hob mit einer Hand ihr Kinn an und öffnete die beiden obersten Knöpfe an ihrem Kragen. Als er die schmale, dunkelrote Linie an ihrem Hals sah, verzog er das Gesicht. »Smith ist tot. Ich möchte, dass du dich ab sofort aus dieser Ermittlung heraushältst.«

»Kommt nicht in Frage!«, rief sie und wich zurück.

Er ließ die Hand sinken.

»Wie kannst du so etwas auch nur denken? Ich bin sehr wohl in der Lage, mich zu schützen. Ich trage meine Pistole bei mir und sie ist geladen.«

Er verschränkte die Arme vor der Brust und sah sie mit einem seltsam finsteren Ausdruck an. »Ich will nicht, dass dir bei diesem Fall etwas Ernsteres zustößt, Francesca.«

»Dazu wird es nicht kommen«, antwortete sie.

»Wird Hart dir erlauben, die Ermittlungen fortzusetzen?«

»Hart hat mir nichts zu erlauben oder zu verbieten«, gab sie zurück.

»Mir scheint, du kennst den Mann, den du zu heiraten gedenkst, nicht so gut, wie du glaubst«, sagte Bragg leise. Sein Tonfall gefiel Francesca nicht.

Sie blickte ihn forschend an. »Du hast heute wohl schlechte Laune. Lass sie bloß nicht an mir aus.«

»Warum nicht? Sie ist zu einem Großteil deshalb so schlecht, weil du gestern Abend überfallen wurdest und danach zu ihm gegangen bist – und ich nicht da war, um dir beizustehen.«

»Ja, ich war gestern Abend mit Hart zusammen. Und du mit Leigh Anne.«

Bragg wurde rot, was sie nicht verstand.
»Ich dachte, du hättest nach mir geschickt, weil es eine neue Spur gibt.«
»Nein.«
»Nein? Nun, aber ich habe eine. Ich habe Schmitts Tochter mitgebracht. Sie hat beobachtet, wie Emily entführt wurde, Bragg, und ich möchte, dass sie sich die Schurkensammlung ansieht. Vielleicht kann sie die Entführer identifizieren. Außerdem bin ich gespannt, ob wir darin John Cooper finden.«
»Beth Schmitt hat die Entführung beobachtet?«, vergewisserte sich Bragg, der über dieser Neuigkeit seinen Unmut zu vergessen schien.
Francesca nickte. »Das Mädchen wurde von zwei Männern verschleppt – einer klein und fett, der andere groß und kahlköpfig. Der Kleine hat Beth gedroht, sich an ihr zu rächen, wenn sie etwas verrät.« Francesca blickte Bragg nachdenklich an. »Calder glaubt, wir hätten es hier mit Kinderprostitution zu tun.«
Er verzog das Gesicht. »Das wundert mich nicht.«
»Ich glaube es auch.«
Er starrte sie an. »Jetzt denkt ihr also sogar schon das Gleiche.«
Sie verlor die Beherrschung. »Wohl kaum, aber wir stimmen in dieser Angelegenheit überein, und wenn wir recht haben sollten, handelt es sich um ein abscheuliches Verbrechen!«
Bragg fasste sie am Arm. »Beruhige dich doch. Mit Schreien löst du weder den Fall noch sonst etwas.«
Francesca entzog sich ihm. »Und was glaubst du? Ich möchte die Wahrheit hören und keine geschönte Version!« Dabei schlug ihr das Herz bis zum Hals.

»Ich bin derselben Meinung«, sagte er ausdruckslos. »Ich wollte dir eigentlich die Sorgen ersparen, mit denen du dich nun augenscheinlich herumquälst.«

»Indem du mich anlügst?«, versetzte sie ungläubig und bestürzt zugleich. »Indem du mich bei einer so wichtigen Ermittlung in die Irre führst?«

»Ich habe lediglich versucht, dich zu schützen«, erwiderte er mit scharfer Stimme.

»Vielleicht solltest du besser deine Frau beschützen«, konterte Francesca ohne nachzudenken.

Bragg zuckte zurück, als hätte sie ihn geschlagen.

»Es tut mir leid«, flüsterte sie, entgeistert über ihre eigene bissige Bemerkung.

»Also dann, zeigen wir Beth Schmitt die Fotos und Zeichnungen«, sagte er nur.

Vor Bestürzung wie erstarrt, sah Francesca zu, wie er zur Tür ging. Was war nur aus ihnen beiden geworden?

Bragg wandte sich noch einmal um. »Sein Plan geht auf, merkst du das nicht? Genau das will er doch erreichen: Er versucht uns auf jede nur erdenkliche Weise auseinanderzubringen. Sogar unsere Freundschaft will er zerstören.«

Francesca begegnete seinem Blick. »Du irrst dich.«

Er gab einen verächtlichen Laut von sich.

Doch in Wahrheit hatte sie Angst. Angst, dass er recht haben könnte.

Als es Beth eine Stunde später nicht gelungen war, die Schurken zu identifizieren, die Emily entführt hatten, gelangte Francesca zu dem Schluss, dass die beiden nur Handlanger waren, nicht die eigentlichen Drahtzieher der Kinderprostitution. Allerdings entdeckten sie John Cooper in der Kladde.

Er war zwei Jahre im Gefängnis gewesen, und zwar wegen einer merkwürdigen Betrügerei: Er hatte seine Tochter als das Kind eines anderen Paares ausgegeben, das seit seiner Geburt vermisst wurde. Die verzückten Eltern hatten ihm mehrere tausend Dollar für die Rückgabe ihres angeblichen Kindes gezahlt, und hätte nicht zufällig jemand Bonnie auf der Straße erkannt, wäre der Schwindel nie aufgeflogen. Sie war damals drei Jahre alt gewesen.

Vor neun Jahren hatte der Mann also seine eigene Tochter verkauft.

»Er hat es wieder getan«, flüsterte Francesca.

Bragg hatte es in der letzten Stunde vermieden, sie anzusehen, doch nun begegneten sich ihre Blicke. »Es wird mir eine Freude sein, den Kerl zu vernehmen«, sagte er.

Als Francesca das elegante Fifth Avenue Hotel betrat, war sie das reinste Nervenbündel. Nun, da ihre Gedanken ständig um John Cooper kreisten, wünschte sie, sie hätte die Verabredung mit Grace Bragg auf einen anderen Tag verschoben. Aber es war bereits Viertel nach eins, zu spät, um ihr noch abzusagen.

Sie betrat die Lobby mit dem glänzenden Eichenboden und der gewölbten, von holzvertäfelten Säulen getragenen Decke, von der riesige, kristallene Kronleuchter hingen. Zahlreiche Herren, allesamt mit guten, dunklen Straßenanzügen bekleidet, standen in Gruppen beieinander und unterhielten sich in gedämpfter Lautstärke, während Angestellte in dunkler Livree die Namen der neuen Gäste im Gästebuch notierten. Francesca erblickte Grace sogleich, da sie die einzige Frau in der Lobby war. Sie hatte auf einem Sofa im Wartebereich Platz genommen, und gerade schrit-

ten zwei vornehm aussehende Herren an ihr vorbei, die sie höflich grüßten.
Francesca atmete tief durch, um sich Mut zu machen, setzte ein Lächeln auf und schritt auf die Frau zu, die gewissermaßen ihre Schwiegermutter werden sollte. Als Grace sie bemerkte, stand sie auf.
Grace Bragg trug ein sehr strenges, graues Kostüm, das ebenso schlicht und unauffällig war wie Francescas marineblaues. Allerdings unterstrich das Grau höchst vorteilhaft ihren hellen Teint und das leuchtend rote Haar, das unter einem passenden grauen Hut mit schwarzem Litzenbesatz aufgesteckt war. Ihre Brille hing an einer Kette um ihren Hals.
»Hallo«, sagte Francesca, als sie sich zur Begrüßung umarmten. »Es tut mir leid, dass ich mich verspätet habe.«
»Dafür habe ich Verständnis. Ihr Fall hat Sie wohl aufgehalten?«
Die Frage machte Francesca ein wenig Mut. »Wir haben heute einige neue Spuren entdeckt, und ich bin sehr zuversichtlich«, sagte sie.
»Das ist ja wundervoll«, erwiderte Grace und schien aufrichtig erfreut.
»Ich wünsche einen guten Tag, Mrs Bragg.«
Francesca wandte sich um und sah einen schlanken, adretten Mann in Graces Alter auf sie zugehen, um sie zu begrüßen. Er war ausgesprochen gut gekleidet, hatte einen sehr hellen Teint und blassblaue Augen.
Grace zögerte kurz, und Francesca vermutete, dass sie sich an den Namen des Herrn zu erinnern versuchte. »Mr Murphy«, sagte sie schließlich mit einem gekünstelten Lächeln. Francesca wurde klar, dass sie sich geirrt hatte: Grace kannte den Mann durchaus, mochte ihn aber nicht.

»Richtig, Tim Murphy. Wir haben uns bei einer Festlichkeit in Washington kennengelernt, wenn ich mich nicht irre.« Er lächelte sie an. »Mir ist zu Ohren gekommen, dass Sie und Ihr Mann wieder in die Stadt zurückgekehrt sind, und ich möchte Sie herzlich willkommen heißen.«

Grace schenkte ihm ein kühles Lächeln. »Wie nett. Darf ich Ihnen Miss Cahill vorstellen?«

Murphy wandte sich lächelnd Francesca zu. »Sind Sie zufällig verwandt mit Andrew Cahill?«

Sie erwiderte das Lächeln höflich. »Er ist mein Vater.«

»Nun, dann freut es mich desto mehr, Sie kennenzulernen«, sagte er, nahm ihre Hand und deutete einen Handkuss an. »Beabsichtigen Sie, hier zu speisen?«, erkundigte er sich.

»Ja.«

»Dann wünsche ich Ihnen einen guten Appetit. Tomás ist ein Meisterkoch.« Er entschuldigte sich und verschwand.

Francesca bemerkte Graces angewiderten Gesichtsausdruck. »Wer war das?«

»Einer von Tammanys Leuten«, antwortete sie ruhig. »Dem Kerl kann man nicht trauen. Er ist ein guter Freund von Croker. Ich glaube, er gehörte der Regierung Van Wyck an. Gehen wir hinein?«

Van Wyck hatte eine der korruptesten Regierungen in der Geschichte New Yorks geführt, und das in der direkten Nachfolge einer Reformregierung mit dem vorherigen Bürgermeister Strong an der Spitze. Glücklicherweise war Julia nicht mit diesen Van Wycks verwandt. Francesca hatte der Amtseinführung von Seth Low, dem derzeitigen Bürgermeister, beigewohnt – ein großer Tag für alle Verfechter der Reformbewegung. Van Wyck hatte sich nicht einmal getraut, bis zum Schluss der Veranstaltung zu bleiben, so unbeliebt war er bei den Bürgern. Er hatte sich nach der zeremoniellen Übergabe der Schlüssel klammheimlich davongeschlichen. Alle waren froh, ihn los zu sein.

Francesca und Grace wurden in einen eleganten Speisesaal geführt. Sie waren die einzigen anwesenden Damen, was Grace jedoch nicht zu stören schien. Auf dem Weg zu ihrem Tisch wurde sie von zahlreichen Herren begrüßt. Nachdem sie beide Platz genommen hatten, erkundigte sie sich, ob Francesca ein Glas Wein zum Essen wünsche.

»Nein, vielen Dank«, antwortete diese. »Heute Nachmittag wartet noch zu viel Arbeit auf mich.«

Grace bat den Oberkellner, ihnen Tee zu bringen. Nachdem der Mann gegangen war, lächelte sie Francesca an. »Ich freue mich sehr, dass Sie mit mir zu Mittag essen.«

Francesca lächelte verkrampft. »Ich komme mir vor wie bei meiner eigenen Hinrichtung«, entfuhr es ihr. Kaum waren die Worte heraus, wünschte sie auch schon, sie hätte nicht so freimütig gesprochen.

»Ach, du meine Güte.« Grace griff über den Tisch nach ihrer Hand. »Ich bin sehr beeindruckt von Ihrer Intelligenz und Ihrer Zielstrebigkeit, mein Kind. Ich habe Sie wirklich gern, das dürfen Sie mir glauben.«

Francesca brachte ein Lächeln zustande. Ein unausgesprochenes »Aber« stand im Raum.

»Wie gründlich haben Sie sich Ihre Verlobung mit Calder überlegt?«, fragte Grace.

»Sehr gründlich.« Francesca zögerte einen Moment lang, ehe sie hinzufügte: »Er hat mir vor einem Monat den Antrag gemacht, Grace.«

Die ältere Frau reagierte überrascht. »Vor einem Monat

schon? Und dann sind Sie für eine ganze Weile verreist, nicht wahr? Verraten Sie mir, warum Sie Calders Antrag angenommen haben, Francesca? Lieben Sie ihn?«
Francesca erstarrte. »Ich habe ihn sehr gern.«
»Das ist wohl kaum dasselbe wie Liebe.«
»Nein.«
»Lieben Sie Rick?«
Francesca brachte kein Wort heraus. Stumm starrte sie vor sich hin. Liebte sie Bragg? Hatte sie nicht versprochen, dass ihr Herz für alle Ewigkeit ihm gehören würde, was auch geschehen mochte?
»Haben Sie sich diese Frage einmal gestellt? Ich fände es Calder gegenüber wirklich nicht fair, wenn Sie ihn heiraten würden, ihr Herz aber einem anderen gehört.«
Francesca wünschte, das Essen wäre bereits vorüber. »Calder liebt mich nicht, Grace. Er glaubt nicht einmal an die Liebe. Aber wir haben einander sehr gern, und er möchte mich heiraten. Wenn ich es mir recht überlege, so glaube ich, dass es eine sehr interessante Verbindung werden wird.« Sie spürte, wie sie rot wurde. Das klang so belehrend und vernünftig, aber etwas anderes fiel ihr einfach nicht ein.
»Calder ist ein komplizierter Mann«, sagte Grace. »Er wirkt so selbstgefällig und von sich überzeugt, aber in Wirklichkeit ist er das durchaus nicht. Sie haben ihm offensichtlich den Kopf verdreht, sonst würde er Sie nicht heiraten wollen. Ich vermute sogar, dass er in Sie verliebt ist, mein Kind, aber ich glaube nicht, dass er imstande ist, es sich einzugestehen. Vielleicht wird er niemals dazu in der Lage sein.«
Francesca starrte sie an und für einen Augenblick wurde ihr ganz schwindelig, doch dann erholte sie sich rasch wieder,

denn sie wusste, dass Grace sich täuschte. »Was wollen Sie mir in Wahrheit sagen?«

»Ich mag Sie wirklich, Francesca«, sagte Grace. »Aber ich möchte nicht, dass einem meiner Söhne wehgetan wird.«

Klarer hätte sie sich nicht ausdrücken können. Sie wollte nicht, dass Francesca Hart heiratete, weil sie immer noch Gefühle für Bragg hegte.

Grace lächelte sie an, aber es war ein entschlossenes Lächeln und nicht im Mindesten beruhigend. »Ich glaube, Sie wissen nicht, was Sie wollen. Mein letzter Kenntnisstand ist der, dass Sie in Rick verliebt waren.«

Francesca wusste nicht, wie sie darauf antworten sollte. »Es gibt niemanden, den ich mehr bewundere«, brachte sie mit heiserer Stimme hervor. »Aber ich achte seine Ehe und befürworte, dass er sie fortführt.«

»Haben Sie eine andere Wahl?«, fragte Grace rundheraus.

»Nein«, gestand Francesca und errötete. »Aber ich unterstütze seine Ehe tatsächlich. Ich habe Rick ermutigt, seiner Frau zu vergeben und noch einmal einen Neuanfang zu wagen.«

Grace starrte sie an. Schließlich sagte sie: »Die Tatsache, dass Sie beide überhaupt eine solche Unterhaltung geführt haben, spricht Bände. Ich befürworte diese Ehe ebenfalls, Francesca.«

Francesca schluckte unbehaglich.

Grace fuhr fort: »Als Leigh Anne meinen Sohn kennenlernte, war sie eine unreife junge Frau mit hochgesteckten Hoffnungen und vielen romantischen Ideen. Er war ebenso töricht – und hatte auch zu viele romantische Flausen im Kopf. Beide hatten eine naive Vorstellung von einer Beziehung. Sie kannten einander noch gar nicht wirklich, und

Rick hat ihr nur kurz den Hof gemacht. Als sie ihn vor vier Jahren verließ, ist ein impulsives, ein wenig egoistisches und zorniges Mädchen weggegangen. Aber ich glaube, dass eine reife und – wie ich finde – stark veränderte Frau an seine Seite zurückgekehrt ist. Leigh Anne ist eine andere geworden – und sie hat sich zum Positiven gewandelt. Ich möchte, dass die beiden eine richtige Ehe führen, Francesca. Aber dazu müssen sie erst einmal die Gelegenheit haben.«

»Warum erzählen Sie mir das alles?«, fragte Francesca bestürzt, doch sie kannte die Antwort bereits.

»Weil diese Bindung zwischen Ihnen und Rick nach wie vor besteht und das nicht besonders hilfreich für seine Ehe ist.«

Francesca errötete erneut. Vorsichtig sagte sie: »Und warum ermutigen Sie mich dann nicht, Calder zu heiraten?«

»Weil Sie ihn nicht lieben. Und weil ich es nicht mitansehen kann, wenn sich meine Söhne Ihretwegen bekämpfen.« Sie spielte ein wenig mit ihrem Glas herum und sagte dann: »Dieses Szenario gefällt mir nicht. Es gefällt mir ganz und gar nicht.«

Francesca war elend zumute. »Sie bitten mich also, meine Verlobung mit Calder zu lösen?«

»Das würde ich niemals tun. Ich bitte Sie lediglich darum, noch einmal sorgfältig über Ihr Tun nachzudenken und sich nach dem ›Warum‹ zu fragen. Die Entscheidung, ob Sie heiraten oder nicht, liegt bei Ihnen. Sie sollten nur sicher sein, dass Sie auch aus den richtigen Gründen heiraten – und nicht etwa, weil Sie sich verletzt fühlen und nicht den Mann bekommen können, den Sie eigentlich wollen.«

Verzweiflung überkam Francesca. Sie war so aufgeregt gewesen wegen ihrer Verlobung, und nun fühlte sie sich nur noch niedergeschlagen. Sie starrte auf das leinene Tischtuch. Was sollte sie nur tun?

Brächte sie es überhaupt über sich, die Verlobung mit Hart zu lösen?

Das Atmen fiel ihr schwer. Der Gedanke an einen Bruch mit Hart verursachte ihr ein Gefühl von Übelkeit. Aber sie liebte ihn doch gar nicht, oder? Sie hatte einmal kurz die wahre Liebe mit Rick Bragg gefunden, doch was sie nun für Hart empfand, war so ganz anders. Er war so unberechenbar und furchteinflößend und gefährlich.

Sie konnte sich einfach nicht vorstellen, mit Hart in einem trauten Heim mit Kindern zu leben. Mit Rick Bragg hingegen hatte sie sich das so leicht ausmalen können.

Das Einzige, was sie sich mit Calder vorzustellen vermochte, war, das Bett mit ihm zu teilen. Und das konnte man ja wohl kaum als Liebe bezeichnen.

Vielleicht hatte Grace recht. Vielleicht sollte sie die Verlobung lösen, bevor es zu spät war. Vielleicht wollte sie ihn wirklich aus den falschen Gründen heiraten.

»Francesca? Ich hoffe, ich habe Sie mit meiner Ehrlichkeit nicht verletzt.«

Francesca musste sich überwinden, sie anzusehen und sich ein Lächeln abzuringen. »Ich weiß Ihre Ehrlichkeit zu schätzen«, sagte sie. »Sie haben recht. Ich heirate aus den falschen Gründen.« Bei diesen Worten war ihr sterbenselend zumute.

Grace sagte mit einem aufmunternden Lächeln: »Ich bin überzeugt, dass Sie das Richtige tun werden.«

Francesca brachte kein Wort mehr heraus. Das Richtige zu tun würde bedeuten, dass sie ihre Verlobung mit Calder Hart lösen musste.

Es war ein wunderschöner Frühlingstag, aber das Herz war ihr so schwer, dass es ihr vorkam, als sei der Himmel grau und nicht etwa kornblumenblau. Leigh Anne ging langsam den Broadway hinunter. Sie war so in Gedanken versunken, dass sie sogar vergaß, ihren Schirm zu öffnen, dabei war ihre helle Haut so empfindlich gegen die Sonne.
Sie sah Bilder der letzten Nacht vor sich, aber neben dem prickelnden Verlangen war da auch ein Gefühl der Verletzung und der Verzweiflung. Sie wusste, dass er sie bestrafte, indem er ihr die Möglichkeit verweigerte, ihr gemeinsames Kind zu bekommen.
Wenn sie ihn doch nur dafür hassen könnte! Als sie nach ihrer langen Trennung zu ihm zurückgekehrt war, hatte sie nicht gewusst, was sie für ihn empfinden würde. Die Wut war lange verraucht, und an ihre Stelle war eine eigentümliche Wehmut, ein seltsames Sehnen getreten. Diese altmodischen Träume von wahrer Liebe und Kindern und einem glücklichen Heim mit einem attraktiven Mann kamen ihr absurd vor, ganz so, als gehörten sie zu einer anderen Frau. Leigh Anne fand sich selbst nicht mehr in dem verzogenen und egoistischen Mädchen wieder, das an jenem lang vergangenen schicksalhaften Tag seinen Mann verlassen hatte.
Sie blieb vor einem Schaufenster mit wunderschönen Hüten und Hauben stehen, ohne auch nur eine einzige Kopfbedeckung wirklich zu sehen. Tränen stiegen ihr in die Augen.
Sie kämpfte dagegen an, doch ihr stand ein langer Tag bevor, und dies hier war ihre einzige Chance, ihren Tränen freien Lauf zu lassen. Und so gab sie nach kurzer Zeit auf und weinte still vor sich hin.
Wie lange würde sie wohl noch so weitermachen können? Wie lange würde sie es aushalten, Tag für Tag ignoriert zu

werden, während er sich in der Nacht von ihr nahm, wonach ihm der Sinn stand? Doch selbst wenn sie ihn noch einmal verlassen könnte – auf keinen Fall würde sie es über sich bringen, die Kinder zu verlassen. Sie hatte gehofft, einmal das Thema der Adoption zur Sprache zu bringen, aber jedes Mal, wenn die Gelegenheit günstig schien, scheute sie sich davor aus Furcht vor seiner Reaktion. Er würde sie nur beschuldigen, die Mädchen zu benutzen, um ihn zu ködern. Er hatte sich zu einem solchen Dreckskerl entwickelt, das war eigentlich der springende Punkt. Er hatte sie einmal geliebt, aber jetzt hasste er sie, und es schien ganz so, als gebe es kein Zurück mehr, sosehr sie sich auch bemühte, ihm eine gute Frau zu sein.

Sie wischte sich die Augen. Zumindest hatten sie die Nächte. Dieses heftige, unstillbare Verlangen zwischen ihnen würde niemals aufhören. Heute allerdings kam es ihr wie ein Fluch vor.

Was sollte sie nur tun?

Was *konnte* sie tun?

Sie war zurückgekehrt, weil Bartolla ihr mitgeteilt hatte, dass er sich in eine andere Frau verliebt hatte. Sie hatte ihn vor vier Jahren verlassen in der festen Überzeugung, dass er sein Herz niemals an eine andere verlieren würde – dessen war sie sich so sicher gewesen. Als der Brief der Gräfin sie erreichte, hatte sie Bartollas Worte nicht recht glauben wollen. Doch als sie dann Rick und Francesca am Zug getroffen und sie Francesca dort zum ersten Mal gesehen hatte, da hatte sie begriffen, was vor sich ging, und es mit der Angst zu tun bekommen.

Er betete diese andere Frau an, weil sie so selbstlos war, so großmütig und gut. Er hatte sie auf ein Podest gestellt, Leigh

Anne konnte einfach nicht mit ihr konkurrieren – und sie wollte es auch gar nicht. Das war unter ihrer Würde. Außerdem bewunderte und respektierte sie Francesca Cahill. Unter anderen Umständen wären sie vielleicht sogar Freundinnen geworden.

Leigh Anne stellte ihren zugeklappten Schirm ab und suchte in ihrer Handtasche nach einem Taschentuch. Dieses Selbstmitleid war großer Unfug, denn es brachte sie einer Lösung keinen Schritt näher. Das Entscheidende war doch, dass ihre Ehe noch nicht verloren war. Sie würde sie nicht aufgeben, würde Rick nicht aufgeben. Das stand fest.

Sie musste stark sein.

Leider hatte sie im Augenblick das Gefühl, als schwänden ihre letzten Kraftreserven dahin. Wie lange würde sie noch so weitermachen können? Woher sollte sie frische Kraft schöpfen?

Doch dann dachte sie an Katie und Dot, und es wurde ihr warm ums Herz. Die Mädchen brauchten sie. Er mochte ja, abgesehen von den Nachtstunden, nichts von ihr wollen, aber die Mädchen brauchten sie – und das beruhte auf Gegenseitigkeit.

Sie klappte ihren Schirm auf und schickte sich an, ihren Weg fortzusetzen. Plötzlich ertönte ein Schrei.

»Vorsicht!«, brüllte ihr ein Mann zu.

Im selben Augenblick hörte sie Hufe gefährlich nah auf dem Kopfsteinpflaster, hörte das Splittern von Holz, das Quietschen von Kutschenrädern, das Knirschen von Bremsen. Und das Schnauben …

Leigh Anne fuhr herum.

Die Kutsche war offensichtlich außer Kontrolle geraten. Die Pferde rasten über den Gehweg direkt auf sie zu. Nur verschwommen nahm sie den erschrockenen Fahrer wahr, der ihr etwas zuschrie. Blankes Entsetzen packte Leigh Anne. Sie blickte ins Weiße im Auge des Pferdes und wusste, dass ihr Ende gekommen war.

Sie würde sterben.

Verzweifelt wollte sie sich zur Seite werfen, doch es war bereits zu spät.

Eisenbeschlagene Hufe trafen ihr linkes Bein, und sie stürzte zu Boden.

Die Zeit stand still.

Sie wusste, dass sie sich zur Seite wälzen musste, aber der rasende Schmerz lähmte sie, und sie sah weitere Hufe geradewegs auf sich zukommen, sah das einzelne, furchteinflößende Rad …

Schluchzend versuchte sie aus dem Weg zu kriechen.

Doch es gelang ihr nicht.

Kapitel 11

Samstag, 29. März 1902 – 15:00 Uhr

Bragg erwartete sie auf der Straße vor dem braunen Haus mit den blauen Fensterläden, in dem angeblich die Coopers wohnten. Sie hatten vor Francescas Lunch mit Grace vereinbart, sich dort zu treffen. Ein kleines Lächeln umspielte seine Lippen, als sie auf ihn zukam. »Wie war das Essen?«

»Ich hatte ein ganz wundervolles Kabeljaugericht«, log sie. Dabei hatte sie kaum einen Bissen hinunterbekommen.

Er stutzte und musterte sie mit durchdringendem Blick, spürte, dass etwas nicht stimmte, doch sie eilte bereits an ihm vorbei auf den Eingang des Gebäudes zu. Nach ihrem Gespräch war sie verwirrter als jemals zuvor, denn Grace hatte recht: Sie wollte Calder Hart aus den falschen Gründen heiraten, und das war nicht fair – niemandem gegenüber, auch ihr selbst nicht. Aber sie mochte nicht darüber reden, am allerwenigsten mit Bragg. War sie wirklich imstande, sich von Hart zu trennen?

Sie durfte jetzt nicht darüber nachdenken. Die Arbeit wartete auf sie, und ihnen blieb nicht viel Zeit. Sie hatte Sarah versprochen, um halb fünf bei ihr zu sein, um ihr Modell zu sitzen.

Bragg folgte ihr. »Die Familie wohnt tatsächlich hier. Ich habe mit einigen Nachbarn gesprochen. Es ist die Wohnung Nummer vier.«

Francesca nickte. »Dann lass uns gehen.«

Er hielt sie am Arm zurück. »Du bist ja ganz außer dir. Was ist denn geschehen?«
»Es geht mir gut.« Sie lächelte ihn übertrieben strahlend an.
Er musterte sie. »Grace neigt dazu, allzu offen zu sprechen. Aber sie meint es gut. Sie ist eine der gütigsten Frauen, die ich kenne.«
»Das weiß ich doch alles. Und nun lass uns nachsehen, ob John Cooper daheim ist. Wir müssen die vermissten Kinder finden, Bragg.« Sie befreite sich aus seinem Griff und betrat den Hausflur, ein kleines, schmales, fensterloses Rechteck. Die Wohnung Nummer vier befand sich im zweiten Stock. Francesca klopfte vernehmlich an die ramponierte Holztür, doch zu ihrer Bestürzung blieb es drinnen still.
Niemand öffnete.
Nachdem sie noch zweimal geklopft hatte, wandte sie sich zu Bragg um. »Es ist niemand zu Hause.«
Er erwiderte: »Lass uns trotzdem hineingehen.«
Sie sah ihn verblüfft an. Er probierte lächelnd den Türgriff, doch die Tür war abgeschlossen. Daraufhin zog Bragg ein kleines Messer aus der Brusttasche und machte sich an dem Schloss zu schaffen. Nach wenigen Augenblicken klackte es, und als erneut gegen die Tür drückte, gab diese nach.
»Nicht schlecht«, flüsterte Francesca. »Hast du Unterricht bei Joel genommen?«
Er kicherte. Sie traten ein und schlossen die Tür hinter sich. Die Wohnung bestand aus einem einzigen Zimmer, das nicht in verschiedene Schlafbereiche unterteilt war. Francesca beschlich sogleich ein unbehagliches Gefühl. Da stand lediglich ein einziges Bett an der gegenüberliegenden Wand. »Wo ist denn Bonnies Bett?«

»Ich weiß es nicht. Der Nachbar sagte mir, dass sie seit einem halben Jahr hier wohnen.«
»Das ist eigenartig«, sagte Francesca beunruhigt. An der Wand neben dem Bett hingen an Haken mehrere Kleidungsstücke, die alle offensichtlich erwachsenen Personen gehörten. Francesca ging hinüber, um sich zu vergewissern. »Hier hängt keine Kleidung für ein Kind.«
»Bonnie ist zwölf. Vielleicht ist sie groß für ihr Alter und trägt schon Frauenkleider.«
In der Nähe des Bettes stand außerdem eine wackelige, fleckige Kommode. Francesca öffnete die Schubladen und fand darin hübsches Leinen, das die Coopers ein Vermögen gekostet haben musste, sowie einigen Krimskrams. Dann entdeckte sie die Lumpenpuppe und nahm sie heraus. »Ein Beweis, dass es ein Kind gegeben hat.«
Bragg durchsuchte derweil zwei Regalbretter in der Kochecke und hielt zwei silberne Kerzenleuchter in die Höhe. »Wenn mich nicht alles täuscht, macht da jemand wieder seine alten Mätzchen«, sagte er.
Francesca hielt die Puppe umklammert. »Wo sind ihre Kleider? Wo ist ihr Bett? Warum macht diese Wohnung den Eindruck, als gehörte sie einem kinderlosen Ehepaar?«
»Vielleicht besteht Mrs Coopers Art zu trauern darin, alle Spuren ihrer Tochter zu tilgen.«
»Hier scheint mir etwas faul zu sein«, stellte Francesca grimmig fest.
Plötzlich hörten sie Schritte draußen im Flur. Francesca erstarrte, und im nächsten Moment erschien im Türrahmen ein Mann mit breiter Brust und einem mächtigen Bart. »Was zum Teufel haben Sie hier zu suchen?«, schrie er wütend.
Bragg trat rasch vor Francesca. »John Cooper?«

»Sind Sie etwa ein Polyp?«, wollte der Mann wissen.
»Ich fürchte, ja«, entgegnete Bragg gelassen. »Sind Sie John Cooper?«
Der Mann starrte ihn missmutig an und nickte dann. »Haben Sie 'nen Durchsuchungsbeschluss?«, fragte er.
»Nein, aber ich kann einen mit dem entsprechenden Datum besorgen, wann immer es mir gefällt.«
Francesca zuckte zusammen.
»Was zum Henker wollen Sie?«
Francesca trat hinter Bragg hervor. »Wir wollen wissen, wo Bonnie ist«, sagte sie.
»Bonnie?« Er kniff die Augen zusammen. »Sie ist tot.«
Francesca hätte beinahe einen Schrei ausgestoßen. Bragg legte ihr eine Hand auf den Unterarm. »Wie ist das passiert?«, erkundigte er sich.
Coopers Nasenflügel bebten. »Sie ist von irgendeinem Grobian draußen auf der Straße verprügelt worden und hat's nicht geschafft.«
Francesca atmete tief durch. Ihr schwirrte der Kopf. Ob dieser Mann wohl die Wahrheit sagte? Das wäre zumindest eine Erklärung dafür, dass keine Habseligkeiten von Bonnie in der Wohnung waren. »Aber die Schule weiß nichts davon.«
»Ich schätze, ich hab vergessen, denen Bescheid zu sagen. Und jetzt raus hier.«
Bragg schritt auf ihn zu. »Sie werden mich begleiten«, sagte er.
»Was? Warum denn?«, rief Cooper.
»Ihre Tochter wurde ermordet. Die Verantwortlichen müssen zur Rechenschaft gezogen und ihrer gerechte Strafe zugeführt werden«, erklärte Bragg. »Ich benötige eine Aussage von Ihnen und Ihrer Frau.«

»Wir haben keine Ahnung, wer's war«, brummte Cooper. »Ich hab nix gesehen und meine Frau auch nicht. Man hat's uns bloß erzählt. Irgendein Halunke hat sie übel zugerichtet. Als wir ankamen, war sie schon tot.«

Francesca und Bragg wechselten einen raschen Blick. Er war ebenso skeptisch wie sie. Francesca sagte: »Das tut mir sehr leid.«

Cooper starrte sie mit einem Ausdruck an, bei dem es sie kalt überlief.

»Sie müssen trotzdem mit mir kommen und eine Aussage machen«, beharrte Bragg.

Cooper stieß einen Fluch aus. Francesca nahm an, dass das seine Art war, sich geschlagen zu geben. »Wo ist sie beerdigt?«, fragte sie.

Wieder bedachte er sie mit einem finsteren Blick. »Auf dem St.-James-Friedhof«, sagte er.

»Sarah, es tut mir leid, dass ich mich verspätet habe!«, rief Francesca atemlos und schlüpfte aus ihrem Mantel, den ihr ein Dienstbote sogleich abnahm.

»Ich freue mich, dass du überhaupt gekommen bist«, entgegnete Sarah lächelnd, und ihre Augen strahlten. »Ich weiß ja, wie sehr dich dein neuer Fall in Anspruch nimmt.«

»Das ist wohl wahr.« Francesca musste sogleich wieder an Bonnie Cooper denken. Ob sie tatsächlich tot war? Oder war das nur eine Ausrede, um ihr Verschwinden zu erklären? In diesem Fall musste allerdings Cooper in die Sache verwickelt sein. Aber hatte er nicht schon einmal seine eigene Tochter verkauft und in betrügerischer Absicht als das entführte Kind eines anderen Ehepaares ausgegeben, um dann die ausgesetzte Belohnung kassieren zu können? Er war ein verabscheuungswürdiger, widerlicher Kerl. Francesca überlief ein kalter Schauer. Hätte sie doch nur die Gelegenheit gehabt, mit seiner Frau zu sprechen!

»Du scheinst mit deinen Gedanken ja ganz woanders zu sein«, bemerkte Sarah, während sie den Flur entlang zu ihrem Atelier gingen.

»Mich beschäftigt im Augenblick vieles«, gestand Francesca und dachte mit einem Mal wieder an ihr Essen mit Grace Bragg. Sarah war heute ausgesprochen konservativ gekleidet: Sie trug ein marineblaues Kleid, dessen Stoff allerdings einige Farbkleckse zierten, und hatte das Haar im Nacken zu einem Knoten gebunden, der im Begriff war, sich zu lösen. Francesca fand, dass sie wie ein Bohemien aussah.

»Glaubst du, dass ich Calder aus den falschen Gründen heiraten will?«, fragte sie leise.

Sarah blieb wie angewurzelt stehen. »Diese Frage kannst nur du selbst beantworten, Francesca«, erwiderte sie ruhig. Dann fügte sie hinzu: »Ich glaube allerdings, dass er dich anbetet. Und du scheinst ihm sehr zugetan. Mir gefällt die Vorstellung, dass ihr beide ein Paar seid.« Sie zuckte mit den Schultern, doch in ihren Augen lag ein fragender Ausdruck.

Francesca seufzte. »Grace denkt anders darüber.« Sie hatte das Bedürfnis, Sarah alles zu erzählen. Sie war schrecklich niedergeschlagen.

Sarah hielt ihr die Tür zu ihrem Atelier auf. »Hat sie das tatsächlich so offen gesagt?«

»Ja.«

»Du meine Güte«, sagte Sarah leise. »Wie furchtbar für dich. Aber letztendlich musst du selbst mit deiner Entscheidung zufrieden sein, Francesca, und nicht Harts Stiefmutter oder sonst jemand.«

Francesca brachte ein schwaches Lächeln zustande, als ihr einfiel, dass Rourke sie hier aufsuchen würde. Sie fragte sich, ob sie Sarah wohl dazu bringen konnte, ihr Haar zu öffnen. »Wie viel Uhr haben wir?«

»Kurz vor fünf. Wieso?«

Er musste jeden Moment hier sein. »Ich sollte mich besser entkleiden«, sagte Francesca und unterdrückte ein Lächeln. »Sarah, dein Nackenknoten löst sich.«

Sarah zuckte gleichgültig mit den Schultern, dann erkundigte sie sich mit zusammengekniffenen Augen: »Gibt es etwas, das ich wissen sollte?«

»Nein, ganz und gar nicht«, erwiderte Francesca und trat hinter den lackierten Wandschirm. Während sie sich auskleidete, lauschte sie Sarah, die summend im Zimmer hin und her ging und ihre Palette und ihre Pinsel vorbereitete. Francesca war gerade in ihren Seidenkimono geschlüpft, als sie andere Schritte vernahm – schwere, männliche. Sie verharrte und lächelte in sich hinein.

»Guten Tag, Sarah. Ich hoffe, ich störe nicht«, ertönte Rourkes freundliche und sanfte Stimme.

Dann herrschte Stille.

Francesca spähte hinter dem Wandschirm hervor. Sarah schien ganz fassungslos, ihn zu sehen, und ihre Wangen begannen zu glühen. »Rourke … Bragg …«, stammelte sie. »Was für eine Überraschung! Ich dachte, Sie seien in Philadelphia.« Sie klang ganz atemlos, machte sich hektisch wieder daran, ihre Pinsel zu sortieren, und mied seinen Blick.

»Ich bin für ein Wochenende in der Stadt. Wie geht es Ihnen?«

»Gut. Und Ihnen?« Sarah blickte auf, und das Rot ihrer Wangen vertiefte sich.

»Sehr gut, danke. Ist Francesca da? Sie wollte sich hier mit mir treffen. Ich möchte mir ihren Hals noch einmal ansehen.«
Sarah sah ihn überrascht an. »Ist Francesca krank?«
Francesca entschloss sich, hinter dem Paravent hervorzukommen, und trat lächelnd in den Raum. »Hallo, Rourke. Nein, Sarah, ich bin nicht krank. Aber es hat gestern Abend einen kleinen Zwischenfall gegeben«, sagte sie.
Als Sarah Francescas entblößten Hals sah, schnappte sie erschrocken nach Luft und erbleichte. »Was ist denn geschehen?«, rief sie.
»Es geht mir wirklich gut«, beteuerte Francesca.
»Es ist nur eine oberflächliche Wunde«, bestätigte Rourke, an Sarah gewandt. Dann musterte er Francesca, genauer gesagt, den elfenbeinfarbenen Kimono, den sie trug. »Das dürfte ein interessantes Porträt werden«, murmelte er. »Darf ich fragen, von wem die Idee stammt?«
Francesca spürte, wie sie errötete. »Das verrate ich nicht«, erwiderte sie leichthin. »Aber sagen Sie bitte niemandem etwas davon, Rourke. Sollte meine Mutter jemals erfahren, dass ich nackt posiere, dann – ach, ich will mir gar nicht vorstellen, was sie dann mit mir machen würde.«
Rourke unterdrückte ein Lächeln. »Warum sollte ich darüber reden? Ich nehme an, ich werde das fertige Werk ohnehin niemals zu Gesicht bekommen.«
Francesca warf ihm einen warnenden Blick zu.
Rourke lachte frech. »Calder ist ein Glückspilz«, sagte er.
»Diese Entscheidung liegt ganz bei Mr Hart«, erklärte Sarah mit fester Stimme.
Francesca zuckte zusammen. Sarah konnte doch unmöglich glauben, dass Hart ihr Porträt jemals öffentlich zur Schau stellen würde?

Sarah sah sie an und sagte: »Ich glaube, dass dies hier das wundervollste Bild werden wird, das ich jemals geschaffen habe. Ich hasse die Vorstellung, dass Hart es für immer unter Verschluss halten wird.«

»Sarah!« Francescas Wangen begannen zu glühen.

»Ich weiß schon, das ist sehr egoistisch von mir. Aber du bist so wunderschön, und dieses Gemälde wird atemberaubend werden. Ich bin fest entschlossen, daraus das beste Werk zu machen, das mir jemals gelungen ist.«

»Sarah – es wäre ein Skandal, dieses Porträt zu zeigen.«

Sie seufzte. »Ich weiß.« Sie warf einen kurzen Blick zu Rourke, der ihrem Wortwechsel mit großem Interesse lauschte. »Rourke, vielleicht sollten Sie Francesca jetzt untersuchen, damit wir anfangen können.«

Rourke sah Sarah mit einem Gesichtsausdruck an, der unmöglich zu deuten war, dann hob er Francescas Kinn an und betrachtete die Wunde eingehend. Sarah machte sich wieder an ihren Utensilien zu schaffen. »Es heilt alles ganz wunderbar, und es gibt keine Anzeichen einer Infektion«, stellte er lächelnd fest. »Wie fühlen Sie sich?«

»Gut«, erwiderte Francesca vergnügt.

»Den Eindruck machen Sie auch. Allerdings haben Sie sehr viel Glück gehabt«, sagte Rourke. Er schob seine Hände in die Taschen seiner Anzugjacke und wandte sich wieder Sarah zu. »Wir gehen heute Abend zu mehreren in die Oper«, sagte er in beiläufigem Tonfall. »Außer mir werden Hart, Francesca und Nicholas D'Archand dabei sein.« Letzterer war sein Cousin.

Francesca hatte den Opernbesuch völlig vergessen. Hart hatte ihn am vorigen Abend auf dem Heimweg erwähnt, und sie hatte die Einladung angenommen.

»Es soll sich um die beste Inszenierung von *La Bohème* seit vielen Jahren handeln. Wir haben eine Loge. Sie sind herzlich willkommen, sich uns anzuschließen«, setzte er gelassen hinzu.
Francescas Herz schlug schneller. Wollte Rourke lediglich höflich sein? Oder hatte er tatsächlich Interesse an Sarah? Francesca vermochte es nicht zu entscheiden, denn sein Gesicht verriet nicht, was in ihm vorging. Sarah jedoch errötete schon wieder.
»Wir könnten Sie abholen«, fügte er hinzu.
Dieses Angebot konnte Sarah unmöglich ausschlagen. Der Mann hatte funkelnde, bernsteinfarbene Augen, ein entzückendes Grübchen am Kinn und einen Körper, nach dem sich jede Frau nur sehnen konnte. Francesca lächelte zufrieden.
»Ich hatte vor, heute Abend zu malen«, erwiderte Sarah und mied seinen Blick. »Francesca, wir müssen nun aber wirklich anfangen.«
Francesca hätte sie ohrfeigen mögen. Wie konnte Sarah nur solch eine Närrin sein? »Ach, Sarah, komm doch mit! Ich wäre in der Gesellschaft von drei solchen Lebemännern ja allein hoffnungslos verloren!« D'Archand war zwar erst achtzehn Jahre alt, aber schon ein berüchtigter Schürzenjäger. »Bitte«, fügte sie hinzu.
Sarah sah sie an. Sie schien bedrückt. »Ich muss wirklich an deinem Porträt arbeiten«, sagte sie leise.
Francesca bedachte sie mit einem ungläubigen Blick.
Rourke mischte sich beschwichtigend ein: »Schon gut. Ich habe Verständnis dafür. Und ich muss Ihnen zustimmen – es wird gewiss ein ganz wundervolles Porträt werden.« Er wandte sich Francesca zu und sagte: »Wir sehen uns dann später.«

Francesca blickte ihn forschend an. Falls er sich zurückgewiesen fühlte, so ließ er es sich nicht anmerken.
Er nickte Sarah zum Abschied zu und schritt hinaus.
Für einen Moment blieb es still im Atelier.
Francesca wandte sich aufgebracht zu Sarah um, doch als sie sah, wie unglücklich diese wirkte, verflog ihre Wut rasch wieder. »Ist alles in Ordnung?«
Sarah zwang sich zu einem Lächeln. »Es geht mir gut. Ich war nur überrascht, ihn hier zu sehen. Ich wusste gar nicht, dass er in der Stadt ist.«
Ehe sie sich abwenden konnte, packte Francesca ihre Freundin am Arm. »Überleg es dir noch einmal. Komm mit uns.«
»Ich halte das für keine gute Idee.«
»Magst du Rourke denn nicht? Ist er nicht hinreißend? Und nett?«, rief sie. »Er wird schon bald ein wunderbarer Arzt sein, Sarah, und auch wenn ich weiß, dass du nicht an einer Ehe interessiert bist, so ist er doch ein Fang! Lange wird er gewiss nicht mehr zu haben sein!«
Sarah entzog sich Francescas Griff und sah sie mit großen Augen an. »Was soll denn das alles? Was hat sein Aussehen damit zu tun? Und ja, du hast recht, ich bezweifele nicht, dass er schon bald die Frau seiner Träume finden wird.«
»Ich glaube, er mag dich«, sagte Francesca.
»Das ist doch absurd«, entgegnete Sarah. »Er wollte nur höflich sein. Außerdem sind wir beide praktisch Schwestern«, fügte sie verdrossen hinzu. »Was der Grund für seine Freundlichkeit mir gegenüber sein dürfte. Francesca, er ist ein Charmeur, das ist doch offensichtlich. Ich bin mir sicher, dass es seinetwegen in Philadelphia viele gebrochene Herzen gibt.«

»Das glaube ich nicht«, widersprach Francesca in eindringlichem Ton. »Ich weiß sogar aus erster Hand, dass er in keine Frau verliebt ist.«
»Du hast ihn danach gefragt?«, fragte Sarah bestürzt.
Francesca nickte und lächelte durchtrieben.
»Francesca, bitte unterlasse das! Ich weiß, du meinst es gut, aber du tust mir damit wirklich keinen Gefallen! Ich interessiere mich nur für meine Kunst. Und ich werde mich bestimmt nicht zum Narren machen, indem ich einem Mann wie ihm nachlaufe. Es ist doch verrückt, zu glauben, dass er mich überhaupt als Frau wahrnimmt. Also, könnten wir jetzt bitte endlich anfangen?«
Es war, als redete man gegen eine Wand. Francesca ließ das Thema vorerst ruhen, gab jedoch keineswegs auf, sondern begann insgeheim einen Plan zu schmieden.

Er stand vor dem Frisiertisch aus Kirschholz und blickte in den Spiegel, um seine Fliege zu binden. Von dem Ankleideraum aus hörte er Katies leise Stimme und Dots fröhliches Kichern. Die Mädchen spielten mit zwei neuen Puppen, die Leigh Anne ihnen erst kürzlich gekauft hatte.
Er blickte aus dem Ankleidezimmer zu der bronzenen Uhr auf der Kommode hinüber. Es war halb sieben.
Wo blieb sie nur?
Sie waren mit Bürgermeister Low und seiner Frau sowie den Cuttings und einem weiteren Ehepaar heute Abend in der Oper verabredet. Die Vorstellung begann um halb acht. Eigentlich hätte Leigh Anne längst beginnen müssen, sich zu schminken und anzukleiden.
Doch bislang war nicht einmal ein frisch gebügeltes Kleid bereitgelegt worden.

Wo zum Teufel blieb sie nur?
Tief in seinem Inneren stieg Übelkeit auf. Verspätete sie sich? Oder war es ihm endlich gelungen, sie zu vertreiben? *Hatte sie ihn wieder einmal verlassen?*
Plötzlich kam es ihm in dem Boudoir erdrückend stickig vor. Hastig verließ er den engen Raum. Sein Herz raste. Wenn sie gegangen war, desto besser. Das hatte er sich schließlich die ganze Zeit gewünscht.
Warum sonst hatte er sich in den vergangenen sechs Wochen ihr gegenüber so grässlich benommen?
Er sah plötzlich in Gedanken Bilder vor sich: Leigh Anne schlafend in ihrem gemeinsamen Bett, Leigh Anne, wie sie den Mädchen eine Gutenachtgeschichte vorlas, Leigh Anne in tiefer Konzentration über ihren Schreibtisch gebeugt, Leigh Anne im Bett, unter ihm, wie sie verführerisch lächelte und ihn anspornte, tiefer, fester, schneller in sie einzudringen …
Er hatte doch die ganze Zeit gewusst, dass es so kommen würde, oder etwa nicht? Vom ersten Moment an, als sie wieder in sein Leben getreten war, hatte er gewusst, dass sie nicht bleiben würde.
Es freute ihn nicht nur, dass sie fort war, er war begeistert darüber. Oder etwa nicht?
Mit einem lauten Schrei packte er eine kostbare orientalische Vase und schleuderte sie gegen die Wand, wo sie krachend zerbarst. Erst da wurde ihm bewusst, was er getan hatte; schlimmer noch, ihm wurde bewusst, dass sich in seinem Inneren eine Flutwelle erhob, die er nicht benennen wollte, deren Existenz er am liebsten verleugnet hätte.
Er war krank. Er litt an gebrochenem Herzen.
Sie würde nicht mehr zurückkommen.

Die Welle wurde immer größer und mächtiger und bedrohlicher.
»Mr Bragg?«, hörte er Katie flüstern.
Er fuhr erschrocken herum und sah sie in der Tür stehen, mager, verängstigt, mit Dot an der Hand. Ausnahmsweise strahlte ihn Dot einmal nicht an, sondern schaute unglücklich und verwirrt drein. Plötzlich brach die Kleine in Tränen aus.
Bragg eilte auf sie zu. »Es war nur ein Missgeschick!«, rief er, von Schuldgefühlen erfüllt, und nahm die schluchzende Dot rasch auf den Arm. Er versuchte Katie beruhigend anzulächeln, doch das wollte ihm einfach nicht gelingen. »Die Vase ist hingefallen. Es war ein Missgeschick.«
»Wo ist Mrs Bragg?«, fragte Katie mit heiserer Stimme, die großen Augen unablässig auf ihn geheftet.
Er starrte sie an. Seine Gedanken überschlugen sich, doch ihm fiel einfach keine Ausrede ein.
Katie schlang die Arme um sich. »Sie hat gesagt, sie würde mit dieser wunderschönen Gräfin Tee trinken. Sie wollte um fünf wieder hier sein. Aber es ist doch schon viel später, oder?«
Hass stieg in ihm auf – es war eine Sache, ihm so etwas anzutun, aber eine ganz andere, die Kinder zu verlassen. Da er wusste, dass Leigh Anne nicht wiederkommen würde, zermarterte er sich das Hirn, um eine Erklärung zu finden. Er musste Zeit gewinnen, um zu entscheiden, wie er den Kindern am besten die Wahrheit beibrachte.
»Mrs Braggs Vater ist sehr krank. Er lebt in einer anderen Stadt, in Boston.« So weit entsprach es der Wahrheit. »Sie besucht ihren Vater«, fügte er hinzu und versuchte, sich erneut ein Lächeln abzuringen.«
»Aber sie hat sich gar nicht verabschiedet«, sagte Katie niedergeschlagen.

»Es war ein Notfall«, behauptete er, und es brach ihm aufs Neue das Herz, dieses Mal um der Kinder willen.

Katie starrte ihn an. Sie schien ihm nicht zu glauben. Schließlich sagte sie: »Unsere Mommy hat sich auch nicht verabschiedet. Sie ist einfach gegangen und nicht wiedergekommen.«

Er atmete tief durch, griff mit einer Hand nach ihr, aber Katie wich ihm aus. Tränen standen in ihren dunklen Augen. Er konnte ihr einfach nicht sagen, dass das hier anders war, dass Leigh Anne zurückkommen würde, wenn er doch selbst nicht daran glaubte. Und er verfluchte sie im Stillen dafür, dass sie den Kindern so etwas antat – dass sie ihm so etwas antat.

Katie stieß einen erstickten Schluchzer aus und rannte aus dem Schlafzimmer.

Er lief ihr nach. »Katie, warte! Ich muss mit dir reden.«

Katie warf sich auf das Bett, das sie mit ihrer kleinen Schwester teilte, und vergrub das Gesicht im Kissen. Dot hatte endlich aufgehört zu weinen. Bragg ließ sich auf der Bettkante nieder und setzte die Kleine vorsichtig auf das Bett. Dot betrachtete ihre Schwester neugierig. »Kat traurig«, verkündete sie bedrückt.

Bragg streckte die Hand aus und streichelte Katies mageren Rücken, der vor erstickten Schluchzern bebte.

»Katie? Ich habe dich gerade angelogen. Es tut mir leid.«

Das Beben, das ihren schmalen Körper schüttelte, ließ nach.

»Können wir darüber reden?«, fragte er und fühlte sich furchtbar hilflos. Wenn er doch nur ein echter Vater wäre. Allein sein Instinkt und seine Liebe zu den Kindern vermochten ihn nun zu leiten.

Katie nickte in ihr Kissen.

»Es würde helfen, wenn du dich aufsetzen würdest«, sagte er mit sanfter Stimme und legte ihr eine Hand auf die Schulter. »Würdest du das für mich tun?«
Sie gehorchte und sah ihn mit großen, ängstlichen Augen an.
Er fragte sich, wann er wohl begonnen hatte, diese beiden Kinder zu lieben. »Es tut mir so leid«, setzte er an, und zu seinem Entsetzen versagte ihm die Stimme.
Katies Augen wurden noch größer.
Er rang um Fassung – Männer weinten schließlich nicht. Erst recht nicht um selbstsüchtige Ehefrauen, die nichts weiter waren als bessere Huren.
Katie griff nach seiner Hand und hielt sie fest.
Das hätte ihn um ein Haar vollends aus der Fassung gebracht. Krampfhaft rang er um Beherrschung, bis er schließlich herausbrachte: »Ich weiß nicht, wo Mrs Bragg ist.«
Katie schnappte entgeistert nach Luft. »Aber sie kommt doch wieder nach Hause, oder?«
»Ich weiß es nicht«, gestand er.
Katie begann zu wimmern. »Mommy ist auch nicht mehr nach Hause gekommen. Mommy konnte nicht mehr nach Hause kommen, weil sie tot war.«
Dot begann zu heulen, als hätte sie das Gespräch verstanden. Es war ein kläglicher, gequälter Laut, wie das Heulen eines verwundeten Tieres. Bragg zog sie in seine Arme. »Ich bin mir sicher, dass es Mrs Bragg gut geht.«
»Und warum kommt sie dann nicht nach Hause?«, fragte Katie.
Er zögerte. »Das ist nicht so leicht zu erklären.«
Katie schien kurz davor, in Tränen auszubrechen. »Sie ist tot, nicht wahr?«

Er packte ihre Hand. »Sie kommt wegen mir nicht wieder nach Hause, mein Schatz. Es hat nichts mit euch beiden zu tun. Es ist meinetwegen.«
»Das versteh ich nicht.«
Er zögerte, suchte nach Worten. »Manchmal verändern sich die Dinge in einer Ehe. Manchmal verlassen Frauen ihre Männer.«
Katie starrte ihn an. »Aber warum denn?«
Er erstarrte. »Weil sie mich nicht liebt.«
Katies Augen nahmen einen ungläubigen Ausdruck an. »Doch, Mr Bragg, sie liebt Sie. Und ich hab gedacht, dass sie uns auch liebt.« Tränen kullerten über ihre Wangen.
Ihm fehlten die Worte. Stumm zog er Katie an seine Seite und drückte die beiden Mädchen lange Zeit an sich.

Der Schmerz war entsetzlich.
»Blutdruck?«
»110 zu 50, Herr Doktor.«
Wo war sie? O Gott, dieser Schmerz. Von ihren Beinen aufwärts fühlte sie ein einziges Brennen, als stünde ihr ganzer Körper vor Schmerz in Flammen, und das Atmen fiel ihr so schwer. Sie bekam keine Luft! Sie würde ersticken! Lieber Himmel, was war nur geschehen? Wo war sie? Panik überkam sie, gefolgt von blankem Entsetzen.
Ein Unfall war geschehen, ein schrecklicher Unfall.
Sie war von einer Kutsche überfahren worden.
O Gott. Mit einem Schlag fiel ihr alles wieder ein, sie sah jedes Detail vor sich: die Augen des Pferdes, ihren Sturz, wie sie auf dem Pflaster aufgeschlagen war, wie die Kutschenräder auf sie zurollten …
Sie war überfahren worden.

Musste sie jetzt sterben?
Sie sah sein Bild vor sich, er lächelte sie an, und in seinen Augen lag ein so warmer Ausdruck. Dann folgten die Mädchen, ihre beiden hübschen Mädchen, und auch sie lächelten.
»Weiß irgendjemand, wer sie ist? Klemme.«
Da war wieder diese Stimme, so voller Autorität, die durch den Schmerz, das Brennen, die Kälte, die Dunkelheit drang.
Sie war in einem Krankenhaus – für einen kurzen Augenblick war sie erleichtert. Aber der Doktor wusste nicht, wer sie war. Sie musste es ihm sagen! Denn sie brauchte Rick …
»Sauger. Verdammt, Brad.«
Sie musste sprechen. Sie war Mrs Rick Bragg. Wo war Rick? Sie brauchte ihn jetzt.
»Wir kümmern uns darum. Es war ein Kutschenunfall. Sie wurde auf dem Bürgersteig überfahren.«
»Keine Visitenkarten?«
»Nein, Doktor. Aber so, wie es aussieht, ist sie eine Dame. Haben Sie ihr Gesicht gesehen?«
»Ich habe keine Zeit, mir ihr Gesicht anzusehen, Brad. Geben Sie mir Schere Nummer drei.«
Sie schluckte, versuchte zu sprechen. Ich bin Mrs … Mrs … Ich bin Mrs … Bragg … Mrs Rick Bragg.
»Doktor, sie ist bei Bewusstsein«, ertönte die lebhafte, überraschte Stimme einer Frau. »Sie versucht zu sprechen.«
»Geben Sie ihr mehr Laudanum. Ich will nicht, dass sie etwas mitbekommt. Oh, Scheiße. Sehen Sie sich das an.«
Es wurde still.
Was sahen sie sich da an? Furcht machte sich in ihr breit. Sie klangen alle so ernst, so besorgt. Wie schwer war sie wohl verletzt? Sie würde doch nicht sterben?

Aber sie war von zwei Kutschenrädern überrollt worden. Sie erinnerte sich an jeden Augenblick, an jedes Detail. Erinnerte sich an den unglaublichen Schmerz.

»Wird sie es schaffen?«

Leigh Anne lauschte angestrengt.

»Ich weiß es nicht. Sie steht unter Schock, hat mindestens zwei gebrochene Rippen und ich vermute, dass die Milz gerissen ist. Die Milz ist das, was mir am meisten Sorgen macht – o Gott, ich nehme das zurück.«

»O Gott«, echote Brad.

Der Schmerz ließ ein wenig nach, wurde erträglicher, und sie begann zu schweben. Wovon redeten die Männer? Was ging da vor sich? Wie schwer war sie verletzt? Warum klangen sie so verzweifelt? Sie versuchte zu verfolgen, was gesprochen wurde, doch es fiel ihr immer schwerer, ihre Stimmen wurden leiser, immer leiser.

Der Schmerz war fast nicht mehr zu spüren. Sie schwebte dahin. Eingelullt in samtige Wärme und Dunkelheit. Lag sie im Sterben? Fühlte es sich so an, wenn man starb? Es war so friedlich …

»Großer Gott, sehen Sie sich das Bein an, Doktor.«

»Grundgütiger. Finden Sie so schnell wie möglich heraus, wer die Frau ist! Es sieht ganz so aus, als müsste ich dieses Bein abnehmen, und ich würde gern zuerst mit ihrer Familie sprechen.«

»Was für eine Schande.«

Was? Was sagte er da? Sie wollten ihr das Bein amputieren? Das Denken fiel ihr schwer, und sie schien auf einmal gar nichts mehr zu empfinden. Sie schwebte immer höher und höher. Jetzt konnte sie sogar den Doktor und die Schwestern und den Pfleger sehen, wie eigenartig. Sie war in einem Krankenhaus, lag nackt auf einem Tisch, nur mit einem Laken bedeckt. Alles war voller Blut. Dann sah sie, wie der Doktor das Laken zur Seite schob, und wo ihr

linkes Bein hätte sein sollen, war eine einzige blutige Masse. Sie starrte fassungslos darauf.
»Ihr Kreislauf versagt! Wir verlieren sie.«
Sie schloss die Augen.
Rick, bitte, komm, bitte, Rick, bitte.
Ich möchte mich verabschieden.

KAPITEL 12

SAMSTAG, 29. MÄRZ 1902 – 19:00 UHR

»Er ist hier«, verkündete Julia auf der Schwelle zu Francescas Zimmer und strahlte ihre Tochter an.

Francesca fühlte sich ganz krank. Sie musste ständig an ihr Gespräch mit Grace Bragg denken, und ihr war inzwischen klar geworden, wie falsch es wäre, Calder Hart zu heiraten. Langsam wandte sie sich zu ihrer Mutter um. Sie trug ein hochgeschlossenes taubengraues Kleid, das mehr für den Tag als für einen Abend in der Oper geeignet war. »Ich habe furchtbare Kopfschmerzen, Mama.«

Julia fuhr zusammen. »Was soll denn das? Sag bloß nicht, dass du Calder versetzen willst! Er ist unten, Francesca. Und warum trägst du dieses triste Kleid?«

Francesca war verzweifelt und unglücklich. Am liebsten wäre sie nach unten gerannt und hätte sich in Harts Arme geworfen. Aber das wäre nicht richtig. Das wäre nicht fair. Weder ihm noch ihr selbst gegenüber.

»Francesca, du wirst jetzt keinen Rückzieher machen«, sagte ihre Mutter streng, als könne sie Gedanken lesen.

»Was redest du denn da?« Francesca spielte die Ahnungslose. »Mama, ich arbeite zurzeit an einem entsetzlichen Fall. Ich mache mir Sorgen um die vermissten Mädchen. Und ich hatte noch nicht einmal Gelegenheit, den Friedhof zu besuchen, auf dem Bonnie Cooper angeblich begraben liegt. Ich bin furchtbar erschöpft.«

Julia wusste stets über alles Bescheid, was im Hause vor sich ging, und offenbar war sie auch über Francescas aktuelle Ermittlung informiert, denn sie zuckte mit keiner Wimper. Stattdessen kam sie auf Francesca zu, packte sie am Arm und zog sie zur Tür hinaus. »Ich durchschaue dich, mein Kind. Ich weiß, dass du es dir anders überlegt hast. Aber das werde ich nicht dulden! Außerdem haben Andrew und ich diese Inszenierung letzte Woche gesehen, und sie ist einfach fabelhaft«, sagte sie lächelnd auf dem Weg nach unten. »Du wirst dich gut amüsieren.«

Francesca hegte diesbezüglich ihre Zweifel. Das Empfangszimmer kam in Sicht, dahinter die Eingangshalle. Die Böden waren mit großen schwarzen und weißen Marmorplatten gefliest, und verputzte Säulen stützten die Decke. Aber Francesca hatte nur Augen für Hart, der in seinem schwarzen Smoking unglaublich verführerisch und attraktiv aussah. Er hatte ihr den Rücken zugekehrt und unterhielt sich gerade mit Andrew. Als er ihre Schritte vernahm, drehte er sich um.

Es wurde ihr eng ums Herz. Er hielt einen Strauß roter und weißer Rosen in der Hand und lächelte sie an.

»Da ist meine Tochter ja endlich. Sie werden sich daran gewöhnen müssen, dass sich Francesca immer verspätet, Calder. Sie ist nun einmal ständig mit allen möglichen Dingen beschäftigt.«

»Das macht mir nichts aus«, sagte Hart leise, dessen Blick auf Francesca ruhte. Für einen kurzen Moment hätte man fast glauben können, sie sei die schönste Frau, die er jemals gesehen hatte.

Doch das war absurd. »Sind die für mich?«, brachte sie heraus und riss ihren Blick von ihm los.

»Ja.«

»Rote und weiße Rosen. Sie sind wunderschön, vielen Dank.« Sie nahm den Strauß entgegen, wobei sie es jedoch nicht über sich brachte, Calder anzusehen. Ihr war entsetzlich unbehaglich zumute.

»Rote Rosen sind an sich immer so klischeehaft, wenn auch angemessen. Aber Leidenschaft und Unschuld, das bist du, Francesca«, murmelte er.

Da musste sie einfach aufblicken.

Er zuckte ein wenig zusammen, als er die Verzweiflung in ihren Augen erkannte.

Sie wandte sich ab, reichte ihrer Mutter den Strauß. »Würdest du bitte dafür sorgen, dass er auf mein Zimmer gebracht wird?«

»Gewiss«, sagte Julia lächelnd. »Werdet ihr wohl nach der Oper noch zu Abend essen?«

»Ja«, erwiderte Hart, bevor Francesca antworten konnte. »Aber ich werde dafür sorgen, dass sie gegen Mitternacht wieder zu Hause ist.«

Francesca nahm ihren Mantel von einem Bediensteten entgegen.

»Viel Spaß«, sagte Julia vergnügt.

Francesca nickte, gab ihrem Vater einen Kuss auf die Wange und ging mit Hart hinaus. Sobald sich die Tür hinter ihnen geschlossen hatte, fragte er: »Was ist los?«

Ihr wurde bang ums Herz. Es dauerte einen Moment, ehe sie ihm zu antworten vermochte. Während er ihr in seinen Landauer half, brachte sie endlich heraus: »Bonnie Cooper ist wahrscheinlich tot. Zumindest behauptet ihr Vater das.«

Er nahm auf dem Sitz neben ihr Platz und griff nach ihrer Hand. Ohne nachzudenken, entzog Francesca sie ihm. Sie spürte, wie er erstarrte. Als sie sich ihm zuwandte, blickte er sie mit einem Gesichtsausdruck an, der unmöglich zu deuten war.

»Wo steckt denn Rourke?«, fragte sie nach kurzem Schweigen mit gespielter Fröhlichkeit.

»Wir treffen uns im Opernhaus. Was ist denn nur los, Francesca? Warum benimmst du dich, als hättest du Angst vor mir?«

Sie schluckte. »Ich habe keine Angst vor dir, Hart. Wenn es eines gibt, was ich dir gegenüber nie empfunden habe, dann ist es das.«

»Tatsächlich? Und warum bist du so nervös und unsicher? Du nennst mich doch immer nur Hart, wenn du dich geärgert hast oder dich etwas aus der Fassung gebracht hat.«

»Also, der Fall …«, setzte sie an.

»Lüg mich nicht an«, fiel er ihr ins Wort.

Sie erstarrte. »Es tut mir leid.«

Er musterte sie forschend, während die Kutsche anrollte. »Irgendetwas ist vorgefallen, und ich will wissen, was.«

Sie wollte ihn nicht anlügen. Das wäre nicht recht. »Ich habe nachgedacht«, sagte sie unbehaglich.

»Verstehe«, erwiderte er barsch. »Lass mich raten: Du hast es dir anders überlegt, was uns beide betrifft?«

Sie nickte bedrückt.

»Nun, da frage ich mich doch, warum«, sagte er mit gefährlich leiser Stimme.

Sie zuckte die Schultern. »Es ist einfach nicht recht, nur aus dem Grund zu heiraten, um miteinander ins Bett zu hüpfen. Das ist …«

»Hör auf mit diesem Blödsinn«, sagte er warnend.

Sie sah ihn nervös an.

»Mag sein, dass du mich nur heiraten willst, damit ich dir

meine Gunst schenke, aber für mich ist das nicht der Grund, weshalb ich dich ehelichen möchte, und das weißt du sehr wohl.« Er war wütend, beherrschte sich aber. »Wer hat dir diesen Floh ins Ohr gesetzt? Wohl mein lieber Halbbruder?«

»Nein.« Sie schüttelte den Kopf und schluckte. »Grace.«

Er zuckte zusammen, als hätte sie ihm einen Schlag versetzt. »Wie bitte?«

»Wir haben zusammen zu Mittag gegessen«, flüsterte Francesca, den Tränen nahe.

»Das glaube ich einfach nicht. Grace hat dir ausgeredet, mich zu heiraten?«

»Nein! Calder, sie macht sich Sorgen, dass wir aus den falschen Gründen heiraten könnten, und das hat mich zum Nachdenken gebracht. Sie hat mich lediglich gebeten, die Sache noch einmal zu überdenken und nichts zu überstürzen!«

Sie sah besorgt, dass er zitterte. Offenbar war er fuchsteufelswild. »Calder, es ist nicht so, wie du denkst! Sie möchte nur das Beste für dich – für uns beide!«

»Wie kann sie es wagen, sich in mein Privatleben einzumischen«, zischte er.

O Gott, hätte sie doch nur nichts gesagt. Sie fasste seinen Arm, der hart war wie Stahl. »Calder, sie liebt dich, das ist offensichtlich, und …«

»Sie ist der Ansicht, Rick wäre besser für dich geeignet, nicht wahr?«, fragte er.

»Nein! Ihrer Meinung nach sollten Rick und Leigh Anne verheiratet bleiben. Aber sie macht sich Sorgen, dass ich dir wehtun könnte!«, rief Francesca.

Er starrte sie eine Weile lang ungläubig an, dann wandte er schließlich den Blick ab. »Das ist doch albern.«

»Da bin ich ganz deiner Meinung. Aber es ist ganz und gar nicht albern, dass eine Ehe auf einem Fundament der Liebe gegründet sein sollte.«
Er sah wortlos aus dem Kutschenfenster. Sie fuhren jetzt die Fifth Avenue hinunter. Wie an jedem Samstagabend herrschte reger Verkehr, aber sie kamen dennoch zügig voran. Endlich sah er sie an. »Was das Heiraten angeht, bin ich wohl kaum ein Experte, Francesca. Aber ich habe in meinem Leben auch schon ein paar Erfahrungen gesammelt und die eine oder andere gute Ehe gesehen. Eine gute Ehe gründet auf vielen Dingen, und meiner Ansicht nach sind Respekt, Freundschaft und Zuneigung sehr viel wichtiger als ›Liebe‹.«
»Da bin ich anderer Meinung«, entgegnete sie leise.
»Du trägst immer noch meinen Ring«, sagte er ausdruckslos.
Sie umklammerte ihre Hand, unfähig, einen Ton herauszubringen. Eine halbe Ewigkeit schien zu vergehen, ehe sie gestand: »Ich weiß nicht, was ich tun soll.«
»Ist dir eigentlich jemals in den Sinn gekommen, dass ich auch Angst haben könnte?«
Sie blickte ihn verblüfft an. »Aber du … du scheinst so sicher zu sein.«
»In einer Hinsicht bin ich mir allerdings sicher: dass ich dich nicht an einen anderen Mann verlieren darf. Ich werde dich nicht gehen lassen, Francesca.«
Ein freudiger Schauer überlief sie. »Ich kann mir ein Leben ohne dich gar nicht mehr vorstellen«, flüsterte sie. »Der Gedanke macht mich ganz krank. Ich möchte dich auch nicht verlieren. Aber eine Heirat …« Sie zögerte. »Grace hat in gewisser Weise recht, und andererseits auch wieder nicht.

Du wirst nicht derjenige sein, dem wehgetan wird.« Tränen stiegen ihr in die Augen, und ihre Stimme wurde heiser. »Ich werde diejenige sein, die verletzt wird, weil du mir zu viel bedeutest.«

Ihre Blicke senkten sich ineinander. Eine lange und bedeutungsvolle Pause folgte. Und dann zog er sie in seine Arme.

»Nein.«

Sie schloss die Augen, als ihre Wange seine Brust berührte, er sie ganz fest an sich zog und sich ihre Körper aneinanderschmiegten. Freude durchströmte sie. In seinen Armen fühlte sie sich geborgen wie in einem sicheren Hafen, der umgeben war von einer gefährlich tosenden See. Als er sie so fest hielt und sie an seiner Brust lag, verspürte sie aufs Neue eine Dringlichkeit, das vertraute Verlangen.

Er gab ihr einen Kuss auf den Kopf, in der Nähe der Schläfe. »Ich werde dir nicht wehtun. Ich würde mich viel zu sehr dafür hassen«, sagte er mit rauher Stimme.

»Ich habe Angst. Angst vor dem, was ich für dich empfinden könnte, wenn ich es zuließe«, hörte sie sich flüstern.

Er zögerte und seine Umarmung wurde fester. »Dann lass uns Freunde bleiben, gute Freunde, und wir werden unsere Ehe auf Freundschaft und Leidenschaft gründen. Was kann daran denn so falsch sein?« Jetzt küsste er ihre Schläfe.

Sie spürte, wie sich eine Wärme in ihrem Körper ausbreitete, und begann dahinzuschmelzen. Würde es ihr wohl gelingen, ihre Gefühle irgendwie in Schach zu halten? Wenn er doch nur nicht so ein faszinierender Mann wäre. Wenn er doch nur nicht die Fähigkeit besäße, sie zu verzaubern wie ein Hexer.

Sie blickte auf. »Ich weiß es nicht. Ich kann nicht klar denken, wenn ich dir so nahe bin.«

Er kleines Lächeln umspielte seine Lippen. »Habe ich dir eigentlich schon gesagt, dass ich dich hinreißend finde?«
Ihr Herz tat vor Freude einen Sprung. »Nein. Aber das gefällt mir, Calder.«
Da lag mit einem Mal ein Glühen in seinem Blick. »Ich habe dich sehr gern«, sagte er mit heiserer Stimme.
Sie wartete sehnsüchtig.
Sein Lächeln vertiefte sich, und er senkte seinen Mund endlich auf den ihren. Die erste Berührung seiner Lippen war köstlich, heiß und feucht zugleich. Sie stöhnte leise, öffnete sich ihm, doch er strich nur neckend und sanft immer wieder über ihre Lippen hinweg, bis sie es nicht länger aushielt. Sie griff wimmernd nach den kurzen Haaren in seinem Nacken, zog daran, und er lächelte an ihrem Mund und murmelte ihren Namen. Dann saugte er leicht an ihrer Unterlippe und nahm endlich, endlich ihren Mund in Besitz.
Dunkelheit und Verlangen umfingen Francesca.
Sie wusste eins ganz sicher: Sie war nicht bereit, diesen Mann aufzugeben.
Sie vermochte es einfach nicht.

Die meisten Opernbesucher verbrachten die Pause bei Champagner und Sherry im Foyer. Julia hatte recht gehabt: Die Inszenierung war einfach wundervoll, und Francesca hatte sich rasch von der Geschichte mitreißen lassen, obwohl sie sie bereits auswendig kannte. Als sie mit Hart und Rourke das Foyer betrat, kam es ihr vor, als kehrte sie von einer Reise durch Zeit und Raum zurück. Sie schüttelte den Kopf, um wieder zur Besinnung zu kommen.
Hart hielt ihre Hand. Sein Mund streifte ihr Ohr. »Champagner?«

Sie ließ den Blick über die Gesichter in ihrer Nähe schweifen. »Das wäre schön.«
»Nach wem hältst du Ausschau, Francesca?«, fragte er.
»Sarah«, erwiderte sie, ohne ihn dabei anzusehen. »Ich bin eine schreckliche Freundin gewesen, Calder, denn ich habe Mrs Channing erzählt, dass wir heute hier sein würden und Sarah vorhabe, den ganzen Abend zu malen, anstatt sich uns anzuschließen.« Francescas Herz begann schneller zu schlagen – in diesem Moment betraten Sarah und Mrs Channing das Foyer durch einen anderen Eingang. Sie kamen offenbar aus ihrer Loge. Sarah trug ein Kleid in einem Rotton, der viel zu kräftig war für ihre zierliche Gestalt und ihr schmales Gesicht, aber Francesca erschrak nicht einmal mehr darüber – sie hatte sich inzwischen daran gewöhnt, dass Sarah ein Opfer des Modegeschmacks ihrer Mutter war. »Sie sind hier«, sagte sie und winkte.
»Was führst du im Schilde?«, fragte er leise in belustigtem Ton.
»Geh nur und hole den Champagner«, befahl sie und stupste ihn mit dem Ellenbogen.
Er deutete mit funkelnden Augen eine Verbeugung an und verschwand in der Menge.
»Sarah! Sarah! Mrs Channing!« Francesca winkte hektisch. Rourke, der hinter ihr gestanden hatte, trat an ihre Seite. »Die Channings sind hier«, sagte er ohne jegliches Erstaunen.
Sie warf ihm einen kurzen Blick zu. Er sah erstaunlich attraktiv aus in seinem Smoking, und eine Frau hätte schon blind sein müssen, um es nicht zu bemerken. »Ist das nicht eine Überraschung?«
Er sah sie mit seinen bernsteinfarbenen Augen an und lächelte – offenbar misstrauisch, aber nicht verärgert. »In der

Tat«, entgegnete er und fügte hinzu: »Mein Bruder ist auch hier.«

Francesca zuckte leicht zusammen und folgte seinem Blick. Sie entdeckte Bragg sofort – er stand bei einer Gruppe von Herren, unter denen sie auch Bürgermeister Low bemerkte. Francesca wurde warm ums Herz, und sie fragte sich, ob sie sich wohl immer so darüber freuen würde, ihn zu sehen. Wo mochte Leigh Anne sein?

Sie beobachtete ihn. Er wirkte verbissen, sein Lächeln gekünstelt. Da stimmte etwas nicht.

»Francesca, mein Kind, wie geht es Ihnen?« Mrs Channing tauchte in einem perlenbesetzten Ballkleid vor ihr auf, das übertrieben prunkvoll war. Dazu hatte sie sich mit Perlen- und Diamantschmuck behängt und trug zudem noch ein Diadem aus Perlen und Diamanten. »Doktor Rourke, welch eine Freude, Sie zu sehen!«

Rourke lächelte und beugte sich über ihre Hand. Doch als er sprach, wanderte sein Blick zu Sarah hinüber, die hinter ihrer Mutter stand und nicht den Ansatz eines Lächelns zeigte. Im Gegenteil – sie wirkte zutiefst verärgert. »Hat Ihnen die Aufführung bislang gefallen?«

»Julia Montana ist einfach fabelhaft«, erwiderte Mrs Channing. »Man mag gar nicht glauben, dass sie Amerikanerin ist!«

Rourke wandte sich Sarah zu. »Welch eine angenehme Überraschung«, sagte er und ließ den Blick über sie gleiten. »Sie haben sich also entschieden, heute Abend doch nicht zu malen?«

Sarahs Lächeln wirkte gezwungen. »Mutter hat darauf bestanden, dass wir kommen.« Sie warf Francesca einen düsteren Blick zu.

Rourke, der das bemerkte, zog mit einem grüblerischen Ausdruck die Augenbrauen hoch.

Francesca ergriff Sarahs Hand. »Aber hast du denn keine Freude an der Aufführung?«

Sarahs Gesichtsausdruck wurde ein wenig milder. »Doch, Francesca, durchaus«, sagte sie, aber dann warf sie ihr einen gequälten Blick zu, der deutlich besagte, Francesca hätte sich nicht einmischen und sie in eine derartige Lage bringen sollen.

»Rourke? Rourke Bragg? Sind Sie das wirklich?«, rief eine Frauenstimme.

Francesca drehte sich um und erblickte eine hinreißende Brünette in ihrem Alter, die Rourke umarmte. Sie runzelte die Stirn. Diese Wendung gefiel ihr überhaupt nicht.

»Welch eine Überraschung!«, rief die junge Frau. Ihr saphirblaues Kleid war ebenso atemberaubend wie sie selbst. »Was machen Sie denn hier?« Sie war offensichtlich entzückt, Rourke zu sehen, und klammerte sich an seinen Arm.

»Ich besuche meine Familie. Aber ich könnte Sie das Gleiche fragen, Darlene.«

Francesca blickte zu Sarah hinüber, die die beiden unverwandt anstarrte. Sie versuchte sie beruhigend anzulächeln, aber Sarah war so gebannt, dass sie es gar nicht bemerkte.

»Daddy hat sich entschlossen, dieses Wochenende seine Schwester zu besuchen, deshalb sind wir alle hier.«

Rourke drehte sich um. »Darlenes Vater ist Arzt in dem Krankenhaus, in dem ich meine Assistenzzeit absolviere«, sagte er und machte sie alle miteinander bekannt.

Darlene musterte Francesca abschätzend, wobei ihr Blick an dem Ring hängen blieb, den sie trug. Daraufhin wandte sie sich Sarah zu, die sie jedoch offensichtlich nicht als Konkurrentin ansah, denn sie widmete sich sogleich wieder Rourke. »Ich muss Daddy unbedingt sagen, dass Sie hier sind. Vielleicht können Sie uns morgen Abend beim Essen Gesellschaft leisten.«

»Ich glaube, meine Familie hat andere Pläne«, erwiderte Rourke höflich, während Francesca angestrengt die Gestik und Mimik der beiden beobachtete. Ob zwischen ihnen etwas war? Aber es war unmöglich, etwas aus Rourkes Verhalten herauszulesen.

Hart kehrte mit drei Gläsern Champagner zurück. »Wie ich sehe, fehlen uns noch einige Getränke«, stellte er trocken fest.

Darlene sah ihn mit unverhohlenem Interesse an. Francesca nahm ihr Glas entgegen und gab Hart einen Kuss auf die Wange. Augenblicklich hasste sie diese Frau. »Vielen Dank, Liebling«, sagte sie.

Hart hatte Darlene kaum eines Blickes gewürdigt. Nun schaute er Francesca amüsiert an. »Gern geschehen … Schatz«, murmelte er.

»Darlene, dies ist mein Bruder, Calder Hart. Calder, Darlene Fischer.«

Hart nickte gleichmütig, offenbar völlig unbeeindruckt von der Schönheit in ihrer Mitte.

»Kennen wir uns nicht?«, fragte Darlene und trat näher auf ihn zu. »Sie kommen mir irgendwie bekannt vor, Mr Hart.«

»Das glaube ich kaum«, antwortete er. »Rourke, jetzt bist du an der Reihe, die Getränke zu holen.«

»Gern«, entgegnete dieser. »Sarah? Würden Sie mich wohl begleiten? Ich bin schrecklich ungeschickt, wenn es darum geht, etwas so Zerbrechliches wie Sektgläser zu tragen.«

Sarah zuckte leicht zusammen, errötete und sagte: »Gewiss.«
Francesca hätte beinahe laut herausgelacht. Rourke und ungeschickt? Das war wohl schwerlich der Fall. Sie sah zu, wie die beiden sich entfernten. Rourke begann ein Gespräch, und Sarah antwortete ihm. Francesca beobachtete sie gespannt, und als Sarah endlich lachte, da lächelte sie. Ihr Plan schien aufzugehen.
Dann bemerkte sie, dass Darlene sich auf Harts andere Seite gestellt hatte und gerade zu ihm sagte: »Sind Sie ein Opernliebhaber, Mr Hart?«
Francesca fing ein kokettes Lächeln auf, sah funkelnde Augen und eine Pose, die Darlenes ohnehin üppigen Busen besonders zur Geltung brachte. Es begann in ihr zu brodeln.
Hart lächelte. »Ich bin ein Liebhaber jeder Kunst, wenn sie auf hervorragende Weise ausgeübt wird«, sagte er. »Ich habe diese Inszenierung bereits letzte Woche gesehen, war davon sehr angetan und fand, dass meine Verlobte ebenfalls in den Genuss kommen sollte.« Er wandte sich Francesca zu und zog sie an sich. »Gefällt es dir, Liebling?«
Francescas Kehle war wie zugeschnürt, denn in ihr stieg ein Gefühl auf, das sich verdächtig wie Liebe anfühlte. Sie erkannte, was er bezweckte: Er gab Darlene zu verstehen, dass er nicht zu haben war. Dafür musste sie ihn doch einfach lieben! »Es ist ein ganz wunderbarer Abend«, erwiderte sie mit sanfter Stimme und begegnete seinem Blick. »Ich danke dir.«
»Liebling«, korrigierte er und küsste sie auf die Nasenspitze.
Francesca lächelte. Als er sie losließ, konnte sie sehen, dass Darlene sie scharf beobachtete. Als die andere Frau ihren

Blick auffing, lächelte sie rasch. »Wann ist denn die Hochzeit?«, erkundigte sie sich.
Als Hart nichts erwiderte, sagte Francesca: »Schon bald. Meine Mutter übernimmt es, die Feier zu planen, da ich selbst zu beschäftigt bin.«
»Sie sind zu beschäftigt, um Ihre eigene Hochzeit zu planen?«, fragte Darlene schockiert.
»Meine Braut ist Privatdetektivin«, erklärte Hart. »Sie arbeitet an einem Fall.«
Darlene starrte sie mit offenem Mund an.
Francesca tastete nach Harts Hand und drückte sie. Hart war ja tatsächlich für einen Spaß zu haben. Das war eine neue Seite an ihm, die sie bisher noch nicht kennengelernt hatte, die ihr jedoch sehr gefiel.
Plötzlich erblickte sie hinter Darlene Rick Bragg, der mit Robert Fulton Cutting und dessen Frau vorüberging. Er war derart in Gedanken versunken, dass er keinen von ihnen bemerkte.
Da sie Harts Hand hielt, spürte sie, wie er erstarrte. Irgendetwas stimmte nicht. Sie hatte es bereits zuvor bemerkt. Ein Gefühl der Beklommenheit beschlich sie.
»Ich bin gleich wieder da«, sagte sie und eilte davon, ohne Hart anzusehen. »Rick!«
Er hörte sie nicht. Mrs Cutting plapperte vor sich hin, ihr Mann lächelte, doch Bragg war so gedankenverloren wie zuvor.
»Rick!« Sie packte ihn von hinten am Arm.
Er drehte sich um und starrte sie an. »Francesca.«
»Guten Abend.« Sie lächelte ihn atemlos an und wandte sich dann den Cuttings zu. »Wie geht es Ihnen?«
»Ach, guten Abend, Francesca. Es geht uns gut, vielen Dank

auch«, erwiderte Robert. Dann fügte er hinzu: »Würden Sie uns wohl entschuldigen? Rick, wir sehen uns dann in der Loge.«

Bragg nickte. Dann standen sie beide allein inmitten der Menge.

»Ich wusste nicht, dass Sie heute Abend hier sein würden.«

Sein Gesicht zeigte nicht die Spur eines Lächelns. »Ich wusste auch nicht, dass Sie hier sein würden.« Dabei wanderte sein Blick über ihre Schulter.

Sie drehte sich um. Hart beobachtete sie, ebenso wie Darlene. Rourke und Sarah hatten sich inzwischen wieder zu der Gruppe gesellt und hörten Mrs Channing zu, die irgendetwas erzählte. Francesca wusste, dass es Hart missfiel, was sie hier tat, aber er würde sich damit abfinden müssen.

»Geht es dir gut? Stimmt etwas nicht?«, fragte sie rasch mit gesenkter Stimme.

»Es ist alles in bester Ordnung.«

Sie zupfte an seinem Ärmel. »Du scheinst besorgt«, sagte sie leise.

»Es war ein langer Tag, Francesca«, seufzte er.

Sie spürte, dass er aufrichtig war. »Wo ist Leigh Anne?«

Ohne mit der Wimper zu zucken, erwiderte er: »Sie begleitet mich heute Abend nicht.«

Francesca starrte ihn an. Was hatte das zu bedeuten? War Leigh Anne krank? Oder hatten die zwei sich gestritten?

»Es ist eine wundervolle Aufführung«, brachte sie halbherzig hervor.

Er knurrte etwas Unverständliches. »Das mag sein. Ich sollte jetzt besser wieder in die Loge des Bürgermeisters zurückkehren«, sagte er.

Sie nahm seine Hand. »Wenn etwas nicht stimmt und ich

dir vielleicht helfen kann, dann sag es mir bitte«, flüsterte sie. »Du weißt, dass ich es gern tue.«
Sein Gesichtsausdruck wurde weicher. »Danke. Wir sprechen uns morgen.«
Sie nickte, denn auch sie wollte jetzt nicht über den Fall reden.
Er entzog ihr seine Hand und ging davon.
Francesca blickte ihm hinterher, bis er durch eine Tür verschwunden war, und kehrte dann an Harts Seite zurück.
Er ließ den Blick in einer Weise über sie gleiten, die ihr nicht behagte. Sie versteifte sich ein wenig, lächelte jedoch und schob ihre Hand in die seine. »Vielleicht sollten wir jetzt wieder auf unsere Plätze gehen.«
»Du hast deinen Champagner noch gar nicht getrunken«, stellte Hart fest.
Sie begegnete seinem Blick.
Einen Moment lang sahen sie einander in die Augen, dann wandte er sich ab. »Nun, Darlene, wie oft sind Sie denn zu Besuch in unserer schönen Stadt?«

Francesca erkannte, dass Hart sich über sie geärgert hatte. Er benahm sich zwar so höflich wie immer, aber es bestand kein Zweifel daran, dass er versucht hatte, sie zu provozieren, indem er sich während der Pause geschlagene zehn Minuten mit Darlene unterhalten hatte. Nun führte er sie am Ellenbogen die breite Vortreppe des Opernhauses hinunter. Vor dem Theater auf dem Broadway standen Kutschen und Droschken in zweiter und dritter Reihe geparkt. Rourke, Sarah und Mrs Channing gingen hinter ihnen – Mrs Channing hatte bereitwillig Rourkes Einladung angenommen, für den zweiten Teil der Vorstellung in ihre Loge hinüberzuwechseln. Obwohl auf der Straße reges Getümmel herrschte, sah Francesca, wie Darlene und ihr Vater in eine Mietdroschke stiegen. Hoffentlich würde sie diese Frau nie wieder sehen!

Dann fiel ihr Blick auf Bragg und die Lows, die sich gerade verabschiedeten, und sie fragte sich aufs Neue, warum Leigh Anne wohl nicht mitgekommen war.

»Sollen wir?«, fragte Hart mit seltsamer Betonung.

Sie bemerkte, dass er ihrem Blick gefolgt war. Augenblicklich erbost, blickte sie sich nach den Channings und Rourke um, mit denen sie zu Abend essen wollten, und sagte: »Ich würde gern einmal kurz allein mit dir sprechen.«

Er neigte den Kopf. Dabei wurden seine Augen schmal, was ihr ein leichtes Unbehagen bereitete. »Entschuldigen Sie uns bitte für einen Moment«, sagte er.

Hart und Francesca entfernten sich ein Stück, dann ließ er ihren Arm los und trat ihr gegenüber. »Vielleicht würdest du lieber Darlene den Hof machen«, sagte Francesca kurz angebunden und hätte sich gleich darauf am liebsten die Zunge abgebissen, denn das war eigentlich gar nicht das, was sie hatte sagen wollen. Sie hatte nicht die Absicht, über Darlene zu sprechen.

Er lächelte verkrampft. »Ich möchte nur einer einzigen Frau den Hof machen, Francesca. Dir.« Sein Blick war düster und sehr direkt.

Sie war beinahe bereit, ihm seine kindische Eifersucht zu verzeihen. »Du hast kein Recht, böse auf mich zu sein. Du hast von Anfang an gewusst, dass Bragg mein bester Freund ist.«

Er verschränkte die Arme vor der Brust. »Ach, jetzt ist er also schon dein *bester* Freund? Das ist mir neu, Francesca.«

Sie errötete. Ihr Verhältnis zu Bragg war zurzeit äußerst an-

gespannt, und es war eine leichte Übertreibung, ihn als ihren besten Freund zu bezeichnen. »Du weißt genau, was ich meine.«
»Nein, das weiß ich nicht.«
»Er wird immer ein guter Freund sein, Hart, selbst nach unserer Hochzeit. Deine Eifersucht ist unangebracht.«
Er starrte sie an.
Ihr wurde ein wenig beklommen zumute. »Willst du denn gar nichts darauf antworten?«
»Also schön: Du hattest die Absicht, ihn zu heiraten. Du hast viele leidenschaftliche Stunden in seinen Armen verbracht – dessen bin ich mir ziemlich sicher. Und du bezeichnest meine Eifersucht als unangebracht? Da bin ich anderer Ansicht, Francesca. Wir sind verlobt. Du wirst meine Frau werden. Ich habe nicht die Absicht, ruhig mitanzusehen, wie du deinem ach so großmütigen, von einem Unstern verfolgten Liebsten nachläufst, um ihn zu trösten.« Seine Augen funkelten.
Sie wich zurück. »Er ist nicht mein Liebster.«
»Aber er war es. Bis ich ihn dir ausgeredet habe, nicht wahr? Ehe du dich kopfüber in eine überaus schmutzige Affäre stürzen konntest, die nicht anders als tragisch hätte enden können. Ich war dir ein echter Freund, ehe ich überhaupt romantische Gefühle für dich hegte. Du warst mir schon damals nicht gleichgültig, als ich dich als Freund bat, über die Konsequenzen einer solchen Affäre mit einem verheirateten Mann nachzudenken.«
Sie tat einen tiefen Atemzug. Er hatte recht. »Aber Bragg und ich werden dennoch immer Freunde sein. Du wirst lernen müssen, das zu akzeptieren. Und dein Kokettieren mit dieser schrecklichen Frau war wirklich kindisch, Calder!«

Er lächelte. »Ja, das war es. Es war eine Kurzschlussreaktion, und ich fand diese Frau eigentlich auch ganz furchtbar.«
Sie blinzelte verblüfft. Ihr Herz raste. »Kannst du dich nicht einmal so benehmen, wie man es von dir erwartet?«
Er fasste ihre Hand und zog sie an sich. »Wäre das nicht langweilig?«
Und dann lag sie in seinen Armen. Sie unternahm einen halbherzigen Versuch, sich von ihm zu lösen, doch in Wahrheit genoss sie es, sich an seine Brust zu schmiegen. »Du musst mir wirklich vertrauen, wenn es um Rick geht, Calder.«
»Ich vertraue dir ja«, entgegnete er, »aber ich bin rasend eifersüchtig, wenn du zu ihm läufst. Und ich glaube, das ist nicht ganz unberechtigt.«
Sie starrte ihn nur an, zu keiner Erwiderung fähig. *Er war rasend eifersüchtig.* Sie versuchte sich in Erinnerung zu rufen, dass Hart ständig eifersüchtig war auf seinen Halbbruder, egal worum es ging, und umgekehrt war es genauso. Aber es wollte ihr einfach nicht gelingen. Ihr wurde bewusst, dass sie lächelte. Er war rasend eifersüchtig, und das ihretwegen!
»Hör bitte auf, so zufrieden zu grinsen«, sagte er, lächelte jedoch.
»Aber ich *bin* zufrieden«, versetzte sie, und ihr Lächeln wurde noch breiter. »Du musst wirklich nicht eifersüchtig sein«, setzte sie erneut an in dem Wunsch, ihn zu beruhigen. Aber dann wurde ihr schlagartig bewusst, was sie und Bragg schon miteinander erlebt hatten, und sie erkannte, wie falsch ihre Worte waren. Calder hatte allen Grund, eifersüchtig zu sein, denn zwischen seinem Bruder und ihr gab es eine Bindung, die niemand, nicht einmal er, jemals würde zerstören können.

Er zog skeptisch eine Augenbraue in die Höhe.
»Wir sind verlobt«, sagte sie und legte ihm eine Hand an die Wange. »Und du musst wissen, dass ich dir treu sein werde.«
»Ja, das weiß ich«, entgegnete er.
Sie zögerte. Offenbar beschäftigte ihn noch mehr. »Was ist denn?«
»Deine Treue reicht mir nicht.«
Sie zuckte zusammen. »Was kann ich dir denn sonst noch geben? Was kannst du mehr von mir verlangen?«
Jetzt war er es, der zögerte. Sein Gesicht nahm einen angespannten Ausdruck an, und seine Augen blickten dunkel wie die Nacht.
»Dein Herz«, sagte er.

Hart zögerte auf der Türschwelle des überaus exklusiven Privatclubs, dem er nicht als Mitglied angehörte. Er hatte es sich etwas kosten lassen, sich Zutritt zu verschaffen: Er hatte den Türsteher mit fünfzig Dollar bestochen. Das *Jewel* stand im Ruf, ein überaus verdorbenes Etablissement zu sein. Der Name war ein Synonym für Wollust, Trunksucht und Drogen. Außerdem war bekannt, dass einem Gentleman hier alle Spielarten des Vergnügens zur Verfügung standen – sofern er imstande war, für seine ausgefallenen Vorlieben zu zahlen.
Das *Jewel* war in einer Villa an der Fifth Avenue untergebracht, die ein halbes Jahrhundert zuvor einem flämischen Kaufmann gehört hatte. Von der geräumigen Eingangshalle aus, in der Hart stand, konnte er in den Salon und in ein Speisezimmer sehen. Beide Räume waren elegant eingerichtet, mit echten Gemälden an den Wänden. Einige junge

Herren spielten Poker, andere schäkerten mit jungen, üppig gebauten Prostituierten, die ausnahmslos attraktiv und teuer gekleidet waren. Im Speisezimmer dinierten einige Gäste mit ihren Begleiterinnen. Nicht weit von Hart entfernt entlockte ein Klavierspieler dem Flügel eine fröhliche Melodie. Hinter dem Pianisten führte eine breite Treppe in die beiden oberen Stockwerke des Hauses, wo man sich anderen Gelüsten hingeben konnte.
Eine Frau näherte sich. Hart erkannte auf den ersten Blick, dass es sich um die Bordellwirtin handelte, aber er wusste nicht, ob sie auch zugleich die Eigentümerin war. Sie war in den Dreißigern, blond, elegant, schön – das hellblaue Kleid, das sie trug, war hochgeschlossen, und die Ärmel reichten ihr bis zu den Ellenbogen, aber ihre vorzügliche Figur kam darin durchaus zur Geltung. Sie trug mehrere schmale Ringe, einen mit einem Saphir und zwei mit Diamanten, dazu ein wunderschönes Saphirarmband. Alles an ihr wirkte unaufdringlich. Mit ihrer Eleganz, der züchtigen Kleidung und dem Schmuck hätte sie sich in jedem vornehmen Salon mühelos als eine echte Dame ausgeben können. Als sie vor Hart stehen blieb, lächelte sie ihn an, doch er war ein Meister darin, Menschen zu durchschauen, und wusste, dass seine Anwesenheit sie beunruhigte.
Warum wohl? Der Türsteher hatte das Bestechungsgeld genommen, hatte dann jedoch erst die Erlaubnis einholen müssen, ihn einzulassen. Er hatte seinen richtigen Namen genannt, da er seinen Ruf unter diesen besonderen Umständen als Vorteil erachtete, und er bezweifelte, dass die Leitung dieses Etablissements bereits Kenntnis davon hatte, dass er mit der Frau verlobt war, die das Verschwinden der Mädchen untersuchte.

Er lächelte die Frau charmant an und ergriff ihre Hand. »Madame?« Er sprach das Wort mit französischer Betonung aus. »Mein Name ist Calder Hart, zu Ihren Diensten.« Er beugte sich über ihre Hand. Sie lächelte ihn unverwandt an. »Vielen Dank, dass Sie mir Einlass in Ihr Etablissement gewährt haben.«

Die Frau neigte hoheitsvoll den Kopf. »Mr Hart. Ihr Ruf eilt Ihnen voraus. Ich fühle mich geschmeichelt, Sie heute Abend hier begrüßen zu dürfen.« Ihr Lächeln war ebenso charmant wie das seine. »Ich bin Solange Marceaux, und bis wir uns besser kennengelernt haben, dürfen Sie mich Madame Marceaux nennen.«

Ihre Worten klangen falsch. Wieso nur? Sie hätte doch erfreut sein müssen, einen Mann von seinem Reichtum in ihrem Club zu empfangen. Und was hatte dieser letzte Satz zu bedeuten? »Dem *Jewel* eilt ebenfalls ein gewisser Ruf voraus.« Er lächelte und blickte sich um. »Ich bin beeindruckt.«

Ihr Lächeln schien ihr ins Gesicht gemeißelt. »Das zu glauben fällt mir schwer, aber ich freue mich dennoch. Möchten Sie etwas trinken? Oder eine Zigarre? Vielleicht auch etwas zu essen? Wir haben einen hervorragenden Koch aus Paris, der heute Abend Wildente in einer Pfirsich-Weinbrand-Soße serviert.«

»Ich fürchte, ich habe bereits gespeist, aber ein Scotch wäre sehr angenehm.«

Madame Marceaux wandte sich zu einer wunderschönen Frau von ungefähr achtzehn Jahren um, die hinter ihr aufgetaucht war. Ihr Blick war glutvoll und einladend, und ein Lächeln umspielte ihre Lippen. Sie hatte eine Haut wie Milchkaffee, was auf afroamerikanische Vorfahren schließen ließ, und trug ein tiefrotes Kleid, das einen Großteil ihrer kleinen Brüste freiließ.

»Linda, bitte hole Mr Hart ein Glas von unserem besten Scotch.«

Linda lächelte ihn verführerisch an und verschwand wieder, um dem Wunsch nachzukommen. Als Hart sich erneut seiner Gastgeberin zuwandte, streifte sein Blick kurz ein vertrautes Gesicht, und sein Herz schlug heftiger. Aber er schaute nicht noch einmal zu Rose hinüber.

Welch ein Zufall, dass die Geliebte seiner Mätresse hier in diesem Club war. Er hatte Daisy seit seiner Verlobung mit Francesca im vergangenen Monat nicht mehr besucht, ihr jedoch gestattet, während der viereinhalb Monate, bis ihr Arrangement endete, in dem Haus wohnen zu bleiben, das er für sie gekauft hatte. Hart war Daisy eines Tages auf der Straße begegnet und hatte sie fälschlicherweise für eine Dame gehalten. Doch ihm war rasch klar geworden, dass sie eine Prostituierte war, und da ihre außergewöhnliche Schönheit es ihm angetan hatte, begann er sie in dem Bordell zu besuchen, wo sie arbeitete. Dort hatte er auch ihre Geliebte, Rose, kennengelernt. Eins hatte zum anderen geführt, und schon bald hatte er mit beiden das Bett geteilt. Roses Anwesenheit hier stellte ein Problem dar. Sie war furchtbar wütend auf ihn gewesen, weil er Daisy zu seiner Mätresse gemacht hatte. Und Rose wusste zweifellos über seine Verlobung mit Francesca Bescheid, da Daisy ihr sicherlich davon erzählt hatte. Sie hasste Hart aus tiefstem Herzen, und er traute ihr nicht über den Weg.

»Und was führt Sie ins *Jewel*, Mr Hart?«

»Langeweile«, entgegnete er lächelnd.

Sie zog ihre hellen Augenbrauen hoch, ohne sonderlich beeindruckt zu wirken. »Ich kann mir kaum vorstellen, dass ein Mann wie Sie an Langeweile leidet. Aber ich bin mir sicher, wir können Sie davon kurieren.«

»Daran zweifle ich nicht. Deshalb bin ich hier«, antwortete Hart leichthin. Er spürte Roses Blick im Rücken.

»Dann schlage ich vor, wir ziehen uns in mein Büro zurück, um die Angelegenheit dort zu besprechen«, sagte Solange Marceaux.

Hart stimmte zu und folgte ihr, vorbei an den beiden Salons, in ein großzügiges Wohnzimmer. Die Tür zu dem angrenzenden Raum stand offen, und er erhaschte einen Blick auf ein elegantes Schlafzimmer mit einer in einem Goldton vertäfelten Decke, jadegrünen Textiltapeten und passenden Brokatvorhängen. Die Möbel in beiden Zimmern waren antik.

Er wandte sich seiner Gastgeberin zu, die ihn beobachtet hatte, und nahm in dem Sessel Platz, den sie ihm anbot. »Ihre Räumlichkeiten sind überaus elegant.«

Sie setzte sich ihm gegenüber in einen Sessel auf der anderen Seite eines kleinen Couchtisches. Das Sofa zu ihrer Rechten blieb leer. »Das Gleiche habe ich über Ihr Heim gehört, Mr Hart. Nun, wie kann ich Ihnen helfen?«

Im selben Moment klopfte es an der Tür, und Linda kam mit seinem Scotch und einem weiteren Getränk herein, das wie Eiswasser aussah. Sie lächelte Hart an, während sie ihm seinen Drink reichte, und blickte Solange dann fragend an.

»Du kannst gehen«, sagte die Madame. »Sorge bitte dafür, dass uns niemand stört.«

Als Linda fort war, setzte Solange ihr Glas auf dem Tisch zwischen ihnen ab, ohne daraus zu trinken. »Was entspräche denn Ihren Neigungen, Mr Hart?«

»Ich bin auf der Suche nach Unschuld«, sagte er. »Und nach Schönheit, natürlich.«
Sie zuckte nicht mit der Wimper. »Und welches Alter bevorzugen Sie?«
»Vierzehn. Dreizehn wäre mir angenehmer. Aber auf keinen Fall älter als vierzehn.«
Solange lächelte ihn höflich an, erhob sich und schritt langsam zu dem Kamin hinter der Sitzgruppe. Dort blieb sie stehen, eine Hand auf den weißen Marmorsims gelegt, wandte sich Hart zu und sagte: »Ich fürchte, Sie haben das falsche Etablissement gewählt. Wir offerieren unseren Gästen verschiedene Arten der Unterhaltung, aber Kinder zählen nicht dazu.«
Hart machte es sich in seinem Sessel bequem, schlug die Beine übereinander und nahm einen Schluck von seinem Scotch. »Der ist ganz exzellent«, sagte er.
»Ja, das ist er«, stimmte sie ihm zu. »Können wir Ihnen möglicherweise mit bloßer Schönheit Vergnügen bereiten? Wir haben hier eine Reihe von sehr attraktiven jungen Frauen, Mr Hart. Darunter befindet sich ein atemberaubender Rotschopf von gerade einmal sechzehn Jahren.«
Er zuckte mit gespielter Gleichgültigkeit die Schultern. »Meine liebe Madame Marceaux, ich hatte bereits viele Mätressen in diesem Alter. Ich bin auf der Suche nach unverdorbener Unschuld. Und ich bin bereit, einen großzügigen Preis dafür zu zahlen, wenn Sie mir bei dieser Suche behilflich sind.«
Sie starrte ihn an. Dann sagte sie: »Ich fürchte, ich kann Ihnen nicht helfen.«
Er erhob sich. »Dann haben Sie wohl recht: Ich habe in der Tat das falsche Etablissement gewählt.« Doch während

er das sagte, bedachte er sie mit einem freundlichen Lächeln.
Sie trat auf ihn zu und berührte ihn zum ersten Mal, legte ihre Hand leicht auf seinen Unterarm. »Ich würde es überaus bedauern, wenn Sie heute Abend unbefriedigt wieder gingen. Es ist schon spät. Vielleicht möchten Sie sich ja doch noch kurz ein wenig amüsieren. Es ginge aufs Haus.« Sie begegnete seinem Blick.
Ihre Augen waren hellgrau, und es war einfach unmöglich, etwas darin zu lesen. Sie ließ ihre Hand auf seinem Arm ruhen. Er vermutete, dass sie sich selbst anbot, doch sie war zweifellos eine Meisterin dieses Spiels und würde ihn womöglich auch beim Poker schlagen. Wenn sie sich tatsächlich selbst anbot, so vermochte er es nicht zu deutlich zu erkennen.
Er dachte an Rose. Sie hasste ihn, aber sie freute sich gewiss, dass er nicht mehr mit Daisy verkehrte. Und er wusste nicht, ob Solange Marceaux ihm die Wahrheit sagte. Falls sie tatsächlich Kinderprostitution betrieb, so wollte sie ihn wahrscheinlich auf die Probe stellen. Wenn er nicht mit Francesca verlobt gewesen wäre, hätte er einfach mit ihr geschlafen und ihr die Information entlockt. Aber nun musste er einen anderen Weg finden, um zum Ziel zu kommen.
Er lächelte sie an. »Möglicherweise haben Sie recht.«
Sie sah ihn mit ihren wunderschönen und doch so bemerkenswert kühlen grauen Augen unbeirrt an, dann ließ sie ihre Hand von seinem Arm gleiten und neigte lächelnd den Kopf.
»Ich habe beim Hereinkommen eine prachtvolle Frau gesehen, dunkle Haut, dunkle Haare, dunkle Augen. Ich kenne sie aus Madam Pinkes Etablissement. Ihr Name ist Rose. Ist sie wohl frei?«

Falls Solange Marceaux überrascht war, möglicherweise sogar enttäuscht, so ließ sie es sich nicht anmerken. Sie blinzelte nicht einmal. »Eine gute Wahl«, sagte sie. »Rose ist in der Tat eine prachtvolle Frau, wie Sie es formuliert haben, und sie ist in der Lage, einen Mann wie Sie zu befriedigen. Ich glaube, sie ist heute Abend frei. Bitte entschuldigen Sie mich«, sagte sie und lächelte.

Er erschrak, denn er wollte nicht, dass Rose und Solange Marceaux in seiner Anwesenheit über ihn sprachen. Rose würde möglicherweise zu viel verraten. »Madame Marceaux, bitte entschuldigen Sie, aber Sie haben mich nicht ausreden lassen«, sagte er rasch.

Sie drehte sich zu ihm um, und zum ersten Mal an diesem Abend meinte er in ihrem Gesichtsausdruck eine Veränderung zu erkennen: Für einen kurzen Moment glaubte er Überraschung in ihren Augen zu lesen. »Das tut mir leid.«

Er lächelte. »Ich möchte Rose nicht für mich.«

Sie erstarrte. »Oh.«

Er hatte endlich gesiegt. Sein Lächeln war nun echt, denn er konnte es kaum erwarten, ihr den entscheidenden Schlag zu versetzen: »Ich würde gern dabei zusehen, wie sie sich mit einer anderen Frau amüsiert«, sagte er.

Da wusste sie es und ihr Lächeln erstarb.

»Und diese Frau sind Sie«, setzte er hinzu.

KAPITEL 13

SONNTAG, 30. MÄRZ 1902 – 9:00 UHR

Francescas Eltern hatten ihr die Kutsche bis zum Mittag zu ihrer freien Verfügung überlassen. Daraus schloss sie, dass sie um diese Zeit das Gefährt, nicht aber unbedingt ihre Tochter zurückerwarteten, und so beabsichtigte sie, Jennings zurückzuschicken, nachdem er sie im Stadtzentrum abgesetzt hatte. Im Augenblick wartete er in der Nähe auf sie, während sie vor dem rostigen Eisentor des St.-James-Friedhofs stand.

Es war ein trostloser Morgen, kalt und windig, mit düsteren Regenwolken. Als Francesca durch die Eisenstäbe auf den kleinen Friedhof neben der jahrhundertealten Kirche blickte, begann sie trotz ihres wollenen Mantels zu zittern, und das lag nicht nur an der Kälte. Es war ein furchtbarer Tag dafür, zwischen den kleinen, schlichten Grabsteinen und Kreuzen hindurchzuwandern und Ausschau nach dem Grab eines zwölfjährigen Mädchens zu halten. Anschließend hatte Francesca die wenig verlockende Aussicht, sich an der Ecke der Tenth Street niederzulassen, um die einundvierzig Leute zu befragen, die behaupteten, Informationen über das Verschwinden von Emily O'Hare zu haben.

Bedrückt fragte sie sich, was Hart wohl am gestrigen Abend herausgefunden haben mochte.

Francesca seufzte und schob das Tor auf, dessen Angeln laut quietschten. Es musste in der vergangenen Nacht oder in den frühen Morgenstunden geregnet haben, denn das Gras und Unkraut, das den gepflasterten Weg überwucherte, war ganz feucht. Francesca mochte Friedhöfe nicht besonders und dieser bildete keine Ausnahme, er war trostlos und bedrückend. Sie warf einen Blick auf den Grabstein zu ihrer Rechten – der Mensch, der dort begraben lag, war vor 20 Jahren gestorben. Langsam ging sie weiter, vorbei an Grabstellen aus den vergangenen zwei Jahrzehnten. Sie war nicht von Herzen bei der Sache, denn insgeheim hoffte sie, dass John Cooper gelogen hatte und dass seine Tochter noch am Leben war. Die Behauptung, sie sei gestorben, war schließlich die perfekte Ausrede, um ihr Verschwinden zu vertuschen. Francesca graute davor, ihre Vermutung widerlegt zu finden.

Sie beschleunigte ihre Schritte. Wenn Bonnie wirklich tot war, musste ihr Grab eines der neuesten auf dem Friedhof sein. Am hinteren Ende sah sie einige Steine, die noch ganz weiß waren, und einen frisch aufgeworfenen Erdhügel. Sie eilte darauf zu und wäre dabei einmal fast auf dem glitschigen Untergrund ausgeglitten.

Auf dem ersten hellen Grabstein stand zu lesen: »Mark Johnson, Ruhe in Frieden, 1858–1902.« Francesca war für einen kurzen Moment erleichtert, dann wandte sie sich dem kleineren Stein daneben zu und erstarrte.

Ein Strauß Wildblumen war davor abgelegt worden.

BONNIE COOPER
GELIEBTE TOCHTER
VON JOHN UND RITA COOPER
1. MAI 1889–27. FEBRUAR 1902

Francesca atmete scharf ein. Sie war fassungslos. Bonnie Cooper war tot. Ihr Vater hatte also die Wahrheit gesagt.
Doch dann stutzte sie.
Das Datum auf dem Stein musste falsch sein.
Francesca starrte auf das frische Grab hinab. Mrs Hopper hatte gesagt, Bonnie Cooper sei am 10. Februar verschwunden.
Heute war der 30. März. Das bedeutete, dass Bonnie vor einem Monat gestorben war – mehr als zwei volle Wochen nach ihrem Verschwinden.

»Hey, Mister, warten Sie, bis Sie an der Reihe sind!«, rief Joel.
Francesca hatte an der Straßenecke einen kleinen Kartentisch aufgestellt, saß auf einem Klappstuhl, mit einem Notizbuch und mehreren Stiften vor sich, und befragte ihren zehnten Möchtegern-Informanten. Die Aussagen der letzten neun Männer – allesamt recht heruntergekommene Gestalten, dem Aussehen nach Schurken – waren völlig wertlos gewesen, ihre Geschichten lächerlich. Die lange Reihe der Männer und Frauen aus dem Viertel reichte von ihrem kleinen Tisch bis zum Ende des Häuserblocks, ziemlich genau bis vor Schmitts Lebensmittelladen. Er war bereits dreimal aus seinem Geschäft gekommen und hatte sie mit missbilligenden Blicken bedacht, die Hände auf die Hüften gestemmt. Die Kunden, die in seinen Laden wollten, mussten sich erst einen Weg durch die Wartenden bahnen. Nun sagte der Mann, den Joel gerade zurechtgewiesen hatte und der aussah wie ein Hafenarbeiter, verärgert: »Ich steh seit ’ner Stunde hier draußen in der Kälte! Ich hab an meinem freien Tag was Besseres zu tun, als mir

den Arsch abzufrieren, während ich auf Ihre Hoheit hier warte!«
Francesca faltete die Hände vor sich auf dem Tisch und entgegnete ruhig: »Warum gehen Sie dann nicht?«
»Wollen Sie nun Informationen oder nicht, Lady?«, versetzte er höhnisch.
»Nur wenn es sich um Tatsachen handelt. Und auch dann müssen Sie warten, bis Sie an der Reihe sind.«
Maggie Kennedy tauchte hinter Francesca auf. »Wo hast du denn deine Manieren gelassen, Ralph Goodson?«
Francesca blickte überrascht zu ihr auf. »Ich danke Ihnen«, sagte sie.
Maggie lächelte sie an, und ihre blauen Augen funkelten. »Es ist sehr mutig von Ihnen, sich mit diesen Grobianen abzugeben.«
Francescas Blick fiel auf die auffallend schöne Frau, die neben Maggie stand. »Habe ich eine andere Wahl, wenn ich die vermissten Mädchen wiederfinden will? Guten Tag.« Sie lächelte die Frau mit dem rotbraunen Haar an. Es war dieselbe, die sie kürzlich in das Haus hatte gehen sehen, in dem Maggie wohnte. Das Mädchen war ebenfalls dabei.
»Oh, Miss Cahill, das hier sind Gwen O'Neil und ihre Tochter Bridget. Sie sind meine neuen Nachbarn«, stellte Maggie die beiden vor.
Gwen O'Neil erwiderte Francescas Lächeln. Dann erklärte sie ihrer Tochter, sie werde sich in der Innenstadt nach Arbeit umsehen. »Benimm dich«, ermahnte sie das Mädchen. »Ich bin gegen fünf wieder zu Hause.«
»Ja, Mama«, sagte Bridget. Dabei starrte sie Francesca mit großen Augen an.

»Ich bin Privatdetektivin«, erklärte Francesca lächelnd und beantwortete damit die unausgesprochene Frage des Kindes. »Ich arbeite an einem Fall.«
Bridget war eine ebensolche Schönheit wie ihre Mutter, mit dichtem, dunkelrotem Haar, das sich in Wellen bis zur Taille ergoss. Sie riss die grünen Augen weit auf und flüsterte: »Was macht denn 'ne Privatdetektivin?« Ihr irischer Akzent war reizend.
Joel trat mit hochrotem Gesicht vor. »Miss Cahill is mein Boss. Sie klärt Verbrechen auf. Ganz gefährliche Sachen. Ich bin ihr Gehilfe.«
Bridget warf ihm einen verächtlichen Blick zu. »Bist du nicht. Du bist bloß 'n kleiner Junge!«
»Joel ist wirklich mein Gehilfe«, mischte sich Francesca ein. »Er hat mir schon oft wertvolle Dienste erwiesen. Ich habe noch keinen Fall ohne ihn aufgeklärt.« Sie lächelte das Kind an. »Wie alt bist du denn, Liebes?«
»Elf«, antwortete das Mädchen und starrte Joel mit offenem Mund an. »Mensch, dann bist du aber nicht wie die Jungs bei mir zu Hause!«
Joels Wangen liefen noch röter an. »Nein, bin ich nicht.«
Francesca war erleichtert. Bridget sah aus wie zwölf oder dreizehn, aber das war sie Gott sei Dank nicht. Sie war noch zu jung für diese Verbrecher, die junge Mädchen zur Prostitution zwangen – sofern es wirklich das war, was hinter dem Verschwinden der Kinder steckte.
»Hey, Miss Cahill! Wollen Sie jetzt mit mir reden oder nicht?«, rief Ralph und spuckte Tabak auf den Randstein.
»Ja, genau, wann geht's denn endlich weiter?«, ertönte ein Chor ungeduldiger Stimmen.
»Einen Moment noch«, versetzte Francesca streng. Die

abenteuerlichen Behauptungen dieses Gesindels bereiteten ihr bereits Kopfschmerzen. »Wie geht es Ihnen, Maggie?«
»Sehr gut.« Die Näherin lächelte schwach. »Joel hat Sie vermisst, als Sie weg waren, Miss Cahill.«
Das freute Francesca. »Ich habe ihn auch vermisst.« Plötzlich stutzte sie, denn sie hatte gleich zwei Kutschen erkannt, die sich gerade auf der Straße näherten. Eine gehörte ihrem Bruder, die andere – extravagant, auffällig und verschwenderisch ausgestattet – Hart. Ihr Herz schlug schneller.
Maggie wandte sich um und folgte ihrem Blick. Gleich darauf liefen ihre Wangen rosig an. »Mr Cahill nimmt die Kinder mit zu 'nem Picknick im Park«, erklärte sie. »Das hat er in letzter Zeit jeden Sonntag gemacht.«
Francesca wusste, wie sehr ihr Bruder an Maggies Kindern hing, aber sie hatte geglaubt, er sei viel zu sehr mit Bartolla Benevente beschäftigt. »Wie schön«, bemerkte sie und meinte das durchaus aufrichtig, aber ihre Neugierde war geweckt.
Evans Kutsche hielt zuerst, und die Tür wurde schwungvoll geöffnet. Maggie sah ihm entgegen, während er ausstieg und auf sie zukam. Evan Cahill war ein gutaussehender, dunkelhaariger Mann mit strahlend blauen Augen, hochgewachsen und schlank. Sein offener schwarzer Mantel schwang ihm im Rhythmus seiner Schritte um die Beine. Er pfiff vor sich hin, dann sagte er schmunzelnd und mit einem Kopfschütteln zu Francesca: »Ich frage lieber gar nicht erst, was in Gottes Namen du hier treibst, Fran.«
»Ich arbeite an einem Fall«, versetzte Francesca unbeirrt lächelnd. »Ich habe eine Belohnung für Informationen ausgesetzt, und wie du siehst, befrage ich gerade alle, die in diesem Viertel wohnen.«

Er wandte sich fröhlich an Maggie. »Mrs Kennedy, ich wünsche Ihnen einen guten Tag.«
»Mr Cahill.« Sie wich seinem Blick aus. »Die Kinder sind schon ganz aufgeregt. Ich gehe sie holen.«
Evan hatte Joel eine Hand auf die Schulter gelegt. »Ich begleite Sie«, sagte er und ließ den Blick über die Näherin gleiten, was diese jedoch nicht bemerkte, da sie sich bereits abgewandt hatte. Francesca fand, dass sie nervös wirkte.
»Nein, nicht nötig. Ich bringe sie gleich runter.«
»Hätten Sie nicht Lust, sich uns anzuschließen? Das heißt, wenn Sie nichts anderes vorhaben?«
Maggie stolperte und drehte sich abrupt zu ihm um. *»Wie bitte?«*
Er trat lächelnd auf sie zu. »Bitte kommen Sie doch mit uns, Mrs Kennedy. Heute ist kein schöner Tag für ein Picknick, darum habe ich mir eine Überraschung für die Kinder einfallen lassen. Ich glaube, Sie hätten auch Spaß daran.«
Sie blinzelte. »Ich kann doch unmöglich …«
»Aber warum denn nicht?«
»Ich … ich hab schon was anderes vor. Tut mir leid«, behauptete sie.
Evan lächelte immer noch, aber Francesca kannte ihn gut und wusste, dass er enttäuscht war. Sie sah es in seinen Augen, die sich plötzlich verdüsterten. Und was Maggie betraf, so sagte sie ganz gewiss nicht die Wahrheit.
Francesca beobachtete die beiden irritiert. Dies war nicht das erste Mal, dass ein Wortwechsel zwischen ihrem Bruder und Maggie Kennedy sie verwirrte. Ihr Bruder war ein Gentleman. Er würde niemals leichtfertig mit einer so ordentlichen, anständigen Frau wie Maggie schäkern.
Außerdem entsprach sie ganz und gar nicht seinem Ge-

schmack. Seine letzte Mätresse war eine bekannte Bühnenschauspielerin gewesen, eine schöne und temperamtvolle Frau. Evan bevorzugte Frauen dieses Typs – Frauen wie die verwitwete Gräfin Benevente.

Und zurzeit war er bis über beide Ohren in die Gräfin verliebt. Oder etwa nicht?

Maggie war eine zurückhaltende, ehrliche, hübsche Frau, aber sie war eine arme, verwitwete Näherin, die allein vier Kinder großzog. Sie war einfach nicht die Sorte Frau, an der Francescas Bruder interessiert war, und selbst wenn er es sein sollte, so würde er niemals mit ihr schäkern und sie ganz gewiss nicht mit nach Hause bringen. Selbst Francesca, die eine wahre Liberale war, wusste, dass Evan niemals eine einfache Näherin mit nach Hause bringen konnte.

Andererseits hatte er sich von seinem Vater losgesagt, war aus dem Familienunternehmen ausgeschieden und hatte eine Stelle in einer mittelmäßigen Anwaltskanzlei angenommen. Francesca war sehr stolz auf ihren Bruder, weil er getan hatte, was ihm sein Gefühl sagte. Aber was sollte dies hier? Was ging da vor sich?

Francesca hätte schwören können, dass sich etwas anbahnte.

Evan akzeptierte Maggies Ausrede mit einem Nicken, und sie hastete davon wie ein verschrecktes Schulmädchen.

»Evan?«, setzte Francesca neugierig an.

Doch der wandte sich an Joel. »Ich habe es arrangiert, dass wir unser Picknick im Naturkundemuseum veranstalten können. Ich glaube, das würde deiner Mutter Freude bereiten. Was denkst du?«

Joel grinste ihn an. »Ich werde sie schon dazu bringen, mitzukommen«, versprach er, dann warf er Francesca einen fragenden Blick zu. »Miss Cahill?«

Sie lächelte zustimmend. »Geh nur und versuch es«, sagte sie.
Er rannte davon.
Francesca sah Evan an. »Und wie vertreibt sich die Gräfin den heutigen Tag?«
»Sie schläft gern lang«, entgegnete er gelassen. »Das hier ist nicht so, wie du denkst.«
»Und was denke ich?«
»Mrs Kennedy ist eine vortreffliche, gütige und fleißige Frau, Fran. Ich vergöttere ihre Kinder. Sie hat sich einmal einen vergnüglichen Tag verdient.«
Francesca starrte ihn mit offenem Mund an. Dann sah sie Calder Hart auf sich zukommen, und ihr Herz schlug schneller. Sie war so froh, ihn zu sehen.
»Hallo, Liebling«, begrüßte er sie lächelnd und beugte sich vor, um sie auf die Wange zu küssen. »Guten Morgen.«
»Gott sei Dank bist du hier!«, rief sie erleichtert aus. »Bonnie Cooper ist tot. Ich habe heute Morgen ihr Grab gefunden.«
Sein Lächeln erstarb augenblicklich, und sein Gesicht wurde tiefernst. »Das sind schlimme Neuigkeiten«, sagte er.
Sie blickte ihn forschend an und empfand ein leichtes Unbehagen. »Ist alles in Ordnung?«, fragte sie.
»Wir müssen miteinander sprechen«, sagte er. »Unter vier Augen.«
Das klang gar nicht gut.

Als sie in der Kutsche einander gegenübersaßen, lächelte er sie an. Sie fragte argwöhnisch: »Was ist los? Du schaust so seltsam.«
Er seufzte. »Immer mit der Ruhe, mein Schatz.«

Sie blinzelte. Sie konnte die Alarmglocken praktisch schrillen hören. »Nun sag schon. Was ist los?«
»Ich habe gestern Abend wie versprochen ein überaus verrufenes Etablissement aufgesucht.«
Francesca setzte sich gerader hin. »Wie heißt es?«
»Du bist der letzte Mensch, dem ich den Namen verraten würde«, entgegnete er nüchtern. »Es ist wahrhaftig kein Ort, an dem du dich jemals blicken lassen solltest.«
Sie sah im Geiste einen düsteren, verrauchten Raum vor sich, in dem üppige, halb nackte, schöne Frauen umherliefen. »Was hast du herausgefunden? Was ist passiert?« Ihr Unbehagen wuchs, und sie vermochte ihren Blick nicht von ihm zu wenden.
Ein verächtliches Lächeln umspielte Calders Lippen. »Im Allgemeinen fällt es mir nicht schwer, Menschen zu durchschauen, Francesca. Aber die Bordellwirtin dort, eine gewisse Solange Marceaux, ist zweifellos eine meisterhafte Pokerspielerin. Madame Marceaux war nicht begeistert über meinen Besuch, was an sich schon seltsam ist. Außerdem hat sie behauptet, sie könne meinen Wunsch nach einem schönen, unschuldigen Mädchen von dreizehn oder vierzehn Jahren nicht erfüllen.«
»Und?«, hauchte Francesca, die sich Madame Marceaux als eine ältere Frau mit orangefarbenem Haar und greller Schminke vorstellte.
»Nun ja«, sagte Hart nüchtern. »Ich vermag nicht zu entscheiden, ob sie die Wahrheit gesagt hat oder nicht. Möglicherweise hat sie mir nur nicht vertraut und wollte mich auf die Probe stellen. Selbst wenn sie selbst keine Kinder anbietet, hätte sie mir gewiss zumindest ein Bordell nennen können, in dem mein Wunsch erfüllt werden könnte. Es ist

nur so, dass ihr Haus in dem Ruf steht, die Vorlieben seiner Gäste zu befriedigen – wie auch immer diese Vorlieben geartet sein mögen.«

Francesca hatte die Arme vor der Brust verschränkt. »Hör auf, um den heißen Brei herumzureden, Calder, und komm endlich auf das zu sprechen, was du mir wirklich sagen willst.«

Er verzog das Gesicht. »Sie hat mir eine weniger ausgefallene Form der Unterhaltung angeboten.«

Francesca richtete sich kerzengerade auf. »O nein!« In ihrer Phantasie sah sie sogleich einen nackten, kraftvollen, erregten Calder im Bett irgendeiner gesichtslosen Frau vor sich.

Er hob eine Hand. »Francesca, du glaubst doch jetzt nicht ernsthaft, ich hätte eine Stunde mit einer Hure im Bett verbracht? Das wollte ich damit nicht sagen.«

Erleichtert bat sie ihn, fortzufahren.

»Rose war da.«

Francesca schnappte erschrocken nach Luft. Rose hasste Calder aus tiefstem Herzen, da sie seine Mätresse, Daisy, liebte. Calder hielt Daisy noch so lange aus, bis die vereinbarte Zeit abgelaufen war, auch wenn er sie nicht mehr besuchte. Francesca kannte sowohl Daisy als auch Rose. Sie konnte Daisy sogar gut leiden und hatte Verständnis für Roses Not. Aber dass Rose in diesem Bordell arbeitete, konnte nichts Gutes heißen. »Hat sie etwa verraten, dass du mit mir verlobt bist?«

»Nein.« Er seufzte. »Ich steckte in der Klemme. Ich habe nach einer Gelegenheit gesucht, Rose beiseitezunehmen und allein mit ihr zu sprechen, um herauszufinden, ob sie etwas über die Kinder weiß. Als Madame Marceaux mir eine der Huren anbot, habe ich ihr erzählt, dass ich Rose kenne, und gefragt, ob sie frei sei.«

»Und was hat Rose gesagt?« Francesca beugte sich eifrig vor.
Hart fasste ihre Hand. »Madame Marceaux ist äußerst raffiniert. Sie bat mich zu warten, um Rose zu holen. Das durfte ich natürlich nicht zulassen. Ich traue Rose nicht und wollte unbedingt vermeiden, dass die beiden unter vier Augen über mich sprechen. Daher musste ich mir etwas einfallen lassen, um es zu verhindern.«
Francesca gefiel die ganze Angelegenheit nicht. Sie entzog Hart ihre Hand und starrte ihn an. Was würde er ihr wohl gleich beichten? Vielleicht war es doch keine so gute Idee gewesen, Hart in ein solches Etablissement zu schicken – erst recht nicht, wenn es dort Frauen wie die schrecklich verführerische Rose gab. »Was hast du getan?«, flüsterte sie.
»Ich habe ihr gesagt, die Unterhaltung, die mir vorschwebte, bestünde darin, Rose im Bett mit einer anderen Frau zuzusehen – mit Madame Marceaux selbst.« Ein Anflug von Belustigung stahl sich auf sein Gesicht, sein Blick jedoch ruhte unbeirrt wachsam auf Francesca.
Nun begannen ihre Alarmglocken tatsächlich zu schrillen. Calder Hart war der verführerischste Mann, den sie kannte – Francesca war noch niemals einer Frau begegnet, die gegen seinen Charme, sein Aussehen, seine Aura der Macht immun gewesen wäre. »Bis jetzt habe ich mir Madame Marceaux als eine fette, alte Frau mit orangefarbenem Haar vorgestellt. Aber so sieht sie in Wirklichkeit nicht aus, oder?«, rief sie.
»Nein.« Er zog überrascht die Augenbrauen hoch. »Sie ist eine eiskalte Schönheit, Francesca, hellblond, hoheitsvoll, elegant.«
»Wunderbar«, versetzte Francesca bebend. Calder war also

einer Frau begegnet, die nicht einmal er zu durchschauen vermochte, einer blonden Schönheit, einer Frau, die genau wusste, wie gut sie aussah, einer Frau, die zu den wenigen Menschen zählte, die imstande waren, Calder bei seinen Spielchen auszutricksen. Er musste begeistert gewesen sein, sich vortrefflich amüsiert haben. Eifersucht überwältigte sie, ihre Phantasie begann sich wieder zu regen, und sie sah im Geiste einen erregten Calder vor sich, der an einem Bett stand, in dem zwei Frauen – die eine blond, die andere dunkelhaarig – in leidenschaftlicher Umarmung lagen. Ihr Herz begann wild zu hämmern. Sie hätte ihn am gestrigen Abend begleiten sollen. Sie wusste, dass Rose in seiner dunklen Vergangenheit eine Rolle gespielt hatte, aber sie wusste auch, dass es damit vorbei war – zumindest hatte sie es geglaubt. Doch die Vorstellung, dass er sich nun zu Solange Marceaux hingezogen fühlte, sich mit ihr maß, ihren Reizen erlag, tat schrecklich weh. Und war zudem schockierend.

»Du hast also letzte Nacht, während ich schlief, Rose und Madame Marceaux dabei zugesehen, wie sie sich geliebt haben?«, fragte sie mit heiserer Stimme. Ob er wirklich nur zugesehen hatte – ein viriler Mann wie Hart?

Er zuckte zusammen. »Madame Marceaux hat das abgelehnt, wie ich erwartet hatte. Es war nur ein Trick, Francesca, um sie zu verunsichern, weiter nichts. Und es hat funktioniert – zumindest kurzzeitig.«

Sie sah ihn an. Plötzlich kam es ihr unerträglich stickig vor im Inneren der Kutsche, und diese düster-verführerischen Bilder wollten ihr einfach nicht mehr aus dem Kopf gehen.

»Das war nur eine Prüfung«, fuhr er leise fort und griff wieder nach ihrer Hand. Diesmal zog sie sie nicht weg. »Und

ich musste sie nur aus einem einzigen Grund bestehen: Weil ich dir helfen wollte, deinen Fall aufzuklären.«
»Also hast du zugesehen, wie Rose sich mit einer anderen Frau im Bett vergnügt hat«, brachte sie heiser heraus.
Er zuckte erneut zusammen. »Ja, das habe ich.«
»Hast du mitgemacht?«, flüsterte sie. Großer Gott, sie empfand so viel für Calder, dass die Vorstellung, wie er mit zwei Frauen im Bett lag, nicht nur eine entsetzliche Eifersucht in ihr weckte, sondern auch ein Verlangen, dass langsam ihren Körper durchströmte, stärker wurde, ihr Blut in Wallung brachte.
»Nein, das habe ich nicht«, erwiderte er entgeistert.
Seine Antwort kam so prompt und klang so aufrichtig erschüttert, dass Francesca ihm glaubte. Wortlos sah sie ihn an, unendlich erleichtert.
»Francesca, ich habe dir mein Wort gegeben. Außerdem bist du diejenige, an die ich denke, und nicht etwa ein paar Huren.« Sein Tonfall war sehr ernst.
Francesca fühlte sich plötzlich den Tränen nahe und hatte mehr Angst vor sich selbst als vor ihm. »Aber du bist nun einmal ein Lustmensch«, flüsterte sie. »Ich glaube, du bist süchtig danach. Und du bist gern mit zwei Frauen gleichzeitig zusammen.«
Sein Griff um ihre Hand verstärkte sich. »Liebling, nach unserem Gespräch heute möchte ich nie wieder über meine dunkle Vergangenheit reden. Denn wenn du sie mir immer wieder vorhältst, werden wir niemals miteinander glücklich werden können. Verstehst du das?«
Sie nickte, kämpfte gegen die Tränen an.
»Warum weinst du?«, fragte er mit sanfter Stimme.
»Ich weine ja gar nicht«, log sie.

Er umfing ihr Gesicht mit seinen Händen. »Du bist diejenige, mit der ich zusammen sein möchte. Die Jagd, die Eroberung ist schon vor langer Zeit schrecklich langweilig geworden, war nichts weiter als ein Zeitvertreib in den endlosen Stunden der Nacht.«

Sie fuhr sich mit der Zungenspitze über die Lippen, war sich bewusst, wie nahe sein Mund dem ihren war, sehnte sich nach einem leidenschaftlichen Kuss. »Aber du warst in der Vergangenheit mit Daisy und Rose zusammen«, murmelte sie zitternd.

Er sah sie an und wusste es. Er erkannte die Bestie sofort. Sie wählte die eigenartigsten Momente, um sich zu regen. »Nicht weinen«, flüsterte er, und ihre Blicke senkten sich ineinander. Und dann beugte er sich vor und streifte mit seinen Lippen flüchtig die ihren.

Sie schnappte nach Luft. Im nächsten Moment füllte seine Zunge ihren Mund, ihre Lippen vereinigten sich zu einem wilden, dringlichen Kuss. Ebenso plötzlich beendete Hart den Kuss auch wieder und sah ihr in die Augen, als sei er überrascht von dem, was gerade geschehen war. »Du bist diejenige, die ich in meinem Bett haben will, Francesca.«

Sie nickte, für den Moment unfähig, ein Wort herauszubringen.

»Und was Daisy und Rose angeht, so war das lediglich ein weiteres Spiel, das ein so übersättigter Mann wie ich gern ausprobieren wollte. Ich bestreite nicht, dass ich Sex mag und dass ich ihn brauche.« Er hob ihr Kinn an. In seinem Blick lag Rauch und Feuer, aber auch eine gewisse Härte. »Ich will auch gar nicht bestreiten, dass mich meine derzeitige selbst auferlegte Enthaltsamkeit frustriert, denn das ist durchaus der Fall. Manchmal ist sie sogar recht schmerzhaft,

aber es gibt Mittel und Wege, um Abhilfe zu schaffen.« Er lächelte spöttisch.
Francesca richtete sich auf. Sie war neugierig, was er damit meinte.
Er ließ die Hand sinken. »Aber es fällt mir nicht schwer, das Versprechen, das ich dir gegeben habe, zu halten, Francesca – warum sollte es auch? Wenn ich dich nicht heiraten und mein Leben ändern wollte, müsste ich es ja nicht tun. Wenn ich weiterhin Umgang mit Huren und geschiedenen Frauen pflegen wollte, könnte ich das. Aber ich will es nicht. Ich habe gestern diesen Club besucht, um die verschwundenen Mädchen zu finden. Ich bin noch niemals zuvor in diesem Etablissement gewesen, denn es mangelt ihm an Eleganz, und auf Eleganz bin ich nicht bereit zu verzichten. Und wenn du es wünschst, werde ich es nie wieder betreten.« Er lächelte kurz und blickte ihr dabei tief in die Augen.
Sie schüttelte den Kopf, atmete zittrig ein und sehnte sich erneut nach seiner Umarmung. Noch immer fiel es ihr schwer, zu sprechen. »Wolltest du denn nicht mit ihnen schlafen?«, flüsterte sie schließlich, denn das war die eigentliche Frage, die ihr auf der Seele lag.
»Nein, Liebling«, sagte er, plötzlich belustigt. »Eigenartigerweise bist du es, die ich will, du und keine andere.« Und dann fügte er hinzu: »Ehrlich gesagt, habe ich mich gelangweilt, Francesca.«
Sie biss sich auf die Unterlippe, das Herz schlug ihr immer noch bis zum Hals, und ihre Haut prickelte. »Du bist mir ein Rätsel, Calder.«
Er zuckte die Schultern. »Voyeurismus war noch nie nach meinem Geschmack. In diesem Fall hatte ich keine andere

Wahl. Ich bin vielleicht zwanzig Minuten lang geblieben, habe dann erklärt, dass ich mich langweile, und bin gegangen. Allerdings habe ich Madame Marceaux meine Visitenkarte dagelassen und sie beauftragt, mir das zu verschaffen, wonach ich wirklich verlange. Es war eine Prüfung, und ich glaube, dass meine Scharade funktioniert hat. Ich konnte bis zum Schluss nicht recht durchschauen, was Madame Marceaux dachte. Aber wenn sie tatsächlich weiß, wo sie ein Kind für mich beschaffen kann, rechne ich damit, dass sie es tut, und zwar zügig.«

Francesca blickte in sein attraktives Gesicht und versuchte all das zu verarbeiten, was sie eben von ihm erfahren hatte.

»Ich bin froh über das, was du getan hast. Du hast recht, hierbei geht es um den Fall und nicht um dich oder um mich. Calder, was hältst du davon, wenn ich einmal mit Daisy spreche und sie bitte, Rose zu fragen, ob sie bereit wäre, für uns zu arbeiten?«

»Unsere Gedanken gehen in dieselbe Richtung, Francesca. Aber das kann ich übernehmen. Immerhin steht sie in meiner Schuld.«

Francesca fasste seine Hand. »Sie ist nicht glücklich darüber, dass euer Arrangement ein so rasches Ende genommen hat. Ich glaube, es wäre besser, wenn ich als Frau und Freundin an sie herantrete, als wenn du ihr befielst, uns zu helfen.«

Hart blickte sie nachdenklich an und nickte dann. »Einverstanden. Sie hat dich wirklich gern.«

»Gut.« Francesca lächelte ihn an, wurde jedoch sofort wieder ernst. »Wir brauchen unbedingt eine Spur, Calder, und das so schnell wie möglich.«

»Da hast du recht. Ganz besonders, wenn Bonnie wirklich tot sein sollte«, erwiderte er grimmig.

Sie zuckte zusammen. »Glaubst du etwa, dass das Grab ein Trick ist, eine Täuschung?«
»Wir sollten es öffnen«, erklärte er.

KAPITEL 14

SONNTAG, 30. MÄRZ 1902 – 14:00 UHR

Francesca hatte den Möchtegern-Informanten mitgeteilt, sie sollten am nächsten Morgen um die gleiche Zeit wiederkommen. Dann war sie mit Calder rasch zur nahe gelegenen Mulberry Street gefahren, um im Polizeipräsidium zu erwirken, dass Bonnie Coopers Grab geöffnet werden durfte. Doch sie trafen Bragg nicht an. Er befand sich auch nicht in einer Sitzung – der Sergeant, der sie empfing, wusste einfach nicht, wo der Commissioner war. Doch Francesca blieb keine Zeit, um lange über diesen seltsamen Umstand nachzudenken. An Polizeichef Farr mochte sie sich nicht wenden, um ihn um Hilfe bei ihren Ermittlungen zu bitten – Farr würde ihr gewiss Steine in den Weg legen, da er sie nicht leiden konnte.

Nun stand Calders Landauer draußen vor dem Friedhof, ein eigenartiger Kontrast zu der alten Steinkirche und der kleinen, trostlosen Begräbnisstätte. Francesca sah zu, wie er Bonnie Coopers Grab mit einer Schaufel aushob, die sie einem Saloonbesitzer abgekauft hatten. Raoul war bei ihnen. Calder und er wechselten sich mit dem Graben ab, denn der Boden war hart und steinig. Francesca war froh, dass es früher Nachmittag war – hätten sie das Grab während einer Messe geschändet, dann wäre sicherlich ein Aufruhr entstanden.

Außerdem war das, was sie taten, gesetzwidrig. Francesca behielt die Straße im Auge für den Fall, dass ein Polizist vorbeikäme.

Als die Schaufel mit einem dumpfen Geräusch auf etwas

Hartes im Boden stieß, erstarrte Francesca. »Wieder ein Stein?«, fragte sie hoffnungsvoll.

Calder stocherte mit dem Werkzeug in der Erde herum, dann warf er ihr einen düsteren Blick zu. »Dieses Mal wohl nicht.« Er hatte seine schwarze Anzugjacke ausgezogen, den Binder abgenommen und die Hemdsärmel hochgekrempelt. Francesca konnte nicht anders, als fasziniert seine Muskeln zu beobachten, die sich in den breiten Schultern, den Armen und am Rücken unter dem eng anliegenden, maßgeschneiderten Hemd bei jeder Bewegung abzeichneten. Er grub nun mit einer größeren Dringlichkeit. Nach einer Weile hielt er inne.

Da wusste sie, was los war, gab ihren Wachposten auf und trat an den Rand der Grube, die er ausgehoben hatte. Sie erblickte den Deckel eines schlichten Sarges und sah Hart fragend an.

»Wir müssen den Sarg herausholen und öffnen.«

»Wenn sie darin liegt, stören wir die Totenruhe«, wandte Francesca ein, die plötzlich eine schreckliche Bestürzung und Beklommenheit überkam.

Er warf ihr einen befremdeten Blick zu. »Jetzt sei kein Feigling.«

»Ich bin kein Feigling, und ich glaube auch nicht an Geister. Es ist nur …« Sie verstummte.

»Was?« Er starrte sie an, das Gesicht glänzend von Schweiß, und stützte sich auf die Schaufel.

Sie bemühte sich, nicht auf die Stelle zu starren, wo das geöffnete Hemd ein Stück seiner breiten, kräftigen Brust freiließ. Zudem klebte ihm der feuchte Stoff am Körper, so dass das Spiel seiner Muskeln und Sehnen deutlich zu sehen war.

»Ich habe kein gutes Gefühl dabei«, sagte sie lahm.

»Das geht mir genauso.« Er begann wieder zu graben.
Zwanzig Minuten später sagte Hart, der die Schaufel inzwischen an Raoul übergeben hatte: »Das reicht. Holen wir den Sarg heraus.«
Hart und Raoul stellten sich in der Grube zu beiden Enden des Sarges auf und hoben ihn an. Hart bemerkte: »Er ist jedenfalls nicht leer.«
Francesca war so übel, dass sie fürchtete, sich übergeben zu müssen. »Wir sollten wohl sicherstellen, dass es tatsächlich Bonnie ist. Aber woher sollen wir das wissen?«
»Bonnie war zwölf, blond und hübsch. Wir müssen nachsehen, wer in diesem Sarg liegt. Raoul, Sie klettern zuerst heraus, ich werde versuchen, den Sarg über den Rand zu schieben«, befahl Hart.
»Ich könnte doch helfen«, sagte Francesca, der klar wurde, dass es viel schwerer sein musste, einen Sarg aus einem Grab herauszuheben, als ihn hinunterzulassen.
»Nein.«
Die beiden Männer beförderten den Sarg rasch aus dem engen Loch und schoben ihn Francesca vor die Füße. Hart kletterte dreckverschmiert aus der Grube heraus. »Das Ding ist auffallend schwer«, sagte er mit einem Seitenblick zu Francesca.
Sie kniete bereits davor und hantierte an dem Riegel. Als er sich öffnete, zögerte sie.
Dann spürte sie Calders Hand auf ihrer Schulter.
Sie lächelte in sich hinein, auch wenn ihre Stimmung alles andere als heiter war. Entschlossen öffnete sie den Sarg – und schrie auf.
Er war mit Steinen gefüllt.

Das Haus, das Hart für Daisy gekauft hatte, befand sich ebenso wie seine eigene Villa an der Fifth Avenue, allerdings weiter südlich, im Stadtzentrum. Die elegante, georgianische Villa mit Backsteinfassade war von Rasenflächen und Gärten umgeben, die im Sommer zweifellos umwerfend aussahen. Ein Butler führte Francesca in die Empfangshalle und bat sie, dort zu warten.

Es fühlte sich unwirklich an, unter den gegebenen Umständen, als Calders Verlobte, wieder einmal in diesem Haus zu sein – wie ein seltsamer Traum. Vor gar nicht langer Zeit hatte sie sich noch bei ihrem Besuch hier gemeinsam mit Daisy über deren neuen Status als Harts Mätresse gefreut. Nun jedoch kam es ihr vor, als läge das schon eine Ewigkeit zurück, dabei war es erst im Februar gewesen.

»Guten Tag, Francesca.« Daisy kam auf sie zu. Sie war von geradezu ätherischer Schönheit, mit auffallend hellem Teint, blondem Haar und klaren blauen Augen. Sie hatte eine gertenschlanke Figur und eine leise, hauchige Stimme. Angesichts ihrer überirdischen Schönheit fühlte Francesca sich jedes Mal aufs Neue groß, unbeholfen und fett. »Welch eine Überraschung«, sagte Daisy leise, doch sie lächelte nicht.

Francesca begegnete erstaunt ihrem unverwandten Blick. Sie hatten einander noch nicht gesprochen, seit Hart die Liaison beendet hatte. Ob Daisy wohl inzwischen wusste, dass ihre Verlobung nun offiziell war? Jedenfalls war sie offenbar nicht begeistert, Francesca zu sehen. Ihr Verhältnis hatte sich seit ihrer letzten Begegnung zweifellos verändert.

»Ich hoffe, ich komme nicht ungelegen«, setzte Francesca an und wollte gerade hinzufügen, dass Hart sie gebeten hatte, vorbeizuschauen, doch sie schluckte die Worte hinunter.

»Wie geht es Ihnen? Sie sehen wie immer ganz reizend aus, Daisy.«

Daisy rang sich ein Lächeln ab, das eher zu einer Grimasse geriet. »Nein, Sie sind diejenige, die vor Schönheit strahlt, Francesca. Aber wie könnte es anders sein? Offenbar bekommt Ihnen die Verlobung mit Calder, und das, obwohl Sie doch eigentlich Rick Bragg nachgestellt haben.«

Francesca schluckte. »Ich bin mir bewusst, dass die Situation zwischen uns zurzeit ein wenig schwierig ist, aber können wir nicht Freundinnen bleiben? Ich mag Sie wirklich sehr, Daisy.«

»Aber natürlich bleiben wir Freundinnen«, entgegnete Daisy. »Warum auch nicht? Schließlich bin ich nicht länger Harts Mätresse, zumindest nicht, was das Bett angeht. Und da Sie offenbar nichts dagegen haben, wenn er mich trotzdem weiter aushält und dabei den Anschein erweckt, als schlafe er noch hier, besteht ja auch kein Interessenskonflikt.« Sie lächelte nun rasiermesserscharf, und ihre Augen blickten unglücklich drein.

Francesca kam ein schrecklicher Gedanke. Offenbar hielt Calder Wort und kam weiterhin für Daisy auf, bis die vereinbarte Frist von einem halben Jahr endete. Aber was wäre, wenn Francescas Vater herausfände, dass Daisy weiterhin unter seinem Dach lebte? Er würde sich keine langen Erklärungen anhören – und gewiss nicht glauben, dass Hart Daisy nicht mehr besuchte. Er würde ihre Verlobung sofort lösen.

»Sie müssen ja im siebten Himmel sein. Darf ich Ihnen Tee anbieten, vielleicht etwas Gebäck?«, fragte Daisy und führte Francesca in einen eleganten Salon, an dessen Wänden verschiedene Kunstwerke hingen. Francesca wusste, dass Hart die Bilder für Daisys Zuhause ausgesucht hatte.

»Tee wäre mir angenehm«, sagte Francesca geistesabwesend. Sie musste umgehend mit Calder reden. Aber wie sollte sie das anstellen, ohne dabei wie ein eifersüchtiges, zänkisches Weib zu wirken, wie es jüngst geschehen war?

»Das ist ein wunderschöner Ring«, bemerkte Daisy, nachdem sie ihren Butler um die Erfrischung gebeten hatte.

»Vielen Dank. Für meinen Geschmack ist er ein wenig zu verschwenderisch.«

»Wirklich? Dabei heißt es doch immer, dass Diamanten gar nicht groß genug sein können.«

»Daisy, ich weiß, dass Sie aufgebracht sind, und es tut mir leid!«, rief Francesca. »Es war nie meine Absicht, mich zwischen Sie und Hart zu stellen. Ich weiß gar nicht so recht, wie das alles geschehen ist.«

Daisy verschränkte die Arme vor ihren kleinen Brüsten. »Hart hat sich entschlossen zu heiraten, und Sie waren zur richtigen Zeit am richtigen Ort – und zudem hatte sein Bruder Interesse an Ihnen.«

Wie grausam Daisy doch war. »Calder und ich sind Freunde geworden und es wurde ihm bewusst, dass er mich heiraten will«, gab sie mit scharfer Stimme zurück.

»Ja, gewiss, er hat ganz plötzlich Vernunft angenommen, nachdem er all die Jahre immer wieder geschworen hat, niemals heiraten zu wollen. Es muss wirklich wie der Blitz gekommen sein – und Sie sind die Glückliche.«

Francesca stand stocksteif da. »Wie Sie wissen, ist Calder unberechenbar.«

»Ja, das ist er allerdings. Und offenbar auch großmütig – welch eine Überraschung. Aber glauben Sie wirklich, dass er Ihnen treu bleiben kann?«, fragte sie.

Francesca starrte sie an. Es schien beinahe so, als seien sie zu Feindinnen geworden. Schließlich sagte sie: »Ich ziehe es vor, ihn beim Wort zu nehmen.«

»Einen Monat lang mag es leicht sein«, bemerkte Daisy. »Aber ein Leben lang treu zu bleiben, das ist schon etwas anderes.«

Francesca verzog das Gesicht und setzte sich. Falls Daisy versuchte, ihr wehzutun, so war es ihr gelungen. »Calder wird sehr oft missverstanden. Ich habe ihn von seiner besten Seite erlebt. Es steckt viel Gutes in ihm, wie Sie ja inzwischen selbst wissen dürften.«

»Francesca, es gibt da etwas, das ich Ihnen erzählen muss«, sagte Daisy plötzlich, nahm neben ihr in einem moosgrünen Damastsessel Platz und fasste sie am Arm. »Hart war gestern Abend in einem Club namens *Jewel*. Es ist ein dekadentes Etablissement, das von Männern besucht wird, die ihre ausgefallensten sexuellen Phantasien ausleben wollen. Ich weiß, dass er sich dort aufgehalten hat, weil Rose dort arbeitet und sie mit ihm zusammen war.«

Francesca erstarrte, erzählte Daisy jedoch nicht, was sie wusste. Ihr Herz begann aufgeregt zu schlagen. Was würde ihr Daisy wohl erzählen? »Wirklich?«

»Es tut mir leid«, sagte Daisy sehr ernst, »aber ich kann nicht zulassen, dass Sie an einen edelmütigen Hart glauben. Er war mit Rose und einer anderen Frau zusammen, Francesca. Es war ein Dreier, eine *Ménage à trois.*« Sie lehnte sich zurück, die Hände im Schoß gefaltet, und beobachtete Francesca aufmerksam.

Francesca erhob sich. Sie weigerte sich, an Hart zu zweifeln. Sie würde nicht auf Daisys spitze Bemerkungen hereinfallen. »Unsere Freundschaft ist ganz offensichtlich beendet«, bemerkte sie kühl. Doch dabei zitterte sie, denn Daisys

Worte enthielten ein Gift, gegen das sie nicht völlig immun war.

»Ich bin nur der Überbringer der Nachricht«, erwiderte Daisy, die ebenfalls aufstand. »Ich mag Sie, Francesca, und ich möchte nicht, dass Sie verletzt werden.«

»Hart war im *Jewel*, weil ich ihn dorthin geschickt habe«, erklärte sie steif.

Daisy starrte sie mit großen Augen an.

»Wir arbeiten zusammen an einem Fall, Daisy. Das ist auch der Grund meines Besuchs. Ich wollte Sie und Rose eigentlich um Hilfe bitten.«

Daisy hatte ihre Überraschung überwunden, und ihr Gesicht wurde ausdruckslos. »Wie unkonventionell von Ihnen. Wie aufgeschlossen Sie doch sind. Das hätte ich nicht von Ihnen erwartet. Es ist Ihnen also egal, was Hart tut, wenn er nicht mit Ihnen zusammen ist? Aber mit seiner Treue ist es ja wohl nicht weit her. Das überrascht mich nicht. Hart ist nicht der Typ Mann, der sich ein Vergnügen entgehen lässt.«

Francescas Gesicht erstarrte zu einer Maske. Hart hatte ihr geschworen, er habe die Frauen nicht angerührt, und sie glaubte ihm. Sie wusste, was Daisy mit ihren Worten bezweckte. Sie wollte Misstrauen und Zweifel säen. »Es ist mir nicht egal, Daisy. Ganz im Gegenteil. Aber wir wissen doch beide, dass Hart nur zugesehen und sonst nichts mit Rose und dieser anderen Frau getan hat.«

Daisy lächelte verkniffen. »Hat er das gesagt? Wie gerissen er doch ist.«

Damit war es um Francescas Gewissheit geschehen. Nagende Zweifel quälten sie, das Misstrauen gewann die Oberhand, und sie fragte sich, ob Hart sie nicht doch angelogen hatte, auch wenn er auf ihren Vorwurf mit Unglauben und Entgeisterung reagiert hatte. Sie rief sich in Erinnerung, dass sie doch wahre Freunde waren. Bisher hatte er sie noch nie angelogen, und schließlich hatte er diesen Club tatsächlich nur besucht, um ihr bei ihren Ermittlungen zu helfen – um die verschwundenen Mädchen zu finden. Zudem war sein Argument sehr überzeugend: Warum sollte er heiraten, wenn er sein Leben so weiterführen wollte wie bisher?

»Ich vertraue Calder«, sagte Francesca, aber obwohl es ihr ernst damit war, fiel es ihr schwer, die Worte auszusprechen. Wie anfällig sie doch für einen solchen Angriff war, wie Daisy ihn gerade versucht hatte.

»Sie können Rose gern selbst fragen, was geschehen ist. Sie ist nämlich hier«, verkündete Daisy.

Francesca zuckte zusammen. Und dann empfand sie zu ihrer eigenen Erleichterung eine große Wut. »Sie wollen Calder und mich doch nur auseinanderbringen. Rose liebt Sie. Sie würde gewiss alles für Sie tun und auch vor einer Lüge nicht haltmachen. Ich bin nicht hier, um meinem Verlobten nachzuspionieren, Daisy, sondern um Sie um Hilfe zu bitten.«

Daisy zuckte mit den Schultern. »Und wenn ich mich weigern sollte, wird Hart mich schon vom Gegenteil überzeugen, nicht wahr?« Es war eine rhetorische Frage, aber Francesca antwortete dennoch.

»Ja«, sagte sie, verkniff sich aber jeglichen weiteren Kommentar, auch wenn sie Daisy am liebsten unter die Nase gerieben hätte, dass sie nicht im Hause dieses Mannes leben und sich von ihm aushalten lassen sollte, wenn sie unbedingt eine freie Frau sein wollte.

Daisy zuckte wieder mit den Schultern. »Dann habe ich wohl keine andere Wahl.«

»Bitten Sie Rose doch zu unserem Gespräch herzu«, schlug Francesca vor, die erleichtert war, wieder die Kontrolle über die Situation erlangt zu haben. Doch ihr war der Schweiß ausgebrochen. Es war eine Qual gewesen, Daisy gegenüberzutreten, und dass ihre Begegnung in diesem Haus stattfand, das Hart für seine Mätresse gekauft hatte, machte die Sache auch nicht einfacher.

Rose betrat den Raum. Francesca blickte sie erstaunt an. Offenbar hatte sie im Nebenzimmer gelauscht. Als Francesca die hochgewachsene, umwerfend schöne Frau mit dem olivfarbenen Teint erblickte, musste sie für einen Moment daran denken, dass Hart Rose am vergangenen Abend dabei zugesehen hatte, wie sie eine andere Frau liebte. Denn das war alles, was er getan hatte, dessen war sie sich sicher. Oder nicht?

Rose nickte. »Guten Tag, Francesca. Meinen Glückwunsch.«

»Danke.« Rose benahm sich ihr gegenüber nicht wirklich feindselig, aber ihr freundliches Benehmen von früher war verschwunden. »Wie geht es Ihnen?«

Rose zuckte mit den Schultern und trat neben Daisy. »Abgesehen davon, dass ich gestern Abend Ihren Verlobten unterhalten musste?« Ihre Augen begannen vor Hass zu funkeln. »Gut.«

Francesca musste sich anstrengen, um die Anspielung zu ignorieren. »Vier Mädchen im Alter von zwölf bis vierzehn Jahren werden vermisst. Sie sind alle außergewöhnlich hübsch, und wir vermuten, dass sie zur Prostitution gezwungen werden. Ich bin mir bewusst, dass Sie Hart verachten, Rose, und Sie mich, Daisy, aber diese armen Kinder wurden ihren Familien entrissen und in eine schreckliche Welt der Verderbtheit und der Lust gezwungen, und ich bitte Sie beide, persönliche Differenzen für den Augenblick einmal zu vergessen. Wir müssen diese Kinder finden. Wir müssen diesen schändlichen Kreaturen das Handwerk legen, die Kinder entführen und sie in die Prostitution zwingen. Können Sie uns bitte dabei helfen, sie zu finden?«

Rose und Daisy starrten sie an, dann wechselten sie einen Blick. Rose legte einen Arm um Daisy, und diese schloss für einen Moment die Augen, ehe sie Francesca anblickte und sagte: »Sie haben recht. Es tut mir leid. Ich habe Sie bezüglich Calder angelogen. Rose hat mir erzählt, dass er lediglich im Zimmer auf und ab gegangen ist, dabei seinen Scotch getrunken und sie und Linda kaum beachtet hat. Er hat keine von beiden angerührt. Es tut mir wirklich leid.«

»Und mir tut es leid, dass Ihnen wehgetan wurde«, entgegnete Francesca mit sanfter Stimme. Sie fühlte sich unglaublich erleichtert. »Und dass Sie sich in ihn verliebt haben.«

Daisy starrte sie an, stritt es jedoch nicht ab. Für einen Augenblick blieb es still im Raum. Rose blickte Daisy entgeistert an und ein vorwurfsvoller Ausdruck trat in ihre Augen. »Du liebst doch mich!«, rief sie.

Daisy wirkte so schmal, so zerbrechlich und verloren. »Gewiss, aber ich liebe ihn auch. Und ich bin noch nicht bereit, ihn aufzugeben.« Tränen stiegen ihr in die Augen, und sie eilte aus dem Zimmer.

Rose wandte sich nun Francesca zu, und in ihren Augen lag ein furchteinflößendes Funkeln. »Er sollte sich besser von mir fernhalten«, sagte sie warnend. »Und sorgen Sie dafür, dass er Daisy in Ruhe lässt. Sonst werde ich ihn umbringen. Sagen Sie ihm das, Francesca.«

Francesca atmete tief ein. Rose sah in diesem Moment tat-

sächlich aus, als wäre sie imstande, einen Menschen zu töten.
Rose wandte sich ab und eilte Daisy nach.
Francesca zögerte nicht – das Leben der drei Mädchen stand auf dem Spiel. Sie lief Rose nach und packte sie am Arm. »Rose, ich benötige Ihre Hilfe. Ich muss die Mädchen unbedingt finden. Bitte hören Sie sich um! Finden Sie heraus, wer ein Bordell mit Kindern leitet! Ich bitte Sie!«
Rose schüttelte sie wütend ab und verließ den Raum.
Francesca ließ sich in einen Sessel sinken. Ihr Kopf schmerzte, und sie schlug verzweifelt die Hände vors Gesicht. Sie hatte sich diese eine Bemerkung einfach nicht verkneifen können und nun war aus dieser Richtung keine Hilfe mehr zu erwarten.

Im Kamin des Arbeitszimmers brannte ein Feuer. Er arbeitete an seinem Schreibtisch, erledigte die Schreibarbeit, zu der er die ganze Woche über im Präsidium nicht gekommen war. Dot saß auf dem Boden zwischen seinem Schreibtisch und dem Kamin, spielte mit ihrer neuen Puppe und brabbelte fröhlich vor sich hin, wobei sie hin und wieder auch ein richtiges Wort herausbrachte. Katie saß im Schneidersitz neben ihr und sah zu. Ihr kleines, schmales Gesicht blickte traurig drein.
Bragg bemerkte, dass er die Kinder angestarrt hatte, anstatt den Bericht zu lesen, der vor ihm lag. Seufzend gab er es auf und stützte den Kopf in beide Hände. Gott sei Dank war Dot noch zu klein, um zu begreifen, dass ihre neue Mutter fort war, aber Katie war ganz durcheinander, und das tat ihm weh.
Wie hatte Leigh Anne so etwas nur tun können? Wie hatte

sie sich mit einer solchen Entschlossenheit in ihr Leben drängen können, um dann mir nichts, dir nichts wieder daraus zu verschwinden?

Aber schließlich war es nicht das erste Mal. Sie hatte ihn schon einmal ohne jede Vorwarnung verlassen.

Ein heftiger körperlicher Schmerz durchfuhr seine Brust. Bragg erstarrte und fürchtete einen Moment lang, ob er womöglich einen Herzanfall erlitt. Doch dann schlug der Schmerz in ein Gefühl um, das der Trauer verdächtig nahekam. Es schien beinahe, als durchlebte er die Vergangenheit noch einmal, als wiederholte sich diese schreckliche Zeit vor vier Jahren.

Dabei war es ihr beinahe gelungen, ihn davon zu überzeugen, dass sie sich geändert hatte. Dass aus ihr eine mitfühlende, liebevolle, selbstlose Frau geworden war. Das ließ ihn seinen Schmerz desto grausamer erleben: dass er tief in seinem Herzen wirklich geglaubt hatte, sie sei zu einer solchen Frau geworden.

Doch offenbar war all das nur Schauspielerei gewesen.

Du verdammter Narr. Insgeheim weißt du sehr wohl, dass du ihr etwas bedeutet hast, aber du musstest dich ja wie ein Schuft benehmen und hast sie einmal zu oft auf die Probe gestellt, hast sie immer wieder weggestoßen, bis sie schließlich gegangen ist. Das Ganze ist allein deine Schuld, zum Teufel.

Er erhob sich unvermittelt und umklammerte die Schreibtischkante. Es war ihm egal. Es war besser so. Er würde sich den besten Anwalt des Landes nehmen und sich scheiden lassen, auch wenn auf diese Weise alle Welt erfahren würde, dass sie ihn verlassen hatte. Und er würde die Mädchen adoptieren. Es war wirklich besser so. Er hasste Leigh Anne, und daran würde sich niemals etwas ändern.

Bragg zuckte zusammen, als er bemerkte, dass Katie plötzlich neben ihm stand und ängstlich zu ihm aufblickte. Er zwang sich zu einem Lächeln. »Bist du es leid, mit deiner Schwester zu spielen?«
Katie schüttelte den Kopf, sagte jedoch nichts.
Er zog sie spontan an seine Seite und murmelte: »Alles wird wieder gut.«
»Sie kommt nicht wieder zurück, oder? Deshalb sind Sie auch so traurig«, flüsterte Katie.
Er räusperte sich, ehe er zu sprechen vermochte. »Nein, sie kommt nicht wieder zurück.«
Katies Augen füllten sich mit Tränen. Er strich ihr mit zitternder Hand übers Haar. »Ist sie tot?«, fragte das Kind mit erstickter Stimme.
»Nein«, erwiderte Bragg und atmete tief ein. Vielleicht hätte er die Frage besser mit ja beantwortet. Vielleicht wäre eine solche Lüge leichter gewesen.
»Und warum ist sie dann gegangen?«, beharrte Katie. »Ich versteh das nicht!«
Er umfasste ihre schmalen Schultern. »Das ist nicht so leicht zu erklären«, flüsterte er unsicher. *Warum? Ich habe sie vertrieben, und es ist besser so. Es ist besser für uns alle, zum Teufel noch mal.*
Katie blickte ihn mit ihren großen Rehaugen an, flehte um eine Erklärung, die sie verstehen konnte.
Er musste sich etwas einfallen lassen. Doch im Augenblick wusste er einfach nicht weiter, war wütend, verletzt und aufgewühlt. Dann sah er plötzlich Francescas Bild vor sich, und Erleichterung überkam ihn. Wenn er ihr die Wahrheit sagte, würde sie herkommen und ihm dabei helfen, den Kindern zu erklären, was geschehen war.

Plötzlich klopfte es an der Tür. »Sir?«, ertönte Peters Stimme.

Bragg drehte sich um, eine Hand auf Katies Schulter. »Ja?«

Peter blickte ihn mit ernstem Gesicht an, und ein sorgenvoller Ausdruck lag in seinen Augen. »Chief Farr ist hier, Sir, er wünscht Sie zu sprechen.«

Bragg nickte, zu benommen, um überrascht zu sein. Dann lächelte er Katie an, wobei er sich fragte, ob es wohl so gezwungen aussah, wie es sich anfühlte. »Ich komme gleich wieder.«

Katie nickte. Sie vertraute ihm offensichtlich.

Das erfüllte ihn mit einer wunderbaren Wärme, die seinen Körper von Kopf bis Fuß durchströmte. Er folgte Peter in die Eingangshalle und sah Farr dort an der Haustür stehen.

»Farr. Was führt Sie an einem Sonntag hierher?«, fragte er, während er dem Polizeichef entgegenging. Zu seiner eigenen Zufriedenheit klang seine Stimme nun forsch und professionell. Ein Fall käme ihm jetzt gelegen.

Farr trug seine Sonntagskleider und drehte einen Filzhut in den Händen. »Sir«, begann er mit durchdringendem Blick, »ist Mrs Bragg daheim?«

Die Frage traf Bragg wie ein Messerstich. *»Wie bitte?«*

Farr schien sich mit einem Mal äußerst unbehaglich zu fühlen. »Die Frage mag Ihnen seltsam erscheinen, aber ich muss wissen, wo sich Mrs Bragg aufhält.«

Bragg beschlich eine dunkle Ahnung. »Was ist los?«, fragte er mit scharfer Stimme.

»Sir …«

»Sie ist nicht hier und ich weiß nicht, wo sie sich aufhält«, fuhr er den Polizeichef schroff an. »Also?«

Farr berichtete grimmig: »Gestern Nachmittag hat es einen

Unfall mit einer Kutsche gegeben. Dem Kutscher sind die Pferde durchgegangen, Sir.«

Bragg starrte ihn an. Furcht überkam ihn, und der Raum schien sich zu verdüstern.

»Eine Frau wurde überfahren. Ihre Handtasche ging in der Aufregung verloren, deshalb wurde heute die Polizei hinzugezogen, um ihre Identität zu klären. Officer Wade ist der Meinung, es handele sich um ihre Frau.«

Für einen kurzen Moment wurde ihm schwarz vor Augen, doch er riss sich zusammen und blickte wieder in Farrs düsteres Gesicht. »Wie schlimm steht es um sie?«

»Sehr schlimm, Sir. Sie lebt, aber ihr Zustand ist bedenklich.«

Bragg war bereits halb zur Haustür hinaus. »Wo liegt sie?«

»Im Bellevue«, antwortete Farr.

KAPITEL 15

SONNTAG, 30. MÄRZ 1902 – 16:00 UHR

»Sie ist bei Bewusstsein, Commissioner, aber im Augenblick schläft sie. Wir haben ihr eine hohe Dosis Laudanum gegen die Schmerzen gegeben.«

Bragg blickte auf die schmale Gestalt hinunter, die schlafend in dem Krankenhausbett lag. Sie hatte ihm das Gesicht zugewandt, das so makellos schön aussah, als sei ihr gar nichts zugestoßen. Am liebsten wäre er an ihre Seite geeilt, um ihre Hand zu nehmen und ihr über das Haar zu streichen. Er bemerkte, dass er zitterte, und musste sich zwingen, Dr. Barnes anzusehen. Das Atmen fiel ihm schwer. Er versuchte sich einzureden, dass alles wieder gut werden würde. Jetzt durfte er auf keinen Fall in Panik ausbrechen. »Was ist geschehen?«

»Sie wurde gestern Nachmittag um drei Uhr in die Notaufnahme gebracht. Eine Kutsche hat sie überfahren, Sir. Offenbar sind die Pferde durchgegangen«, erklärte der Arzt, ein großer Mann mit silbergrauem Haar.

Bragg mochte gar nicht daran denken, wie er seine Frau insgeheim verwünscht hatte. *Dabei hatte sie ihn gar nicht verlassen. Leigh Anne hatte die ganze Zeit über verletzt und einsam im Krankenhaus gelegen und gelitten.*

»Wie schwer ist sie verletzt?«, fragte er mit heiserer Stimme, unfähig, den Blick von ihr loszureißen.

»Sehr schwer, Sir.«

Die Angst überwältigte ihn, so dass er für einen Moment keine Luft mehr bekam und glaubte zu ersticken.

»Commissioner, bitte, setzen Sie sich. Erlauben Sie mir, Ihnen etwas Riechsalz zu holen.«
Bragg schüttelte den Kopf und zwang sich, tief durchzuatmen. »Wird sie sterben?«
»Nein. Augenblicklich ist sie stabil – ihr Zustand ist jedoch sehr ernst. Gestern hat kurzzeitig ihr Kreislauf versagt, aber heute geht es ihr schon etwas besser, Sir. Ihre Vitalfunktionen haben sich ein wenig verbessert.«
Bragg bekam vor Erleichterung ganz weiche Knie. *Sie würde nicht sterben. Sie würde ihn nicht verlassen.*
»Sir, ich bin zuversichtlich – ich erwarte im Laufe des Tages eine weitere Verbesserung. Aber noch gibt es keine Gewissheit, wir müssen die nächsten Tage abwarten.«
Bragg brachte kein Lächeln zustande. Er nickte nur. »War sie zwischenzeitlich bei Bewusstsein?«
»Ja, einmal, aber nur ganz kurz. Sie bekommt starke Medikamente gegen die Schmerzen, Commissioner. Ich kann nicht sagen, wann sie das nächste Mal aufwacht. Aber reden Sie ruhig mit ihr. Sie kann Sie möglicherweise hören.« Der Doktor lächelte ihn ermutigend an.
Bragg stammelte ein Dankeschön und betrat eilig das Krankenzimmer.
Im Raum standen noch zwei weitere Betten, die jedoch beide leer waren. Während Bragg neben Leigh Annes Bett niederkniete, fiel ihm auf, wie unglaublich blass sie war. Sie erschien ihm so klein und schwach wie Katie, ebenso verletzlich und hilflos. Er griff nach ihrer Hand, nahm sie fest in seine, die noch heftiger zitterte als zuvor. Erst jetzt bemerkte er ihr linkes Bein, das leicht erhöht in einem Gestell gelagert war, dreimal so dick wie gewohnt und mit einem zweiten Laken bedeckt. Was war nur mit ihrem Bein geschehen?

Leigh Anne stöhnte leise.
Sofort richtete er den Blick erwartungsvoll auf ihr Gesicht, aber sie schlief immer noch. Hatte er sie nicht gerade stöhnen hören? Ob sie wohl immer noch Schmerzen hatte? Er stand so neben sich, dass er sich nicht einmal nach den genauen Umständen des Unfalls erkundigt hatte. Leigh Anne war von einer Kutsche überfahren worden, aber wie war es genau geschehen? Doch im Grunde hatte er Angst, die Einzelheiten zu erfahren. Er strich ihr mit der anderen Hand übers Haar und hatte das Gefühl, es müsse ihm das Herz brechen.
Was hatte er dieser Frau angetan? Wie hatte er sie nur so gemein behandeln können? »Leigh Anne, ich bin es, Rick.« Er versuchte zu lächeln, aber wenn sie ihn hörte, ließ sie es sich nicht anmerken. »Wach nicht auf. Pssst, schlaf weiter. Das ist gut für dich«, sagte er und fügte im Stillen hinzu: *Liebling.*
»Es tut mir leid«, brachte er mit belegter Stimme heraus, und dann verlor er zu seinem Entsetzen die Fassung.
Tränen liefen ihm über die Wangen. Er war unfähig, sie zurückzuhalten, brachte kein Wort mehr heraus, und so hielt er nur stumm ihre Hand. Was für ein Mistkerl er doch gewesen war.
Die ganze Zeit über, während er sie im Geiste beschuldigt hatte, ihn verlassen zu haben, hatte sie schwer verletzt und unter Schmerzen, ohne einen vertrauten Menschen an ihrer Seite, hier im Krankenhaus gelegen. Er hasste sich selbst. Das würde er sich niemals verzeihen. Und er hasste sich auch dafür, wie er in den vergangenen sechs Wochen mit ihr umgegangen war, wie er sie Tag für Tag und Nacht für Nacht bestraft, sie wie eine Hure behandelt hatte.
Sie war keine Hure. Großer Gott, sie war seine Frau.
Es gelang ihm, die Selbstbeherrschung bis zu einem gewis-

sen Grad wiederzuerlangen. Er lächelte unter Tränen. »Ich bin so ein Mistkerl gewesen, und es tut mir furchtbar leid. Aber jetzt bin ich bei dir. Du bist nicht allein.« Er strich mit den Fingerspitzen über ihre Wange und erstarrte. Hatten ihre Augenlider nicht gerade für einen Moment geflattert? Hatte sie ihn gehört?

Er schluckte schwer und küsste sie auf die Wange. »Es tut mir leid«, wiederholte er entschlossen. »Wenn es dir wieder besser geht und du nach Hause kommst, wird es anders sein, das verspreche ich dir.«

Und dieses Mal erkannte er deutlich, dass ihre Lider zuckten.

»Leigh Anne? Ich bin es, Rick. Ich bin da und ich werde dich nicht allein lassen, das verspreche ich dir.« Er zögerte, dann fügte er aus einem plötzlichen Bedürfnis hinzu: »Du wirst niemals wieder allein sein.« In diesem Moment sah er ganz deutlich seine eigene Verletzbarkeit, und die Angst in seinem Inneren schwoll zu einem tiefen, dunklen, gewaltigen Ozean an. Aber noch immer gab es keine Anzeichen dafür, das Leigh Anne ihn tatsächlich hörte. Ihre Atmung war weiterhin tief und gleichmäßig, ihr Gesicht eine ausdruckslose Maske der Schönheit und Vollkommenheit.

Er verstand sich selbst nicht mehr. Er wusste nur, dass er ganz und gar nicht edelmütig war. Die Welt bekam von ihm immer nur die glatte Oberfläche zu sehen. Wenn er tatsächlich ein so guter und moralischer Mensch wäre, hätte er sicherlich nicht diese schändliche Vereinbarung mit ihr getroffen und ihr gestattet, ein halbes Jahr lang bei ihm zu wohnen, um anschließend ihre Zustimmung zu einer Scheidung zu erlangen. Und er hätte nicht jede Nacht als Gefangener seiner Lust mit ihr geschlafen. Er hätte ihr das Haus überlassen, selbst ausziehen und sie mit all der Rücksicht und Höflichkeit behandeln sollen, die sie verdiente. Wie hatte er sich ihr gegenüber nur so abscheulich benehmen können? Es grenzte an ein Wunder, dass sie sein Verhalten überhaupt erduldet hatte. Sie war den Mädchen eine liebevolle Mutter gewesen und ihm eine gute Ehefrau. Jedes Mal, wenn er an die letzten vierundzwanzig Stunden zurückdachte, überwältigten ihn unerträgliche Schuldgefühle. Sie hatte die ganze Zeit allein hier gelegen, während er zu Hause Hassgefühle gegen sie hegte.

Seine Frau war schwer verletzt worden und er war nicht für sie da gewesen.

Das würde niemals wieder geschehen.

Er streichelte ihre Wange, ihre Stirn, ihre Schläfen, ihr Haar.

Und vergoss weitere Tränen.

Francesca saß an ihrem Schreibtisch und ging noch einmal ihre Notizen durch in der Hoffnung, einen Hinweis zu entdecken, den sie bislang übersehen hatte. Dabei dachte sie immer wieder an Calder Hart und fragte sich, ob er an diesem Abend wohl einen weiteren Versuch unternehmen würde, eine Spur zu finden, die ihn zu den Kindern führte. Vielleicht sollte sie ihn dabei begleiten. Sie könnte sich ja verkleiden. Sich als Prostituierte ausgeben.

Sie setzte sich kerzengerade auf und ließ ihren Stift fallen.

Sie könnte sich als Prostituierte ausgeben.

Das war eine formidable Idee! Warum sollte sie sich auf Daisy und Rose verlassen, statt sich selbst auf die Suche nach den Kindern zu machen? Sie könnte sich so freizügig wie möglich kleiden und ins *Jewel* gehen, um mit Solange

Marceaux zu sprechen unter dem Vorwand, dass sie eine Anstellung bei ihr suchte. Dabei kam ihr der Gedanke, dass sie sich – falls ihr Vorhaben gelingen sollte – womöglich selbst in eine missliche Lage bringen könnte, und sie hätte diese beunruhigende Möglichkeit am liebsten gleich wieder verworfen. Doch der Gedanke daran ließ sich nicht mehr abschütteln. Sie musste in diesen Club gelangen, um Fragen zu stellen, und es dabei irgendwie vermeiden, mit einem der Gäste im Bett zu landen.

Francesca kam eine Idee, und sie grinste über das ganze Gesicht. Sie würde jeden Mann betäuben, der mit ihr zu verkehren wünschte! Da sie allerdings keine Ahnung hatte, wo sich das *Jewel* befand, würde sie Rose oder Daisy fragen müssen. Vielleicht könnte sie Rose bei der Gelegenheit auch überzeugen, sie Solange Marceaux gegenüber zu erwähnen. Diesen Gefallen würde sie ihr doch gewiss tun! Außerdem konnten Rose und Daisy ihr sicherlich auch beibringen, wie man einen unerwünschten Freier betäubte. Francesca jubelte im Stillen. Das war ein brillanter Plan. Der einzige Nachteil bestand darin, dass er einige Vorbereitungen erforderte und sie mit der Durchführung bis zum nächsten Abend warten musste, da sie Roses und Daisys Hilfe benötigte.

Sie erhob sich und öffnete energisch ihren Kleiderschrank. Calder hatte ihr erzählt, dass Solange Marceaux Eleganz besaß, aber sie selbst war nun einmal unverkennbar eine Intellektuelle. Wenn die Bordellwirtin sie nicht durchschauen sollte, würde sie sich entsprechend ihrer Rolle verkleiden müssen.

Francesca überlegte, ob sie ihr Dienstmädchen, Bette, bitten sollte, eines ihrer Kleider zu ändern. Doch dann kam

ihr ein Gedanke, und ein Lächeln breitete sich auf ihrem Gesicht aus. Die Gräfin Benevente besaß die gewagtesten Kleider. Es war noch früh – sie hielt sich gewiss im Hause der Channings auf, wo sie als Gast weilte, und bereitete sich darauf vor, auszugehen. Francesca entschied sich, sie anzurufen und zu fragen, ob sie sich ein Kleid ausleihen dürfe.
Als sie ihren Plan in die Tat umsetzen wollte, traf sie an der Tür auf ihre Schwester, die ein ernstes Gesicht machte. »Wohin willst du?«, erkundigte sich Connie.
»Ich muss telefonieren«, verkündete Francesca munter. Sie war furchtbar aufgeregt. Was, wenn sie die Mädchen morgen finden würde? Sie könnte sie gewiss nicht selbst befreien, sondern müsste Bragg und seine Leute verständigen.
»Weißt du es denn noch nicht?«
»Was denn?«, fragte Francesca geistesabwesend, in Gedanken noch immer mit den Einzelheiten ihres Plans beschäftigt. Man würde sie sicher zunächst befragen. Wie sollte sie sich für eine solche Gelegenheit kleiden? Sollte sie Madame Marceaux besser am Morgen oder am Nachmittag aufsuchen?
»Francesca, hast du überhaupt ein Wort von dem gehört, was ich gesagt habe?«, riss Connie sie mit scharfer Stimme aus ihren Grübeleien. Sie sah wirklich ausgesprochen ernst aus. »Tut mir leid, ich war mit den Gedanken woanders, Con«, gestand Francesca. »Was ist denn? Du sieht ja richtig grimmig aus.«
»Bitte setz dich.«
Francesca sah sie alarmiert an. »Ist etwas geschehen? Geht es um Neil? Oder die Mädchen?«
Connie nahm ihre Hand. »Neil und ich hätten heute Abend

eigentlich mit Rathe und Grace Bragg dinieren sollen. Soeben haben wir einen Anruf von Rathe erhalten: Es hat einen Unfall gegeben.«

Francesca wurde es für einen Moment schwarz vor Augen. »Bragg?«

»Nein, Fran, es geht um Leigh Anne. Sie wurde gestern von einer Kutsche überfahren und schwer verletzt.«

Francesca stieß einen Schrei aus. »Wo ist sie jetzt?«

»Sie liegt im Bellevue«, erwiderte Connie. »Fran? Was hast du vor?«

Francesca rannte bereits den Flur entlang. »Was glaubst du denn?«, rief sie über die Schulter zurück, ehe sie in halsbrecherischem Tempo die Treppe hinunterhastete. »Ich fahre ins Krankenhaus, Connie. Großer Gott, die arme Leigh Anne … Bragg braucht mich jetzt!«

Als Francesca im ersten Stock ankam, auf der Station für schwere Fälle, sah sie die Braggs am hinteren Ende des Flurs stehen. Sie waren in eine gedämpfte Unterhaltung vertieft. Francesca zögerte einen Moment, schritt dann aber entschlossen auf sie zu.

Grace schien den Tränen nahe zu sein. Rathe hatte einen Arm um sie gelegt. Obwohl die beiden nicht mehr die Jüngsten waren, gaben sie noch immer ein bemerkenswertes Paar ab. Nicholas D'Archand, Braggs dunkelhaariger, achtzehnjähriger Cousin, war bei ihnen, ebenso wie Rourke. Calder hingegen fehlte – wahrscheinlich wusste er noch nichts von der Tragödie, denn sonst wäre er gewiss ebenfalls anwesend gewesen.

Beim Näherkommen hörte Francesca Rourke sagen: »Sehr ernst, aber stabil. Es geht ihr zumindest nicht mehr so

schlecht wie gestern. Dr. Barnes hofft, dass sich ihr Zustand im Laufe des Tages weiter verbessern wird.«
Francesca war erleichtert. »Stabil« hörte sich gut an, und dass es ihr schon besser ging, war doch wundervoll! Wie schwer mochte sie verletzt sein?
Grace griff nach einer Hand ihres Sohnes. »Wie stehen die Chancen, dass sie sich wieder vollkommen erholt?« Ihre Stimme klang heiser.
Rourke zögerte, ehe er mit ernster Miene erwiderte: »Mutter, sie wird keinesfalls vollständig genesen. Ihre linkes Bein ist so schwer verletzt, dass sie damit niemals wieder gehen kann.«
Grace schnappte erschrocken nach Luft.
Francesca unterdrückte einen Aufschrei.
Grace wandte sich um und bemerkte sie. Die drei Männer folgten ihrem Blick.
Francesca sagte: »Es tut mir ja so leid.« Dabei spähte sie an den Braggs vorbei ins Krankenzimmer.
In dem Raum standen drei Betten, von denen jedoch nur das erste belegt war. Bragg saß zusammengesunken auf einem Stuhl daneben und hielt die Hand seiner Frau. *Leigh Anne würde niemals wieder laufen können.*
»Wie hält er sich?«, erkundigte sich Francesca besorgt, ohne den Blick von ihm zu wenden.
Zuerst antwortete ihr niemand. Francesca sah auf, und zum ersten Mal kam ihr der Gedanke, dass die Familie ihre Anwesenheit als störend empfinden könnte. Doch Grace lächelte mit Tränen in den Augen und erwiderte: »In Anbetracht der Umstände recht gut. Vielen Dank, dass Sie gekommen sind, Francesca.«
»Es war mir ein Bedürfnis. Großer Gott, wie schrecklich das

alles ist.« Bilder von Leigh Anne schossen ihr durch den Kopf – Erinnerungen an die anmutigen Bewegungen dieser zierlichen kleinen Frau. Und nun würde sie niemals wieder gehen können. Es war eine unfassbare Tragödie.

»Die Ärzte wollten ihr zunächst das Bein amputieren«, erklärte Rourke, »aber dann haben sie sich doch dagegen entschieden.«

Rathe und Grace wandten sich zu dem Krankenzimmer um, doch ehe sie hineingehen konnten, hielt Rourke sie zurück. »Er weiß noch nicht, wie schlimm es um ihr Bein bestellt ist. Dr. Barnes war der Ansicht, es wäre besser, wenn er später mit ihm redet. Nachdem er den ersten Schock überwunden hat.«

Seine Eltern nickten und betraten das Zimmer.

Bragg blickte auf, als sein Vater ihm eine Hand auf die Schulter legte, und Francesca sah, wie aufgewühlt er war. Tiefe Falten durchzogen sein Gesicht – er schien innerhalb eines Tages um zehn Jahre gealtert. Kummer, Schmerz und Angst spiegelten sich in seinen Zügen. Sie hätte ihm so gern Trost zugesprochen, aber wie sollte sie? Und bewies dies nicht, was sie schon immer gewusst hatte: dass er seine Frau mehr als alles andere liebte, sie selbst eingeschlossen? Sie war weder traurig noch verbittert deswegen, empfand nur das Bedürfnis, ihn zu trösten und zu beruhigen. Sie wandte sich an Rourke. »Weiß Calder schon Bescheid?«

»Ich habe ihm eine Nachricht zukommen lassen. Er war nicht zu Hause«, antwortete Rourke.

Nicholas, ein schneidiger, eleganter junger Mann mit silbergrauen Augen, schenkte ihr ein gezwungenes Lächeln und ging ebenfalls in das Zimmer. Francesca trat von einem Fuß auf den anderen, zögerte.

»Kommen Sie nur«, sagte Rourke freundlich und fasste sie am Arm.
»Danke«, flüsterte Francesca und betrat mit ihm den Raum. Sie verzog das Gesicht – Leigh Anne sah nicht mehr wie ein Engel aus, sondern ihr Gesicht war beängstigend bleich. Francesca fragte sich, ob sie bei der Operation wohl viel But verloren hatte.
Rourke begrüßte Bragg ebenfalls, indem er ihm für einen Moment stumm die Hand auf die Schulter legte. Bragg blickte zu ihm auf, und sein Lächeln war so verzweifelt, so hoffnungslos und unglücklich, dass es Francesca schier das Herz brach. Sie hatte ihn noch nie so niedergeschlagen gesehen.
Trauer überwältigte sie. Sie litt mit den beiden.
Als Bragg sie sah, zuckte er zusammen, und ihre Blicke senkten sich ineinander.
»Es tut mir so leid«, flüsterte sie. »Kann ich irgendetwas tun?«
Er erhob sich langsam. »Es reicht schon, dass du hier bist«, sagte er. Er duzte sie im Beisein seiner Familie! Und dann tat er etwas noch Ungeheuerlicheres: Er kam auf sie zu und ließ sich von ihr in die Arme nehmen.
Sie hielt ihn wie ein Kind. Sie sprach kein Wort – Platitüden waren in dieser ernsten Situation fehl am Platz, sie konnte ihm allein durch ihre Anwesenheit Trost spenden. Als sie ihm über den Rücken strich, zitterte er in ihren Armen. Und dann bemerkte sie, dass seine Eltern das Zimmer verlassen hatten und Rourke und Nicholas D'Archand ihnen folgten. Sie war erleichtert darüber, denn sie wollte mit ihm allein sein.
Er sah sie gequält an. »Wenn ich daran denke, wie ich sie behandelt habe …« Mehr brachte er nicht heraus.
»Nicht«, sagte sie mit belegter Stimme. »Das ist jetzt nicht

der richtige Moment, um der Vergangenheit nachzuhängen. Die Gegenwart ist das Einzige, was zählt. Sie braucht dich jetzt, und du bist bei ihr.«

»Sie hat vierundzwanzig Stunden lang verletzt hier gelegen und war ganz allein«, flüsterte er heiser. »Ich dachte, sie hätte mich verlassen, Francesca. Ich dachte, sie hätte mich und die Mädchen verlassen.«

Sie zog ihn erneut an sich. »Aber das hat sie nicht. Sie hat dich nicht verlassen, weil sie dich liebt. Bitte, lass die Vergangenheit los. Lass das Gewesene hinter dir, Rick.« Während sie das sagte, wurde ihr die tiefe Bedeutung ihrer Worte bewusst, Tränen stiegen ihr in die Augen, und ihre Blicke begegneten sich wieder. Er schien es ebenfalls zu begreifen. Vielleicht ging es eigentlich darum, dass sie ihn loslassen musste. Und er sie. Aber würde sie das über sich bringen? Würde er es können? Er mochte Leigh Anne lieben, aber nichts konnte dieses einzigartige Band zwischen ihnen beiden durchtrennen.

Er strich ihr mit unsicherer Hand eine Haarsträhne hinter das Ohr. »Ich brauche dich so sehr, Francesca. Wirklich. Vielleicht wird es immer so sein.« Er hielt sie jetzt ganz sanft in den Armen.

»Ich bin ja hier.« Sie zögerte, schluckte. »Dafür sind Freunde doch da.« Sie schenkte ihm ein schwaches Lächeln. »Leigh Anne wird auch für dich da sein, wenn du sie nur lässt.«

Francesca sah, wie seine Nase sich rötete und er voller Verzweiflung zu seiner Frau hinüberschaute. Sie strich ihm über die Schultern, den Rücken, betrachtete sein makelloses Profil. Jedes Ende war zugleich ein Neubeginn, und so würde es auch für sie beide sein, wenn sie nur den Mut besaßen, voranzuschreiten, ohne sich umzudrehen.

»Francesca.« Er wandte sich ihr wieder zu und umfasste mit beiden Händen ihre Schultern. Und dann umarmten sie einander, Wange an Wange, Brust an Brust und für einen Moment drückte er sie fest an sich.

Gleich darauf trat er einen Schritt zurück und umfing ihr Gesicht mit den Händen. »Du bist eine erstaunliche Frau, Francesca. Du bist der selbstloseste, gütigste, mitfühlendste Mensch, der mir jemals begegnet ist.« Sie sahen einander an.

Angst überkam sie. Was, wenn sich doch nichts geändert hatte? »Eine solche Frau bin ich wohl kaum«, flüsterte sie, und ihr Herz schlug schneller.

Er starrte sie an und murmelte: »Was soll ich nur tun?« Dann wanderte sein Blick erneut zu seiner Frau.

Die Frage hätte sich auf vieles beziehen können, aber Francesca wusste genau, was er damit meinte.

Er zog Francesca noch einmal an sich, strich ihr über das Haar, dann ließ er sie wieder los und kehrte an das Bett seiner Frau zurück. Er nahm ihre Hand und hielt sie so fest, dass seine Knöchel weiß hervortraten.

Francesca beschlich mit einem Mal eine dunkle Ahnung. Sie drehte sich zur Tür um.

Calder stand dort und bedachte sie mit einem kühlen Blick.

Wie lange mochte er sie beide schon beobachtet haben? Nach seinem düsteren Gesichtsausdruck zu urteilen eine ganze Weile. Francesca versuchte ihn anzulächeln, wollte ihn bitten, einzutreten, doch er machte auf dem Absatz kehrt und eilte, ohne ein Wort zu verlieren, mit großen, zornigen Schritten davon.

Er hatte die Situation missverstanden. Er war wütend und

eifersüchtig, keine Frage. Aber diese Angelegenheit musste warten – Francesca konnte ihm jetzt nicht nachlaufen und ihn wieder einmal anflehen, sich zu beruhigen. Leigh Anne war schwer verletzt und Bragg am Boden zerstört – Bragg brauchte sie jetzt. Sie würde Calder das alles später erklären.

»Alfred, schicken Sie alle weg«, befahl Hart, während er die große Eingangshalle seiner Villa durchquerte.

Alfred hatte ihn an der Tür empfangen. Nun schloss der schlanke, kahlköpfige Butler sie behutsam hinter ihm. »Soll ich in der Küche Bescheid sagen, damit man Ihnen das Essen zubereitet und warm stellt?« Ein besorgter Ausdruck war in seine grauen Augen getreten.

Hart ging mit großen Schritten an der lebensgroßen Nacktskulptur der reizenden Lady Brianna vorbei. »Nein. Ich will, dass alle sofort verschwinden.«

Alfred starrte ihm nach.

Hart spürte seinen Blick, während er, zwei Stufen auf einmal nehmend, die geschwungene, mit goldfarbenem Teppich ausgelegte Treppe hinaufeilte und sich im Gehen den Binder vom Hals riss. Alfreds offenkundige Besorgnis gefiel ihm ganz und gar nicht. Es hatte eine Zeit gegeben, da waren seinem Butler solche Dinge egal gewesen, und das war ihm eigentlich auch lieber so. Aber diese Zeit gehörte der Vergangenheit an – und wer war dafür verantwortlich? Seine kluge und hübsche kleine Verlobte.

Francesca berührte jeden, in dessen Leben sie trat, auf ganz besondere Weise, und offenbar bildete sein Butler da keine Ausnahme. Nun, es gefiel ihm jedenfalls nicht, diesen besorgten Ausdruck in Alfreds Augen zu sehen. Er wollte eigentlich gar nichts darin sehen. Wenn er eine Anweisung gab, erwartete er, dass sie umgehend befolgt wurde, und weiter nichts.

In Gedanken sah er Francesca und Bragg vor sich, wie sie einander umarmten.

Seine Suite befand sich im ersten Stock. Er marschierte mit großen Schritten den Flur entlang, gab sich endlich seinem finsteren Zorn hin. Er litt unter seiner furchtbaren, unerträglichen Eifersucht. Die Erinnerung, die ihn überfiel, fraß sich unter seine Haut, mischte sich in sein Blut, brachte es zum Kochen. Er hätte alles darum gegeben, dieser Erinnerung entfliehen zu können. Doch das war unmöglich.

Aus ihrer Haltung, aus jeder Geste hatte so viel Liebe gesprochen. Doch was kümmerte ihn das.

»Verdammt!« Das Atmen fiel ihm schwer. Er stieß die Tür zu einem Salon mit grünen Wänden und hohen, mit Gold abgesetzten Decken auf, durchquerte ihn sowie einen weiteren Privatsalon und sein Arbeitszimmer, um schließlich in sein Schlafzimmer zu gelangen, das dreimal so groß war wie jedes andere Schlafzimmer im Haus. Die Wände waren mit dunkelrotem Stoff in Paisleymuster bezogen, mit bernsteingelben, braunen und goldenen Tupfen. Zwei Kamine befanden sich an gegenüberliegenden Seiten des Raumes, die marmornen Simse waren in einem hellen Braun gehalten und von Gold durchzogen. Drei großzügige Sitzbereiche luden zum Ruhen und Entspannen ein, einer bei der Bar, einer vor der Bücherwand, der dritte am hinteren Kamin. Ein riesiges Bett, das einmal einem Herzog gehört hatte, stand erhöht in der Mitte des Raumes.

Dieses Schlafzimmer war vom Architekten als Refugium für den Hausherrn gedacht gewesen. Hart nutzte es für gewöhnlich nur zum Schlafen und Ankleiden. Doch in letzter Zeit hatte sich das geändert.

Nun goss er sich einen großzügigen Drink ein und trat an den nächstgelegenen Kamin, wie es seit neuestem seine Angewohnheit war.

Darüber hing das Porträt einer Dame, die Francesca unglaublich ähnlich sah. Hart hatte das Gemälde vor einigen Wochen, während Francesca verreist war, in einer kleinen, nicht gerade angesehenen Galerie im Stadtzentrum entdeckt. Der Künstler war Russe, das Modell Französin. Das Bild war vor zwanzig Jahren in Paris gemalt worden. Er wusste, dass es nicht Francesca darstellte, hatte sich aber dennoch auf den ersten Blick in das Bild verliebt und es trotz seiner Wut über ihr Verschwinden sofort, ohne auch nur über den Preis zu verhandeln, erworben, um es hier gegenüber seines königlichen Betts aufzuhängen.

Nun starrte er es voller Zorn an.

Anstelle der Französin in ihrem Korsett und dem Petticoat sah er Francesca in Rick Braggs Armen, ihr schönes Gesicht so mitfühlend und voller Liebe.

Er stieß einen Schrei aus und schleuderte sein Whiskeyglas gegen den Kaminsims, wo es zersplitterte. Dann begann Hart im Zimmer auf und ab zu laufen. Er musste es wohl endlich einsehen: Francesca war immer noch in Rick verliebt. Sie würde nie aufhören, ihn zu lieben, denn sie war so stur, wie eine Frau nur sein konnte – eine der Eigenschaften, die er an ihr so reizend fand. Sie gab einfach niemals auf.

Aber wenn es dabei um seinen Halbbruder ging, war es nicht mehr reizend, sondern nur noch lästig und ärgerlich. Es brachte ihn zur Raserei.

Er rief sich in Erinnerung, dass sie für eine Frau, die in einen anderen Mann verliebt war, überaus leidenschaftlich war, wenn sie in seinen, Harts, Armen lag.
Er war ein Mann von Welt. In dieser einen Hinsicht unterschied sie sich ausnahmsweise einmal nicht von den meisten Männern und Frauen: Man wählte den gesellschaftlich geeigneten Partner für die Ehe und den sexuell passenden Partner für eine Affäre. Francesca mochte einmal den Wunsch gehabt haben, Bragg zu heiraten, aber mit ihm, Hart, wollte sie ins Bett.
Er ließ sich auf ein rubinrotes Sofa sinken. Sein Kopf hämmerte unerträglich, und die Bilder von seinem schlimmsten Rivalen in den Armen der Frau, die er selbst zu heiraten gedachte, gingen ihm einfach nicht aus dem Sinn.
Mit einem Ruck wandte er den Kopf erneut zu dem Porträt um. Andere Bilder von Francesca geisterten nun durch seinen Kopf, schoben sich vor das verführerische Modell: Er sah sie in ihrem umwerfenden roten Kleid vor sich, das Haar offen um die Schultern wallend, und ihre Augen hatten einen feuchten Schimmer und einen sanften Ausdruck von seinen Küssen. Sie war das einzig Gute in diesem hässlichen, niederen Theater, das sich Leben nannte. Sie war wie die Sonne, erwärmte alles mit ihren Blicken – sogar seine eigene Kälte durchdrang sie. Er hatte in den vergangenen zwei Monaten, seit sie sich zum ersten Mal begegnet waren, mehr gelächelt als in seinem ganzen bisherigen Leben. Er wusste, dass sie gut füreinander waren; niemals hatte er den geringsten Zweifel daran gehegt, dass ihre Ehe in jeder Hinsicht interessant werden würde.
Er hatte sich darauf gefreut. Er, Calder Hart, der eingefleischte Junggeselle, hatte es kaum erwarten können, Fran-

cesca Cahill, die Kriminalistin aus Leidenschaft, zu ehelichen.
Ein anderes Bild stieg in ihm auf: Francesca und Bragg, die einander in den Armen lagen, nun jedoch mit einem herzlichen Lächeln statt der verzweifelten Blicke. Wie oft hatte er sie schon dabei beobachtet, wie sie einander ansahen? Und wie oft hatte er sich dabei wie ein Eindringling, ein Außenseiter gefühlt? Zum Teufel, dabei war er schließlich ihr Verlobter! Bragg war jetzt der Außenseiter! Hart schloss die Augen, presste die Lider fest zusammen.
Doch er war ein kluger Mann, der sich nicht in bequeme Ausreden flüchtete. Er selbst war hier der Außenseiter, nicht Bragg, und daran würde sich nie etwas ändern, auch nach ihrer Hochzeit nicht. Schon sein ganzes Leben lang war es so gewesen: Er hatte seinem älteren Halbbruder nie das Wasser reichen können, und niemand würde ihn an Braggs Stelle akzeptieren, nicht einmal Francesca.
Er öffnete die Augen, starrte das Porträt an und verfluchte sich selbst, weil er so ein Narr war.
Er musste sich der Wahrheit stellen. Leigh Anne stand an der Schwelle des Todes.
Mochten doch alle anderen optimistisch sein. Er hatte mit Rourke und Barnes gesprochen, ehe er ihr Krankenzimmer betreten hatte, und er kannte die Wahrheit. Sie war keinesfalls über den Berg. Zurzeit täuschten die Ärzte mit Beschönigungen darüber hinweg, wie ernst ihr Zustand wirklich war. Sie hatte sich einer schweren Operation am Bein unterziehen müssen, hatte sehr viel Blut verloren und kämpfte nun mit einer Infektion. Auch wenn ihr Zustand gegenwärtig stabil war, konnte sich das jederzeit ändern. Sie konnte ins Koma fallen, womöglich schon morgen tot sein.

Hart erhob sich und atmete tief ein. Seine Schläfen pochten noch immer. *Leigh Anne würde womöglich sterben.* Dr. Barnes hatte sich geweigert, ihm zu sagen, wie ihre Chancen standen. Rourke schätzte sie auf fünfzig zu fünfzig. Wem versuchte er hier etwas vorzumachen? Francesca mochte noch so versessen darauf sein, mit ihm ins Bett zu steigen – sobald Leigh Anne tot war, würde sie wieder in Ricks Armen liegen, und schon bald würde sie ihm das Bett wärmen.

Wenn Leigh Anne starb, stand einer Hochzeit zwischen Francesca und Rick nichts mehr im Weg.

Doch statt eines vertrauten und willkommenen Gefühls der Wut empfand er die ersten Anzeichen einer Panik, für Hart ein bisher unbekanntes Gefühl, das er durchaus nicht kennenzulernen wünschte. Er versuchte sich einzureden, die ganze Angelegenheit sei ihm gleichgültig, doch das war eine ungeheuerliche Lüge. Sie war ihm ganz und gar nicht gleichgültig, im Gegenteil, es wäre ihm unerträglich, wenn Francesca ihn wegen seines verfluchten Halbbruders verließe. Er könnte es nicht ertragen, sie zu verlieren, nicht jetzt. Sie war für ihn so lebensnotwendig geworden wie die Luft zum Atmen, wie das Licht der Sonne.

Hart schlug die Augen zur Decke auf. Vor noch gar nicht langer Zeit hatte er über Männer gelacht, die in eine Frau vernarrt waren und sie unbedingt heiraten wollten. Das hatte sich nun geändert, und diese Veränderung hatte ihm gefallen, nun jedoch hasste er sie. Er hatte den verletzlichen, verängstigten, bedürftigten Waisenjungen, der er einmal gewesen war, bereits vor langer Zeit begraben und durch einen mächtigen, gleichgültigen und selbstsüchtigen Mann ersetzt. Nun fühlte er sich diesem Jungen, den er so hasste, wieder gefährlich nahe.

Er rief sich in Erinnerung, dass Francesca viel zu gut für ihn war. Dass sie seinen edelmütigen, sozial engagierten Halbbruder verdient hatte. Ebenso wie ein trautes Heim und Staatsbankette. Für sie war das Beste und Schönste gerade gut genug. All ihre Träume sollten wahr werden. Sie hatte es verdient, die wahre Liebe zu finden.

Mit einem Mal sah er seine Zukunft vor sich – eine Zukunft ohne die kluge und aufrichtige Francesca Cahill. Es würde eine endlose Parade von Frauen geben, Frauen, deren Gesichter er schon wieder vergessen haben würde, kaum dass sie sein Bett verlassen hatten. Er würde sich um seine Geschäfte kümmern, Verhandlungen führen, Deals abschließen, neue Firmen gründen, kaufen, raffen, Reichtümer anhäufen. Mit sechzig würde er eine zwanzigjährige Mätresse haben und mehr Geld, als ein einzelner Mann jemals besitzen sollte. Er würde ein Dutzend der feinsten Häuser rund um den Globus sein Eigen nennen und dazu eine Kunstsammlung, die eines europäischen Museums würdig wäre. Und er würde sein Porträt von Francesca besitzen – ihr Abschiedsgeschenk an ihn.

Er trat vor den Spiegel über der Bar und lächelte sich selbst grimmig an. In diesem Moment versuchte seine dunkelste Seite mit aller Macht, Besitz von ihm zu ergreifen, die Oberhand zu gewinnen. Er schloss die Augen, wappnete sich gegen den Teufel, den er in sich trug.

Du musst sie gar nicht aufgeben. Aber das weißt du doch?

Hart kämpfte gegen die höhnische Stimme in seinem Kopf an.

Leigh Anne wird vielleicht sterben – na und? Nimm dir doch endlich, was Francesca dir schon die ganze Zeit anbietet. Verführe sie, ruiniere sie, dann wird sie dich heiraten müssen.

Er öffnete die Augen wieder und starrte sich im Spiegel an. Sah darin nicht nur einen Mann, der Berge zu versetzen vermochte, sondern einen Mann, der die Macht besaß, Berge zu sich zu befehlen. Das war der Grund dafür, dass es ihm gelungen war, aus dem Nichts ein Vermögen aufzubauen: Er war schlicht unfähig zu verlieren, aufzugeben.

Aber Francesca besaß das gütigste und selbstloseste Herz, das ihm jemals bei einem Menschen begegnet war. Sie hatte mehr verdient als Leidenschaft und Freundschaft. Sie hatte es verdient, geliebt zu werden und zu lieben. Und das vermochte er ihr nicht zu geben.

Sie hatte Rick Bragg verdient. Und was das Schlimmste war: Er wusste es.

Verführe sie. Verführe sie noch heute Abend, und stelle sicher, dass du in flagranti erwischst wirst – oder zumindest unmittelbar davor. Du brauchst nicht ein Jahr lang zu warten – wenn ihr Vater erst einmal weiß, dass du ihren guten Ruf ruiniert hast, wird dich nichts mehr davon abhalten können, zu bekommen, was du willst. Nichts wird mehr zwischen dir und Francesca stehen. Nicht einmal mehr dein Bastard von einem Bruder, nicht einmal mehr Rick.

Er starrte noch immer sein Spiegelbild an.

Da glaubte er ein Klopfen an der Schlafzimmertür gehört zu haben. Aber das war doch unmöglich? Rasch durchquerte er das riesige Zimmer und öffnete die Tür.

Alfred lächelte ihn verkrampft an. »Sir, Miss Cahill ist unten und bittet darum, Sie sehen zu dürfen. Was soll ich ihr sagen?«

Hart erstarrte. *Verführe sie. Das ist deine Chance.* Er fuhr sich mit der Zungenspitze über die Lippen, dann hörte er sich selbst sagen: »Schicken Sie sie fort. Erzählen Sie ihr, was Sie wollen.«

Alfred zögerte.
Hart wurde fuchsteufelswild. »Tun Sie es, Alfred. *Sofort.*«
»Jawohl, Sir. Bevor ich gehe, gibt es noch irgendetwas, das ich …«
»Nein.« Hart schlug ihm die Tür vor der Nase zu und lehnte sich dann schwer atmend dagegen.
Du Narr. Das war deine große Chance.
Hart lief wieder mit großen Schritten durch das Zimmer, als könne er auf diese Weise der hinterhältigen Stimme in seinem Kopf entkommen. Er goss sich einen weiteren Scotch ein und stürzte ihn in einem Zug hinunter.
Dann schenkte er sich, nun ruhiger geworden, einen dritten Drink ein, den er langsamer trank. Der Alkohol erfüllte seinen Zweck: Er brachte seine dunkle Seite zum Schweigen.
»Calder?«
Er fuhr herum – und sah auf der Schwelle seines Schlafzimmers Francesca Cahill stehen, die ihn vorsichtig anlächelte.
Und hier kommt deine einmalige Gelegenheit, sagte die Stimme lachend.
Hart begann zu zittern. »Francesca, du solltest nicht hier sein. Nicht jetzt. Nicht heute Abend.«
Sie lächelte entschlossen. »Ich werde aber nicht wieder gehen«, verkündete sie.

KAPITEL 16

SONNTAG, 30. MÄRZ 1902 – 19:00 UHR
»Du bist überaus dreist.«
Unbeirrt lächelnd entgegnete Francesca: »Jawohl, das bin ich.« Sie blickte sich verstohlen um, gab sich Mühe, von dem prunkvollen Schlafzimmer nicht allzu überwältigt zu sein. Und insbesondere versuchte sie, nicht auf das Bett zu starren, das sie beim Betreten des Raumes natürlich sofort bemerkt hatte – gleich nachdem ihr Blick auf Hart gefallen war. Das Bett war so groß, wie sie es sich vorgestellt hatte.
»Ich gebe dir noch eine Chance, wieder zu gehen«, murmelte Hart.
Francesca fuhr zusammen – sein Tonfall war sanft und sinnlich, verführerisch. Sie war gekommen, um mit ihm über den Nachmittag im Krankenhaus zu sprechen, und hatte mit Eifersucht und Wut gerechnet, aber nicht mit so etwas. Sie atmete tief durch. »Wir müssen miteinander sprechen.«
Er zog die Augenbrauen hoch und bedachte sie mit einem süffisanten Lächeln. »In meinen Privaträumen?«
»Eines Tages werden das hier auch meine Räumlichkeiten sein, nicht wahr?« Bei dieser Vorstellung schlug ihr Herz schneller. Sie gab ihren Widerstand auf, wandte sich um und starrte das Bett an. »Ich traue mich kaum zu fragen. Haben darin Könige geschlafen?«
»Und Prinzessinnen und Herzöge – und zweifellos auch ihre Geliebten.«

Ihr Blick glitt wieder zu seinem Gesicht. Er starrte sie ohne die Spur eines Lächelns an. »Geht es dir gut, Calder?«

»Wieso sollte es mir nicht gut gehen?«, gab er zurück.

Sie standen an entgegengesetzten Enden des riesigen Raumes. Harts Verhalten kam Francesca eigenartig vor – fast so, als spiele er ein Spiel mit ihr. Während sie auf ihn zuging, dachte sie wieder an die Szene im Krankenhaus, als sie Rick getröstet und Calder sie dabei beobachtet hatte.

»Bist du böse auf mich?«, fragte sie unsicher. Trotz der immensen Größe des Raumes war ihr überdeutlich bewusst, dass sie sich mit ihm allein in seinem Schlafzimmer befand.

Beim Näherkommen bemerkte sie, wie derangiert er aussah: Mehrere Knöpfe an seinem Hemd standen offen, so dass ein Stück seiner muskulösen, schwarz behaarten Brust zu sehen war. Er hatte die Ärmel bis zu den Ellenbogen hochgekrempelt. Seine Unterarme waren mit feineren, ebenfalls schwarzen Härchen bedeckt, und Francesca konnte Sehnen, Knochen, Muskeln erkennen. Allerdings sah sie diesen Anblick nicht zum ersten Mal.

»Warum sollte ich böse auf dich sein?«, fragte Hart leise, gedehnt.

Francesca blieb stehen und sah ihn an, unfähig, den Blick von ihm zu lösen. Sie fuhr sich mit der Zungenspitze über die Lippen. »Ich wollte dir alles erklären – aber wie ich sehe, ist das nicht nötig.«

Er wandte sich ab und ging zu der Bar an der Wand hinüber. Während er zwei Gläser füllte, sah Francesca in dem Spiegel über der Theke sein gleichmütiges Gesicht, das nichts darüber verriet, wie es in seinem Inneren aussah. Es war seltsam, ihn so milde gestimmt zu erleben. Und es erschien ihr einfach nicht richtig. Sie war ein wenig beunruhigt.

Andererseits war es ein herrliches Gefühl, ganz allein mit ihm in seinem Schlafzimmer zu sein. Ein kleines Lächeln stahl sich auf ihr Gesicht, und sie begann, sich eingehender umzusehen. Ihr Blick fiel auf rund ein Dutzend edler Teppiche, antike Tische, mit kostbaren Stoffen gepolsterte Sessel und Ottomanen, ausgefallene Spiegel. Es gab vier Sofas in drei verschiedenen Sitzbereichen. Außerdem bemerkte Francesca auf einem Tischchen eine große, gusseiserne Schatulle, die spanischen Ursprungs zu sein schien. Auf einem anderen Tisch stand ein rundes, rotes, chinesisches Kästchen aus lackiertem Holz. Während Francesca nacheinander die Einrichtungsgegenstände des Raumes betrachtete, wurde ihr klar, dass sie von jedem Stück wusste, ob Calder es selbst ausgesucht hatte oder ob es von seinem Dekorateur gekauft worden war. Sie lächelte zufrieden.

Als er sprach, spürte sie seinen Atem im Nacken. »Ich glaube, du könntest einen Drink vertragen.«

Sie fuhr herum. Hart stand so dicht vor ihr, dass ihr Rock seine Beine streifte. Sie wich ein wenig zurück und nahm das Glas entgegen, das er ihr reichte. Was hatte dieser eigentümlich durchdringende Blick zu bedeuten, mit dem er sie musterte? Sie kam sich vor wie eine Maus in einem Laboratoriumsexperiment. »Danke, Calder. Nicht nur für den Drink, sondern auch dafür, dass du nicht vor Eifersucht tobst. Ich muss zugeben, dass ich sehr überrascht bin – aber auch sehr erleichtert.«

Er erwiderte nichts darauf, hob lediglich sein Glas wie zu einem Toast.

Ob er wohl auch darüber nachdachte, dass sie allein in seinem Schlafzimmer waren? Francesca nahm rasch einen Schluck von ihrem Drink. Als sie den unglaublich weichen

Scotch auf der Zunge spürte, lächelte sie. »Du meine Güte, der ist aber gut.«
»Ja, nicht wahr?«
Ihre Blicke senkten sich ineinander, doch gleich darauf wandte Francesca sich beunruhigt und zugleich angenehm erregt wieder ab. Calder war so anders als sonst, auf eine Weise, die sie nicht in Worte zu fassen vermochte. »Die Sache mit Leigh Anne ist schrecklich«, murmelte sie.
»Ja, allerdings. Eine echte Tragödie.«
Francesca wollte sich gerade vergewissern, ob er sich lustig machte, als ihr Blick auf ein Porträt über dem Kamin fiel. Sie erstarrte – die Frau auf dem Bild sah aus wie sie!
»Erstaunlich, nicht wahr?«, flüsterte Calder hinter ihr.
Sie starrte das Gemälde wie gebannt an. »Im ersten Moment habe ich gedacht, das wäre ich!«
»Es wurde vor zwanzig Jahren in Paris gemalt«, sagte er leise und sein Atem strich sanft über ihren Nacken.
Francesca stand wie angewurzelt da, während sie zu begreifen versuchte, was es bedeutete, dass er dieses Porträt in seinem Schlafzimmer hängen hatte, gegenüber von seinem Bett. »Warum hast du es hier aufgehängt?«, erkundigte sie sich mit rauher Stimme.
Seine Hände umfingen ihre Schultern. »Weil es wunderbar hierher passt«, erwiderte er und schmiegte seinen Mund an ihren Nacken.
Sie vermochte sich nicht zu rühren. Er stand so dicht hinter ihr, dass sie seine erregte Männlichkeit an ihrer Hüfte spüren konnte. Sie tat einen zittrigen Atemzug.
Seine Hände glitten an ihren Armen hinab. »Sie hat mir Gesellschaft geleistet, während du fort warst«, flüsterte er.
Francesca schluckte. »Was tust du da?«

Sie spürte, wie er in ihren Nacken lächelte. »Ich küsse dich.« Und seine Lippen strichen seitlich über ihren Hals.

Sie schloss die Augen. Rot glühendes Verlangen überkam sie, und sie war unfähig, sich zu rühren. Hart legte von hinten die Arme um sie, und als er sie noch fester an sich drückte, spürte sie jeden Zentimeter seiner Erregung. Seine starken Arme drückten ihre Brüste nach oben, sein Mund bewegte sich mit zunehmender Dringlichkeit über ihren Nacken, und er hauchte ihren Namen wie ein verführerisches Seufzen.

Francesca atmete schwer und klammerte sich an seine Unterarme.

»Ich habe dich vermisst, als du fort warst«, flüsterte er und legte beide Hände über ihre Brüste.

»Ich habe dich auch vermisst«, brachte sie heraus, überrascht über seine Dreistigkeit. Ihre Brustwarzen wurden augenblicklich hart.

»Das will ich doch hoffen«, murmelte er und ließ die Hände langsam zu ihrem Bauch hinuntergleiten.

Francesca rang vergebens um Beherrschung, begann wie Espenlaub zu zittern, als seine Berührung immer tiefer wanderte.

Schließlich ruhten seine gespreizten Hände tief auf ihrem Bauch, direkt über ihrem Schamhügel. »Liebling«, flüsterte er mit rauher Stimme.

»Bitte«, keuchte sie benommen.

Er lachte, biss sie sanft in den Nacken, presste seine Erregung fester zwischen ihre Hinterbacken und strich mit den Händen über ihr Geschlecht. Francescas Verstand setzte aus. Sie wusste nur noch, dass das Verlangen, das in ihr tobte, befriedigt werden musste, und zwar bald. »Calder.«

Er schien es begriffen zu haben, denn er hob ihren Rock und den Unterrock langsam, Zentimeter für Zentimeter über ihre Schienbeine, ihre Knie, ihre Oberschenkel in die Höhe. Das Atmen fiel ihr schwer. Als der Stoff über ihre in Seide gekleideten Oberschenkel glitt, gab sie sich geschlagen und sank in seine Arme. Er lachte leise und küsste ihren Mundwinkel. Sie spürte seine Zunge dort.

Und dann spürte sie durch eine dünne Schicht französischer Seide, wie sich seine Hand über ihr Geschlecht legte. Francesca wand sich in seiner Umarmung, wimmerte, als seine Finger mit ihr zu spielen begannen. Ihr wurde ganz schwindelig vor Verlangen. Er hielt sie aufrecht, strich durch die Seide über jede Kontur. Seine Finger drangen tiefer vor, zeichneten weitere interessante Formen nach. Zugleich drängte er sich trotz ihrer Röcke und seiner Hose von hinten zwischen ihre Beine.

Francesca stieß einen kleinen Schrei aus und schloss ihre Oberschenkel, umfing ihn damit.

Er sagte schroff: »Genug.«

Sie befürchtete, dass er aufhören wollte, und protestierte, doch zu spät – er hob sie bereits auf seine Arme und trug sie zum Bett hinüber.

Sie blickte in sein Gesicht. Ein Ausdruck wilder, unbändiger Lust stand darin, und sie war überwältigt davon, überwältigt von dem, was kommen würde. »Calder«, brachte sie heraus, berührte seine Wange, und ein wunderbar warmes Gefühl breitete sich in ihrer Brust aus.

Er legte sie auf das Bett, kniete über ihr, die Knie zu beiden Seiten ihrer Hüften. »Pssst«, murmelte er und knöpfte mit einem kleinen, gezwungenen Lächeln ihre Kostümjacke auf. Er warf die Jacke beiseite und öffnete dann rasch ihre Bluse.

Francesca beobachtete dabei fasziniert sein Gesicht, und als er ihre Brüste entblößte, sah sie, wie sich seine Augen weiteten und dunkel wurden wie die Nacht.
Was er dort sah, gefiel ihm augenscheinlich, und das erregte sie. Sie wand sich unruhig, murmelte: »Küss mich.« Sie wollte, dass er wie ein Säugling an ihren Brüsten saugte.
Er blickte sie an, beugte sich vor und küsste nacheinander ihre Brustwarzen. »Ich habe noch niemals eine Frau mehr begehrt«, murmelte er heiser.
»Ich weiß«, hörte sie sich zu ihrem eigenen Erstaunen erwidern.
Er umfing ihre Brüste mit seinen großen Händen, senkte dann den Kopf und berührte erst die eine, dann die andere Brustwarze mit der Zunge. Francesca keuchte auf und begann ihn anzuflehen.
Er lachte. »Langsam. Wir haben die ganze Nacht Zeit, mein Schatz.«
Sie hatten die ganze Nacht. Als er den aufgerichteten Nippel in den Mund nahm und daran saugte, überkam sie mit einem Mal ein unbehagliches Gefühl. Diese radikale Wendung war eigenartig. Was war los mit ihm? Doch dann spürte sie seine Zähne, und Schmerz mischte sich mit Lust. Sie bäumte sich auf, er drückte sie wieder auf das Bett hinab und liebkoste die gepeinigte Stelle erneut sanft.
Sie hielt es nicht mehr länger aus, fühlte sich ganz schwach vor Lust, sehnte sich danach, über diese Klippe zu springen. Sie klammerte sich an seine Schultern, ließ ihre Hände dann unter seinen Kragen gleiten, hätte ihm das Hemd am liebsten vom Leib gerissen, um diese störende Barriere aus dem Weg zu schaffen. Das Gefühl seiner bloßen Haut erregte sie nur noch stärker. »Calder, ich halte es nicht mehr länger aus.«

Er setzte sich auf und starrte auf sie hinab, sein Blick wie eine glühende, schwarze Sonne. Dann knöpfte er sein Hemd auf. Francesca sah seinen Brustkorb zum Vorschein kommen, dann die strammen Muskeln seines harten Bauches. Er sah noch umwerfender aus, als sie in Erinnerung hatte. Sie wand sich. Er warf das Hemd auf den Boden und lächelte sie an.

Sie hob die Hand und strich ehrfürchtig über seine Brust. »Du bist einfach hinreißend.«

»Du bist diejenige, die hinreißend ist«, erwiderte er, beugte sich vor, knabberte zärtlich an ihrer Brust und vergrub für einen Moment sein Gesicht dort. Dann machte er sich rasch daran, ihr den Rock und den Unterrock auszuziehen.

Jede seiner Berührungen ließ ihr Verlangen heftiger entflammen. Denn während er sie entkleidete, liebkoste er ihre Schenkel, ihre Knie, ihre Füße. »Calder.«

»Schhh.« Er zog ihr die seidene Unterhose aus und berührte ihre bloße Haut.

Sie schloss die Augen und stieß einen leisen Schrei aus.

Er ließ die Hand zwischen ihre Schenkel gleiten, strich fest mit der Handfläche über ihr Geschlecht, als gehöre sie ihm oder als ob er wünschte, sie zu besitzen. Dann begann er jeden feuchten, pulsierenden Zentimeter von ihr zu erkunden. Francesca wand sich wimmernd, flehte ihn an, in sie einzudringen. »Bitte, Calder, tu es. Bitte. Schnell.«

»Du bist so ungeduldig«, murmelte er. »Spreiz die Beine.«

Francesca empfand nichts als Hochgefühl, und es dauerte einen Moment, ehe sie begriff, dass sie ihn missverstanden hatte. Er drang nicht in sie ein, stattdessen verspürte sie eine feuchte Liebkosung, und sie blickte keuchend hinab, als seine Zunge über sie strich und einen köstlichen Zentimeter nach dem anderen erforschte.

Er liebkoste ihr Geschlecht mit der Zungenspitze und da war es um sie geschehen, die Welt um sie zerbarst, und sie hatte das Gefühl, durch Zeit und Raum katapultiert zu werden. Als sie endlich wieder auf die Erde und in sein Bett zurücksank, war er immer noch zwischen ihren Beinen und sah mit einem seltsam ernsten Gesichtsausdruck zu ihr auf.

»Großer Gott.« Sie schluckte, am ganzen Körper bebend.

Er legte seine Wange auf ihren Bauch, eine Hand auf ihrem Geschlecht. Sein Atem ging schnell und stoßweise. Sie sah, wie er die Augen schloss und sich seine Stirn furchte – ein konzentrierter oder auch schmerzlicher Ausdruck, den sie schwer zu deuten vermochte.

»Calder«, flüsterte sie immer noch atemlos, »oh, du meine Güte.«

Statt einer Anwort verstärkte sich der Druck seiner Hand.

Ihr Körper reagierte augenblicklich. Sie strich ihm übers Haar. »Bitte hör jetzt nicht auf.«

Sie glaubte zu sehen, wie er kurz an ihrem Bauch lächelte. Seine Finger strichen durch ihr Haar. »Sag mir nicht, dass du schon bereit für mehr bist.« Seine Stimme klang unglaublich rauh – ein Ton, den sie bei ihm noch niemals gehört hatte.

»Alles in Ordnung mit dir?«, fragte sie.

»So würde ich es nicht nennen.« Er blickte auf. In seinen Augen lag ein harter, beinahe schon brutaler Ausdruck.

»Was ist denn?«, flüsterte sie und bekam es plötzlich mit der Angst zu tun.

Er gab einen Laut von sich, richtete sich auf und rieb sich, noch immer mit seiner Hose bekleidet, zweimal fest zwischen ihren Beinen.

Sie umklammerte ihn mit den Schenkeln, bäumte sich auf.

»Zieh deine Hose aus … zieh sie aus … schnell«, keuchte sie.
Er nahm ihre Brustwarze so fest zwischen seine Zähne, dass sie aufschrie, und dann presste er ebenso heftig seinen Mund auf ihre Lippen, zwang sie auseinander, stieß seine Zunge hinein. Er rieb sich erneut an ihrem Geschlecht, dieses Mal so fest, dass es wehtat, aber es war zugleich elektrisierend und himmlisch, und Francesca flehte: »Bitte. Bitte, ich sterbe gleich wieder, Calder, bitte!«
Statt einer Antwort griff er mit einer Hand nach unten und streichelte sie dort einige Male, zärtlicher diesmal, und als sie von einer großen Flutwelle erfasst wurde, hielt er sie nur ganz fest.
Dieses Mal landete sie mit einem Ruck wieder in seinem Bett. Er lag mit seinem ganzen Gewicht auf ihr und war ganz starr vor Anspannung. Irgendetwas stimmte nicht. »Calder?«
»Ich bin ein verdammter Narr«, stieß er hervor und sprang aus dem Bett.
Im ersten Moment blieb sie regungslos liegen, doch dann setzte sie sich auf. Hart lief unruhig auf und ab wie ein wildes Tier. Sein Gesicht war verkrampft, die Muskeln in seinem Rücken und seinen Schultern traten hervor. Sie starrte ihn an. »Ich dachte, wir wollten uns lieben.« Ihr wurde bewusst, wie albern diese Worte klangen. Sie war splitternackt, war zweimal zum Höhepunkt gekommen, lag in seinem Bett, und der Mann hatte die unanständigsten Dinge mit seiner Zunge und seinem Geschlecht angestellt. Auch wenn er den Akt nicht vollzogen hatte, so hatten sie sich doch geliebt, oder etwa nicht?
Hart wandte sich ihr zu, noch immer sichtlich erregt. Er fuhr

sich mit einer Hand durch das dichte, schwarze Haar und sah sie durchdringend an. »Das dachte ich für einen Augenblick auch.«

Francesca saß regungslos da. Ihr Instinkt befahl ihr, sich zu bedecken, aber nach dem, was sich soeben zwischen ihnen abgespielt hatte, erschien ihr das albern. Außerdem gefiel es ihr, wie er sie ansah, sein Blick über ihre Brüste, ihren Bauch, ihr Geschlecht wanderte. Es gefiel ihr ausnehmend gut, o ja.

»Bin ich zu dünn?«, hörte sie sich flüstern. Wieder lag dieses Brennen in der Luft.

»Wohl kaum.« Er hob den Blick, und sie sah die Glut darin.

»Zu dick?«

Er lächelte beinahe. »Nein.«

»Calder?«

»Du solltest jetzt gehen«, sagte er schroff. »Ich glaube, wir haben für heute genug getan.«

Sie setzte sich bestürzt auf die Bettkante. Sein Blick glitt erneut über sie. Sie war erregt, und ihr war klar, dass er es ihr ansah – ihre Brustwarzen waren so hart, dass sie schmerzten.

»Warum?«

»Weil du besser verschwunden sein solltest, bevor jemand nach Hause kommt.«

Er hatte recht. Es wäre furchtbar, wenn man sie erwischen würde. Ihr Vater würde Calder zweifellos köpfen. »Was ist mit dir?«, fragte sie besorgt.

Er stieß ein bitteres Lachen aus. »Ich werde es überleben. Aber danke der Nachfrage. Bitte zieh dich an, Francesca.« Er warf einen letzten Blick auf ihre Schenkel und das pralle Dreieck dazwischen und kehrte ihr den Rücken zu.

Francesca rührte sich nicht. Hart litt ganz offensichtlich, und sie konnte sich auch den Grund dafür vorstellen. Bilder einer Episode, deren Zeugin sie eigentlich niemals hätte werden sollen, schossen ihr durch den Kopf: Einmal hatte sie ihn und seine Mätresse beim Liebesspiel beobachtet und daraufhin ein furchtbar schlechtes Gewissen gehabt. Aber nun kam ihr eine Idee, die sie ganz atemlos machte.

Warum sollte sie nicht ebenso dreist und verführerisch sein wie Daisy an jenem Tag? Schließlich waren sie verlobt.

Und sie musste sich seiner ganz offensichtlich annehmen.

Allerdings hatte sie Angst, dass er ihre Annäherungsversuche zurückweisen könnte. Doch er hatte Daisy nicht zurückgewiesen, also warum sollte er es bei ihr tun?

Sie stand zitternd vom Bett auf, konnte nicht verleugnen, wie erregt sie war. Das Podest, auf dem das Bett stand, knarrte leise. Calder, der wieder begonnen hatte, auf und ab zu laufen, hielt inne, ohne sich zu ihr umzudrehen. »Warum ziehst du dich nicht endlich an, Francesca? Ich bin wirklich in gefährlicher Stimmung. Du musst jetzt gehen. Das ist mein Ernst.«

Offenbar quälte ihn noch etwas anderes als nur unbefriedigtes Verlangen. Francesca nahm all ihren Mut zusammen und ging auf ihn zu. Sie konnte es kaum erwarten, ihn zu berühren – sie hatte schon so lange darauf gewartet. »Calder.«

Er drehte sich um und sah sie an. »Zieh dich an.« Er stand in steifer Haltung vor ihr, die Hände zu Fäusten geballt.

Sie schüttelte den Kopf. »Setz dich«, hauchte sie mit großen Augen.

»Wie bitte?«, fragte er ungläubig.

Sie getraute sich, die Hand auszustrecken und seine Brust zu streicheln. Als sie dabei eine Brustwarze berührte, richtete diese sich sofort auf, und er erstarrte. Es schien ihm den Atem verschlagen zu haben. »Setz dich«, wiederholte sie mit einem leisen, überraschend verführerischen Flüstern.

Er rührte sich nicht, stand wie angewurzelt da und starrte sie mit aufgerissenen Augen an.

Sie ließ ihre Hand tiefer gleiten, über seine Rippen. »Ich weiß, dass du meine Sprache sprichst«, sagte sie lächelnd. Sie konnte jede einzelne seiner Rippen spüren, und sein Bauch fühlte sich unter der seidigen Haut hart wie Stein an.

»Du kleine Hexe«, stieß er mit rauher Stimme hervor, packte ihre Handgelenke und hielt sie fest.

Sie begegnete seinem Blick. Sie hatte es so sehr genossen, seinen Körper zu erkunden. »Lass mich los.«

»Und wenn ich es nicht tue?«, sagte er leise, bedrohlich.

»Dann zögerst du nur das Unvermeidliche hinaus«, gab sie zurück.

Er schlug die Augen zur Decke auf und stöhnte leise. Dann sah er sie wieder an und gab ihre Hände frei.

Da wusste Francesca, dass sie gewonnen hatte. Und sein Blick verriet ihr, dass er es ebenfalls wusste. Das Atmen fiel ihr schwer, als sie die Hand zu seiner Taille und unter den Bund seiner Hose gleiten ließ. Er rührte sich nicht, zuckte nur leicht zusammen. Doch Francesca beachtete es kaum, sondern ging ganz in ihrem Vorhaben auf. Sie ließ die Hand tiefer unter den Hosenbund gleiten und streichelte ihn mit den Fingerspitzen.

»Du spielst mit dem Feuer«, sagte er warnend.

Ihre Finger brannten, und sie blickte zu ihm auf. »Du hast mehr Selbstbeherrschung als irgendein anderer Mann, den ich kenne.«

»Aber nicht heute Abend.«

»Setz dich«, hauchte sie mit klopfendem Herzen und weichen Knien. Doch bevor er ihr gehorchen konnte, öffnete sie seine Hose.

Hart starrte ungläubig an sich hinab. Als Francesca die Spitze seines mächtigen Gliedes entblößt sah, atmete sie scharf ein.

Er blickte langsam auf. »Feuer«, wiederholte er.

»Setz dich endlich hin«, befahl sie keuchend.

Sein Mund wurde schmal, und er ließ sich in den nächstbesten Sessel sinken.

Francesca lachte zittrig, und ihre Blicke senkten sich ineinander. »Entschuldige, wenn ich ein wenig albern wirke«, brachte sie heraus und ließ sich zwischen seinen Schenkeln auf die Knie sinken. Sie schenkte ihm ein kleines Lächeln.

Hart sprach kein Wort, aber sein Brustkorb hob und senkte sich, als liefe er einen Marathon.

Die Erkenntnis, welche Macht sie über ihn besaß, steigerte Francescas Erregung nur noch. Sie öffnete seine Hose vollends und sein langes, dickes, riesiges erigiertes Glied sprang hervor.

Hart gab einen Laut von sich.

Sie blickte auf. Er starrte sie mit einem Ausdruck an, den sie niemals zuvor auf seinem Gesicht gesehen hatte – darin lag mehr als Lust, und in diesem Augenblick empfand sie das Ausmaß einer unglaublichen und immerwährenden Macht, die sie erst langsam zu begreifen begann. Sie lächelte und nahm seine Männlichkeit behutsam in die Hand. Calder umfasste ihren Kopf mit beiden Händen. »Verdammt«, stieß er hervor.

Lächelnd senkte sie den Kopf und kostete ihn mit der Zunge.

Calder, der eine bereits verlorene Schlacht kämpfte, schrie leise auf.
Sie begann die Spitze mit der Zunge zu erkunden. Er schmeckte salzig und süß zugleich. Es war eine überwältigende Erfahrung – warum hatte ihr bloß bislang niemand davon erzählt? Es war einfach zu gut, um wahr zu sein. Besser als an einem Lutscher zu lecken.
Hart stöhnte.
Sie zitterte vor Erregung, kostete ihn, liebkoste ihn, saugte an ihm, wie sie es bei Daisy gesehen hatte. Hart verstärkte seinen Griff um ihren Kopf. Ihr Haar löste sich und ergoss sich über ihre Schultern. Francesca hob kurz den Kopf, um Luft zu holen. »Liebling«, begann sie mit einem Hochgefühl, verstummte aber sogleich wieder.
Hart hatte den Kopf zurückgelegt und die Augen geschlossen. Sein Ausdruck verriet Schmerz, Ekstase oder beides. Ein freudiger Schauer überlief Francesca. Es war ihr gelungen, die Bestie zu zähmen. Sie schloss ihre Hand um sein Gemächt, strich daran entlang, genoss seine Stärke und nahm es langsam wieder in den Mund, dieses Mal ganz tief.
Calder stieß sie von sich.
Francesca, die auf Händen und Knien landete, sah ihn bestürzt an. »Calder?«
»Das reicht«, stieß er hervor und griff nach seinem Glied.
Francesca hätte ihn am liebsten gefragt, war er da tat, biss sich jedoch auf die Lippe.
Er drehte sich weg, wand sich. Sein Atem ging in schnellen Stößen. Als er sie ansah, bemerkte sie, dass sein Blick verschwommen wurde. Dann schloss er die Lider wieder – dichte, schwarze Wimpern auf dunkler Haut. Er stöhnte einmal, zweimal, dreimal und dann war es vorbei.

Francesca starrte ihn mit wild klopfendem Herzen an. Ihr Körper sehnte sich nach ihm. Calder Hart war ein so prachtvoller Mann – eigentlich gab es keine Worte, um ihn treffend zu beschreiben.

Während sie ihn ansah, kam er langsam wieder zu sich.

Er schlug die Augen auf, und sein Gesicht, aus dem für einen Moment jegliche Anspannung gewichen war, veränderte sich wieder. Er setzte sich auf, und ihre Blicke trafen sich. Francesca lächelte, Hart dagegen nicht. Er stand auf und schloss rasch seine Hose.

Eine lange Stille folgte.

Schließlich sagte er: »Ich hoffe, ich habe dich nicht beleidigt.«

Sie sah ihn mit großen Augen an und musste sich ein Lachen verbeißen. »Nicht im Geringsten.« Sie stand auf und fühlte sich schamlos und großartig in ihrer Nacktheit. »Ich würde dir jederzeit gern wieder dabei zusehen. Du bist ein faszinierender Mann, Calder.« Was noch eine unglaubliche Untertreibung war!

Sein Blick wurde weicher und glitt über ihren Körper. »Solltest du dich nicht allmählich anziehen?«

»Wahrscheinlich hast du recht«, erwiderte sie und wäre doch am liebsten noch gar nicht gegangen. Wenn sie erst einmal verheiratet waren, würden sie die ganze Nacht Zeit haben, um sich zu lieben. Sie konnte es kaum erwarten.

Sein Blick ließ nicht von ihr ab. »Du bist wunderschön, Francesca.«

Sie schenkte ihm ein kleines Lächeln. Man hätte meinen sollen, es sei schwer, sich unbefangen zu benehmen, wenn man splitternackt und immer noch erregt war, aber sie musste wohl etwas von einer Dirne in sich haben, denn es fiel ihr so

leicht wie Plätzchenbacken. »Ich hoffe, das meinst du auch ehrlich.« Sie streckte ihren Rücken, straffte die Schultern und warf ihr Haar zurück.
Er lachte, ein warmer, voller Klang. »Wie kannst du das nur bezweifeln?«, fragte er, kam auf sie zu und nahm sie in die Arme. Dabei lag in seinen Augen ein unglaublich zärtlicher und warmer Ausdruck.
Francesca wurde bei dem Anblick ganz schwach, denn sie las darin wahre Liebe. »Oh, Calder«, hauchte sie.
»Nein«, sagte er mit fester Stimme, beugte sich vor und gab ihr zuerst einen Kuss auf eine Brust und dann auf die Nasenspitze. »Ich werde dich jetzt nach Hause bringen, und zwar mehr oder weniger unbeschadet.«
Sie schenkte ihm ein verführerisches Lächeln. Ihr war so wunderbar warm ums Herz, und sie empfand eine so unglaubliche Freude tief in ihrem Inneren. »Du bist wirklich ein Ehrenmann. Immerhin lag ich nackt in deinem Bett, und du hast nicht das getan, was wohl die meisten anderen Männer getan hätten.«
»Du hättest gar nicht erst nackt in meinem Bett landen dürfen, Francesca«, versetzte er düster. Er ließ sie los, schien jedoch nicht von ihr lassen zu können, denn er berührte ihre Brust, ihre Taille, ihre Hüfte. Dann begann er ihre Kleidung aufzuheben.
Sie beobachtete ihn dabei. Inzwischen hätte sie wirklich darüber hinweg sein sollen, sich vom Verhalten dieses Mannes überraschen zu lassen. Er tat niemals das, was man von ihm erwartete. Sie musste unwillkürlich lächeln, denn er hatte behauptet, sie hielte ihn auf Trab, dabei war das Gegenteil der Fall. Sie strahlte, freudig erregt über das, was sie beide miteinander geteilt hatten. Außerdem fand er sie schön.

Und da Schönheit nun einmal im Auge des Betrachters lag, beabsichtigte sie seine Ansicht zu akzeptieren.
»Es ist wirklich sehr verführerisch, wenn du so albern grinst, aber du könntest doch allmählich aufhören, so verdammt selbstzufrieden auszusehen.« Er trat hinter sie, hielt ihr das geöffnete Korsett vor die Brust und sie schob die Arme durch die schmalen Träger. Dann schloss er rasch die Haken in ihrem Rücken. »Ich werde im Nebenzimmer warten«, erklärte er nüchtern.
»Warum?«, fragte sie neckisch und warf ihm einen Blick über die Schulter zu.
»Weil Sie soeben die Erfahrung gemacht haben, wie verführerisch Sie sind, Miss Cahill«, erwiderte er und küsste sie rasch auf den Mund. »Und das ist in der Tat gefährlich.«
Francesca schlüpfte in ihre seidene Unterhose, wohl wissend, dass sein Blick nicht von ihr wich. »Es macht mir nichts aus, wenn du hier bleibst, während ich mich ankleide.«
»Führe mich nicht in Versuchung«, sagte er warnend und verließ das Zimmer.
Sie lachte fröhlich in sich hinein.
Fünf Minuten später folgte sie ihm in den großen, grünen Salon, wo er am Fenster stand und auf den Garten und die beleuchteten Tennisplätze hinausblickte. Sie hatte zwar ihr Haar wieder aufgesteckt, sah aber dennoch verheerend aus. Jeder, der sie so erblickte, würde argwöhnen, dass sie an diesem Abend nichts Gutes im Schilde geführt hatte.
Nun, da Francesca den grimmig und beunruhigt wirkenden Calder Hart musterte, fiel ihr wieder ein, dass er laut Alfred das gesamte Personal fortgeschickt hatte. Was war nur los? Was hatte ihn dazu veranlasst, sich so eigenartig zu benehmen? »Calder?«

Er drehte sich um und sein Gesicht nahm einen weicheren Ausdruck an. »Ich werde dich in einer Mietdroschke nach Hause bringen. Ich fürchte, Raoul kann dich heute Abend nicht fahren.«
»Weil du das Personal weggeschickt hast?«, erkundigte sich Francesca.
Er reagierte verärgert. »Alfred bewegt sich auf sehr dünnem Eis.«
»Gib ihm nicht die Schuld!«, rief sie. »Er macht sich Sorgen um dich, und ich sehe doch selbst, dass irgendetwas nicht stimmt.«
Er starrte sie an.
»Was ist denn los? Etwas stimmt doch nicht, aber was?«, fragte sie, und panische Angst ergriff sie, da sie die Antwort zu kennen glaubte.
»Das hier«, erwiderte er knapp und packte sie am Arm.
»Aber was meinst du denn?«, rief sie, während er sie zur Tür zog.
»Das hätte niemals geschehen dürfen.«
»Aber wir sind doch verlobt. Das ist wohl kaum der Weltuntergang«, protestierte sie.
»Sei still«, sagte er plötzlich.
Dann vernahm auch Francesca die Stimmen draußen auf dem Gang. Sie blickte Hart ängstlich an.
Er schien ungehalten und flüsterte: »Das sind Rathe und Grace. Sie müssen gerade aus dem Krankenhaus zurück sein.«
Das Krankenhaus. Bilder von Leigh Anne und Bragg schossen Francesca durch den Kopf. In der vergangenen Stunde hatte sie sie ganz vergessen, und es war eine solche Erleichterung gewesen.

»Lass uns einen Moment warten, bis sie sich in ihre Räumlichkeiten zurückgezogen haben«, sagte Hart ernst. »Ich möchte nicht, dass sie dich aus meiner Suite kommen sehen, Francesca.« Er warf ihr einen seltsamen Blick zu, den sie nicht einzuordnen vermochte.

Zum ersten Mal, seit sie heute Abend sein Haus betreten hatte, spürte Francesca, wie sie rot wurde. Eine solche Begegnung wäre in der Tat peinlich und hätte wohl schlimme Konsequenzen. »Das möchte ich auch nicht«, erwiderte sie.

KAPITEL 17

SONNTAG, 30. MÄRZ 1902 – 22:00 UHR
Sie huschten durch das Haus wie zwei Diebe auf nächtlichem Beutezug. Francesca sprach kein einziges Wort, während sie durch den Flur und die Treppe hinuntereilten. Kleine Lampen entlang der Wände leuchteten ihnen den Weg.

Das Empfangszimmer war leer, ebenso die große Eingangshalle. Als sie vor Caravaggios umstrittenem Gemälde »Die Bekehrung des heiligen Paulus« stehen blieben, flüsterte Francesca: »Wir haben es geschafft.«

Calders Gesicht wirkte angespannt. »Ja, es scheint so. Ich werde dir deinen Mantel holen.«

Francesca wollte gerade zustimmen, als aus der Dunkelheit eine vertraute Stimme ertönte: »Ich wusste gar nicht, dass jemand zu Hause ist.«

Ihr wurde bang ums Herz, als Rathe Bragg in den Schein der Eingangsbeleuchtung trat. Er lächelte höflich, doch sie spürte, wie ihr die Röte in die Wangen stieg, und musste sich zwingen, das Lächeln zu erwidern.

Calder, der für einen Moment wie vom Donner gerührt mit ihrem Mantel in den Händen dagestanden hatte, drehte sich langsam um. »Ich habe dem Personal für den Abend freigegeben – das tue ich hin und wieder«, erklärte er und trat auf die beiden zu. »Francesca hat mir einen Besuch abgestattet, und jetzt bringe ich sie nach Hause.«

Rathe nickte. »Guten Abend, mein Kind.«

Erleichterung überkam sie. Rathe war offensichtlich so in seine Gedanken versunken, dass er ihre Verfassung gar nicht wahrnahm. »Kommen Sie erst jetzt vom Krankenhaus zurück?«, erkundigte sie sich.

»Nein, wir haben gerade die Mädchen abgeholt und sie im zweiten Stock untergebracht. Mrs Flowers und Peter sind bei Ihnen. Ich hoffe, es macht dir nichts aus, Calder.«

»Aber natürlich nicht. Es ist schon spät, ich sollte Francesca jetzt besser nach Hause bringen.«

»Ja, das solltest du«, stimmte ihm Rathe ruhig zu.

Francesca hätte sich gern danach erkundigt, wie es Rick ging, unterdrückte ihr Verlangen jedoch. Stattdessen verabschiedete sie sich und verließ mit Calder das Haus. Er geleitete sie am Arm die Auffahrt hinunter. Der Abend war kühl, und ein scharfer Wind wehte.

Sie versuchte in der Dunkelheit seinen Gesichtsausdruck zu erkennen. »Calder? Er hat nichts bemerkt.«

Er antwortete nicht.

»Du musst dir keine Gedanken darüber machen, dass mein Ruf Schaden genommen haben könnte«, fügte sie mit sanfter Stimme hinzu. Wenn er doch nur über das sprechen würde, was ihn beschäftigte!

Er gab einen undefinierbaren Laut von sich.

»Was ist denn?«, fragte sie besorgt.

Hart wandte sich ihr zu. »Ich glaube, wir sollten unsere überstürzte Verlobung noch einmal überdenken.«

Francesca hatte das Gefühl, jemand habe ihr den Boden unter den Füßen weggerissen. Hart stützte sie rasch am Ellenbogen. »Wie bitte?«, keuchte sie.

»Bevor das hier noch weiterführt, sollten wir unsere Pläne meiner Ansicht nach noch einmal sorgfältig überdenken.«

Francesca glaubte keine Luft mehr zu bekommen. Sie befürchtete, ohnmächtig zu werden. *Er wollte sie nicht mehr heiraten.*

»Da drüben ist eine Droschke. Warte hier.« Er lief los und pfiff durchdringend.

Francesca stützte sich Halt suchend an einem Baum ab, lehnte sich gegen die rauhe Rinde. Ihr Atem ging so schnell und flach, dass kleine Lichtpünktchen vor ihren Augen zu tanzen begannen.

Calder zog sich aus der Affäre. Er wollte sie nicht mehr heiraten. Er wollte sie nicht mehr.

Sie rang nach Luft. Sie hatte das Gefühl zu ersticken.

Calder wollte sie nicht mehr. Ein paar Stunden in seinem Bett und er war fertig mit ihr.

Der Schmerz war unerträglich.

Er hatte ihr gerade das Herz herausgerissen.

»Francesca? Die Kutsche wartet«, sagte er und fasste sie am Arm.

Wie betäubt ließ sie sich von ihm zur Straße und an die Droschke führen. Nachdem sie beide Platz genommen hatten, wandte sie sich rasch von ihm ab und starrte mit leerem Blick in den Central Park hinaus, der von Gaslaternen schwach erhellt wurde.

»Fifth Avenue, Nummer 810«, wies Hart den Kutscher an. Danach sprach er kein Wort mehr. Francesca schwieg ebenfalls.

MONTAG, 31. MÄRZ 1902 – 10:00 UHR

»Versprich mir, dass du ein braves Mädchen sein wirst.«

»Ich verspreche es, Mama«, sagte Bridget O'Neil und errötete. Sie standen auf dem Gehweg vor dem Haus, in dem sich ihr schäbiges neues Heim befand. Auf der Treppe des Nachbarhauses saß dieser eigenartige Junge mit dem viel zu schwarzen Haar und den roten Wangen und starrte zu ihnen herüber.

»Ich werde zum Abendessen wieder zurück sein – das heißt, wenn sie mich einstellen«, sagte Gwen und lachte nervös.

»Sie werden dich bestimmt einstellen. Du bist das beste Hausmädchen, das es gibt«, sagte Bridget ernst.

Gwens Lächeln erstarb. »Ich habe keinerlei Referenzen, mein Schatz.«

Bridget schloss die Augen, kämpfte gegen ihre aufsteigende Wut an, jedoch vergebens. »Ich hasse den Grafen!«, schrie sie. »Wegen dem muss ich in dieser schrecklichen Stadt wohnen! Wegen dem is Daddy im Gefängnis! Wegen dem hast du keine Referenzen. Zur Hölle mit ihm!«

»Sag so was nicht!«, rief Gwen und Tränen liefen ihr über die Wangen. »Sprich nie wieder so von ihm!« Sie beugte sich vor und umarmte ihre Tochter ganz fest.

Bridget verzweifelte. Es war offensichtlich, dass ihre Mutter den feschen Grafen liebte, aber sie verstand einfach nicht, warum. Er hatte sie verführt, sie dazu gebracht, ihr heiliges Ehegelübde zu brechen, und als sei das nicht schon genug, hatte er auch noch ihre Ehe zerstört. Nun waren sie allein in einer beängstigenden neuen Welt, an einem Ort, an dem Bridget gar nicht sein wollte.

»Er is ’n guter Mensch, mein Schatz«, flüsterte Gwen. »Ich weiß, das muss für dich schwer zu verstehen sein, aber das is er wirklich. Er wollte nie, dass uns was Böses zustößt.«

Bridget blickte missmutig zu ihr auf.

Gwen gab ihr einen Kuss auf die Wange. »Ich werde diese Stelle bekommen, mein Schatz, und dann werden wir heute

Abend ein Stück Rindfleisch auf dem Teller haben, das verspreche ich dir.«

Bridget wünschte inständig, das möge wahr sein. Es war schon so lange her, dass sie einen Bissen Rind oder auch nur Hammel gekostet hatte. Bei der bloßen Vorstellung lief ihr schon das Wasser im Mund zusammen, und ihr Magen begann zu knurren.

»Sei ein gutes Mädchen. Mrs Kennedy hat was zum Mittagessen für dich und Matt, Paddy und Lizzie dagelassen. Ihr ältester Sohn passt auf euch alle auf, bis eine von uns wieder nach Hause kommt.«

Bridget schaute zur Treppe hinüber, wo der Junge jetzt vornübergebeugt dasaß. »Der sagt doch nie was, und seine Wangen sind so rot, und er hilft dieser Dame. Er is so seltsam, Mam.«

»Findest du?« Gwen lächelte. »Er is 'n guter Junge, glaube ich, und hübsch dazu.«

Bridget errötete. »Der is doch hässlich wie die Nacht.«

»Sei nett zu ihm, und benimm dich anständig«, ermahnte Gwen ihre Tochter und umarmte sie noch einmal. Dann eilte sie davon, um mit der Straßenbahn ins Stadtzentrum zu fahren.

Bridget ging an die nächste Straßenecke, lehnte sich gegen einen schmutzigen Laternenpfahl und blickte ihrer Mutter nach, bis sie sie nicht mehr sehen konnte. Sie wischte sich die Tränenspuren von den Wangen. Sie hasste es, wenn ihre Mutter auf Arbeitssuche ging, denn dann war sie wirklich ganz allein in dieser schrecklichen Stadt namens New York. Starr vor Anspannung sah sie sich argwöhnisch um.

Dieser Junge, Joel, war verschwunden. Wahrscheinlich war er hinauf in die Wohnung gegangen, um sich um seine

Brüder und die Schwester zu kümmern. In gewisser Weise wünschte Bridget, er säße immer noch auf der Treppe. Ein paar dicke Frauen, die Tüten mit Lebensmitteln trugen, kamen die Straße herauf, und einige Männer stellten Karren mit Waren auf, die sie am Straßenrand feilbieten wollten. Einer röstete Maronen. Bridgets Magen begann wieder zu knurren. Sie durfte zwei Pennys ausgeben – genug für eine Marone, aber auch genug für zwei Pfefferminzbonbons.

Der Lebensmittelhändler kehrte den Gehweg vor seinem Laden. Der Schuhmacher öffnete gerade. Hoch beladene Einspänner, deren Fracht mit Segeltuch abgedeckt war, fuhren die Straße entlang. Auf der anderen Straßenseite spazierte ein Gentleman vorbei, der völlig fehl am Platz wirkte.

Bridget erstarrte. Sie schaute noch einmal genauer hin, und ihr blieb das Herz stehen. Großer Gott, der Herr sah aus wie der Graf!

Einen Moment lang starrte sie ihn entgeistert und ungläubig an, doch dann bog er um die nächste Ecke und war verschwunden. Endlich konnte sie wieder atmen.

Sie musste phantasiert haben – der Earl war in Irland, im County Clare, auf seinem Landsitz oder in Sussex, wo sein Vater lebte. Er konnte es nicht gewesen sein.

Doch das Unbehagen blieb, und sie hatte das Gefühl, beobachtet zu werden.

Bridget drehte sich um.

Zwei Männer beäugten sie. Der eine war klein und fett, der andere war kahlköpfig und kaute Tabak. Er spuckte einen Pfriem aus und grinste sie an.

Es war ein lüsternes Grinsen.

Bridget war wie gelähmt vor Angst.

Die beiden kamen auf sie zu.

Aus dem Augenwinkel sah sie den Jungen aus dem Haus kommen, in dem sie beide wohnten. Erleichtert drehte sie sich um und lächelte ihn an.
Er blieb abrupt stehen, seine Wangen begannen zu glühen, und er sah sie mit großen Augen an.
»Du heißt Joel, nicht wahr?«, sagte Bridget gerade, als es schlagartig finster wurde.
Der Sack, der ihr über den Kopf gestülpt wurde, roch nach faulen Kartoffeln. Panische Angst überkam sie. Hände packten nach ihr. Sie bekam keine Luft. Jemand hob sie über die Schulter. Sie schlug wild um sich, versuchte um Hilfe zu schreien, doch es kamen nur erstickte Laute aus ihrer Kehle.
»Halt die Klappe, dann passiert dir auch nix«, knurrte der Mann, der sie festhielt. »Sei ein braves Mädchen, sonst gibt's 'ne Abreibung, kapiert?«
Lassen Sie mich los! Lassen Sie mich sofort los! Mama!, versuchte Bridget zu schreien, doch aus ihrem Mund drangen nur diese heiseren, panischen, erstickten Laute. Sie zerrte an dem Sack, den man ihr über den Kopf gezogen hatte.
»Lass sie los!«, schrie der Junge wütend.
»Hey! Aua! Verdammt! Halt mir das verflixte Kind vom Leib! Aua! Der kleine Scheißer hat mich gebissen!«, brüllte der Mann.
»Lass Sie los, du Mistkerl!«, schrie der Junge.
»Aaah!«, schrie der Mann erbost und schmerzerfüllt.
Bridget spürte, wie er sie losließ. Sie schlug unsanft auf dem Pflaster auf, riss sich den Sack vom Kopf und blinzelte ins grelle Sonnenlicht.
Joel lag am Boden und rang mit dem fetten Mann, dessen Knöchel blutete. Bridget erkannte Bissspuren daran. Sie kauerte sich erschrocken zusammen, denn der fette Mann

hatte Joel an den Haaren gepackt, auf den Rücken herumgerissen und versetzte ihm einen brutalen Schlag ins Gesicht, woraufhin Joel sich nicht mehr rührte.

Ob er tot ist?, dachte Bridget entsetzt.

Dann packte jemand sie am Zopf und zerrte sie grob auf die Füße. Sie blickte in ein braunes Augenpaar, das sie mit stählernem Blick musterte. »Du kleine Hure«, knurrte der Mann, hob sie hoch und warf sie auf die Ladefläche eines klapperigen Fuhrwerks.

Mit der Kraft der Verzweiflung rappelte sie sich auf und versuchte von dem Karren zu springen.

Der Mann schlug ihr ins Gesicht, so dass sie stürzte und mit dem Kopf gegen die Seitenstrebe schlug. Für einen Moment sah sie Sterne.

Ihre Handgelenke wurden gepackt und gefesselt, dann wurde Joel neben sie geworfen. Er blieb bäuchlings liegen und rührte sich nicht. Vielleicht war er tot. Bridget sah nur sein schrecklich blasses Gesicht, bevor man ihr auch die Fußgelenke fesselte und sie auf den Rücken geworfen wurde. Ihr Peiniger grinste auf sie herab. Sie starrte ihn nur stumm und verängstigt an. Dann zog er ihr wieder den Sack über den Kopf. Das Fuhrwerk ruckte ein wenig, als die beiden vorn aufstiegen, dann rollte es an.

Allein in der Dunkelheit, den toten Jungen neben sich, begann Bridget um Hilfe zu beten.

Francesca betrachtete die ansehnliche Villa, in der das *Jewel* untergebracht war. Sie fühlte sich ganz krank, so sehr sie sich auch bemühte, nicht weiter über das Scheitern ihrer Beziehung zu Calder Hart nachzudenken. Sie hatte schließlich einen Fall zu lösen, Kinder zu retten. Dennoch verfolgte

Calder sie in ihren Gedanken wie ein dunkler, quälender Schatten. Die Trennung hatte ihr unglaublich wehgetan.

Dabei war sie gerade erst von seiner Villa zurückgekehrt. Nicht, dass sie ihn hätte sehen wollen – sie hoffte, er möge ihr nie wieder unter die Augen kommen. Francesca hatte Dot und Katie besuchen wollen. Aber die Kinder waren auf Braggs Wunsch zum Krankenhaus gebracht worden, um Leigh Anne zu sehen. Bragg selbst war, wie Francesca erfahren hatte, seiner Frau die ganze Zeit über nicht von der Seite gewichen. Hart war ebenfalls nicht zu Hause gewesen, sondern schon in aller Herrgottsfrühe ins Büro gefahren. Francesca empfand beinahe so etwas wie Hass auf ihn.

Sie atmete noch einmal tief durch, dann stieg sie die drei breiten Stufen zum Eingang des eleganten Backsteingebäudes an der Kreuzung von Nineteenth Street und Fifth Avenue hinauf. Das Haus hatte einmal einem Gentleman gehört. Daisy hatte Francesca die Adresse gegeben, außerdem ein kleines Fläschchen mit Schlafmittel, das man in einen Drink mischen konnte. Und Rose hatte ihr das Kleid geliehen, das sie nun trug. Bei der Farbe hatte die Besitzerin mit ihrem Namen Pate gestanden, der Ausschnitt war tief, Ärmel und Saum waren mit schwarzer Spitze besetzt. Francesca hatte reichlich Wangen- und Lippenrouge aufgetragen und sich die Augen mit einem schwarzen Kohlekajal geschminkt. Sie sah aus wie ein völlig anderer Mensch, nichts an ihrer Erscheinung erinnerte mehr an Francesca Cahill.

Ein Butler öffnete die Tür, nahm ihre Karte entgegen und führte sie in einen eleganten Salon. Dort bat er sie zu warten, entfernte sich und schloss die Tür hinter sich. Neugierig und froh, endlich von ihren Gedanken an Calder Hart abgelenkt zu werden, blickte sich Francesca in dem Raum um.

Der Salon war in einem angenehmen hellen Grün gehalten. Von der Decke hing ein riesiger Kristallkronleuchter, Gemälde in vergoldeten Rahmen zierten die Wände. Soweit Francesca es beurteilen konnte, handelte es sich um französische Malerei aus dem späten achtzehnten Jahrhundert. Die Möbel wirkten abgenutzt, die Bezüge schienen jedoch aus kostbaren Stoffen zu bestehen, und Francesca vermutete, dass man abends nicht bemerkte, wie verschlissen sie tatsächlich waren. Sie fragte sich, wofür dieses Zimmer wohl genutzt wurde. Erwarteten die Herren hier ihre Begleiterinnen? Beim Betreten des Hauses hatte Francesca ein Esszimmer bemerkt, und in der Empfangshalle stand ein Klavier. Sie war ganz fasziniert, stellte sich diesen Salon bei Nacht vor, voller Herren und Prostituierter, erfüllt von Lachen und Unterhaltungen.

Die Flügeltür wurde schwungvoll geöffnet.

Francesca wandte sich um. Eine überaus elegante und attraktive platinblonde Frau in einem bemerkenswert schlichten hellblauen Kleid stand zwischen den beiden Türflügeln. Francesca erkannte, dass es sich um ein sehr kostspieliges Kleid handeln musste, denn es war aus feinster Seide geschneidert. Das Herz wurde ihr schwer. Sie schätzte, dass Solange Marceaux nur sechs oder sieben Jahre älter war als sie selbst, und die Bordellbetreiberin war unglaublich elegant und wunderschön. Wieder stieg Übelkeit in Francesca auf. Ihr Blick wanderte von Solanges feinen, klassischen Zügen zu ihren Händen hinab, die schneeweiß waren. Sie trug nur zwei Ringe: einen mit einem kleinen Granat zwischen zwei kleineren Diamanten und einen aus Gold mit einem großen Türkis. Der einzige weitere Schmuck bestand aus kleinen Diamantohrringen in der Form von Blumen, von denen Francesca wusste, dass sie von Asprey stammten.

Bestürzung und Schmerz überwältigten sie erneut. Gestern Abend erst hatte sie Glück und Ekstase in Calder Harts Armen erfahren, heute wollte er nichts mehr von ihr wissen. Und kürzlich erst hatte er sich in den dunkelsten Stunden der Nacht an diesem verbotenen und gefährlichen Ort mit dieser prächtigen Frau gemessen.

Francesca war nur allzu deutlich bewusst, dass ihm Solange Marceaux gefallen hatte.

»Miss Baron?«

Sie lächelte entschlossen, als sie den falschen Namen hörte, den sie dem Butler genannt hatte. »Madame Marceaux?«

»Ja. Ich fürchte, Sie sind im Vorteil, denn Sie scheinen mich zu kennen, während ich leider nicht weiß, mit wem ich das Vergnügen habe.« Sie schloss die Türflügel und schritt anmutig auf Francesca zu. Sie hatte die Figur einer Zwanzigjährigen.

»Ich bin eine Freundin von Rose. Sie weiß, dass ich zurzeit ohne Beschäftigung bin, und hat mir vorgeschlagen, einmal mit Ihnen zu sprechen. Sie hat mir Ihr Etablissement wärmstens empfohlen.« Francesca setzte ein freundliches Lächeln auf. Schließlich hatte sie hier Arbeit zu tun, eine Aufgabe zu erfüllen.

Solange zog mit gleichmütiger Miene ihre hellbraunen Augenbrauen hoch und bedeutete Francesca, Platz zu nehmen. Nachdem diese der Aufforderung gefolgt war, fragte sie: »Möchten Sie vielleicht einen Tee und Sandwiches?«

»Nein, vielen Dank«, erwiderte Francesca lächelnd.

Solange musterte sie nun offen, zunächst ihr Haar – das Francesca mit einer Brennschere in Wellen gelegt hatte und unter einem rosafarbenen Filzhut locker aufgesteckt trug –, dann ihre dunkel geschminkten Augen, ihre Wangen, ihre Nase, ihren Mund. Francesca ermahnte sich im Stillen, nur nicht rot zu werden – sie fühlte sich ausgesprochen unbehaglich. Doch es kam noch schlimmer: Nun betrachtete Solange ihre Brüste und ihre Taille. Endlich nahm sie gegenüber von Francesca Platz. »Sie sind eine sehr schöne Frau«, stellte sie fest.

»Vielen Dank«, antwortete Francesca mit brennenden Wangen.

»Werden Sie etwa rot?«

»Aber nein. Mir ist nur warm«, log Francesca, die Hände im Schoß gefaltet.

»Ich bevorzuge weniger Kosmetik. Die Mädchen hier sind elegant und nicht übertrieben geschminkt.«

Francesca reagierte erstaunt, zuckte dann jedoch die Schultern. »Ganz wie Sie wünschen, Madame.«

»Ich stelle grundsätzlich niemanden ohne entsprechende Referenzen ein«, sagte die Bordellbetreiberin gelassen.

Francesca griff lächelnd in ihre Handtasche – auf so etwas war sie vorbereitet. »Ich habe Ihnen ein paar Referenzen mitgebracht«, sagte sie, erleichtert, dass sie so umsichtig gewesen war. Sie reichte Solange die Bögen.

Die Minuten verstrichen, während Solange die drei Briefe eingehend studierte. Allmählich begann Francesca unruhig zu werden. Der erste Brief war ein kurzes Schreiben von Rose. Die anderen beiden stammten aus Francescas eigener Feder. Madame Marceaux würde gewiss nicht merken, das diese beiden bloße Lügen waren. Francesca hatte zwei Bordellwirtinnen erfunden, für die sie angeblich in den letzten vier Jahren in London gearbeitet hatte. Das waren Referenzen, die niemand so leicht überprüfen konnte.

Endlich blickte Solange Marceaux auf. »Sie haben also bis vorigen Monat in London gelebt«, sagte sie und beobachtete Francesca dabei sehr genau. »Ich liebe London.«
Francesca lächelte und hoffte, nicht ausgetrickst zu werden. »Ich auch.«
»Warum sind Sie denn dann wieder in die Vereinigten Staaten zurückgekehrt – denn offensichtlich sind Sie doch Amerikanerin, nicht wahr?«, fügte die Madame hinzu.
Francesca nickte und antwortete, ohne zu zögern: »Einer meiner Freier hat sich bedauerlicherweise in mich verliebt.«
»Tatsächlich? Nur einer?«
»Oh, natürlich haben mich Dutzende Männer angefleht, sie zu heiraten«, fuhr Francesca dreist fort, »aber in diesem Fall lagen die Dinge anders. Dieser Mann war ein bekanntes Mitglied der Londoner Gesellschaft, und unsere Liaison hätte ihm nur geschadet. Ich mochte ihn, verstehen Sie? Er war ein Gentleman. Ich bin gegangen, damit sein Ruf unbefleckt blieb.« In diesem Moment dachte sie mit einem Anflug von Bedauern an Rick Bragg.
»Wie großmütig von Ihnen. Und wie lautet der Name dieses Herrn?«
Francesca zog die Augenbrauen hoch. »Ich hoffe, Sie haben Verständnis, dass ich diese Information nicht preisgeben kann.«
»Na schön.« Solange zuckte nicht einmal mit der Wimper – es war unmöglich, zu erraten, was in ihrem Kopf vorging. Dann sagte sie: »Ich habe selbst einige Jahre in London gelebt. Mir scheint, wir waren sogar zur selben Zeit dort – im Jahr 1899. Allerdings habe ich nie von einer Madame Tiffany gehört, während Mrs Stanton eine gute Freundin von mir war.«
Francesca, die diese Mrs Stanton frei erfunden hatte, wäre

beinahe in Ohnmacht gefallen. Doch sie fing sich rasch wieder und lächelte. Sie hatte bei ihren erfundenen Referenzen keine weiteren Details genannt – weder Adressen noch die Namen der Etablissements. »Wir leben nun einmal in einer kleinen Welt.«

»Wie wahr. '99 war ihr Etablissement in einem hübschen Stadthaus in Belgravia untergebracht. Befindet es sich immer noch dort?«

Francesca lächelte sie weiter an und ihre Gedanken überschlugen sich dabei. Sie entschied sich, alles zu riskieren. »Wie Sie sicher wissen, gab es in der Nachbarschaft einige Aufregung. Nachdem sogar die Polizei eingeschaltet wurde, hat sich Mrs Stanton entschieden, nach Knightsbridge umzuziehen.«

»Tatsächlich?« Wieder wanderten die Augenbrauen der Madame in die Höhe.

Francesca fühlte sich mittlerweile, als sei ihr das Lächeln ins Gesicht gemeißelt. »Das neue Etablissement ist sogar noch hübscher als das alte.«

»Knightsbridge ist ein reizender Vorort«, war alles, was Solange Marceaux darauf sagte.

Wusste sie es? Wusste sie, dass Francesca eine Betrügerin war? Gab es wirklich eine Mrs Stanton? Francescas Bruder reiste häufig – hatte er möglicherweise eine beiläufige Bemerkung gemacht, die sie sich unbewusst gemerkt hatte? Oder war dies nur ein Trick?

Wie Calder bereits gesagt hatte: Diese Frau war zweifellos eine meisterhafte Pokerspielerin.

Solange brach das Schweigen gerade rechtzeitig, ehe es zu bedrückend wurde. »Sie scheinen mir gebildet zu sein, Miss Baron. Darf ich fragen, ob meine Einschätzung zutrifft?«

Francesca zögerte nicht eine Sekunde. »Ja.«
Solange blickte sie fragend an.
Francesca zuckte mit den Schultern. »Ich stamme aus einer vornehmen Familie, aber es liegt nicht in meiner Natur, zu heiraten, daher wurde ich enterbt.«
»Verstehe. Das habe ich schon des Öfteren gehört. Sie sind deshalb nicht verbittert?«
Francesca lächelte, blickte zur Seite. »Nein. Ich mag meine Arbeit«, behauptete sie und Bilder der vergangenen Nacht schossen ihr durch den Kopf.
»Wie alt sind Sie?«
»Dreiundzwanzig«, log Francesca.
Solange erhob sich. »Sie sind eine interessante Frau. Und ihre Referenzen sind tadellos.«
Francesca stand ebenfalls auf. Offenbar war das Gespräch damit beendet. War das Sarkasmus, was sie aus dem Mund von Solange Marceaux vernahm? Es war schwer zu beurteilen, da sich der Gesichtsausdruck der Bordellbetreiberin niemals veränderte.
»Ich bin bereit, es mit Ihnen zu versuchen. Ich muss Sie allerdings warnen – unsere Gäste sind sehr anspruchsvoll.«
Francesca war ganz atemlos vor Aufregung. *Sie hatte gewonnen.* »Wie anspruchsvoll?«, hauchte sie.
Solange sah sie an. »Wie ich sehe, scheint Sie das zu erregen. Das ist gut.« Sie lächelte sie zum ersten Mal an – ein Lächeln, das ihre hellblauen Augen zum Strahlen brachte.
»Wie anspruchsvoll?«, fragte Francesca noch einmal.
»Die Herren, die dieses Etablissement aufsuchen, sind auf der Suche nach Vergnügungen, die ihnen in anderen, eher konservativen Bordellen nicht geboten werden. Wir erfüllen jeden Wunsch. Sie werden sehr wagemutig sein müssen,

Miss Baron. Das Einzige, was wir nicht erlauben, ist extreme körperliche Züchtigung. Ich ziehe es vor, wenn meine Damen am Leben bleiben«, fügte sie hinzu.

Francesca hielt das für eine lobenswerte Einstellung. »Worauf sollte ich mich vorbereiten?«

Solange antwortete, ohne zu zögern: »Kostümierung, Peitschen und Ketten, mehrere Herren oder auch mehrere Damen zugleich, Orgien, ein gewisses Maß an Brutalität, Perversität, Opium, Heroin, Kokain.«

Orgien, Brutalität, Perversität … Francesca nickte zustimmend und hoffte, dass sie nicht allzu bleich geworden war. Großer Gott, Calder hatte recht gehabt: Dies war ein überaus schmutziger, verderbter Ort.

Und was wäre, wenn heute Abend etwas passierte, etwas, dem sie sich nicht entziehen könnte?

Francesca schob den Gedanken rasch von sich, doch zum ersten Mal empfand sie Angst, obwohl sie Daisys Schlafmittel in der Handtasche bei sich trug.

»Ich glaube, Sie werden sich amüsieren. Einige unserer Gäste bevorzugen natürlich auch einfachen Sex oder wollen nur dabei zusehen, wenn ihre Freunde es wild treiben.« Solange Marceaux zuckte mit den Schultern, als könne sie das nicht recht begreifen. »Wann können Sie anfangen?«

»Heute Abend«, sagte Francesca und hoffte, dass es nicht wie eine eifrige Frage klang.

Solange nickte. »Sie erhalten zehn Prozent von dem, was ich für Sie verlange. Für die neuen Damen fordere ich immer exorbitante Summen. Nur sehr wenige bringen auf Dauer solche Preise ein. Vorerst werde ich dreihundert Dollar die Stunde für Sie verlangen – oder tausend Dollar für den ganzen Abend. Wenn Sie mir beweisen können, dass Sie es wert sind, werde ich diesen Preis beibehalten.«

Francesca blinzelte. Das war ein Vermögen! Doch sie antwortete überheblich: »Ich bin es wert.«

»Das möchte ich bezweifeln. Seien Sie heute Nachmittag um vier Uhr hier. Ich werde Ihnen Ihr Zimmer zeigen, und Sie haben genügend Zeit, sich auf den Abend vorzubereiten. Wir öffnen um neun, haben allerdings einige Stammgäste, die gelegentlich früher eintreffen.«

Francesca folgte der Madame in die Eingangshalle. Sie bebte vor Aufregung und konnte ihr Glück kaum fassen. »Ich danke Ihnen«, sagte sie.

Solange nickte, und endlich trat ein belustigtes Funkeln in ihre Augen. »Von jetzt an werde ich dich beim Vornamen anreden, und ich bin für dich Madame Marceaux. Ich will dir einen guten Rat geben«, fuhr die Bordellbetreiberin fort. »Du bist neu hier. Du kannst damit rechnen, den ganzen Abend über gut beschäftigt zu sein. Die Neuen werden immer gierig verschlungen.«

Ihre Wortwahl und der Ausdruck in ihren Augen waren eigenartig. Francesca bekam es mit einem Mal mit der Angst zu tun. Aber sie zuckte mit gespielter Lässigkeit die Schultern. »Ich bin immer sehr gefragt«, sagte sie.

»Hoffen wir, dass das auch weiterhin der Fall sein wird. Adieu, Emerald«, sagte Solange Marceaux, denn das war der Name, den Francesca für ihren Ausflug in das horizontale Gewerbe gewählt hatte.

Francesca brachte ein, wie sie hoffte, strahlendes Lächeln zustande. »A bientôt«, erwiderte sie.

KAPITEL 18

MONTAG, 31. MÄRZ 1902 – 15:00 UHR
»Sir? Das hier hat eben ein Bote gebracht. Der Junge sagte, es sei dringend. Auf dem Umschlag steht kein Name.«

Hart hatte gerade die vierte und letzte der geschäftlichen Besprechungen hinter sich gebracht, die seinen ganzen Tag beansprucht hatten. Zwei davon waren zu seiner großen Zufriedenheit verlaufen: Das Resultat der einen würde ihm ermöglichen, sein Schifffahrtsgeschäft bis nach Singapur und Hongkong auszudehnen, die andere hatte ihn in die Lage versetzt, seinen ersten van Gogh zu erwerben. Er hatte sich eben erst eine Zigarre angesteckt, um diesen Augenblick des Triumphes zu genießen. Doch das gelang ihm nicht – nach getaner Arbeit kehrten seine Gedanken sogleich zu Francesca zurück.

Er hatte sich den ganzen Tag über die größte Mühe gegeben, nicht an sie zu denken. In der vergangenen Nacht hatte er sich in seinem Arbeitszimmer eingeschlossen und war noch einmal seine Unterlagen durchgegangen, um sich auf die heutigen Gespräche vorzubereiten. Er war bis vier Uhr in der Frühe aufgeblieben, hatte dann aber trotz seiner Erschöpfung nicht in dem Bett schlafen können, in dem er mit Francesca gelegen hatte, und sich stattdessen für gerade einmal eine Stunde auf das Sofa im angrenzenden Wohnzimmer gelegt. Anschließend hatte er sich gewaschen und rasiert, hatte das Frühstück ausfallen lassen und war um halb sieben in seinem Büro gewesen. Die erste Besprechung hatte um acht bei einem Arbeitsfrühstück in einem privaten Club stattgefunden, und seitdem war ihm – bis jetzt – nicht ein einziger Moment zum Nachdenken geblieben.

Hart sprang auf. Er wollte nicht über sie nachdenken. Weder darüber, wie klug und wie unbefangen sie war, noch darüber, wie sinnlich und anziehend er sie fand. Und erst recht nicht darüber, wie ihre Augen, ihr Lächeln, ihre Berührung ihn betörten. *Verdammt.*

»Sir?«

Er hatte ganz vergessen, dass sein Sekretär auf der Schwelle seines riesigen Eckbüros stand. Erleichtert blies er den dichten, kräftigen Rauch seiner kubanischen Zigarre in die Luft. »Haben Sie schon Nachricht vom Krankenhaus?«, hörte er sich fragen. Er hatte an diesem Tag bereits dreimal einen Angestellten zum Bellevue Hospital geschickt. Leigh Annes Zustand hatte sich verschlechtert.

Edward, ein schlaksiger junger Mann mit dünnem, blondem Haar und einem dunkleren Schnurrbart, betrat das Zimmer, einen versiegelten Umschlag in der Hand. »Rodney müsste jeden Augenblick zurück sein, Sir.«

Hart nickte düster. Wieder einmal sah er Leigh Anne still und leichenblass in ihrem Bett liegen mit Bragg an ihrer Seite, der über die regungslose Gestalt gebeugt dasaß. »Lassen Sie mal sehen.« Er legte die Zigarre zur Seite. Es hatte einmal eine Zeit gegeben, da hätte es ihn bis zu einem gewissen Maße interessiert und auch amüsiert, eine von einem Boten überbrachte Nachricht ohne Absender zu erhalten. So etwas bedeutete meist ein ungewöhnliches Geschäft oder den Beginn einer verbotenen Affäre. Doch diese Zeiten waren vorbei. Jetzt ließ es ihn völlig kalt.

Er schlitzte den Umschlag mit einem Brieföffner auf, dessen Griff aus Elfenbein bestand, und zog das elegante, teure, cremefarbene Briefpapier hervor. Die Schrift war anmutig geschwungen, die Rechtschreibung fehlerfrei. Als Hart die Nachricht las, weiteten sich seine Augen.

Sehr geehrter Mr Hart,
es ist mir gelungen, das Problem, über das wir kürzlich gesprochen haben, zu lösen. Bitte suchen Sie mich bei nächster Gelegenheit in meinen Geschäftsräumlichkeiten auf. Gern schon am heutigen Abend.

Mit freundlichen Grüßen
Solange Marceaux

Hart faltete das Blatt sorgfältig. Seine Gedanken überschlugen sich, und ein Lächeln breitete sich auf seinem Gesicht aus. Solange Marceaux hatte ein Kind für ihn beschafft. Er nahm sich vor, noch am selben Abend das *Jewel* aufzusuchen, und hoffte, diesen schmutzigen Fall damit aufklären zu können. Wie gern hätte er Francesca davon erzählt! Doch das war keine gute Idee. Nicht, wenn er ihr die Möglichkeit geben wollte, ihrem Herzen zu folgen. Er erhob sich. Es war an der Zeit, seinem Bruder einen Besuch abzustatten. »Edward, lassen Sie Raoul mit der Kutsche vorfahren und sagen sie meinen letzten Termin ab. Ich werde selbst ins Bellevue fahren.«

Sie hatte schon vor langer Zeit aufgehört zu weinen. Bridget saß auf dem Boden in einer Ecke des beinahe leeren Raumes, der nur mit einer Kommode und einem großen

Bett eingerichtet war. Sie hatte die Arme um die Knie geschlungen und zitterte hin und wieder. Es war wie ein Krampf, der sogar ihre Zähne zum Klappern brachte. Die beiden Männer – ihre Entführer – hatten sie vor wenigstens zwei Stunden auf dieses Bett geworfen, ihr die Fesseln abgenommen und den Sack vom Kopf gezogen. Sobald sie sich wieder frei bewegen konnte, war sie vom Bett geklettert und hatte sich in die Ecke gehockt, wo sie noch immer saß. Die Männer waren sofort verschwunden und hatten die Tür hinter sich abgeschlossen, aber sie blieb dennoch vor Angst erstarrt.

Der tote Junge lag auf dem Boden in der Nähe der Tür.

Bridget sah ihn an und musste sich zum wiederholten Mal übergeben. Eine Träne kullerte ihr über die Wange.

Sie hatte solche Angst. Wie sollte Mama sie hier finden und retten? Sie wusste, was diese Männer wollten; sie hatte es in ihren Augen gesehen. Sie war keine Närrin. Sie hatte Papa einige Male mit Mama im Bett gesehen und die beiden auch oft genug gehört, denn ihre Kate im County Clare hatte nur aus einem einzigen Raum bestanden, und das Bett ihrer Eltern war von dem ihren lediglich durch einen dünnen Vorhang getrennt gewesen. Einmal hatte sie Mama auch unten am Bach in den Armen des Grafen beobachtet. Mama hatte gelächelt. Bridget hatte sie noch niemals so glücklich gesehen. Sie war schön gewesen wie ein Engel.

Und der Graf hatte auch gelächelt und schien glücklich zu sein.

Bridget gab einen erstickten Laut von sich. Sie würde niemals wieder nach Hause zurückkehren, weder in diese schreckliche kleine Wohnung noch nach Irland, sie würde ihren Vater niemals wiedersehen und, was viel schlimmer war, auch nicht ihre Mutter. Und Mama würde vor Kummer sterben.

Sie kniff die Augen zu. Wie viel Zeit ihr wohl noch blieb, bis die Männer zurückkamen? Mama konnte sie nicht retten. Sie musste sich selbst etwas einfallen lassen, aber vor lauter Angst war sie kaum fähig, einen klaren Gedanken zu fassen. Sie musste eine Möglichkeit finden, hier herauszukommen.

Als sie in der Nähe der Tür ein leises Geräusch hörte, sah sich Bridget ängstlich nach einer Ratte um. Sie hasste Ratten. Manche waren so groß wie kleine Hunde. Falls sich eine Ratte im Zimmer befand, würde sie den toten Jungen auffressen. Sie musste etwas finden, womit sie die Ratte erschlagen konnte.

Bridget vernahm ein leises Seufzen.

Sie rappelte sich mühsam auf und sah sich noch einmal um, konnte aber keine Ratte entdecken. Ihr Blick fiel auf den Jungen. Jetzt glaubte sie aus seiner Richtung ein Stöhnen zu hören.

Sie starrte den leblosen Körper einen Moment lang ungläubig an – erst die beiden Schurken, dann eine Ratte und nun ein Geist? Doch dann sah sie, wie die Augenlider mit den dichten, schwarzen Wimpern flatterten.

Der Junge war gar nicht tot!

Bridget lief zu ihm, sank erleichtert neben ihm auf die Knie und hob seinen Kopf mit beiden Händen an. Aus der Wunde, die der fette Mann ihm zugefügt hatte, war eine Menge Blut gesickert. »Junge? Junge?«, flüsterte Bridget eindringlich, doch dann besann sie sich darauf, dass sie ja seinen Namen kannte – sie hatte nur so getan, als wüsste sie ihn nicht, weil er sie immer so anstarrte. »Joel! Wach auf! Wie schlimm bist du verletzt?«

Er stieß ein langes, tiefes Stöhnen aus.
Bridget hielt seinen Kopf im Schoß und hätte ihm am liebsten eine Ohrfeige versetzt, damit er aufwachte, bevor die beiden Männer zurückkamen. Aber das erschien ihr dann doch zu grob, fast schon grausam. Stattdessen packte sie seine mageren Schultern und schüttelte ihn. »Joel, ich bin's, Bridget O'Neil! Bitte wach auf! Wir müssen hier raus!«, rief sie.
Er öffnete langsam die Augen und schaute zu ihr auf, doch sein Blick war seltsam leer.
Hatte ihn der Schlag auf den Kopf etwa den Verstand gekostet? »Kannst du mich sehen? Weißt du, wer ich bin? Rede mit mir, du Dummkopf!«
Und dann sah sie, wie ein Schimmer des Begreifens in seine Augen trat. »Bridget?«, flüsterte er verwirrt.
»Gott sei Dank, du bist am Leben! Ich dachte, die hätten dich abgemurkst!« Sie umarmte ihn ganz fest, rückte dann jedoch hastig von ihm ab, als ihr klar wurde, was sie da tat.
Neben ihm auf dem Boden kniend, sah Bridget zu, wie Joel sich mühsam und offenbar unter Schmerzen aufrichtete und sich an den Kopf fasste. Gott sei Dank, allmählich nahm sein Gesicht wieder ein wenig Farbe an. Als er die Hand ansah, mit der er seinen Kopf betastet hatte, war sie voller Blut.
Bridget riss hastig ein Stück von ihrem Kleid ab. Der Stoff war vom vielen Tragen und Waschen so dünn, dass er leicht riss. »Ich dachte, du wärest tot«, sagte sie und rückte näher. Geschickt wickelte sie ihm den Stoffstreifen um den Kopf. »Weißt du noch, was passiert is?«
»O ja«, erwiderte er heiser, und seine Augen wurden ganz dunkel.
Ihre Blicke trafen sich.

Bridget sah die wilde Entschlossenheit in seinen Augen und schauderte.

»Wie lange sind wir schon hier? Autsch!« Er schob ihre Hand weg.

»Lass mich 'nen Knoten reinmachen, du Rotzlöffel«, tadelte sie, doch insgeheim schöpfte sie ein wenig Hoffnung – der Junge war nicht tot, und vielleicht würde es ihnen ja gemeinsam gelingen, zu fliehen.

Joel schob ihre Hand erneut fort und stand auf. Er wirkte schon deutlich weniger benommen. »Du bist jünger als ich, also wenn hier einer der Rotzlöffel is, dann wohl du!«, sagte er warnend und band sich selbst einen Knoten in seinen behelfsmäßigen Verband. »Also, wie lange sind wir schon hier? Und wo sind wir überhaupt?«

»Ein paar Stunden müssten's schon sein. Genau weiß ich's nicht«, erwiderte sie und stand ebenfalls auf. Dadurch, dass nun ein Stück von ihrem Rock fehlte, waren ihre Waden zu sehen, die in löcherigen Strümpfen steckten, »Ich hab keine Ahnung, wo wir sind. Die hatten mir so 'nen stinkenden Sack über den Kopf gezogen, so dass ich nix sehen konnte!«

Joel ging zur Tür und versuchte, sie zu öffnen.

»Abgeschlossen«, sagte sie, auch wenn es offensichtlich war.

Er warf ihr einen verächtlichen Blick zu. »Gib mir mal 'ne Haarnadel«, verlangte er.

»Ich hab keine. Du siehst doch, ich hab die Haare geflochten«, erwiderte sie, die Hände auf die Hüften gestemmt.

Joel warf ihr einen entrüsteten Blick zu, dann ging er zielstrebig zu dem Bett hinüber und hob mit gerümpfter Nase die dünnen Laken an.

Bridget begriff, was er vorhatte: Das Bett war offenbar von

einem Mann und einer Frau benutzt worden – man konnte riechen, dass darin jemand Sex gehabt hatte –, und Joel suchte nun nach Haarnadeln, die sich dabei gelöst hatten. Wie schlau von ihm!

Grinsend hielt er eine lange, wenn auch verbogene Haarnadel in die Höhe. »Sieh nur.«

Sie lächelte ihn an, dann runzelte sie die Stirn. »Was hast du damit vor?«

»Das Schloss knacken«, versetzte er mit selbstgefälligem Grinsen.

Bridget sah ungläubig zu, wie er die Nadel gerade bog und damit wieder zur Tür ging. Sie eilte ihm nach und blieb so dicht hinter ihm stehen, dass ihre sich entwickelnden Brüste seinen Rücken streiften. Joel zuckte zusammen. Bridget trat hastig einen Schritt zurück und beobachtete, wie er die Haarnadel in das Schloss steckte und geschickt darin herumstocherte. Einen Moment später schnappte das Schloss auf.

»Du meine Güte!«, stieß Bridget hervor. »Bist du etwa ’n Einbrecher?«

»Nee, das Klauen hab ich aufgegeben, seit ich Miss Cahill kenne«, entgegnete er. »Geh mal von der Tür weg, ich will nachsehen, ob da draußen auch niemand steht.«

Bridget gehorchte eilig.

Joel öffnete die Tür vorsichtig einen Spalt weit und spähte hinaus. Dann schloss er sie ebenso behutsam wieder.

»Was hast du gesehen?«, fragte sie atemlos.

»Keiner da«, verkündete er. »Am Ende vom Flur is ’ne Treppe und links von uns ’n Fenster.«

Bridget sah ihn zweifelnd an. »Hast du etwa vor, hier einfach so rauszuspazieren? Diese schrecklichen Männer sind doch bestimmt irgendwo da unten.«

»Wir springen aus dem Fenster«, entschied Joel.
Bridget schluckte nervös. »Na schön«, flüsterte sie.
»Keine Angst.« Er nahm ihre Hand. »Vielleicht steht ja 'n Baum vorm Fenster.«
Sie hoffte inständig, dass sie sich im ersten Stock befanden und vor dem Haus eine große, dicke Eiche stand. Aber vor allem hoffte sie, man möge sie bei ihrer Flucht nicht erwischen. Joel öffnete wieder behutsam die Tür, ohne dabei ihre Hand loszulassen. Seine Berührung war warm und beruhigend. Bridget warf ihm einen verstohlenen Seitenblick zu. Er war so tapfer!
»Los geht's«, flüsterte er.
Sie schlüpften in den leeren Flur hinaus und schlichen rasch an mehreren geschlossenen Türen vorbei zu dem Fenster, das ebenfalls geschlossen war. Joel ließ Bridgets Hand los, um es zu öffnen. Anfangs klemmte es, doch endlich ließ sich die schwere Scheibe nach oben schieben. Bridget beugte sich hinaus – und dann entfuhr ihr ein leiser Schrei. Sie waren sehr hoch oben, und der nächste Baum war viel zu weit entfernt, als dass sie ihn hätten erreichen können. »Wir werden uns das Genick brechen!«, rief sie.
Joel zögerte, dann entschied er: »Du bleibst hier. Ich versuche, runterzuklettern und Hilfe zu holen.«
»Aber du kannst doch nicht an 'ner Hauswand runterklettern!«, wandte sie atmelos ein. »Und ich will nicht allein hier bleiben!«
Joel wollte gerade etwas darauf erwidern, als auf der Treppe Schritte ertönten. »Du hast keine andere Wahl!«, rief er und schob sie zur Seite.
»Warte«, protestierte sie entsetzt, doch er kletterte bereits durch das Fenster.

»Hey! Hey! Das is das neue Mädchen – und der Junge haut durchs Fenster ab!« Der fette Schurke hatte beinahe den Treppenabsatz erreicht.

Joel saß bereits rittlings auf dem Fenstersims. »Ich komme zurück«, versprach er.

»Beeil dich«, drängte Bridget ihn und sah sich nach der Treppe um.

Beide Männer kamen auf sie zugelaufen. Tapfer stellte sie sich ihnen in den Weg.

»Kümmer dich um den Jungen!«, rief der Größere der beiden.

Joel lächelte sie an, und im nächsten Moment war er aus ihrem Blickfeld verschwunden.

Bridget stellte dem fetten Mann, der Joel so fest geschlagen hatte, dass sein Kopf blutete, ein Bein und brachte ihn zu Fall. Als der Schurke stürzte, empfand sie eine tiefe Befriedigung.

»Du verdammte kleine Schlampe!« Der große Mann stieß sie grob zur Seite und stürzte auf das Fenster zu.

Bridget packte ihn an der Hose und hielt ihn fest.

Er stieß einen Fluch aus, drehte sich um und trat nach ihr.

Doch sie klammerte sich mit aller Kraft an ihn.

Der fette Mann versetzte ihr einen Schlag. Durch die Schwärze, die sie umfing, hörte sie noch, wie der andere Mann sagte: »Scheiße! Der kleine Mistkerl hat es bis zur Straße geschafft. Komm mit, bevor er sich aus dem Staub macht!«

Ergeben ließ sie sich in die Dunkelheit fallen.

Es war bereits kurz nach vier, und sie war spät dran. Francesca hatte erwartet, von Solange Marceaux persönlich empfangen zu werden, aber stattdessen tauchte eine atemberaubende Brünette in ihrem Alter auf, die einen dünnen Satinmorgenrock und bestickte, hochhackige Schuhe trug. »Emerald?«

»Hallo«, sagte Francesca mit gespielter Heiterkeit. In ihre Hochstimmung mischte sich eine gewisse Nervosität. Sie hielt das sorgfältig in Papier verpackte Kleid umklammert, das ihr die Gräfin geliehen hatte.

»Ich bin Dawn.« Die Brünette lächelte. »Komm mit. Ich werde dir dein Zimmer zeigen.«

Francesca nickte und folgte Dawn durch die Eingangshalle, vorbei am Klavier, wo der Pianist bereits zu spielen begonnen hatte. Er war ein junger Mann, kaum älter als sie selbst. Als die beiden Frauen vorbeigingen, beäugte er zuerst Dawn und bedachte dann Francesca mit einem Lächeln. Dawns dünner Morgenrock war so durchsichtig, dass sie ebenso gut nackt hätte sein können, und als sie an dem Pianisten vorbeiging, wackelte sie mit dem Hinterteil. »Fred ist ein netter Junge«, bemerkte sie und zwinkerte Francesca zu.

Francesca vermutete, dass die beiden eine Affäre hatten. Sie rang sich ein Lächeln ab. Sie vermochte sich des unbehaglichen Gefühls nicht mehr zu erwehren, dass diese Nacht möglicherweise anders verlaufen würde, als sie es sich vorgestellt hatte.

»Das hier ist dein Zimmer. Hübsch, nicht wahr?«, sagte Dawn und ließ Francesca als Erste eintreten.

Die sah sich überrascht um. Es war in der Tat ein hübsches Zimmer mit elfenbeinfarbenen Wänden und rosa und grünen Akzenten. Dem großen Himmelbett schenkte Francesca weiter keine Beachtung. Es gab einen Kamin mit Marmorsims und davor einen netten Essbereich. Francesca legte ihre Handtasche auf einer Kommode ab und drehte sich um.

»Warte, ich hänge das für dich auf.« Dawn nahm ihr das Kleid ab und befreite es von dem Papier. »Oh, das wird dir sicherlich einige Bewunderer einbringen«, sagte sie mit einem frechen Grinsen.

»Das war meine Absicht«, erwiderte Francesca.

Dawn lachte. »Tee?« Ohne eine Antwort abzuwarten, ging sie mit geschmeidigen Bewegungen zum Tisch, wo ein silbernes Tablett mit einer Teekanne, Tassen und Untertellern sowie einigen Petit Fours stand, und schenkte zwei Tassen Tee ein.

Francesca setzte sich und strich ihr rosafarbenes Kleid glatt. »Wie lange arbeitest du schon hier?«, fragte sie.

Dawn nahm anmutig auf dem Sofa Platz, wobei die Strumpfbänder an ihren Schenkeln sichtbar wurden. »Ungefähr ein Jahr. Es ist ganz angenehm hier. Die meisten Frauen sind nett und wetteifern nicht so furchtbar miteinander«, sagte sie.

»Wetteifern?«, wäre es Francesca beinahe herausgerutscht, doch sie konnte sich gerade noch bremsen.

»Man weiß natürlich nie, wie so ein Abend verläuft. Einige der Gäste haben recht eigenartige Wünsche«, fuhr sie fort und warf Francesca einen verschmitzten Blick zu. »Du wirkst so damenhaft. Du wirst bestimmt sehr beliebt sein.«

»Das will ich hoffen«, brachte Francesca heraus.

»Kürzlich hatten wir einen spanischen Prinzen hier«, fuhr Dawn fort, als hätte sie Francesca gar nicht gehört. »Der hat *so* gut ausgesehen! Ich habe inständig gehofft, dass er mich auswählen würde – und das hat er auch getan! Mich und fünf andere Frauen. Er war einfach unersättlich, Emerald.

Aber natürlich hat er einen Schwanzring benutzt.« Sie verzog das Gesicht.

Francesca brachte mit größter Anstrengung ein Lächeln zustande. Einen Schwanzring?

»Es dauerte drei Tage, bis er müde wurde. Aber wir haben dabei alle ein Vermögen verdient, denn Madame Marceaux hat ihm zehntausend Dollar für die Orgie berechnet, weil wir alle so erschöpft und wund waren.«

»Das ist eine Menge Geld«, flüsterte Francesca, die befürchtete, dass ihre Wangen glühten. Was war ein Schwanzring? Sie würde Calder danach fragen – nur dass sie nicht mehr mit ihm redete. Sie rief sich in Erinnerung, dass sie Informationen benötigte. »Wie ist es, für Madame Marceaux zu arbeiten?«

Dawn zuckte mit den Schultern. »Aber mein Lieblingsfreier war dieser Junge. Es war sein fünfzehnter Geburtstag. Sein Vater brachte ihn her, und seine Wahl fiel auf mich. Keine Kniffe, keine Raffinessen, keine Hilfsmittel. Er war auch noch gut gebaut und konnte die ganze Nacht. Ich muss schon sagen, ich bin noch nie so oft gekommen.« Sie warf Francesca einen verführerischen Blick zu.

»Ich bin froh, dass Madame Marceaux mir die Möglichkeit gibt, hier zu arbeiten«, sagte Francesca. Inzwischen war ihr klar geworden, dass sie sich auf etwas eingelassen hatte, dem sie nicht gewachsen war.

»Sie hat ein gutes Händchen bei der Wahl ihrer Damen der Nacht«, hauchte Dawn. »Du bist so wunderschön. Du wirst gut fürs Geschäft sein.«

»Sie scheint eine sehr tüchtige Geschäftsfrau zu sein«, erwiderte Francesca.

»Versuch sie ja nicht zu betrügen«, mahnte Dawn lachend. »Dann wirst du hier nicht lange bleiben.«

Francesca zuckte innerlich zusammen – Schwindeln und Lügen galten doch zweifellos als Betrug? »Wie lange leitet sie denn dieses Etablissement schon?«
»Keine Ahnung.« Dawn, die dicht neben Francesca Platz genommen hatte, setzte sich gerader hin. »Interessierst du dich für Solange, Emerald?«
»Wie bitte?«, entfuhr es Francesca.
»Oh.« Dawn lachte. »Ich dachte, dass du vielleicht ...« Sie verstummte und strich leicht über Francescas Hand.
»Ich bin nur an einem guten Arbeitsverhältnis mit ihr interessiert.«
Dawn lächelte. »Lass uns ein Glas Wein trinken.« Sie erhob sich, wobei ihr Morgenrock aufschlug und ihre nackten, vollen Brüste sichtbar wurden.
Francesca blickte rasch zur Seite. »Sie scheint sehr fair zu sein«, sagte sie unsicher.
Dawn hatte eine Flasche weißen Burgunder aus einem Weinkühler gezogen. Sie zuckte die Schultern. »Ich vergöttere unsere Madame. Wir alle tun das.«
Francesca hatte das Gefühl, dass eher das Gegenteil der Fall war. Ganz offensichtlich hatte Dawn nicht den Wunsch, über ihre Arbeitgeberin zu reden. »Empfängt sie auch Freier?«, erkundigte sich Francesca neugierig, denn sie erinnerte sich daran, dass Calder ihr vorgeschlagen hatte, ihn zu unterhalten, indem sie mit Rose schlief.
Dawn wandte sich ihr zu, in jeder Hand ein Glas Weißwein. »Selten«, antwortete sie knapp.
Francesca entschied sich, das Themas zu wechseln, ehe sie sich mit ihren Fragen verdächtig machte. »Dürfen wir denn Alkohol zu uns nehmen?«, fragte sie.
»Solange wir uns nicht betrinken«, erwiderte Dawn, reichte

ihr ein Glas und ließ die Hand anschließend über Francescas Schulter gleiten. »Madame Marceaux zieht Alkohol den Drogen vor. Sie mag es, wenn wir keine Hemmungen haben.«
Sie ließ die Hand, die beinahe zärtlich über Francescas Schulter gestrichen hatte, sinken. Francesca erstarrte. War dies etwa ein Annäherungsversuch? Ihr Blick fiel auf die Handtasche auf der Kommode. Darin steckte das Betäubungsmittel, das sie von Daisy bekommen hatte.
Dawn ließ sich lächelnd wieder auf das Sofa sinken, diesmal noch dichter neben Francesca als zuvor. »Lecker«, sagte sie.
Francesca nahm hastig einen Schluck. »Womit darf ich heute Nacht rechnen? Mit einem spanischen Prinzen?« Sie lachte. Selbst in ihren eigenen Ohren klang es nervös.
Dawn musterte sie. »Im Grunde mit allem. Madame hat dir ja sicherlich erzählt, dass du um Hilfe rufen kannst, wenn es allzu rauh zugeht. Aber die meisten Männer hier sind nicht an Gewalt interessiert. Sie bevorzugen Perversionen.«
»Perversionen?«, fragte Francesca besorgt.
»Ein Mann wollte, dass ich es vor seinen Augen mit einem Hund treibe«, erzählte Dawn lächelnd.
Francesca erschrak bis ins Mark. Sie trank hastig von ihrem Wein, wobei sie aufpassen musste, dass sie sich nicht daran verschluckte.
»Er hat eine Deutsche Dogge mitgebracht«, erzählte Dawn lachend. »Das war wirklich seltsam.«
Francesca schluckte und tat einen tiefen Atemzug. »Oh, Hunde waren in London auch sehr beliebt«, zwang sie sich zu erwidern.
»Aber Pussis sind niedlicher«, schnurrte Dawn und warf ihr einen Blick zu. »Dafür brauchen wir auch keinen Mann.«

Francescas Gedanken überschlugen sich. Wieso redete Dawn denn plötzlich von Kätzchen? »Ja, die sind süß«, stimmte Francesca ihr zu.
Dawn schaute sie an, und es lag etwas in ihrem Blick, das keinen Zweifel an ihrer Absicht ließ. Sie erhob sich und sagte zu Francesca: »Ich will mit dir schlafen – nur so, zum Vergnügen … nur für uns zwei. Nicht damit uns irgendein fetter, alter Mistkerl mit stinkendem Atem dabei zusehen kann.«
Francesca stand ebenfalls auf. »Ist das denn erlaubt?«, brachte sie heraus.
Dawn zuckte mit den Schultern. »Solange zieht es vor, dass wir mit unseren Körpern Geld verdienen, aber sie muss ja nichts davon erfahren. Allerdings habe ich heute Abend einen Freier, der uns gern zusehen würde, Emerald. Falls du Angst vor Solange haben solltest«, fügte sie listig hinzu.
Geschah das alles wirklich? »Ja, natürlich«, hauchte Francesca. Insgeheim überlegte sie fieberhaft, wie sie aus dieser misslichen Lage herauskommen konnte. Die Flucht durch die Eingangstür schien ihr die beste Altnative zu sein.
Dawn packte sie am Arm. »Du hast so etwas noch nie gemacht, stimmt's?«, fragte sie ruhig. Ihr Gesicht war jetzt sehr ernst geworden, und ihre dunklen Augen durchbohrten Francesca.
Francesca blinzelte. »Aber natürlich habe ich …«
»Du bist noch Jungfrau und eine feine Dame dazu, nicht wahr?«, fiel Dawn ihr ins Wort, immer noch ruhig. Sie ließ sie nicht aus den Augen.
Francesca vermochte sie nur anzustarren. Und dann wanderte ihr Blick zur Tür. Sie war geschlossen.
»Wieso bist du hier?«, fragte Dawn. Doch sie schien nicht

wütend zu sein. Misstrauisch und wachsam, aber nicht wütend.

Francesca schluckte schwer und ergriff ihre Hand. Sie konnte kaum glauben, dass sie sich derart kühn benahm, aber wenn sich Dawn zu ihr hingezogen fühlte, musste sie sich das um der Kinder willen zunutze machen. »Ich bin Privatdetektivin«, sagte sie, »und ich bitte dich, mir zu helfen.«

Dawn schaute ihr in die Augen, dann wanderte ihr Blick zu ihren verschränkten Händen hinunter. Francesca wartete voller Angst ab, was geschehen würde. Endlich sah Dawn wieder auf und der Griff ihrer Hand wurde fester. »Erzähl mir, warum du hier bist. Vielleicht lasse ich mich ja überreden, dir behilflich zu sein.« Und dann schenkte sie Francesca ein kleines Lächeln, ehe sie ihre Hand wegzog.

Kapitel 19

Montag, 31. März 1902 – 17:00 Uhr

Die Wunde hatte wieder angefangen zu bluten. Außerdem hatte er rasende Kopfschmerzen. Joel war seit seiner Flucht aus dem trügerisch hübschen Backsteinhaus, in dem er und Bridget gefangen gehalten worden waren, nur gerannt. Nun jedoch schleppte er sich nur noch hinkend vorwärts und rang mühsam nach Luft. Er musste sich wohl bei dem Sprung den Knöchel verstaucht haben. Sein Kopf fühlte sich an, als schlüge jemand unablässig mit einem Hammer von innen gegen seine Schädeldecke. Aber Mulberry Bend war nur noch eine Straßenecke entfernt. *Er hatte es geschafft.* Nur dass er Bridget an diesem entsetzlichen Ort mit den beiden Schurken hatte zurücklassen müssen. Joels erster Gedanke war gewesen, ins Villenviertel zu fahren, um Miss Cahill zu alarmieren, doch das hätte zu lange gedauert. Mr Hart hätte er ebenfalls um Hilfe bitten können, doch auch der Weg zu dessen Büro im Stadtzentrum wäre zu weit gewesen. So sehr Joel die Polizei auch hasste und fürchtete, das Präsidium lag nun einmal am nächsten. Als das Gebäude endlich vor ihm aufragte, verstärkte sich sein Hinken, und seine Angst wurde größer.

Was, wenn ihm niemand glaubte? Wenn sie ihn einfach in eine Zelle steckten? Es konnte Tage, Wochen, Monate, ja sogar Jahre dauern, bis jemand herausfand, wo er war, bis er wieder freikam und nach Hause durfte! Joel hatte solche Geschichten gehört, schreckliche Geschichten, in denen die verdammten Polypen unschuldige Jungen und Männer in den Knast steckten und lachend den Schlüssel wegwarfen. Er hasste die Polypen mehr als irgendjemanden sonst.

Aber ihr Boss war in Ordnung, das musste Joel widerstrebend eingestehen. Er blieb zitternd an der Steintreppe vor dem Eingang stehen. Noch nie hatte er das Präsidium aus freien Stücken allein betreten. Aber allzu oft war er an den Haaren oder am Ohr hineingezerrt worden, weil er wieder einmal die eine oder andere Geldbörse gestohlen hatte und erwischt worden war. Doch dann kehrten seine Gedanken zu Bridget zurück.

Was, wenn sie ihr gerade wehtaten, während er hier stand und sich wie ein elender Feigling aufführte?

Tapfer stieg er die Stufen hinauf.

Zwei Polypen kamen gerade aus der Eingangstür, als er hineinging. Sie würdigten ihn keines Blickes, ganz so, als existiere er nicht oder als sei er unsichtbar.

Joel erstarrte und schaute bestürzt zum Tresen hinüber, wo er keinen der wachhabenden Beamten erkannte.

Er hörte laute, erboste Stimmen und sah, dass sich zwei Betrunkene in der Zelle stritten. Sein Blick huschte wieder zum Tresen und er überlegte, wie er die Sache anfangen sollte. Vielleicht wäre es das Beste, direkt nach oben in Braggs Büro zu gehen.

Er lief auf die Treppe zu.

»Hey! Hey, du! Bleib stehen, Junge!«

Joel rannte schneller und erreichte die Treppe.

»Haltet den Jungen auf!«

Er hatte den ersten Treppenabsatz erreicht und wollte gerade um die Ecke biegen, als ihm zwei Beamte entgegenkamen, die auf dem Weg nach unten waren.

»Haltet ihn fest!«
Die beiden Polizisten erkannten, was los war, und wollten ihn packen. Joel wich ihren Händen geschickt aus und rannte den Flur entlang. Hinter ihm ertönten Schritte und laute Rufe.
Die Tür zum Büro des Commissioners war geschlossen. Ihm blieb keine Zeit, um anzuklopfen. Joel riss die Tür auf und stürzte ins Zimmer, wo er ungläubig stehen blieb – der Stuhl hinter dem Schreibtisch war leer.
Eine fleischige Hand umklammerte von hinten seine magere Schulter. »Hab ich dich!«, sagte der Mann.
Joel versuchte sich umzudrehen, aber der Polizist drehte ihm rasch die Hände auf den Rücken und fesselte sie. »Ich muss mit dem Commissioner reden!«, schrie Joel.
»Einen Dreck musst du, mein Junge«, versetzte der große, kräftige Polizist verächtlich. »Sieht ganz so aus, als hätten wir's hier mit versuchtem Einbruch zu tun!«
Der andere Polizist und der Beamte vom Tresen unten kamen ins Zimmer. »Verrücktes Kerlchen«, brummte der Polizist und schüttelte den Kopf.
»Ich bin nicht verrückt!« schrie Joel. Dann musste er an Bridget denken, und zu seinem Entsetzen stiegen ihm Tränen in die Augen. »Meine Freundin is entführt worden, sie heißt Bridget, aber ich konnte entkommen und sie braucht Hilfe, bevor die ihr was antun!«
»Aber sicher«, sagte der große Polizist lachend. »Steck ihn zu den beiden Trunkenbolden in die Zelle, ich schreib den Bericht.«
Der andere Polizist packte Joel am Ellenbogen und führte ihn aus Braggs Büro. »Der Junge blutet am Kopf«, bemerkte er. »Sollen wir uns das mal ansehen?«

»Sind wir hier etwa im Bellevue?«, versetzte sein Kollege.
»Sie müssen mir helfen!«, schrie Joel. »Bitte! Sagen Sie wenigstens dem Commissioner Bescheid. Der wird mir helfen, das weiß ich!«
»Halt die Klappe«, knurrte der große Polizist und versetze Joel eine Ohrfeige.
Der Junge schrie auf, als ihn der brutale Schlag traf. Er hatte sich auf die Lippe gebissen und schmeckte Blut. Während er die Treppe hinuntergezerrt wurde, fand er seine Stimme wieder. »Leck mich doch!«, fauchte er hasserfüllt.
Der Polizist drehte sich um und holte zu einem weiteren Schlag aus.
Joel zuckte zurück.
Der andere Polizist packte seinen kräftigen Kollegen am Arm. »Hör auf, den Jungen zu schlagen«, sagte er.
Joels Herz schlug so heftig, dass es wehtat. Er grinste den kräftigen Polizisten unverschämt an.
Der grinste verächtlich zurück. »Ich schätze, wir können die Anklage noch um einen kleinen Diebstahl erweitern, mein Junge«, sagte er und schob Joel ein paar Stifte und Büroklammern in die Tasche.
Joel starrte ihn mit wachsendem Entsetzen an. Einbruch und Diebstahl – dieses Mal würde er wirklich im Knast landen!
Der Polizist lachte, wandte sich ab und ging davon.
Joels Augen füllten sich mit Tränen. »Die werden Bridget was antun!«, flüsterte er verzweifelt. »Bitte, ich muss mit Mr Bragg reden.« Ihm blieb keine andere Wahl, als den etwas netteren Polypen regelrecht anzuflehen. »Sagen Sie ihm, dass Joel Kennedy hier ist. Er will bestimmt mit mir sprechen.«
»Der Commissioner kommt heute nicht ins Büro«, entgeg-

nete der Polizist. Sie näherten sich nun der Zelle mit den beiden Betrunkenen, von denen einer auf dem Boden schlief und der andere gerade in eine Ecke pinkelte. »Hey, Artie! Benutz den verdammten Topf, klar?«

Artie nickte mit einem albernen Grinsen, ohne sein Tun zu unterbrechen.

Joel war verzweifelt. »Dann muss ich mit Miss Cahill reden«, sagte er. »Bitte, Sir. Ich muss unbedingt mit Miss Cahill reden!«

Der Polizist stutzte. »Francesca Cahill? Die Privatdetektivin?«

Joel nickte eifrig. »Sie is 'ne Freundin von mir. Und ich arbeite für sie. Ich weiß, wo die vermissten Mädchen sind. Ich komme gerade von da, Sir. Und darum muss ich mit Commissioner Bragg oder mit Miss Cahill reden.«

Der Mann starrte ihn an. Dann griff er nach dem Schlüsselring, der draußen an der Zelle hing, und sagte: »Ich werde den Commissioner nicht belästigen, wo seine Frau doch gerade im Krankenhaus liegt. Aber ich kann versuchen, Miss Cahill eine Nachricht zukommen zu lassen. Glaub nur nicht, dass ich dir deine Geschichte glaube«, fügte er hinzu. »Aber es kann ja nicht schaden, einen Mann loszuschicken.«

»Sie wohnt an der Fifth Avenue, Nummer 810«, rief Joel eifrig.

Der Polizist, der gerade die Zelle aufschloss, blinzelte und sah ihn erstaunt an. »Vielleicht sagst du ja doch die Wahrheit«, bemerkte er nachdenklich. »Erzähl nur weiter.«

Joel betrat die Zelle und umklammerte die Gitterstäbe. »Sehen Sie nur zu, dass Sie Miss Cahill finden«, sagte er. Die Tür fiel zu, und der Schlüssel drehte sich im Schloss.

Sie waren alle da, genau wie er es erwartet hatte. Hart stand auf der Schwelle des Krankenhauszimmers. Bragg saß zusammengesunken in dem Sessel, der Leigh Annes Bett am nächsten stand, und obgleich er ihre Hand hielt, schien er zu schlafen. Grace saß neben ihm. Rathe stand am Fenster und starrte hinaus, und Rourke hatte auf einem Stuhl am Fußende des Bettes Platz genommen und blätterte in einer Ausgabe von *Harper's Weekly*. Die Tragödie forderte ihren Tribut: Grace wirkte blass und erschöpft, Rathe war unrasiert und machte ebenso wie Rourke einen abgespannten Eindruck. Und sein Halbbruder glich eher einem Gespenst als einem lebenden Wesen.

Mitleid regte sich in ihm, doch Hart schob es beiseite. Er weigerte sich, einen Mann zu bedauern, der Francescas Herz so sorglos in seinen Händen hielt.

»Möchte jemand eine kleine Erfrischung?« Nicholas D'Archand tauchte neben Calder auf, ein Tablett mit Kaffeebechern und Gebäck in den Händen. »Hallo, Calder.« Sein Lächeln verwandelte sich in eine Grimasse.

Alle zuckten zusammen und wandten sich zu ihm um – alle außer Rick, der aufwachte, gähnte und sich das Gesicht rieb. Nick betrat das Zimmer, setzte das Tablett auf einem Wägelchen ab und teilte Kaffee aus wie ein Soldat, der seinen Dienst auf dem Schlachtfeld versieht. Hart verharrte noch immer an der Türschwelle. Er starrte wieder auf die hängenden Schultern seines Bruders. Rick hatte sich vorgebeugt und strich Leigh Anne gerade ein paar Haarsträhnen hinter das Ohr. Als Hart sie ansah, vermochte er sein Mitleid nicht länger zu unterdrücken, denn sie schien mehr tot als lebendig.

Rourke trat auf ihn zu. »Das wurde aber auch langsam Zeit«, bemerkte er trocken.

Hart sah ihn an. »Gibt es gute Neuigkeiten?«
Rourke zögerte und begegnete seinem Blick. »Ich fürchte, nein.«
Damit war also der Moment der Wahrheit gekommen – für Francesca und auch für ihn selbst.
Und Rourke wusste das. Er drückte Harts Arm. »Tut mir leid. Danke, dass du gekommen bist, Calder«, sagte er leise.
Nun, da er sich bewusst war, dass das Ende nahte – nicht nur für Leigh Anne, sondern auch für ihn und Francesca –, fiel ihm das Sprechen schwer.
Rourke fuhr zusammen.
Hart spürte, dass jemand hinter ihm stand, und drehte sich um.
Er erblickte Sarah Channing, die nervös lächelte. Ihre braunen Augen schienen noch größer als gewöhnlich, und es lag ein besorgter, mitleidiger Ausdruck darin, der jedoch nicht ihm galt, sondern Rourke, denn auf ihn war ihr Blick gerichtet. Sie hatte Blumen mitgebracht. Hart bemerkte an ihrer Hand einen seltsamen grünen Fleck: Farbe. »Ich habe gerade erst davon erfahren. Es tut mir so leid«, flüsterte sie.
Rourke hatte sich rasch wieder gefasst und trat auf sie zu. »Wie nett von Ihnen, dass Sie gekommen sind. Das wäre doch nicht nötig gewesen«, sagte er und schaute sie unverwandt an.
Nun war es an Hart, überrascht zu sein, als er die beiden beobachtete. Zum ersten Mal sah er, was Francesca angedeutet hatte, und er dachte: *Daher weht also der Wind. Wie eigenartig.*
Noch überraschter war er, als Sarah Rourkes Hand nahm und sie drückte, woraufhin der sie an sich zog und mit geschlossenen Augen und einem Ausdruck der Verzweiflung

auf dem Gesicht fest umarmte. Für einen Moment standen sie so da, doch dann ließ er sie rasch wieder los und sagte betreten: »Es tut mir leid.«

»Ist schon gut«, flüsterte sie, und ihre Augen füllten sich mit Tränen.

»Würden Sie ein paar Schritte mit mir gehen?«, erkundigte sich Rourke. »Ich könnte ein wenig frische Luft gebrauchen.«

Sarah nickte.

Nachdem die beiden gegangen waren, betrat Hart den Raum. Er ging zunächst auf Grace zu, die ihn unter Tränen anlächelte. Als er sie auf die Wange küsste, griff sie wie eine Ertrinkende nach seiner Hand und klammerte sich daran.

Rathe kam dazu und klopfte ihm auf den Rücken. Dann zupfte er seine Frau am Ärmel, woraufhin Grace sich erhob und Nicholas bedeutete, ihnen aus dem Zimmer zu folgen. Damit war Hart allein mit seinem Halbbruder.

Bragg sah Hart an. Sein Gesichtsausdruck war gequält, und er sah ganz elend aus. Und in diesem Moment, als sich ihre Blicke trafen, sah Hart mit einer Klarheit, als sei es gestern gewesen, ein Bild vor sich. Er war wieder zehn Jahre alt, und sie befanden sich nicht mehr in dem Krankenhauszimmer, sondern in der heruntergekommenen Einzimmerwohnung, in der er gelebt hatte, solange er sich erinnern konnte. Seine Mutter, Lily, lag im Bett, so unglaublich schön mit ihrer elfenbeinfarbenen Haut und dem rabenschwarzen Haar, und doch war sie todkrank. Rick hielt ihr ein Glas Wasser an den Mund, aber sie war so schwach, dass sie nicht schlucken konnte. Calder sah vom Fußende des Bettes zu. Er wusste, dass das Ende bevorstand, und wünschte sich verzweifelt, seine Mutter möge noch ein letztes Mal aufwachen.

Er schwor zu Gott, dass er niemals wieder mit ihm sprechen würde, wenn sie sterben sollte. Aber die Angst war größer als die Wut, und stille Tränen kullerten über seine Wangen. Er hatte so furchtbare Angst, allein zurückzubleiben.

Stirb nicht, dachte er nur immerzu. *Bitte stirb nicht!* Panik überwältigte ihn und drohte ihn zu ersticken.

»Bitte trink doch, Mutter«, flüsterte Rick. Er schwitzte stark, während er ihr den angeschlagenen Becher an die Lippen hielt. Calder fragte sich, ob er wohl ebensolche Angst hatte. Doch das glaubte er nicht. Sein älterer Bruder war immer so tapfer und stark, tat immer das Richtige – und zankte Calder ständig aus, weil er meist das Falsche tat.

Deshalb liebte Lily ihn auch viel mehr.

Lilys Lider begannen zu flattern und dann war plötzlich keine Bewegung mehr zu erkennen.

Calder erstarrte. »Ist sie …?« Er brachte das Wort nicht heraus.

Rick drehte sich zu ihm um, bleich und mit gequältem Blick. Dann legte er das Ohr auf die Brust ihrer Mutter.

Calder hielt es nicht mehr aus. Er wandte sich ab und rannte, hinaus aus dem säuerlich riechenden Zimmer, in dem schon seit so vielen Wochen der Geruch des Todes hing, hinaus aus der schmutzigen und verwahrlosten Wohnung und dem verfallenden Gebäude. Auf der Straße rannte er weiter. Er wich Karren und Kutschen aus, Pferden und Maultieren und Menschen, und er rannte, so schnell ihn seine Füße trugen. Wie konnte sie ihn nur verlassen? Er hatte so schreckliche Angst. Vor lauter Tränen sah er fast nichts mehr.

Irgendjemand rief ihm etwas zu. Er stolperte und fiel hin, landete auf Händen und Knien, ein Karren konnte ihm gerade noch ausweichen. Der Mann, der die Zügel in der

Hand hielt, stieß im Vorbeifahren einen Fluch aus. Dann fühlte Calder, wie ihn jemand an der Schulter packte, und ohne sich umzusehen, wusste er, dass es Rick war.

»Lass mich los!«, schrie er und versuchte, sich aus dem Griff seines Bruders zu winden.

»Willst du etwa auch sterben?«, brüllte ihn Rick an und zerrte ihn auf die Füße.

»Lass mich los!«, schrie er wieder, verstummte dann aber. Er hatte das Gefühl, als ob sein Herzschlag aussetzte. »Ist sie …?«

Rick sah ihn an und schüttelte den Kopf. »Nein. Noch nicht.« Der Griff um seinen Arm verstärkte sich. »Wir müssen zurückgehen. Sie braucht uns.«

Er versuchte sich erneut zu befreien, doch es gelang ihm nicht. Jeder Tag schien irgendwie der letzte zu sein und war es dann doch nicht. Er wollte, dass sie lebte, wusste aber, dass sie sterben musste – dazu brauchte er keinen Doktor. Doch mit der Erleichterung kam wieder die Furcht und diese große Erschöpfung. Er konnte es nicht mehr ertragen, sie so zu sehen. Es tat zu weh. Und er konnte diesen Todesgeruch nicht mehr aushalten. »Sie braucht dich.«

»Komm schon«, sagte Rick, als hätte er ihn gar nicht gehört. »Wir müssen nach Hause. Ich muss fragen, ob Doc Cooper vorbeikommt.«

»Cooper wird nicht kommen, weil wir ihn nicht bezahlen können.« Endlich gelang es Calder, seinen Arm aus Ricks Griff zu entwinden. Wenn er groß war, würde er niemals wieder arm sein. Arm zu sein war etwas für Dummköpfe, für Narren. Eines Tages würde er so reich sein, dass er alles erkaufen konnte – sogar das Leben eines geliebten Menschen. Eines Menschen wie seine Mutter.

Hart schüttelte die Erinnerung ab, die ihm so klar vor Augen stand und noch immer einen Schmerz in ihm wachrief. Lily hatte noch einige Tage gelebt, oder nicht? Seltsamerweise verließ ihn seine Erinnerung in diesem Punkt, während er sich doch so genau daran erinnern konnte, wie er ein kleiner, dreckiger, magerer Junge gewesen war, sein Bruder neben ihm älter, größer, tapferer. Eigenartig, dass er sich nicht an ihren Todestag erinnern konnte.
Hart schüttelte den Kopf, bis das Bild der beiden Jungen, das er vor sich sah, verschwunden war und nur der erwachsene Rick Bragg übrig blieb. Er ging langsam auf ihn zu. Rick blickte fragend zu ihm auf.
Hart legte ihm eine Hand auf die Schulter und sagte: »Es tut mir sehr leid.« Und es war ihm ernst damit.
Rick zuckte leicht zusammen, nickte dann aber. »Ich danke dir.«
»Kann ich irgendetwas tun?« Doch im selben Moment wurde ihm klar, dass nicht einmal seine Macht und all sein Reichtum Leigh Annes Leben zu retten vermochten.
Rick starrte ihn an. Nach einer Weile sagte er: »Nein.«
Hart nickte und zog sich den Stuhl heran, auf dem Grace gesessen hatte. Er nahm darauf Platz, entschlossen, dieses Mal nicht zu versuchen, sich aus der Affäre zu ziehen, und er sah Leigh Anne beim Sterben zu.

Die ersten Gäste trafen ein, und Francesca, die auf dem Treppenabsatz zum Erdgeschoss stand, spürte, wie ihre Furcht wuchs. Wenn sie schon mit Dawn in eine so schwierige Situation geraten war, was würde sie wohl dort unten erwarten? Sie vermochte es sich gar nicht auszumalen. Sie hoffte inständig, dass die junge Frau sie nicht verraten würde. Sie hatte ihr die ganze Geschichte über den Fall, an dem sie arbeitete, erzählt, aber sie war sich nicht sicher, ob die Prostituierte sich überhaupt um die verschwundenen Mädchen scherte. Sie hatte Francesca einen eigenartigen Blick zugeworfen und war wortlos aus dem Zimmer gegangen. Seitdem hatte Francesca sie nicht mehr gesehen.

Was mochte das zu bedeuten haben? Während Francesca dem Gemurmel der männlichen Stimmen lauschte, das sich mit Solanges heller, angenehmer Stimme mischte, und der Pianist eine nette, klassische Melodie zu spielen begann, fragte sie sich, ob ihre Scharade womöglich bereits beendet war. Hatte Dawn mit Solange gesprochen? Und wenn ja, warum hatte man sie nicht bereits hinausgeworfen? Oder spielte Dawn ihr eigenes kleines Spielchen und wartete noch ab, um Francesca in ihr Bett zu locken? So schockierend diese Vorstellung auch sein mochte, sie war immer noch besser, als erfahren zu müssen, dass Dawn Solange die Wahrheit gesagt hatte.

Francesca fürchtete sich davor, nach unten zu gehen.

Sie schwitzte, und ihre Wangen fühlten sich heiß an. Energisch rief sie sich ins Bewusstsein, dass sie sich nur aus einem einzigen Grund in diesem Etablissement aufhielt: um herauszufinden, ob hier Kinderprostitution betrieben wurde, und falls nicht, welches Bordell in der Stadt sonst Kinder anbot. Bislang war es ihr nicht gelungen, nützliche Informationen zu erlangen. Sie musste diese Angelegenheit zu Ende bringen – sie war doch schließlich kein Feigling.

Francesca blickte auf ihre Beine. Sie hasste das Kleid der Gräfin Benevente. Sie fühlte sich nackt darin. Die goldene Spitze schien ihr Fleisch zur Schau zu stellen, auch wenn sich darunter in Wahrheit hautfarbener Chiffon befand. Aber jede Rundung ihres Körpers zeichnete sich deutlich ab. Wo mochte die Gräfin nur ein solches Kleid getragen haben? Hier wäre es in feinen Kreisen undenkbar gewesen, und Francesca fürchtete, dass es sich nur um ein italienisches Bacchanal gehandelt haben konnte.

»Soll ich dich nach unten begleiten?«, ertönte Dawns Stimme hinter ihr.

Fransesca wirbelte herum und sah die Brünette in einem wunderschönen rubinroten Kleid dicht vor sich stehen. Doch trotz seines tiefen Ausschnitts war das Kleid nicht halb so gewagt wie das ihre. »Mir scheint, ich habe den Mut verloren«, gestand Francesca nervös.

»Das kann ich dir nicht verdenken«, erwiderte Dawn und musterte sie von oben bis unten.

Francesca wand sich innerlich.

»Du solltest nicht hier sein, Emerald.« Sie warf ihr einen Blick zu, der deutlich machte, dass sie um die Falschheit des Namens wusste.

Francesca wartete ab, bis ein hübscher Rotschopf an ihnen vorbei die Treppe hinuntergegangen war, ehe sie wieder sprach. »Du weißt, warum ich hier bin. Ich habe keine andere Wahl«, sagte sie leise.

»Das hier ist nicht der richtige Ort für eine feine Dame. Was ich dir von dem Prinzen und dem Hund und all dem erzählt habe, war nicht gelogen«, warnte Dawn düster.

»Das kann dir doch gleichgültig sein. Wenn ich in Schwierigkeiten gerate, ist das doch mein Problem, nicht wahr? Schließlich scheinst du dir keine allzu großen Gedanken um die vermissten Mädchen zu machen«, sagte Francesca mit gesenkter Stimme.

Dawn starrte sie eine Weile lang an. Dann fragte sie: »Würdest du mit mir schlafen?«

Francesca erstarrte, dachte an die Kinder, antwortete aber: »Nein.«

»Dachte ich mir schon«, seufzte Dawn. »Vor ein paar Stunden wurde ein Mädchen hergebracht.«

»Wie bitte?«, rief Francesca.

Dawn legte einen Finger an die Lippen. »Pssst. Ihr Name ist Rachael, und heute Abend soll ein Freier für sie kommen. Ich wollte mit ihr reden, aber sie wird bewacht wie ein königlicher Schatz, und ich kam nicht in ihr Zimmer. Niemand will mir verraten, wo sie herkommt«, fügte sie hinzu.

Francesca begann vor Aufregung zu zittern. »Das muss Rachael Wirkler sein!« Sie fasste Dawns Hände. »In welchem Zimmer ist sie?«

»Im letzten auf unserem Stockwerk, auf der rechten Seite«, antwortete Dawn. »Aber Joseph steht draußen vor ihrer Tür.«

Francesca nickte nachdenklich. Sie musste es mit einer Ablenkung versuchen. Vielleicht würde ihr Dawn dabei helfen. Aber zunächst musste sie herausfinden, ob Rachael wirklich dort festgehalten wurde. Womöglich befanden sich die anderen Mädchen auch dort!

Dawn strich mit den Fingerspitzen über Francescas Arm. »Wir sollten nach unten gehen, bevor Solange jemanden schickt, um uns zu holen.«

Francesca schrak zurück. »Ich muss erst mit Rachael sprechen.«

»Das geht nicht. Zumindest jetzt noch nicht. Dazu haben wir später noch Zeit.«

»Wir?« Francesca starrte sie an.

Dawn zuckte die Schultern. Sie sahen einander an.
»Danke«, flüsterte Francesca.
Dawn gab einen abschätzigen Laut von sich. »Vor langer Zeit war ich auch einmal so eine Frau wie du.« Sie zuckte noch einmal mit den Schultern, hakte sich bei Francesca ein, und sie schritten gemeinsam die Treppe hinunter. »Ich finde, du solltest dich zur Hintertür hinausschleichen und die Polizei holen. Rachael wird noch mindestens ein paar Stunden lang hier sein.«
Was sie sagte, klang vernünftig. Francesca lächelte sie an. »Gibt es denn eine Hintertür?«, fragte sie.
Dawn nickte. »Leider muss man dazu den Flur entlang und an Madames Arbeitszimmer und ihrer Suite vorbei.«
Sie waren in der Empfangshalle angelangt. Francesca ließ den Blick über die versammelten Gäste wandern. Sechs oder sieben Herren waren bereits eingetroffen und tranken Champagner aus hohen Gläsern. Einige Damen des Hauses leisteten ihnen Gesellschaft. Francesca erblickte Solange an der Eingangstür zusammen mit dem Türsteher – und Hart.
Sie schrie leise auf.
»Was ist denn?«, fragte Dawn rasch.
Francesca schlug vor Schreck die Hand vor den Mund, während Solange Calder begrüßte, der offenbar gerade eingetroffen war. Er reichte einem Bediensteten Mantel und Handschuhe und begrüßte die Bordellwirtin lächelnd.
»Jemand, den du kennst?«, erkundigte sich Dawn.
»Ja«, flüsterte Francesca ängstlich. Sie verschwendete keinen Gedanken mehr daran, dass Hart ihre Verlobung lösen wollte, sie vermochte nur noch daran zu denken, dass der Teufel los sein würde, wenn er sie hier sah.

»Calder Hart«, murmelte Dawn, die ihrem Blick gefolgt war. »Er war vor kurzem schon einmal hier.« Sie schaute Francesca neugierig an.

»Ich muss mich verstecken!«, rief Francesca und wich hinter Dawn zurück.

Diese drehte sich um und starrte sie an. »Ich glaube kaum, dass du dich in diesem Kleid verstecken kannst.«

»Da stimme ich ihr zu«, sagte ein blonder junger Mann grinsend. Seine Augen funkelten vor Bewunderung, und er verbeugte sich vor ihnen. »Mein Name ist Philip Seymour. Und das Vergnügen ist ganz meinerseits.«

Francesca blickte hektisch an Philip vorbei, und im selben Moment hatte Hart sie entdeckt. Solange und er hatten gerade die Empfangshalle betreten, als er wie angewurzelt stehen blieb und sein ungläubiger, schockierter Blick sich auf sie heftete.

Unter anderen Umständen wäre seine Verblüffung wohl komisch gewesen.

Doch schon im nächsten Augenblick war jeglicher Ausdruck der Überraschung aus seinen Zügen gewichen, und sein Gesicht war eine undurchdringliche Maske.

Francesca kehrte ihm den Rücken zu und schickte ein Stoßgebet zum Himmel – auch wenn sie gar nicht wusste, worum sie eigentlich bitten sollte.

»Und wie heißt du?«, fragte Philip, griff nach ihrer Hand und führte sie an seine Lippen.

Er küsste tatsächlich ihre Haut! Francesca vermochte ihn nur sprachlos anzustarren.

»Ihr Name ist Emerald«, sagte Dawn rasch, »und sie ist neu hier.

»Das sehe ich.« Philip grinste. »Verdammt, wenn du neu

hier bist, kann ich mir dich nicht leisten. Ich werde mindestens eine Woche warten müssen!«
Francesca zog ihre Hand zurück. Sie brachte nicht einmal den Ansatz eines Lächelns zustande. Stattdessen warf sie einen ängstlichen Blick über die Schulter.
Eigentlich hatte sie damit gerechnet, Hart wie einen wilden Stier auf sich zustürmen zu sehen, doch er plauderte höflich mit Solange und einem anderen Gentleman, den er zu kennen schien. Erleichterung überkam sie – zumindest hatte er nicht vor, ihre Tarnung auffliegen zu lassen. Ihre Gedanken überschlugen sich. Wenn Hart herkam, kurz nachdem Rachael eingetroffen war, dann hatte man sie hoffentlich für ihn hergebracht. Vor Erleichterung bekam sie weiche Knie. Hart konnte sich um Rachael kümmern und in Erfahrung bringen, woher sie gekommen war, ehe er ihr zur Flucht verhalf und sie die Polizei alarmierte.
»Verdammt. Hart kann deinen Preis mit Leichtigkeit bezahlen.«
Francesca fuhr herum und sah Philip Seymour an. »Es tut mir leid«, sagte sie. »Das hier ist alles so neu für mich und ich bin heute Abend etwas nervös.«
Er ergriff wieder ihre Hand. »Schätzchen, du musst dir keine Sorgen machen. Nicht in diesem Kleid.« Er lächelte und hob ihre Hand erneut an seine Lippen.
Der Magen wollte sich ihr umdrehen und sie zog ihre Hand rasch weg, ehe er sie noch einmal küssen konnte. »Bis nächste Woche dann«, versprach sie mit fester Stimme.
Das schien ihm zu gefallen, obwohl ihr die Fähigkeit des Kokettierens für den Moment abhanden gekommen war, denn er grinste sie an und wandte sich dann ab.
»Du musst zusehen, dass du hier herauskommst«, riet ihr

Dawn. »Du hast da eben wie ein verschrecktes Kaninchen ausgesehen. Du scheinst völlig vergessen zu haben, wie man mit Männern schäkert.«

»Hart arbeitet mit mir zusammen«, sagte Francesca rasch.

Dawn sah sie überrascht an. »Wenn du Hilfe benötigst oder etwas in Erfahrung bringen solltest, wende dich an ihn. Ich bin mir ziemlich sicher, dass Rachael heute für ihn hierhergebracht wurde.«

Dawn nickte. »Allmählich begreife ich, was hier vor sich geht. Wir sollten uns unter die Gäste mischen. *Du* solltest dich unter die Gäste mischen. Und wenn Solange gerade nicht anwesend ist, verschwindest du am besten.«

Francesca nickte. Würde die Frau nicht mit ihr schlafen wollen, hätte sie sie umarmt. »Ich danke dir vielmals.«

Dawn lachte leise. »Ich komme darauf zurück, Emerald.«

»Ich heiße Francesca«, flüsterte sie.

Dawn stutzte, lächelte dann und schwebte davon.

Francesca blieb allein zurück. Sie atmete tief durch, drehte sich um und sah sich Solange Marceaux gegenüber. Beinahe hätte sie vor Schreck nach Luft geschnappt.

»Alles in Ordnung?«, fragte Solange.

»Gewiss.« Francesca lächelte.

»Wie ich sehe, hast du einen ersten Bewunderer«, sagte sie.

»Ja, Philip Seymour. Er freut sich auf den Tag, an dem er es sich leisten kann, für mich zu zahlen«, sagte Francesca rasch.

Hart befand sich jetzt in der Gesellschaft zweier Frauen, die sich für ihren Geschmack viel zu verführerisch gebärdeten. Er wiederum benahm sich ihnen gegenüber viel zu nett. Amüsierte er sich etwa? Ihr wurde bewusst, dass sie ihn anstarrte, und sie zwang sich, den Blick wieder auf Solange zu richten.

»Ich meinte Dawn«, sagte Solange gelassen.
Francesca zuckte zusammen und sah die andere Frau forschend an. Offensichtlich entging ihr nie etwas. Was mochte sie sonst noch beobachtet haben?
Solange verzog den Mund zu einem Lächeln, doch der Ausdruck ihrer Augen veränderte sich nicht. »Du hast mir gar nicht erzählt, dass du auch in Paris gearbeitet hast.«
Francesca erstarrte und zermarterte sich das Hirn, was sie darauf antworten sollte. Ob Solange Harts Reaktion auf ihre Anwesenheit bemerkt hatte? Hatte er möglicherweise etwas erfunden, um sie zu überspielen? Er war so schlau – es war nicht leicht, ihn zu überlisten. »Ich habe auch zwei Monate in Hongkong gearbeitet«, sagte Francesca leise.
Mit dieser Antwort hatte sie Solange möglicherweise überrascht. Jedenfalls fragte die Madame nicht weiter nach, sondern sagte: »Mr Hart hat bereits Pläne für den heutigen Abend, aber er wünscht zunächst kurz die Bekanntschaft mit dir aufzufrischen. Er ist dein erster Kunde, mein Kind. Leider hat er nur für eine Stunde bezahlt.« Doch dann lächelte sie und fügte hinzu: »Glücklicherweise war er bereit, das Dreifache des geforderten Preises zu zahlen. Du musst wirklich gut sein.«
Francesca lächelte grimmig. Calder hatte die beiden Frauen abgeschüttelt und kam nun auf Solange und sie zu. Sie kannte ihn gut genug, um seinen überaus entschlossenen Schritt zu bemerken. Innerlich begann sie zu zittern.
Solange trat mit hochgezogener Braue zur Seite, um ihr »Wiedersehen« zu beobachten.
»Meine liebe Emerald«, murmelte er und seine gesenkten Lider verwehrten ihr den Blick in seine Augen. »Wie wundervoll, dich hier vorzufinden.«

»Calder. Das ist aber schon lange her«, sagte sie und hoffte, dass ihre Stimme fest klang.
»Viel zu lange.« Seine schwarzen Brauen hoben sich, und er blickte auf und sah ihr direkt in die Augen. »Ich wünschte, ich hätte gewusst, dass du hier bist. Dann hätte ich natürlich einen ganzen Abend für dich reserviert … mein Schatz.« Sein Gesicht wirkte gelassen, doch seine Augen waren gefährlich dunkel und funkelten sie an. »Vielleicht ein anderes Mal?«, brachte sie heraus und ihr Herzschlag überschlug sich dabei. Er war offenbar schrecklich wütend auf sie.
»Oh, aber gewiss.« Er lächelte ohne jede Wärme und fasste besitzergreifend ihren Arm. Sie wusste, dass es ihr nicht gelingen würde, sich aus diesem Griff zu befreien, solange er es nicht wollte. Er nickte Solange zu. »Vielen Dank, Madame Marceaux. Emerald als Vorspeise und dann den Hauptgang, den ich zuvor bestellt hatte – das hier ist ein wahres Fest. Meine kühnsten Erwartungen wurden übertroffen.«
Solange schenkte ihm ein Lächeln. »Bon appétit«, sagte sie und entfernte sich.
Seine Finger gruben sich in Francescas Arm, und er zog sie mit einer solchen Kraft die Treppe hinauf, dass ihre Füße kaum den Boden berührten.
»Du tust mir weh«, sagte sie atemlos.
»Gut«, stieß er hervor. »Welches ist dein Zimmer … *Emerald?*«
Francesca wies mit einer Kopfbewegung den Flur entlang. Er stieß die Tür auf, ohne sie auch nur für einen Moment loszulassen. Francesca beschlich das mulmige Gefühl, dass er die Tür am liebsten eingetreten hätte.
Drinnen ließ er sie endlich los und schloss hinter ihnen ab. Francesca flüchtete sich instinktiv auf die andere Seite des

Raumes, so dass das große Bett zwischen ihnen stand. Er drehte sich um. »Was zum Teufel machst du hier?«, zischte er.
»Das weißt du doch!«, rief sie aus.
Sein Blick glitt über sie. »Du bist halb nackt in diesem Kleid!«
»Aber nein, der Chiffon ist hautfarben und …«
»Was denkst du dir bloß?«, brach es aus ihm hervor, und ehe sie sich versah, stand er vor ihr und hatte sie an den Schultern gepackt. »Willst du etwa vergewaltigt werden?«, fragte er.
»Calder …« begann sie.
»Nein! Das ist mein Ernst! Was glaubst du denn, wie du hier diesen Abend überstehen willst? Der nächste Mann, der dich hier heraufbegleitet, wird sich nicht mit einem ›Nein‹ zufriedengeben und es selbst zu Ende bringen, damit du deine Unschuld bewahren kannst!«
Sie tat einen tiefen Atemzug. »Was kümmert es dich?«, flüsterte sie.
Er erstarrte. »Wie bitte?«
Sie begann zu zittern, aber dieses Mal war es eine andere Angst, die sie erfasste – eine Angst, die etwas mit der Übelkeit zu tun hatte, die sie schon den ganzen Tag plagte. »Dir kann das doch gleichgültig sein.«
Er starrte sie an, als sei sie verrückt geworden. »Francesca, ich will, dass du von hier verschwindest. Auf der Stelle.«
»Ich verstehe dich nicht.« Sie war nun selbst furchtbar wütend und versuchte vergeblich, sich aus seinem Griff zu befreien. »Lass mich los!«
»Nein.«
»Dazu hast du kein Recht mehr!«

»Das muss ich mir von dir wohl nicht sagen lassen«, versetzte er mit einem gefährlichen Unterton in der Stimme.

»Männer, die ihre Verlobten wegwerfen wie ein ausrangiertes Paar Schuhe, haben keine Rechte!« Sie funkelte ihn an. Zu ihrer Bestürzung spürte sie, wie ihr Tränen in die Augen stiegen.

Sein Griff wurde sanfter. *»Wie bitte?«*

»Du hast mich schon verstanden.« Sie fuhr fort, ihn zornig anzustarren. Das Letzte, was sie jetzt gebrauchen konnte, war aufgebracht und todunglücklich zu sein.

Er ließ sie los, berührte aber ihr Gesicht. »Wie kannst du so etwas nur sagen?«

»Du hast die Nacht mit mir verbracht – nun ja, zumindest ein paar Stunden davon – und dich anschließend entschieden, mit mir Schluss zu machen!«, sagte sie anklagend.

Er richtete sich auf und sah sie mit großen Augen an. »Glaubst du das wirklich?«

»Ja«, stieß sie bebend hervor.

»Meine kluge, naive, exzentrische kleine Privatdetektivin«, flüsterte er, zog sie an sich und hob mit einem Finger ihr Kinn an. Dann küsste er sie lange und leidenschaftlich, brachte sie dazu, den Mund zu öffnen, und schob seine Zunge zwischen ihre Lippen.

All das, was in den letzten Stunden geschehen war, schoss ihr durch den Kopf – Dawns Wunsch, sie zu verführen, die dreitägige Orgie des spanischen Prinzen, Deutsche Doggen, Kätzchen. Francesca schmiegte sich stöhnend an ihn. Ihr Körper brannte wie Feuer. Calders Hände, die in ihrem Kreuz ruhten, zogen sie fester an sich. Sie spürte seine erregte Männlichkeit. Doch dann beendete er den Kuss und flüsterte: »Das hier ist weder die Zeit noch der Ort dafür.«

»Sie denken ohnehin, dass du mit mir schläfst«, antwortete sie, ebenfalls flüsternd. »Tu es doch einfach, Calder.«
Er sah sie an. »Für eine Privatdetektivin ist dir in Bezug auf uns beide einiges entgangen.«
»Wie meinst du das?«, fragte sie zitternd.
Er strich mit den Fingern über ihre Lippen, ihre Wange, ihr Haar. »Ich wollte dir lediglich die Gelegenheit geben, eine Entscheidung zu treffen. Schließlich wissen wir beide, dass ich nicht der Mann bin, den du liebst.«
Seine Worte waren wie eiskaltes Wasser, und das Feuer, das in ihrem Inneren tobte, erlosch. Sie wich einen Schritt zurück. Sie war sich nicht sicher, ob sie ihn richtig verstanden hatte. »Du willst also unsere Verlobung gar nicht lösen?«, fragte sie ungläubig.
»Du hast gehört, was ich gesagt habe«, erwiderte er und schob energisch die Hände in die Hosentaschen. »Natürlich möchte ich das nicht.« Sie erzitterte, diesmal jedoch vor Freude, und ein Lächeln huschte über ihr Gesicht. Doch dann fasste sie sich rasch wieder. »Nun gut«, sagte sie energisch. »Jetzt, nachdem wir dieses Missverständnis aus dem Weg geräumt haben, sollten wir Rachael suchen und sie und die anderen Mädchen retten.«
»Ich werde mich um Rachael kümmern, und die Polizei wird sich der übrigen Mädchen annehmen. Du wirst von hier verschwinden, und glaub nur nicht, dass du aus dem Schneider bist.«
Sie schenkte ihm ein Lächeln. »Also gut.«
»Ich bin sehr böse auf dich, Francesca.«
»Ich weiß.« Ihr Lächeln vertiefte sich. »Rachael befindet sich auf diesem Stockwerk, am Ende des Flurs, und ich finde, wir sollten sie gemeinsam aufsuchen. Solange glaubt, dass

wir beschäftigt sind. Sie wird mich in der nächsten Stunde nicht vermissen.«

»Nein. Du gehst jetzt nach unten, und wenn sie oder sonst jemand fragen sollte, sagst du, ich sei nur auf eine schnelle Befriedigung aus gewesen. Misch dich unter die Gäste, bis sich Solange in ihre Räumlichkeiten zurückzieht, und dann verschwinde so schnell wie möglich von hier, Francesca.«

Francesca hätte Rachael so gern gesehen, um sich zu vergewissern, wie es ihr ging. Doch sie gab seufzend nach. »Na schön. Ich werde dann die Polizei alarmieren. Ist Bragg immer noch im Krankenhaus?«

Calder nickte, und der Ausdruck in seinen Augen veränderte sich.

Francesca wusste nicht recht, was das zu bedeuten hatte. »Ich fürchte, dann werde ich wohl Chief Farr bemühen müssen«, sagte sie mit wenig Begeisterung.

»Eine Razzia hier hätte fatale Folgen«, erwiderte Hart warnend.

Sie warf ihm einen verärgerten Blick zu. »Weil dann möglicherweise das andere Bordell, in dem sich die Kinder befinden, gewarnt würde, das ist mir schon klar, Calder. Ich bin keine Närrin, und das hier ist *mein* Fall. In dem Bordell, in dem sich die Kinder befinden, muss zuerst eine Razzia durchgeführt werden, damit die Mädchen gerettet werden können.«

Er griff nach ihrem Handgelenk, zog sie an sich und gab ihr einen Kuss auf die Nasenspitze. »Wir stehen doch auf derselben Seite, Liebling«, sagte er, und sein Gesicht wurde für einen Moment weicher, eher wieder dieser harte Ausdruck in seine Augen trat. »Und jetzt mach dich auf den Weg.«

Sie nickte. Angst stieg in ihr auf. Sie zögerte, sah ihn an, dann ging sie zu der Kommode, auf der ihre Handtasche lag, und zog die kleine Pistole daraus hervor.

Hart stöhnte auf. »Wo zum Teufel willst du die denn verstecken?«

Das war eine berechtigte Frage. Ihr Kleid schmiegte sich eng an jeden Zentimeter ihres Körpers. Francesca war ratlos.

»Versuch es mit deinem Strumpfband«, schlug er vor.

Sie warf ihm einen kurzen Blick zu.

Hart nickte ihr ermutigend zu.

Während Francesca ihren Rock hob, war ihr deutlich bewusst, dass er freien Blick auf ihr entblößtes Bein hatte. Sie steckte die Pistole an der Innenseite ihres Schenkels in das Strumpfband. »Sie hält nicht«, sagte sie.

Er kam auf sie zu, kniete nieder und rückte das Band zurecht.

Sie blieb reglos stehen, denn seine Hände befanden sich gefährlich weit oben an ihrem Schenkel.

Er zog das Strumpfband mit der Pistole darin ein Stück nach unten, bis es sich knapp oberhalb ihres Knies befand, und band es dort so fest, dass Francesca sich fragte, ob das Blut überhaupt noch zirkulieren konnte. Anschließend blickte er auf und sagte: »Das ist hoffentlich nicht für längere Zeit.«

Sie sahen einander an. Es dauerte einen Augenblick, ehe sie ihre Stimme wiederfand. »Hoffentlich fällt mir das Bein nicht ab.«

Er richtete sich mit einer eleganten Bewegung wieder auf, und sie ließ ihren Rock fallen. Die Pistole an ihrem Bein fühlte sich kalt und störend an, aber sie war nicht zu sehen. Francesca richtete ihren Blick wieder auf Calder.

»Du solltest jetzt gehen«, sagte er grimmig.

Sie nickte.

Er begleitete sie zur Tür. »Sei vorsichtig, Francesca.«

Sie schenkte ihm ein tapferes Lächeln, obwohl ihr durchaus nicht danach zumute war. »Du wirst schon sehen, es wird ein Kinderspiel sein.«

Er verzog das Gesicht.

Sie schlüpfte in den Flur hinaus.

Zwei üppig gebaute Frauen und ein älterer Mann gingen gerade Champagner trinkend Arm in Arm vorüber. Francesca lächelte ihnen flüchtig zu und ging weiter zur Treppe. Die Klaviermusik klang jetzt anders: lebhafter, festlicher, ganz und gar nicht mehr klassisch. Auch die Unterhaltungen hatten sich verändert. Es ging munter und geräuschvoll zu.

Francescas Herz schlug vor Aufregung bis zum Hals, während sie die Treppe hinunterstieg.

In der Empfangshalle sah sie Männer und Frauen, unter ihnen auch Philip Seymour, aber von Solange keine Spur. Calder hatte ihr geraten, sich unter die Gäste zu mischen, bis die Luft rein war. Sie warf einen Blick in den Speiseraum, in dem sich mehrere dinierende Herren und einige Dienstboten befanden. Aber auch hier war nichts von Madame zu sehen.

Sie drehte sich um und spähte in den Salon, der sich inzwischen mit Freiern und Damen des Hauses gefüllt hatte. Francesca entdeckte Dawn, die ihr einen dringlichen Blick zuwarf. Sie schien ihr damit etwas sagen zu wollen. Francesca sah sich nach Solanges Suite um. Die Tür war geschlossen.

Ihr Herz tat einen Sprung. Fragend wandte sie sich wieder

zu Dawn um – hielt sich Solange Marceaux in ihren Räumlichkeiten auf?
Dawn nickte und schien ihr zu bedeuten, sich aus dem Staub zu machen.
Francesca fuhr herum. Der Türsteher war gerade mit einigen neu eintreffenden Herren beschäftigt. Sie hastete an Solanges geschlossener Tür vorbei und den leeren Flur entlang. Großer Gott, sollte es tatsächlich so einfach sein?
Doch dann überkam sie ein unbehagliches Gefühl.
Vor ihr befand sich eine blau gestrichene Tür, die geschlossen war. Das war alles viel zu einfach!
Als sie an der Tür ankam, stellte sie fest, dass sie verriegelt war, allerdings von innen. Sie drehte den kleinen Hebel und entschied, dieses Geschenk des Schicksals nicht zu hinterfragen. Als sie ins Freie trat, wurde sie von einem Sternenhimmel mit Halbmond empfangen. Sie schloss rasch die Tür hinter sich und ein Gefühl der Erleichterung überkam sie.
Sie hatte es geschafft. Sie war entkommen.
Doch plötzlich vernahm sie hinter sich die Stimme von Solange Marceaux, die sagte: »Ergreift sie.«

Kapitel 20

Montag, 31. März 1902 – 21:00 Uhr

Das Mädchen, das auf ihn wartete, hatte silberblondes Haar und hellgraue Augen. Sie trug ein weißes Baumwollkleid mit Rüschen, das für ein Schulmädchen von acht oder neun Jahren passender gewesen wäre. Hart schloss die Tür hinter sich und lächelte die Kleine an. Man hatte sie offensichtlich unter Betäubungsmittel gesetzt, denn sie saß apathisch da und blickte ihn benommen an. Es drehte ihm schier den Magen um, ganz so, als habe man ihn selbst mit der Droge vergiftet.

Er besaß nicht ohne Grund einen gewissen Ruf. Er hatte die Freuden, die der weibliche Körper für einen Mann bereithielt, mit dreizehn Jahren entdeckt und genoss sie seither mit schöner Regelmäßigkeit. Aber anfangs waren seine ersten Liebhaberinnen einige Jahre älter gewesen als er. In seiner späteren Jugend war er ein großer Verfechter des Hedonismus gewesen, jener Philosophie, nach der die Lust der höchste Wert war. Und im Laufe der Jahre, in denen er sich einigen verbotenen und schmutzigen Vergnügungen hingegeben hatte, waren ihm durchaus hin und wieder Herren begegnet, die für ihre pädophilen Neigungen bekannt waren. Er selbst jedoch hatte sich nie der Pädophilie schuldig gemacht. Es war wohl bekannt, dass Kinder immer wieder entführt und in die Sklaverei verkauft wurden – und das nicht nur wegen Sex –, aber bislang war seine eigene dunkle Welt fleischlicher Begierde noch nie so offen mit dieser anderen, noch dunkleren Welt zusammengeprallt, und nun, da der Moment gekommen war, war er außer sich vor Zorn. Er war entschlossen, ohne jede Rücksicht die Männer und Frauen zu entlarven, die hinter diesem neuesten Versuch der Kinderprostitution standen. Er würde es genießen, jeden Einzelnen der Beteiligten in die Knie zu zwingen. Und im Gegensatz zu seinem, ach, so tugendhaften Halbbruder würde er es vorziehen, sie einzubuchten und in ihren Zellen verrotten zu lassen. Doch da er nun einmal kein Polizist war, würde er kaum die Gelegenheit dazu bekommen. Nun, das richtige Wort, ins richtige Ohr geflüstert, würde den gleichen Zweck erfüllen.

Er blickte sich grimmig um. An einer Wand hing ein Spiegel – aber war es auch tatsächlich ein Spiegel, oder befand sich auf der anderen Seite möglicherweise ein Zuschauerraum? Wut stieg in ihm auf, und er war drauf und dran, sich bei Madame Marceaux zu beschweren, doch als er den Spiegel abnahm, war dahinter festes Mauerwerk. Sie waren allein.

Er wandte sich dem Bett zu, auf dem Rachael saß, und legte den Zeigefinger an seine Lippen. »Pssst«, hauchte er.

Rachael starrte ihn nur an.

Er ging langsam auf sie zu, doch sie zuckte nicht zurück und schien auch keine Angst zu haben, wie er es eigentlich erwartet hatte. Er blieb vor ihr stehen und kniete nieder. »Rachael? Ist dein Name Rachael Wirkler?«, fragte er leise, da er Angst hatte, dass jemand draußen im Flur oder an der Tür, die offensichtlich in ein Nebenzimmer führte, lauschen könnte.

Endlich reagierte sie. Sie blinzelte ihn überrascht an.

»Ich bin kein Freier. Ich werde dafür sorgen, dass du wieder nach Hause kommst«, flüsterte er.

Rachael biss sich auf die Lippe. Sie schien zu begreifen, was vor sich ging.
»Mein Name ist Calder Hart«, sagte er mit einem beruhigenden Lächeln. »Kannst du mir sagen, wo deine Freundinnen Emily, Bonnie und Deborah gefangen gehalten werden?«
Sie nickte, befeuchtete ihre Lippen, sprach aber kein Wort.
Hart verstand. Er ging zu dem Nachttisch und goss ihr ein Glas Wasser ein. Vermutlich hatte man ihr eine kleine Dosis Opium verabreicht – gerade genug, um sie ruhigzustellen, ohne sie völlig zu betäuben. Er reichte ihr das Glas und half ihr beim Trinken.
»Wer sind Sie?«, flüsterte sie, nachdem sie begierig mehrere Schlucke getrunken hatte.
»Calder Hart«, wiederholte er geduldig und lächelte freundlich. »Weißt du, wo man dich festgehalten hat? Es ist sehr wichtig, dass wir all deine Freundinnen befreien.«
Sie blinzelte, Tränen schossen ihr in die Augen, aber sie nickte. »In der Jane Street«, sagte sie mit heiserer Stimme. »An der Kreuzung zur Washington Street.«
»Wo ist das?«
»In der Nähe der Fourteenth Street«, sagte sie und starrte ihn an. »Eine von ihnen ist krank. Sie muss rasch nach Hause, Sir.«
»Wer ist krank?«, fragte er rasch.
»Emily«, flüsterte sie.
Er tätschelte ihren Rücken. »Keine Sorge, das alles ist bald vorbei.« Hart wurde mit einem Mal bewusst, dass er unmöglich das tun konnte, was er mit Francesca vereinbart hatte. Ursprünglich hatten sie gehofft, das Versteck der anderen Mädchen von Rachael zu erfahren und diese dann

vorerst zurückzulassen, damit die Polizei sie später befreien konnte. Aber was, wenn die Razzia im Bordell in der Jane Street die Leute im *Jewel* warnen würde und man Rachael fortschaffte, bevor die Polizei Gelegenheit hatte, sie zu befreien? Er konnte das Mädchen unmöglich hier zurücklassen, und er sah keine andere Möglichkeit, als mit ihr durch die Eingangstür hinauszuspazieren. Aber das wiederum würden dann die Leute in der Jane Street erfahren.

Er musste Bragg eine Nachricht zukommen lassen. Und inzwischen sollte Francesca auch auf dem Weg zur Mulberry Street sein, um Farr zum Handeln zu bewegen – allerdings nur, damit sich die Polizei bereithielt.

Der Abend hatte eine wahrlich düstere Wendung genommen. Offenbar musste er sich zwischen Rachaels Befreiung und der Rettung der anderen Mädchen entscheiden. Beides zugleich schien nicht machbar zu sein.

Plötzlich ertönte ein nachdrückliches Klopfen an der Tür, die auf den Flur hinausführte. Hart schlug rasch die Bettdecke zurück. »Schlüpf da drunter und tu, als ob du schläfst«, befahl er.

Rachael gehorchte mit langsamen Bewegungen. Als sie sicher unter der Decke lag, ging er zur Tür. Wer auch immer dort draußen stehen mochte, klopfte erneut, diesmal noch nachdrücklicher. Er lockerte seinen Binder und öffnete die Tür einen Spalt weit.

Die Brünette, die er zusammen mit Francesca gesehen hatte, sagte: »Lassen Sie mich rein.«

Erstaunt öffnete er die Tür. Sie schlüpfte ins Zimmer und schloss die Tür rasch hinter sich. »Francesca steckt in Schwierigkeiten.«

»Wie bitte?«, fragte er alarmiert.

»Sie wurde in Solanges Büro gebracht. Nicht freiwillig, wenn ich das hinzufügen darf«, sagte die Frau. Ihr Blick wanderte zum Bett hinüber.
Hart trat vor sie. »Was würde es mich kosten, wenn Sie uns helfen?«
»Nichts«, antwortete sie.
Er schob ihr mehrere Hundert-Dollar-Scheine ins Mieder. »Bringen Sie Rachael von hier fort. Mein Bruder ist der Polizei-Commissioner, er befindet sich derzeit im Bellevue-Hospital bei seiner kranken Frau. Sagen Sie ihm, die Kinder sind in der Jane Street, an der Kreuzung zur Washington Street. Ich werde ihn dort treffen.«
Sie nickte, war bereits ans Bett getreten, um Rachael zu ermutigen, aufzustehen. »Ich bin Dawn«, sagte sie lächelnd. »Komm mit mir. Wir verlassen dieses schreckliche Haus.«

Als Hart die Tür öffnete, sah er Joseph bewusstlos am Boden liegen. Aus einer Wunde an seinem Hinterkopf rann Blut, und neben ihm auf dem Boden lag eine Bücherstütze. Hart schleifte den Mann rasch ins Zimmer und bedeutete Dawn und Rachael, ihm zu folgen. Der Flur war bis eben leer gewesen, doch in diesem Augenblick verließen eine Prostituierte und ein junger, betrunkener Mann eins der Zimmer. Hart lächelte den beiden zu. Die Hure erwiderte das Lächeln und folgte ihrem Freier nach unten. »Los geht's«, sagte Hart.

Solange hatte hinter ihrem eleganten Schreibtisch Platz genommen und lächelte Francesca an. Francesca, die auf einem Stuhl gegenüber von ihr saß, kam sich vor wie eine Schülerin im Büro des Rektors – wenn man einmal von den beiden Schurken absah, die hinter ihr standen. »Also, wie ist dein richtiger Name und warum bist du hier?«

Francesca blickte sie mit großen, unschuldigen Augen an. »Madame Marceaux, mein richtiger Name ist doch nicht von Bedeutung. Ich nenne mich bereits seit vielen Jahren ›Emerald Baron‹. Ich fürchte, hier liegt ein schreckliches Missverständnis vor«, behauptete sie lächelnd.

»Tatsächlich?«, entgegnete Solange freundlich.

»Ich bin nur kurz hinausgegangen. Mr Hart war ausgesprochen leidenschaftlich, und ich wollte vor meinem nächsten Freier rasch etwas Luft schnappen.« Francesca lächelte wieder.

Solange sah einen der beiden Kerle an, die hinter Francesca standen, und nickte ihm zu.

Francesca sah sich unbehaglich um. Im selben Moment versetzte der Mann ihr einen so heftigen Schlag ins Gesicht, dass sie aufschrie. Rasender Schmerz durchfuhr sie, und sie befürchtete, er habe ihr womöglich den Wangenknochen gebrochen.

»Ich hasse Lügner«, sagte Solange gelassen.

Francesca war vor Angst und Schmerz wie gelähmt. Langsam richtete sie sich auf und sah in die kalten, hellgrauen Augen der Bordellbetreiberin. »Mein Name ist Francesca Cahill«, begann sie und sah einen Ausdruck des Triumphes in den Augen ihres Gegenübers aufblitzen, »und ich bin Privatdetektivin. Sie betreiben Kinderprostitution, Madame Marceaux, und ich werde dafür sorgen, dass Sie für Ihre dreisten, schamlosen Verbrechen Ihrer gerechten Strafe zugeführt werden.«

Solange erhob sich.

Francesca versuchte sich einzureden, sie habe keinen Grund

zur Furcht – Solange war nur eine Frau und eine Hure noch dazu.
Solange kam hinter ihrem Schreibtisch hervor.
Francesca verzog das Gesicht und machte sich auf einen sehr unangenehmen Zusammenstoß gefasst.
Solange schlug sie ein weiteres Mal auf dieselbe Wange, wobei ihr Türkisring durch die Haut schnitt. »Du Miststück«, zischte sie und starrte Francesca mit unverhohlenem Hass an. »Ich wusste vom ersten Moment an, dass du eine Betrügerin bist.«
Francesca kämpfte gegen die Tränen an, die ihr vor Schmerz in die Augen schossen. »Wenigstens bin ich keine Dirne.«
Solange schlug sie nicht wieder, aber Francesca schreckte dennoch zurück, da sie einen weiteren Schlag erwartet hatte. Die Madame lächelte und sah die beiden Schurken hinter Francesca an. »Nehmt sie mit und treibt es mit ihr, wie ihr es mit der billigsten Hure tun würdet, und wenn ihr fertig seid, seht zu, dass ihr sie loswerdet. Werft die Leiche in den Fluss. Ich will nicht, dass sie jemals gefunden wird.«
Kalte Angst erfasste Francesca – was sollte sie nur tun? Doch ehe sie Gelegenheit hatte, darüber nachzudenken und sich etwas einfallen zu lassen, wurde sie am Arm gepackt. Francesca zögerte keine Sekunde. Sie sprang auf, griff nach der Pistole zwischen ihren Beinen und richtete sie auf Solange. »Daraus wird nichts«, sagte sie.
Solange erstarrte. Dann sagte sie mit ruhiger Stimme: »Nimm ihr die Waffe ab, George.«
Francesca fuhr herum, sah, wie George sich auf sie stürzte, und drückte ab. Er ächzte, dann riss er sie mit sich zu Boden. Francesca landete auf dem Rücken, George auf ihr. Gott, der Kerl wog eine Tonne!

Ihre Blicke begegneten sich. »Du kleines Luder«, keuchte er, und sie erkannte an seinen Augen, dass er Schmerzen litt. Seine Hände legten sich um ihre Kehle.

Francesca wimmerte, presste die Pistole an seine Brust und schoss erneut.

Er starrte sie einen Moment lang mit weit aufgerissenen Augen an und brach zusammen.

Sie versuchte hektisch, sich von der Last seines nun leblosen Körpers zu befreien. Im selben Moment wurde die abgeschlossene Tür aus den Angeln gerissen. Das musste Hart sein. »Calder!«, rief Francesca.

Während sie sich noch abmühte, unter dem riesigen Schurken hervorzukriechen, hörte sie, wie ein schwerer Gegenstand krachend zu Boden ging. Gleich darauf rief Hart: »Bist du verletzt?«

Francesca verharrte für einen Moment auf den Knien und blickte auf. Hart stand neben einem umgestürzten Bücherregal, der andere Schurke lag am Boden und versuchte, sich gerade aufzurappeln. »Mir geht es gut«, flüsterte sie. Dann fiel ihr Blick auf Rachael und Dawn, die Hand in Hand im Türrahmen standen. Gleich darauf rannten sie davon, und im selben Moment hörte Francesca, wie Solange sich hinter ihr bewegte.

Sie drehte sich um, während sich der Schurke auf Hart stürzte. Solange war wieder hinter ihren Schreibtisch getreten und öffnete gerade eine Schublade. Ob sie wohl eine Waffe besaß? Francesca hielt immer noch ihre eigene umklammert. Sie sprang auf und richtete die Pistole auf die Bordellwirtin. »Hände hoch, Solange«, sagte sie warnend.

Solange verharrte und blickte langsam auf.

Hinter Francesca splitterte Holz.

Sie wandte sich halb um. Mit großen Augen sah sie zu, wie Hart dem Schurken einen Tritt gegen die Brust versetzte, herumwirbelte und ein weiteres Mal zutrat. Dieses Mal traf er den Kiefer. Der Schurke brach zusammen. Hart zog ihn hoch und versetzte ihm einen Schlag mit der Handkante in den Nacken.

Der Mann verdrehte die Augen und sank bewusstlos zu Boden.

»Du meine Güte«, stieß Francesca hervor. »Wo hast du denn so kämpfen gelernt?«

»In Thailand«, ächzte er, richtete sich auf und rückte seinen Binder zurecht. »Ich habe ein halbes Jahr dort zugebracht, als ich siebzehn war.«

Francesca war beeindruckt. »Gehen wir?«, fragte sie. Dann wandte sie sich Solange zu, warf einen Blick in die Schublade und nahm zwei Pistolen heraus, die sie sich unter den Arm klemmte.

»Wir müssen uns beeilen«, sagte Hart. »Jane Street, an der Kreuzung zur Washington Street.« Sie ließen Solange in ihrem Büro zurück.

»Wo ist das?«, fragte Francesca. Sie betraten die Empfangshalle, die mit Gästen und ihren Begleiterinnen gefüllt war. Der Pianist hämmerte nun ein Südstaatenlied auf dem Klavier.

»Nicht weit von der Fourteenth Street«, begann Hart.

»Lasst sie nicht entkommen«, ertönte Solanges gebieterische Stimme hinter ihnen.

Francesca warf einen Blick zurück und sah die Bordellwirtin am Fuß der Treppe stehen. Als sie sich wieder nach vorn wandte, erblickte sie zwei große, kräftige Türsteher, die auf sie und Hart zukamen. Der eine der Männer musste gut und gern hundertfünfzig Kilogramm gewogen haben, der andere war fast zwei Meter groß. Sie reichte Hart eine Waffe.

Doch der winkte ab. »Nein, danke.«

»Calder«, protestierte sie.

Er schritt geradewegs auf den beleibten Mann zu und lächelte. »Kann ich Ihnen helfen?«, fragte er.

Der Mann schnaubte verächtlich und streckte die Hand aus, als wolle er Hart am Kragen packen. Seine Bewegungen waren langsam und schwerfällig.

Hart schlug ihn mit der Handkante seitlich gegen den Hals, und als der Mann sich krümmte und nach Luft rang, schlug er ihm gleichzeitig gegen beide Schläfen, gefolgt von einem Tritt in die Nieren. Francesca zuckte zusammen. Der fette Kerl fiel wie ein Stein zu Boden.

Hart lächelte sie an.

Es war ganz still im Club geworden.

»Calder«, warnte Francesca, als der Riese sich ihm nun von hinten näherte.

Hart drehte sich um, als der Hüne gerade zum Schlag ausholte. Er blockte ihn ab, duckte sich unter dem ausgestreckten Arm des Mannes hindurch, wirbelte herum, trat ihm in den Rücken, nahm noch einmal Anlauf und trat ihn wieder. Der Riese schwankte, hielt sich jedoch auf den Beinen und drehte sich grinsend zu Hart um.

»Ein Kampf!«, rief jemand mit lebhaftem Interesse. Eine Menschenmenge scharte sich um die beiden Männer.

Der Riese grinste Hart weiter an und versuchte, ihn an der Kehle zu packen.

»Calder!«, rief Francesca erschrocken.

Hart gelang es irgendwie, seine Hände zwischen die Unterarme zu schieben, die ihn umklammern wollten, und ehe

Francesca auch nur blinzeln konnte, hatte er sich befreit und trat den Mann erst mit dem einen, dann mit dem anderen Fuß gegen den Kiefer.

Irgendwo im Salon fiel etwas krachend zu Boden. Glas splitterte.

Der Riese ging noch immer nicht zu Boden. Er stand schwankend da, grinste Hart aber weiterhin an.

»Verdammt«, stieß Hart verärgert hervor.

Wieder war ein Krachen zu hören. Francesca getraute sich nicht, den Blick von Hart abzuwenden, nahm jedoch vage wahr, dass einige Gäste des Clubs offenbar Gefallen an dem Kampf fanden und ihrerseits Prügeleien begannen. Hart lächelte. »Ich bitte um Entschuldigung«, sagte er und versetzte dem Mann einen gezielten Tritt in den Unterleib.

Der Riese stieß ein lautes Keuchen aus, wurde kreidebleich und ging langsam in die Knie.

Hart wandte sich Francesca zu. »Jetzt komme ich gern auf dein Angebot zurück«, sagte er und streckte die Hand nach einer Pistole aus.

Francesca blickte sich mit großen Augen um und stellte fest, dass ein wahrer Tumult ausgebrochen war – sogar einige Frauen beteiligten sich daran und bewarfen die Freier mit Lampen, Gläsern und Aschenbechern. Einige wüste Faustkämpfe waren im Gange. Francescas Blick fiel auf Solange, die bleich geworden war. Dann wandte sie sich wieder Hart zu und reichte ihm die Waffe.

Er drehte sich um und zog dem Riesen mit dem Kolben eins über. Daraufhin schlossen sich die Lider des Mannes endlich. »Lass uns von hier verschwinden«, sagte er.

Francesca warf einen letzten Blick auf das Handgemenge – die elegante Inneneinrichtung des *Jewel* ging in Trümmer, selbst einige der prächtigen Bilder wurden von den Wänden gerissen und zertreten. Zahlreiche Männer lagen bereits am Boden. Plötzlich tauchte Philip Seymour lächelnd an ihrer Seite auf. Er hatte eine blutige Nase und seine Augen funkelten. »Das macht Spaß«, erklärte er grinsend.

Francesca starrte ihn nur fassungslos an.

Eine Frau schlug ihm eine Champagnerflasche auf den Kopf. Noch immer grinsend, verdrehte er die Augen und sank zu Boden. Die Frau hob die Flasche erneut, um damit auf Francesca loszugehen.

Francesca wich ihr aus und lief hastig durch die Empfangshalle zur Eingangstür, wo sie wieder mit Hart zusammentraf. Er nahm ihre Hand, und sie eilten ins Freie. Draußen stieß Hart einen durchdringenden Pfiff aus, und Francesca sah, wie Raoul auf der anderen Straßenseite auf den Kutschbock von Harts Landauer sprang.

»Wir haben es geschafft!«, rief sie und lächelte ihn an.

Aber er erwiderte ihr Lächeln nicht. »Gott, wie ich Gewalt verabscheue«, sagte er.

Obwohl Raoul das Gespann beinahe im Galopp über die Straße jagte und andere Fahrzeuge dabei abdrängte, war die Polizei bereits vor ihnen in der Jane Street eingetroffen. Ein Polizeifuhrwerk und Braggs Daimler parkten vor einem heruntergekommenen Gebäude. Uniformierte Polizisten führten zwei Schurken und eine gutgekleidete Frau mittleren Alters in marineblauem Kostüm – offenbar die Bordellwirtin – in Handschellen die Treppe des Sandsteinhauses hinunter. Zahlreichen Herren, die sich zweifellos als Freier dort aufgehalten hatten, wurden ebenfalls Handschellen angelegt. Hart erklärte: »Ich habe Dawn ins Bellevue ge-

schickt, um meinen Bruder zu holen. Es wundert mich nur, dass seine Leute so rasch zur Stelle sind.«
Als Francesca ihn fragend ansah, lächelte er düster und ging an ihr vorbei auf die Menschenmenge zu, die sich vor dem Bordell versammelt hatte.
Francescas Blick fiel auf Bragg, der gerade ein Kind auf den Armen aus dem Haus trug. Joel folgte ihm, zusammen mit einem Mädchen, das Francesca bekannt vorkam. Sie traute ihren Augen nicht – war das etwa Bridget O'Neil? Sie blinzelte verwirrt und sah noch einmal genauer hin. Ihr Bruder war bei den beiden Kindern!
Hinter ihnen trat Rourke Bragg mit zwei weiteren Mädchen aus dem Gebäude.
Francesca rannte ihnen entgegen. Am Fuß der Treppe traf sie mit Bragg zusammen. »Geht es allen gut?«, rief sie. Sie trug Harts Jackett über dem Kleid der Gräfin und hielt es fest übereinandergeschlagen.
»Ja.« Sein Blick blieb an ihrer Wange hängen. »Was ist passiert?«
Sie antwortete nicht, sondern betrachtete besorgt das Kind in seinen Armen, dessen Gesicht heftig gerötet war. Das Mädchen hatte dunkles Haar und helle Haut. Ob es wohl Emily O'Hare war? »Ist sie verletzt?«
»Nein, sie ist krank. Das ist Emily O'Hare. Offenbar befindet sie sich schon eine ganze Weile in diesem Zustand.«
Francesca unterdrückte einen Laut des Entsetzens. Rourke, der neben sie getreten war, sagte zu Bragg: »Bring sie zu deinem Daimler. Sie scheint Fieber zu haben. Wir sollten sie umgehend ins Krankenhaus bringen.«
Der Commissioner übergab das Mädchen seinem Halbbruder. »Bring du sie hin. Wir treffen uns später dort.«

Rourke nickte und eilte davon.
»Was ist passiert?«, fragte Bragg wieder und fasste Francesca am Arm.
»Ach, es ist nichts«, wich sie aus und begegnete seinem düsteren Blick. »Aber das *Jewel*, ein Club an der Fifth Avenue, betreibt ebenfalls Kinderprostitution, Rick. Der Name der Bordellwirtin ist Solange Marceaux.« Sie zögerte, entschied sich dann jedoch, ihm vorerst nicht zu erzählen, was ihr dort zugestoßen war.
»Ich werde einige Leute hinschicken und umgehend eine Razzia durchführen lassen. Die Frau wird festgenommen«, entschied er. »Ich getraue mich kaum zu fragen, was du heute Abend getan hast.« Sein Blick ruhte auf ihren Beinen, die in dem freizügigen Kleid gut sichtbar waren.
Francesca zuckte leicht zusammen. »Frag lieber nicht.« Sie wandte sich Joel und Bridget zu. »Was macht ihr beiden denn hier?«, rief sie. »Ist euch auch nichts zugestoßen?« Dann sah sie Evan an. »Wie bist du denn in diese Angelegenheit hineingeraten?«
»Ein Polizeibeamter hat mich in meinem Hotel aufgesucht«, begann er, dann fiel sein Blick auf ihre Beine, und er errötete. »Ich bin mir nicht sicher, ob ich wissen will, was dich veranlasst hat, ein solches Kleidungsstück zu tragen.«
»Dafür gibt es eine hervorragende Erklärung«, sagte Francesca rasch.
Evan winkte ab. »Ein anderes Mal.« Er tätschelte Joels Schulter. »Dein Gehilfe hier ist ein echter Held, Fran.«
Stolzgeschwellt fragte Francesca: »Was ist denn geschehen?«
Joel grinste sie an. »Die Polizei hat mich in den Knast gesteckt, als ich versucht hab, Hilfe für Bridget zu holen«, be-

richtete er. »Einer von den Polypen is zu Mr Cahill gegangen und der is ins Präsidium gekommen und hat ihnen klargemacht, dass ich keine krummen Dinger mehr drehe.«

»Wie bitte?«, stieß Francesca hervor. Sie bemerkte erst jetzt, dass Bridget ziemlich aufgelöst wirkte, doch das Mädchen warf Joel immer wieder bewundernde Blicke zu. Der hingegen grinste alle munter an. »Sie is von diesen Schurken entführt worden und mich haben sie erwischt, als ich ihr helfen wollte.«

»Joel!«, rief Francesca entgeistert. »Wann ist das denn geschehen?«

»Heute Morgen«, erwiderte er. »Aber keine Sorge. Ich konnte entkommen und bin zur Polizei gelaufen. Die wollten mir aber erst nich glauben. Da hab ich ihnen gesagt, sie sollen Ihnen Bescheid geben, und weil Sie nich da waren, is Ihr Bruder dann gekommen, um für mich zu bürgen«, erzählte Joel stolz.

Francesca umarmte die beiden Kinder. »Ich danke Gott, dass es euch gut geht.« Dann sah sie sich nach Bragg um. Calder stand bei ihm, und die beiden sprachen mit gesenkten Stimmen und ernsten Gesichtern miteinander. Während sie sie beobachtete, fingen sie ihren Blick auf.

Francesca wusste, dass die beiden über sie sprachen – zweifellos über die Rolle, die sie bei den Ereignissen im *Jewel* gespielt hatte. Sie wandte sich wieder den Kindern zu. Es gefiel ihr ganz und gar nicht, dass die Brüder hinter ihrem Rücken über sie redeten. Schlimmer noch, es bereitete ihr Kopfzerbrechen. »Es wird Zeit, dass wir euch beide nach Hause bringen und Deborah und Bonnie auch.« Sie betrachtete die zwei hübschen Mädchen, die mit großen Augen dastanden und einander an den Händen hielten.

Die beiden hatten offenbar zugehört, denn eine von ihnen sagte: »Ich will nicht nach Hause. Er wird mich bloß wieder verkaufen.«
Francesca zuckte zusammen. Die Worte brachen ihr das Herz. Sie sah Evan an. Der sagte: »Ich werde Joel und Bridget nach Hause bringen.«
»Vielen Dank«, stieß sie hervor und eilte auf die Mädchen zu. »Bist du Bonnie?«, fragte sie das Kind mit dem honigblonden Haar, das gerade gesprochen hatte.
»Ich geh nicht wieder nach Hause«, flüsterte die Kleine. Sie hatte strahlende, grüne Augen und dichte, dunkle Wimpern. »Ja, ich bin Bonnie.«
»Na schön«, sagte Francesca. Immerhin hatte Bonnies Vater behauptet, sie sei tot, und irgendjemand hatte einen mit Steinen gefüllten Sarg unter ihrem Namen begraben. Francesca wandte sich dem anderen Mädchen zu. »Und du musst Deborah Smith sein. Deine Mutter vermisst dich ganz furchtbar.«
Deborahs Augen füllten sich mit Tränen. »Ich vermisse sie auch. Aber wenn ich nach Hause gehe, dann wird mich mein Papa verprügeln.«
Francesca zog sie an sich. »Nein, das wird er nicht. Dein Vater ist nicht zu Hause, Deborah, und er kommt auch nicht wieder.«
Deborah erstarrte und schaute mit hoffnungsvollem Blick zu ihr auf. »Sind Sie da auch ganz sicher?«
Francesca hatte nicht die Absicht, ihr zu erzählen, dass ihr Vater tot war. »Ja, ich bin mir sicher«, beteuerte sie.
Bragg kam auf sie zu. »Wir nehmen sie erst einmal alle mit ins Präsidium und bringen sie für die Nacht bequem unter. Ich werde veranlassen, dass Eliza Smith und Mrs Cooper zu

den Mädchen gebracht werden.« Er warf Francesca einen bedeutungsvollen Blick zu, und sie begriff: John Cooper würde für seine Beteiligung am Verkauf seiner Tochter verhaftet werden – welche Rolle auch immer er dabei gespielt haben mochte. Außerdem hatte er gelogen, als er behauptete, sie sei tot, und das war Behinderung der Justiz. »Außerdem lasse ich die O'Hares benachrichtigen, dass wir Emily ins Bellevue gebracht haben«, fuhr er fort. »Rachael bleibt so lange in der Obhut der Polizei, bis wir sicher sein können, dass ihr keine Gefahr droht, wenn sie nach Hause zurückkehrt.«

Francesca nickte. »Gut. Ist sie dort diejenige, die hinter all dem steckt?« Sie wies mit einer Kopfbewegung auf die Frau in dem marineblauen Kostüm.

»Das wissen wir noch nicht«, antwortete Bragg. »Bisher hat sie nur ihren Namen angegeben, Elspeth Browne.« Er schwieg einen Moment lang, ehe er hinzufügte: »Der Kahlköpfige redet wie ein Wasserfall. Er hat bereits gestanden, Tom Smith getötet zu haben, behauptet aber, er habe lediglich Befehle ausgeführt.«

»Wessen Befehle?«, fragte Francesca rasch.

»Das wissen wir noch nicht.«

Francesca zögerte und blickte ihn forschend an. Bragg wirkte erschöpft, war unrasiert und ungekämmt. Er schien an Gewicht verloren zu haben und sah verhärmt aus. »Wie geht es dir?«, fragte sie leise und fasste seine Hand.

Für einen Augenblick duldete er die Berührung, doch dann entzog er Francesca seine Hand. »Gut«, behauptete er und wich ihrem Blick aus.

Dass er sie anlog, gab ihr einen Stich – sie wünschte sich sehnlich, er möge nicht wieder versuchen, eine Mauer zwi-

schen ihnen zu errichten. »Kann ich dir denn gar nicht behilflich sein?«
Seine Züge wurden weicher. »Du hast mir ja schon mit der Lösung dieses Falles geholfen«, erwiderte er.
Francesca entgegnete prompt: »Aber allein wäre mir das nie gelungen. Ohne Joel und Calder hätte ich es dieses Mal nicht geschafft.«
Braggs Kiefermuskeln spannten sich an, doch er nickte. »Ich benötige umfassende Aussagen von euch beiden.« Damit wandte er sich ab.
Francesca war für einen Moment sprachlos. Es schien, als würde sie nun auch noch seine Freundschaft verlieren. Oder lagen seine Nerven einfach im Augenblick so blank, dass er nicht imstande war, ein wirklich persönliches Gespräch mit ihr zu führen?
Plötzlich drehte er sich noch einmal um und nahm ihre Hände in die seinen. »Katie und Dot sind jetzt mit meinen Eltern bei Calder«, sagte er. »Ich hatte sie an Leigh Annes Krankenbett holen lassen.« Er verstummte, rang sichtlich um Fassung und räusperte sich. »Katie ist furchtbar traurig, und sogar Dot scheint zu verstehen, dass es Leigh Anne nicht gut geht.«
»Ich werde sie gleich morgen früh besuchen«, versprach Francesca, der es in der Seele wehtat, dass die beiden kleinen Mädchen so Schlimmes durchmachen mussten. »Vielleicht gehe ich mit ihnen in den Zoo und lenke sie ein wenig ab.«
»Vielen Dank.« Bragg begegnete ihrem Blick. »Ich weiß das sehr zu schätzen.«
Plötzlich ertönte vom Haus her eine vertraute Stimme. »Seht nur, was ich gefunden habe.«
Francesca wandte sich um. Auf der Veranda stand der fesche

junge Nicholas D'Archand und hielt einen Mann am Kragen, der ihr bekannt vorkam. Verblüfft schaute sie in ein auffallend helles Augenpaar.
»Sieh an, sieh an.« Hart trat neben sie. »Wenn das nicht einer von Tammanys Speichelleckern ist.«
Jetzt fiel Francesca ein, wo sie dieses Gesicht schon einmal gesehen hatte. »Ist das etwa Tim Murphy?« Er war der Mann, dem sie bei ihrem Essen mit Grace begegnet war!
»Ganz recht. Er war während der Amtszeit von Van Wyck Vorsitzender im Bildungsausschuss. Ich wette, er hat seine Inspektionen in den hervorragenden öffentlichen Schulen der Stadt sehr genossen«, sagte Hart verächtlich.
Francesca fühlte sich ganz elend. »Was für ein Schuft«, flüsterte sie.
Nick zerrte Murphy die Treppe hinunter. »Ich habe ihn im Büro dabei ertappt, wie er versuchte, wichtige Unterlagen zu verbrennen, Rick«, erklärte er und stieß Murphy auf Bragg zu. »Wozu sich die Mühe machen, ihn zu verhaften? Ich bin dafür, mit ihm einen kleinen Ausflug aufs Land zu unternehmen – einfache Fahrt für diesen Mistkerl hier, versteht sich.« Er funkelte den Mann mit seinen silbergrauen Augen feindselig an.
Murphy straffte die Schultern. »Sie werden sich für diese Misshandlung meiner Person noch zu verantworten haben, junger Mann. Und Sie, Commissioner – ich warne Sie: Wenn Sie es wagen, Spielchen mit mir zu treiben, wird es Sie teuer zu stehen kommen. Ich habe loyale Freunde in den höchsten Rängen.«
»Halten Sie die Klappe«, versetzte Bragg grob und packte ihn am Arm. »Sergeant, legen Sie ihm Handschellen an und stecken Sie ihn in eine Zelle im Stadtgefängnis.«

Murphy schrie entrüstet auf. »Ich verlange mit meinem Anwalt zu sprechen. Sie dürfen mich nicht ohne Gerichtsverfahren inhaftieren!«
Bragg lächelte ihn an. »Inhaftieren? Wer spricht denn von so etwas? Wir nehmen Sie lediglich vorläufig in Gewahrsam, und da die Arrestzelle im Präsidium voll ist, bringen wir Sie an einem anderen geeigneten Ort unter. Was kann ich dafür, wenn das Gefängnis voller Mörder und Halunken ist? Sie werden bis zur Anklageerhebung dort bleiben. Das dürfte nicht lange dauern. Eine Woche oder zwei, schätze ich. Möglicherweise auch drei.«
Murphy lief hochrot an und fauchte: »Sie biegen sich das Gesetz zurecht, Bragg. Dafür werden Sie büßen!«
»Schaffen Sie ihn mir aus den Augen«, wies Bragg den Sergeant an und wandte sich ab.
Francesca sah zu, wie dem Mann Handschellen angelegt wurden und man ihn unsanft in ein Polizeifuhrwerk stieß. Nachdem die Tür hinter ihm verschlossen war, wurden die übrigen Festgenommenen in ein zweites Fuhrwerk verladen. Die Menschenmenge auf dem Gehsteig begann sich zu zerstreuen. Eines der Pferdefuhrwerke rollte davon.
Bragg wandte sich an Hart und Francesca. »Ich muss euch beide bitten, aufs Präsidium zu kommen. Wir können es jetzt gleich erledigen oder meinetwegen auch morgen«, sagte er ausdruckslos.
»Morgen«, entschied Hart mit fester Stimme. »Es wird Zeit, dass ich Francesca nach Hause bringe.«
»Es würde mir aber nichts ausmachen«, begann sie und blickte Bragg forschend an, doch der starrte in die Dunkelheit. Er wirkte entsetzlich verloren und traurig. Francesca

zupfte Calder am Ärmel und flüsterte ihm zu: »Wenn er ins Krankenhaus zurückfährt, sollten wir ihn begleiten.«

»Ich bringe dich jetzt nach Hause«, widersprach Hart energisch. »Es ist spät, und wir beide hatten einen höllischen Tag.«

Francesca zögerte. Bragg sprach gerade mit einem anderen Polizeibeamten. Sie wäre so gern bei ihm geblieben – zumindest für eine kleine Weile.

»Ich muss mit dir reden«, sagte Hart.

Sie zuckte zusammen und sah ihn an. Er verhielt sich ihr gegenüber immer noch so eigenartig, was sie beunruhigte. In der letzten Zeit war so viel geschehen, dass sie sich erst jetzt einer bisher unbekannten Angst bewusst wurde.

»Stimmt etwas nicht?«, fragte sie behutsam.

Hart fasste sie am Arm und führte sie zu seinem Landauer. Inzwischen war auch das letzte Polizeifuhrwerk davongerollt, und die meisten Schaulustigen waren verschwunden. Bragg und Nicholas kehrten gerade in das Sandsteingebäude zurück – wahrscheinlich, um Murphys Büro zu durchsuchen. Francesca blickte sich ein letztes Mal über die Schulter um und ließ sich dann von Hart in die Kutsche helfen. Er setzte sich neben sie und befahl Raoul, zur Villa der Cahills zu fahren, ehe er sich Francesca zuwandte und ihr in die Augen sah.

Francesca war unbehaglich zumute. »Ich beginne mir langsam Sorgen zu machen. Es geht nicht um den heutigen Abend, nicht wahr?«

»Nein.«

»Um was dann?« Unwillkürlich erinnerte sie sich daran, wie sicher sie gewesen war, dass er ihre Verlobung lösen wollte.

Er lächelte grimmig in sich hinein. »Ich muss dich etwas fragen«, sagte er.

Francescas Unbehagen wuchs. »Nur zu«, sagte sie, doch insgeheim war sie auf der Hut.

Er wich ihrem Blick aus. »Ich habe nachgedacht«, sagte er. »Und ich bin zu dem Schluss gekommen, dass wir zusammen durchbrennen sollten.«

Sie starrte ihn mit offenem Mund an.

Kapitel 21

Montag, 31. März 1902 – Mitternacht
Hart betrachtete mit düsterer Miene die Gebäude, an denen der Landauer vorüberfuhr.

»Was sagtest du da?«, flüsterte Francesca, benommen, als habe jemand sie geohrfeigt.

Er wandte sich ihr zu. Schatten huschten über sein Gesicht. »Ich habe über uns nachgedacht, und du hast recht. Ein Jahr ist viel zu lange.«

Bilder von der kurzen Zeit, die sie am Sonntag zusammen in seinem Bett verbracht hatten, schossen ihr durch den Kopf. Gefolgt von einem Bild, in dem sie ein weißes Hochzeitskleid trug und Hart hinter ihr stand und die Verschlüsse öffnete. Das Atmen fiel ihr schwer. »Hast du da etwa tatsächlich gerade vorgeschlagen, dass wir *durchbrennen* sollen?«

Ein kleines Lächeln umspielte seine Lippen, doch es wirkte verkrampft. »Ja, das habe ich.« Sein forschender Blick ruhte fest auf ihr.

Francesca setzte sich aufrechter hin. Er wollte mit ihr *durchbrennen?*

Doch er hatte recht. Oder etwa nicht? Ein Jahr zu warten war albern. So einfach war das. Aber … *durchbrennen?*

Andererseits – warum nicht?

Ihr Atem ging vor Aufregung schneller. Calders Blick war durchdringend und ernst. Francesca runzelte die Stirn. Hart war doch eigentlich der geduldigste Mann, den sie kannte,

und besaß eine unglaubliche Beherrschung – also was ging hier vor sich?
Sein Verhalten war in der letzten Zeit ohnehin auffällig. Erst war da sein Liebesspiel am Sonntag gewesen, dann sein Vorschlag, ihre Verlobung noch einmal zu überdenken, und nun dieses erstaunliche Ansinnen. Steckte womöglich etwas dahinter, wovon sie nichts wusste?
Francesca versuchte sich zu sammeln, vernünftig und logisch zu denken, aber es wollte ihr nicht recht gelingen.
»Calder, Mama würde mich umbringen. Und dich obendrein! Sie plant eine riesige Feier. Ich habe zufällig mitangehört, wie Papa sie ermahnt hat, nicht mehr als sechshundert Gäste einzuladen, und ich weiß, dass sie beabsichtigt, das Waldorf Astoria für die Hochzeit und den Empfang zu buchen.« Sie sah ihn mit großen Augen zitternd an.
»Wir werden es ihr nicht sagen.«
Francesca war sprachlos.
»Es muss ja niemand erfahren, dass wir verheiratet sind«, sagte er.
Sie starrte ihn an. Ihre Gedanken überschlugen sich. Sie würden durchbrennen und es geheim halten. Auf diese Weise könnte Mama ihre große Feier bekommen, die sie sich so sehr wünschte, und wenn ihr Hochzeitstag kam, würden sie schon längst verheiratet sein. *O Gott. Hatte sie tatsächlich den Mut, so etwas zu tun?*
Er griff schweigend nach ihrer Hand.
Im Halbdunkel der Kutsche war es schwer, seinen Gesichtsausdruck zu deuten. Warum nur dieser plötzliche Sinneswandel? Warum diese Eile? Hatte er ihr nicht erst gestern geraten, ihre Verlobung noch einmal zu überdenken? Weil er wollte, dass sie ihrem Herzen folgte.

Mit einem Mal überkam sie ein quälender Schmerz, und sie dachte an Bragg, der so in seinen Kummer versunken war und nicht vom Krankenbett seiner Frau wich. Sie wünschte immer noch, sie wäre bei ihm geblieben, um in dem Bordell nach weiteren Beweisen zu suchen, um Elspeth Browne und Tim Murphy und ihre Handlanger zu überführen. Bragg hatte ihre Freundschaft nie nötiger gebraucht als jetzt. Wenn sich seine Frau von ihren Verletzungen erholen sollte, würde zwischen den beiden alles anders werden. Es war doch deutlich genug, wie sehr er Leigh Anne liebte – und Francesca beabsichtigte, ihn eigenhändig zu ohrfeigen, wenn er es sich nach all dem noch immer nicht eingestünde.

»Gestern wolltest du noch, dass ich unsere Verlobung überdenke«, sagte Francesca.

»Ich habe meine Meinung geändert.« Die Andeutung eines Lächelns umspielte seine Lippen, und sein Griff um ihre Hand verstärkte sich.

Sie rückte dichter an ihn heran, spürte, wie sich sein Körper daraufhin anspannte, und legte ihm eine Hand auf die Schulter. Seltsamerweise schien er zurückzuzucken. »Calder? Ist vielleicht ein gewisser Abend der Grund dafür?«

Er zögerte. »Nein.«

»Ich verstehe es einfach nicht.«

»Das brauchst du ja auch nicht.« Er umfasste ihre Schultern. »Ein guter Freund von mir ist Richter. Ich weiß zufällig, dass er sich gerade in der Stadt aufhält. Wir könnten bereits morgen Mittag verheiratet sein, Francesca!«, sagte er.

»Morgen!«, rief sie fassungslos.

»Francesca«, sagte er mit rauher Stimme, zog sie heftig an sich und küsste sie fest auf den Mund. »Denk darüber nach. Wir reden morgen in aller Frühe noch einmal darüber.«

DIENSTAG, 31. MÄRZ 1902 – 10:00 UHR

Francesca verharrte in der Tür zu Braggs Büro. Sie hatte die ganze Nacht kein Auge zugetan, war aber viel zu nervös, um Müdigkeit zu verspüren. Sie war an diesem Morgen gleich nach dem Aufstehen zu Calder gegangen, der jedoch bereits um sechs Uhr das Haus verlassen hatte, um ins Büro zu gehen. Francesca hatte daraufhin zunächst mit Katie und Dot gefrühstückt, und später hatten sich auch Rathe und Grace zu ihnen gesellt. Es drängte Francesca, ihr Gespräch mit Calder vom gestrigen Abend fortzusetzen – auch wenn sie es heute kaum mehr glauben mochte, dass er ihr tatsächlich vorgeschlagen hatte, miteinander durchzubrennen –, doch sie musste erst einmal ihre Aussage bei der Polizei machen. Anschließend würde sie ins Stadtzentrum fahren. Sie hatte ihren Verstand wieder beisammen und wollte unbedingt die neuesten Entwicklungen in dem Fall erfahren. Nun klopfte sie leise an die geöffnete Tür. Bragg saß mit dem Polizeichef, Brendan Farr, zusammen. Auf ihr Klopfen hin wandten sich die beiden Männer ihr zu.

Francesca wurde schlagartig ernst. Braggs Anblick erinnerte sie daran, wie gefahrvoll, wie unberechenbar und wie vergänglich das Leben doch war. Jedes Mal, wenn sie an Leigh Anne dachte, die niemals wieder würde laufen können, überkam sie eine unerträgliche Traurigkeit. Aber etwas Gutes hatte das alles: Wenn Leigh Anne erst einmal aus dem Krankenhaus entlassen war, würde Bragg ihr ein guter und hingebungsvoller Ehemann sein. Vielleicht musste es erst so weit kommen, dass er sie beinahe verloren hätte, damit er sich über seine wahren Gefühle klar wurde. Francesca schenkte ihm ein kleines Lächeln. Er erschien noch bleicher und abgespannter als am Abend zuvor. »Guten Morgen. Ich hoffe, ich störe nicht.«

»Ganz und gar nicht«, versicherte Bragg. »Der Chief und ich waren ohnehin gerade fertig. Ich danke Ihnen, Farr.«

»Gern geschehen.« Farr verließ das Zimmer und nickte Francesca beim Hinausgehen zu.

»Ich bin gekommen, um meine Aussage zu machen«, sagte sie. Sie behielt ihren Mantel über dem Arm. Als sie ihn in seinem Kummer sah, konnte sie einfach nicht anders, als zu fragen: »Gönnst du dir überhaupt etwas Schlaf, Rick?«

Er trat hinter seinen Schreibtisch, womit er eine Barriere zwischen sich und Francesca brachte. »Wir haben das Hauptbuch des Bordells sichergestellt, und daraus geht hervor, dass Murphy der Hintermann war, derjenige, der die Fäden in der Hand hielt. Wenn unser kahlköpfiger Freund die Wahrheit sagt – er heißt übrigens Eddie Flynn –, hat Murphy den Mord an Tom Smith und den Anschlag auf dich in Auftrag gegeben. Murphy sitzt zurzeit im Stadtgefängnis ein und verlangt nach einem Anwalt und seiner Freilassung.« Bragg blickte mit einem grimmigen Gesichtsausdruck auf. »Ganz gleich, bei welchem Richter der Fall landet, Boss Croker wird ihn kaufen, Francesca. Ich rechne damit, dass Murphy nach der Anhörung vor der Hauptverhandlung wieder auf freien Fuß gesetzt werden wird.«

Es tat ihr weh, dass er jegliches persönliche Gespräch mit ihr vermied, aber als sie das hörte, war sie schockiert. »Das ist ja furchtbar! Können wir nicht etwas dagegen unternehmen?«

»Das Problem ist, dass die meisten Richter in dieser Stadt Tammany-Anhänger sind«, entgegnete Bragg.

Nachdem er Platz genommen hatte, fuhr er fort: »Solange

Marceaux ist nach wie vor unauffindbar. Sie ist offenbar erfolgreich untergetaucht, aber ich habe einen Haftbefehl gegen sie erlassen. Calder sagte mir, dass sie beabsichtigte, dich zu töten«, fügte er hinzu und begegnete endlich einmal ihrem Blick.

Francesca zuckte innerlich zusammen. »Nun ja, sie hat ihren Leuten die Anweisung erteilt, meine Leiche in den Fluss zu werfen.« Sie nahm Bragg gegenüber auf dem Stuhl mit dem Rohrgeflecht Platz. »Wie willst du sie denn aufspüren?«

»Ich weiß nicht, ob uns das überhaupt gelingen wird. Elspeth Browne hat für Murphy gearbeitet, und wir konnten sie zum Reden bringen. Es scheint so, als ob Murphy bereits Ende vorigen Jahres, noch während Van Wycks Amtszeit als Bürgermeister, damit begonnen hat, die Mädchen ausfindig zu machen.«

»Das ist abscheulich«, sagte Francesca entsetzt. Gott sei Dank war ihre Mutter nicht mit dem ehemaligen Bürgermeister verwandt!

»Als Vorsitzender des Bildungsausschusses konnte er in jede Schule hineinspazieren, wann immer es ihm beliebte. Ich werde auch Rektor Matthews vernehmen, aber ich glaube nicht, dass er in die Sache verstrickt ist. Ich vermute, er hat sich eher der Gleichgültigkeit schuldig gemacht, aber eine kriminelle Absicht stand wohl nicht dahinter.«

»Und Bonnie Coopers Vater?«

Bragg seufzte und lehnte sich in seinem Schreibtischsessel zurück. »Elspeth Browne hat bestätigt, dass er und seine Frau Bonnie an Murphy verkauft haben. Wir sind noch auf der Suche nach einem Beleg im Hauptbuch, aber Newman hat bereits Goldmünzen im Wert von zweihundert Dollar unter einem Dielenbrett in ihrer Wohnung gefunden.«

Francesca brachte keinen Ton heraus. Sie hatte damit gerechnet, das wohl, aber nun, da sich ihr Verdacht bestätigt hatte, wurde ihr regelrecht übel.

Bragg verzog das Gesicht zu einem schwachen Lächeln. »Emilys Fieber ist gesunken. Ihre Eltern sind bei ihr, und Rourke rechnet damit, dass sie morgen nach Hause darf.«

»Das ist ja wundervoll!«, rief Francesca. Doch sofort wurde sie wieder ernst und beugte sich angespannt vor. »Wie geht es ihr denn sonst – abgesehen von dem Fieber?«

»Man hat ihr nichts angetan, da sie bereits kurz nach der Entführung krank wurde.« Bragg starrte vor sich hin. »Aber die anderen Mädchen haben Entsetzliches durchgemacht. Deborah und Rachael sind wieder zu Hause. Die Ärzte haben eine psychiatrische Behandlung für sie empfohlen. Bonnie wurde in staatliche Obhut gegeben, aber Eliza Smith hat mir gesagt, dass sie ihr helfen und sie bis zu ihrer Volljährigkeit in Pflege nehmen möchte. Ich habe den Bürgermeister gebeten, ein paar Hebel in Bewegung zu setzen, Francesca, daher gehe ich davon aus, dass Bonnie schon bald in ihrem neuen Heim sein wird.«

In diesem Augenblick konnte sie nicht anders, als ihn anzustarren und sich daran zu erinnern, warum sie sich einmal in ihn verliebt hatte.

Er errötete und wich ihrem Blick aus.

Doch das war ihr egal. Sie griff über den Schreibtisch hinweg nach seiner Hand. »Du bist so ein guter Mensch.«

Er schlug die Augen nieder und zog seine Hand unter der ihren weg. »Wenn Katie oder Dot jemals so etwas zustoßen würde …« Er brachte es nicht über sich, den Satz zu beenden.

»Das wird es nicht«, entgegnete Francesca mit fester Stimme

und fuhr dann fort: »Bragg? Katie muss Leigh Anne noch einmal sehen. Es ist furchtbar wichtig für sie, auch wenn sie immer noch krank ist und …«
»Nein.« Er erhob sich unvermittelt. »Sergeant O'Malley wird deine Aussage aufnehmen.«
Offenbar wollte er, dass sie ging. Sie mochte es kaum glauben. »Bragg – Rick –, ich habe mit den Kindern gefrühstückt. Dot ist ein wenig durcheinander, aber Katie vermisst Leigh Anne ganz entsetzlich!«
»Wann beabsichtigt Calder seine Aussage zu machen?«, fragte Bragg und schritt an ihr vorbei zur Tür.
Sie starrte ihn an. Er schließt mich aus seinem Leben aus, dachte sie ungläubig. Diese Erkenntnis tat ihr schrecklich weh.
»Ich benötige Calders Aussage«, setzte er ungeduldig hinzu.
»Ich weiß nicht, wann er herkommt«, gab sie zurück. Bragg vermied es immer noch, ihr in die Augen zu blicken.
»Wenn du ihn siehst, richte ihm bitte aus, er soll umgehend hier erscheinen«, sagte er. »Tut mir leid, dass ich so in Eile bin, aber ich muss jetzt wirklich los«, fügte er hinzu und warf ihr einen kurzen Blick zu.
Francesca biss sich auf die Lippe und nickte. »Nun, ich habe auch noch einiges zu erledigen.«
Er war derart in Gedanken versunken, dass er sie gar nicht gehört zu haben schien. Francesca sah zu, wie er seinen Hut und seinen Mantel anzog, und ihr wurde klar, dass er sich auf den Weg ins Krankenhaus machte. Sie zögerte für einen Moment, hätte ihn gern begleitet, aber andererseits beabsichtigte sie ja, sich so bald wie möglich im Stadtzentrum mit Calder zu treffen.

An der Tür blieb Bragg noch einmal kurz stehen. »Also dann, O'Malley wird deine Aussage aufnehmen.«
Sie lächelte verkrampft und sah zu, wie er das Zimmer verließ.

Während Francesca sich von einem Angestellten zu Calders großem Eckbüro führen ließ, hatte sie das Gefühl, dass ihre Wangen gerötet waren. Hart stand mit dem Rücken zu ihr an einem der großen Fenster und blickte auf den Hafen hinaus, wo ein Wald von Masten gen Himmel ragte. Der Angestellte, den Francesca nicht kannte, murmelte: »Miss Cahill, Sir.«
Sie umklammerte ihre Handtasche ganz fest. Calder drehte sich langsam um.
Seine Miene war ernst und verschlossen wie am Abend zuvor, aber er war dennoch ein beunruhigend verführerischer und geheimnisvoller Mann. Furcht breitete sich in Francescas Innerem aus. Las sie möglicherweise etwas in sein Verhalten hinein, was gar nicht da war? Auch er erweckte den Eindruck, als habe er eine schlaflose Nacht hinter sich. Ein unangenehmes Gefühl beschlich sie – offenbar quälten ihn Zweifel. Warum bloß?
»Ich hatte eigentlich beabsichtigt, zu dir zu kommen«, sagte er höflich. Viel zu höflich. Nichts erinnerte mehr daran, dass sie einige Zeit fast gänzlich unbekleidet in seinem Bett zugebracht hatte. »Du hättest dir nicht die Mühe zu machen brauchen, herzufahren.«
Nun bekam sie es wirklich mit der Angst zu tun. »Ich bin Frühaufsteherin. Ich habe sogar gerade schon meine Aussage bei der Polizei gemacht.«
»Dazu werde ich mir auch noch Zeit nehmen müssen.«

Irgendetwas stimmte nicht mit Calder Hart. Er schien durchaus nicht erfreut, sie zu sehen. Er machte nicht den Eindruck eines Mannes, der mit seiner Braut durchzubrennen gedachte. Und als er ihr kürzlich erst geraten hatte, ihre Verlobung noch einmal zu überdenken, war dies wohl seinem Wunsch entsprungen, dass sie sich ihrer Entscheidung auch absolut sicher sein sollte – oder war es lediglich eine Platitüde gewesen, seine Art, höflich zu sein? Er hatte immer darauf bestanden, ihr niemals wehtun zu wollen. Was, wenn er in Wahrheit derjenige war, der Zweifel bezüglich ihrer Verlobung hegte? Lieber Himmel, der Mann war von jeher ein überzeugter Junggeselle gewesen, der sich immer ausdrücklich dagegen ausgesprochen hatte, jemals zu heiraten.

Was für eine Närrin sie doch war! Natürlich war er hin- und hergerissen – offensichtlich wollte ein Teil von ihm niemals heiraten, weder sie noch sonst irgendeine Frau.

Francesca kämpfte gegen die plötzlich aufsteigenden Tränen an und blickte aus dem Fenster. Sie kam zu der Entscheidung, nicht mit Calder durchzubrennen, denn das gehörte sich einfach nicht. Sie konnte es nicht tun, weil sie ihre Eltern und Connie – und nicht zu vergessen Evan und Sarah – bei ihrer Hochzeit dabeihaben wollte. Und auch Maggie und Joel sollten daran teilnehmen. Und Alfred. Wenn sie mit Calder durchbrannte, würde sie mit einer schrecklichen Lüge leben müssen, und das wollte sie nicht.

Außerdem erschien es ihr nicht richtig, ausgerechnet jetzt zu heiraten, da Rick durch den Unfall seiner Frau eine solche Tragödie zu verkraften hatte.

Aber Francesca hatte Angst, Calder zu gestehen, dass sie lieber so lange warten wollte, wie ihre Eltern es für angemessen erachteten, um dann eine richtige Hochzeit zu feiern.

Plötzlich sagte Hart: »Ich bringe es einfach nicht fertig.«
Francesca hielt den Atem an. Ihr schlimmster Alptraum wurde Wirklichkeit: *Calder machte mit ihr Schluss.*
Sie fühlte sich ganz elend. Glücklicherweise hatte sie zum Frühstück nichts hinunterbringen können und lediglich ein paar Schlucke Tee getrunken, sonst hätte sie sicherlich das hübsche Kleid ruiniert, das sie trug.
»Francesca«, sagte er grimmig und fasste sie am Arm. »Bitte nimm Platz.«
Francesca hätte ihn am liebsten von sich gestoßen, doch sie war vor lauter Kummer wie gelähmt. *Er hatte versprochen, ihr niemals wehzutun – und jetzt war er offenbar im Begriff, dieses Versprechen zu brechen.* Francesca zog ihren Arm weg, kehrte Calder den Rücken und schlang die Arme um sich.
»Ich bringe es nun einmal einfach nicht fertig«, wiederholte er hinter ihr.
Sie wusste, dass sie kein Wort herausbringen würde, daher versuchte sie es erst gar nicht.
Er fasste wieder ihren Arm und drehte sie zu sich um. »Es gibt da etwas, das ich dir sagen muss«, erklärte er düster.
Sie schloss ängstlich die Augen. Womöglich würde sie sich doch noch übergeben müssen.
»Leigh Anne wird sterben.«
Es dauerte einen Moment, ehe seine Worte in ihr Bewusstsein drangen. Francesca schlug die Augen auf, sah Harts finsteres, resigniertes Gesicht, und sie meinte einen gequälten Ausdruck darin zu erkennen. »*Was* sagst du da?«
»Sie ist gestern Nachmittag ins Koma gefallen. Ihr Arzt rechnet damit, dass sie noch ein paar Tage durchhalten wird, möglicherweise eine Woche.«
Endlich erfasste Francesca die volle Bedeutung dessen, was

Calder da sagte. »Leigh Anne liegt im Koma?« Jetzt verstand sie auch Ricks Verzweiflung. Warum hatte er nur nicht mit ihr darüber gesprochen? »Großer Gott.« Die beiden taten ihr so schrecklich leid. »Wann hast du es erfahren?«

Sein Gesicht trug nun einen beinahe schmerzlichen Ausdruck. »Gestern«, antwortete er. »Gestern Nachmittag.«

Ihre Gedanken überschlugen sich. Also hatte er bereits gestern Abend, als er ihr vorschlug, mit ihm durchzubrennen, von Leigh Annes dramatisch verschlechtertem Zustand gewusst. »Ist sich der Doktor denn wirklich sicher, dass sie sterben wird? Vielleicht erlangt sie ja doch noch das Bewusstsein wieder …«

»Alle behandelnden Ärzte sind sich sehr sicher«, versetzte Calder ausdruckslos.

Sie blickte in seine dunklen Augen. Es dauerte einen Moment, ehe sie imstande war, zu sprechen, denn ihre Gedanken überschlugen sich. »Sie darf nicht sterben!«

Er zuckte stumm die Schultern.

»Wir sollten zum Krankenhaus fahren«, sagte sie rasch.

»Wenn du das möchtest, dann solltest du es tun.«

Sein Tonfall klang so sonderbar. Francesca hatte sich bereits abgewandt und wollte aus seinem Büro eilen, doch dann zögerte sie und drehte sich wieder zu ihm um. »Calder, da steckt doch mehr dahinter, oder? Ich bin ein wenig verwirrt. War es das, was du mir sagen wolltest? Die Sache mit Leigh Anne? Oder gibt es da noch etwas, worüber du mit mir reden möchtest? Außerdem bin ich der Ansicht, dass wir gemeinsam zum Krankenhaus fahren sollten.«

Sein Blick verdüsterte sich wie der Himmel bei einem heraufziehenden Unwetter. »Leigh Anne wird sterben, Francesca. Ich hatte dir das eigentlich nicht sagen wollen. Aber ich bin

anscheinend doch nicht so ein übler Charakter. Und jetzt weißt du es. Hast du eine Kutsche? Falls nicht, werde ich arrangieren, dass du ins Bellevue gefahren wirst.«
Langsam dämmerte es ihr. »Entschuldige, ich möchte natürlich zum Krankenhaus, aber …« Sie verstummte für einen Moment und tat einen tiefen Atemzug. »Löst du unsere Verlobung?«, fragte sie vorsichtig.
Er sah sie mit großen Augen an. »Francesca, von meiner Seite besteht nicht der geringste Wunsch, unsere Verlobung zu lösen.«
Da endlich begriff sie, und ihr Herz schlug schneller. »Du wolltest mit mir durchbrennen, um mich zu heiraten, bevor … bevor Leigh Anne stirbt.«
»Ich habe niemals behauptet, ein Ehrenmann zu sein. Ich möchte dich wirklich heiraten, aber ich habe es dann doch nicht über mich gebracht, eine solche Täuschung zu begehen, die dich nur unglücklich gemacht hätte.«
Sie stand einen Moment lang regungslos da und starrte ihn an. Er erwiderte ihren Blick mit erschreckender Offenheit. Mit einem Mal verstand sie nur zu gut, was in ihm vorgegangen sein musste, wie er mit sich gerungen hatte – um am Ende das Richtige zu tun.
Und während sie so dastand und nachdachte, da regte sich etwas in ihrer Brust.
»Ich habe dich noch nie angelogen, aber gestern Abend habe ich es getan«, sagte er unwirsch.
Francesca war froh und erleichtert zugleich. »Aber, Calder«, sagte sie, »du bist ein Ehrenmann, siehst du das denn nicht?« Und sie spürte, wie ihr die Tränen in die Augen schossen.
Er antwortete in scharfem Ton: »Ich hätte dich vorgestern Abend beinahe verführt – und das mit unlauteren Ab-

sichten –, und heute wären wir beinahe durchgebrannt, eine weitere Unredlichkeit. Ich bin nicht Rick, Francesca. Ich bin ganz und gar nicht wie er und werde es auch niemals sein.«

»Da bin ich anderer Ansicht«, flüsterte sie. »Du bist ein guter Mensch, Calder Hart.« Und das Gefühl in ihrer Brust wurde immer stärker. *Verliebte sie sich etwa in diesen Mann?*, fragte sie sich, und die Vorstellung machte sie ganz benommen.

»Die Liebe deines Lebens wird schon bald frei sein.« Sein Tonfall klang bitter. »Ihr zwei könntet also doch noch eure Träume verwirklichen. Und du hast es weiß Gott verdient.« Sein Gesichtsausdruck war so angespannt, dass es Francesca angst und bange wurde. »Ich …« Er verstummte, offenbar unfähig, weiterzusprechen.

Und Francesca sah voraus, was geschehen würde.

»Ich möchte, dass du glücklich bist. Ich wünsche euch beiden alles Gute«, sagte er und wandte sich unvermittelt ab.

Sie starrte einen Moment lang entgeistert auf seinen steifen Rücken. Leigh Anne lag im Koma und würde bald sterben. Das waren entsetzliche Neuigkeiten. Sie mussten jetzt beide für Rick da sein. Francesca wusste, was sie zu tun hatte. »Calder, bitte, komm her.«

Er schien sich noch mehr zu versteifen.

»Bitte.«

Er drehte sich um. Nur ungefähr zwei Meter trennten sie beide, und doch kam es ihr vor, als läge ein ganzer Ozean zwischen ihnen.

»Es tut mir schrecklich leid für Leigh Anne und noch mehr für Rick. Aber du bist der Mann, mit dem ich verlobt bin, und ich beabsichtige nicht, unsere Verlobung zu lösen.«

Sein Gesichtsausdruck begann sich zu verändern. »Was sagst du da?«, fragte er ungläubig.

Endlich wagte sie es, die Hand auszustrecken und seine stoppelige Wange zu berühren. »Wir haben eine Vereinbarung getroffen und sind eine Verpflichtung eingegangen, und ich beabsichtige nicht, dich so leicht davonkommen zu lassen.«
Dabei zitterte Francesca entsetzlich. Sie verliebte sich gerade in einen Mann, dessen Ruf nicht schlimmer hätte sein können, aber das lag daran, dass ihn niemand so gut kannte wie sie. Ihr ganzes Leben lang war sie sich sicher gewesen, dass sie sich eines Tages in einen Mann wie ihren Vater verlieben würde: solide, angesehen und ein Reformist. Doch nun gewann sie einen Mann lieb, der als skrupelloser Geschäftsmann und ebenso skrupelloser Schürzenjäger bekannt war. Sie hatte Angst – nur eine Närrin hätte keine gehabt –, aber gleichzeitig überlief sie auch ein freudiger Schauer. »Wir ringen alle mit dem Teufel, Calder.«
Er starrte sie ungläubig an. Schließlich sagte er: »Ich glaube, du verstehst nicht ganz. Du hast immer nur Rick gewollt. In ein paar Monaten kannst du ihn heiraten, Francesca. Begreifst du das denn nicht?«
Sie war entgeistert, entsetzt. »Über Leigh Annes Leiche?« Sie hegte immer noch Gefühle für Rick – er hatte all das, was sie an einem Mann bewunderte, und alles, wovon sie einmal geglaubt hatte, dass es richtig für sie sei – aber sie könnte ihn unter diesen Umständen niemals heiraten. Er würde ihr immer am Herzen liegen, gewiss, sogar viel mehr, als ihr lieb war, aber das machte sie auch froh, denn sie wollte, dass er ein Teil ihres Lebens blieb. Doch nicht auf die Art und Weise, wie Calder es ihr unterstellte. Nein, niemals.
Er nahm ihre Hände. »Was willst du mir damit sagen, Francesca?«, fragte er schroff. »Was genau hat das zu bedeuten?«
Sie biss sich auf die Lippe. Ihre Gedanken überschlugen

sich, und da war dieses Gefühl, dieses unbeschreibliche, übermächtige Gefühl. Doch mit einem Mal sah sie das Gesicht ihrer Mutter vor sich und hörte ihre Worte so klar und deutlich, als sei sie im Raum anwesend.

Sag einem Mann niemals, dass du ihn liebst, Francesca. Sag kein Wort bis nach der Hochzeit, wenn überhaupt!

»Was ich damit sagen will«, begann sie mit leiser Stimme, und ihr Herz schlug wie rasend, »ist, dass sich alles verändert hat, seit wir uns das erste Mal begegnet sind, Calder. Unsere Freundschaft ist mir genauso wichtig geworden wie dir. Und ich stimme dir zu: Es wird eine sehr interessante Verbindung werden, bei der es keinem von uns jemals langweilig werden wird.« Sie sah ihn an. »Aber durchbrennen werden wir auf keinen Fall.«

Sein Griff um ihre Hände verstärkte sich. Und ausnahmsweise schien er einmal sprachlos zu sein.

»Nun?«, brachte sie hervor und lächelte ihn unsicher an. »Hast du nicht irgendetwas Zynisches oder Bissiges zu sagen?«

Er zog sie an sich und hob ihr Kinn an. »Ich möchte nicht, dass du jemals etwas bereust.«

Sie zögerte. »Das werde ich nicht.«

Er musterte sie eingehend, und ein Lächeln breitete sich auf seinem Gesicht aus. »In dieser Hinsicht könnte ich dir vielleicht sogar behilflich sein.«

Da gestattete sie sich endlich, sich der ausgelassenen Begeisterung, der überschäumenden Vorfreude hinzugeben. »Sei mir ruhig behilflich«, sagte sie. »So viel zu willst.« Sie schmiegte sich an ihn.

Er zog sie noch fester an sich und flüsterte: »Du bist wie die Luft, die ich zum Atmen brauche, Francesca.«

Sie zuckte zurück und sah ihn fassungslos an. »Was hast du da gerade gesagt?«
Er zog sie wieder an sich und bedeckte ihren Mund mit sanften, federleichten, erregenden Küssen.
Sie schob ihn von sich. »Was hast du da gerade gesagt? Ich muss mich wohl verhört haben!«, rief sie atemlos vor Überraschung und Entzücken. Sie war schier außer sich vor Freude!
Er lächelte zärtlich. »Ich fürchte, ich werde meine Worte schon sehr bald bereuen.«
Sie stieß ein Lachen aus, das selbst in ihren eigenen Ohren triumphierend klang. Aber Calder Hart hatte da eben spontan – und aus tiefstem Herzen, dessen war sie sich sicher – gesagt, dass sie wie die Luft war, die er zum Atmen brauchte. Wenn das nicht romantisch war!
Er zog sie enger an sich. »Hör auf, dich in deinem Erfolg zu sonnen.«
»Ha«, versetzte sie kichernd. »Ha! Ich bin wie die Luft, die du zum Atmen brauchst!«
Er verdrehte seine blauen, goldgesprenkelten Augen. »Eine echte Dame tut so etwas nicht.«
»Diese Dame schon«, entgegnete sie und packte die Aufschläge seines Jacketts. Jetzt war sie für sein Liebesspiel bereit. »Küss mich, Calder. Küss mich, während ich mich ganz unverhohlen in meinem Erfolg sonne.«
Er lächelte und tat ihr den Gefallen.

Brenda Joyce

Kates Geheimnis

Roman

»Ich liebe dich, Kate.« Dies sind die letzten Worte von Jillian Gallaghers Verlobtem Hal, als er nach einem Autounfall stirbt. Jill bringt seinen Leichnam nach London zurück, und seine blaublütige Familie begegnet ihr, der Amerikanerin, mit unverhohlenem Hass und Argwohn. In Hals Zimmer findet sie das vergilbte Foto von Kate Gallagher, einer amerikanischen Erbin, die vor fast hundert Jahren urplötzlich verschwand. Und diese Frau sieht ihr verblüffend ähnlich …

»Joyce versteht es meisterhaft, Vergangenes mit der Gegenwart zu verknüpfen und so leidenschaftliche, hochspannende Geschichten zu erzählen.«
Publishers Weekly

Knaur Taschenbuch Verlag